Доктор Живаго

日瓦戈医生

[苏] 鲍里斯·帕斯捷尔纳克 | 著

黄燕德 | 译

天津出版传媒集团

天津人民出版社

果麦文化 出品

导 读

　　如果你生活在20世纪上半叶的俄罗斯，将经历人类历史上罕见的社会大变革：昨天还是沙皇统治，今天就是资产阶级政权上台，数月后布尔什维克又将资产阶级政府推翻，然后白卫军复辟，接着又被消灭——接下来是新经济时期，全部有产阶级、知识分子大改造。在"肃反"运动中，你的朋友和邻居接二连三地被抓走，你不相信他们真的是外国间谍，但他们还是被直接枪毙，或者运气好关进劳改营，暂时留条活命……在这样的动荡和恐惧中，你一定会惊疑俄罗斯人（尤其是身单力薄的知识分子）是怎么熬过来的。

　　《日瓦戈医生》的主人公尤里·日瓦戈和他身边的亲朋正是这样一群俄罗斯人，而日瓦戈的经历也正是作者帕斯捷尔纳克的真实写照，所以当这部作品在意大利初版时，被归入了"半自传体"小说的行列。

　　鲍里斯·帕斯捷尔纳克出生于1890年莫斯科一个犹太家庭，父亲是俄罗斯著名画家，曾给托尔斯泰的小说配图，十月革命后，还负责给列宁画像；母亲则是全莫斯科闻名的天才女钢琴家。不难想象帕斯捷尔纳克的童年，家中那满满的艺术气息，来访的客人中有托尔斯泰、里尔克、钢琴家斯克里亚宾……在这样的艺术熏陶中，帕斯捷尔纳克自然而然开始写作，创作诗歌和散文，而他又充分得到了父母亲优秀的艺术基因，使得他的文学作品终有一天为全世界所首肯。

1908年，帕斯捷尔纳克中学毕业。时值沙皇尼古拉二世在位，封建制度已是强弩之末，各地罢工、暴动不断。年轻的帕斯捷尔纳克同情革命，热爱新的事物，因此没有选择进入艺术学院深造，而是去了法律系。完成大学学业后，他去往德国马尔堡大学研修哲学。随后第一次世界大战爆发，作为敌对国公民，鲍里斯回到了莫斯科，在一家工厂里做财务管理，又做过一段时间家庭教师。这期间，他结交了包括马雅可夫斯基在内俄罗斯最优秀的诗人们。

1917年3月8日（俄历2月23日），俄国二月革命爆发，工人和哗变的士兵合力推翻了沙皇。但代表底层群众的布尔什维克（俄文：多数派）未能及时掌权，苏维埃（俄文：代表会议）内部也为孟什维克（少数派）和社会革命党主导，因此制度变革后，俄罗斯的当权者转为权贵资产阶级。资产阶级治下的俄罗斯甚至不如沙皇时期，社会动荡，混乱不堪。

同年11月7日（俄历10月24日），布尔什维克发动十月革命，并成立苏维埃政府。效忠沙皇的旧军队、支持资产阶级政府的武装势力和其他反对布尔什维克的政治力量在协约国的支持下反对十月革命，南部地区邓尼金白军、东部盘踞西伯利亚地区的高尔察克军严重威胁苏维埃政权，莫斯科实行战时经济政策，迅速组织地方力量，与复辟武装作战，终逐个击破，于1921年控制俄罗斯全境。

十月革命胜利后，帕斯捷尔纳克凭证列席全俄苏维埃第九次代表大会，受托编写《列宁的国外岁月》。1927年因不愿受教条主义、个人崇拜、扩大的人民运动的限制，他退出左翼文艺阵线。在其后二十年的知识分子改造和"大清洗"中，他的好友们相继死于饥荒、战争、自杀，或被秘密逮捕审判、流放到"古拉格"（劳改营）、被驱逐流亡海外。其中包括挚友曼杰施塔姆、茨维塔耶娃、皮利尼亚克、马雅可夫斯基、亚什维利等。虽然帕斯捷尔纳克本人并未被逮捕或流放，但他频繁在公开场合下批评政府，作品中表现出对于个人崇拜的反感，致使他在近二十年的时间里不断被禁言、遭打压。

第二次世界大战爆发，他被遣往战地做随军记者。亲历战场使他极为震动，同时也激发出了多年压抑的情感和思考。战争结束后的一段时间政治宽松，他开始着手写作《日瓦戈医生》。带着多年来的痛苦、感慨，对于社会的反思、对逝去友人的追忆，这部小说写作近十年，于1955年最终定稿。此时斯大林刚去世，政治高压和意识形态控制在这一阶段式微，帕斯捷尔纳克将文稿投给了莫斯科的各大出版社，但小说的主旨、所表达的感情和一些作者个人观点被认为有悖于马克思主义、革命精神等苏联意识形态根基，经审查后并未予以出版。之后又相继发生匈牙利、波兰暴动，作品在国内出版更无可能。因此，帕斯捷尔纳克将手稿交于意大利出版商。

1957年，这部"偷渡"作品的意大利语译本于米兰问世，第一版发行当日即告售罄。苏联作协多次要求停止出版无果后，《日瓦戈医生》以雨后春笋之势于英、法、美等全世界多个国家相继出版，立即轰动"西方世界"。

1958年10月23日，瑞典皇家学院宣布当年诺贝尔文学奖授予苏联诗人鲍里斯·帕斯捷尔纳克，表彰他"对现代抒情诗歌以及俄罗斯小说伟大传统做出的杰出贡献"。帕斯捷尔纳克获悉得奖的消息，当即回电致意："极其感激，感动，骄傲，惊讶，羞愧。"

当时美苏冷战正剑拔弩张，《日瓦戈医生》于西方出版引发苏维埃当局极大不安。此时帕斯捷尔纳克的获奖像是一枚引信，立刻触发苏联当局的敏感神经。对帕斯捷尔纳克的攻击旷日持久，从公开批判到煽动群众报复，甚至人身威胁，声称要将他驱逐出境。帕斯捷尔纳克对此无法承受，致电诺贝尔文学奖授奖委员会，自愿放弃奖项："鉴于我所从属的社会对我被授奖所做的解释，我必须拒绝领奖，请勿因我的自愿拒绝而不快。"

他在孤独与痛苦中度过了人生的最后两年，于1960年5月30日在家中去世。在他死后的二十五年，作品仍然受到限制，直到1986年苏联作协才为这位"托尔斯泰以后俄罗斯文学的伟大继承者"恢复名誉，《日瓦戈医生》终于在苏联国内正式解禁，准许出版。

1989年12月10日，帕斯捷尔纳克之子叶夫根尼赴瑞典斯德哥尔摩代其父亲参加迟到三十一年的诺贝尔文学奖颁奖礼并代其领奖。典礼上，当世最出色的大提琴演奏家，流亡俄罗斯人姆斯季斯拉夫·罗斯特罗波维奇演奏了巴赫D小调大提琴独奏曲《萨拉班德》，其乐深沉、悲怆，到场者但凡读过《日瓦戈医生》，便会忆起故事中的种种场景，无不动容。

事实上日瓦戈医生的形象早已深入人心，并成为了"某一类人"的代名词——他们不是英雄，没有做过惊天动地的大事，但在极端状况下的抉择中，呈现出不惧世俗的真诚、善良、纯真，总令人处于困境而不至于绝望，总能奋起一些执着和信念。

1959年，帕斯捷尔纳克获得诺贝尔文学奖次年，也是他生命的最后一年，他在一首诗中写道.

我到底是犯了什么罪啊，
我是杀人犯，还是恶棍？
我仅仅是让全世界
都为我的家乡俄罗斯的美丽哭泣。

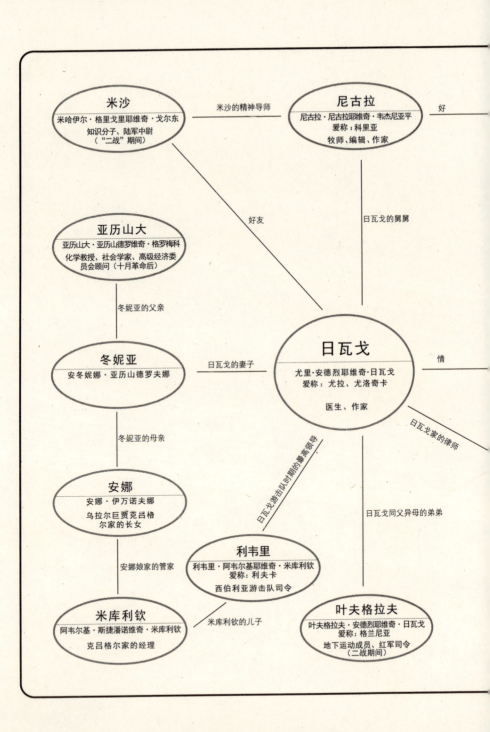

米沙
米哈伊尔·格里戈里耶维奇·戈尔东
知识分子、陆军中尉
（"二战"期间）

米沙的精神导师

尼古拉
尼古拉·尼古拉耶维奇·韦杰尼亚平
爱称：科里亚
牧师、编辑、作家

好

好友

日瓦戈的舅舅

亚历山大
亚历山大·亚历山德罗维奇·格罗梅科
化学教授、社会学家、高级经济委
员会顾问（十月革命后）

冬妮亚的父亲

冬妮亚
安冬妮娜·亚历山德罗夫娜

日瓦戈的妻子

日瓦戈
尤里·安德烈耶维奇·日瓦戈
爱称：尤拉、尤洛奇卡
医生、作家

情

日瓦戈家的律师

冬妮亚的母亲

安娜
安娜·伊万诺夫娜
乌拉尔巨贾克吕格
尔家的长女

日瓦戈游击队时期的最高领导

日瓦戈同父异母的弟弟

安娜娘家的管家

利韦里
利韦里·阿韦尔基耶维奇·米库利钦
爱称：利夫卡
西伯利亚游击队司令

米库利钦
阿韦尔基·斯捷潘诺维奇·米库利钦
克吕格尔家的经理

米库利钦的儿子

叶夫格拉夫
叶夫格拉夫·安德烈耶维奇·日瓦戈
爱称：格兰尼亚
地下运动成员、红军司令
（二战期间）

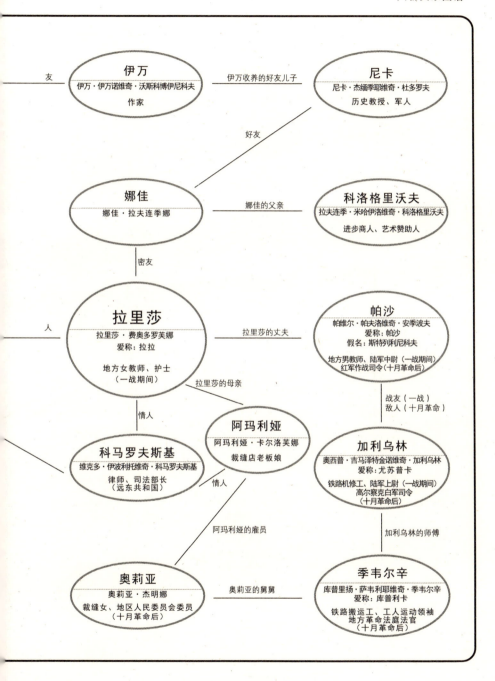

友

伊万
伊万·伊万诺维奇·沃斯科博伊尼科夫
作家

伊万收养的好友儿子

尼卡
尼卡·杜缅季耶维奇·杜多罗夫
历史教授、军人

好友

娜佳
娜佳·拉夫连季娜

娜佳的父亲

科洛格里沃夫
拉夫连季·米哈伊洛维奇·科洛格里沃夫
进步商人、艺术赞助人

密友

拉里莎
拉里莎·费奥多罗芙娜
爱称：拉拉
地方女教师、护士
（一战期间）

人

拉里莎的丈夫

帕沙
帕维尔·帕夫洛维奇·安季波夫
爱称：帕沙
假名：斯特列利尼科夫
地方男教师、陆军中尉（一战期间）
红军作战司令（十月革命后）

拉里莎的母亲

战友（一战）
敌人（十月革命）

情人

阿玛利娅
阿玛利娅·卡尔洛芙娜
裁缝店老板娘

科马罗夫斯基
维克多·伊波利托维奇·科马罗夫斯基
律师、司法部长
（远东共和国）

情人

加利乌林
奥西普·吉马泽特金诺维奇·加利乌林
爱称：尤苏普卡
铁路机修工、陆军上尉（一战期间）
高尔察克白军司令
（十月革命后）

阿玛利娅的雇员

加利乌林的师傅

奥莉亚
奥莉亚·杰明娜
裁缝女、地区人民委员会委员
（十月革命后）

奥莉亚的舅舅

季韦尔辛
库普里扬·萨韦利耶维奇·季韦尔辛
爱称：库普利卡
铁路搬运工、工人运动领袖
地方革命法庭法官
（十月革命后）

目录

第一章

下午五点，特快列车

　　送殡的队伍一面唱着《永恒的安息》，一面继续前进。当歌声偶尔停止时，他们的脚步声、马蹄声和阵阵的风声似乎依然在唱着歌。

　　旁观的人们让路给出殡的行列，一面数着花圈，在胸前画着十字。有些人好奇地走过来问道："是谁家出殡啊？""日瓦戈。"有人答道。"哦！怪不得，怪不得！""但不是他，是他太太。""唉，还不是一样。愿她的灵魂安息。这真是一场体面的丧礼。"

　　与亲人在一起的最后时刻一分一秒地消逝，永远不再回来。"上主和他的大地，以及所有居于地上的一切。"牧师念完告别词，画着十字，同时抓了一把泥土撒在玛丽亚·尼古拉耶芙娜的遗体上。人们又唱了一遍《义人之魂》，然后一阵吓人的忙乱开始了：掩上棺盖，钉牢，放入墓穴，四把铲子雨点一般把泥土填进墓穴，很快就筑好了坟堆。一个十岁的男孩爬上坟堆。唯有葬礼之盛大逐渐引发感觉迟缓和心神恍惚才会产生这样的印象：男孩似乎要透过墓穴，和他的母亲说话。

男孩抬起头，从他那突兀的位置失神地扫了眼萧瑟的秋色和修道院的圆顶。他伸长脖子，鼻梁高翘的脸孔不住抽动。假如一只幼狼这个样子，谁都知道它就要嗥叫了。男孩用双手掩着脸，一阵阵啜泣。冷风刮过，把冰冷的雨点浇到他的手上和脸上。一个穿着窄袖黑衣的男人走向坟前。他是死者的弟弟、男孩的舅舅，名叫尼古拉·尼古拉耶维奇·韦杰尼亚平，原本是个神父，后来由于自己的请求又还了俗。

他走到男孩跟前，把他带出坟场。

当天晚上，他们住在修道院里。尼古拉舅舅以前便是这修道院的神父，修道院特别给他腾出一个房间。这一晚正是圣母进堂节的前夕。第二天他们就要南下前往伏尔加河上的一个城镇，尼古拉舅舅在那里的一家进步出版社做事。他们已经买好车票，行李也收拾妥当，放在房间里。车站距离修道院不远，他们在这里可以隐约地听到火车头喘息的声音。

夜里，天气变得异常寒冷。房里的两扇窗子开得离地面很近。透过窗子望出去，外面是一角已经荒废了的菜圃、一段冰洼散列的大路和埋葬玛丽亚·尼古拉耶芙娜的墓园一隅。菜圃里除了挨着墙边的一些矮刺槐和几棵冻得萎缩发青的包心菜外，什么也没有。每一阵风吹过，那些叶子剥落净尽的矮刺槐就着了魔似的飞舞，而后又俯伏在路边。

半夜里，那男孩尤拉因为窗上的一阵敲击声惊醒。黑暗的房间被神秘刺眼的白光照亮了。他只披了件衬衫，跑到窗前，把脸孔贴在冰冷的玻璃上。

除了纷飞的大风雪之外，外面什么也看不见，既看不见坟地、道路，也看不见菜圃。大风雪像是故意冲着尤拉施展它的威力，它咆哮着、吼叫着，竭尽所能地吓唬着他。那无垠的白布在空中翻滚着，向大地直倾而下，覆盖了一切。风雪独霸整个世界，其他的东西都消失了。

尤拉翻下窗台，脑中第一个念头就是穿上衣服，跑到外面去做点什么。他害怕那几行包心菜被埋得太深，再也没有人能把它们挖出来；他害怕母亲要沉入地底，离他愈来愈远。

但结果他还是哭泣着停下来。舅舅醒了，同他说了一阵主啊耶稣基督，并努力安慰他。此后舅舅站在窗前沉思，打着哈欠。天快亮了，他们穿上衣服。

　　母亲尚未告别尘世的时候，尤拉并不知道他的父亲早已遗弃了他们母子，独自在西伯利亚和外国过着放荡荒淫的生活，把家产挥霍一空。他常常听到的说法是他的父亲到彼得堡去做生意，或是参加通常在依尔比特举行的商品展览会去了。

　　他的母亲老是疾病缠身。当她得知自己染上肺结核后，经常前往法国南部或意大利北部疗养。尤拉和她去过两次，但他通常是被留在家里，托陌生人照顾，并且每次都托给不同的人。尤拉逐渐习惯了这种场景混乱、不断有神秘事故出现的生活，因此对于父亲的离家，也就觉得理所当然了。

　　他记得当他还很小的时候，有很多事物都冠着他家的姓氏。那时有一家日瓦戈工厂，一家日瓦戈银行，好几座日瓦戈大楼，还有一种日瓦戈领带夹，甚至有一种叫做日瓦戈的糖酒蛋糕。而且，曾经有一个时期，在莫斯科只要你对赶雪橇的车夫说一声"日瓦戈"，那就如同说"到传说中的金银城去"，他自然会把你载进一个神话般的世界，把你送进一个广阔而幽静的林泉之所。栖息在松林中的乌鸦抖落积雪，它们的聒噪引起阵阵仿佛树枝断折的回响。纯种狗成群地从新房前的空地上越过大路奔驰而来。再往前去，一盏盏灯火闪现在逐渐苍茫的暮色中。

　　然后，突然之间一切都消失了。他们穷了。

　　一九○三年夏季，有一天尤拉和他的舅舅尼古拉坐着一辆双马敞篷车穿过田野，他们去探访伊万·伊万诺维奇·沃斯科博伊尼科夫，一名教师和普及性读物作者。他住在杜普梁卡，这庄园是绸缎商、热心的艺术投资人科洛格里沃夫的财产。

　　这天正赶上喀山圣母节，也是收割小麦的农忙季节，但不知是因为节日，还是因为中午休息，田野中竟一个人也看不见。在高张的火伞下，那些收割了一半的田地，就像剃了一半的犯人头。飞鸟在空中盘旋，被沉重的穗子压弯的小麦静立在炎阳下。远方，收割过的麦田上，排列着一捆捆整齐的麦秆。如果你长久地凝视它们，就会产生错觉，仿佛它们是会动的，如同沿着地平线走动记录的土地测量员。

"这些田地是谁的？"尼古拉·尼古拉耶维奇问帕维尔。帕维尔是报馆老板的佣人，他斜坐在马车的驾驶座上，耸着肩膀叠着腿，一看就知道是个不善驾驶马车的人。"是地主的还是佃农的？"

"这一边都是老爷的，"帕维尔抽着烟，过了好大一会儿才用鞭柄指着另一个方向说，"那边才是佃农的——嗨呵！走吧！"他吆喝着马，像工程师注视压力计似的注视着马的尾巴和腰部。那两匹马正如天下所有的马，套在车辕上的那匹老老实实地拖着车，那匹没有上套的则天鹅似的伸长脖子，像个精神萎靡的懒虫，光是和着铃声踏步。

尼古拉·尼古拉耶维奇带着沃斯科博伊尼科夫那本讨论土地问题著作的校样，因为当局对于出版审查的尺度渐渐严格，出版社老板要求作者把原著修改一下。

"这里的人愈来愈不像话了，"他对帕维尔说，"附近村子里，一个做买卖的被他们砍了头，县立的传种马厩也被烧掉了，你觉得这些事情怎么样？你们村子里的人怎么谈论这些事情？"

很明显，帕维尔的看法还要悲观些，甚至比那个催促沃斯科博伊尼科夫修改对土地问题的激烈论调的检查官还要悲观。

"给他们怎么说呢？农人被宠坏了——对他们太好了，这是没有用的。给农人一条绳子，上帝知道，他们马上会做出你勒死我我勒死你的事儿来。——嗨呵！走吧！"

这是尤拉第二次和舅舅到杜普梁卡去。他自以为已经认得路，每当田野在眼前展开，又在树林边缘形成一道狭窄的线界时，他就觉得自己认得这地方，路马上要向右转，而且立即就可以看见那十俄里外的科洛格里沃夫庄园，以及在远处闪耀的河水和对岸的火车站了。但每一次他都认错，田野过去还是田野，一片又一片相继隐没在树林后面。这些广阔无边的田野使他觉得自由自在，意态昂扬，使他不住地思前想后，梦想未来。

使尼古拉·尼古拉耶维奇日后成名的书，这时一本都还没有写出来，虽然他的思想已经成形，他却仍然不知道自己如何才能把那些思想贴切地表达出来。命运已经注定，不久他将跻身于当代的作家、教授和革命哲学家之列，他将成为一个在意识形态上与某些人有着某些共同关注点、但除了术语之外，又和那些人完全不同的人。那些人，毫无例外地抓紧一套教条（只要抓到字眼和表面的意思便心满意足了），但尼古拉神父却已跳出托尔斯泰主义和革命的理想主义，继续向前探索着。他热烈地追求一种能激发人的、可捉摸的观念，这观念会在运动中清楚地指出转变的道路，这观念要像闪电或轰雷一样，使儿童或不识之无的人都能领略。他渴望着新的事物。

尤拉喜欢和他的舅舅在一起，他使他想起自己的母亲。正像母亲一般，他的心灵在自由中活动，欢迎新奇的东西；他也同样具有高贵的意识，热爱一切有生命的动物；他也有国人的天赋，对任何事物，只要一落眼就能接受；他也能透彻地表达自己的思想，在它们还没有失去意义和活力之前。

尤拉很高兴舅舅带他去杜普梁卡，那是一个美丽的地方，而且还可使他想起母亲，母亲生前酷爱大自然，经常带他到野外散步。

他也希望再看到尼卡·杜多罗夫，虽然尼卡比他大两岁，也许会瞧不起他。尼卡是个小学生，住在沃斯科博伊尼科夫家里。当他和尤拉握手时，总是尽力把胳臂向下压，头垂得很低，然后他的头发就会披下来盖住额头，遮住了他的半边脸。

"'贫穷问题'之关键。"尼古拉·尼古拉耶维奇念着那部改订过的稿件。

"我想'关键'改为'要素'比较好些。"伊万·伊万诺维奇说着，动手改正校样。

他们正在被玻璃环绕、半昏暗的阳台上工作。浇花的喷水壶和园艺工具散乱一地，雨衣搭在一张破椅子的靠背上，角落里是糊满泥浆的靴子，靴筒坍在地板上。

"另一方面，出生与死亡的统计数字显示。"尼古拉·尼古拉耶维奇念道。

"加一句'在调查的该年度内'进去吧。"伊万·伊万诺维奇边说，边立刻注明。风从窗隙间吹进来，他们用花岗石当镇纸，压住稿纸。

工作完毕，尼古拉·尼古拉耶维奇立即告辞。

"暴风雨来了,我们要赶快走。"

"没有的事,不许走。我们这就喝茶啦。"

"但是天黑之前我必须赶回城里。"

"不要争啦,我不会让你走的。"

俄式钢茶炉的炭烟从园子里飘进来,把烟草和芥菜花的气味冲淡了。一个女佣端来一盘干酪、浆果和点心,并且告诉他们,帕维尔到河里洗澡去了,同时把马也带去了。尼古拉·尼古拉耶维奇只好留了下来。

"趁他们准备茶点,我们到河边去走走。"伊万·伊万诺维奇提议。

由于他和科洛格里沃夫有交情,科洛格里沃夫把庄园管理人住宅的两个房间让给他住。这住宅和它的小园子位于庄园中一个僻静的角落里,靠近一条布满荆棘的旧路,除了垃圾车偶尔会经过这儿开向充作垃圾坑的荒沟外,早已没有马车行驶了。科洛格里沃夫是个百万富翁,有远见,同情革命,这时正和太太在国外旅行。目前住在这庄园大厦里的,只有他的两个女儿,娜佳和莉帕,此外就是保姆和几个佣人。

一道稠密的黑李子树篱笆把管园人的住宅跟庄园大厦和带人工湖的林园隔开。当伊万·伊万诺维奇和尼古拉·尼古拉耶维奇沿着篱笆行走时,成群结队的麻雀不断地从树丛间的小路上飞起来,落在黑李子树丛里,欢快的唧啾声伴随着他们,就像他们的身边有一道在沟渠里淙淙流动着的溪水。

他们走过种花的温室,走过园丁的住宅,和一些石头建筑的遗址,谈论着当时科学界和文艺界的后起之秀。

"不错,是很有一些人才。"尼古拉·尼古拉耶维奇说,"但当下的风气是搞小圈子和各式各样的社团。不论他们服膺的是索洛维约夫、康德还是马克思,团体总是庸才们的庇护所。只有独自探索的个人才可能求得真理,否则无法摒弃那些并不真正热爱真理的人。世界上有多少事物值得我们信仰呢?事实上少得很!我认为一个人应当忠于不朽,那是生命的另一种形式,更为有力的形式。人必须对不朽忠诚——对基督忠诚!啊,你又翘鼻子了,可怜的人,你一点都不明白。"

"嗯。"伊万·伊万诺维奇哼了一声。这个瘦削、金发、像鳝鱼一样不安的人，胡子看上去有点像林肯时代的美国人，他时常用手捋一捋胡髭，同时不断地搓捻须端，"当然，我没的话说。你知道我对这类事情观点相当不同。可是，既然我们谈到了，你就说一说，当他们褫夺你的神职的时候，你有什么感觉？我敢打赌，你一定很怕他们要开除你的教籍，是吧？"

"你想转移话题。不过，也不要紧……开除我的教籍？没有，教会取消这种规矩了。不过脱离神职的确是很扫兴的，而且还连带一些后果。比方说，有一段很长的时间不能干公务人员，禁止前往莫斯科或彼得堡。但是，这些又有什么关系？我始终认为，人必须对基督忠诚。我来说明这个道理。你所不懂的是，一个人可以是个无神论者，可以否定上帝存在，而仍然相信人并非自生自灭，而是生活在历史中。他依然可以相信，就像目前我们所知道的，历史是从耶稣基督开始。他依然可以相信，基督的福音是历史的根源。那么，历史又是什么呢？历史是若干世纪以来对死亡之谜有系统的探索，并且一直在希望克服死亡。正因为如此，人类才发现了数学上的无限大和物理上的电磁波，也就是为了这个原因，人类才创作交响乐。假如没有某一种信仰，你就无法朝着这个方向前进；如果没有信仰，你就不可能有更多的发现。信仰的基本要素写在《福音书》中，那是什么呢？首先，爱你的邻人，这是生命活力的最高表现。这种爱一旦充满了人的心灵以后，必定会洋溢着泛爱众人的情感。再就是现代人的两个基本理想，作为现代人，没有这两种理想是不堪想象的：自由人格以及把生命看作一种牺牲的观念。你不要小看它们，这两种观念直到现在还是新颖的。远古是没有这种观念的，远古只有流血、兽性、残酷和罗马的麻脸暴君——他们不懂得奴隶制度是多么的卑鄙。不错，远古也曾留下使人类骄傲的铜碑和大理石柱子。但是，在基督降世之前，时间和人类都不能自由呼吸。一直到基督降临以后，人类才开始为未来而活着，不必再像狗一般死在壕沟里——而是死在家中。历史上，当克服死亡的努力在全力进行时，每个人也在分担这项工作中死去。噢！我太激动了，是不是？不过也许我是白说的吧？"

"亲爱的朋友，你谈到形而上学去了。我的医生可不让我谈形而上学，我的胃吃不消。"

"唉，罢了，跟你说这些没有用，我们不要谈下去了。啊！老天，多美丽的景色！你这幸运鬼！也许你天天看见这样的景致，反而不觉得它美了。"

河面像一片压上皱褶的白铁，反射出耀眼的阳光，令人不敢逼视。突然间，河面被波浪分成两半，一艘大型渡船满载着车、马、农人和他们的妻子驶向对岸。

"现在才五点多一点点，"伊万·伊万诺维奇说，"那是从塞兹兰开来的特别快车，每天五点零五分经过这里。"

远处的平原上，有一列由左往右行驶的黄蓝色火车，因为距离远，看起来只有一点点大。忽然，他们发现那列火车停了下来，火车头冒出白色的蒸汽，接着是一声悠长的汽笛。

"怪啦，"伊万·伊万诺维奇说，"大概是出事了。它并没有必要在草原中停下来。一定是出事了。我们回去用茶点吧。"

尼卡不在园中，也不在屋子里。尤拉猜想他之所以躲起来，是因为大人们让他心烦，而尤拉自己年纪又太小。所以舅舅和伊万·伊万诺维奇到阳台上去工作时，尤拉便到外面去闲逛。

这真是一个迷人的地方！黄鹂婉转啼鸣，每叫三声就停一会儿，似乎有意让宽广的田野有足够的时间来吸收它银笛似的清润歌声。馥郁的芳香凝结在花畦上空，好像在空气中迷了路，停留不去。这情景触发了男孩心中对法国和意大利那些避暑村镇的记忆，他来回返转，母亲声音的幽灵似乎也正漫游于这片林野，在虫鸣鸟叫声中回响。他不时因幻想而惊顾，以为母亲在唤他，叫他到她的跟前去。

他走到荒沟那边，穿过小树丛，爬下壕沟的边缘，走进沟底的冬青树丛里。

壕沟下面，蔓草、矮树、枯枝和腐败的叶子纷乱杂陈，阴暗而潮湿。花很少。枝节横生的荆树枝桠，好像他那本插图《圣经》里饰有埃及雕纹的拐杖。

尤拉觉得更加孤独了。他忽然想哭——随即他跪在地上，迸出了眼泪。

"上帝的天使，我神圣的护持啊！"他祈祷着，"保佑我走上真理之路，并请告诉母亲我很好，请她不必挂念。如果死后还有生命，主啊，请接纳我的母亲进入你的天庭，让她见见光耀如星辰的圣徒们的脸。母亲是善良的，她不是罪人，你对她大发慈悲吧！主啊，千万不要让她受苦。啊，母亲！"——在心碎的凄苦中，他向她呼唤，当她是另外一个护持圣徒。突然，他再也忍受不住，倒在地上，失去了知觉。

尤拉没有昏迷多久。他苏醒时，听到舅舅正在叫他。他一面应声，一面爬出壕沟。

忽然，他记起还没有为失踪的父亲祷告，母亲曾教他要记得替父亲祷告的。

但是刚才那阵昏眩似乎使他觉得轻松惬意，他不想改变这种感觉。他想，下次再替父亲祷告也未尝不可。他好像自言自语地说："让他等等吧。"尤拉几乎全然忘却了他。

米沙·戈尔东坐在火车的一节二等车厢里，跟随父亲出门远行。米沙有一张好像总是在沉思的面孔，和一双大而黑的眼睛，他才十一岁，却已经念中学二年级了。他的父亲名叫格里戈里·奥西波维奇·戈尔东，原来在奥伦堡当律师，现在前往莫斯科就任新职。米沙的母亲和姐妹们早已先去布置寓所了。

他们父子二人已经旅行了三天。

他们在热浪笼罩着的俄罗斯飞驰，越过田野、草原、村落和被太阳烤得灰白的城镇。一队队马拖的货车沿着公路前进，偶尔也会摇摇摆摆地横过铁轨。从风驰电掣般的火车望过去，这些货车仿佛压根儿没动，马匹也只是在原地踏步。

火车停靠大站的时候，乘客就跳下车跑向食物贩卖摊。斜挂站台背后的夕阳吻着这些人匆匆移动的脚步，照得列车的轮子闪闪发光。

区分来看，世界上的每一次震颤，都各有其计划和目的，但把它们合拢来，它们就又自然而然地沉浸在将其连结的生命之流中。人们工作、奋斗，每个人都被他自己所关心的目标所操纵。但那些其中的因果关系，如果不是由某种更高的意识——超脱的自由所统辖的话，就无法适宜地运行。这样的自由来自：感受到所有人的生命都互相关联；它源于一个必然，所有的生命都必然互相流通——一种快乐的体验，觉得所有的事情不但发生在这埋葬死者的国度，同时也发生在别的区域里，这区域有些人称之为上帝的国，有些人称之为历史，还有些人称乎它别的名字。

就这一通则而言，米沙却是一个不快乐的、辛酸的例外，忧郁始终滞留在他的心灵深处，他从来无法获得足够的安全感消除这种忧郁。他本身也知道自己有这种遗传特性，并且一直以敏锐的疑惧监视着这种特性的征兆。它使他苦恼，使他蒙羞。

自懂事以来，他就发觉有些人五官百骸与别人大致相同，语言生活也与常人无异，但却是完全不同的一类人，只有很少的人喜欢他们，更糟的是，没有人爱他们。为什么呢？他无法理解这种情况：你是生而不如别人的，并且任你如何努力也无法加以改善。到底做一个犹太人有怎样的意义呢？做犹太人又有什么目的呢？这种徒然带来悲痛的无可应付的挑战，究竟有什么补偿？它的道理又在哪里？

当米沙向他父亲提起这个问题的时候，父亲告诉他说，他的命题是荒谬的，并且他的推理过程也错了。但父亲并没有给他一个深入得足以折服他的解答，也不能使他默默接受这无法避免的现实。

因此，除了父母以外，米沙开始轻视所有的大人，因为他们总把事情弄得一团糟而后手足无措。他坚信等自己长大后，会把这些问题弄得一清二楚。

就拿眼前发生的事来说，谁都不敢说他父亲不应该去追那个冲出车厢的疯子，当那疯子推开他父亲，拉开车门，像跳水那样倒栽葱地从火车上跳出去的时候，谁也不敢说他的父亲不应该拉动紧急刹车警报。

但由于拉下紧急刹车警报的是他的父亲，在米沙看来，火车无缘无故停这么久，好像便是因为他们太不中用了。

谁也不清楚火车为什么要耽搁这么久。有人说是紧急刹车把制动机弄坏了，有人说火车正停在一个陡坡上，火车头没有力量向上爬。第三种说法认为那个自杀的人是个重要人物，他的随行律师坚持要从最邻近的车站科洛格里沃夫找几位地方官来立下见证。刚才副司机爬上电线杆打过电话，铁路警察的手摇车一定已经启程赶来了。

厕所隐约传出臭味，古龙水也盖不过它。用不干净的蜡纸包着的放在高处的烧鸡气味也直呛鼻子。几个叽叽喳喳的彼得堡老太太，脸上已拿煤烟和化妆品涂抹得像吉普赛婆娘，但依然不住地往脸上抹着粉，好像什么事都没有发生。尽管她们挤着走过拥挤的通道，仍然不会忘记整整头巾，留意自己的外表，她们走过戈尔东的车厢，撅着嘴巴，好像在对米沙吹嘘说："我们多有派头啊！我们是与众不同的，有教养的。这些货色真叫我们受不了。"

自杀者的尸体躺在路基旁的草地上。一道细小的血痕横在他的额际，由于血水已经凝固，看起来好像是一个钩，判他"一笔勾销"。尤其是那些血并不像是从他身体中流出来的，却像是一件附加上去的东西，诸如一条橡皮膏、一道溅上去的泥浆，或是一片湿黏的桦树叶。

好奇的人围成一圈——不断变动的人群，其中有同情的，也有漠不关心的。而他的朋友，一个矮胖而傲慢的律师，仿佛一只穿着湿衬衫的纯种狗，站在尸体旁边，毫无表情地发着怒。他热得发昏，不停地用帽子扇着风。不管别人问他什么话，他总是一个劲儿地耸肩，后来甚至头也不回，暴躁地回答："他是个酒鬼嘛，发酒疯跳了下来，难道你们不懂吗？"

一个瘦骨嶙峋的老太太，穿着毛衣、披着织巾，两次走近尸体。她是个寡妇，名叫季尔辛娜，她的两个儿子都做火车司机，因此她带着两个儿媳妇免费坐三等车厢。两个媳妇的头巾盖到额头，像跟着修道院长的修女似的，她俩一声不响地跟着她。大家都让路给她们。

季韦尔辛娜的丈夫是在一次火车失事时活活给烧死的。她远远地离开尸体站着，但仍然可以透过人群看见它，仿佛她在比较这两起意外事故似的，她叹了一口气。"各人的命运不同，"她似乎要表达这样的意思，"有些人死于主的旨意——但看看这个人吧——有钱享福却要发神经来寻死。"

所有的乘客都下车来看那具尸体，然后，又怕东西被人偷走，陆续又回到车厢里去。

当跳下车去采摘野花，或是走上几步路舒活舒活筋骨的时候，他们觉得似乎这地方只为这意外事件而存在，如果没有这个意外，这里的林岗草泽，那宽广的河，以及对岸斜坡上的漂亮房子和教堂都不会存在似的。

甚至太阳也好像只属于这个地方。它的暮光胆怯而不安，像一只从邻近牛群里走过来看看人群的小牛。

米沙深深为这意外而震动，最初，他竟因为悲伤和惊恐而哭泣起来。在他们漫长的旅途中，那自杀者好几次到过他们的车厢，并且经常和米沙的父亲谈上整个钟头的话。他曾经说过，他发觉米沙的父亲是个很正派、温和而体贴的人，他觉得很安慰，他请教许多证券交易、财产契据、破产、欺诈等法律上的问题。"真的吗？"听完戈尔东的回答他惊叹地说，"法律真有这么宽大吗？我的律师可没有这么乐观呢！"

每当这个神经质的人安静下来，他的旅伴就从他们落座的头等车厢走来，拖他到餐车去喝香槟。他的旅伴就是这个站在尸体旁边、无动于衷的矮胖子，一个面孔刮得干干净净、衣着考究的傲慢律师。谁都能够体会到，这个雇主不住地激动烦恼，却正中他律师的下怀。

米沙的父亲说，这个人就是著名的百万富翁日瓦戈，他是个心地善良的浪子，但对自己的行为并不能完全负责。他来他们的车厢时，绝不因米沙在座而有所拘束，他谈及他的儿子，一个和米沙一般年纪的小孩。他也谈到他的亡妻，然后继续谈到他的第二个家，这个家也被他遗弃了，就像他遗弃第一个家一样。谈到这儿，他会记起别的事情，因为恐怖而脸色苍白，同时故事的连贯也就打乱了。

他对米沙有一份说不出的关切，也许那是他对另一个人关切的转移。他送给米沙许多礼物，当火车在大站停靠时，他就跳下车去，到头等候车室的书摊上买些玩具或者当地的纪念品来送给他。

他不停地喝酒，并且抱怨三个月来一直没有睡过觉；他说只要他的酒一醒，不管时间多么短暂，他就会被一种正常人无法忍受的痛苦所折磨。

最后一次冲进他们的车厢，他抓着戈尔东的手，似乎要告诉他什么，但终于没说出口。然后就冲出平台，跳下了火车。

当米沙正坐着端详那装有乌拉尔区矿石的木匣子——那个人送他的最后一件礼物——车外突然起了一阵骚动。一辆手摇车沿着平行的轨道驶来了。一位医生、两名警察和一个帽子上戴有徽章的检察官从手摇车上跳下来。他们官腔官调地问话，做起笔录。警察和列车长笨拙地把尸体拖过铺路的碎石，拖到路基上。一个农妇开始号哭起来。乘客被请回车厢去，随着汽笛声响起，火车又开动了。

"那个神棍又来啦！"尼卡狠狠地想着，一面设法在房间里找出一条潜逃的路。但客人们的声音已经来到门外，他无法溜走了。房里摆着两张床，他自己一张，伊万·伊万诺维奇一张。他毫不考虑地钻进自己的床底。

他听到他们在叫他，又在别的房间找他，对他的不在表示惊奇。最后他们又回到卧室。

"嗯，这就没办法啦。"尼古拉·尼古拉耶维奇说，"尤拉，你去吧！也许尼卡等一下就回来，那时你再和他玩吧。"然后他们坐下来，谈起彼得堡和莫斯科的学生暴动，把尼卡困在他那荒唐不雅的禁闭中约有二十分钟。后来他们终于到阳台上去，尼卡悄悄打开窗户，跳出去，走进林园。

头一天晚上他一夜没睡，弄得白天神情恍惚。他已经十四岁了，不再甘心被别人看作小孩子。他整夜大睁双眼，天刚破晓就迫不及待地走出门去。旭日初升，将修长而露湿的树影蜿蜒抛在林园地面上，那影子不是漆黑的，而是像浸湿的毯子似的灰黑。清晨醉人的芳香好像从这湿润的影子上升起，影子上一道一道的光线就如同女孩的指尖。

忽然一条水银色的带子，如草尖露水闪闪发光，从他身旁不远的地方滑过。它一直游动着，地面也没有把它吸去。然后，它突然扭向一旁，消失了。那是一条草蛇，尼卡打了个冷颤。

他是个很奇特的孩子。当他兴奋时，他会大声地自言自语，模仿他母亲谈论那些深奥的、似是而非的话题。

"活着是多么奇妙啊，"他想，"可是活着为什么又永远痛苦呢？当然，上帝是存在的，但是，如果他存在的话，那他就是我了。"他仰望一株晃动的白杨树，这树从树顶到树根都在颤抖，湿潮的叶子像小小的锡箔。"我命令它停住。"他鼓起疯狂的傻劲，用尽全力，用尽他身上每一盎司的血和肉，默默地集中所有的力量："停！"那株树真的立即乖乖地静止下来。尼卡开心地笑了，同时跳进河中洗澡。

他的父亲——被判处绞刑而又蒙沙皇特赦的造反派杰缅季·杜多罗夫，这时正在服劳役。他的母亲是格鲁吉亚埃里斯托夫家的公主，一位惯受宠爱的美人，依然很年轻，并且始终醉心于同情暴动和叛乱，支持过激派的理论，追捧名演员，或者帮助不快乐的失败者。

她非常宠爱尼卡，她把他的名字昵称为五花八门的奇怪读法，像伊诺切克或诺亲卡之类，并带他去梯弗里斯，在她的家人面前炫耀一番。尼卡在那儿印象最深的是他外婆庭院中一棵疏落的树。那是一棵呆头呆脑的热带大树，它的叶子如同大象的耳朵，遮蔽着南方灼热的烈日。尼卡认为它不像一棵树，而像一头野兽。

让这孩子用他父亲那可怕的姓氏是危险的。伊万·伊万诺维奇希望他用母亲娘家的姓，并且他想取得他母亲的同意，向沙皇上书申请批准这个更动。当尼卡躺在床底下愤世嫉俗的时候，他首先就想到这件事。这个沃斯科博伊尼科夫是什么货色，他居然敢这么可恶地干涉他的事情？他必须教训他，叫他少管闲事。

那个娜佳！只不过因为她年长一岁，就可以翘起鼻子，瞧不起他，当尼卡是个小孩子吗？他一定要教训她一顿。"我恨她！"他屡次对自己说，"我要宰了她。我要带她去划船淹死她。"

他的母亲也相当恼人。不用说她也一定是撒了谎啦。她临走的时候对他和沃斯科博伊尼科夫说要到高加索去，但她必定在第一个岔路口就拐弯，北上前往彼得堡了。哼，当他在这个鬼地方发霉的时候，她却快乐诮谣地和那些学生们在一起开枪攻击警察！他想他必须让人们见识一下自己的本事。他要杀掉娜佳，退了学逃到西伯利亚去找他父亲，发动一次惊天动地的起义。

那池塘的四周都长了水莲。小艇穿过水莲时发出干燥的窸窣声，池塘的水从密集的莲叶下面露出来，就像从掰开的西瓜瓤中间流出的汁液一样。

尼卡和娜佳在采水莲。他们两人都抓着同一根橡皮似的韧茎，那茎把他们两人头碰头拉在一起，小艇也就像被撑杆钩着似的被拖靠到岸边。小艇过处，一根根茎叶被撞得摇晃着朝水里缩去，那一朵朵红蕊的白花如同点了血的蛋的，一会儿沉入水中，一会儿又滚着水珠浮出水面。

娜佳和尼卡继续摘莲花，小艇愈来愈倾斜，两人几乎并排躺在艇里面。

"我讨厌上学，"尼卡说，"现在已经该我自力更生了——我应该到外面的世界去赚钱度日啦。"

"我还打算请你教我二次方程式呢。我的代数糟透了，几乎得补考。"

尼卡想，她的话中带刺。不用说，她是在提醒他别充大人，他还只是个小家伙罢了。二次方程式！他还没有开始学代数呢。

他故意装成毫不在乎来掩饰他的感觉。

"你长大以后打算嫁给谁？"

尼卡问着，随即意识到自己问得实在太蠢。

"还早着呢。也许我谁都不嫁。我从来都没有想过这个问题。"

"我希望你不要误会我有什么用意。"

"那你问我干吗？"

"你真笨！"

他们两人吵起来了。于是尼卡记起早晨他那种憎恨女人的情绪了。他恐吓娜佳说，如果她再咒骂，他就要淹死她。

"你敢！"娜佳不甘示弱。

尼卡拦腰抱住她，他们扭打起来，一下失去重心，都掉进池塘去了。

虽然两人都会游泳，可是水莲绊着他们的手脚，而且水深过顶。最后，好不容易才摆脱那些糨糊似的烂泥，爬上了岸，水还从他们的口袋和鞋子里直往外流。尼卡比娜佳更加疲惫。他们并排坐着，两人都是浑身湿透。假如是在以前，经过这么一场惊险，他们会互相责骂，争吵或大笑。可是现在他们却默然无语，只顾喘气，他们似乎被这整件事情的荒诞吓呆了。娜佳是一肚子火，尼卡浑身疼痛，好像被谁用棍子打断了肋骨一般。

最后，娜佳像个大人那样平静地说："你真的是发疯了。"

尼卡也同样用大人的口气说："我很抱歉。"

他们像两辆洒水车似的滴着水走回家去。他们走过那片多蛇的山坡，靠近早上尼卡看见蛇的地方。

他想起夜里充满他全身那神奇的、昂然自得的感觉和早上甚至大自然也要服从他旨意的能力。他思索着，现在应该发一个怎样的命令呢？他最迫切的渴望是什么呢？他突然意识到，他最向往的事情就是再和娜佳一同掉进池塘里去，而且他是那么渴望知道，这种事情是否会再度发生。

第二章

另一个世界的女孩

日俄战争还没有结束，人们对它的关注，却已经被其他的事件吸引过去了。革命的浪潮横扫整个俄罗斯，并且每一波新的浪潮都比上一次的更巨大更非比寻常。

就在这个时刻，阿玛利娅·卡尔洛芙娜·吉沙尔带着她的一对子女——儿子罗季翁，女儿拉里莎——从乌拉尔来到莫斯科。吉沙尔夫人的亡夫是个比利时籍的工程师，她自己则是个完全俄化的法国人。她把儿子送进军校，把女儿送进女子中学。拉里莎因此成为娜佳·科洛格里沃娃的同学。

吉沙尔夫人的丈夫遗下了他的积蓄，但原本持有的涨价的股票现在却开始跌价了。为了避免坐吃山空，并且找点事情干干，她买下了一间小店，就是靠近凯旋门的列维茨卡娅的缝衣店。她从列维茨卡娅的继承人那儿把店铺，连带那店铺的名气、主顾、裁剪师和学徒们一应俱全地接收过来。

她这样做是接纳了科马罗夫斯基的劝告。科马罗夫斯基是个律师，她丈夫生前的好友，所以她现在一有事情便请他帮忙。这人是个熟悉俄国商场情况、精明而冷酷的生意人，她和他通信之后才做出这样的决定。他去火车站接她和她的子女，用车子送他们去莫斯科另一端的蒙地内格罗旅店，住进他帮他们在那儿订下的房间。也是他说服了她把儿子罗佳送去军校，把女儿拉拉送去他选的这所学校的。他和罗佳轻松地说笑，同时凝视着拉拉，窘得她满脸通红。

他们在蒙地内格罗旅店住了一个月左右，才搬到裁缝店附近一栋三个房间的小公寓去。

这是全莫斯科最龌龊的区域——老式房屋狭隘潮湿，下等酒吧里贩夫走卒聚集，街道上公然经营不法勾当，同时又是"堕落女子"的卖淫窟。

孩子们对于房间里的肮脏、臭虫和破败家具安之若素。自从他们的父亲死后，他们的母亲就一直在穷困的恐惧中度日。罗佳和拉拉已经听惯他们嚷嚷快要破产的话了。他们明白自己和街上的贫童们毕竟不同，可是，也像在孤儿院里长大的小孩一样，他们对于有钱人总是存着一种深深的恐惧。

他们的母亲就是这种心理的活榜样。吉沙尔夫人是一个三十五岁左右的金发胖女人，她不时心血来潮地做些蠢事，显得很可笑。她胆小如鼠，并且特别怕男人。由于恐惧和慌乱，她只好不断地从一个情夫转移到另一个情夫那里去。

还住在蒙地内格罗旅店的时候，他们一家住的是二十三号房。二十四号房住的一个秃顶、戴假发、多汗而和善的大提琴手名叫特什克维奇。自从蒙地内格罗旅店开张以来，他就一直住在二十四号房。每当他要说服别人的时候，就会祷告似的双手合十，或者双手打着胸口。但当他在高尚场合或者音乐会上演奏的时候，则会昂着头，两只眼珠出神般转动着。他经常整天待在莫斯科大剧院或音乐学院里，很少在家。不过既然是邻居，守望相助，相处得还是很好。

科马罗夫斯基来访的时候，因为小孩子们在场，吉沙尔夫人觉得很不方便，特什克维奇就把他的房间钥匙留给她，让她可以在他房间接待她的朋友。很快地，她便习惯于他的利他精神，以致有好几次，她甚至于敲开他的房门，泪流满面地请求他保护，以免受到恩人的迫害。

裁缝店在靠近特维尔街拐角的一间平房里。附近是布列斯特铁路干线、火车头修理厂、货仓，以及铁路工人宿舍。其中一间宿舍里，住着一个伶俐的女孩，名叫奥莉亚·杰明娜，她在吉沙尔夫人的店里做工，她的伯父是火车站的搬运夫。

她是一个能干的学徒，从前的老板已经很看得起她，现在的新老板也很快地对她有了好感。奥莉亚对拉拉也特别有好感。

自从列维茨卡娅缝衣店开张以来，店里就一直是这个样子。在女缝纫工们疲惫的脚下，在她们无声的手中，缝纫机紧张地转动着。这些妇女们静静地缝着衣物，她们的手不时拉扯针线，划出一个大弧。地板上撒满布头布尾。如果你想让别人听见你的声音，你就必得提高嗓门，因为那里除了缝纫机的轧轧声外，还有窗前挂着的鸟笼里那只黄莺在唱歌。这黄莺名叫基里尔·莫杰斯托维奇，至于它为什么有一个这么奇怪的名字，那秘密已经给以前的店主带进坟墓里去。

接待室里，顾客们环坐在一张堆满了时装杂志的桌子四周，她们有的站，有的坐，有的仿照时装图片上的姿势倚在桌边，议论着衣衫的款式与花样。坐在另一张桌子旁经理座上的是法伊娜·西兰季耶芙娜·费季索娃，她是吉沙尔夫人的助手和高级裁剪师，一个瘦削的女人，松弛凹陷的脸颊上长着些疣子似的小肉瘤。她的牙齿焦黄，咬着一个骨质的烟嘴乏神的眼睛斜斜地眯着，嘴巴和鼻孔不时喷出一道道黄烟。她在记事簿上写下一些尺寸、订制数量和顾客的地址，而且还要记下那群左拥右挤的客人们的特别吩咐。

吉沙尔夫人没有经营店铺的经验。她觉得自己还不完全够格当老板，不过员工们都很老实，而且费季索娃十分可靠。尽管如此，当时究竟是兵荒马乱的岁月，她不敢向往将来，她时常感到一种无能为力的绝望。

科马罗夫斯基经常去探望他们。当他经过裁缝店到吉沙尔住的公寓去时，照例总是说些双关的笑话，吓得正在试穿的时髦女士们往屏风后面乱窜，以逃避他的笑话。那些女裁缝们则在一旁交头接耳，窃窃私语："老板大爷来了。""人家可是阿玛利娅的心肝。""老色狼！""采花贼。"

更讨人厌的是他的恶犬杰克。科马罗夫斯基有时用皮带拴着它，它总是非常用力地拖着主人往前走，不时把科马罗夫斯基拖得张开双臂向前踉跄，像个没有人带路的瞎子。

春季里的某一天，杰克咬了拉拉的腿一口，把她的长筒袜也扯破了。

"我要宰了这恶鬼。"奥莉亚以沙哑的嗓音向拉拉耳语。

"它真是可恶！但你怎么杀它呢？傻瓜。"

"嘘，小声点，我告诉你好了。你见过那些石头做的复活节蛋吧？——你妈妈抽屉里的那种……"

"嗯，见过，那是用玻璃和大理石做的。"

"就是那些。你弯下腰来，我低声跟你说。你把它们滚上猪油——那该死的畜生舔猪油时，连它们一起吞下去，还怕噎不死它？那恶鬼不就玩儿完了吗？"

拉拉笑了，她带着又羡慕又嫉妒的心情打量着奥莉亚。这是个自食其力的贫家女。这种孩子都是很懂事的。但她却又是多么的天真烂漫，多么的孩子气！杰克，复活节蛋……她是怎么想出这么个主意来的？拉拉禁不住想：为什么我的命运要我对每一件事都操心呢？

"母亲是他的……她们是怎么说的？……他又是母亲的……我不愿说出这种坏字眼。还有，为什么他总要那样地盯着我看？说来说去，我总是她的女儿辈啊！"

拉拉只有十六岁多一点点，但已经发育完全，看起来好像是十八岁的大姑娘了。她很聪明，而且容易相处，人也长得十分好看。

她和罗佳都明白，如果不经过一番艰苦奋斗，他们这一辈子是不会有什么出息的。他们不像那些游手好闲的纨绔子弟，他们没有闲暇做早熟的幻想，或者去推理那些尚无切身利害的事物。只有富裕的人才那样龌龊。拉拉是世界上最纯洁的人。

姐弟两人都体会到物力维艰、生活不易，而且对于他们一家居然能够一直维持下来觉得欣慰。只要你的日子过得去，别人自然就瞧得起你。拉拉在学校里功课很好，这倒不是因为她对读书有什么深切的喜爱，而是因为奖学金只发给优异的学生。她也一直洗碗碟、在店里帮忙，或者替母亲做些家务。她一举一动都沉静优雅，她整个人——她的身材、声音、姿势、灰眼睛和金色头发——构成一个和谐的整体。

这是七月中旬的某个星期天。假期里可以多赖一会儿床。拉拉仰卧在床上，两手枕在脑后。

店里静悄悄的。临街的窗户敞开着。拉拉听见一辆四轮马车在远处的碎石子路上辚辚作响，然后车轮滚到电车轨上，辚辚车声消失了。"我要再睡一会儿。"她想。城市里的嘈杂像一首催眠曲，使她沉沉欲睡。

拉拉向右面侧卧时，根据她身体上两个参照点——左肩胛和右脚的拇趾——在被子里的相对位置，她感觉到自己长大了。这肩膀和腿，再加上其他的一切几乎就是她自己，和谐地构成了她的躯体，而且似乎急于向未来发展。

"我一定得睡睡。"拉拉想，一面在幻想中观察此刻太阳照耀下的马车店街——马车店里打扫得干干净净的地板上陈列着大马车、雕刻精致的玻璃风灯，以及熊的标本，那种豪阔的生活。再往前走一点点，骑兵在兹纳敏斯基兵营前的操场上演练——战马围成一圈，骑兵跨上马鞍列队，一会儿慢步，一会儿小跑，一会儿奔驰；操场外面，整排由保姆或奶妈带着的小孩在栏杆前看得目瞪口呆。

拉拉又接着想下去，前面就是彼得罗夫大街了。

"哎呀！拉拉，我想起来了，我正要让你看看我住的房子呢，就在前面不远。"

这天正是科马罗夫斯基一个朋友的女儿奥莉卡命名的日子，这朋友住在马车店街。大人们跳舞喝香槟来庆祝这个日子。他本来想请拉拉的母亲一起去，但母亲不舒服，没有去。她说："带拉拉去吧！你不是一向要我照顾她吗？好啦，现在你自己来照顾她。"他果然照顾了拉拉——这简直是开玩笑！一切都是华尔兹惹出来的。那种舞真像疯了一样！你一圈一圈地转，什么也不想。音乐一响起来，就不晓得过去多么长久的时间，如同小说中常常描述的时光，飞快地过去。可是音乐一终止下来，你又会觉得很难堪，就像一盆冷水当头浇下，或者赤身露体被人发现了一样。当然，你一定乐于让别人和你那么亲近，为了要显示自己已经是个大人了。

她想象不到他的舞竟然跳得那么好。他的手是多么灵巧啊！他搂着她的腰时是多么沉稳啊！但她是再也不肯让人这么吻她了。她从来也没有想过，当别人的嘴唇久久地贴在自己的嘴唇上时，竟然会那么使她感到冒犯。

她想，再也不能这样胡闹了。她一定要坚决，再也不能装成害羞的样子，低头傻笑，不敢直视对方——这样是要闯祸的。祸福之间隐约地有一条几乎不可言说的可怕的界线。一失足就成千古恨。她再也不敢想起跳舞的事了，那是万恶之源。她必须勇敢地拒绝——推说从没学过跳舞，或者推说她的脚扭伤了。

那年秋天，莫斯科铁路网的路工们闹起了运动。莫斯科至喀山线的工人罢工了，莫斯科至布列斯特线的工人似乎也想罢工。罢工的行动已经决定，只是罢工委员会还在争论着罢工的日期。铁路上的人都知道即将罢工，他们只不过是在等待一个借口而后行动。

十月初一个寒冷而阴霾的早上，这天正是发薪的日子。但老半天出纳处都没有什么动静，后来一个工友把工资表和出勤表送进了办公室，出纳才开始发薪。车长、扳道工和他的助手、修车厂的扫地女工等等，从车站的仓库、厂房、机房和轨道上走出来，排成望不见尽头的队伍，向办公区的木房子移动着。

空气里弥漫着初冬的气息——那是被踩烂了的枫树落叶、融化了的雪、火车头的煤烟，以及那些在车站食堂地下室里刚出炉的新鲜热腾腾的燕麦面包的气味。列车来往着，在展开或卷起的红绿旗子的指挥下，转轨、操纵联轴的挽钩。火车头喘着气，看守拉着汽笛，转辙员吹着铁哨子。烟像一副没有尽头的梯子似的升上天空。嘶嘶发响的火车头喷出蒸汽，蒸着冻结的冬云。

段长富夫雷金正和车站的养路工长帕维尔·费拉蓬特维奇·安季波夫一同沿着路轨踱步。安季波夫最近一直在抱怨修理厂的那些修补路轨的配件不合标准，他认为修理厂用的钢韧性不够，铁轨受不了强大的压力负荷，严寒季节，铁轨可能会断裂。但管理部门对他的指责根本置之不理，显然在订合同买这些配件时，一定有人拿了红包。

富夫雷金穿着一件绣有铁路制服花边的名贵皮外套，外套扣子没有扣上，露出里面的新款斜纹哗叽西服。他小心翼翼地在路基上行走，志得意满地看着身上西装领襟的笔挺线条、裤筒上笔挺的折纹和他那双优雅的鞋子。安季波夫的话，他从一只耳朵听进去，又从另一只耳朵让它给溜掉了。他的心中另有盘算，他不断地掏出表来看，好像是等不及要走似的。

"不错，不错，我亲爱的伙伴，"他不耐烦地插嘴，"但那只是在运转次数频繁的主要路轨上才有危险而已。你管的究竟是些什么路轨呢？——傍轨、支线的终点、互换的岔轨和掉头轨，那上面有些什么车辆运转呢？大不了也只有一两列火车头走走罢了。你还想要多好的钢轨才行？你真是愈做愈糊涂了！谈什么钢轨好坏，在这些地方，用木头做路轨都没有问题！"

富夫雷金看了下怀表，啪地把表壳合上，然后凝视远处那条向铁路延伸而来的公路。在那条路上一处拐弯的地方，一辆马车驶过来了。是富夫雷金的自用车。他太太来接他了。马夫把车子一直驶到贴近铁路的地方，一面像个女佣责骂不听话的小孩子似的尖声尖气呼叱那两匹马，因为马怕火车。车内的一角，坐着一个漂亮的女人，心神不属地靠着椅垫子。

"好啦，我的好伙伴，下次再谈吧。"段长说，一面挥着手。那神情像是说："我还有些比铁轨更重要的事情呢！"然后便上车走了。

三四个小时之后，大约黄昏时刻，在距离路轨不远杳无人迹的田野上，好像从地下钻出来似的出现了两个人。他们回头看了一眼，便很快走开。

"我们走快一点。"季韦尔辛说，"我并不是担心有奸细跟踪我们，而是怕那群磨磨蹭蹭的家伙在那个地洞中办完事出来赶上我们。我看见这些人就受不了。如果硬要这么死拖下去，干吗要搞个委员会？既要玩火，又怕火烧身找不到地方躲！哼，还有你，你也是他们一伙的。"

"我的达里娅害斑疹伤寒，我要送她上医院。在她进医院前，我什么事也没有心情干。"

"他们说今天发薪水。我现在就到出纳处去。如果今天拿不到薪水，我可就跟你们不客气了，你们瞧着吧。我要大家立刻停工，一分钟也不等。"

"请问，你想怎么搞？"

"很简单，我到锅炉房去把汽笛拉响。就是这样。"

他们互道再见，分道扬镳。

季韦尔辛穿过路轨回镇上去，一路上他遇到不少从出纳处领了薪水出来的人，看来好像整个车站的工人都拿到薪水了。

夜幕低垂，出纳处已经点亮了灯。闲散的工人们聚集在出纳处外面的广场上。马车道上，富夫雷金的马车停在那里，富夫雷金的太太依然是早上那副姿态，好像一动也没动过似的坐在车中。她在等她的丈夫领薪水。

忽然下起冰雹来。马车夫从他的驾驶座上爬下来，去撑起皮子做的车篷。他使劲地扳动那些篷杆，用一条腿顶着车厢的背板。富夫雷金娜坐在车上，出神地欣赏着雹粒，雹粒打散出纳处射出的灯光，像银珠子一般闪耀着。她那白日做梦一样静止的眼睛定定地望着那群工人头顶上的某一点，她的神情看起来就好像：如果必要，她的目光可以越过眼前这群人，就像她可以看穿小雹点或者薄雾一样。

季韦尔辛看到了她的表情，不禁一阵恶心。他没有跟她打招呼就走过去了，同时决定先不去领薪水，省得在出纳处碰到她的丈夫。他来到广场上比较黑暗的一侧，走向笼罩在阴影里的修理厂，有好几条路通向那里的机车库。

"季韦尔辛，库普里扬！"黑暗中，有好几个声音在喊他。厂房外面有一小撮人。厂房里面，有一个人在叫骂，一个小伙子在哭喊。

"进去吧！库普里扬·萨韦利耶维奇，进去帮帮那小子。"人群里一个妇人这么说道。

老工头彼得·胡多列耶夫又在虐待他的小徒弟尤苏普卡。

胡多列耶夫原来并不是一个会虐待小徒弟的人，也不是一个爱吵闹的酒鬼。从前，有一段时期，他还是神气十足的青年工人，是莫斯科工业区那些商人或牧师的女儿们倾心仰慕的对象。但他所追求的女子，玛尔法，在她从修道院附设女校毕业的那一年，拒绝了他而嫁给他的一个同事，机工萨韦利·尼基季奇，就是季韦尔辛的父亲。

五年后，萨韦利惨死（他是在1888年那次骇人听闻的铁路撞车惨剧当中被活活烧死的），胡多列耶夫再度求婚，但玛尔法·加夫里洛芙娜又拒绝了他。从此胡多列耶夫就常常酗酒闹事，打算以此来向这个瞎了眼的、净折磨人的世界报复。

　　尤苏普卡是看更人吉马泽特金的儿子，季韦尔辛就是住在他所看管的出租屋里。季韦尔辛一向庇护那孩子，因此更使胡多列耶夫火上加油。

　　"锉子是这样用的吗？你这笨蛋！"胡多列耶夫喝道，扯着尤苏普卡的头发，连续地捶打他的颈背，"铸铁是这样锉的吗？你这眼睛也不睁开的猪猡！"

　　"哎哟！我下次不敢了，叔叔，哎哟，我不敢了，哎哟，痛死我了！"

　　"老子跟他说过几千遍了！先要对正圆轴，然后拧紧螺杆，但是他偏不，他一定要照自己的方法来弄！他差一点把轴都弄断了。这王八蛋！"

　　"我碰都没碰过那轴，我真的没有。"

　　"你为什么要虐待这孩子？"季韦尔辛问道，他推开人群走了进去。

　　"不关你的事。"胡多列耶夫打断他。

　　"我在问你为什么要虐待这孩子。"

　　"我可要警告你，快点走开，别想在这儿找麻烦！我杀掉他都还太便宜他呢，这饭桶，他险些弄坏了我的轴。还能活着就算他命大了，这眼睛也张不开的混蛋——我只拧了他的耳朵，扯了扯他的头发而已。"

　　"你是认为他犯了砍头的罪，是不是？真不害臊！真是的，像你这么年长的工头——头发都白了，还如此蛮不讲理。"

　　"告诉你，在我没有把你撕碎之前，你还是走开的好。否则的话我就要把你的肠子给剜出来！哼！还要跟我讲道理，你这狗杂种！你以为你自己是什么东西？你是老子眼睁睁地看着，在铁轨上干出来的野种。我清楚你的母亲，就是一个臭婊子、破鞋、贱货！"

　　接着，所有的事都在一分钟内发生。这两个人同时从摆着工具的长桌面上顺手捞起一件重家伙。如果不是外面的人冲进去把他们两人死命拉住，他们早已把对方宰了。胡多列耶夫和季韦尔辛都用力向前挣着身体，额头几乎相碰，眼睛充血，脸色铁青，气得说不出话来。他们被劝架的人从背后紧紧抓住双臂，扭着身子挣扎，希望挣脱抓着他们的同事。两人的衣服纽扣纷纷挣落，外套和衬衫都拉开了，露出肩膀。周围是一片叫闹声。

"凿子！抢下他那凿子！他要凿穿他的脑袋啊！放手，放手吧，老彼得，再不放我们可要扭断你的胳膊啦。哎呀！我们跟他们纠缠什么！拉开他们，把他们关起来，不就完事了吗？"

季韦尔辛用一种超人的力量，甩脱了抓着他的人。他冲向门口时，大家又去追他。但当大家发觉他是要走而不是要再和对方斗下去时，便让他去了。他走出门口，猛力回手关门，然后头也不回地迈步向前走去。潮湿的秋夜笼罩住他。

"你要帮他们的忙，他们却拿刀子对付你。"他喃喃自语，漫无目的地走着。

这个罪恶而充满欺骗的世界！一个吃得太饱的女人，可以用一种傲慢的、不屑一顾的眼光看着一切劳动者，而在这类劳动者中，一个酗酒的可怜虫居然以虐待自己的同志为乐——这个世界此刻令他更觉得可恨了。他加快脚步，好像这样就可以使世界快些进展到那个时代，那时一切的事物都像他此刻发烫的脑袋所想象的那么合理、那么和谐。他知道在过去几天内所发生的斗争、铁路上的纠纷、罢工的决议（虽然尚未执行，却也没有取消）、会议上的演说，都是展开在他们面前的这条大路上的一个个必经阶段。

在这一瞬间他是多么地兴奋，他走个不停，甚至连停下来透一口气也不需要了。他不知道该走到哪里去，不过他的双脚却很清楚地知道将要把他带去何处。

没多久，季韦尔辛就知道，当他和安季波夫离开那地下室不久，罢工委员会就决定在当天晚上罢工了。他们当时就决定了谁到哪里去、谁该参加。当机器修理厂的汽笛拉响起来——好像从季韦尔辛灵魂深处呐喊出来似的——当喑哑的汽笛声逐渐变得清晰时，在修理厂和转运场上，早已聚集了一群罢工的人。立刻，锅炉房的人们也听到了季韦尔辛的讯号，便也放下工具，参加了罢工的行列。

从那天往后许多年，季韦尔辛一直以为那天晚上使这条铁路沿线的工作和交通停顿的是他一个人的力量。直到后来一次审讯中，他被控告的罪名是参加罢工，而不是发动罢工时，他才知道真相。

人们走出来，问："人都到哪里去了？那讯号是什么意思呢？"

"你耳朵聋啦？"黑暗中有人答道，"是火警啊，他们在放火警讯号呢，他们叫我们去救火。"

"哪里起火啦？"

"总不会没有地方着火的，否则他们怎么会放警报呢。"

门被不断打开，更多的人走了出来。

另一些声音也出现了。"是火警吗？你相信那鬼话！这是罢工，知道吗？让他们去找些别的笨蛋来干这种肮脏的工作吧，弟兄们！我们可不要干啦。"

于是更多更多的人加入了罢工的行列。铁路工人全部罢工了。

两天后，季韦尔辛回到家。他满脸胡碴，因为睡眠不足而眼眶深陷，而且冻得骨头都发抖。本来这还不是落霜的时节，但头一天晚上却下了很厚的霜，季韦尔辛又没有穿冬衣。

看更人吉马泽特金在大门口迎着他。

"谢谢你，季韦尔辛先生。"他用五音不全的俄语唠叨着，"你救了尤苏普卡，我会永远为你祈祷。"

"你疯啦你，吉马泽特金，你在叫谁先生？别跟我来这一套，有话快说，这外面多冷啊。"

"你为什么要挨冻呢？马上就暖和了，库普里扬·萨韦利耶维奇。我和你母亲玛尔法·加夫洛芙娜昨天从货运站弄了一柴房木柴回来——全是桦木——很好很干的木柴。"

"谢谢你，吉马泽特金。如果你还有别的话要告诉我，就快说吧，我简直要冻僵了。"

"我要告诉你，别在家里过夜，萨韦利耶维奇，你必须躲起来。警察刚来过，问有谁到你家里来过。我说没有人来过，我说我很放心，只有铁路工人来过，陌生人一个也没有。我说，绝没有外人来过。"

季韦尔辛和他母亲、哥哥住一起，哥哥们已经结婚，他还是个单身汉。他们住的房子属于邻近的圣三一教堂。住在那种出租房里的房客们，只有几个是教会里的人，两个是小贩公会的会员——一个属屠宰业公会的，一个属于蔬菜业公会——但大部分的房客都是莫斯科至布列斯特线铁路的工人。

那是一所石结构的房子，沿着肮脏的泥院有一条木板垫着的路。几条露天楼梯也在院子里，楼梯口是厕所和上了锁的储藏室，到处弥漫着猫粪、狗屎和垃圾的霉腐气味，下雨天又脏又滑。季韦尔辛的哥哥在战时给征去当过兵，在瓦坊沟战役中受了伤。他目前正在克拉斯诺雅尔斯克的陆军医院里养伤，他的妻子和两个女儿已经去医院探望他，并准备接他回家（因为季韦尔辛一家几代都在铁路上做事，所以全家都可以凭职员证在整个俄罗斯境内旅行）。他们住的那层楼很安静，目前只有季韦尔辛和他母亲住着。

他们家住在三楼。家门前楼梯口上有一只大水桶，挑水夫按时挑来水倒入桶里。季韦尔辛上楼时，注意到水桶盖子被推向一边，一只洋铁罐子搁在结了冰的水面上。"普罗夫一定来过了，"他想着，笑了一笑，"这家伙这个样子喝酒，他的肠子必定会着火。"普罗夫·阿法纳西耶维奇·索科洛夫是季韦尔辛母亲娘家的亲戚，在教堂里充任赞美诗歌手。

季韦尔辛把洋铁罐从冰上拔起，按响门铃。一股暖气和厨房里使人垂涎的蒸汽浪潮向他扑来。

"你的火生得真好，妈妈，这里面真是舒服极了。"

他的母亲冲向他，抱起他的颈子，热泪盈眶。他抚着她的头发。过了一会儿，轻轻推开她。

"不冒险，怎么会有收获呢？妈，"他温柔地说，"现在，从莫斯科到华沙，整条铁路都瘫痪了。"

"我知道，所以我才哭啊。他们一定要逮你的，库普林卡，你一定要躲远一点才行。"

"你那个宝贝朋友，彼得，几乎要砸碎了我的脑袋！"他本来是想逗她发笑的，但她却恳切地说道："不要笑他，库普林卡，笑他真是罪过。你应该为这可怜的、苦命的酒鬼难过才是。"

"安季波夫被他们抓去了。他们三更半夜去搜他的房子，把所有的东西都翻遍了，今天早上把他带了去。他的老婆达里娅害斑疹伤寒进了医院。他们的孩子帕沙在职业中学念书，现在孤零零地和他那聋子姑姑住在一起。我想，那孩子应该到我们这里来。普罗夫来干什么？"

"你怎么知道他来过？"

"我看见水桶的盖子给打开了，洋铁罐被搁在冰上——肯定是普罗夫用洋铁罐喝过水。"

"你的眼睛真尖，库普林卡。是的，他来过，的确是普罗夫·阿法纳西耶维奇。他来借了点木柴——我已给了他。哎呀，我一直在嘟哝些什么啊，我真是太笨了。我都忘得一干二净了——普罗夫给我带了消息来。想想看，库普林卡，沙皇已经签署了一张宣言，一切都不同啦——每个人都会好了，农人们都有田地了，我们也要和那些上流人物平等了！宣言已经签署过了，他说，只差还没有公布而已。教士会议已经决定教堂聚会的时候增加一些节目——感恩祷告之类的。他告诉过我，不过我记不得了。"

帕沙·安季波夫的父亲被捕了，罪名是发动罢工。帕沙便寄居在季韦尔辛家里。他是一个干净而整齐的孩子，五官端正，红色的头发从当中分开，他常用一把梳子把头发梳平，或者把紧身衣拉直，把腰带上那饰有校徽的皮带扣子拉正。他很有幽默感，而且特别富有观察的天才；他可以模仿每一样他看到或听到的东西，引得别人大笑不已。

十月十七日的宣言公布后不久，许多革命团体要发动一次大规模的游行。游行的路线从特维尔门出发，到城另一端的卡鲁日斯克门。但是这次游行的计划非常不周到，领导人们也吵起来，咕哝咕哝就像煮着一锅烂粥，然后便一个一个地退出去。最后，当他们得知人群已经在指定的早晨集结了，才不得不又匆匆忙忙地派出代表去领导那些游行者。

不顾季韦尔辛的苦劝，他的母亲终于参加了那次游行。那快活的、讨人喜欢的帕沙也跟着她一起去。

那是十一月间一个干燥而寒冷的日子，天色像永不动弹的铅块，偶尔飘落几片雪花，慢慢地旋转着，然后怯怯地落在人行道上，像灰色的、毛茸茸的尘埃。

大街上人潮汹涌，到处都是脸孔——一张脸紧挨着一张脸。人们都穿着棉外套、戴着羊皮帽子，其中有男女大学生，老人和儿童，穿着制服的铁路工人，穿着长靴和皮外套的人，从电车修理厂和电话公司来的工人，还有女孩子和中学生。

他们唱了好一会儿的《马赛进行曲》、《华沙工人歌》和《你是受压迫者》之类的歌。一个走在游行行列前面的人唱着，倒退着，一面用他的帽子打拍子。然后，他把帽子戴在头上，听听那几个在他身边的领袖在说些什么。歌声一没有了拍子，便马上乱了。这时人们听见一阵好像杂沓的脚步踏在结冰的人行道上的响声。

领队的几个人从同情者的口中接获一个消息，说一队哥萨克骑兵在前面路上等着游行的队伍。那警告是用电话打到附近一家药房来的。

"那又怎么样？"策动游行的人讨论说，"我们必须保持冷静，不要慌乱，这是最主要的事情。我们必须占领第一栋我们走到的公共建筑物，然后宣布这个消息，并解散队伍。"

为了选择最好的占据对象，又引起了一阵争辩。有人提议占据商业雇员公会，有人提议工业专科学校，还有人提议海外通讯学校。

他们正在争辩之时，大队已经抵达一所学校了，而这所建筑物所能给予他们的掩蔽，和刚才提出来的那几个地方简直一样。

当队伍走到校门口时，那几个领导人就走到一边，踏上校门的半圆石阶，同时做手势让大队停下来。校门打开了，游行的队伍——外套跟着外套，帽子跟着帽子——走进了校门里的院子，走上楼梯。

"进礼堂去！进礼堂去！"后面有些声音叫喊着，但是人潮继续向前涌去，在走廊上散开，有些走进教室。当领队的几个人终于把他们引进礼堂后，这几个人便好几次向人们警告，说前面有哥萨克骑兵埋伏，但没有人注意他们。停止前进，并且走进一所建筑物里，被看成一种开会的邀请，一个临时会议立刻开了起来。

走了那么多路，唱了那么多歌，人们很高兴能够静坐一会儿，让别人来替他们干点事，让别人来喊哑嗓子。那群人欢迎所有的活动，他们忘记那些演说者的微小差别，因为他们在重点上看法完全一致。最后，那最蹩脚的演说者竟然获得最多的喝彩。没有人打算仔细听他的道理，他每说一句，大家就欢声雷动地赞成，也没有人在乎他的话被喝彩不停地打断，每个人都因为没有耐性而同意了他所说的一切。然后有人高声地叫喊"羞辱"，一封抗议的通电也起草好了；之后，突然人们好像不能再忍受那演说者沉闷的声音，他们一起站了起来，把那演说者忘得一干二净。他们像是一个人似的站起来，涌出去——帽子跟着帽子，行列跟着行列——走下楼梯，走上街道。游行又恢复了。

会议还在进行的时候，便已经开始下雪了。现在街道已经变白，雪愈积愈厚了。

当那队哥萨克骑兵向游行的行列冲锋时，在后面的游行者还不知道是怎么回事。一阵逐渐增高的叫喊声向他们卷过去，好像千万人高叫着"万岁"、欢声雷动一样，把那些个别的"救命啊"、"杀了人啦"的喊声给淹没了。几乎就在这同一时刻，人群向两面分散，在当中分出一条狭窄的走廊，马头和鬃毛，以及骑在马上挥舞长刀的士兵，正迅捷地冲进那一阵呼喊的浪潮之中。

半排骑兵骤驰而过，勒转马头，重整队形，猛然向行列的尾端冲过去。屠杀开始了。

几分钟以后，整条大街几乎已不见人影。人们向左右两边的小巷四散奔逃。雪渐渐小了。这个下午干涩得像一幅炭画的草稿。在房子后面的落日，好像用手指指着似的照在街上所有的红色东西上面——那些骑兵帽子的红顶、一面扯在街道上的红旗、和雪地上一块块的血饼与一道道的血痕。

一个头颅破裂了的人，呻吟着沿街旁的石阶爬行。那几个骑兵一直冲刺到街尾，又回转马头，并排慢步转回来。几乎就在这几匹马的铁蹄下，玛尔法·季韦尔辛娜从街的一边跑到另一边，她的头巾掉在脑后，她没命地呐喊着："帕沙！帕沙！"

帕沙本来一直和她在一起。听演说时，他还模仿着最后一个演讲者来逗她发笑。可是骑兵冲来时，在混乱之间他突然不见了。

一根短棍敲在她的背上，虽然她穿了很厚的棉外衣，几乎不觉得挨了打，但她仍旧咒骂着，向着那倒退的骑兵晃着拳头，责骂他们竟然胆敢在公共场所袭击一个像她这样的老太婆。

她焦急地向路的两边张望，最后她看见那孩子居然在路对面。他躲在一家蔬菜店和一家住宅之间凹进去的角落里，一群正巧路过的人也被一个骑兵逼着退到那里。那骑兵把马策上人行道，看见那几个人恐惧的样子，洋洋自得，故意勒住马，在那儿表演起小转身的花步来。他把马勒着，倒退到那几个人身边，然后像马戏班里表演的那样转一个身。突然他看见同队的伙伴回来了，便用力把马肚子一夹，马儿向前一跃而出，归队去了。

那一群人散开了。吓得说不出话来的帕沙冲向玛尔法。

在回家的路上，老太婆一直嘟哝着："千刀万剐的刽子手！人们因为沙皇赋予他们自由权利而高兴起来，这些该下地狱的刽子手就受不了啦！他们一定要把什么事都弄拧，把每句话的意思都弄反才行。"

她对那些骑兵发怒，她对全世界发怒，在那个时刻，并且连带地对她的儿子也发着怒。当她懊恼起来时，她似乎觉得所有近来的那些乱子全是"库普林卡那群毛手毛脚的笨蛋们"弄出来的。

"他们想怎么样呢？这群笨蛋们！他们糊里糊涂，只能够呼风唤雨就高兴了！这群不知好歹的东西，就像那个话匣子，帕沙，再学学他的样子让我看看，亲爱的。哎呀！真是笑死我了！你学得真是一模一样。嗡嗡，嗡嗡，嗡嗡——简直像只大土蜂！"

一回到家她就骂她儿子。她这一大把年纪了，还要挨那些白痴在背上打一棍吗？

"真是的，妈！你把我看成什么人啦？难道我是那队哥萨克骑兵的队长或是警察局长？"

尼古拉·尼古拉耶维奇在他的窗口看到了那些逃命的游行者。他晓得他们是些什么人，便注意地观察，看看尤拉是不是在里面。但那里面好像没有一个他的熟人，他只觉得似乎瞥见了那个姓杜多罗夫的孩子——不过他已记不起他的名字。那不知死活的小伙子，最近才从肩膀上取出一颗子弹头，现在又到那些他不该去的地方到处胡搞去了。

尼古拉·尼古拉耶维奇是那年秋天从彼得堡搬过来的。在莫斯科他没有房子，又不愿住旅馆，因此就寄居在一门远房亲戚斯文季茨基的家里。他们让他住在三楼一个两面朝街的房间中。斯文季茨基夫妇没有小孩，这座三层楼房是他们已故的双亲在好多年前跟多尔戈鲁基亲王租来的，房子委实太大了，他们用不了那么多地方。这是多尔戈鲁基家族的产业——一排多种式样的排列不整齐的房子，包含三个院落、一个花园，周围是三条狭窄的小巷，仍然沿用古老的名称，总称作面粉城，尼古拉借住的这座房子是面粉城的一部分。

虽然有四面窗子，但那书房依然阴暗。房里堆满了书籍、纸张、地毯和印刷品。房子的一角有一个半圆的阳台，因为是冬天，通往阳台的双扇玻璃门已经紧紧地关上了。

从那阳台的门和两面窗子望出去是一条小巷，巷子里的雪橇轨迹、两旁不规则排列的房子和栅栏一直延伸很远。

紫色的影子从园里爬进房间。那白霜覆盖的树，枝桠间好像蜡烛熄灭之后的浓烟，探进头来，仿佛想把它们的重担放在书房的地板上一般。

尼古拉·尼古拉耶维奇站着向远方眺望。他回忆起去年在彼得堡的冬天——他想起了加邦（一个教士，人们把他当作革命领袖，其实是个煽动家）、高尔基，想起了那次拜访首相威特，还有那些现代派的时髦作家们。他从那个疯狂的地方，逃到这古都的寂静里来，是打算撰写他心中的著作。但他从油锅里跳出，却又跳到火焰里去了。一天接一天的演讲——女子的大学特别班、宗教哲学会、红十字会，还有罢工基金会——简直剥夺了他全部的时间。他现在最需要的就是到瑞士去，到那儿林野中一个僻静的村镇去，到那湖上、山间、天空以及那永远应和着回音的空气中的平和里去。

尼古拉·尼古拉耶维奇离开窗口，他想出外去看个朋友，或者到街上走走。但他想起那托尔斯泰主义者维沃洛奇诺夫有点什么事情要来找他。他在房里踱着方步，于是他想到他的外甥了。

当尼古拉·尼古拉耶维奇从他在伏尔加河上的隐居之所搬到彼得堡去的时候，他把尤拉留在了莫斯科。他在莫斯科有许多亲戚——韦杰尼亚平家、奥斯特罗梅思连斯基家、谢利亚温家、米哈耶利斯家、斯文季茨基家，还有格罗梅科家。最初尤拉马马虎虎地住在那老话匣子懒鬼奥斯特罗梅思连斯基家，族人们管他叫费吉卡。费吉卡和养女摩蒂亚姘居，因此自认是个反抗传统、追求进步思想的斗士。但他辜负了亲戚的请托，甚至挪用了尤拉的费用，花在自己身上。于是尤拉只好迁移到当教授的格罗梅科家里去，此后就一直寄居在他家。

尼古拉·尼古拉耶维奇认为格罗梅科家环境和气氛很是合适。格罗梅科的女儿冬妮亚年纪和尤拉差不多，还有米沙·戈尔东也和他们住在一起，他同时也是尤拉的朋友和同学。

"他们倒是挺有趣的一个三人联盟。"尼古拉·尼古拉耶维奇想。他们三人整日把自己沉浸在《爱的意义》和《克莱采奏鸣曲》之中，而且三人都热心于宣扬品德。青年人经过一段狂热的清修是对的，但他们做得太过火，他们已经过分了。

他们真是幼稚而古怪！不知为了什么理由，他们把经常扰乱他们肉欲范围内的东西一律称为"庸俗"，而且不断地使用这个字眼，往往又用得很不恰当。这字眼用得太不高明！他们拿"庸俗"指本能，指猥亵，指对女性的玩弄，甚至用来概括整个物质世界。每当他们提及那个字眼时，脸色不是变青就是发红。

"如果我一直在莫斯科，"尼古拉·尼古拉耶维奇想道，"我就不会让他们变成这个样子。质朴是必要的，但必须有个限度……"
"哎呀，尼尔·费奥克蒂斯托维奇，你来啦！请进吧！"他叫道，一面去迎接他的客人。

一个胖子，身穿灰色的托尔斯泰主义者衬衫，以及一条膝盖上下涨得像口袋似的裤子，扎着极宽的皮腰带，脚着毡靴，走进房里来。他的样子活像一个脑袋在云端飘着的善人的灵魂。系着一条阔黑缎带的夹鼻眼镜，在他的鼻梁上愤怒地颤动着。他在客厅中便已经开始脱衣服，但还没有拉下围巾，所以它就挂在他背后，拖到地板上，与此同时他还拿着他的软呢圆帽。这些累赘使他无法和尼古拉·尼古拉耶维奇握手，甚至连"您好"也说不出来。

"嗯……嗯。"他不知失措地哼着，一面在房中张望着。

"随便放下好了。"尼古拉·尼古拉耶维奇说。这样，维沃洛奇诺夫的言语和自制能力才恢复了过来。

维沃洛奇诺夫自命是托尔斯泰的门徒之一，但他们这些人已经把那

个从来不知什么叫平静的天才的思想弄得了无生气，恬于享受长久而无

挂碍的休息，并且无可挽救地日渐流于浅薄。他来是请尼古拉·尼古拉耶维奇到一个集会去演讲。集会是为了救助那些被放逐的政治犯而召集的，将在一所学校内举行。"我已经到那学校去演讲过了。"

"也是为了救助我们的放逐者吗？"

"是啊。"

"你必须再讲一遍。"

尼古拉·尼古拉耶维奇稍稍推让之后，答应了下来。

事情已经谈妥了，尼古拉·尼古拉耶维奇不想留客。照说，尼尔·费奥克蒂斯托维奇可以马上告辞了，但他显然觉得那样太不像话，因此在告别之前，他想寻出几句生动而自然的话来说说，结果他们的对话竟尴尬地拖了下去。

"哦，结果你就变成了颓废派了？你甚至接受了神秘主义？"

"你这话什么意思？"

"那真是浪费，你知道的。你还记得那个县议会吗？"

"当然记得。我们不是曾经一起讨论过它？"

"我们还为乡村学校和师范学院作过战，为它们做了不少事呢！"

"是的。那是一次精彩的战役。"

"然后你对公共卫生和社会福利发生兴趣了，还记得吗？"

"是的，有一段时期。"

"嗯，现在你所关注的却变成这套附庸风雅的东西了——放荡的牧羊神、黄色的睡莲、雅典的少年和《让我们发光吧》。我真是想不到，像你这样一个睿智的人，具有这么高度的幽默感以及对人深刻的认识……啊，来吧……难道我已经冒犯你最神圣的领域了吗？"

"干吗老谈这些？我们是为什么争辩起来的？你根本不明白我的观念。"

"俄罗斯所需要的是学校和医院，而不是放荡的牧羊神和黄色的睡莲！"

"我也不否认这些。"

"农民们衣不蔽体，在饥饿中挣扎……"

他们的谈话就如此这般地拖下去。明明知道这毫无用处，可是尼古拉·尼古拉耶维奇仍然努力地解释给他听，为什么他对象征主义的某些作家有点向往。然后，又转入托尔斯泰主义的理论，他说：

"在某种程度之内，我是赞同你们的。但托尔斯泰说，一个人愈是对美虔诚，他就离善愈远……"

"而你却认为恰恰相反——这世界要由美来挽救，是不是？陀思妥耶夫斯基、罗赞诺夫、梦幻般的戏剧，诸如此类的一套？"

"不急不急，让我把我所想的告诉你吧。我认为潜伏在人性中的兽性如果可以用威胁来压制的话——不管用什么威胁，用监牢也罢，用死后的报应也罢——那么，人性的最高标志，就是马戏团里挥鞭子的驯兽师，而不是那个以自己做牺牲的先知了，道理就在这儿，你明白吗？——多少世纪以来，使人类凌驾禽兽之上的，并不是鞭子，而是一种内在的音乐：一种没有武装的真理的不可抗拒的力量，和人们对那些坚持真理的榜样强而有力的向往。大家都知道，一般人一向都以为《福音书》中最重要的是那些伦理箴言和诫命。但对我而言，最重要的一点是基督说话总是取譬于生活：他总是以日常生活来解释真理。这里所透露的观念，乃是生命能与世俗相契合，才能不朽，生命的整体是象征的，因为它是有意义的。"

"你的话我一句也听不懂，你应该把它写成一本书才对。"

维沃洛奇诺夫走后，尼古拉·尼古拉耶维奇感到极度的恼怒。他对自己生着气，因为他竟把自己最亲切的思想泄漏给这个笨蛋，而又丝毫不能感动他。之后，他的懊恼转移了目标——这也是常有的情形，他想起另外一件事来了。

他并不写日记，但一年之中总会有一两次，他在一本厚厚的笔记簿上写下那些使他印象特别深刻的观念。此刻他又把笔记簿拿出来，开始在下面写下一些清楚的大字。下面就是他所写下的：

那个姓施莱辛格的莫名其妙的女人把我烦恼了一整天。她一早就来，一直逗留到午饭时刻。她不断地朗诵着，整整两个钟头之久。内容是由某象征主义诗人为某作曲家的关于宇宙的交响乐所写的诗，论述的东西从行星的神祇到四元素的声音，不一而足。我不耐烦地听着，最后实在受不了了，才央求她停下来。

然后，突然之间我一切都明白了。我明白了这东西这样要命，是因为不可忍受的虚假，甚至在《浮士德》里也有类似的虚假。这整个的一切根本就是造作，谁也没有对它真正发生过兴趣。现代人并不需要它。当现代人被宇宙的奥秘弄得昏头涨脑时，他们便向物理学求援，他们从不会求助于古希腊诗人赫西奥德的阐释宗教、宇宙的六言诗集。

　　问题并不仅仅因为那些艺术的形式已经过时，更是因为大地与空气的精灵再度搅混了科学已经阐明的东西，实际上这一型的艺术已经完全和现代艺术的精神、要素以及原动力脱节了。

　　这类玄学，在远古的世界是很自然的——那时的世界开发得那么少，大自然还没有被人所征服。大型哺乳动物仍然在大地上行走，人类对龙和恐龙的记忆犹新。大自然对人类的威胁十分地明显，它扼住人类的咽喉，非常凶猛而结实，以致人们相信，世界可能真的是充满各种神祇。那是人类编年史的最初几页，那只是个开始。

　　以后由于人口的过度繁殖，到罗马时代时，这个远古世界便结束了。

　　罗马是个外来的神祇和被征服者的跳蚤市场，是个把天地分作两层的交易所，是个难分难解的蠕蠕的垃圾堆。那里有达吉人、赫鲁人、大月氏人、萨尔马特人、极北人、没有辐条的粗轮子、深陷在脂肪里的眼睛、鸡奸、双层下巴、不识字的皇帝、用有学问的奴隶的肉来喂养的鱼。那里有着这个世界从未有过的稠密人口，全部挤进圆形竞技场的通道里，全都是可怜虫。

　　然后，他来了，他走进俗气的黄金和大理石堆中，轻轻地，但罩在一团灵光里，他是那么地平易，故意显示出自己的乡土气。他是加利利人，而这时，神祇和民族都消失了，人诞生了——这人是个木匠，是个农夫，是个在黄昏中看守羊群的牧人，这人丝毫没有一点骄傲的声息，而在全世界母亲们的摇篮曲中，在全世界的画廊里，这人被感激地纪念着。

　　彼得罗夫大街看来像是彼得堡在莫斯科的一个角落：街道两边是对称的楼宇，屋子的进口有着优雅的雕刻，书店、图书馆、制图店、高等的烟草店和精致的餐馆一应俱全，门前的支柱上都有两盏毛玻璃灯罩的巨型瓦斯灯。

冬天，这条街有一股咄咄逼人的气势。那儿的居民是经济来源稳定、自重而富裕的自由职业者。

维克多·伊波利托维奇·科马罗夫斯基在这条街上租了一个在四楼的寓所，这个寓所极为富丽，由一道橡木栏杆的阔扶梯通往四楼。他的管家，他隐居地点的女主人——爱玛·埃内斯多芙娜———说得好听一点，替他管理一切，只不管他的私生活；她不声不响地把房子整理得井井有条。而他呢，用一种上等绅士所应有的体恤来回报她，同时他绝不允许客人来访，因为不管那是男客或女客，有客人来就会扰乱了她那宁静的老处女世界。他们的家由一种修道院式的沉寂统治着，窗帘是经常拉下的，每件东西都一尘不染，就如同在外科手术室里一般。

每当星期日上午，科马罗夫斯基会带了他的狗，到彼得罗夫大街和库斯涅茨基大街去溜达。在一个街口，他们会碰上既是戏子又是赌徒的康斯坦丁·伊拉里奥诺维奇·萨塔尼基。

他们一同在库斯涅茨基大街散步，互相交流下流的故事，有时轻蔑地哼着鼻子，有时用深沉而响亮的声音无耻地大笑，他们的笑声弥漫在空中，并不比狗吠更有意义。

天气真是不对劲。水点滴滴答答地打在水管和屋檐的金属物上，屋顶向屋顶轻轻地打着讯号，如同是在春天。雪融了。

拉拉在一阵眩惑中走回家，到家之后，她才了解自己是遭遇到什么了。

大家都睡了。她恢复了刚才那种迷蒙的状态，并且在这种空洞的心情下，坐在母亲的梳妆台前。她仍然穿着那件从成衣店借来当晚礼服的镶边衣服，浅得接近苍白的紫色，就像化装道具；仍然披着长长的面纱。她坐着，面对镜子里自己的影子，但是她什么也看不见。然后，她双臂交抱，放在梳妆台上，再把脸孔埋在手臂当中。

要是母亲知道了，一定会杀了她。一定会杀了她然后自杀。

事情是怎么发生的呢？事情怎么可能发生呢？现在一切都太迟

了，她早就应该想到这种事。

现在，她已经是一个——怎么说呢——一个失足的女人了。她是一个那种法国小说所描写的女人了，而明天，当她又回到学校去的时候，她又将和那些别的女孩子并排而坐，相形之下，她们不过是些小孩罢了。啊，天哪，天哪，这事是怎么发生的呢？

总会有一天，许多许多年以后，到情况许可之时，拉拉会把这件事情告诉奥莉亚·杰明娜，奥莉亚一定会紧紧地抱着她，痛哭失声。

窗外，水点继续滴个不停，融雪在喃喃地念着它的符咒。在下面的街上，有人在敲一个邻舍的门。拉拉没有抬起头来。她的肩头哆嗦着。她在哭。

"噢，爱玛·埃内斯多芙娜，那并没有什么了不得。我简直烦都烦死了。"他不断地开关着抽屉，把东西翻出来，地毯和沙发上都撒满了领子和袖口，他也不知道自己到底在寻找什么。

他非常迫切地需要她，但是在这个星期日他没有办法见到她。他急得在房中乱转，就像笼中的一头困兽。

人世间没有一样东西能够比得上她的灵性美。她的纤纤素手，像一个升华的观念那么令人失魂落魄。她那投在旅馆房间墙上的影子，就像她纯洁无邪的灵魂。她那套裙紧裹着的胸脯，紧绷绷的，就像麻布绷紧在绣花框上。

跟着下面柏油路上不慌不忙的嘚嘚马蹄节拍，他用指头敲着窗上的玻璃。"拉拉。"他闭着眼睛耳语。他看见——她的头靠在他的臂上，闭着眼睛，熟睡着，根本意识不到他故意好几个钟头没有合眼地看着她。她的头发蓬松着，那种美像烟似的刺痛他的眼睛，啮咬着他的心。

星期天的散步并不成功，他带着杰克走了几步，停了下来，想起库斯涅茨基大街，想起萨塔尼基，想起他在街上所遇到的熟人——不行，他实在受不了了，只好转过身往回走。那只狗惊讶起来，不赞成似的仰头看看，不情不愿地跟在他后面。

"这是怎么回事？"科马罗夫斯基想着，"我碰到鬼啦？"可能是他的良心，或是一种怜惜的感情，或是悔恨，或是他在为她担忧？

不会的，他知道她在家里，平安无事，那么，为什么他硬是没有办法不想她呢？

他走回家去，走上扶梯，走过了二楼的楼梯口。那里有一扇窗的角上装饰着彩色华美纹章，不同颜色的光影投在他的脚上。往三楼上到一半时，他停了下来。

他绝不能向这疲倦的、烦恼的、焦灼的心情投降。毕竟他已经不是中学生了。如果这个女孩子不仅仅是一件玩物，如果这个已故朋友的未成年女儿使他着迷，他必须考虑到会有怎样的后果。他一定要恢复理智。他必须对自己和自己的习惯忠实。否则一切都将化为烟尘。

科马罗夫斯基用力抓紧那橡木扶手，一直捏到他的手发疼。他闭上眼睛待了一会儿，然后坚决地回转身走下楼梯。在楼梯口，在那些不同色彩的光影下，他的狗正在等他。它抬起头，好像一个垂垂老矣、颈皮下垂、口水流淌的矮子，崇拜地仰望他。

这只狗恨那女孩，它曾扯破过她的袜子，向她张牙舞爪地咆哮过。它妒忌她，好像怕她会把一些人情味传染给它的主人。

"嗯，我懂我懂！你要一切都像从前一样——萨塔尼基、卑鄙的诡计、下流的笑活，是不是？好，看吧，这样好了吧？好了吧？好了吧？"他用手杖猛击他的狗，并且用脚踢它。杰克尖声嗥叫、咆哮着，蹒跚地爬上楼梯，摇动尾巴，用前爪挠着门，向爱玛·埃内斯多芙娜诉苦。

日子一天又一天，一个礼拜又一个礼拜地过去了。

这是一种多么无法逃避的魔力啊！如果科马罗夫斯基闯入拉拉的生命，只使拉拉觉得充满了厌恶的话，她就可以反抗而且挣脱的。但是事情并不那么单纯。

女孩感到得意的是一个头发开始灰白的漂亮男人，一个在集会上被人鼓掌、在报上受人评论的男人，居然在她的身上花钱花时间，居然带她去音乐会和剧院，居然告诉她他崇拜她，而且要"栽培她"。

她毕竟依然是个穿棕色制服的女学生罢了，爱开玩笑，喜欢恶作剧。科马罗夫斯基背着马车夫在马车上和她做爱，或者在众目睽睽之下，在歌剧院的包厢里和她亲热，那种大胆作风使她迷惑，而且挑逗得她心灵深处沉睡的小妖精抬起头，想模仿他的狂热大胆。

但这一阵淘气的、女孩子气的迷恋很快就成为过去了。一种因自责产生的抑郁和恐怖开始笼罩了她。她整天都恹恹欲睡——因为她晚上没有睡够，因为她哭得太多，因为她经常头痛，因为她功课太忙，还有，她的体力消耗殆尽了。

他是她生命中的克星，她恨他。每天，她都在这种思想里打转。

她已经从此成为他的奴隶了。他是如何逼她就范的呢？他是如何逼她顺从的呢？为什么她要忍受？为什么她竟以她颤抖的、赤裸的羞耻来满足他的欲望，甚至讨他的欢喜呢？是因为他的年纪吗？是因为她母亲在钱财上对他的依赖吗？是他善于恐吓她吗？是因为这些吗，拉拉？不，不，不是不是！这全是胡说八道。

实在说，是她掌握着他。难道她看不出，他是多么需要她吗？她什么也不必怕，她的良心清白。可耻的应该是他，他才应该害怕她把他揭穿。但她无论如何也不会这样做。因为她不是那种心肠够狠的人——够狠正是科马罗夫斯基对待属下或弱者的最大本钱。

这正是他们两人之间的区别。也正是这个区别，使得整个的生活那么地恐怖。它会像雷霆震怒似的把你毁灭吗？不会的，它就像是眼角的斜视，或耳语的中伤。它完全是欺诈、暧昧。每一根线索都像蜘蛛网那么容易中断，可是如果你想从那网中脱身，你只有被纠缠得更紧。

卑鄙而怯懦的人反而统治了善良者。

如果她是一个已婚的妇人，她自问道，那会有什么不同？她流于诡辩之路了，但她仍然不时被一种绝望的焦虑所煎熬着。

他怎么可以匍匐在她的脚下苦苦哀求而不感到羞耻呢？"我们再不能这样鬼混下去了。这样我是多么对不起你啊！你将来一定要受累到不能自拔。我们必须告诉你的母亲，我会娶你。"他流着泪，坚持着，好像她在争辩并拒绝一般。但这些只不过是空口白说罢了，拉拉甚至懒得去听他这套悲剧式的空洞的誓言。

而他却继续带着披了面纱的她，到那家可怕的饭店的小房间去吃晚餐。当她进去的时候，那儿的侍者和客人们简直要用他们的视线来剥光她。而她只能自问："难道相爱就得被羞辱吗？"

她曾经做过一个梦：她被埋在土里，她的身体只有左肩和右脚露在泥土外面。一丛草从她的左乳长出，人们在坟边唱着《媚眼与酥胸》和《玛莎切莫去河边》。

拉拉并不是教徒，她不相信宗教仪式。但有时，为了能忍受生活，她需要一些内在音乐的伴奏。可是她又没有办法时常替自己创作这样的音乐。这种音乐是上帝描写生命的话语，当她要哭着来倾听时，她必须前往教堂。

十二月初的一天，她到教堂去祷告，她的心情沉重极了，她觉得脚下的大地随时都会裂开，头上教堂拱起的屋顶也会随时塌下来。而对她来说，那也算是活该！并且可以一了百了。她只觉得和奥莉亚·杰明娜那话匣子一起到教堂去，有一点后悔。

"这就是普罗夫·阿法纳西耶维奇。"奥莉亚向她耳语。

"嘘——不要吵我。普罗夫·阿法纳西耶维奇吗？"

"普罗夫·阿法纳西耶维奇·索科洛夫。那个唱诗的，他是我家隔两房的表亲。"

"哦！那赞美诗歌手，季韦尔辛家的亲戚？嘘嘘——不要讲话，不要烦我，拜托拜托。"

她们进教堂时，礼拜仪式刚开始。人们正在唱赞美诗："颂赞我主，我之灵魂；我之所有，颂主圣名。"

教堂有一半是空的，歌声在教堂内回响着。只有前面密密地立着一群祷告的人。教堂的建筑是新的，窗上的彩画玻璃，并不能为外面积雪的街道和路上的车马行人增加什么色彩。靠近窗口的地方，一个教堂管理员也不管宗教仪式正在进行，高声责骂一个耳聋的半痴半呆的老乞婆，他的声音平淡而枯燥，一如那扇窗子和街道。

拉拉紧握着铜币，尽量不打扰那群做礼拜的人，她从他们当中走过，到前面替自己和奥莉亚献了蜡烛，再回到她的座位上。在这段时间中，普罗夫·阿法纳西耶维奇已经哇啦哇啦地唱完了九段经文，他唱得那么快，似乎在说反正他不唱大家也都知道那些内容。

"虚心的人有福了……哀恸的人有福了……渴望并追求真理的人

有福了……"

拉拉惊得打了个冷战，然后木然地直立着。这是为她说的啊。基督是在说，被践踏的人也快乐了，因为他们可以向人诉苦。他们拥有一切。这就是基督所想的。这就是基督的裁判。

那时正逢莫斯科的普雷斯尼亚工业区发生暴动，吉沙尔一家的住处正好在叛乱的中心。一道防线设立在离他们家没有几步远的特维尔街上。人们从院子里把一桶一桶的水提出来浇在那些石头和废铁上，好让它们冻结在一块，成为街垒。

隔壁的广场被工人义勇军用来作为集合的地点，也就是一个介于红十字会救护站和临时食堂之间的地点。

拉拉认得两个参加义勇军的男孩。一个是尼卡·杜多罗夫，是她的同学娜佳的朋友。他骄傲、率直而沉默寡言。他和拉拉很相像，并不能引起她的兴趣。

另一个男孩就是帕沙·安季波夫，一个中学学生，和奥莉亚·杰明娜的外祖母季韦尔辛娜住在一起。拉拉注意到，当她在季韦尔辛家碰到这个男孩时，他有着很强烈的反应。他是那么孩子气的单纯，他毫不掩饰自己见到她时的欣喜，正如她是一幅夏季风景里的桦树、草坪或者云朵，他能自由地表达出他对她的热情而丝毫不怕被人耻笑。

一旦明白她对他的影响力之后，她就开始不自觉地运用这种力量。不过，一直到好几年之后，他们的关系已经发展到更深之时，她才珍惜地接纳了他那平和易与的性格。但到那时，帕沙已经知道自己彻头彻尾地爱上她了，而且至死不渝。

这两个男孩正在玩着最可怕的成人游戏——战争，参加这一场战争，可能得到轻则流放重到绞刑的惩罚。但从他们的羊毛帽子扎在后面的样子看来，他们仍然是孩子，他们还有父亲和母亲在照料他们。拉拉想起他们的时候，像大人想及小孩子。他们这种危险的娱乐有着一种无邪的美，甚至感染了他们身边的事物——在这个降着浓霜的夜晚，那些霜似乎是黑色而不是白色的；广场中庭院的影子变成了蓝黑色；甚至路对面那些男孩藏身的房子，还有，从那房子传过来的连续的枪声，都带有一种天真浪漫的韵味。

"他们在开枪。"拉拉想道。她这么想时，想到的不仅是尼卡和帕沙，而是整个战斗中的城市。

"他们是善良的、正经的男孩，"她想，"正因为他们是善良的，所以他们在开枪。"

当她们获悉那道战线可能受炮弹轰击，危及她们的房子，打算去莫斯科其他区域的朋友家里借住时，却已经太迟了。她们身处的街区已被围困，只能在附近避避难，无法越出包围。于是她们想起蒙地内格罗旅店来了。

后来她们发现，原来想起到旅店避难的不仅她们一家。旅店已经客满了。因为像她们这种处境的人家为数不少。旅店主人看在旧日情面上，答应让她们住在洗衣间里。

因为不想携带行李，以免引起别人注意，她们把最重要的东西包成三个包袱，然后逐日搬运一点。

由于裁缝店的雇员所得的待遇差不多和家人相同，虽然外面在闹罢工，她们照常来上班。但是在一个沉闷而寒冷的下午，门铃响了。有人来责备她们违反罢工，并且争论了好一会儿。那人要见店主。费季索娃作为代表去见他，希望能够将事情平息下去。没有多久她把女缝纫工召集到会客室去，并且把那访客介绍给她们。他和她们一一握手，动作虽然笨拙，人却十分热情。然后，显然他已经和费季索娃达成了协议，他便走了。女缝纫工们回到工作室，开始披上头巾，穿上她们褴褛的大衣。

"怎么啦？"吉沙尔夫人慌忙跑来问道。

"他们要我们回家，太太，我们罢工了。"

"但是……我有什么地方对不住你们呢？"吉沙尔夫人的眼泪夺眶而出。

"不要难过，阿玛利娅·卡尔洛芙娜，我们并不是在对付你。这不是你个人和我们之间的问题。大家都得这么做，每个人都要罢工，不，全世界都要罢工。你总不能不顾别人只管自己拼命干啊，是不是？"

她们全走了，甚至连奥莉亚·杰明娜和费季索娃也走了。在离开之前，两人低声对吉沙尔夫人说她们之所以同意参加罢工，完全是为了老板和店子好。但是阿玛利娅·卡尔洛芙娜已经到了无法安慰的地步。

"多么忘恩负义啊！我真是错看她们了！我对这群臭婆娘多么好啊！好吧，就算她只是个小孩吧，不懂事，但那可恶的老巫婆又怎么说呢？"

"她们怎能为了你的缘故而例外呢，妈妈！"拉拉抚慰地说，"难道你不明白吗？谁对你都没有任何恶意。相反地，这是一件好事呀。所有目前这些事件，都是为的社会能更人道，保护弱小，为妇人和小孩谋福利的。真是这样的嘛，妈，不要这么狐疑地摇头。你将来就会明白，那时你和我都会受惠呢。"

但她的母亲无法了解。"你总是这个样子，"她抽噎着说，"每当我想不开时，你就说些道理叫我不知道怎么办才好。别人对我不起，你还说是为我好。唉，真是的，我一定会发疯的。"

罗佳在学校寄宿。拉拉和她母亲两人在那人去楼空的房子里漫无目的地转着。黑暗的街道从窗外空虚地瞪着房子，房子也由窗口空虚地瞪着街道。

"我们到旅店去吧，妈妈，不然天就快黑了。"拉拉央求她，"走吧，妈妈。不要心灰意冷，我们动身吧！"

"菲拉特，菲拉特，"她们把那看门人叫来，"送我们去蒙地内格罗旅店好吗？"

"好的，太太。"

"把包袱送去。好好地看着房子，菲拉特，一直到乱子过去。还有，请你千万不要忘记替基里尔·莫杰斯托维奇喂雀粟，并且要替它换水。所有的一切都要锁起来。嗯，大概没有别的了。还有，你要和我们保持联络。"

"是的，太太。"

"谢谢你，菲拉特，愿主看顾你。好吧，让我们坐一下，然后我们就得动身了。"

她们走出门，像是久病后初到户外一样，一时适应不了新鲜的空气。在清澄、严寒、干净的空气中，轻轻响着如同车床旋转时发出的各种噪音般的回声。远处，枪声和炮声像要把一切都炸裂似的轰轰发响。菲拉特竭力想告诉她们那些射击的危险，但拉拉和阿玛利娅·卡尔洛芙娜却坚持那些不过是空枪罢了。

"别傻了，菲拉特，你自己想想好了。一个射击的人也没看见，那些不是空枪是什么呢？你想谁在射击？圣灵或是别的什么？那些当然是空枪。"

在一个十字路口，一队哥萨克巡逻兵要她们停下来检查，他们的手放肆地把她们从头摸到脚。他们那没有帽檐、带子兜住下巴的军帽神气地歪在一边，使他们看起来好像独眼龙一样。

"好极了。"拉拉边走边想。在这个地区被封锁的时间之内，她不会见到科马罗夫斯基。因为她母亲的缘故，她要跟他一刀两断是不可能的。她总不能说："妈妈，不要再和这人来往了。"如果她这样一说，便什么都得抖出来了。说了又怎样呢？她为什么害怕这事呢？啊，上帝！她不怕任何牺牲，不怕任何任何牺牲，假如能够了结这事的话。上帝啊上帝！每当想起那一幕，她简直可以在憎恶中昏厥。她刚刚回忆起什么了？那幅可怕的图画叫什么名字？那幅画里有一个肥胖的罗马人。它是挂在第一个小房间里的，一切都从那个小房间开始。《女人或花瓶》——对了，就是这个。当然，那是一幅名画。女人或花瓶。当她第一次看见它时，她还不是一个女人，她还不能和画里的女人相比。那是后来的事。那时桌子上还摆满了丰盛的菜肴。

"你那么快想跑到哪里去呢？我赶不上你！"吉沙尔夫人喘着气说。拉拉轻快地走着，一种无可名状的力量在催赶她，在一种骄傲的、活泼的力量驱使下，她走得好像在云端迈步一般。

"多美妙啊，"她想着，一面听着那些枪炮声，"那些被践踏的人有福了，被欺骗的人有福了。开枪吧，上帝保佑你们，我们是一条心。"

格罗梅科兄弟在希弗采夫–洼地街和一条小胡同的拐角上有一所房子。亚历山大·亚历山德罗维奇·格罗梅科和尼古拉·亚历山德罗维奇·格罗梅科都是化学教授，一个在彼得罗大学院任教，另一个在莫斯科大学任教。尼古拉一直都没有结婚。亚历山大有一个妻子，名叫安娜·伊万诺芙娜，娘家姓克吕格尔。她的父亲是个铁矿场主，在乌拉尔省邻近尤里亚金的地方有一片很大的土地，那儿有几个因为无利可图而被放弃了的铁矿。

格罗梅科家的房子是两层楼。楼上是卧室、孩子们的学习室、亚历山大·亚历山德罗维奇的书房和研究室、安娜·伊万诺芙娜的闺房，以及冬妮亚和尤拉的房间。楼下是会客用的。那里置有阿月浑子树一般的浅绿色窗帘、发亮的钢琴盖子、水族箱、橄榄绿的沙发椅套和海草似的盆景，使那客厅看起来好像一处绿色的、睡意蒙胧的、摆荡的海床。

格罗梅科这家人有教养、好客，爱好音乐而且很内行。他们时常举行有钢琴三重奏、小提琴奏鸣曲或弦乐四重奏表演的音乐晚会或宴会。

一九〇六年正月里，就曾经有过这样一个音乐晚会。节目中有塔涅耶夫的学生，一个青年音乐家的小提琴奏鸣曲的首次演奏，和柴可夫斯基的钢琴三重奏。

准备的工作早一天就已经开始了。大厅里的家具都被搬到一边留出跳舞的地方。在大厅的一角，钢琴调音师不断地敲着一个和弦，然后又像拆开一串念珠似的弹着分解和弦。在厨房里，鸡拔了毛，蔬菜洗干净了，芥末和橄榄油也调匀，做成调味汁和冷盘的调味酱。

讨厌的舒拉·施莱辛格一早就来了，因为她是安娜最体己的朋友。

她是一个高瘦的妇人，中人之姿，面貌带点男性味道，尤其当她斜斜地戴着那顶灰色的俄国羔皮帽时，更会使人想起当今沙皇的面孔。她进了房子依然戴着那顶帽子，只稍稍把夹在帽边上的面纱提高了一点。

在那些哀伤和焦虑的时光，这两个挚友互相减轻对方的负担。她们的方法是互相说些令对方不愉快的话，她们的对话变得越来越尖刻，最后，一场感情的风暴爆发了，接着马上用眼泪及和解来结束。这种周期性的争吵，对她们两人都有镇静的作用，就像用水蛭放血对付高血压的作用一样。

舒拉·施莱辛格结过好几次婚，可是她只要和一个丈夫离婚，立刻就把他给忘记了。她虽然有多次的婚姻经验，但却有一种老处女似的冷淡。

她是个神智论者，但也是东正教仪式的专家，当她兴致升高时，甚至会按捺不住自己的冲动，提醒神职人员该说什么该唱什么。在那种时候她会用沙哑的声音不住地小声嘟囔着说一些"求主垂听"、"从今日直到永远"、"荣耀的天使"之类的话。

舒拉·施莱辛格还懂得数学、印度的密宗教义，也知道莫斯科音乐学院最有名的教师们的地址、谁和谁同居和天晓得的其他什么事情。因为这个缘由，生活中一有任何重要节目，她总是被邀请来担任调停人或裁决人。

到了约定的时间，客人们陆续到达。包括阿杰莱达·菲利波芙娜、金茨一家、富夫科夫一家、巴苏尔曼先生和太太、韦尔日斯基一家，和卡夫卡兹采夫上校。天正下着雪，只要前门一打开，就可以看到旋转翻腾的空气吹过，好像被闪动的雪缠成千万个结似的。男客们穿着笨重的长统雪靴，从寒风中走进来，每个人都毫无例外地装束得像一个乡巴佬的模样；但他们的太太恰恰相反，在酷寒里容光焕发，大衣敞开着，头巾拖在后面，发上闪着白霜，看来如同一些老练的游戏爱情的女子，老辣而又精明。"他是居伊的侄儿。"当那新的钢琴师到达的时候，人们这样耳语着。

从大厅开着的侧门看进饭厅，可以看见里面那张耀眼的餐桌，又白又长，像一条冬天的路。冰冻红山梨汁的瓶子鲜艳夺目。银托盘上的水晶酒、摆设如画的野味和冷盘撩人幻想。浆得发硬的餐巾，折成金字塔形。篮子里散发着杏仁香味的蓝紫色的瓜叶菊，似乎在有意刺激着人的食欲。

为了不想过分延迟享用美味佳肴的时光，大家赶快地先开始他们的精神筵宴。他们一排排地坐下来。乐师在钢琴前坐下来的时候，他们又继续交头接耳了，"他是居伊的侄儿"。音乐会开始了。

那首奏鸣曲是出了名的枯燥、吃力而沉闷。演奏的结果证明了这个说法，而且这首作品还长得不得了。半场休息时，音乐批评家克林别科夫和亚历山大·格罗梅科为那奏鸣曲争论了一阵儿。克林别科夫贬斥它，格罗梅科为它辩护。四周的人在抽烟、谈笑、搬动椅子，一直到邻室那张洁白的桌布再度吸引了他们的视线。然后大家都提议音乐会立即继续下去。

钢琴师侧着脸向听众看了一眼，然后向两位合奏者示意开始演奏。那小提琴手和叫特什克维奇的大提琴手挥动他们的琴弓，音乐如泣如诉地升了起来。

尤拉、冬妮亚和米沙·戈尔东坐在第三排。现在大半时间米沙·戈尔东都住在格罗梅科家里。

"叶戈罗芙娜在向您打手势呢！"尤拉低声向坐在他前座的亚历山大·亚历山德罗维奇耳语道。

叶戈罗芙娜是格罗梅科家的老佣人，她的头发已经斑白。她站在进门处，焦急万分地注视着尤拉，一面以同样有力的动作向亚历山大·亚历山德罗维奇点着头，希望让尤拉明白，她有十分紧急的事要告诉她的主人。

亚历山大·亚历山德罗维奇回过头来，责备地瞪了她一眼，又耸了耸肩。然后她和他两个人就像一对又聋又哑的人似的，隔着大厅用手语交谈了起来。大家都在看他们。安娜·伊万诺芙娜用目光扫着她丈夫。他站起来。他不能不想办法了。红着脸，他蹑手蹑脚地沿着墙边走开。

"你怎么可以这个样子呢？叶戈罗芙娜。真是的，有什么大不了的事呢？好吧，快说是怎么回事。"

叶戈罗芙娜附在他耳边说了一阵儿。

"什么蒙地内格罗？"

"旅店啊！"

"嗯，旅店出了什么事？"

"他们要他立刻回那旅店去。他一个亲戚在那儿快要死了。"

"他们在那儿快要死了吗？我可以想象得到……不行，叶戈罗芙娜，等这节演奏完了，我可以跟他们说，现在可不行。"

"他们特地用马车送一个旅店的侍者来报信。他们还在等着呢。有人要死了，你听见了吗？你明白不明白？是个夫人。"

"我告诉你现在不行就是不行。就好像几分钟会造成什么大大的不同似的。"他又蹑手蹑脚回到座位，皱着眉头，用手擦着鼻头。

第一乐章完毕，鼓掌声还没有停下来，他便走近那三位乐师，告诉特什克维奇他非回家一趟不可，因为那边出了事，他们无法完成那三重奏了。然后亚历山大转身面对听众，举起双手请大家静一静：

"各位先生各位女士，我恐怕这三重奏必须中断了。我们的大提琴家刚刚接到一个坏消息。我们对他寄予万分的同情。他必须离开我们了。在这样一个时刻里，我们当然不能让他自个儿回去。他也许需要一些帮助。我准备陪他回去。尤罗奇卡，乖孩子，快去叫谢苗把马车赶过来，他早已把车子准备好了。各位先生各位女士，我不和大家说再见——各位请留下来——我很快就回来。"

两个男孩要和他一同去，他们要在这寒夜里坐车去兜风。

正常的生活，虽然在十二月以后已经恢复，但各处仍然可以听到枪声，而且时常有新的火灾发生，看起来好像是暴动期间被破坏的房子还没有烧完似的。

这两个男孩从来不曾坐车到这么远去兜风过。实际上，蒙地内格罗旅店只有一箭之遥——顺着斯摩棱斯克大街，拐向诺温斯基街，再走上萨多瓦亚街过一半路就到了。但严酷的寒气和浓雾把空间分割成一节节不相连的片段，使人觉得世界上的空间是并不纯一的。街头火堆断续的烟，脚步压碎冰雪的声音，和拉雪橇的马的悲嘶，使他们产生了一种印象，觉得不知道自己已经旅行了多久，而且到了一处遥远得令人害怕的地方。

在旅店的进口处前面，停着一辆狭长而神气的雪橇，拉雪橇的马用布罩着，马腿也裹着布。赶雪橇的马夫在雪橇上缩成一团，希望借此保暖，他垂下的头埋在戴着手套的大手掌里。

旅店的会客室很暖和。在衣帽间的柜台后面，守门人正在打盹，而通风机的轧轧声、火炉低沉的吼声、铜茶壶水沸的哨子声在一边为他催眠，只有他自己的鼾声不时把他吵醒。

一个面孔像面团的浓妆女人站在左边的穿衣镜前面。在这种严寒的天气中，她的皮上衣似乎太薄了一点。她正在那里等人下楼来，因为无聊，她背对着镜子，把头转过两边肩头去看自己的背影是不是也美观。

那个快冻僵了的马夫跑进来。他鼓囊囊的外衣使他看起来像是面包店招牌上的花卷面包，他身上所冒着的蒸汽更加强了这个形象。

"小姐，我还要等多久呢？"他向镜子前面的女人问道，"我怎么搞得会和你这样的人打交道呢，真是天晓得！我可不想让我的马在外面活活冻死。"

二十三号房的意外事件，只是替这旅店员工每日所遇到的烦恼事上增加一些麻烦而已。每一分钟都有电铃响，墙上玻璃格子里的一个号码跳上来，那就表示某个房里的某个客人要发神经了，在他自己还不晓得想要什么前，就先对仆人发脾气。

这时，医生正给吉沙尔罗娃那老蠢虫吃呕吐剂，同时为她洗肠。女仆格拉莎忙着用拖把擦地板，又倒脏水桶，又换干净水，简直快把她累死了。不过这旅店的风暴早就开始了。早在这一阵的喧闹之前，早在他们差遣捷廖什卡坐马车去请医生，并通知那倒楣的大提琴家之前，早在科马罗夫斯基抵达，和许多人挤在门外走廊上之前，它就已经开始了。

麻烦是当天下午开始的。当侍者瑟索伊弓着腰、右手托着一个装满了东西的托盘从厨房赶着出来时，有一个人在从厨房通往楼梯口那段狭窄的通道上笨拙地转了一个身，无意中撞了瑟索伊一下，那托盘跌落在地板上，汤泼翻了，三个汤碗和一个肉盘都打碎了。

瑟索伊坚持说是那洗碟子工人的过失，她应该负责并且赔偿损失。但那时已经快十一点了，大半的职员就快下班，他们仍然吵个不休。

"你这个酒疯子，浑身发抖，手脚都不稳。光想坐下来喝老酒，搂着酒瓶子就像是搂着老婆一样，你说谁撞了你，弄翻了你的汤，打碎了你的碗碟。你说！是谁撞了你？你这混蛋，你这王八羔子，你这不要脸的畜生！"

"我早就告诉过你了，马特廖娜·斯捷潘诺芙娜，你说话要当心。"

"现在我问你，到底是谁把这里闹得这么乱哄哄的？你以为那是一个大人物，值得为她打碎碗碟？她不过是个骚包，装腔作势的阻街婆罢了。哼，什么现世报的夫人，那么清白地隐居，那么有本事，弄到吃砒霜。我在蒙地内格罗干了这么多年，还没见过这种烂货和淫棍呢。"

米沙和尤拉在吉沙尔夫人房外的走廊上走来走去。事情太出乎亚历山大·亚历山德罗维奇意料了。他以为那该是一个音乐家生活中一桩洁净而庄严的悲剧。没想到竟是这么的鄙贱可耻，而且当然对孩子不好。

所以两个男孩就在走廊上等着。

"你们可以去看看你们的姑姑了，少爷们，"一个男仆走到他们跟前，再度用他那温和的、不慌不忙的声音说服他们，"你们进去好了，不要紧的。这位太太没事了，你们不用怕。她差不多都已经好了。你们可不能站在这外面，今天下午这儿也出了事，有一些很贵重的瓷器被打碎了。你们看，我们在这里走来走去，端着餐具，这条走廊是太窄一点了。你们进去吧！"

两个男孩依了他的话。

室内原来吊在桌子上面的煤油灯已经从架上解下来，放到那张有臭虫味的木屏风后面去。那儿是个凹下去的寝室，本来有一幅满布尘垢的布帷子遮着，把它和这房间其余的地方隔开，并挡住陌生人的视线。但此刻布帷搭在木屏风上，在混乱中没有人记得把它拉下。那盏灯则放在一张凳子上，好像舞台上的脚灯那样照着这寝室。

吉沙尔夫人自杀用的是碘酒，而不是那洗碗妇人所说的砒霜。房间里有一种像尚未成熟的青核桃的软荚被手掐黑后散发出来的，或如同收敛剂的刺鼻味道。

在屏风后面，女仆正在拖地板，跪在床上的是一个半裸的妇人，她全身都被水、泪和汗湿遍，头发缠成一团，正捧着头对着一个水桶大哭。

两个男孩立刻都看向别处，因为朝她的方向看去，实在太尴尬而不雅。但就在那一瞥之中，尤拉已经足够了解，当一个女人处于笨拙而紧张的境地，并在极度的激动中时，她就不再是那些雕刻品所代表的女性，反而像个浑身肌肉怒张、只穿短裤紧身衣、准备出场比赛的摔跤手了。

终于，屏风后面有人想起了有外人进来，把布帷放了下来。

"法杰伊·卡济米罗维奇，亲爱的，你的手呢？让我拉拉你的手。"那女人一面哽咽、一面呕吐，"啊，我的经历多么可怕啊！我实在太过疑心了……法杰伊·卡济米罗维奇……我的猜疑心……幸好那些疑惑全是没有道理的，只不过是我神经错乱胡思乱想罢了……现在当然没事啦。可是想想，这一切会有怎样的后果呢？……好了，我现在好了……我依然还活着……"

"镇静下来吧，阿玛利娅·卡尔洛芙娜，我求求你……这是多么的难为情啊！我不能不说，这实在太难为情了。"

"现在我们回家吧。"亚历山大·亚历山德罗维奇暴躁地对两个男孩说。他们两个极其痛苦而尴尬地站在门口，由于不晓得望向哪里才对，他们只好向前望着前面阴暗的房间深处，那里的灯已经移开了。前面的墙上挂着些照片，书架上放满了琴谱，书桌上堆着纸张和簿子，在盖着花边桌布的餐桌后面，一个女孩子在一张沙发上睡着了，她的双手抓着沙发背，她的脸也贴在沙发背上。她一定是累极了，居然能够在这么吵闹和哄乱的环境之中入睡。

"我们现在就走。"亚历山大·亚历山德罗维奇又说一遍。他们根本就不应该来，而且再逗留下去简直是不检点了。"法杰伊·卡济米罗维奇一出来……我就向他告辞。"

从屏风后面出来的不是特什克维奇，而是一个矮胖的、魁伟的、充满自信的男人。他把灯举过头顶，走到餐桌前把灯放回灯架上。灯光把那女孩子照醒了。她对他笑了一笑，斜眼瞟着他，同时伸着懒腰。

一看到那陌生男人，米沙几乎跳起来，他马上目不转睛地注视着他。他扯着尤拉的袖子，想对他耳语。但尤拉不肯："你不应该当着陌生人面前低声耳语，人家会怎样想呢？"

这时，在那女孩子和那男人之间，一幕无声的情节出现了。他们两人都没有作声，只是四目交投。但他们之间的默契有着魔术般的力量，就好像他是木偶戏的班主，而她是一个服从他任何手势的木偶。

一个疲倦的笑容使她的眼角起了一道皱纹，同时松开了她的嘴唇；但是在回答那个人冷笑似的眼色时，她向他微微地挤弄了一下含有深意的媚眼。他们两人都很高兴，结果是如此圆满——他们的秘密没有被拆穿，同时吉沙尔夫人的自杀也没有成功。

尤拉把这些全都看在眼里。在别人看不见他的暗处，他一直在注视着灯光所照的亮处。那个受到控制的女孩和她的主人之间的一幕，既有不可名状的诡秘，也有恬不知耻的坦白。他觉得自己的心正被一种从来不曾经验过的力量引起的矛盾感觉所撕裂。

这就是他、冬妮亚和米沙一直不断地称之为"庸俗"的东西了——这就是那个使他们那么惊恐而同时又那么吸引他们的力量。站在远远的安全的地方，用嘴巴说说控制是很容易的。而现在，这力量就是这么自然地出现在尤拉眼前了，但它似乎那么烦人、那么扰人、那么毫不怜惜地具有破坏性，并且还在抱怨和求助——他们童稚的哲学怎么啦？尤拉现在应该怎么办呢？

　　"你知道那个人是谁吗？"他们走出街外时，米沙问他。尤拉还在沉思，没有回答。

　　"他就是那个教你父亲喝酒、害得他跳火车自杀的人。就是那列火车——你记得吗？——我跟你讲过的。"

　　尤拉想的是那个女孩和将来，而不是他的父亲和过去。起初他甚至不明白米沙说的是什么。当时实在是太冷了，所以没有办法交谈。

　　"你一定冻僵了，谢苗。"亚历山大·亚历山德罗维奇对着马车夫说。他们驱车回家去。

第三章
去斯文季茨基家的圣诞舞会

有一年冬天，亚历山大·亚历山德罗维奇送给安娜·伊万诺芙娜一个不晓得他在什么地方买的古董衣柜。这衣柜是用黑檀木造的，巨大无比，根本就没有办法从任何一道门搬进去；是拆开来搬回家的，随之而起的问题就是要把它摆在哪里。它是个衣柜，不能放在客厅里；因为它委实太大，也放不进卧室中。最后，他们把主人卧室门前楼梯口的东西搬开，把它摆在那里。

门房马克尔过来把它一块一块地重新装起来。他工作的时候，把他那六岁大的女儿马林娜也带了来。有人给了她一根棒棒糖。她一面嗅着、舔着那根棒棒糖和她黏腻腻的手指头，一面聚精会神地望着她的父亲。

开始的时候，一切都很顺利。安娜·伊万诺芙娜眼看那衣柜快装好了，只有柜顶还没有装上去，安娜决定要帮马克尔的忙。她踏上柜底，不料脚没踏牢，一滑便跌向柜壁。那几块柜壁只是用几个木榫扣着的，还没有钉牢。马克尔用来捆柜壁的绳子的活结也松开了。安娜·伊万诺芙娜仰面朝天，和柜壁板一同倒在地板上，跌得不轻。

马克尔赶来扶她。"哎呀，太太，"他说，"你干吗要爬上去呢，我亲爱的太太？你没有摔断骨头吧？你摸摸看。最要紧的是骨头，那些软的部位是不要紧的，软的部位很快就没事了。俗话说得好，软的部位只是用来快活的。——别哭，你这傻瓜！"他责备着正在哭叫的马林娜，"擦干你的鼻子，找你妈妈去。——哎，夫人，你为什么不放心让我一个人来替你装好这衣柜呢？当然，对你而言，我只是个门房，但你不知道，事实上我却是个木匠呢。真的，夫人，我从前是干木匠的。你绝不会相信，不知道有多少种茶柜和酒柜——上漆的，桃心木的或是红木的——是经过我的手造出来的。说起来你更不相信，多少个有钱人家的阔小姐跟我交往过，不过，后来她们又一个一个地不见了。全都是因为我喝酒，喝烈酒。"

马克尔推了一张沙发过来，扶着安娜·伊万诺芙娜坐上去。她一面呻吟着，一面抚摸着那些淤伤，整个人沉在那张沙发里。然后马克尔再开始装那衣柜。等他把柜顶装好后，他说："现在就差把柜门装上去，这大柜简直可以送去展览。"

安娜·伊万诺芙娜不喜欢那衣柜。它的形状和大小都使她想起停尸台或者棺材，使她充满了迷信的恐惧。她开玩笑地称这衣柜为阿斯科里德的坟墓。实际上她是想说奥列格亲王的马，那马曾经导致它的主人的死亡。她看过许多书，但却杂乱无章，而且她有一个倾向，喜欢把有关联的事情混淆在一起。自从这次意外事件之后，安娜·伊万诺芙娜的肺部开始衰弱起来了。

整个一九一一年的十一月，安娜·伊万诺芙娜患肺炎躺在床上起不来。

尤拉、米沙·戈尔东和冬妮亚明年春天就要毕业了。尤拉念的是医科，冬妮亚念法科，米沙进的是哲学系，他念语言学。

尤拉心中的一切仍然紊乱不堪，但显然他已有了他自己的观点、习惯和倾向。他异乎寻常地敏感，能见前人之所未见，具有可观的创造性。

虽然他很受艺术和历史的吸引，但在选择职业时，却毫不踌躇。

他认为除非有人把内在的欢愉或忧郁算作一门职业，否则艺术便不应被视为一种职业。他对物理和自然科学有兴趣，同时他相信一个人在实际生活之中应该做些有益于社会的事情，所以他选择了医学。

在他四年课程的第一年中，他有一个学期是在大学地下室的解剖室中度过的。去那里必须走下一道螺旋楼梯。那里经常有一群乱哄哄的学生，有人在骨头堆中死命地读着他们那些破旧的教科书，有人在他自己的角落里默然地解剖，其他的在胡闹、说着笑话，或者追逐那些成群结队地在地下室石板地上奔窜的老鼠。在停尸室的幽暗不明中，那些保存良好、未曾腐烂、身份不明的青年自杀者和溺毙妇女的赤裸尸体，像磷质似的发着光。经过明矾溶液注射后，那些肢体圆润了，给人一种青春复来的错觉，那些尸体被割开、肢解，然后派定用场，但就算割成最小的片断，人类的身体仍然保有它的美丽。因此，当一具美女的尸身被他们粗暴地摔在那张镀锌铁板的解剖台上时，尤拉固然在赞叹，那种赞叹甚至继续到她的尸体已全部被分解，面对切下来的一条腿或一只手，他仍然赞叹不已。地窖里充满石碳酸和甲醛的气味，那里的一切，从那些被摊开的尸体的不明命运，到生命之谜和死亡本身，都有不可捉摸的神秘——在这地下室中，死亡支配着一切，俨若这里就是它的家，它的总部。

这种神秘感觉的声音，使一切其他的事物归于沉寂，打扰着尤拉，影响着他的解剖工作。但他逐渐也就习惯了这些分心的念头，而且克服了它们。

尤拉脑筋很好，而且善于写作。甚至当他还是个中学生时，就曾梦想要写一本关于生命的书，书中要像埋藏着炸药似的包含着他所见所闻和他所向往的最醒目的东西。但他实在是太年轻了，没有办法写出这样一本书，于是他就吟诗作为替代。他像一个画家一样，不断地在他心中的一张大画布上打下草稿。

由于他那些尚未成熟的作品自有其活力与独创性，他对它们也相当宽大。在他的心目中，活力和独创性这两项品质使艺术逼真，不然，他就认为艺术是没有意义、没有价值、没有存在的必要的。

尤拉了解，在他自己性格的形成上，他的舅舅有着重大的影响。

尼古拉·尼古拉耶维奇这时住在洛桑。他在当地用俄文出版的著作及其译本之中，发展出他旧日对历史的观念，他认为历史是另外一个宇宙，是人在时间与记忆的帮助下，为应付死亡的挑战而创造出来的。他这些著作是受了一套基督教义的新观点所启发，并且直接引申出的一个新的艺术概念。

这些思想对米沙·戈尔东的影响更深，是这些思想让他决定进哲学系的。他去听神学的课，甚至考虑日后转到神学院去。

在舅父理论的影响下，尤拉有了进步，而且更自由了，但米沙却受到了这些理论的桎梏。尤拉了解到他这位朋友的热心，部分地是由于他的出身使然。尤拉是练达而谨慎的，他并不打算说服米沙放弃那些妄想。不过他时常希望米沙是个比较脚踏实地的现实主义者。

十一月下旬的一个晚上，尤拉很晚才从学校回家，他整天没有吃过东西，人也疲惫不堪。他一到家就有人告诉他，当天下午，大家很是担了一阵儿心。安娜·伊万诺芙娜曾经不断地痉挛。好几个医生都来看过她，他们曾经一度劝亚历山大·亚历山德罗维奇去请神父，但后来他们又改变了主意。现在她已经觉得好些了，她已神志清醒，并且说尤拉一回来就要见他。

尤拉立刻到她的房里去。

房里仍然留着不久以前造成的纷乱。一个护士不声不响地移动着，并在晚间病历表上写着些什么。用过的盖头毛巾湿漉漉、皱成一团被到处乱丢。污水盆里的水是浅红色的，里面有咳出来的血块，和碎开了的针药玻璃管，以及浮在水面上的涨开的药棉。

安娜·伊万诺芙娜躺在床上，浑身汗水淋漓，嘴唇干燥。自从上午以来，脸色就一直枯槁而憔悴。

"诊断会不会出差错呢？"尤拉暗暗思忖，"她有肺叶炎的一切病征，这看起来像是她的大危机。"在他和她打过招呼，并且说过了一些这种场合下时常要说的安慰而没有意义的话之后，他便把护士遣出房外，拿起了安娜·伊万诺芙娜的手腕，给她把脉，同时伸手到外套口袋里取出他的听筒来。她摇了摇头，表示这大可不必。于是他才了解，她要见他是为了别的原因。她说话已相当吃力。

"他们要给我举行临终涂油仪式了……死亡已经盘旋在我的头

上……它随时都可以到来……如果你要去拔掉一颗牙齿，你也会害怕，因为可能很痛，你就要鼓起勇气去面对它……但这不是一颗牙齿，它是所有的一切，你的一切，你的一生……让别人给拔掉了，这是怎么回事呢？真是天晓得……同时我心里难受到极点……我觉得很恐怖。"

她沉默了，眼泪滚过她的面颊。尤拉什么也没有说。过了一会儿，安娜·伊万诺芙娜继续说下去：

"你是很聪明的，你有才华……你与众不同……你比他们懂得多……安慰我吧。"

"不过，我说什么才好呢？"尤拉答道。他坐立不安，从椅子上站起身来，在房间里踱着步，然后又坐了下来。"我看，先不说别的吧，明天你一定会好一点。很明显，你已经度过危险期了——我拿性命来打赌都可以。至于死亡、复活的信仰……你要我以一个科学家的立场来谈谈我的看法吗？这个下次再谈好不好？噢，你一定要我现在说？好吧，就照你的意思吧。这突如其来的，可不容易。"于是，他发表了一番即兴演讲，他居然能够说得出来，自己也觉得惊讶。

"复活，这是用来安慰那些软弱者的简陋观念，是我所不熟悉的。我一向是以不同的意思去了解基督说生和死的字眼。想一想，千百年来积下了那么些人，如果都复活了，哪里有那么多地方来容纳？宇宙也不够大，容纳不了他们；如果是这样的话，连上帝、至善和最有意义的目的都要给他们挤走了。在这些渴望过着动物生活的群众的拥挤下，它们是要被压扁压碎的。

"然而，无论何时，通过无数的组合和变形，庞大的生命总是充塞着宇宙，而且不断地再生。你为了将来会不会从死亡中复活而焦虑，可是你的诞生就是你从死亡中复活了，只不过你不曾注意到罢了。

"你会不会感到痛苦呢？会不会感觉到身体组织在解体呢？换句话说，你的意识将会变成什么样子呢？但意识又是什么？我们来看看吧。如果你故意要入睡，结果一定是失眠。如果你想知觉到消化作用的存在，结果只有弄到胃不舒服。当我们把意识用到自己头上时，它就变成毒素了。意识是向外照射的光，它照亮我们前面的路，免得我们被绊倒。它像火车头上的车头灯——把它照进车厢，结果就一定撞车。

"那么，你的意识将会变成怎么样呢？'你的'意识，你自己的，而不是任何别人的。好，让我先问你，'你'又是什么？要点就在这里。让我们把要点弄清楚。你身上有什么东西，是你一向觉得属于你自己的，你的肾，你的肝？还是你的血管？不是的，无论你如何深入地发掘你的记忆，你总是在一些外在活动的表现上发现你自己的存在——在你双手的工作上，在你的家庭中，在别人的眼中。现在请留心听着，在别人当中的你——才是你的灵魂，这就是你了。这就是你一生之中，你的意识所呼吸、所生活并享受过的一切——这就是你的灵魂，不朽的你，在别人中永生的你。这话怎么说呢？你一向存在于别人当中，你将来也永存于别人当中。就算以后人们把它称作记忆的你，对你又有什么分别呢？这将是你——是进入未来而且成为未来一部分的你。

"现在，还有最后一点。不必害怕。因为本来就无所谓死亡。死亡与我们根本无关。你刚才不是提到过才华吗？——你说它使人与众不同。才华，在最高、最广的意义来说，是指活下去的本事。

"圣约翰说过'不再有死亡'。他的推理很简单。不再有死亡，因为过去的已经过去；这不啻是说，不再有死亡，因为生命已经过去，生命老了，我们已对生命厌烦了。我们需要的是些新东西，这新东西就是永恒的生命。"

尤拉一面说话，一面在房中踱来踱去。这时他走到安娜·伊万诺芙娜的床前，把手按在她的前额上，说："睡吧。"不到一会儿，她果然入睡了。

尤拉静悄悄地走出门外，并且吩咐叶戈罗芙娜把护士叫来。"我是怎么啦？"他想着，"我快要变成一个真的江湖郎中了——喃喃念咒，用手施法……"

第二天，安娜·伊万诺芙娜大有起色。

安娜·伊万诺芙娜的病情继续好转，到十二月中旬她就想起床了，但她仍然相当虚弱，医生要她留在床上，并且好好地静养。

她常常把尤拉和冬妮亚找来，不时花上几个钟头来说她的童年，她儿时住在乌拉尔省雷尼瓦河畔她祖父的园林大宅——瓦雷金诺山庄。尤拉和冬妮亚没有到过那地方，但从她口中尤拉很容易想象到那漆黑如夜、不可深入的一万英亩原始森林，那条像一把弯刀似的插进丛林去的湍溪，以及它的河床和克吕格尔家这边的峭壁。

尤拉和冬妮亚有生以来第一次做了晚礼服。尤拉的是一件宴会上装，冬妮亚的是一袭白缎子衫裙，领口高低适度。

他们预备在二十七日的晚上，在斯文季茨基家传统的圣诞舞会上穿这新衣。当裁缝和女缝工把衣服送来的时候，尤拉和冬妮亚试穿起来，满怀喜悦。而当叶戈罗芙娜来叫他们去见安娜·伊万诺芙娜时，他们的新衣服都还没有脱下来。

他们穿着新的晚礼服到她房间去。一看到他们，她就用臂肘把上身撑起，看了他们两人一遍，又叫他们转一转身。

"很好，"她说，"真迷人。我想不到这么快就做好了。让我再看看，冬妮亚。不，很好，刚才我以为腰身皱褶太多。你们知道我为什么叫你们来吗？不过我首先必须跟你说句话，尤拉。"

"我知道，安娜·伊万诺芙娜，我知道你看过那封信了，是我亲手拿给你看的。我晓得你同意尼古拉·尼古拉耶维奇的看法，你们两个都认为我不应该拒绝那个继承权。但你等等，你还是不要说话的好，让我来解释清楚——尽管你已经差不多全都知道了。

"首先，嗯，律师们乐得打一场日瓦戈家的官司，因为家父的产业项下还有足够的现款付律师费和一切开销。除此之外，没有遗产了——除了一些债务和糊涂账之外——只有一大堆必须清理的手续。如果在那些项目中还有可以变钱的东西，你想我自己不会把它们花掉，而偏要把它们当礼物送给法庭？——这场官司全是律师们搞的把戏。与其去扫那摊破烂，我不如放弃权利，不要那份实际上并不存在的财产，让那群假冒的继承人去争夺好了。有一个申领遗产的人，如你们所知道的，艾丽斯夫人，她自称是日瓦戈夫人，她和子女们住在巴黎——我老早就听到她的事了。现在居然还有不少新的申请人——我不知道你们晓不晓得，我自己也是最近才知道的。

"似乎当家母还在世的时候，家父曾经爱上过一个怪僻的斯托尔本诺娃·恩瑞茨公主。这位女士和他生下了一个儿子，名叫叶夫格拉夫，今年已经十岁了。

"这位公主是个隐居者。她住在鄂木斯克自己的一所房子里，天晓得她靠什么维生，她是从来大门不出二门不迈的。我看过这房子的照片。很漂亮的房子，有五扇法国式的窗户，壁柱的飞檐上有着灰塑的浮雕。最近我一直觉得那房子可恶地瞪着我，从它那五扇窗子瞪着，一直从西伯利亚越过几千里到莫斯科来。我觉得这房子迟早总要成为我的凶煞。所以，我干吗还要去惹这些东西？——虚幻的财产、骗子扮的遗产申领人、怨恨、嫉妒？还有律师。"

　　"虽然如此，你还是不应该放弃那笔遗产的，"安娜·伊万诺芙娜说，"你知道我为什么把你们叫来吗？"她再次问道，同时马上又继续说下去："我记起他的名字了。你们还记得我昨天说的那个守林人吗？他的名字叫做瓦克赫。奇怪吧？他简直是个丑八怪，黑得像个魔鬼，胡须从下巴长到眉眼，但他却叫自己瓦克赫（Вакх，酒神）！他的脸上全是疤痕，不成人形，因为一头大熊曾经抓住过他，而他居然挣扎着把大熊打跑了。那里的人全是这个样子的。他们的名字也是惊人的、响亮而悦耳的——瓦克赫、鲁普（Лупп，天狼星）或浮士德。随时都会有一个这样名字的人来到我们家——他也许叫做阿弗克特，或者福洛尔——他们的名字就像你外祖父的枪声那么响亮——我们就马上从小孩子的房间排队走下楼梯到厨房去。在厨房里——你们怎么也想象不出那儿的情形——你会看到一个卖炭人捉来一只幼熊，或是一个看林子的人从乌拉尔省的边区带来一块矿石样品。你的外祖父一一记录下来，打发他们到账房去。有的给钱，有的给粮食，有的给枪弹。那里的森林一直长到我们窗前。那些雪，啊，那些雪啊！那些雪简直堆积得高过屋顶！"安娜·伊万诺芙娜迸发了一阵咳嗽。

　　"不要再说了，那对你的身体不好。"冬妮亚和尤拉劝她。

　　"胡说，我什么毛病也没有。噢，我想起来了，叶戈罗芙娜告诉我说你们在担心该不该去后天那个舞会。我不愿意再听到任何这种傻话，你们真该难为情！还有尤拉，你居然还自称是个医生呢！不许再提这个了，你们一定要去，就是这样。现在我们再来说说瓦克赫。他年轻时本是个铁匠，他和人家打架，被挖去了肚肠，结果他自己便打了一副铁的。嗯，尤拉，你别嚷好不好？我当然不相信他真的有一副铁肠胃，你怎么可以照字面上的意思来听呢？不过那里的人全都这么说。"

又是一阵咳嗽，逼得她停了下来。这一次她咳得更厉害了。她一直咳下去，几乎喘不过气来。

尤拉和冬妮亚同时赶到她床边，他们并肩站着，他们的手碰着手。还在咳嗽的安娜·伊万诺芙娜把他们两人的手抓在自己的手中，并且让他们的手牵着好一会儿。当她能够再说话时，她说：

"假如我死了，你们不要分离。你们恰好是天造地设的一对。你们结婚吧。现在就算你们两人订过婚了。"

她热泪盈眶地说着。

早在一九〇六年春天——只差几个月她就念中学毕业班了——拉拉和科马罗夫斯基有了暧昧的关系仅只六个月，这已经超过了她所能忍受的极限。他巧妙地利用她的不幸来占她便宜，而且当他要那样做的时候，他还含蓄地提醒她，他们之间的关系并不光彩。这些提醒使她恰好陷入一种迷惘状态，那正是一个登徒子所需要于女人的状态。结果拉拉觉得自己在情欲的梦魇中沉沦得更深了。每当她醒来之时，心中总是充满恐惧。她在夜间的狂纵像巫术似的不可名状。一切都是颠颠倒倒的，莫名其妙。尖锐的痛苦表现在银铃一般的狂笑中，推拒和反抗就是接受，感激的吻盖满了那虐待者的手。

这一切似乎是没完没了的，但这一年的春天，在期末的一堂历史课上，她想到夏天就要到了，届时上学和家庭作业都无法使她免于见到科马罗夫斯基时，她突然做了一个决定，这决定改变了她人生的旅程。

那是一个闷热的上午，一场暴风雨正在酝酿。从教室那些敞开的窗口传来远处城中的喧扰，像蜂巢的嗡嗡声那么单调。院子里传来小孩嬉戏的叫闹声。泥土和嫩叶的气味，就像谢肉节中的伏特加酒和薄煎饼的味道那样令人头痛。

那堂课讲的是拿破仑的埃及之战。当老师讲到拿破仑在弗雷瑞斯登陆时，天色昏暗起来，天空闪着雷电，灰尘和雨的气味一同涌进教室里来。两个受老师钟爱的学生讨好地跑出去找校工来关窗。他们一打开教室的门，风就吹进来，把桌上的吸水纸都给吹跑了。

窗子关上了。掺杂着沙土的城市污雨开始倾盆而下。拉拉从一本练习簿上撕下一页纸来，写了一张便条递给她邻座的娜佳·科洛格里沃娃：

娜佳，我一定得离开我的母亲了。帮我找一份工作，工资愈多愈好。你认得许多有钱人。

娜佳如此回复：

我们在替莉帕找一个家庭教师。你为什么不来我家工作呢？——那该有多美妙！你知道我的双亲有多喜欢你。

拉拉在科洛格里沃夫家工作三年，就如同在石墙的背后过日子一般。没有人麻烦她，甚至她疏远了的母亲和弟弟也没有来打扰过她。

拉夫连季·米哈伊洛维奇·科洛格里沃夫是个大商贾，出色、聪明，是个擅长于使用最现代方法的能手。他是以双重的憎恨来憎恨当时腐败的秩序的，作为一个富可敌国的有钱人，他憎恨当时的社会秩序；作为一个已经爬到社会最高层但却出身卑微的人，他也憎恨这个秩序。在他的房子里，他庇护着警察追捕的革命分子。在政治法庭上，他还替他们出钱请辩护律师。有一个尽人皆知的笑话，说他十分热心支持革命运动，甚至用自己的钱来策动自己工厂的工人向自己罢工。他是个一流枪手，是个热爱狩猎的人。一九〇五年冬天，他甚至到谢列伯良内森林和络西内岛去训练工人自卫队练习射击。

他是一个杰出的人，他的太太谢拉菲玛·菲利波芙娜和他非常相配。拉拉对他们夫妇钦羡而尊敬，他们一家人也都喜欢她，把她当作家中的一员。

三年多来，拉拉一直过着无忧无虑的生活。直到有一天她的弟弟罗佳来看她。他装模作样地晃动着他的长腿，装腔作势慢吞吞地说话。他告诉她，他们那一班的士官生们凑了一笔钱交给他，让他去买一份临别礼物送给军官学校校长。可是，他却在两天前把这笔钱输光了。故事说完之后，他便倒在沙发上痛哭流涕。

拉拉坐着，木然不动。罗佳抽噎着继续说下去：

"昨天晚上我去见维克多·伊波利托维奇，他拒绝和我谈这件事。但他说，如果你希望他……他说虽然你已经不再关心我们，但你对他仍旧有着极大的吸引力……拉拉，亲爱的……只要你说一句话就够了……你明白这对我是多么重要，那是多么丢人的一回事啊……我这军服的荣誉已经面临危险了。去见见他吧，这个要求不算太过分啊，去跟他说……你总不能要我用生命来偿还这笔债吧？"

"你的生命，你军服的荣誉。"拉拉愤然地重复着他的字眼，一面在房中踱着，"我不是一件军服，我也没有荣誉。你要我怎样你都可以去做。你知道你的要求是怎么回事吗？你明白他向你提议的是什么吗？一年又一年，我受着苦，现在你来了，毁掉一切你都不管。见你的鬼去吧！你要自杀就去自杀。我才不在乎呢！你需要多少钱？"

"六百九十多个卢布。算整数，就说七百吧。"他稍为犹豫了一下才说。

"罗佳！你真是疯了！你知道你在说些什么吗？你输掉了七百卢布！罗佳！罗佳！你晓不晓得，一个像我这样的普通人要老老实实地做多久的工才能挣到七百卢布啊？"

她住了口，过了一阵，才冷冷地，好像面对一个陌生人般说："好吧，我想想办法。你明天再来。带着你的手枪——你那把原本要用来自杀的手枪。你还是把它交给我好，记住，我还要很多子弹。"

她从科洛格里沃夫那里拿到了那笔钱。

在科洛格里沃夫家的工作并没有妨碍拉拉的学业，她念完了中学，而且在大学里选了课。她的功课很好，再过一年——一九一二年——她就可以拿到文凭了。

一九一一年春天，她的学生莉帕已经从中学毕业了。莉帕早已和一个年轻的工程师订了婚，这人姓弗里津丹柯，出身于一个良好而富裕的家庭。莉帕的双亲赞成她的婚事，但反对她这么年轻就结婚，他们劝她等一阵儿。结果弄出了好些争吵。莉帕是从小就受家人宠爱惯了的、任性的小妮子，她跺着脚和双亲争吵。

在这富有的人家里，拉拉是被接纳成为家庭之一员的，从没有人提醒她所欠的债，可能根本都没有人记得这回事。如果她私下没有别的开支，她早就该把欠款还清了。

瞒着帕沙，她寄钱给他那被放逐在西伯利亚的父亲，帮助他那牢骚满腹的生着病的母亲，并且直接向他的房东太太付清他的一部分房钱和饭钱，以减轻他自己的开销。他在卡莫格街靠近艺术戏院那幢新建大楼里的房间，也是她租给他的。

帕沙稍稍比拉拉年轻一点，他疯狂地爱着她，连她任何微小的愿望他都绝对服从。自从他在职业中学毕业以后，在她的敦促之下，他选读了希腊文和拉丁文。明年两人大学毕业后便结婚，然后到乌拉尔省去做中学教师，这是她的梦想。

一九一一年夏天，拉拉最后一次跟随科洛格里沃夫一家到杜普梁卡田庄去。她深爱着那田庄，甚至比田庄主人更喜爱。他们也都知道这一点，每年夏天他们抵达时，好像有了默契似的，同样的情景又出现。当那闷热肮脏的火车从车站开走后，在田野的无限寂静和芳香浸润中，激动到说不出话的拉拉，总是独自从车站走去田庄。同时，行李被装上大车，他们一家人爬进轿车，听那穿着猩红衬衫、无袖外套的杜普梁卡马车夫说些当地的新闻。

拉拉顺着一条朝圣者走出来的小路沿路轨走了一段，然后拐入田野。在田野中她停下来，闭上眼深深地吸一口洋溢着花香的旷野空气。对她而言，这里的一切，比她的亲人更亲切，比一个情人更可爱，比书本更智慧。在这一瞬间，她再度发现自己生活的目的。她活在这世界上，是为了掌握它狂野、销魂的意义，是为了用适当的名字来称呼每一样东西。设若她做不到，她就要毕生以爱制造后继者，让他们来替她做到。

这一年夏天来临时，由于她曾尽力担当过许多责任，她已筋疲力尽。她很容易烦乱。可是她又生性慷慨、善解人意，所以又逐渐发展出一种新的疑虑，和制造小情绪的倾向。

科洛格里沃夫一家仍然像从前一样喜爱她，并且希望她和他们同住，但莉帕既然已经长大，拉拉便觉得他们实际上已经用不着她了。因此她不肯接受薪水，他们便强要她收下。同时她又很需要那笔钱，当她在他们家作客之际，要她另外去赚一笔钱是办不到的，并且是很尴尬的。

拉拉觉得她的处境是不自然而且难以忍受的。她想象着他们一家都已把她看作一个累赘，只是表面上不好意思提出来而已。对她自己来说，她也是一个累赘。她渴望着从自己身上逃走，从科洛格里沃夫一家逃走——随便逃到什么地方都好——但是依照她的原则，她首先必须归还她所借的债，可是当时她没有办法做到这一点。她觉得自己成了一件抵押品——都是因为罗佳那愚蠢的过失的缘故——她陷身在无能为力的愤懑之中。

在任何场合她都猜疑别人轻视她。如果科洛格里沃夫家的客人对她殷勤，她便确信那是由于他们把她看成一个别无选择的"被保护者"，要打她主意是轻而易举的。如果他们不注意她，那又证明在他们眼中她根本不存在。

她那间歇性的低沉情绪并不妨碍她参加田庄宾客的各种娱乐。她游泳、划船、参加晚间的河边野餐、跳舞，还跟别人一起放烟火。她参加票友剧团演出，她甚至热心地参加射击比赛。比赛本来是用短毛瑟来复枪，但她情愿用罗佳的轻手枪，而且逐渐精于此道。"可惜我是个女人，"她笑着说，"否则我一定是个老练的决斗者。"可是，她愈是想使自己忘情于逸乐之中，她愈觉得不幸，愈是不知道自己究竟要的是什么。

在他们回到城里以后，事情更糟，因为除了她那些烦恼以外，又加上了她和帕沙的斗气（她很小心地避免和他严重地争吵，她把他看成她的最后倚靠）。帕沙开始表现相当程度的自信。他的口气还多少带点教训意味，这固然使她觉得有趣，但也使她觉得气恼。

帕沙、莉帕、科洛格里沃夫一家、钱——每一样事情都在她的脑中翻滚着。她对生活也不耐烦了。她开始发泉发痴了。她开始沉醉于一种狂想，她要摆脱她所知道、她所经历的一切，然后重新做人。就在这样的心境下，在一九一一年的圣诞节期间，她做了一项重大的决定。她要立即离开科洛格里沃夫一家，她要自立，她要向科马罗夫斯基拿一笔钱做到这一步。她觉得由于他和她之间的关系，以及她努力自立了这好几年，他应该拿出骑士的精神来帮助她，毫不自私地、毫无问题地帮助她，更不应该要求任何不名誉的条件。

怀着这样的念头，在二十七日晚上，她来到彼得罗夫大街。她的皮手筒里放着罗佳的手枪，并且装好子弹，打开了保险。如果科马罗夫斯基拒绝她或者侮慢她的话，她就向他开枪。

她极度亢奋地走在街上，街上圣诞节的热闹情景她一点也看不见。在她心中，她要放的那一枪早已放过了——至于那一枪要打谁则是完全没有关系的。她心中就只有那一枪。一路上她所听见的只有这一声枪响，这一枪射向科马罗夫斯基，射向她自己，射向她的命运，射向杜普梁卡那棵橡树上的木靶子。

"别碰我的皮手筒！"

爱玛·埃内斯多芙娜抬起手预备帮她脱下外套。她开门让拉拉进来时就"哦哦啊啊"惊诧不已。她告诉拉拉说维克多·伊波利托维奇不在家，但请她不要走，等他一会儿。

"我不能等，我有很急的事。他在哪里？"

"他参加一个圣诞舞会去了。"

拉拉抓着那张写了地址的纸片，跑下那道熟悉的、阴暗的扶梯，走过那彩色玻璃的家徽纹章，一直跑向面粉城斯文季茨基的寓所。

直到这时，当她第二次走出来之后，她才向四面瞥了一眼。现在是冬天。这儿是城里。这时是晚上。

外面冷得厉害，街道上覆盖着厚厚黑黑的玻璃似的冰层，好像啤酒瓶瓶底。她连呼吸都发痰。空气中散布稠密的灰色的小雪珠，打在脸上有些刺人，就像她那毛坎肩上冻硬了的灰毛针一样刺人。她的心在狂跳，她走过杳无人迹的街道，走过冒着热气的廉价茶室和饭店门口。红得如同香肠的脸孔、胡子上挂着冰晶的狗脸和马头在雾中晃动。窗户上盖着厚厚的冰雪，五光十色的圣诞树光彩和寻欢作乐的人们的影子，掠过窗户的白磨砂玻璃，好像走马灯上的幻影，似乎是专为路人而设的影戏。

到卡莫格街时，拉拉停下来了。"我干不下去了，我受不了。"她几乎脱口而出，"我上去，把一切都告诉他吧。"她极力振奋起精神，推开那道厚重的门，走了进去。

帕沙站在镜子前面，涨红着脸，舌头顶起腮帮，用力弄好衬衣领上的纽扣，和衬衫胸前的纽孔。他正整装去赴一个舞会。他是个朴实而缺乏社会经验的人，因此拉拉没有敲门就走进去，看到他衣冠不整的情形，弄得他很窘。他立刻注意到她的激动。她的两条腿几乎站不住了。她举步艰难，前进时裙裾摆动的情形，如同她正在涉水渡过一条河流。

他赶到她的身边。"怎么回事？"他惊恐地问，"出了什么事？"

"坐在我身旁，坐下，别忙着穿衣服。我很忙，我必须马上就走。别碰我的皮手筒。等等，你转过身子去一下。"

他依照她的话做了。拉拉穿的是一套西装外衣和裙子。她脱下外衣，把它挂好，又从皮手筒里把罗佳的手枪拿出来，放入外衣口袋。然后走回沙发坐下。

"好了，现在你可以看了，"她说，"点根蜡烛，把电灯关了吧。"

她一向喜欢坐在蜡烛的幽微光线里，所以帕沙经常准备着几根蜡烛。他把烛台上残余的烛头拿掉，换上一根新的蜡烛，再把烛台放在窗台上，然后点燃它。火苗伸缩着，嗞嗞作响，射出许多小火星，然后并拢来形成个箭头。柔和的光线映照着整个房间。靠近火苗的、盖在玻璃窗上薄薄的冰层融化了，一个黑色的圆圈正在形成。

"听我说，帕沙，"拉拉说，"我有麻烦了，你一定要帮助我。不要害怕，但也不要问我为什么。更是千万不要想象我们会和别人一样。不要把事情看得太轻，我在一种通常的危险里面。假如你不愿意我毁掉，我们就一定不要耽搁我们的婚事。"

"结婚正是我一向希望的，"帕沙插嘴道，"你只要订个日子就是了。你什么时候准备好，我们就什么时候结婚。好了，现在把你所担忧的事情告诉我，别再像打谜语一样折磨我了。"

但是拉拉躲开了他的问题，她不知不觉地把话题扯开了。他们谈了好久，谈了不少事情，但都是和她的焦虑无关的。

那年冬天，尤拉为了参加大学的金奖章比赛，正用功准备一篇关于视网膜神经原理的科学论文。虽然他只是考取了一般医科，但他对眼科特别有心得。他对视觉生理学的兴趣，是与他其他的性格——他的创造天才、他对艺术形象及思维逻辑结构的专注——契合的。

冬妮亚和尤拉坐着一辆出租雪橇去赴斯文季茨基家的圣诞舞会。他们两人同住在一幢房子里，度过六年从大孩子到少年的时光，他们彼此间已经无所不知了。他们有着相同的习惯，他们甚至有着特殊的鄙夷的鼻音，用来应付相互间的玩笑。但此刻他们都沉默地坐在雪橇上，他们的嘴唇都在寒冷中紧紧地闭着，只偶然交换过一两句话，各人都在埋头想着自己的心事。

尤拉想的是他那比赛的日期，他必须加紧地赶完那篇论文。接着他的思想被街上的节庆和年末的喧闹分散了，又跳到别的念头上去。他本来答应了戈尔东，要替他编的那份油印学生报写一篇关于布洛克的文章，在彼得堡和莫斯科两个大都市的年轻人都疯狂地崇拜大诗人布洛克，而特别以尤拉与戈尔东为甚。但甚至这些念头也没有在他心中停留多久。他和冬妮亚坐着雪橇继续前进。他们的下巴埋在衣领里面，衣领摩擦着他们冻僵了的耳朵，他们在各自想着一些不同的事情，而两人的思想竟无一处巧合。

最近在安娜·伊万诺芙娜床边的那一幕，使他们两人都变了。他们仿佛一下子成熟了，彼此开始以一种新的眼光看待对方。

冬妮亚，他的老朋友，本来是那么的没有问题，从来不需要解释的，如今竟变成最难了解的、他所能想象到的最复杂的东西了。她变成了一个女人。只要稍稍运用想象力，他就可以把自己形象化为一个皇帝、一个英雄、一个先知或者一个征服者，但他无法想象一个女人。

现在冬妮亚已经把这件至高无上而且最困难的工作，放在自己瘦削柔弱的双肩之上（她虽然是个绝对健康的女孩子，但在他眼中，她是瘦削柔弱的），他心中对她充满了热烈的同情和羞怯的好奇，这些都是男女之情的开端。

冬妮亚对尤拉的态度也发生了类似的变化。

尤拉突然想起在这个时候也许他们并不应该外出。他在担心安娜·伊万诺芙娜。当他们正预备离家时，听说她又不舒服了，他们便到她房间去，但她仍然像以前那样决然地盼咐他们去赴宴会。他们还走到窗前看过天气。当他们走出房门时，窗上的纱幕搭在冬妮亚的新衣服上，挂在她身后宛如结婚礼服的披纱。大家都注意到这情景了，而且都忍不住笑了起来。

尤拉看看四周，他所看到的情景，和拉拉片刻之前所看到的一样。雪橇嘈杂的声音特别响，被冰雪封盖了的园子和街道上的树木，发出不寻常的长长的回声。房子里的亮光照透了结了霜的窗户，使他想起用烟璜玉做的贵重匣子。在那些窗子后面，是莫斯科的圣诞狂欢现场，枞树上点着蜡烛，穿着华丽服装的宾客正团团转地玩着捉迷藏和寻戒指的游戏。

尤拉突然觉得，布洛克所反映的正是俄罗斯生活领域中的圣诞气氛——其中有这个地方城市的气氛、最新的俄罗斯文学气氛、星空下的现代街道气氛，以及二十世纪客厅里圣诞树周围的气氛。他想，他根本不需写一篇关于布洛克的文章，只要在一张荷兰画派的三博士图上加上雪景、野狼和黑森森的枞树林就够了。

他们的雪橇在经过卡莫格街时，尤拉注意到有一面窗子透出了烛光，一根蜡烛把玻璃上的薄冰融化了一块。那根蜡烛的光看上去像是有意识地投向街外，似乎在望着经过的马车，同时在等着某一个人。

"桌上点着一根蜡烛，点着一根蜡烛……"他向自己低语道——这是一种困惑而无形的东西的开端，他希望它能自己成形，但他再得不到什么启示了。

记不清楚是从哪年哪月开始，斯文季茨基家的圣诞舞会就一直是照这个样子安排的。十点钟时，在宾客带来的小孩子们都回家以后，主人为留下来的人再次点亮圣诞树上的蜡烛，舞会就继续下去，开个通宵。那些比较沉静的人整夜在豪华的客厅玩纸牌，在客厅与舞厅之间，有一道用小铜环串着的厚帷幔隔着。天亮之前，大家再一同吃一顿早餐。

"你们为什么来得这么迟呢？"斯文季茨基的外甥若尔日问道，他正从前厅跑向他舅父母的房间。在没有谒见主人之前，尤拉和冬妮亚先把他们的外套皮靴之类脱掉，并且向舞厅张望一番。

衣裳窸窣作响，人们互相踩到脚趾，那些不跳舞的人，一面走动一面谈话，在有好几圈烛光的热气腾腾的圣诞树前经过，就像一道黑墙似的移动。

在舞厅的中央，跳舞的人转得头晕目眩。他们在一个青年法科学生的指挥下配对成双，或组成长链。这个领舞的青年名叫科卡·科尔纳科夫，他的父亲是个助理检察官。"大圈！"他用最大嗓门向大家用法文叫道，或者"中国式链子！"——大家就跟着他的号令来跳舞。当他带着舞伴领头跳第一圈舞时，他用法文向钢琴师喊道："请来一曲华尔兹！"然后他就和舞伴转了开去，圈子愈转愈小，舞步愈来愈慢，直到大家仅能用那华尔兹的余韵来算拍子为止。然后大家拍着手，冰块和冷饮被搬到这群吵闹而拥挤的人群中，红着脸的男孩和女孩贪婪地喝着冰冻的蔓越橘汁和柠檬水，杯子一放进托盘，那吵闹的声音又响了十倍，好像他们喝下去的是一种使人骚动的药物。

冬妮亚和尤拉没有在舞厅停下来，他们一直走到后面主人的房间里去。

斯文季茨基的起居间里堆满了从跳舞厅和客厅搬来的家具。这儿就是斯文季茨基夫妇的魔术室，也是他们的圣诞节工场。房间里有油漆和胶水的气味，花花绿绿的包装纸堆里，舞星的奖品的盒子和后备蜡烛全堆在那里。

斯文季茨基夫妇正在卡片上写着名字，以便分派礼物、安排席位。若尔日在帮他们忙，但他不断地忘记数目，他们便生气地埋怨他。冬妮亚和尤拉的到来，让他们大喜过望。他们是看着尤拉二人长大的，所以毫不拘束地派遣他们一些差事。

"费利察塔·谢苗诺芙娜根本不明白，这些工作早该预先准备好，而不应该在客人们来了以后才赶着做。看你又干了什么好事了，若尔日！——空心的软糖放在沙袋上，有甜杏仁的放在桌上——你看，你把它们全弄乱了。"

"我真高兴安涅塔的病终于好多了，吉马泽特金和我都很为她担心呢。"

"可是她的病更重啦，不是好些啦，亲爱的。她的病更糟啦，你明白吗？你老是把事情弄得颠三倒四的。"

足足有半个晚上，尤拉、冬妮亚、若尔日以及那对老夫妻都隐处幕后。

拉拉一直在跳舞厅里。她没有穿晚礼服，而且一个人都不认识，但她依然留了下来，结果不是梦游般和科卡·科尔纳科夫跳华尔兹，就是漫无目的地在厅里晃来晃去。

　　有一两次她站住了，犹豫地在客厅门前伫候着，希望正对门廊坐着的科马罗夫斯基会看见她。但他的眼睛始终没有离开纸牌，纸牌握在他的左手，恰巧遮住他的脸。可能真的没有看见她，但也可能只是装着没看见。她简直被屈辱弄得喘不过气来。一个她不认识的女孩从舞厅走进客厅，科马罗夫斯基用拉拉最熟悉不过的眼光望着她。那女孩觉得受到了阿谀，脸色泛红，同时快乐地笑了。拉拉立刻着红了脸，几乎叫了起来。"一个新的牺牲品！"她想。她觉得看到这一幕就如同在镜子里看到了自己跟科马罗夫斯基暧昧一样。她始终没有放弃和他谈话的计划，但她决定等一下也可以，等时机更方便些才说更好。她努力使自己平静，再回到舞厅去。

　　科马罗夫斯基正在和另外三个人玩纸牌。他的左手边是科尔纳科夫，也就是现在又和拉拉跳舞的高雅年轻人的父亲，这个她是从和年轻人的随意交谈中知悉的。这年轻人的母亲就是那穿黑衣服的、高高的黑发妇人，她有一对冒火似的眼睛，她在舞厅和客厅之间来回走动，看看儿子跳舞，又看看丈夫玩牌，蛇般的颈项给人以不愉快的印象。最后拉拉知道，那个使她思潮起伏心绪复杂的女孩子是这年轻人的妹妹，她的疑惑根本是无稽的。

　　当科卡作首次自我介绍时，拉拉并没有注意他的姓氏，但是他又重述了一次，那是在华尔兹曲最后一节快结束了，他搂着她的腰送她回到椅子上、欠身告辞的时候。"科尔纳科夫，科尔纳科夫。"这名字使她想起了一些什么，不太愉快的一些什么。然后她想起来了。科尔纳科夫是莫斯科中央法庭的助理检察官，当包括季韦尔辛在内的那群铁路工人受审的时候，他曾经发表过一篇狂热的演说控诉他们。因着拉拉的请求，科洛格里沃夫曾经前去向他求情，但没有成功。"就是这家伙……好啊，好啊，好啊……真有趣……科尔纳科夫。科尔纳科夫。"

　　差不多是凌晨两点了。尤拉的耳朵在鸣响。他们曾经休息了片刻，吃点东西，然后又开始跳舞。这时圣诞树上的蜡烛烧尽了，也没有人再去点。

尤拉不自然地站在舞厅当中，看着冬妮亚和一个陌生人跳舞，她荡到他面前，摆动着她的缎子短裙——像一条摆动着鳍的鱼——又消失在人群里面。

她极为亢奋。休息的时候，她不肯喝茶，靠吃柑橘来解渴。她剥食了很多柑橘，不时用一条只有一朵花那么大的手绢擦指头和嘴角，同时不断地说着笑着，一面又随手把手绢塞进她的腰带或袖口里。

这时，她正和一个不相识的舞伴掠过皱着眉头的尤拉身边，她捉住了他的手，捏他一下，并且神采飞扬地笑着。本来在她手掌里的手绢留在他手上了。他闭上眼，吻着手绢。那手绢的味道好迷人，一半是柑橘味，一半是冬妮亚手的气味。这是尤拉有生以来从未曾经验过的新鲜感觉，它是那么的尖锐，从头顶贯穿到脚跟。这一阵天真无邪的童稚气味，就像一句黑暗中的耳语那么亲切，那么可解。他把手绢印在眼上、唇上，并透过它来呼吸。突然，里面传来一阵枪声。

每个人都转身望向那挂在舞厅和客厅之间的帷幔。大家顿时沉静下来。然后哄乱开始了。有些人尖声叫喊着跑出来，有些人跟着科卡跑进客厅去，枪声是从那里传出来的。又有一些人从客厅迎出来，有人在哭，在争吵，所有的人都在说话。

"她在做什么，她在做什么！"科马罗夫斯基不断绝望地说道。

"鲍里亚，鲍里亚，告诉我你还活着，"科尔纳科夫太太歇斯底里地尖叫着，"德罗科夫医生在哪里？他们说他来了的。啊，他在哪里，他在哪里啊？——你怎么可以，你怎么可以说只是擦破了皮不要紧呢！啊，我可怜的受难烈士啊！这就是你揭发那批罪犯的报酬啊！噢，她在这里！这贱货！她在这儿，我要挖掉你的眼睛，你这婊子，你这回可逃不掉了！你说什么，科马罗夫斯基？你？她打的是你？不，我受不了，这是个悲剧性的时刻，科马罗夫斯基，我没有时间听你说笑话。科卡，科卡奇卡！你能相信吗？她想杀死你的父亲……是啊……但老天有眼……科卡！科卡！"

人群从客厅涌入舞厅。走在最前面的是科尔纳科夫，他一面用一条餐巾擦着左手上的皮伤，一面笑着请大家放心，他安然无恙。隔远一点的另外一群人捉着拉拉的手臂拖着她。

尤拉简直目瞪口呆了。是这个女孩子！而且又是在这么不寻常的场合里！同时又有那个灰发的男人。但这次尤拉知道他是谁了——他是著名的律师，科马罗夫斯基，和尤拉父亲的遗产有关的一个人。他没有必要和他打招呼。因为他们彼此都假装互不相识。而那女孩……她就是那个开枪的女孩吗？她向检察官开枪？一定是政治问题。可怜的家伙，她走霉运了。她是多么高傲多么美丽啊！而那些混蛋们，竟当她是个小偷一样地扭着她的手臂！

但他立刻又知道自己误会了。拉拉两腿发软站不牢了，他们是在扶她，他们几乎半拖半抱地把她弄到就近的一张沙发上，她整个人就瘫在上面了。

尤拉本想冲到她跟前把她救醒，但他想到自己至少应该先表示对受害人的一点关心才是，于是他走到科尔纳科夫面前。

"我是个医生，"他说，"让我看看你的手。噢，你真幸运，简直连包扎都用不着。不过，涂点碘酒总是好的。费利察塔·谢苗诺芙娜来了，我们向她要点碘酒吧。"

斯文季茨基太太和冬妮亚脸色苍白地走到他面前。她们叫他什么事都放手不必管，赶快穿上大衣。他们家里派人来叫他和冬妮亚立刻回去。

尤拉眼前一空，想到了最坏的可能，跑去拿他的大衣。

他们没有见到安娜·伊万诺芙娜的最后一面。当他们奔上楼梯跑进她的房间时，她告别尘世已经十分钟了。死因是肺部急性水肿引起的突然窒息，当时没有能够及时诊断出来。最初的几个钟头里面，冬妮亚不停地大哭大喊，谁的话也不听。第二天她平静下来了，但也只能在尤拉或她父亲对她说话时点头作答。每当她想说话时，她的悲哀就掩盖了她，她又像着了魔般哭喊起来。

在宗教仪式间断了的时候，她在母亲身边跪上好几个小时，她那双修长美丽的手抓着棺材的一角，棺材被鲜花盖满了，停在台子上。她简直看不见周围的人了。但每当她的眼睛和她朋友们的视线接触时，她立刻就站起来，忍着眼泪，急忙离开灵堂，走上扶梯，直到她扑在床上，才把她那些迸发出来的悲伤埋在枕头里。

由于哀伤、几个钟头的久站、睡眠不足，以及低沉的挽歌、日夜燃烧着的耀眼烛光的刺激，再加上他的感冒，尤拉的灵魂充满一种甜蜜的混乱，时而悲伤得厉害，时而心神恍惚。

当他自己的母亲在十年前去世时，他还是个小孩子。他还记得自己当时是如何地哭泣、悲怆、恐惧。在那段日子里，他并没有特别地想到自己。他甚至不能想象有一个像尤拉这样的东西独自存在着，或者这东西有什么价值或利害关系。当时只有他以外、他四周的东西才重要。外在的世界从四面八方压向他，不能逃避、无可争辩，并且具体可感，就像一座森林。母亲的死之所以使他那么震动，原因很简单，他本是和她一块迷失在林中的，现在，他忽然发现她走了，他自己孤零零地留在林中。那森林是世上一切事物所构成的——云朵、商店招牌、钟楼的金顶，以及走在前面护送马车上圣母像的没戴帽子的骑士，还有店子的铺面、商场、高不可攀的星空、上帝和诸圣。

那高不可攀的天空有一回落到他和他保姆的睡房里，降低到他保姆的裙边，那时她正和他谈到上帝，而它就近在眼前手边，近到就像你拉下水沟里的榛子树枝来摘榛子时的树梢。它沉浸在他睡房的金边澡盆里，在火焰和黄金中沐浴后，又浮现出来，变成他和保姆同去的小教堂里的晨祷或弥撒。在那所教堂里，天上的众星都变成圣像前面的烛光。上帝就是一个慈爱的父亲，而且一切事物或多或少总要落到它正确的地位去。但最重要的，还是成人的现实世界，和一座森林似的围着他的城市。那时，尤拉用着他半动物的信心，一心一意地相信上帝，因为他是这森林的守护者。

现在大不相同了。经过十二年的中学和大学，尤拉研究过不少名著和经典，研究过圣徒传及诗人、历史和自然科学。对他而言，那些已经成为他的家庭，他的家族的编年史。现在他什么也不怕了，不怕生，也不怕死。世上的一切，世上的一切事物只是他词汇中的一个字眼。他觉得他和宇宙站在相等的地位。安娜·伊万诺芙娜的丧礼对他的影响，与他母亲的丧礼对他的影响截然相异。那时他在迷惑、惧怕和痛苦中祷告。现在他倾听教士诵经，犹如倾听一段向他说的话，而且这段话和他直接有关。他注意地倾听着每一个字眼，期望着这些字眼也像任何字眼一样有着清晰的意义。他对天地之伟力的尊崇是不含宗教意味的，他对天地的崇拜就是对祖先的崇拜。

"神圣的主，神圣全能，神圣永生，求赐慈悲。"这是什么？他在哪里？他们一定在搬棺材了。他必须醒来了。早上六点钟的时候他和衣在沙发上睡着了。现在他们在屋子里到处找他，但没有人想到去书房的书架后面寻找看看。

"尤拉！尤拉！"马克尔在叫他。他们在搬棺材了。马克尔要搬那些花圈，他找不到尤拉帮忙，更糟的是他给关在卧室里了，那里面堆满了花圈，因为门外那衣柜的大门滑了开来，把卧室的门给挡住了。

"马克尔！马克尔！尤拉！"楼下的人们在喊着。马克尔踢开了门，抱着几个花圈跑下楼梯。

"神圣的主，神圣全能，神圣永生。"祷告声柔和地飘到下面街上，然后停在那儿，好像一把鸡毛掸帚柔和地扫着空气似的，一切都在摆荡着——花圈、路人、插了羽毛的马头、在教士手中的链索下摇荡着的香炉，以及脚下白色的泥土。

"尤拉！我的天！你总算来了。"舒拉·施莱辛格摇着他的肩膀，"你怎么啦？他们把棺材抬出去了。你不来和我们一起吗？"

"我来啊，我当然会来。"

丧礼的宗教仪式过去了。乞丐们在寒冷中蹒跚地走拢来，站成两排。灵车、装放花圈的两辆马车和死者娘家克吕格尔家的车子都骚动起来，并且两边晃着。然后这些车子更靠近教堂一些。从教堂里出来的是舒拉·施莱辛格，她哭着揭开那面给泪水弄湿了的面纱，在人群中横扫一眼，找到了那几个扶灵柩的。她向他们点点头，又回到教堂里面去。更多更多的人从教堂出来。

"噢，这次轮到安娜·伊万诺芙娜。她跟我们打过招呼了。她买了一张票子到一个很远很远的地方去。可怜的人。"

"是的，她的舞跳完了。可怜的人儿。她现在安息了。"

"你搭车还是走路？"

"站了这么久我需要伸伸腿了。让我们先走几步路再坐车子。"

"你看见富夫科夫多难过吗？看着她，他老泪纵横，他擤着鼻子，凝视着她的脸。他一直站在她丈夫的身边呢！"

"他一直是喜欢她的。"

他们慢慢地走向城市另一端的墓地去。那天冻雪开始融化了，是一个无风而有些回暖的日子。寒冷过去了，生命也过去了——似乎这一天是专门为了丧葬而设的一个好日子。那些肮脏的雪看上去好像照亮了黑纱，坟地铁栏杆后面的枞树，潮湿而黝黑，就像生锈的银子，似乎也在哀悼着。

尤拉的母亲也葬在这个墓园里。最近几年来他没有给她上坟。他向那坟墓的方向望一眼，低低说了声"母亲"，声调也几乎像许多年前那样。

人们严肃地散开，分成参差不齐的小组，沿着墓道往前走，那弯弯曲曲的墓道和他们故意慢下来表示忧伤的脚步很不调和。亚历山大·亚历山德罗维奇拖着冬妮亚的手臂，克吕格尔一家跟在后面。虽然身着黑色的丧服，冬妮亚仍然十分迷人。

修道院圆顶垂下来的带十字架的铁链上，以及粉红色的院墙上，挂着霉迹一样蓬松散乱的霜须。在修道院偏僻的角落里，洗过的衣物沿墙头一排排地挂着——有大袖子的衬衣，桃木色的桌布和扭得皱皱的、挂得歪歪斜斜的床单。尽管修道院的这一部分已让新的建筑改变了外观，尤拉仍看得出这就是他母亲下葬那天晚上风雪怒吼的地段。

他一个人走在大家的前面，偶尔停下来等待他们。那些慢慢地跟着的人们因经历死亡而流露出凄凉的情绪。受到这些情绪的感染，他自然而然地趋向梦想、思考、创造新形式、创造美。他从来没有比这次更生动地了解到，艺术不断关注的有两点：它永远在为死亡默想，而且永远在创造生命。一切伟大的真正的艺术，是模仿并延续圣约翰启示的。

他以喜悦的期待，想到离开学校，离开家独自度过一两天，写一首诗来纪念安娜·伊万诺芙娜。他要把生活中所碰到的一切杂乱无章的事也写进去，写一点关于安娜·伊万诺芙娜最好的品德、哀悼中的冬妮亚、葬礼归途中所见到的事情，以及修道院那一个角落中挂着的洗过的衣物。

第四章

这一刻终于来临

躺在费利察塔·谢苗诺芙娜的床上，拉拉发着烧，并且陷入半昏迷的状态中。斯文季茨基夫妇、佣人们和德罗科夫医生在她周围窃窃私语。

房子里其余的地方一片黑暗，客人都走光了。只有一间小厅里有一盏灯放出幽微的光线，照射着整个门外过道的前前后后。

在小厅中，科马罗夫斯基迈着焦躁而坚定的大步踱来踱去，仿佛他是在自己的家里，而不是在做客。他不时走近卧室看看有没有什么消息，然后又快步走开，经过那点缀满金线的圣诞树，经过饭厅，走向房子的另一端。饭厅的桌上摆满了一盘一盘的没有动用过的食物，每当窗外有马车经过，或者老鼠在桌布上的瓷器之间奔窜而过时，桌上的青水晶玻璃酒杯就叮叮作响。

科马罗夫斯基在盛怒之下闷声不响。他一肚子的矛盾。多丢人啊！多羞辱啊！他完全失去了常态。他的地位受到打击，他的名誉将因此而受到损害。不论付出多大的代价，他都必须防止外面的谣传与流言。假如消息已经不胫而走，他就必须趁早把它扑灭。

　　他内心骚乱的另一个原因是，他又觉得这个疯狂而不顾死活的女孩，对他有着一种无可抵抗的吸引力。他一向知道她是与众不同的。她一直有着一种独特的气质。但他曾经多么深深地、残酷地、无可挽回地伤害而且毁灭了她的一生啊！而现在，当她决心重新掌握自己的命运、重新做人之时，她是何等地叛逆而狂暴！

　　很明显地，他必须尽可能地帮助她。也许可以帮她找个住所，但无论如何他是不能再亲近她了，反过来，他必须远离她，不要挡住她的去路，否则，照她那暴烈的性格，谁知道她会怎么干呢？

　　麻烦的事情还在后头呢！这不是那种亲热地拍拍别人的头那么简单的事！法律对这种事情是毫不宽容的。天还没亮，事情发生还不到两个钟头，警察便已经来过两次了。他，科马罗夫斯基必须亲自到厨房去见那巡官，把这件事情遮掩过去。

　　事情愈发展下去就愈复杂。必须要找出证据，证明拉拉要枪击的是他而不是科尔纳科夫。就算证明了这一点，事情依然尚未完结，她只能洗清一部分的罪名，她仍然要受到审讯。

　　自然地，他要用尽一切力量来阻止这场审讯。假如必须出庭的话，他就叫一个精神病专家来作证，证实在她放枪的时候，她的精神是不健全的，她不能对自己的行为负责，然后要求法庭不予起诉。

　　经过这番反省思索，他开始平静下来。黑夜过去了，光线探头伸入一个一个房间，像小偷或当铺的估价人朝桌椅下面察看似的。

　　看了卧室最后一眼，得知拉拉的情况并没有好转，科马罗夫斯基告辞了。他去看了一个朋友，名叫鲁芬娜·奥尼西莫芙娜·沃伊特－沃伊特科夫斯卡娅，她是一名女律师，丈夫是流亡国外的政治犯。她那八个房间的公寓现在对她而言是太大了，她没有办法维持这种开销，所以把其中的两个房间出租。有一个房间最近刚空出来，科马罗夫斯基为拉拉租了下来。几个钟头后，拉拉便被送到这个房间来了，神志尚未完全恢复，头依然在发烧。

　　鲁芬娜·奥尼西莫芙娜是一个观点进步、毫无偏见的女人，对于她认为"积极而重要"的每一件事情都有好感。

　　在她抽屉的最上一格里，她藏着一册有作者署款的《爱尔福特纲领》，墙上的照片中有一张是她的丈夫，"她的善良的沃伊特"和普列汉诺夫在瑞士一座著名的公园里合照的，他们两人都穿着驼绒夹克，戴着巴拿马帽。

鲁芬娜·奥尼西莫芙娜一看见拉拉，就不喜欢她这个生病的房客。她把拉拉看作一个假装有病的人。她发烧时的呓语，在她看来只是造作。她随时可以发誓，说拉拉是模仿在牢里发疯的玛甘泪。

她以加倍的活跃来表示她对拉拉的蔑视。她用力开门，高声唱歌，在她占有的房子里旋风般转个不停，而且整天把所有的窗子都打开。

这个公寓位于阿尔巴特街一座建筑物的顶楼。冬至过后，它的窗户充满宽阔的蓝色天空，浩瀚如同涨溢的河水。整整半个冬季，那房子都充满了早春的讯息。

一阵来自南方的暖风透过窗页吹进来。远处车站上的火车头狮子般咆哮着。卧病在床的拉拉只得用回忆来打发她的闲暇。

她时常想起她从乌拉尔来到莫斯科的那个晚上，那是七八年前的事了。她坐着一辆马车，经过幽暗而狭窄的巷子，从火车站到城的另一端的旅店去。一盏盏的街灯把那弓着背的马车夫的影子投在墙上。他的影子一直在增大，大到伸上屋顶，然后突然不见了，最后又由小而增大。

莫斯科无数教堂的钟声，在她头顶上的黑暗中争鸣，电车穿过大街时哐啷哐啷作响，震耳欲聋，耀眼的橱窗装饰和刺目的灯光也几乎使她失明，似乎它们也在发出响声，就像大钟和车轮一样。

在公寓的房间里，拉拉被一个硕大无比的大西瓜吓了一跳。这是科马罗夫斯基送的乔迁礼物，对她而言，它就是他的权势和财富的象征。当他把刀子插进这名贵的东西里，把那青黑色的圆瓜剖成两半，露出它那冰冻的、甜美的瓜肉时，她简直吓坏了，但她又不敢拒绝他给她的那块。她咬了几口，那香甜的粉红瓜肉哽在喉头，可是她勉强自己把它咽下去。

就像那些奢侈的食物和莫斯科的夜生活使她恐惧一样，不久她对科马罗夫斯基也有了恐惧的感觉——这就是所有那些事情真实的解释。

但而今他完全变了，变得几乎叫人认不出来。他没有要求，从不向她提起往事，甚至来都不来。在这期间，他一直和她保持距离，并且对她慨然相助。

科洛格里沃夫的来访却是全然不同的事。当他来到时，她简直喜出望外。她的喜悦并不是因为他高大而且英俊，而是因为他洋溢着的活力，她这位访客以他那炯炯有神的目光和聪慧的微笑把房里的空间占去大半，使得整个房间显得拥挤起来。

他坐在她的床边，搓着双手。当他应召去参加彼得堡的阁员会议时，他向那群老而不死的政府大员们说话，就像对小学生说话一般，但现在他眼前的是一个女孩子，不久之前她还是他们家中的一员，多少有点像是他的女儿。他对她，像对他其他的家人一样，只是很随便地交谈（这构成他们之间特有的亲切感，这是他和他的家人都知道的）。他没有办法把拉拉当作一个大人，他不能以严肃的或冷漠的态度对待她，他不知道要怎样说话才不会使她觉得不高兴。"究竟是怎么回事啊？"他微笑着说，如同她是一个小孩子，"怎么弄得这么像演戏呢？"

他停了一停，看了一眼墙上和天花板的水渍。然后，带点责备意味地摇着头，继续说下去：

"杜塞尔多夫有一个国际性的展览会——美术啦，雕刻啦，园艺啦，我要去参观。你知道，那里是潮湿了一点。你想，你还要到处搬来搬去地流浪多久？这个叫做沃伊特的女人不是什么好东西，我认得她——当然这话不足为外人道。你为什么不搬家呢？你躺在床上相当久了——也该起来了。搬个地方，做点事情，把书念完。我有个朋友，他是个画家，他要到土耳其斯坦待两年。他把他的画室隔了间——倒像一层小的寓所。我相信如果有人替他看管，他是愿意连家具一同让出来的。我替你办妥这件事情，好不好？还有一件事，我很早已经想要做的了，这是一件道义上的责任……自从莉帕……这儿有一点钱，是她的毕业奖金。不要这样，请你……不行，我求你，不要这么固执……不行，真的，你一定要……"

虽然她在抗议、流泪和挣扎，他仍然在离去之前，勉强她收下一张一万卢布的支票。

拉拉康复以后，便搬到科洛格里沃夫帮她介绍的房子去，那儿邻近斯摩棱斯克广场。那寓所在一幢老式两层楼建筑的楼上。同住的是几个赶牲口的商人，楼下是个货仓。碎石砌成的院子经常撒满一地的燕麦和稻草。每当一群老鼠从石沟渠奔窜而过的时候，在院子里咕咕啄食的鸽子就会扑扑飞起，飞到拉拉的窗前。

拉拉对于帕沙的反应大感烦恼。当她病得很重时，他得不到去看她的允许。他会有什么想法呢？拉拉企图杀一个人，而这人在他眼中只不过是一个她认识的人；可是这个她谋杀未遂的人，却在事后保护她。而所有这一切，都发生在他们圣诞夜烛光下重要的会谈之后。假如不是由于这个人的缘故，拉拉已经被逮捕并且受审讯了。他替她挡掉那原本要临头的惩罚。多亏他，她现在可以继续她的学业了，而且安然无恙地。帕沙觉得困惑而痛苦。

拉拉病情稍稍好转以后，便差人把他找来，说："我是个坏女人。你不知道我的底细，总有一天我会告诉你。我现在还不能说，你看得出来，每次我想说我就忍不住要哭。这就够啦，忘掉我吧！我配不上你。"

令人心碎的情景，每一次都比上一次更难以忍受。所有这些都是拉拉还住在阿尔巴特街时发生的。那时，每当沃伊特科夫斯卡娅在走廊上看见泪痕满面的帕沙，她总是奔回她的房间去，倒在沙发上笑到几乎死去。"噢！我受不了，我受不了，这实在太过分啦。"她嚷着，"真是的，这个情种！哈，哈，哈！"

为了不让帕沙连带蒙羞，为了要把他对她的爱从根拔起，来结束他的痛苦，拉拉已经告诉他说她决心不和他结婚，因为她根本不爱他。但当她说这番离弃的话时，她哭得十分悲惨，以致帕沙压根儿不可能相信。帕沙本来也怀疑她做过什么错事，也不相信她说的话，并且也打算诅咒她和憎恨她了，但他依然发狂地爱她，而且对她的每一个念头、她喝水用的杯子、她睡觉的枕头都感到妒忌。假如他们两人不想发狂的话，他们必须赶快采取果决的行动，他们下定决心立刻结婚，不必等到毕业。他们原定在复活节后的第一个星期一举行婚礼，由于拉拉的意思而把它延期了。

他们终于在圣灵降临节后的星期一举行了婚礼，那时他们已经知道考试及格的消息。所有的事情都由柳德米拉·卡皮托诺芙娜·切普尔柯主持，她是拉拉的同学杜西亚的母亲。柳德米拉是个胸脯高耸的漂亮女人，她有着很美的女低音嗓子，脑袋里充满迷信——有些是道听途说捡来的，有些是她自己发明的。

当拉拉被"送上婚礼的圣坛"（这是柳德米拉帮她穿衣服的时候用她那吉普赛式的低音说的）的时候，天气热得不得了。教堂的金色圆顶和市区花园里刚刚铺上细沙的道路都黄得耀眼。复活节前夕砍下来挂在教堂铁栏杆上的桦木枝都干枯了，叶子卷曲得好像被火烧炙过一般，一丝风也没有，阳光晒得人眼前昏花。似乎那一天有一千个婚礼举行一样，所有的女孩都像新娘子一样穿着白衣服而且盘起了头发，所有的少年男子都发光可鉴，并且穿着紧身的黑礼服。每个人都觉得兴奋，每个人都觉得身上发热。

当拉拉踏上那通向圣坛的地毯后，另一个朋友的母亲拉果金娜抓了一把银角子撒在她的脚下，以保证新婚夫妇将来生活富足。基于相同的好意，柳德米拉告诉她说，当婚冕罩到她头上时，千万不要用赤裸裸的手指来画十字，要用面纱的边或者花边褶带遮着她的手指才好。她同时还叫拉拉把蜡烛拿高些，使她以后在家里占上风。但是拉拉下决心为帕沙而牺牲她的前途，所以尽可能地把蜡烛拿低。不过没有用，因为帕沙的蜡烛无论如何总是比她拿得更低。

他们离开教堂，驱车直奔画室的新居去参加婚宴。客人们叫着："太苦了！"然后所有的人从房间的尽头应道："甜蜜一点！"同时新娘和新郎含羞带笑地接了个吻。柳德米拉为他们唱了一首《葡萄园》，把其中的叠句"上帝让你们相爱，为你们做主"唱了好几遍，然后还唱了一首以"解开丝带，散开秀发"开头的歌。

当所有的客人都离去，剩下他们两人单独相对时，帕沙在那突然的静寂中变得不自在起来。一盏路灯从街对面照进窗口，不论拉拉如何拉紧窗帘，还是有一条四点五寸左右宽窄的光线射入房来。这一点光线使帕沙无法安宁，他感到如同被别人看守住了一般。他发觉自己想着街灯比想及拉拉、想及他自己和他对拉拉的爱情还要多些。这使他大大吃惊。

在这个永恒之夜，安季波夫（他的同学叫他做"斯捷潘尼达"或"美丽的少女"）快乐到了极点，同时也绝望到了极点。他疑忌的推测和拉拉的认罪相互轮替。他不断地问她，她每答一句，他的灵魂就下沉一次，好像坠入一个无底的深潭中去。他受到创伤的想象力简直无法赶得上她所袒露的事实。

他们一直谈到天亮。在帕沙的一生中，从未有过一个晚上变化像这个夜晚这么剧烈，这么有决定性。他起床的时候已经完全变成了另一个人，他几乎因为自己的名字依然叫做帕沙·安季波夫而惊奇着。

九天后，他们的朋友们为他们开了一个欢送会，就在这同一个房间里举行。帕沙和拉拉都大功告成地毕业了，而且两人都同时接受了乌拉尔省同一城市的聘书。他们第二天就要启程赴任去了。

他们又是喝酒、又是唱歌地笑闹了一阵儿，但这一次在场的只有年轻人。

在那道把画室的起居部分间隔开的隔板后面，有一个柳条编就的大网篮和一个小一点的拉拉的网篮、一个衣箱、一箱陶瓷器和几个帆布口袋。行李不算少。一部分要在第二天当作货物托运。差不多所有的东西都已收拾好了，但箱子和网篮都还剩下一点空隙。拉拉不时想起她还要带点什么，便又将它摆进其中一个网篮里去，一面把东西再搬动过，一定要弄得井井有条。当拉拉去大学办公室领回毕业证书和其他证件时，帕沙正在招待客人。她上楼的时候，看房子的人跟她上来，他带着一扎粗麻布和一条粗绳来搬那些预备当货物托运的行李。他走后，拉拉和客人们逐个寒暄一番，和这个握握手，和那个吻吻脸颊，然后又回到隔板后面去换衣服。换好出来，大家鼓掌欢迎她，坐定后，喧闹的宴会开始了，情形和几天前的宴会差不多。活跃些的客人替旁边的人斟伏特加酒，拿着叉子的手伸向桌子中央，那儿摆着面包、酸菜和一盘盘菜肴。有人演说，有人举酒祝贺，大家不断地谈笑。其中有几个还喝醉了。

"我累死了，"拉拉说，她坐在丈夫旁边，"你把事情都办妥当了吗？"

"是的。"

"我也办好了，我觉得真奇妙。我真快乐，你呢？"

"我也一样。我很舒服，但还有许多话要谈呢。"

科马罗夫斯基例外地被允许来参加这个年轻人的宴会。等到宴会快结束的时候，他说他这两个年轻朋友离开莫斯科后，他将寂寞而死——这城市将要变成撒哈拉沙漠一样，他说得那么凄凉，以致哭了起来，终于又要把这番话从头再说一遍。

他请求安季波夫夫妇准许他给他们写信，并且，如果他委实太想念他们的话，准许他前往尤里亚金去探望他们。

"那倒大可不必，"拉拉若无其事地大声说，"而且连你刚才这一番话都毫无重点——什么写信啊，撒哈拉啊，等等。至于来探望我们，你就绝了这个念头吧。在上帝的帮助之下，没有你我们也一样过日子，我们没有那么重要。你说是不是，帕沙？另外，你运气好，我确信你会再找到别的新朋友的。"

然后，似乎突然忘记她是在和谁说话，忘记了她在说些什么，她赶忙跑去厨房。在厨房里，她把绞肉机拆下来，塞进装放陶瓷器的箱子的一个角落里，四面还用稻草垫好。塞绞肉机的时候她被箱边刮破了皮，而且几乎被一根木刺戳伤了手。

隔板的那边传来一阵异乎寻常的哄笑声，使她想起了她的客人。她突然想到，人们一旦喝醉了，总爱模仿醉鬼，喝得愈醉，他们模仿得就愈过分。

这时，她又注意到另外一种特别的声响，这是透过那打开的窗子、从院子里传来的。她拉开窗帘，俯身看下去。

一匹跛腿马，一蹦一拐地在院子里跳来跳去。拉拉不知道这是谁的马，以及它是如何闯进这院子里来的。虽然还要好一会儿才会出太阳，但院子里已经完全亮了。在睡眠中的城市仿佛死了一般。它沐浴在凌晨灰蓝的寒意中。拉拉闭上了眼睛，那匹跛腿马的独特的蹄声，把她带到一处遥远而奇妙的乡村去。

门铃响了。拉拉仔细地听。有人离开桌边，去开门。来人是娜佳！拉拉奔出去迎接她。娜佳一下火车就直接来了，她是那么的鲜嫩、迷人，好像连杜普梁卡山谷中百合花的芬芳也带来了。这两个朋友激动地站住，什么话也说不出来，她们互相拥抱，只是哭泣着。

娜佳代表全家向拉拉恭喜及祝福，同时带来了她父母亲送的礼物。她从旅行袋中取出一个首饰盒子，打开，取出一条非常美丽的项链。

由于欣喜和惊讶，他们几乎喘不过气来。一个原已喝醉而又清醒些了的客人说：

"是浅紫红色的玉滴石呢。是的，是的，浅紫红色，信不信由你。正是这种，和钻石同样值钱的东西。"

但娜佳说这是带着黄色的蓝宝石。

拉拉要娜佳坐在她旁边的座位上，并且要她参加饮宴。那串项链放在拉拉的碟子旁边，她实在没有办法不时时看它。那些宝石在紫色的垫子上形成一个凹字形，看起来又像是露珠，又像是一串细粒的葡萄。

这时，为了陪娜佳，那些清醒过来的客人又开始喝起酒来，娜佳不久也有了酒意。

没有多久，大家都熟睡了。绝大多数的客人原本打算翌晨送拉拉和帕沙去车站的，早已决定在这儿过夜。娜佳还没有来到以前，有些已经鼾声如雷。拉拉本人也不知道自己怎么竟会和衣睡在伊拉·拉果金娜旁边的沙发上面。

忽然，附近一些响声把她吵醒了。是那些到院子里来找马的陌生人的声音吧。她睁开眼睛，自言自语地说："帕沙在屋子当中翻来翻去，搞什么鬼啊？"但当那个被她误认为帕沙的人转过头来时，她看见一个相貌可怕的麻子，脸上有一道从眉眼到下巴那么长的刀疤。她明白这是个贼，她想叫喊，但一声也叫不出来。她想起那串项链了，她小心地撑起身子，向她放项链的地方望去。

那条项链还在，堆在面包屑和没有吃完的糖果当中。那个贼看见桌上乱糟糟的，没有注意到它。他只不过在翻箱倒箧，把拉拉小心收拾妥当的衣箱弄到一团糟罢了。她当时只想到这些，因为她依然是半醒半醉的。她愤怒地想叫喊，但又发觉叫不出声音来。于是她把膝盖用力顶在伊拉的肚子上，当伊拉痛极而大叫的时候，她也开始尖声嚷起来了。那个贼丢下了所有的东西夺门而逃。有几个男客猛然跳起来，根本不明白怎么回事情就去追他，等他们追出门外时，那个贼已经不见踪影了。

这一阵混乱把所有的人都弄醒了，拉拉的醉意突然完全消失后，她不再让他们睡了。她煮咖啡给大家喝，并且把他们送回家去，答应等到要去火车站时再让他们过来。

然后她忙碌地把床单塞进网篮，把行李箱关紧，并且用绳索捆起来，一面跟帕沙和看屋人的老婆说不用帮她忙，因为愈帮愈忙。

　　一切都及时办妥。安季波夫夫妇没有错过火车。好像被朋友们的帽子挥动了似的，火车轻轻地移动了。等到朋友们不再挥动帽子，同声大叫三声——大概是"万岁"——之后，火车才加速驰去。

　　天气已经坏了三天了。这是战后的第二个秋季。第一年的进展已经变成逆转了。布鲁西洛夫将军的第八军，本来在喀尔巴阡山区集结，准备攫取匈牙利，也已经在总退却的低潮中开始后撤了。俄罗斯人已经从加里西亚撤退，那儿是开战不久便被他们占领了的。

　　日瓦戈医生——一直到最近大家还是叫他尤拉，但近来叫他尤里·安德烈耶维奇的人渐渐多了——站在医院妇产科的走廊上，对着产房的门口，他刚刚把妻子冬妮亚——安冬妮娜·亚历山德罗芙娜——送了进去。他已经和她说过再见，正等着助产士来，他要告诉她必要时到什么地方去找他，同时问她应该如何跟她联络。

　　他正忙着：他必须去两个病人家里出诊，然后尽快赶回医院来。但此刻他却在这里浪费他宝贵的时间，凝视着窗外被秋风吹斜的雨丝，像是暴风雨中的玉米田。

　　天还不很黑。他可以看见医院的后院，捷维奇庄园那些私人住宅围着玻璃的阳台，还有伸入一座医院建筑物的电车支线。

　　尽管风在怒吼，雨势并没有变化，仍然不紧不松地下着，好像风的愤怒，便是由它的冷漠激起的。一阵阵的强风摇撼着爬在一幢房子围墙上的藤蔓，好像要把它连根拔起，抛向半空，然后鄙夷地、像抛掉一团破布似的，把它扔到地上。

　　一辆挂着两部拖车的货车，驶过医院进门的平台。受伤的人被送进医院来了。

　　当时莫斯科的医院拥挤不堪，尤其是在卢兹克战役开始以后，伤员被安置在走廊和楼梯口上，拥挤的状况，甚至开始影响到妇女病房那边了。

　　尤里·安德烈耶维奇疲乏地打着哈欠，从窗前走开，他没有什么事情好想。但他突然记起他所服务的圣十字医院里的一件意外。一个女病人前几天在外科病房去世了。尤里·安德烈耶维奇的诊断是肝里有绦虫，但大家都以为他弄错。今天要验尸，不过那里的解剖师是个酒鬼，天知道他会搞出什么样的结果。

突然之间夜已降临，外面已经什么都看不见了。好像被一根魔术棒点过似的，所有的窗户忽然都亮起灯光。

妇科主任从冬妮亚产房前的窄廊走出来。他是个大块头，别人问他话的时候，他总是耸耸肩头，用眼睛望着天花板。他这沉默的姿势原意是表示：无论科学多么进步，在天地间还有更多科学根本不能梦想的东西。

经过尤里·安德烈耶维奇身边时，他点头微笑着，把他胖胖的大手摆动了几下，亲切地表示，除了耐心等待之外，没有其他的办法，然后便走到走廊另一头的候诊室抽烟去了。

跟在他后面的是他的助手，她的多嘴和她上司的沉默寡言恰成对比。

"如果我是你的话，我就回家去了。"她对尤里·安德烈耶维奇说，"明天我会打电话到圣十字医院去找你。在这段时间之内不会有什么变化。顺利生产的可能性很大，应该不需要动手术。当然，她的骨盘是窄了些，并且胎儿的位置是脑袋在后面，不见疼痛，收缩又轻微。这些是使人担心的。不过现在一切都言之过早。这要等胎动之后看阵痛的情形了。那时我们就知晓一切了。"

第二天，当他打电话去的时候，医院的门房接了电话，叫他等一下，容他去查问。他在电话上焦灼痛苦地等了十分钟，那门房带来一个语焉不详而且表达粗鲁的消息："他们说，告诉那家伙，他太早送他老婆来了，他应该来接她回家。"

恼怒的尤里·安德烈耶维奇要他把护士找来听电话。"还没有临产的迹象，"那护士说，"一两天以内我们可以知道得多些。"

第三天他们告诉他，冬妮亚前一天晚上开始有了阵痛，破晓时分羊水破了，以后每隔不久便有一阵剧痛。

他立刻赶到医院去。当他从走廊走近病房门口时，不晓得是谁的疏忽，只见房门半开，他听见冬妮亚正在令人心碎地叫喊，就像火车轮下断肢碎骨的受难者被火车拖着移动时发出的惨叫。

他们不让他去看她。他把手指的骨节咬到出血，一面走到窗前。斜射的雨就像前两天一样地倾注着。

一个护士从产房出来，同时他也听到了初生婴儿的哭声。"她没事了，她没事了。"尤里·安德烈耶维奇欣慰地自言自语。

"是个公子。一个小男孩。母子均安，恭喜恭喜！"那护士像唱歌似的说道，"但你还不能进去。他们预备好了，我们就会让你看的。你必须好好送个礼物给她呢。她很受了点苦，这是头胎，头胎总是麻烦些的。"

"她没事了，她没事了。"尤里·安德烈耶维奇快乐了。他不明白那护士跟他说的是什么，也不明白为什么她向他说恭喜，好像刚才所发生的事他也有份儿似的。他和这件事情究竟有什么关系呢？父亲——儿子？他看不出，他有什么理由该为这不劳而获的父亲地位骄傲，他觉得这个儿子是上天赐给他的礼物。他甚至事先未曾察觉到。要紧的是冬妮亚———生命受到威胁的冬妮亚——现在幸好没事了。

他有一个病人在这医院附近。他去看了这病人，半小时后再回到医院。产房的门和窄廊的门都是半开的。尤里·安德烈耶维奇不知不觉偷偷地溜进了窄廊。

那穿着白色外套的大块头产科医师，好像从地面升起来似的站在他面前，挡着他的去路。

"你要到哪里去？"他低声问他，尽力不让新妈妈听到声音，"你疯了吗？她失了那么多血，冒着败血症的危险，更不要说心理上的震动了！你还说自己是个医生呢！"

"我不是要……就让我看一眼嘛。就让我从门缝里看一看。"

"嗯，好吧，那又不同了。你一定要看，就看吧。可别让我抓到你……如果你让她看见你，我就扭断你的脖子。"

产房里两个穿白制服的妇人背向门站着，一个护士，一个助产生。护士手上托着一个软软的、呱呱哭的小东西，身子一伸一缩，就像一块红黑色的橡皮。那助产士正把一条带子缚到他的肚脐上，以便割掉脐带。冬妮亚躺在房间中央一张可以升降的手术床上。她躺得相当高，在紧张中把一切印象都夸大了的尤里·安德烈耶维奇觉得，她所躺的升降床有那种给人站着写字的桌子那么高。

这时，躺得比一般人都高、接近天花板的冬妮亚，正筋疲力尽地仰卧在逐渐消退的痛苦云雾中。在尤里·安德烈耶维奇眼中，她似乎是一艘进了港、卸了货的船，停泊在海湾中。她是一艘来自不知名的国度的船，她驶过死亡的海洋，来到生命的大陆，载来的货物是入境的新生命。一个这样的新生命刚刚登岸了，现在船已下锚，船舱已经卸空了货，她在休息。这整艘船，她那负过重担的桅杆和龙骨都在休息，在她的记忆中，彼岸的形象，海洋上的旅程和其他的泊岸，都已经洗涤干净了。

而且，由于谁也没有到过她所来的地方，所以没有人懂得那儿的语言。

尤里·安德烈耶维奇回到他的医院，大家纷纷向他道喜。消息传得这么快，真使他吃惊。

他走进那被称为垃圾堆的职员室。由于医院收容病人过多而造成的拥挤，这小房间现在当成衣帽间使用。从外面进来的人连雪靴也不脱，他们把行李忘在那里，并且把字纸和烟屁股丢满一地。

那年老虚弱的解剖师站在窗前，手中拿着一瓶不透明的液体，正戴着眼镜对着光仔细端详。

"恭喜。"他说，头也不回地说。

"谢谢你，你真有心。"

"不必谢我。这根本不关我的事。尸检是波楚什金做的。不过大家都很佩服你——果然是肝里有绦虫。你是一个真正的诊断专家，他们都这么说。每一个人都在谈论这件事情。"

就在这个时候，内科主任进来了，他向他们两人打了招呼，说："这个地方搞的是什么鬼？真是脏得不像话！哎，日瓦戈，原来真的是肝里有绦虫，我们都弄错了。恭喜你。还有一件事，不太妙的事。他们又在翻那免除兵役的名单了。这一次我再也阻止不了他们了。医护人员缺得要命。我看你也快要闻到火药味了。"

安季波夫夫妇在尤里亚金的生活比他们所希望的要好得多。那里的人对吉沙尔一家有很好的印象。这对于拉拉在新环境中建立一个家庭大有帮助，省下了许多麻烦。

拉拉很忙，而且要考虑不少事情。她要管家，同时还要管教他们三岁大的女儿卡坚卡。他们家雇用了一个红发的女佣人玛尔富特卡，她很勤快，但干不了所有的工作。拉里莎·费奥多罗芙娜的工作兴趣和她丈夫相同。她自己在女子中学教书。她的工作没有压力，轻松愉快。这正是她梦寐以求的生活。

她喜爱尤里亚金。这是她出生的地方。这儿濒临雷尼瓦河，除了上游之外，船舶可以通航，一条乌拉尔省的铁路也经过这个城市。

接近冬天时，尤里亚金的船主们把船只从河里搬上岸，用车子运进城，把它们收进后院里，露天搁着，等待第二年的春天。尤里亚金后院里的船，以及它们翻过来的浅色船底，意味着冬天来临的讯号，正如其他地方的鹳鸟南飞或者初雪一样。安季波夫一家租的房子，后院里就有这样的一只船。卡坚卡在白色的船壳下玩耍，把它当成一座凉亭。

拉里莎·费奥多罗芙娜喜欢尤里亚金的乡间风格、那里的拖着长长的重音节的北方腔调，以及那里穿着毡靴和灰绒背心外套的知识分子的天真淳朴。她和那里的土地及居民都很亲近。

奇怪的是，她的丈夫帕维尔·帕夫洛维奇——一个莫斯科铁路工人的儿子——反而竟是个无可救药的大都市人。他对尤里亚金人的批判远比她来得苛刻。他们的粗俗和无知使他气恼。

他具有迅速阅读和累积见闻的过人长处。他曾经阅读过许多书籍，这部分他必须感谢拉拉。在他陋居边省的这几年当中，他又读了许多书，以致在他眼中拉拉也不够见闻广博了。他在他学校的同事当中高人一等，因此他经常抱怨在这群人当中，简直快要闷死了。在这战时，他们那种一般的、平凡的，甚至有点陈腐的爱国主义，比起他自己对俄国复杂的感情来，是相当地不对劲。

帕维尔·帕夫洛维奇在大学里主修的是古典文学，他教的却是拉丁文和古代史。但自从早年在职业中学就读以来，他一直对实用科学、物理和数学保持着一种半遗忘的爱好，而最近这种爱好突然恢复了。依靠自己在家里自修，他已经在这些课程上达到了大学程度，特别梦想着在数学的某一科中取得学位，并且梦想着搬到彼得堡去。深夜苦读影响他的健康，他开始尝到失眠的痛苦。

他和他的妻子关系不错，但缺乏自然的感觉。她的体贴以及为他操心的紧张样子使他感到压迫，但他不敢批评她，怕她把他热心的话当作一种责备——也许多少暗示她的为人比他坏些，或者非议她曾一度属于另一个人。他多疑的焦虑——唯恐她怀疑自己会荒谬地对她不公平——使得他们的生活中有着不自然的造作。两人都尽力做得比对方更大方，结果事情愈弄愈复杂。

一天晚上他们家来了客人——拉拉任教那所学校的女校长和几个她丈夫学校里的同事，还有一个是帕维尔最近才进去工作的仲裁法庭的仲裁员，此外还有几个别的朋友。在帕维尔·帕夫洛维奇心目中，这些人全是笨蛋。他对拉拉对待他们的亲切温和的态度感到惊讶，他根本不相信她能真心真意地喜欢其中的任何一人。

客人们告辞以后，拉拉打开窗子让空气流通，收拾房子，并去厨房和玛尔富特卡一起洗碗碟。然后她查看卡坚卡是否盖好了被子，帕沙是否已经睡了，同时很快地换了睡衣，关了灯，躺到他身边，如同一个小孩睡在自己的母亲身边那么自然。

但是安季波夫只是假装已经入睡。实际上近来他经常失眠，他根本睡不着。他知道自己会躺三四个小时依然不能入睡。他悄悄地下了床，在睡衣上罩上大衣和帽子，走出门外。一方面希望散步到有些睡意可以入睡，另一方面是避开屋子里还没有散尽的烟味。

这是一个晴朗而有霜的秋夜。薄薄的冰片在他的脚下不住地碎裂。群星闪耀的天空，在那罩了一层薄冰泥泞的黑色大地上，投下一抹苍白的、像酒精火焰似的蓝光。

安季波夫一家住在离河很远的城边上。房子是街道的最末尾一栋，再出去就是田野，缓缓爬上高坡的铁路在房子侧面横切而过，路轨旁边有一间看守人的小木屋。

安季波夫坐在翻转的船底上面，仰望着天上的星斗。他在过去几年中逐渐熟悉的念头，以一种可怕的力量向他袭来。对他而言，似乎问题迟早要获得一个彻底的答案，仿佛现在就是解答的时刻了。

不能再继续下去了，他想。他早已预料到了，甚至在他们婚前他已想到了。但他想得晚了些。当他还是一个小孩子的时候，他已经被她迷住了。她可以随意要他做任何事情。为什么他当时不能及时放弃她呢？在他们婚前的那个冬天，当她自己坚持要和他分手时，他为什么不呢？难道那时他还不明白，她所爱的并不是他，她所爱的只是她和他之间那种关系的高贵责任，他只不过是她的英雄主义的具体化而已。不管它有多大的价值，多么富含激发意味，她那责任对于实际的家庭生活有什么意义呢？最糟的却是他仍然像过去一样地热爱着她。她美得令人迷惑。——他是否能够确定自己的情感真的是爱情？会不会只是他对她的美貌和慷慨所发出的迷惑的感激？谁能弄清楚这些纠缠不清的问题呢？谁都要弄迷糊的。

那么他该怎么办呢？他一定要从这种虚伪的生活中解救他的妻女。这甚至比解救他自己更重要。不错，但怎么做呢？离婚吗？跳水自杀吗？多么可厌的胡思乱想啊，他对那个意念有了反感。"似乎我真做过这种事一样！为什么我要在自己心中预演这个悲凉的故事呢？"

他仰望星空，仿佛要求它指引似的。大大小小的星星在闪耀着，有些快有些慢，有些发着蓝光，有些七彩如虹。但突然之间所有的星都给抹掉了，房子、庭院和坐在船壳上的安季波夫都被一道突然射来的刺眼强光罩住了，地下印出浮雕似的轮廓来。如同有人挥动火炬从田野奔向门栅。一列运兵的火车，喷着带火焰的黄色烟雾，驶过铁路的斜坡向西驰去，就像这一年当中不分昼夜地驶过的无数运兵车一样。

帕维尔·帕夫洛维奇微微一笑，站了起来，回去睡觉。他的难题已经找到答案了。

当拉里莎·费奥多罗芙娜得悉帕沙的决定时，她怔住了。她简直不相信自己的耳朵。"真是荒谬，"她想，"这只是一时异想天开罢了。我不理它，他就会把这事忘掉的。"

但事实表明，在过去的两个星期中，他一直在准备着。他已经向兵役处呈验了证件，学校也请到了代替他的教员，而且他已经收到信，通知他说鄂木斯克的军校已经批准他入学了。

拉拉像个农妇似的哭闹着，抓着帕沙的手，匍匐在他的脚下。"帕沙，帕申卡，"她哭喊着，"不要离开我们，不要这样做，不要。还来得及呢，我来处理这件事。你还没有经过正式的体格检查，而且你的心脏……改变主意你会怕羞吗？但为了一个疯狂的念头便牺牲掉你的家庭，难道你不觉得羞耻吗？你，竟去做志愿兵了！你一辈子在取笑罗佳，现在你居然嫉妒他。你也要穿起军官制服晃去晃去了，你也要挥动你的军刀了。帕沙，你究竟怎么了？我简直认不得你了。是什么东西把你变成这个样子？看在上帝的份上，诚实地告诉我，不要说冠冕堂皇的话，俄罗斯真的需要你入伍吗？"

突然她领悟到，根本问题不在那上面。虽然她还不能够完全明白，但她已经抓住重点了。帕沙误解了她对他的态度。他向她的母性的爱反叛，她这母性的爱一直是她对他感情的一部分，他不了解这样的爱是一个女人对一个男人感情的更深表现。

她咬着嘴唇，好像挨了打似的退开，只有把眼泪往肚子里吞，默默地替他收拾行装。

他走后，她觉得整个城镇是寂寥的，甚至飞过天际的乌鸦也少了。"太太，太太！"玛尔富特卡责备地叫着她，好像要把她的魂魄叫回来似的。"妈妈，妈妈。"卡坚卡牙牙地叫着，牵着她的衣袖。这是她一生中最大的失败。她最美好的最光彩的希望崩溃了。

她丈夫从西伯利亚的来信把他的心情全部告诉了她。他看清自己的错误了。他非常想念妻子和女儿。学期还没有结束，再过几个月他就可以受命为陆军准尉了，然后，同样出人意料地，他奉调开拔到前线去了。他的旅程离尤里亚金很远，而且在莫斯科只有短暂的停留，没办法在那里和任何人会晤。

他从前线的来信似乎没有在鄂木斯克军校时那么忧郁。他要建立一些功绩，从战绩或负伤之类的功勋中取得奖励，便可以休假返乡探望家人。不久似乎机会在望。布鲁西洛夫的军队已经突围进击。安季波夫的家信中断了。刚开始的时候拉拉并不忧虑。她把他沉默的原因归咎于军事行动，他的队伍正在行军之中怎么写信呢？但是到秋天进军缓慢下来了，军队开始掘壕据守，却仍然没有他的只字片纸。她开始忧虑了，起初她只在尤里亚金当地查询，然后她写信去莫斯科和他原来的前线地址。没有回音，似乎谁也不知道他的消息。

像当地其他的女士一样，拉里莎·费奥多罗芙娜也在城中医院附属的伤兵病房里帮忙。她受过严格的训练，已经成为合格的护士，她向学校请了六个月的假，同时把房子交给玛尔富特卡照料，便带着卡坚卡前往莫斯科。她把女儿交给莉帕,莉帕的丈夫弗里津丹柯是个德籍人,被羁留在乌法的敌俘集中营里。

知道靠邮件得不到消息,她决定亲自去找帕沙。有了这个打算之后,她在一列救伤火车上找到一份护士的工作,这列火车是开去匈牙利边境的梅索-拉勃尔的,那地方是帕沙留给她的最后的地址。

由塔季杨娜救伤会所募集来的救护品装备的一列红十字救伤车,抵达师部指挥所了。那是一列大部分由破旧的短货车厢接成的列车,唯一的头等车厢载着从莫斯科带着礼物来劳军的要人。这些人之中有一个是戈尔东。他获悉他的童年好友日瓦戈在师部医院服役,听说医院就在附近的一个村子里,他取得了前往接近前线地区的许可,搭乘一辆马车到那村子去。

车夫是个白俄罗斯或者立陶宛人,俄语说得很糟。当时对间谍特别敏感的保密气氛,使他们之间的交谈只限于官样文章的几句闲聊。这家伙故作忠君爱国的神情,使戈尔东失去和他谈话的胃口。一路上他很沉默。

在师部里,人们已习惯以一百俄里为计算单位,来调动军队或测量距离,他们告诉他说那村子并没多远——顶多不超过二十五俄里,但实际上简直有八十俄里。

一路上,他们左方的地平线时时传来一阵阵不友善的、闷雷似的低沉咆哮。戈尔东从来没有经历过地震,但他确切地认为敌方那些沉郁而几乎听不清的炮声,最好比作火山爆发时的地震和隆隆声。入暮之后,一阵浅红色的光亮照耀着左面的天际,而且继续闪耀到天明。

他们经过破坏了的村落。有些已经被遗弃了,有些村子的居民躲在深深的地窖里。房屋的旧址上,只是一堆堆残垣败瓦。这些废墟,就像荒漠一样,看一眼已经一览无余了。有些老妇在自己房子的废墟里挖掘余烬,不时掘出一些东西来,摆在一旁。她们显然觉得房子的四壁仍然围拢着自己,街道上的陌生人是看不见她们的。她们抬头凝视着戈尔东,目送他驶过,似乎在问他,这个世界哪一天才能恢复理性,她们生活中的平安和秩序哪一天才能恢复呢?

黑夜降临以后,马车遇到一队巡逻兵,他们命令马车离开正路。

车夫并不认得新的去路。他们兜了几个钟头的圈子，终于又回到原来的老地方。破晓时分他们找到了一个村子，村子的名字正是他们所要寻找的，但那儿并没有一间医院。原来那里有两个同名的村落。最后，他们终于在早晨找到了那家医院。当他们的马车驶进村中的道路时，闻到了那股除虫菊粉和碘酒的气味，戈尔东决定不在那村子里过夜，而只陪日瓦戈度过这一个白天，然后回到他离开了朋友们的火车站去。但环境的改变使他在那里逗留了一个星期以上。

就在那几天中，前线开始移动了。在戈尔东找到的那座村子的南面，俄国军队成功地突破了敌人的阵地。增援军随后开到，把缺口扩大，但他们落后太多，结果先头部队受到包围，全军被擒。俘虏之中有一名安季波夫准尉。当他所在的那个连投降时，他不得不跟着做了俘虏。

关于他的命运还有许多别的谣言和传说。一般人相信一颗炮弹要了他的命，他的尸体被那炮弹给掩埋了。这是他的朋友加利乌林中尉的报告，当安季波夫率领士兵进攻时，加利乌林曾在一个观察站里以军用望远镜看着他。

加利乌林所看到的是一个攻击单位的一般画面。士兵们迅速地前进，跑步通过无人地带，那儿是一片秋天的田野，田野上还有在风中摇曳的干高粱和静止的尖穗金雀花。这个攻击单位的目标是要把奥匈帝国士兵逐出战壕，用刺刀和他们肉搏，或用手榴弹消灭他们。在那些冲锋的士兵眼中，那片田野是没有尽头的。脚下的那片土地好像沼泽般泥滑。他们的准尉在前面率先跑着，然后跑到一旁，高举手枪在头上挥动着，尽力张大嘴巴，嘴角几乎咧到耳根，哇啦哇啦地高呼着，但他自己听不见，他的士兵们也听不见。他们偶尔扑倒在地上，然后一同爬起，再一面喊叫着一面向前跑。每当大家一同扑倒时，总有一两个人中弹，但中弹的人扑法不同，他们像森林中砍下来的树干那样地倒下，并且不再爬起来了。

"他们在做长程射击！炮队预备，"加利乌林对站在他身边的炮队军官焦急地说，"不，等一等。不要紧了。"

攻击的人快要和敌人短兵相接了。炮火停了下来。在突然的死寂中，观察员们可以听到自己心跳的声音，仿佛他们正处于安季波夫的位置，他们把自己的弟兄率领到敌人的战壕前，在几分钟内就要表演智勇兼备的奇迹了。就在这个时候，两颗德国的十六寸炮弹在攻击者面前爆炸了。黑色的烟尘把后来的情景掩盖了。"上帝保佑！完了。他们完蛋了。"加利乌林低声说，嘴唇发白，他相信准尉和他的弟兄们都阵亡了。接着另一颗炮弹落在观察站的附近。观察员们弯腰低头疾走，赶忙退到比较安全的距离去。

加利乌林本来和安季波夫同在一个战壕里。在安季波夫的弟兄们认为他已战死后，便让和他最熟悉的加利乌林保管他的遗物，准备日后交还给他的遗孀。在这些遗物中，有着不少这个寡妇的照片。

季韦尔辛一家所住的房子的看屋人吉马泽特金的儿子，机械工加利乌林，是最近才升的中尉。他就是从前常常挨工头胡多列耶夫打骂的学徒尤苏普卡。他这次升官，还要归功于他的老冤家呢。

他就任准尉军官后，第一件工作根本违背他的意志，他也不明白为什么会派给他。他被派到紧靠前线一个市镇的卫戍司令部做一件轻松的工作。他的职务是指挥一队半残废的老兵，他们原来是由和他们一样老朽的教官来训练的，每天早晨教他们操演那些他们早已忘光了的操练。加利乌林在司令部门前指挥卫兵换班。除此而外他没有其他的工作。他什么事也不必操心，直到有一天，他在莫斯科派到他手下接防的一批年老后备兵中，赫然发现有老友彼得·胡多列耶夫。

"好，好，有个老朋友呢。"加利乌林说着，不怀好意地咧嘴而笑。

"是的，长官。"胡多列耶夫说，一面立正敬礼。

这当然不可能就是他们恩怨的了结。准尉一发现这士兵操练时出了错误，便把他叫出来臭骂一顿。然后他又发现这士兵不是正眼望他，而是用眼角斜视，他便打了他几个嘴巴，并且禁闭两天，只准喝水和吃白面包。

加利乌林的一举一动都是在实施报复。但他们地位的悬殊，以及军法支持下的军纪，使加利乌林觉得长此以往是有失风度而且卑鄙的。但怎么办呢？他们两个人是没办法处在一个地方的。但除了不守军纪、不听命令之外，一个军官有什么办法从自己部下把一个小兵调走呢？此外，加利乌林可以用什么来做自己请调的理由呢？他就说卫戍工作枯燥无味而且不是报国之途，请调到前线去。这使他得到了一个很好的记录，第一次交锋他便表现出具有一个优秀军官的品质，因此很快便升为中尉了。

加利乌林是在一九〇五年认识安季波夫的。那时帕沙·安季波夫在季韦尔辛家里已住了六个月，每到星期天尤苏普卡就来找他玩。在那里他也遇见过拉拉一两回，但从此他就再也听不到关于他们的消息了。当安季波夫从尤里亚金来入伍时，加利乌林很为这位朋友的改变而惊异。那害羞的、顽皮的、有点女孩子气的小孩已经变成一个傲慢、无所不知的厌世者了。他是充满智慧、极为勇敢、沉默寡言而又尖酸刻薄的。有时，加利乌林确信，他那沉郁的两眼，好像一扇窗户，从中可以看到一个把他牢牢抓紧的念头：对他的女儿和妻子的渴切挂念。安季波夫像神话中那种着了迷的人。而现在，安季波夫一去不回了，留在加利乌林手上的是他的证件、他的照片，以及他为什么会改变的谜。

无可避免地，拉拉寻夫的问讯信终于到达加利乌林的手中。他本来想写封信给她，但他很忙，没有时间好好写，而他又希望能够好好地告诉她这件沉痛的事。一直到他听说她已经来前线当护士为止，他始终无法动笔写那封长信给她。而这个时候，他又不知道该把信寄往哪个地址给她了。

"今天该会有马了吧？"每天日瓦戈医生回家吃中饭时，戈尔东就问他。他们现在一起住在一间加里西亚人的农舍里。

"毫无机会。就算有马了，你去得了哪里呢？你什么地方也去不得。可怕的混乱。谁也弄不清楚到底是怎么回事。南面我们突破了，或者迂回突破了好几处德军的阵地，听说我们有些推进得太快的先头部队被包围了。北面呢，德军渡过了斯文塔河，据说是在一个本来无法突破的据点强渡的。渡河的是他们的骑兵，大约有一个团那么多。他们在破坏铁路，摧毁给养站，我认为他们打算包围我们。情况是这样，而你老是谈马。来吧，卡尔宾科，"他说，一面转向他的勤务兵，"快点摆桌子。我们中午吃什么？牛蹄！真棒！"

医疗队和野战医院等附属单位分散在村子里，真是奇迹，这村子居然丝毫没有受到破坏。村舍宽大的西式格子窗闪闪发光，连一片玻璃也没有破碎。

那个炎热的、金黄色的秋末变成印度的夏天了。白天，医生和军官们把窗子打开，沿着窗棂和很低的白色天花板拍打成群的黑苍蝇。他们把衬衫和白色罩袍的扣子打开，淌着汗，啜着发烫的汤或茶。晚上，他们蹲在敞开的火炉前，吹着那不断熄灭的湿柴，眼睛被烟熏得发痛，一面咒骂着勤务兵不会生火。

那是一个岑寂的夜，戈尔东和日瓦戈躺在两张相对的床铺上。他们之间隔着餐桌和整堵墙那么长的矮窗。房间里太热，而且弥漫着烟草的云雾。他们把窗子的最末两格打开，好透透秋夜的新鲜空气，以致玻璃板上雾水直流。他们像往常几天几夜一样地谈着话，战线那边的地平线也像往常一样闪耀着淡红色的火光。当那均匀而连续不断的枪声，偶尔被一声低沉的、震撼大地的、像一口沉重的钢箱拖过地板的巨响打断，把墙灰震得纷纷落下时，日瓦戈就把话题岔开，好像是对那巨响肃然起敬地顿了顿，然后说："那是一门贝尔莎，德国造十六寸口径的巨型炮。这小家伙重达六十普特。"然后，再回到原来的对话上，他却又忘了他们原来谈的是什么了。

"笼罩着整个村子的是什么味道呢？"戈尔东问道，"我一来就注意到了。是一种使人作呕的、甜腻腻的、令人发饱的味道，倒有点像老鼠的味道。"

"我知道你的意思。那是大麻——他们在这里大肆种植。这种植物本身就有那种恼人的、经久不散的腐尸气味。同时在战线上，阵亡者常常在大麻田里很久也没有人发现，尸体开始腐烂。当然尸臭是到处都有的。这很自然。听见没有？贝尔达又开炮了。"

在过去几天之中，他们无所不谈。戈尔东知道了他这朋友对战争和战争对人们观念的影响的看法。日瓦戈告诉他说，要他接受毫不容情地互相消灭的逻辑是极其困难的事，他不习惯看到伤者，尤其看不得那些新式杀伤武器所造成的恐怖景象，那些被新式战争技术变成一团不成人形的幸免于死的肉块似的畸形人。

跟着他，一天又一天，戈尔东自己也看到了不少恐怖的景象。不必说，他是知道的——自己在局外旁观，表现勇气，看别人以非人的力量来克服死亡的恐惧，看别人牺牲和冒险，是一种不道德的行为。但他认为，光是为这些人哭泣一番，也谈不上道德。他相信当命运安置他时，最好行为诚朴、随遇而安。

当他们访问前线上一个红十字会流动救伤单位的急救站时，他从自己的经验中得知，目睹一个伤者的创伤是能够令人昏厥的。

他们开车经过一个被炮火打得七零八落的树林，到一处空旷的地方。扭曲了的炮车倒竖在被践踏得残破不堪的矮树丛中。一株树上拴着一匹战马。树林的远处是守林人房子的骨架，半个屋顶已经被炮轰掉了。急救站就在这房子和对面的两座灰色帐篷里。

"我实在不应该把你带来，"日瓦戈说，"战壕就在一俄里半到两俄里外，我们的炮位就在树林后面。什么你都可以听得见。所以，你不必充英雄，就算你充英雄我也不会相信你。你一定会吓破胆，这很自然。状况随时都会改变，炮弹就要掉下来了。"

疲乏的年轻士兵穿着笨重的大靴，身上是胸口及肩背上都被汗浆染黑了的肮脏衬衫，或仰或仆地躺在路旁。他们是一个伤亡惨重的部队的幸存者，这部队在前线血战了四天，现在正调回后方暂时休息。他们像石头一般地躺在那里，连微笑或诅咒的力气都没有了，当几辆车子很快地在路上辚辚驶过时，没有一个人抬头。这些马车本来是运军火的，没有弹簧，这时在上面装着伤兵。这些车辆在奔驰马匹牵引之下赶往急救站，摇晃着伤者，敲击着他们的骨节，扭扯着他们的脏腑。急救站匆忙地包扎了他们，最紧急的就立即开刀。这些伤者是半小时前炮战稍停之际从战壕中抬下来的，数目多得惊人。大半都已经不省人事了。

当这些马车在房子前面停下时，勤务兵就抬着担架，走下石阶来搬伤兵下车。一名护士把一顶帐篷的布幕掀开，站着向外张望，她下班了。帐篷后面的树林里有两个人在高声争论，他们的声音高高地在小树之间回旋，没有人听得清楚他们在争些什么。接着，他们走出树林，沿马路走向那房子。其中一个人是个激动的年轻中尉，他正向那流动医疗队的医生高声嚷叫。原来这空地上是有一个炮兵站的，他要查问它搬到哪里去了。医生不知道，那不关他的事。他叫那中尉别打扰他，同时不要吵闹——这里伤者很多，他很忙。但那年轻的中尉继续咒骂红十字会、炮兵队以及所有的人。日瓦戈医生走到那医生跟前，他们彼此打了声招呼，便一同进了房子。那略带鞑靼口音的中尉依然高声咒骂，一面解了马缰，跃上马鞍，沿着车路奔入树林中。那护士仍然在一旁张望着。

突然，她的脸因恐怖而扭曲了。"你们想干什么？你们疯啦！"她向两个轻伤的士兵喝道，他们自行在担架当中走动，不靠别人搀扶。她奔向他们。

在一具担架上，躺着一个被弹片割伤得特别可怕的人。一大片炮弹的破片插进他的脸，把他的舌头和嘴唇砸成一团红浆，却没有把他杀死，只把他的脸颊撕开，陷入了他的牙床。他不时发出微弱的、非人声的短促呻吟。谁也不会误解这种声音，那是一种哀求，求人们快点结果了他，使他这难以想象的苦楚早些了结。

护士认为，那两个在担架旁边走动的轻伤的人实在受不了这种哭喊，他们正想空手把重伤者脸上那可怕的铁片拔掉。

"你们怎么啦？你们不能这样做。外科医生自然会做这事，这是要用特别器具的……如果一定要拔掉的话。"（啊，上帝，上帝啊，带走他吧，不要让我怀疑你的存在。）

不到片刻，当他被抬上石阶时，这人尖叫起来，然后重重地抖动了一下，便一命呜呼了。

这刚刚死掉的是士兵老吉马泽特金，在树林中激动地吵嚷的是他的儿子加利乌林中尉，那护士是拉拉。目击当时情景的是戈尔东和日瓦戈。所有这些人都聚拢了，聚在同一地点。但他们之中有些根本互不相识，而相识的又一时认不出来。他们之间有些事情将永远无法确定，而其他的事也只有等待将来才会知道，那就有待日后的一次聚会了。

在这片地区中，村落都奇迹般地保存了下来。这些村落构成一个无法解释的安全岛，四面环绕的是一个废墟的海洋。一天，日落时分，戈尔东和日瓦戈乘马车回家。在一个村子里，他们看见一群哄笑的人正围着一个年轻的哥萨克人，这哥萨克人把一个铜板丢到空中，强迫一个长须斑白、穿着长袍的老犹太人接住它。老头子每一次都漏接。那铜板从他可怜的伸开的手指中溜过，掉进泥里。当那老人弯下腰去捡它时，那哥萨克就打他的屁股，于是旁观的人便捧腹大笑，这就是他们这场娱乐的要点。当时这玩笑尚无大害，但谁也不敢说闹下去不会出严重的乱子。老头子的老妻不时从对面街的房子里跑出来，喊叫着向他伸出两只手，然后又害怕地奔回房子里去。两个小女孩从窗口看着她们的祖父，同时哭泣着。

马车夫觉得这玩意有趣极了，把车子慢下来，让乘客能够享受这个场面。但日瓦戈叫住那个哥萨克，申斥他，喝令他不要再捉弄那老头子。

"是，长官，"他立刻答道，"我们没有恶意。我们只是闹着玩罢了。"

戈尔东和日瓦戈在沉默中继续前进。

"真是可怕。"尤里·安德烈耶维奇说。这时他们的村子已经在望了。"你简直不能想象，这些可怜的犹太人在这场战争中受到了多少苦难。战争在他们的区域中进行。好像惩罚性的征税一般，他们的财产被破坏了，这还不够，他们还要蒙受屠杀、羞辱和不够爱国的指责。不过他们为什么要爱国呢？在敌人的统治下，他们可以享受平等权利，而我们只晓得迫害他们。对他们这种憎恨的根基是非理性的。刺激出这种憎恨来的东西，本来是应该引起同情心的——他们的贫穷、吝啬、软弱，以及不敢反抗的无能。我真是搞不明白。这像是一个逃避不了的命运。"

戈尔东没有搭腔。

他们又躺在那两张摆在那长长的矮窗两边的床上了，时间是晚上，他们在聊天。

日瓦戈正在跟戈尔东讲他在前线见到沙皇的情景，他说得娓娓动听。

那是他在前线的第一个春天。他那个团的总部设在喀尔巴阡山区的一个深谷里，这一团人扼守着从这山谷前往匈牙利平原的出口。

在山谷的腹地有一个火车站。日瓦戈描述了那儿的景色，山上长满了参天的枞树和松树，云朵笼罩着山巅，由灰版岩和石墨岩构成的陡峭悬崖在树林中露出来，像厚毛皮制品上磨破的补丁。那是个潮湿而阴暗的四月早晨，天色灰得像那些灰版岩，在四面环山的围绕下，天气沉闷而湿热。雾气笼罩着山谷，谷中就是个大蒸笼，所有的东西都在缓慢地上升——车站上火车头冒出的烟、田野、灰色的山、黑黝黝的树林和乌云冒出的灰色水蒸气——都在缓慢地上升着。

当时沙皇正在巡视加里西亚地区。他要访问日瓦戈那一团是临时才知道的，他是这个团的荣誉团长。他可能在任何时刻抵达。车站月台上已经站了一列仪仗队。他们局促而烦闷地等了两个钟头，然后两列载着沙皇随从的车子很快地开过了。过了一会儿，沙皇的车开进站来。

在尼古拉大公陪同下，沙皇检阅了仪仗队。他安详地致词，每一言每一语都引起山鸣谷应、此起彼落的雷动欢呼。

面带笑容而微露病色的沙皇，比在卢布和奖章上的相貌显得老些，而且疲倦得多。他的面容是倦怠并且有些无精打采的。他不断抱歉地望着大公，不知道自己该期望他什么，而那大公恭敬地弯着腰，当他尴尬时就帮帮他，多数是靠动动眉毛或耸耸肩，并不大动嘴。

在那个闷热灰暗的山中早上，日瓦戈很为沙皇难过。如此缺乏自信的谦虚和害羞竟会是一个压迫者的主要性格，如此一个软弱的人竟能把人囚禁、绞死或赦免！

"他应该发表一篇演讲——'我，我的宝剑，我的民族'——像德皇那样。一定要说些关于'民族'的话——那是最重要的。但你知道他是那么地自然，完全是俄罗斯的作风，悲剧性地超越了这陈腐的一套。毕竟，那一类的舞台作风在俄罗斯是不可思议的。这样的举动简直是演戏啊，你说是不是？我相信，'民族'在那些凯撒——高卢人、斯维亚人或伊利里亚人等等的统治之下是有过的。但以后就变成虚构的东西了，只有当国王或政客们演讲之时才发生一点作用：'民族，我的民族'。

"现在前线挤满了通讯员和新闻记者。他们记录他们的'观察'和人们的谈话，他们访问伤兵，并且建构种种关于人类灵魂的新理论。他们当自己是达里的翻版，可惜都是假货——语言上的疯子，贩卖医卜星相，用嘴巴来遗屎撒尿。这是一个类型——还有一种呢：好像剪贴的演讲稿，或者'素描与速写'，充满怀疑主义和悲观论调。

前些日子我看到一篇这样的报道：'这是灰色的一天，就像昨天一样。从早晨起一直下着雨，泥泞满地。我望向窗外，望见大路。没有尽头的战俘行列。很多是受了伤的。一门炮在射击。它今天像昨天一样地发射着，明天也会像今天，每天每时每刻都是这样。'写得多么巧妙而机智啊！但他跟那门炮有什么地方过不去？难道他希望那门炮天天变换花样吗？为什么他不好好地看看自己？他日日夜夜喋喋不休地吐着同样的句子，用着同样的标点，列举着同样的事实，像跳蚤那样敏捷地维持着他那新闻记者的慈善伪装。为什么他不好好地想一想，要停止重复的是他自己——而不是那门炮——在记事簿上累积谬论是永远不能说出有意义的话来的。如果人不把自己的一些道理、一些人类的天才和一点神话加进去的话，事实是根本不存在的。"

"你正好敲中钉子头了，"戈尔东打断他的话，"现在让我把我对今天我们所看到的那件意外事件的想法告诉你吧。那哥萨克作弄那可怜的老者——这类意外成千上万——而且当然是丑恶的——但需要说理吗？那是没有用的，你只有抽那个哥萨克的嘴巴。但拿整个犹太人的问题来看——这儿就有所谓哲学了——那么我们就会发现一些出乎意料的东西。我并不打算对你说些新颖的事物——我们两个人的思想都是师承你舅舅的。

"你刚才提到过民族是吗？……谁对一个民族更有贡献？——是那些拿民族来大声嚷叫的人吗？还是那些在不知不觉中用行为里的美与伟大来把民族提升到成为一个整体，同时使民族得到令名而不朽的人呢？嗯，答案是很明显的。在基督的时代里，民族已经变成什么了呢？它们已经不是普通的民族，而是奉了教、改了宗、灵魂变化了的民族，而最重要的是那个变化，并不是它们对于古代原则的忠诚。《福音书》怎么讨论这个问题？首先，它并没有断言：'是这样的，是那样的。'它只提出一个天真而腼腆的建议：'你要在一个全新的方式中生活吗？你要精神上的快乐吗？'然后每一个人就接受了，这个建议影响了他们上千年……

"《福音书》说，在上帝的国度里没有犹太人和希腊人的分别，这是不是只指在上帝面前一切都平等呢？不——《福音书》不是为这需要而写的——希腊的哲学家、罗马的卫道者和希伯来的先知们早已知道这一点了。但《福音书》说，在由心中产生同时称为'天国'的新的生活方式、新的社会形态里，是没有民族的，而只有个人。

"你说事实是没有意义的，除非我们把意义加进去。好，基督教，个人的奥秘，正是那些加进去使事实发生意义的东西。

"我们也曾谈过那些庸碌的宣传家，对于生命和世界整体没有半点概念，那是些二流的角色，他们恨不得天天讨论某一民族，最好是个弱小民族——这给了他们一个表演自己能干和机智的机会，同时让他们表现他们对遭受迫害的人的怜悯。犹太人就是这种心理下的牺牲者，还有比他们更典型的吗？他们的民族意识，一个世纪又一个世纪地迫使他们继续保持他们的民族，而且除了民族别无他物——多少个世纪以来，他们一直被这件致命的工作紧紧地束缚着，而在这同一的时期中整个世界都被一种新的力量从这个悲剧中挽救出来，这挽救的新力量却是从犹太人当中产生出来的！你说这是不是怪事？你怎么解释这件事呢？想想看！这个光荣的纪念日，这个从庸俗的诅咒中得到解放、从无聊存有的死寂中一飞冲天的壮举，最初是在犹太人的国土上成就的，是用犹太人的语言宣布的，是属于犹太这个种族的！他们已经亲眼看见、亲耳听见，却又让它消失！他们怎么可以任由这么有力、这么美的精神离弃他们呢？当这新力量已经得胜，而且建立下它的权柄，而他们却依然故我，只存乎于他们所舍弃的神迹的空壳时，他们又作何感想呢？他们这种自愿的殉道精神对谁有用呢？谁得到好处了呢？这么多个世纪以来，这些无辜的老弱妇孺，所有这些敏感的、仁慈的、富有人情味的人民，遭受着轻慢和鞭打，是为了什么？为什么这个分布全球之'民族'的文人朋友们总是这么地无能呢？为什么犹太民族的知识领袖们总是无法超越他们那套容易体会的不满现实的感觉和讽刺性智慧呢？为什么他们不曾——甚至冒着像锅炉达到额定压力可能爆炸的危险——解散这支不断斗争下去、这支谁也不明白为了什么而继续被屠杀的军队呢？他们为什么不能告诉他们：'清醒过来吧，不要这个样子蛮干下去了。何必一定要保持你们这个身份呢？别再聚居在一起了，分散开吧。和别人打成一片吧。你们是世界上最早、最好的基督徒。你们就是那美好的东西，只不过你们当中最邪恶、最软弱的把你们转变到使你们反对它罢了。'"

第二天，当日瓦戈医生回到住处吃晚饭的时候，他说："好啦，既然你这么急着要走，现在你就快如愿以偿了。我不愿说'这是你的运气'，因为我们现在又受到压力，而且吃败仗了，这可不是运气。现在东面还有退路，敌人的压力来自西面。所有的医疗单位都奉命撤退。明天或者后天我们就走了。去哪里，我也不知道。我看，卡尔宾科，米哈伊尔·格里戈里耶维奇的衣服依旧没有洗干净。老是这个样子，卡尔宾科一定说他已拿给那个女孩子洗去了，如果你问他这个女孩子是谁，住哪里，他也说不出来。这个白痴。"

他没有理会卡尔宾科的理由，也没有理会戈尔东因借了主人家的衬衫而表示的歉意。

"这就是军队生活，"他继续说，"你刚刚住惯了一个地方，却又要搬到别的地方。我们来的时候我一点儿也不喜欢这里。这里又脏又闷，炉子也装错了位置，天花板也太低。现在呢，就算你杀了我，我也说不出我们原来住的地方是怎样的了。我觉得纵然要我在这儿住一辈子，瞪眼看着这太阳照耀着瓷砖，树影正移过的炉角，我也不会在乎了。"

他们不慌不忙地收拾着行装。

夜里，屋外的叫喊声、枪声和奔跑声把他们吵醒了。一片不祥的光笼罩着村子。窗外人影闪动。隔板后面的屋主和他的妻子正穿衣起床。尤里·安德烈耶维奇派他的勤务兵去查问外面为什么这样混乱。

有人告诉他德国人已经突破了他们的阵地。日瓦戈赶到医院去，知道这是事实。村子已经在敌军的炮火射程之内。医院要立即撤退，不能再等候撤退命令了。

"我们都得在破晓之前走掉，"日瓦戈告诉戈尔东，"你跟第一批走，车子已经准备妥当，我已吩咐他们等你。好吧，祝你好运。我去送你，同时要确定你能弄到一个位子。"

他们奔过村子的街道，躲躲闪闪地，身子贴着墙。枪弹在他们四周呼啸，在十字路口上，他们可以看到榴霰弹的爆炸，如同许多把在田野间张开的火伞。

"可是你呢？"戈尔东一面跑一面问道。

"我跟着第二批随后走。我必须回医院去收拾一下。"

他们在村子的边缘分的手。前面的马车和篷车一动，整个运输队就移动了，先是挤挤碰碰的，渐渐地也就循序前进了。尤里·安德烈耶维奇向他的朋友挥着手，一座谷仓燃烧的火光，映照着他们的身影。

然后，再次借着房子的掩护，尤里·安德烈耶维奇匆匆赶回去。在距离他住所几步远的地方，一次爆炸把他震倒，炮弹的碎片击中了他。他倒在路当中，流着血，不省人事。

尤里·安德烈耶维奇疗伤的医院已经撤退到铁路线上一个偏僻的小镇，靠总司令部很近。这时是二月底温暖的一天，由于他的要求，他病床旁边的窗子打开了。

饭前，病人们用尽方法来打发时间。他们得知医院里来了一个新护士，当天就要值第一次班。在日瓦戈对面的床上，加利乌林在看刚刚送来的报纸，同时愤愤地抱怨新闻检查所留下来的空白。尤里·安德烈耶维奇在读冬妮亚的信，这些信已经积存了一大捆。微风拂动着信纸和信封。一阵轻微的脚步声使他抬起头。拉拉走进病房来了。

日瓦戈和加利乌林两个人都认得她，但都不知道对方认得她。她却不认识他们两人。她说："你们好，为什么这窗子打开了？你们不冷吗？"她走到加利乌林跟前，问他觉得怎样，并握住手腕替他把脉，但立刻放下手，坐在他床沿上，以一种迷惑的神情看着他。

"真是想不到，拉里莎·费奥多罗芙娜，"他说，"我认识你的丈夫。我们隶属同一个团。我替你保存着他的东西。"

"这是不可能的，"她重复地说着，"这是不可能的。你认识他！这真是意外的巧合。请你快点告诉我，那件事是如何发生的。他是被一个炮弹打死的，是不是？并且被那爆炸埋住了？我知道的，请不要害怕告诉我真相。"

加利乌林失去了勇气。他决定对她撒一个比较好接受的谎。

"安季波夫被俘了，"他说，"他和部下冲得太靠前了。他们被敌人切断了退路，他被迫投降。"

但她并不相信他。由于突然会面的震撼，同时不愿在陌生人面前哭泣，她急忙走到外面的走廊去。

一会儿以后她回来了，表面上她很镇定，她恐怕自己再和加利乌林说话会又哭起来，便故意不去看他，直接走到尤里·安德烈耶维奇前面。"你好，"她心不在焉而且机械地问道，"你有什么不舒服吗？"

尤里·安德烈耶维奇看到了她的痛楚和眼泪。他想问她为什么这么忧愁，并且告诉她，他这一生之中曾经见过她两次，一次他还是个中学生，一次他已经是大学生了，但他又觉得这也许显得太亲近，而且她可能误解他的用意。然后他突然记起了装着安娜·伊万诺芙娜的棺材和冬妮亚的哭喊，他便改口说道："谢谢你。我是个医生，我可以照料我自己，我什么也不需要。"

"我怎么冒犯他啦？"拉拉真想知道。她惊讶地看着这个陌生人的脸，他有一个翘起来的鼻子，相貌相当平常。

几天来天气阴晴不定，但晚上总是吹着温暖的和风，风中夹着湿泥的气息。

那些日子里，总司令部经常有些奇怪的消息，国内令人惊慌的谣言，彼得堡的电报联络常常被截断。每一个地方，每一个角落，人们都在谈论政治。

护士安季波娃每天早上和晚上巡房，和每个病人交谈几句话，连加利乌林和日瓦戈在内。"这个人真是奇怪，"她想，"年轻而鲁莽。不能说他英俊，他的鼻子这么翘。但随便怎么讲他是聪慧的，他生气勃勃，有着引人注意的心灵。不过，这并不重要。要紧的是快点做完我在这里的工作，然后申请调回莫斯科去，让我回到卡坚卡身边，再申请退役回到尤里亚金的家里，回到那儿的学校去。现在已经非常明白，可怜的帕沙得到怎样的下场。再没希望了，我愈早不演这女英雄的角色愈好。如果不是为了找帕沙，我根本不会在这里。"

卡坚卡在那边过得怎么样了？她很想知道。可怜的孤儿，想到这里她禁不住哭了起来。

她注意到她四周最近有了明显的改变。从前人们有着各种责任，神圣的责任——对国家、对军队、对社会的义务。但现在已经打了败仗（这正是一切不幸的根源），再也没有神圣的东西了。

一切都突然改变了——腔调、道德标准，你不知道应该如何去想，不知道应该听从谁的意见。就如同你一辈子都像个让人牵着手的小孩子，突然要你自己走了，你必须自己学会走路。四周不见人影，那些判断力为你所尊重的家人和朋友都不见了。在如此的时光中，你觉得需要把自己托付给一些绝对的东西——生活、真理或美——要让它来统领你，替代那些已经被弃置的人为规律。你需要向这种最终的目的投降，比之从前在那熟悉而和平的日子里、那业已摒弃永不再来的旧生活里，更加完全地、更无保留地投降。但拉拉提醒自己说，她有卡坚卡去满足她的绝对要求，卡坚卡就是她所要的生活目的。现在她已经失去了帕沙，拉拉只好全心全意去做个母亲，为了她这个可怜的孤儿竭尽她的所有。

尤里·安德烈耶维奇从信中获悉，戈尔东和杜多罗夫没经过他的同意在莫斯科出版了他的书。这书受到好评，同时被认为在文学上很有前途。莫斯科正度过一段不安而亢奋的日子，而且濒临某些重要时刻的边缘，群众的不满一天比一天厉害，严重的政治变动已迫在眉睫。

这时夜已深沉，尤里·安德烈耶维奇打着瞌睡。他在睡眠中不时醒来，对往日的兴奋回忆使他清醒起来。一阵带着睡意的和风在窗外喃喃地拂动。那风声如泣如诉，"冬妮亚，沙夏，我想念你们，我真想回家，我想回去工作。"在风声的低语中尤里·安德烈耶维奇睡了又醒，醒了又睡，一会儿欢乐一会儿痛苦，烦躁不宁，就像这变幻不定的天气，这不宁的夜。

与此同时，拉拉忽然想到，加利乌林虽然表现得对帕沙有着无尽的怀念，虽然他曾那么痛苦地保管着他的遗物，但她自己却不曾想到去问他是谁，他是哪里人。

为了补救她的疏忽，并且不想让他觉得自己不知感激，第二天早晨她巡房时，问了一切和他有关的事情。

"慈悲的天主。"她禁不住高声地惊叫着。布列斯特街二十八号，季韦尔辛一家，一九〇五年的革命，那个冬天！尤苏普卡？她记不得她曾经和他会过面，请他千万原谅。但那一年，那一年，还有那房子！一点不错，是有这么一幢房子和这么一年！多么活生生地回到她的眼前！那些炮轰——当时她是怎么评论的？——"基督的裁判"！当你还是小孩子的时候，对第一次见到的事情，印象真深呀！

"原谅我，一定要原谅我，中尉，你说你的名字是什么？不错，不错，你已经跟我说过了。谢谢你，奥西普·吉马泽特金诺维奇，我真感激你，使我记起了过去，把所有一切都带回我的心中。"

一整天，她都在想着"那房子"，并且不停地自言自语。

想想看，布列斯特街二十八号！而现在他们又在射击了，这一回是可怕得多了！这一回你不能再说"那些男孩在射击"了。小孩已经长大，男孩都在这里，在军中，所有住在那房子里的卑微的人们，还有别的地方像他们一样的人，还有乡村中和他们一样的人都在军中。真是令人吃惊，令人吃惊！

所有不必卧床的病人都从别的房间涌了进来，有的撑着拐杖笃笃地蹒跚着挪过来或跑过来，有的靠着轻而细长的手杖走过来，和别人比赛似的高叫着："重大消息！彼得堡正在巷战！彼得堡卫戍部队已经参加了暴动！革命啦！"

第五章

再见吧，旧时代

这个城镇叫做梅留泽耶沃，位于有肥沃黑土的乡间。黑色的尘土厚厚地积在镇上的屋顶。那是因为军队和车马的来往频繁而扬起的，就像蝗虫聚集的云。他们朝着两个方向移动，有些开往前线，有些从前线撤回来，因此，没有人能说战争是继续在进行，或已经停止了。

每天新产生的事务，就像蕈菇似的冒出来。他们被选出来处理每一样事情——日瓦戈、加利乌林中尉、安季波娃护士，以及另外一些和他们一样来自大城市的、有经验、有知识的人。

他们一会儿是镇上目前的行政官，一会儿又是军队和卫生处的不重要的委员，他们把这种任务的递换当作一种户外运动，一种消遣，一种瞎子摸象的游戏。不过，他们愈来愈觉得，这是他们退伍回家恢复平民生活的时候了。

由于工作的关系，日瓦戈和安季波娃经常在一起。

雨水使黑色的尘土都变成咖啡色的泥泞，流布街道，这里的大部分的街道没有铺上砖石。

这个城镇很小。几乎每条街都可以一眼望尽，远处阴霾的天空下，大草原黯淡无光，一派战争、革命中的凄凉景象。

尤里·安德烈耶维奇写信给他太太：

军队的解体与混乱继续着。上级正设法改善风纪提高士气，我曾遍访驻扎在附近的各个单位。

再者，我要告诉你，也许我早就提过了，我必须说我有许多工作是和一位安季波娃在一起做的，她是出生于乌拉尔、来自莫斯科的护士。

你还记得在你的母亲逝世那天夜里枪击检察官的那个女学生吗？我相信她后来曾受审。我记得我告诉过你，我和米沙曾在你父亲带我们去的一家肮脏的旅店中见过她一次，当时她还是个中学生。我不记得我们为什么去那家旅店了，只记得那天晚上非常寒冷。我想那是在布列斯特暴动期间。那个女孩就是安季波娃。

我做了几次返乡的尝试，但是事情并不简单。并不是我们的工作离不开——那是很容易交代的——麻烦的是交通。不是没有车，就是车子挤得透不过气，没有办法找到座位。

当然，我们不能永远这样下去，我们这批已经辞职或已被遣散的人员，包括安季波娃、加利乌林和我，都已下定决心，无论如何下星期一定要走。我们将分开走，这样机会将比较多些。

所以，虽然我会试着打电报给你，但我可能突然在任何一天到家。

不过，在他动身之前，他收到了妻子的回信。满纸泪痕和墨水散开的痕迹，有些句子显然是被啜泣打断了。她请求他不要回莫斯科，而和那位了不得的护士直接去乌拉尔，安季波娃一生的传奇性，远不是她冬妮亚平庸的生活所可比拟的。

"不必担心沙夏的未来，"她写道，"永远不必为他而感到内疚。我保证，一定以你童年时所看到的我们家中的规矩来把他教养长大。"

尤里·安德烈耶维奇立即回信：

你一定是疯啦，冬妮亚！你怎么能想象出这样的事情呢？难道你不知道，难道你知道得还不够，如果不是为了你，为了我对你和家庭有坚定的信心，我根本就挨不过这两年可怕的、毁灭性的战争。不过，为什么我还要写这封信呢？——我们马上就要团圆了，我们的生活将重新开始，所有的事情都会得到澄清。

使我惊讶的是你信中提到的另一些事。假如真是我给了你写出这种信的原因，那我的行为必定有暧昧之处，我不仅对你有错，而且在我所误导的另一个女人之前我也有错。她一回来我就向她道歉。她到乡下去了。原先在省里和县里才有的地方议会，现在乡村中也有了。她去协助一个朋友建立村议会。她的朋友的工作是担任那些自治机构的指导员。

还有一件事你可能有兴趣知道，虽然我们住在同一所房子里，但直到今天我还不晓得哪一间是安季波娃的房间。我从来不曾故意去猜想。

从梅留泽耶沃往东往西各有一条大路。一条是穿过树林通向济布申诺的泥泞的车道；济布申诺是一个小小的谷物中心，在行政上属梅留泽耶沃管辖，但其他一切方面都比梅留泽耶沃更好。另一条是横贯田野的碎石路，冬季多泽洼，夏季却干燥，这条路通往最近的铁路换车站比留奇。

六月间，济布申诺变成了一个独立共和国。建立的人是当地的一个磨坊工人布拉热依柯，在二月革命期间从前线撤退出来经过比留奇到济布申诺的二一二步兵团的变兵支持他。

这个共和国拒绝承认临时政府，同时从俄罗斯分裂出来。布拉热依柯在宗教上就是个分离派。

他曾和托尔斯泰通过信。他宣称济布申诺是一个财产公有、人人劳动的乐土，他称地方行政当局作"使徒会"。

济布申诺一向是荒诞不经、夸大其辞的传说的发源地。从"混乱时代"起，文献就有记载。稍后，四周的森林中充满强盗。商人的富有和土壤的肥沃更是家喻户晓。起源于济布申诺的民间信仰、习俗和古怪语言，使这接近前线的西区自成一个与众不同的小天地。

现在又有令人惊愕的故事在流传着。人们传说布拉热依柯的主要助手既聋又哑，只有在灵感降临的一刻才能说话，然后便又哑然如故。

共和国只维持了两个星期。七月间，效忠临时政府的一支部队开进城。变兵退回比留奇。铁路两边的森林一度被砍光好几俄里，于是，他们就在这块老树根中长满草莓，并分布着快被偷光的木材堆和季节性伐木工人之泥屋的空地上扎下大营。

日瓦戈曾在其中养病、服务，而现在准备离去的医院的所在处，本是伯爵夫人扎布林斯卡娅从前的住宅。在战争刚爆发的时候，她自愿让给红十字会使用。

这是一座两层楼的房子，坐落在全镇最好的地点之一，正是大街和广场的转角处。广场是旧时练兵的操场，现在是举行大会的会场。

房子的位置很适合于眺望，不只可以俯瞰大街和广场，附近的一家农场（那是一家贫穷的乡村家庭所有，主人的生活几乎无异于佃农）和伯爵夫人住宅后面的花园都历历在目。

伯爵夫人在拉索诺伊地区另有一座大庄园，这里只是她本人偶尔到镇上来办事时的临时住所，以及夏天前往拉索诺伊避暑的来自远近的宾客的歇脚处。

现在这幢房子是一家医院，主人已在圣彼得堡做了阶下囚。

旧日的仆从都已星散，只有两个女人还留在那里，一个是女厨师乌斯季尼娅，一个是伯爵夫人现在已出嫁的两个女儿的家庭教师弗列里小姐。

弗列里小姐灰发蓬松、双颊粉红，整天披着一件破烂的便服，套着睡房用的拖鞋，来回走动，在医院中穿廊入室，就如同她仍在扎布林斯卡娅的家中一样。她用五音不全的俄语啰嗦着说个没完，每句话的结尾都带着法语的风格。她说话时喜欢装模作样，比手画脚，快要结束时先粗声狂笑，再以一串咳嗽告终。

她相信她完全了解安季波娃护士，而且以为她和医生必定会互相吸引。在她根深蒂固的拉丁心肠、做媒的热情驱使下，她一见到他们在一起就非常快活，不免对他们挤眉弄眼。这使得安季波娃莫名其妙，日瓦戈怒火中烧。不过，像所有自得其乐的人一样，她沉湎于幻觉之中，不论要付出任何代价，总是不肯自拔。

乌斯季尼娅比较平稳坚强。她笨重臃肿的身材使她看起来像是坐月子的老母鸡。她枯燥无味，理智得几乎到了不怀好意的地步，不过，当涉及迷信的事物时，她就不再清醒，听任无拘无束的想象胡来。她生于济布申诺，据说是当地一位巫师的女儿。她记得无数的咒语，她绝对不出门，除非先照例对着炉灶、钥匙孔念一番咒语，求它们保护家宅，免于火烛之灾和其他妖魔鬼怪的侵扰。她能够成天保持沉默，可是，一旦她谈兴大发，就什么也挡她不住。她热心于维护真理。济布申诺共和国解体以后，梅留泽耶沃的行政委员会发动了一个反无政府状态的运动。每天晚上在广场上举行只有少数人参加的太平大会，出席的都是些往日无所事事、整天在消防队门外散播谣言的家伙。梅留泽耶沃的文教干事鼓励他们，并且邀请本地以及外来的演说者指导他们讨论。外来的人都相信，那个既聋又哑的助手的故事十足没有意义，纯粹是现编的。可是，有少数的手艺人、士兵的妻子以及梅留泽耶沃往日的佣仆绝不认为那故事荒谬，而且坚持那确是事实。

　　发言拥护最多的是乌斯季尼娅。起初她还有点女性的迟疑，渐渐地愈来愈大胆，因为那些喋喋不休的对手的观点在梅留泽耶沃是不被接受的。最后她竟发展成一位善于在公开场合发言的演说家。

　　透过打开的窗子，在医院中能听到广场上的嗡嗡声，在岑寂的夜晚，甚至能听到片断的讲词。当乌斯季尼娅发言时，弗列里小姐常常闯进人们小坐的任何房间，要大家静听，用她那破嗓音全无恶意地模仿着："无秩序……无秩序……保皇党，土匪……济布申……既聋又哑……卖国贼！卖国贼！"

　　弗列里小姐暗地里以这位厨娘的精神与利舌为荣。这两个女人互相喜欢，虽然她们永远争吵不休。

　　尤里·安德烈耶维奇正准备离开，他经常去人们的家中和办公室拜访朋友，顺便申请必要的文件。

　　那个时候，有一个地方部门的新委员要赶赴前线军中，正过境停留在梅留泽耶沃。大家都说他全无经验，只是个孩子。

　　当局正在计划新的反攻，并非常努力地希望改善军队的士气。各地设立了革命军事法庭，刚刚废除不久的死刑又恢复了。

在离境之前，日瓦戈医生必须得到地区司令的签字。通常他的司令部总是挤满了群众，甚至门外的大街上都是等待的人。后来的人无论如何不可能挤到写字台前，人声嘈杂，没有人能听见别人在说些什么。

不过这天不是接受申请的日子。书记们坐在平静的办公室里默默地书写，抱怨他们的工作日见繁杂，交换着牢骚的眼色。快活的声音从司令办公室中传出来，听来似乎那里面的人已经解开外衣的纽扣，正在小酌一番。

加利乌林从内间走出来，看到日瓦戈，向他急切地做着手势。

由于他无论如何一定要见到司令，日瓦戈走进内间。他发现室内就像艺术家的居室一样混乱。

这个舞台的中心人物是当时的英雄，全镇所注目的新委员，不用通报，他正在对这批既缺乏兵员，又不作战的纸上王国的统治者发表演说。

"这是我们这里的另一位要人。"司令向他介绍日瓦戈。不过全神贯注于自我的新委员看也不看他一眼。司令转身签署了日瓦戈摆在他面前的文件，然后客气地以手示意，请他坐在房间中央的一张矮凳上。整个房间里头只有日瓦戈一人规规矩矩地坐着。其余的人都是懒懒散散、东倒西歪地坐着，带着一种夸张的、故作轻松的模样。司令几乎将整个上身都伏在写字台上，他握拳支颊，做拜伦沉思状。他的副官，一名矮矮胖胖的结实壮汉，高踞在沙发扶手上，两腿下垂，并放在沙发座上，就像妇女侧坐在马鞍上一样。加利乌林跨坐在一张椅子上，面对椅背，两臂伏在椅背上，头又伏在两臂上。而新委员把上半身撑在窗台上，一会儿又跳下来，以小快步在房间里跑来跑去，忙得像旋转中的陀螺，没有一刻静止或沉默。他继续不断地说话，谈话的主题是"比留奇变兵的问题"。

这委员正如别人向日瓦戈所描述的，身材修长，举止优雅，由于愤怒而毫无遮掩，高尚的理想使他热情如火。据说他出身一个良好的家庭（有些人认为他的父亲是参议员），是二月革命时首先冲入议会的先锋之一。他的姓是金茨或金采——日瓦戈不十分抓得准。谈吐不俗，正确的圣彼得堡腔调中略带波罗的海沿岸的口音。

他穿着一件称身的外衣。也许觉得自己是如此的年轻，为了让自己看起来老些，他故意微耸双肩，略弓上身，两手插入口袋中做睥睨状，这使得他看起来显得很威武，从宽阔的双肩直到他的两脚，恰好构成一个长长的倒三角形。

"铁路下行不远的地方驻有一个哥萨克团，"司令告诉他，"这个团是红军，效忠临时政府的。调动他们，包围那些叛徒，他们就完蛋啦。上级指挥官很焦虑，那些叛徒必须马上解除武装。"

"哥萨克骑兵？不必考虑！"委员光火了，"现在不是一九〇五年。我们不再用大革命前的老方法。你不必在这一点上跟我针锋相对。你们的将军太高估自己了。"

"我们还没有动手。这只是个计划，是个建议。"

"我们和高层司令官有个协议：不干预作战行动。我并不撤销调用哥萨克骑兵的命令。让他们去干吧。不过，就我这部分而言，我将采取常识告诉我的步骤。我相信他们有个露天的营地是不是？"

"我猜是有。无论如何总是有个营地，还筑了防御工事。"

"这就好办得多了。我要去那儿，我要去看看这个威胁，这个强盗们的窝巢。先生们，他们或许是叛徒，或许是逃兵，但是，请记住，他们是人民。而人民就像小孩，你必须去了解他们，你必须去了解他们的心理。要得到最好的效果，你必须找出正确的途径，你必须能打动他们的心弦，最美好的、最敏感的心弦。

"我会去，我要和他们做心心相印的谈话。你们瞧吧，他们将回到他们所放弃的岗位。你们不相信我吗？要打赌吗？"

"我怀疑。不过我希望你是对的。"

"我将对他们说：'就拿我自己做个例子，我是独生子，我父母唯一的希望，可是，我献身于革命。我曾放弃一切——我的姓氏、家庭和地位。我是为了你们的自由而战，而这种自由是俄罗斯以外其他各国人民所不曾享有的。先不说那些光荣的前辈老战士，他们曾经为了革命而被送去西伯利亚做苦工，或被关进雪卢斯堡大牢，连我这样的人都献身于革命，还有许多和我一样的年轻人也都献身于革命。我们这样做是为自己吗？我们非干不可吗？而你们，你们已不再是普通的小兵，而是世界上第一支革命军的战士，请诚实地问问你们自己：你们的行为配得上你们自己的荣誉身份吗？当我们的国家正在流血殆尽奄奄一息，以一种超人的努力企图挣脱缠绕在我们身上的仇敌时，你们竟变成一群乌合之众，完全没有政治意识，胡作非为，永远不知道满足。你们就像寓言里面所说的贪得无厌的猪，才被允许进入餐厅，立刻就想上桌。呵，我一下子就要打动他们，使他们无地自容。"

"不，那太冒险了。"司令冷淡地反对着，一面和他的副官交换快速、意味深长的眼色。

加利乌林尽力劝说委员放弃这个疯狂的念头。他深知二一二步兵团士兵的鲁莽，在前线时他们曾隶属于他这一师。但是委员拒绝听从。

尤里·安德烈耶维奇一直试着要站起来走掉。委员的幼稚使他难受，而司令和他的副官——两个自傲而又虚假的投机分子——的鬼鬼祟祟也好不到哪里去。前者的愚昧和后者的奸诈正是旗鼓相当。而这一切全表现在滔滔不绝的大段言词中，多余、虚假、阴暗，几乎与生命完全不相干。

啊，有时一个人是多么渴望逃避无意义的人类辞令的枯燥，逃避那些冠冕堂皇的语句，而返回全无做作的自然啊！不得已求其次，能逃入冗长而刻苦的研究中、酣睡中或真正的音乐中也好，不然就沉湎在含情脉脉的无限了解中！

日瓦戈医生记起他要和安季波娃谈话。虽然谈话的结局一定不愉快，可是，他高兴于自己有非见她不可的感觉，尽管必须付出这样那样的代价。她似乎还没有回来。但他终于尽早趁他人不注意时溜出了司令办公室。

她回来了。弗列里小姐告诉他这个消息，附带说她很疲倦，草草地吃过饭便上楼回到她自己房间里去，并且叮嘱不要让人打扰她。"不过，如果我是你，我一定上楼去敲她的门，"弗列里小姐建议说，"我相信她现在还没有上床。"——"哪个房间是她的？"日瓦戈问道。这一问使得弗列里小姐有说不出的讶异。安季波娃住在顶楼过道的尽头，就在储藏伯爵夫人家具的那几间房后面。日瓦戈从未去过那里。

暮色渐浓。室外的房舍和藩篱在黄昏中挤成一堆。在窗口透出的灯光照射下，花园深处的一些树木显得很突出。人热得发黏，轻微劳作便大汗淋漓。煤油灯的光线横贯庭院，照射在树木上，形成一股肮脏的水蒸气涌滚流动。

日瓦戈站在楼梯的尽头。他忽然想到，她刚刚旅行回来，还很疲倦，敲她的门是失礼而令人困窘的。还是留到明天再谈比较好些。怀着一般人改变主意时常有的惆怅，他走到过道的另一端，伏在俯瞰邻近庭院的窗口上，同时探身出去。

黑夜充满安静、神秘的声音。就在他身旁，水正从过道里的洗手盆中缓慢而规律地滴下来。窗外某处有人在耳语。菜园中有人在浇胡瓜。当他们把水从井中提出，从一只桶倒入另一只桶时，井上的链条便会叮叮作响。

忽然花香四溢，好像大地整天都在沉睡，现在正因为花木的芬芳而清醒。含苞待放的老柞树，从伯爵夫人枝叶繁茂的花园中放出浓郁的异香，就像一股在房子一般高度飘浮着的巨浪。右边藩篱外传来街市的嘈杂——一阵阵歌声，醉酒大兵的胡闹声，还有关门声。

巨大的深红色的月亮已从伯爵夫人花园中乌鸦巢的后面升起。起先，它的颜色像济布申诺的新砖厂，然后，变得像比留奇水塔那样的黄。

就在窗户底下，飘来像香片茶似的新割下来的干草香，混合了茛菪的芬芳。有一头乳牛被拴在下面，它是从很远的乡村赶来的，已经走了一整天，它累了，正想念着它村中的伙伴，还不肯接受新的女主人给他的草料。

"噢，乖乖。别调皮，不要用角顶人。"它的女主人轻声细语地讨好它，可是，乳牛气呼呼地直摇头，颈子上下乱动，放声哀鸣。梅留泽耶沃黑色谷仓背后的星星闪烁着，对它表示同情，好像是说，在另外一个世界里多的是牛的避难所，在那里它是得到怜悯的。

所有的事物都因生命神奇的酵母菌而发酵、生长、兴盛。生活的欢悦如同一阵温和的风，无分轩轾地吹过田野和城镇，吹过围墙和篱笆，吹过树林和血肉之躯。为了不被这股潮流所淹没，尤里·安德烈耶维奇走向广场去听演讲。

此刻，月亮高挂天空。月光普照万物，仿佛一切都涂上了一层厚厚的白油。环绕着广场、呈半圆形的希腊式政府建筑投下巨大的黑影，铺在地上，就像黑色的地毯。

会议正在广场的另一边举行。竖起耳朵，谁都能听见每一个字。但是日瓦戈被景色的美迷住了，他坐在消防队外面的长椅上静观，不去听演讲了。

从广场延伸出去的狭窄死胡同就像乡下小径一样，深深的泥泞几可没胫，两旁尽是一些歪歪倒倒的小屋。柳条编就的篱笆插在泥泞中，好像水池里的鱼栅或龙虾栏。你能看见敞开的窗户中微弱的闪光。在小小的前园中，一身露水的红须玉米蹿得似乎要穿入屋里，一株株苍白细长的蜀葵伸出篱外，仿佛被热浪赶出闷气的闺房、穿着睡衣的妇女倚栏呼吸空气。

月色美得出奇，像是慈悲的爱，又像未来的礼物。突然，远处一阵有节奏、有规律的音响划破了明亮的、神奇的寂静，那是个熟稔的、最近还听到过的声音。那是个悦耳而热情的声音，听来充满信心。日瓦戈静静听着，立即分辨出是谁的声音。人民委员金茨正在广场上的大会中演说。显然市政当局希望获得他的权威的支持。他激动地责备梅留泽耶沃人民的散漫而无组织，不该受布尔什维克党人分化的影响。他说布尔什维克党人是济布申诺混乱的真正制造者。语气的精神就像在司令部说话时一样，他提醒群众国家正面对着强大而无情的敌人，告诉他们此时正是国家的灾难时刻。然后群众开始激烈地质问。

抗议的怒吼和肃静的要求相互轮替。叫嚣的扰乱愈来愈频繁，声音也愈来愈高。和金茨一起来的人，现任的大会主席，大声地要求群众保持秩序，不可以在人丛中胡乱发言。有些人坚持应该让想发言的公民到台上去讲。

一个女人穿过群众走向临时充作讲台的木箱。她并不想爬上木箱，只是站在它旁边。群众认得这女人。会场的注意力都被她抓住了，寂然无声。这个女人是乌斯季尼娅。

"委员同志，你刚才在说济布申诺，"她开口了，"并且谈到睁开眼睛——你要我们睁开眼睛，不要让人欺蒙——不过，实际上，就我亲耳听到的，你，你自己所作所为的，也只是在玩弄'布尔什维克'、'孟什维克'一类的字眼，你所说的不过是——布尔什维克、孟什维克。什么不要自相残杀，彼此相爱如兄如弟，那是主的教训，和孟什维克不相干。什么所有的工厂都归穷人所有，也和布尔什维克无关，那只是人类的合理制度。关于那个既聋又哑的人的故事，我们生来就听人这么说了。每一个人都在谈那个既聋又哑的人的故事。你凭什么反对他？难道他一直不开口，然后突然出声说话，而不曾请求你的批准吗？好像那是很不可思议似的！还有比这更奇怪的事都发生过。母驴说话就是个例子。'巴兰，巴兰。'它说，'听我说，我求你别走那条路，要不然你会后悔的。'自然地，他不听，继续前进，就像你所说的。'它又聋又哑，'他想，'只是一头母驴，一头哑巴畜生，怎能听它的话。'他骂它，可是，看看他日后多惨。你们都知道这个故事的结局是什么。"

"结局如何？"有人好奇地问。

"够了！"乌斯季尼娅猛然打断他，"如果你问得太多，你会未老先衰。"

"这样不好，你要告诉我们。"那个人坚持着要问到底。

"好吧，好吧，我告诉你，你这讨债鬼。他后来变成了一根盐柱。"

"你搞错了，那是洛特的故事。那是洛特的老婆。"人们大嚷着。全场大笑。主席要大家保持秩序。日瓦戈起身回去睡觉。

第二天晚上他见到了安季波娃。他在餐具室里找到她。她手持喷水壶，身旁是一堆衣服，正忙于熨烫。

餐具室在顶楼尽头，可以俯瞰花园。那是烹茶、分菜、洗碟子的地方，也是查对和贮存瓷器、银器和玻璃器皿的地方。有时人们还当它作聚会处，在里头消磨闲暇的时刻。

窗子是开着的。房间里充满古老花园的气味，盛开中的柞树的芬芳，混合着枯干树枝的气味，以及熨斗的木炭烟气。安季波娃轮流使用两只熨斗，递换着放在炭火炉上以便保持热度。

"喂，昨天晚上你怎么不敲门？弗列里告诉了我。不过，还好你没有敲门。我早已上床了。我不会让你进来的。喂，你还好吧？当心炭火，不要烧坏你的衣服。"

"看来好像是你在管整个医院的洗熨。"

"不，大多数是我自己的。你看，你一直在笑我老是黏着梅留泽耶沃。好，这次我下定决心了，我要离开这里。我正在收拾我的东西，打包装箱。一收拾妥当我就走。我将去乌拉尔，你将去莫斯科。然后有一天也许会有人问你，——你知道一个叫梅留泽耶沃的小镇吗？于是，你说，——我似乎想不起来了。——那么，安季波娃呢？——从来没听说过。"

"那是不可能的。你的旅行愉快吗？乡下像个什么样子？"

"说来话长。熨斗冷得多快啊！请把另外一只拿给我好吗？看，就在那边，就在汽锅的焰管里。你能将这只摆回去吗？谢谢。每一个村子的情况不一样，全看居民而定。有些村子里的人勤劳，认真工作，所以状况小可。但是，某些村子的人好像都是酒鬼。那就荒凉不堪，一幅恐怖景象。"

"荒唐！酒鬼？你了解得真不少！那只是因为没有人留在那儿，都到军中去啦。新议会怎样？"

"你对酒鬼的看法错误，我根本不能同意。议会吗？议会的麻烦可多着呢。命令全不适用，没有人按命令行事。所有的农人关心的，此刻只是土地问题……我曾在拉所诺伊停留。那真是个可爱的地方，你应该去看看。……那里去年春天被烧掉一部分，被抢劫过一次，谷仓被烧毁了，果园烧成炭焦，有些房子上还留有烟火的痕迹。我没有去济布申诺，不知它像什么样子。不过，他们都说，那个既聋又哑的人的确存在着。他们描述过他的情况，他们说他很年轻，受过教育。"

"乌斯季尼娅昨天晚上还在广场上为他辩护。"

"我回来时，又看到一大批从拉所诺伊送来的家具。我再三再四地要求他们不要动这些旧家具。好像我们已经有的还不够多一样。今天早晨，司令部派了一名勤务员来，一定要借银茶具和水晶玻璃器皿，说非要不可，生死攸关，只借一晚，他们就会送回来。其中大半会再也看不到。总是说借——我晓得他们的借法。他们要开一个舞会——欢迎某要人或庆祝什么事。"

"我能猜出是欢迎谁。新的人民委员已经来了，他被派到我们这个战区的前线。他们想解决那些变兵，包围他们然后解除武装。新委员是个没有经验的蠢蛋，乳臭未干的娃娃。地方当局要调动哥萨克骑兵，但他不赞成——他计划跟他们谈话，打动他们的良心。他说，人民是像小孩一样诸如此类的话，他以为这是一种游戏。加利乌林试着要和他争论，他要新委员不要管那丛林，不要去激怒那些无法无天的野兽。'让我们来对付他们。'他说。不过，像新委员那样的人，一旦打定主意，你就无能为力。但愿你是在听我说话。继续熨你的衣服吧。这儿就快有想象不到的乱子了，我们是无力挽救的。我真希望你在乱子发生之前离开。"

"不会发生什么事的，你在夸大其词。无论如何我早晚就要走了。不过，我不能在弹指之间就动身。我必须将这些零碎的东西查对清楚。我不想匆匆走掉，好像我卷逃了什么东西似的。谁来接我的工作呢？那也是个问题，我没有办法告诉你，为了那个倒霉的物品清单费了我多少心，而我所得到的只是中伤。我把扎布林斯卡娅的东西列为医院财产，那是根据命令做的。现在他们却说我是故意为伯爵夫人保护财产！多么龌龊的说法！"

"不要再为那些瓶瓶罐罐和地毯什么的东西操心了。去它们的吧。在这样一个时期为这些东西操心不是个大笑话吗！噢，我真希望昨天曾见到你。昨天我什么都准备好了，我可以告诉你有关的一切，解释整个天体的与机械有关的知识，回答任何讨厌的问题！这是真的。你知道，我不是在讲笑话，我真希望对你吐露我的心怀。我想告诉你，关于我的妻子我的儿子以及我本身的一切……为什么一个成年男人与成年女人倾心相谈，就不免立刻被怀疑有隐秘的动机呢？真是见鬼。动机——隐秘的也好，其他的也好，都该死。

"请你继续熨下去，把衣服熨得又好又光滑，不用理我，我要继续说下去。我想跟你多说一会儿话。

"光想想我们周围所发生的一切吧！而你我竟然能够生活在这样的时代中。这样的事在无穷的时间中只有这一次！想想看吧，整个俄罗斯都给连根拔起了，你、我以及其他的每一个人都暴露在地面上了！没有人在监视我们了。自由！真正的自由，不是空口说白话。自由，天上掉下来的自由，出乎意料的自由，通过一个误会，因为偶发事件而得来的自由。

"每一个人是多么伟大啊，同时也完全迷失在汪洋大海里！你注意到没有？好像突然发现自己的伟大，承受不住自己的重量而倒下了一样。

"继续熨下去，我跟你说。你不用说话。你不厌烦吧。让我来帮你换熨斗。

"昨天晚上我冷眼看着广场的大会。真是不寻常的景观！祖国俄罗斯开始动起来了，她没有办法站稳，她不沉着，她找不到安顿下来的方法，她说话，无从住口。好像不仅仅是人在说话。星星和树木也在交谈，花朵在夜里谈哲学，石屋也在举行会议。这使你想到《福音书》，不是吗？想到使徒的时代。记得圣保罗吗？你将用舌头说话，同时你将作预言。为了解的天赋才能而祈祷吧。"

"我知道你所说的星星和树木也在开会是什么意思。我了解。我也有这样的感觉。"

"这部分是由于战争，其余都是革命搞出来的。战争是人为的生活中断——好像生活能够暂时摆在一旁一样——真是胡闹！不论你喜不喜欢，革命爆发了，就像一口被压抑得太久的气，不得不吐。每一个人都复活了，新生了，变动了，改样了。你可以说，每一个人都经历过两次革命——他自己个人的革命，人人共有的革命。在我看来，社会主义就是汪洋大海，所有这些支流，所有这些私有的个人革命，都汇入社会主义的大海——生命的海，自然发生的大海。我说生活，但我所指的生活正如你在一幅伟大的、经由天才改造过的、创造性而丰富的图画中所看到的一样。只是人们现在已决心由自己亲身体验，而不从书本图画中去领略，不再认为生活是抽象的，而要由实证中去体验它。"

他的声音突然一阵颤抖，显示他愈来愈激愤。安季波娃停止烫熨，庄重而又讶异地看了他一眼。这使他迷乱，因而忘记了他刚刚在讲什么。在一阵尴尬的沉默之后，他又抢着说下去，把他所想到的一下子倾泻出来。

"这些日子以来，我渴求老老实实地生活，希望有所贡献。我多么盼望是这个总觉醒的一部分。于是，我竟在万众欢腾之中，把握到你那神秘而哀伤的眼神，我相信上帝也不知道那有多迢遥。我多么希望它不是那么遥遥！我多么希望你的面容告诉我，你是安于自己的命运而不有求于任何他人。但愿你有一个真正的亲人，你的朋友或你的丈夫——最好他是个军人——他可以抓住我的手，告诉我不用为你的命运担忧，不要以我的关注去使你厌烦。但是我将挣脱我的手，大肆挥舞……啊，我太忘形了。请你原谅。"

日瓦戈医生的声音再一次地泄露了他的情感。他放弃了奋斗，满怀绝望的难堪心情，站起身走向窗口，把身子伏在窗台上，两手托着面颊，心不在焉地凝视着漆黑的花园，试着使自己镇定。

安季波娃绕着放在桌子和另一窗口之间的熨衣板打转，然后在他背后几步远的房子中央停下来。"那正是我一直在担心的，"她温和地说，好像在自言自语，"我不该……不要这样，尤里·安德烈耶维奇，你不必这样。啊，看看你把我弄成什么样子！"她叫着。她走回熨衣板，一缕辣烟从熨斗下冒出来，一件上衣烧焦了。

她重重地把上衣从它的位置横扯下来。"尤里·安德烈耶维奇，"她继续说，"做个聪明的人，下楼去弗列里那儿待一下，喝杯水再回来，就像我一向所知道的你，也是我所希望的你那样。你听见吗？尤里·安德烈耶维奇，我知道你做得到的。去喝杯水，我求你。"

他们以后再也没有过这类的谈话。一个星期以后，拉里莎·费奥多罗芙娜走了。

不久以后，日瓦戈也要动身回家了。在他启程的前一天晚上有一场可怕的暴风雨。狂风吼叫，暴雨倾盆。雨趁风势，风助雨威。有时猛袭屋顶，有时横击街市。

连珠雷络绎而来，隆隆不绝。闷雷连击，闪电灼灼，街市或明或灭，倾斜了的树木似乎要乘风而去。

弗列里小姐在睡梦中被前门一阵急促的敲门声吵醒。她慌忙起身，凝神静听。敲门声继续不断。

可能吗？整个医院中竟然没有一个人起床去开门？可怜的老女人，难道仅只因为她生性可靠、有责任感，就得事必躬亲吗？

不错，这房子曾经是一个富有的贵族的，但是医院呢？——难道它不是属于人民、是人民所有的吗？他们期望谁来照料它呢？她还想知道，比如说，卫生员哪里去了呢，所有的人都脚底抹油了——不再有秩序，不再有护士，没有医生，也没有人掌权。但是，房子里还有伤患，旧时是接待室的手术室中还有两名没有腿的人，楼下洗衣间旁边的储藏室里塞满了患赤痢的病人。而且该死的乌斯季妮娅又出门去访问去了。她明明知道有暴风雨要来袭，但挡得住她吗？现在她有一个绝佳的借口留在外面过夜了。

啊，感谢主，敲门声停止了，大概是他们意识到不会有人应门，所以不再敲了。为什么有人在这种天气里还外出……或者，那会是乌斯季妮娅吗？不会的，她有钥匙。啊，上帝，真可怕，他们又开始敲门了，管他是谁，都是些猪猡！你不要指望日瓦戈会听见任何声音，他明天就走了，他的心早已在莫斯科或旅途上了。但是加利乌林呢？他如何能够在这种嘈杂里睡得如此酣沉，如此平静地躺着做梦，然后期望她这个衰弱的、没有防卫力量的老女人，在这个恐怖的国家、在这个恐怖的黑夜里去为一个上帝才晓得的什么人去开门呢？

哪来的加利乌林！——她突然想起来了。不，只因为她还半睡半醒才会有这种没有意义的想象。加利乌林不在这儿，他此刻应该去远了。不是她亲手和日瓦戈把他藏匿起来，把他打扮成一个平民样子，告诉他这个城区中每一条路和每一个村落，在那场可怕的车站枪杀事件后帮他逃脱的吗？当变兵杀了人民委员金茨之后，便沿着比留奇到梅留泽耶沃的大路追着射击他，然后在镇上到处搜索他！

假如不是有那些机动车，这个城镇不会有一颗石头留下来。幸好有一个装甲师打这里经过，遏止了那群魔鬼。

暴风雨正逐渐削弱，慢慢转向。雷声也稀疏了，远了，没有先前那么响亮。雨也偶尔停一阵，檐前和树下的滴水淅沥可闻。远处的闪电无声地照亮弗列里小姐的卧房，留恋不去，仿佛在寻找某种东西。

停止了很久的敲门声，突然又恢复了。显然有人急需帮助，才会如此不顾死活地再三再四地敲门。风又起了，雨又落下来了。

"来啦！"弗列里小姐对门外的什么人叫道。她被自己的声音吓住了。

会是谁呢？她忽然想到了什么，随即套上拖鞋，把衣服披在肩上，急忙去叫醒日瓦戈。如果他陪她下去，她就不会那么害怕。不过，他已听到敲门声，同时早就拿着一根蜡烛走下来了。他们有着一个相同的念头。

"日瓦戈，日瓦戈，他们在敲前门，我不敢一个人下去，"她用法语嚷着，跟着又用俄语说，"你等着看，不是拉拉就是加利乌林中尉。"

被敲门声吵醒后，尤里·安德烈耶维奇也感觉到，那一定是他认识的人——或是加利乌林，他不再逃跑了，回来找庇护，或者是护士安季波娃，为了某些理由，无法继续她的行程。

在过道中，日瓦戈把蜡烛交给弗列里小姐，打开门闩，转动钥匙。一股风把门推开，蜡烛被吹熄了，冷雨淋了他们一身。

"谁呀？谁呀？有人吗？"

弗列里小姐和日瓦戈轮流着向暗处发问，但是没有人答声。突然，敲门又在另一个地方开始了——这次是敲后门，或是敲开向花园的法国式窗户？他们这样想。

"一定是风，"日瓦戈说，"不过，必须确定一下，也许你必得去后门看看，我留在这里，说不定真有人。"

当日瓦戈走出大门站在潜廊下时，弗列里小姐转身走向后门。日瓦戈的两眼已经习惯于黑暗了，所以他能看出天快破晓了。

城镇的上空，云朵低沉，飞驰而过，仿佛是在互相追逐。碎了的云彩几乎就挂在树梢，群树全都偏向同一方向，看起来如同正在打扫天空的扫把。房子的木墙被雨刷洗得由灰转黑。

弗列里小姐回来了。"怎么样？"日瓦戈问她。

"你说对了，没有人。"她已走遍整座房子。一根树枝扫打着餐具室的窗户，打破了窗上的一块玻璃，地板上全是污水，以前拉拉的房间也是一样——一片汪洋。

"看，在这一边，是一扇破了的百叶窗敲打窗格子。你看见了没？那就是敲门声。"

他们聊了一会儿，锁上门，各自走回卧室。他们都遗憾着，白白地挂念了一场。

本来他们相信，门一打开，安季波娃就会进来，全身湿透冷入骨髓。当她放下东西时，他们会问她许多问题，然后，她会上楼更衣，再下来坐在尚未熄灭的炉旁烤火，并且告诉他们她的冒险，一边用手往后理她的头发，一边笑着。

因为他们是如此地确信，以致在锁上前门后，依然想象她浑身湿透地站在门外，她的影像继续盘旋在他们的眼前脑后。

据说，对于车站的惨祸，比留奇的电信技师科利亚·弗罗连科应该负间接责任。

科利亚是梅留泽耶沃一个著名钟表匠的儿子，从儿童时代起便是全梅留泽耶沃所熟悉的角色。当他还很小的时候，曾经和一些仆人住在拉索诺伊，是伯爵夫人几个千金的玩伴。就在那时他学会了法语。弗列里小姐极为了解他。

不论在什么天气或季节，梅留泽耶沃的人总能看见他骑着一辆自行车，不穿外衣不戴帽子，穿一双夏季帆布鞋的样子。他经常两手交叉抱胸，在路上自由自在地踩着车子，一边抬头看电线杆和电线，查看沿途的电路网。梅留泽耶沃有些人家的电话是用一根支线和车站的总机连接起来的。电话由科利亚在车站的总机负责转接。他忙得竖起耳朵，因为他不只经管电话和电报，同时，当站长波瓦利欣不在时，他还要管行车信号，指挥机关也在同一个控制室里。

由于他必须同时兼顾好几种机器，科利亚发展出一套特殊的说话方式，模糊、短促、令人迷惑难懂。这使得他养成了不爱回答问题、不爱跟他人交谈的习惯。据说，他曾在出事那天玩忽职守。由于拒绝配合工作，他使加利乌林的好心落空，尽管是出于无心，他竟扭转了整个局势。

加利乌林曾经从镇上打电话给身在车站或附近的人民委员金茨，为了告诉他，他正赶来和他碰头，在他还没有抵达以前，请他不要采取任何行动。而科利亚借口忙于指挥即将进站的火车，拒绝去叫委员听电话。同时，他又尽力延阻载运哥萨克骑兵去比留奇的列车。

当部队到达时，他也并不掩饰他的不满。

火车头缓缓驶进黑色屋顶下的月台，停在控制室的大窗口前面。科利亚拉开绣有铁路公司标记、镶着黄边的绿色窗帘，提起放在窗台上木盘中的大水壶，倒些水在一只大而厚的圆柱形玻璃杯中，喝了几大口，望向窗外。

司机在机车间里看到他，向他友善地点点头。

"讨厌的臭东西，贱货！"科利亚愤恨地想。他伸出舌头，晃晃拳头。司机不仅了解他的心意，并且在火车的方向用耸肩和点头向他表示："我怎么办？我倒想知道如果你处在我的立场，你怎么做。人家是老板。"——"总而言之你是个卑鄙的畜生。"科利亚用神情回答他。

马匹从货车厢中牵出来了。先是一阵马蹄触及踏板的笃笃声，跟着是马蹄铁碰在石头月台上的铿锵声。它们被牵着，不时挣扎着想用后腿站起来，横过轨道。

在轨道的尽头有两列被弃置的木车厢。雨水洗净了它们的油漆，蛀虫和潮湿从内部腐蚀它们，现在它们已恢复到它们原来和森林里的木头一样的血统关系，那森林就在那些原木过去的地方，那儿有青苔，有桦树，以及飘浮在森林之上的云彩。

一声令下，哥萨克骑兵跨上马背，飞驰向森林里的空地。

二一二团被包围了。在森林中，骑兵看起来总比在开阔的原野高大而可怕。叛军被震住了，虽然在他们泥制的临时营房里也有步枪。哥萨克骑兵拔出了马刀。

在骑兵所形成的包围圈中，有一座木材堆。金茨爬上去，开始对被包围的变兵讲话。

像往常一样，他谈到士兵的责任、祖国以及其他许多高贵的名堂。但是，这些观念并没有在听众中激起同情。这类冠冕堂皇的高调他们听得太多了。在战争中他们所忍受的痛苦太多，他们已骨瘦如柴、筋疲力尽了。他们早已听够了金茨所讲的那类话。左右两派四个月来的拉拢已经宠坏了这群四肢发达头脑简单的汉子，此外，演说者的外国姓氏和波罗的海口音更令他们和他有了间隔。

金茨觉得他的演说太长，连自己都惹恼了，不过，他以为必须让他们明白他的意思。他们不仅没有表示感谢，反而报之以冷淡和敌意的厌烦。他渐渐控制不住自己的脾气，他决定不客气地教训他们，并且使出他始终保留着没有用的威胁。不顾变兵中逐渐高声的叽叽咕咕，他提醒变兵革命军事法庭业已成立，他呼吁他们放下武器，交出倡议的领袖，以免将来被处死。他说，如果他们拒绝，那就证明，全体是卖国贼，一群毫无责任感的混蛋暴徒。变兵对他的语气是愈听愈不顺耳了。

几百个声音突然大声喧哗起来，有些嗓音低沉，几乎毫无火气。"好的，好的。放下武器。别废话了。"不过，充满愤恨的、歇斯底里的尖叫渐渐占据了上风！

"大胆的狂徒！正像旧时代一样！这些鸟官还是看我们如粪土。我们这样就算卖国贼吗？我们是吗？那么你自己呢？大人！还跟他称兄道弟吗？他显然是个德国人，一个间谍。拿出你的身份证明让我们看看，贵人。你们目瞪口呆干什么？平乱的英雄们！"他又转向哥萨克骑兵："你们是来重建秩序的，执行任务吧，把我们五花大绑吧，看你们多得意。"

但是，哥萨克骑兵也愈来愈不喜欢金茨那不适宜的演讲了。"他看他们是猪猡，"他们咕哝着，"自以为是贵族，是主子！"起初是一个人，跟着愈来愈多，他们开始收刀入鞘。一个接一个跨下马背。当绝大多数的人都下了马以后，他们便像一群毫无秩序的群众似的涌向空地的中央，和二一二步兵团的士兵混合在一起，彼此亲如兄弟。

"你必须悄悄地走开，"忧心忡忡的哥萨克军官对金茨说，"你的车在站上，我们派人叫它来接你。快点走吧。"

金茨走了，但是他觉得偷偷溜走有失尊严，所以他大摇大摆地走向车站。他非常激愤，不过，自尊心使他努力保持着镇静，不慌不忙地走着。

他已接近车站了。在森林边沿，铁路轨道已经在望了，他回了第一次头。许多持着步枪的士兵紧跟在他背后。"他们想怎么样？"他奇怪着，同时加快脚步。

追他的士兵也加快了脚步。他们之间的距离仍然没有改变。他看见那两列被弃置的车厢，三步并作两步走过去，然后拔腿飞奔。载运哥萨克骑兵来的列车已移去叉道上了。铁道上全无障碍。他跑过铁道，跳上高高的月台。就在这个时刻，士兵也从废弃了的车厢后面跑出来。波瓦利欣和科利亚大声叫嚷并对他摇手示意，要他跑入车站建筑，他们可以救他。

可是，荣誉感再一次地作祟了，那是城市培养出来的荣誉感，那种世代相传地迫使他自我牺牲而又用错了地方的荣誉感，阻止他走向安全。他的心跳得厉害，他用一种超人的力量来控制自己。他对自己说："我一定要告诉他们：'喂，理智点，你们知道，我不是间谍。'一两句肺腑之言将会使他们恢复理性。"

在过去几个月的生活中，他想作大胆或诚恳演说的感觉，已在不知不觉中和舞台、演说台或仅仅是他跳上去对群众作紧急呼吁和热忱喊话的椅子联系在一起了。

在车站的那个门前，车站铜钟下面，放着一只救火用的大水桶。水桶是紧紧盖住的，金茨跳上桶盖，以不连贯但却坚定的语气对着逼进的士兵讲话。只要两步就可以躲入站长室，但是他没有这样做，他这种疯狂的大胆和不自然的语音把追兵吓住了，他们一个个停在铁路的轨道上，放下了来复枪。

可是，站在水桶盖上面的金茨突然踩翻了桶盖，整个人掉了下去，一条腿滑入水中，另一条挂在桶边。

眼看他跨坐在水桶边上的笨拙样子，士兵们爆发出一阵哄笑，前排的一个兵一枪射中他的颈子。其他的兵冲上来，用刺刀刺着他的身体。金茨于焉死亡。

弗列里小姐打电话给科利亚，请他帮日瓦戈医生在开往莫斯科的火车上找个好位子。她威胁他，如不照办就检举他的过失。

科利亚照例一边接电话，一边叫电话，一边透过第三种仪器以密码发出电报，话语中不时夹杂着一些数字出来。

"普斯科夫，普斯科夫，你能听见我的话吗？什么变兵？什么帮忙？弗列里小姐，你在说些什么？请挂电话。普斯科夫，普斯科夫，三六点〇一五。啊，见鬼，他们挂了电话。喂，喂，我听不清楚。又是你，小姐？我已经告诉过你，我没办法。请找波瓦利欣。都是胡说八道，传奇小说。三十六……噢，见鬼……挂了吧，小姐。"

弗列里小姐说：

"别想骗我，什么普斯科夫，普斯科夫，你这骗子，我可以把你看穿，明天你必须把医生好好地弄上车，我可不再听任何凶手的鬼话。小犹大。"

尤里·安德烈耶维奇动身的那天，天气湿热。一场像两天前降临的暴风雨同样的大雨正在酝酿。车站附近，城镇近郊，满地是葵花籽壳。在阴暗的天空威胁下，房屋看起来越发苍白，仿佛惊恐的鹅群。

车站前面以及左右两旁空地的青草皮上，挤满无数已经候车好几个星期的旅客，青草都被他们踩得死光了。

穿着灰色粗羊毛衣的老人在炎阳下的人丛中挤来挤去，打听消息和谣言。阴郁的十四岁左右的男孩用两肘撑着上身伏在地上，百无聊赖地扭动剥了皮的树枝，仿佛他们在放牧牛羊。他们的腿直伸在他们的母亲前面。他们的弟弟妹妹穿着宽大衬衫、光着屁股在一旁追逐嬉戏，母亲们坐在地上，抱着她们用毫无光彩的棕色农家外衣紧紧包着的婴儿。

"枪声一响，他们立刻仓皇散开，就像一群羊。他们不喜欢开火。"当他们并肩穿过躺在车站前面地上的人群，走向站房时，站长毫不同情地告诉日瓦戈。"只要一眨眼的工夫，草皮上连一个鬼影子都不见了。你又可以再看见草地了，我们已经四个月没看见它了，上面尽是这些吉普赛式的帐篷，我们已忘记它是什么样子。这就是他躺下的地方。这真是一件怪事，我曾经亲眼看见战争中各式各样的恐怖，你不难想象，我早就习惯了。但是，对于这件事，我总觉有些遗憾。这件事完全是胡闹。他有什么地方对不起他们？不过，当时他们已失去人性。他们说，他是父母的宝贝儿子。现在，向右转就是我的办公室了，请里面坐一会儿好吗？恐怕这列火车是没有机会了，能把人挤死。我将把你安排在区间车上。我们正在设法加开一次区间车。不过，在一切没有弄妥之前，千万说不得，不然，车子还没有准备好，就会被他们分尸了。你今天晚上在苏希尼奇换车。"

当这次"秘密"列车从铁路车库倒入车站时，等车的人群立即涌向轨道。人潮像弹珠一样从山头滚下来，爬上路基，互相推挤着跳上舷梯，有的从窗户爬进车厢，有的爬上车顶。当火车还在移动时，车子已填满了人，等到它停靠在月台旁，不仅车厢中塞得水泄不通，整个列车从上到下都挂满了人。奇迹似的，日瓦戈竟挤进了月台，更不可思议的，他竟从月台挤进车厢的通道中。他就留在那儿，坐在他的行李上，一直挨到苏希尼奇。酝酿中的暴风雨消散了。在炎热的阳光普照的田野中，蟋蟀放声大叫，掩盖了列车行驶的哐啷哐啷。

站在窗口的旅客们把阳光全遮住了。他们的影子三三两两地投射在地板和长椅上。这些影子甚至投过车厢，穿过另一侧车窗，嵌进移动中火车的影子投射在大地上。

周围的乘客大声嘘叫、高声唱歌、争吵，也有的玩牌。当火车停下时，车外包围着火车的群众的嘈杂更增加了车内的喧嚣。人声吼叫，震耳欲聋，就像大海中的风暴，并且，如同在大海中一样，也会有突如其来的沉寂。在无法解释的寂静中，你可以听到月台上匆匆来去的脚步声、货车外的慌张与争执、人们的一言半语、远远的告别话音、母鸡安闲的咯咯声，以及车站花园中枝叶的摇曳。

然后，就像火车上发出的电报，或像来自梅留泽耶沃给尤里·安德烈耶维奇的祝福一样，从窗口飘进一股他熟悉的花香。这阵芬芳来自附近的原野，无论是家花或野花都比不上它的香，它安闲地确知它的卓越是凌驾其余一切之上的。

视线被窗口的人群遮住了，日瓦戈看不见外面的树。不过，他想象它们就长在很近的某个地方，平静地伸出它们沉重的枝干遮住车顶，在盖满烟尘黑厚如夜的叶簇中，遍布一团团上过蜡似的、闪闪发光的繁花。在整个旅程中，这种香气一而再地出现。每一个车站都挤满怒吼的群众。每一个地方柞树花都盛开怒放着。这种到处存在的香气似乎一直在引导火车北上，它正如某些无处不到，甚至及于最小的地方车站的谣言，它老是在前面等着乘客的到达，让他们亲耳听见，同时亲身验证。

晚上车抵苏希尼奇，一名没有丢开战前责任的红帽子领着日瓦戈越过漆黑的轨道，去一列刚刚到达的加班车，把他安置在一个二等车厢中。

他费了好大力气才用乘务员的钥匙打开车厢的门，并把日瓦戈的行李安置好，列车长来了，要把行李甩出去。最后他终于被日瓦戈劝平息了，没有再追问理由，便走开了，不见了。这列神秘的火车是一次"特别"快车，在各站都只停留很短的时间，并且有武装卫兵。车厢几乎是空的。

日瓦戈车厢里的小茶几上点了一根蜡烛，半开的窗子吹进一阵阵的风，吹得烛火摇曳不定。这根蜡烛是这个包房中另外唯一的一位乘客的，这个乘客很年轻，有一头美好的头发。就他四肢的长短来看，他一定很高大。他的四肢好像没有长牢一般。他一直冷淡地摊开四肢躺在靠窗的一个角落座位上。不过，当日瓦戈进来的时候，他相当得体地、很有礼貌地站起来，再坐下去。

他的座位底下似乎放着拖把一类的东西。它的一角在抖动，接着一只耳朵摇摇摆摆的猎犬爬了出来。它把尤里·安德烈耶维奇全身上下猛嗅一番，然后在包间里跑来跑去，腿爪摆的位置都像它那身材高大但不匀称的主人叠着腿的姿势。一会儿，在主人的命令下，它又爬回座位底下，像拖把似的匍匐在那儿。

这时，尤里·安德烈耶维奇才注意到枪袋中的双管猎枪、皮子弹带，以及装满猎获物的猎人袋。

这个年轻人是打猎回来的。

他极端地多话，带着和蔼的微笑，立刻和日瓦戈聊上了，在说话的时候，他死死地盯着日瓦戈的嘴。

他的嗓音令人不快，偶尔尖锐得像金属刮擦声一般。他说话还有一个古怪的地方，明明是个俄国人，却把元音"y"读得非常有异国风味，像法语的"u"。即使读出这个不准的"u"，他还得费很大的力气，他把它读得特别大声，每次都带着一种刺耳的尖音。有时，他显然想纠正这个缺点，但是这个缺点总是依然如故。

"这是怎么回事？"日瓦戈暗中称奇，"我一定在书本上读到过这种毛病，作为一个医生，我必须弄明白，但是我想不出这是什么病。这必定是神经系统的某种毛病，使他说话有缺陷。"刺耳的尖音使他觉得非常可笑，以致他很难再保持适当的脸色。"还是睡觉比较好。"他对自己说。

他爬上当作卧铺用的木架床。年轻人提议吹熄蜡烛，以免他不能入睡。日瓦戈接受了，谢了谢他，于是包房陷入黑暗里。

"要关上窗户吗？"尤里·安德烈耶维奇问道，"你怕不怕贼？"

没有回答。他提高声音又问了一次，但是依然没有回答。

他划着了一根火柴，看看他的同伴是否已趁刚才短暂的空闲走开了。这么短的时间里他就入睡似乎更不可能。

但是他仍在原处张大两眼坐着，正对着从木架床上俯身看他的日瓦戈微笑。

火柴熄灭了。尤里·安德烈耶维奇划了另一根，趁着亮光，第三次重复他的问题。

"随你的便，"年轻人立即回答，"我已经没有小偷要光顾的东西了。也许是让它开着好。很闷。"

"多么不寻常的角色！"日瓦戈想，"无疑地，是个怪人。不在黑暗中说话。此刻他发音多么清楚，一个字也不含糊。这我办不到。"

由于过去几个星期的事故引来的疲乏，以及旅行的准备、一大早就出发，日瓦戈本以为只要舒舒服服地直直躺下就能入睡，但是他弄错了。过度的疲倦反而使他失眠。一直到天亮时他才入睡。

他的思潮在黑暗中起伏回旋。不过，如同往常一样，它们很清楚地分为明显的两类，形成纠缠不清的主流。

一股是以冬妮亚、他们的家庭以及他们正常而安定的生活为中心，思潮深入到最微末的细节。那时的生活有诗的气息，到处浸润着深情和温暖。日瓦戈很重视这种生活，他希望它能安全、完整无缺地保存下来，在飞驰的夜间快车里，他急不可耐地想回到已经离开两年的家中。

在这同一股思潮里，有他对革命的忠贞和仰慕。这是在中产阶级意义上所接受的革命，是一九〇五年布洛克的信徒和学生们所能了解的革命。

这些长久秉持的熟悉的观念中，也包括对一个新秩序的预期和允诺。这新秩序在战争前，在一九一二和一九一四年间已出现在地平线上，浮现在俄罗斯的思想、俄罗斯的艺术和俄罗斯的生活中，它对于整个俄罗斯和她的未来都有重大意义。

战争一旦结束，它将恢复旧日的高潮，将重见它继续发展，真好，正如重返家园一样。

在他的另一股思潮中也有新的东西。不过，多么不一样，多么不像第一股思潮呵！这些新东西不是他所熟悉的，不是由旧东西所引起的，它们是没有经过选择的，是由不可避免的现实决定的，突如其来一如地震。

在这些新东西中，最主要的是战争带来的流血、恐怖、流离失所、残暴不仁、痛苦的经验以及战争所教会的实用智慧。还有，战争把你卷进卷出的寂寞的小镇，以及你在那儿所碰到的人。除了这些新东西，此外还有革命。

护士安季波娃也在这些新思潮里面。只有上帝才知道战争会把她推向什么地方，他对于她的过去一无所知，她从来不曾责怪任何人，不过，她的沉默本身似乎就是一种抱怨，她神秘地隐忍着一些东西，隐忍得如此吃力。尤里·安德烈耶维奇正因为如此而诚实地努力着不去爱上她，全心全意地努力，就如同他生平竭力去爱每一个人一样，他不仅要爱他的家庭、他的朋友，还要爱其他一切的人。

火车正以全速奔驰着。顶头风穿过开着的窗户，吹乱并吹脏尤里·安德烈耶维奇的头发。虽然是夜晚，但和白天一样，每一个站上都听见人声喧嚣，和柞树飒飒作响。

偶尔有一辆四轮大车或两轮跑车从黑暗中驰出，辚辚地驶向车站，于是人声、车轮滚动声和树木摇曳声便混成一片。

就在这样的时刻里，尤里·安德烈耶维奇感到他了解了，使这些夜晚的影子飒飒作响，并使它们把头靠在一起的是什么，当那些低头沉睡的叶子懒懒地颤动、宛若转动不灵活的舌头时，它们所耳语的是什么。这正是他在木架床上辗转反侧、苦思疾索的东西——在俄罗斯境内日渐扩大的不安与兴奋的潮流，革命的潮流，决定俄罗斯命运和艰难时光的潮流，或许也是奠定俄罗斯永恒的伟大的潮流。

一直到十一点以后，日瓦戈才醒过来。"王子，王子。"他的邻人正柔声地招呼他那只咆哮吼叫的狗。尤里·安德烈耶维奇相当惊奇，车厢中仍然只有他们两个人，再也没有其他的乘客上来。

从儿童时代起，他就熟悉沿途的车站站名。他们已驶过卡卢加省，就快进入莫斯科省境了。他像战前一样地梳洗一番，然后及时赶回包房进早餐，那是他那陌生的同伴邀请他的。现在，他有机会好好地打量他了。

最使日瓦戈注意的是他极端的饶舌与不安。他喜欢说话，对他重要的似乎不是沟通或交换观念，而是说话本身的功能，念字、发音。他说话时，不住地抖动着身体，就好像他是在弹簧床上一样。他毫无理由地纵声大笑，十分自得地轻快地搓着手，而当这一切看来似乎还不够表示他的高兴时，他就用力拍打他的两膝，笑到眼泪直流。

他的谈话依然有着昨天晚上的古怪。前后不连贯得出奇，一会儿热衷于自我表白，虽然并没有人问他什么，一会儿又置自己此前最天真的问题于不顾，谈起别的。他讲述了许多有关自己的难以置信和互不相关的事情。或许，他撒了点小谎，他显然有意以他的极端主义和不同流俗去加深别人对他的印象。

这一切都促使日瓦戈想起他长久以来所熟悉的某些东西。类似的激进观点曾为上一个世纪的虚无主义者所提倡，稍后则由某些陀思妥耶夫斯基的英雄所阐扬，最近则为他们的后裔与各省的知识阶级风从，他们往往比大城市的人激进，因为他们仍然有追根究底的习惯。而在大城市里，这样的一种做派已被认为落伍而不流行了。

这个年轻人告诉他，他是某一位大名鼎鼎的革命家的侄儿，不过，他的双亲是根深蒂固的反动派，是他所说的不折不扣的渡渡鸟。在前线附近，他家有座很大的庄园，他就是在那儿长大的。他的双亲一辈子和他的叔叔作对，但是，他的叔叔从来不对他们抱有恶意，现在还用他的影响力解救了他们很多的危难。

这个多嘴的年轻人对日瓦戈说，他自己的观点像他叔叔，在一切的事情上，不管是生活、政治或艺术，他都是个极端派。这又使医生想起彼坚卡·韦尔霍文斯基——不像他那么急进，但琐屑浅薄则差不多。"按着他一定要告诉我他是个未来派了。"尤里·安德烈耶维奇想着。果然，他们谈及现代艺术。"现在就要轮到运动了——跑马、溜冰或法国式摔胶。"于是，谈话转向射击。这个年轻人曾经在他本乡射猎。他自夸是个神枪手，如果不是体格缺陷无法入伍，他一定是军中出色的射手。发现日瓦戈含有疑问的眼光后，他叫起来："怎么回事？难道你什么事情都没有注意到吗？我想，你一定猜我有点古怪。"

他从口袋里取出两张卡片，同时递给尤里·安德烈耶维奇。一张是他的名片。上面印的是个复姓，他叫马克西姆·阿里斯塔尔霍维奇·克林佐夫–波戈列夫席赫，或者就是波果里夫西克，他要日瓦戈这样叫他，这名字是纪念他叔叔的。

另一张卡片上印的是许多四方形构成的表，每一个四方形中有两手交叉的圆形，交叉的形状各不相同，手指的位置也图图有异。这是既聋又哑的人所用的字母。突然，所有的事情都清楚了。波果里夫西克原来是加尔特曼或奥斯特罗格拉茨基学校的优秀的天才学生，一个靠观察他的教师喉头肌肉活动学会说话和了解话语的既聋又哑的人。

等到他讲完一部分他故乡的事和打猎的事以后，日瓦戈说：

"请原谅我，如果这事不够慎重的话，你不必告诉我。你曾经参与过建立济布申诺共和国吗？"

"你是怎么猜到的……你认识布拉热依柯？我参与过建立济布诺共和国吗？当然，我参与过！"波果里夫西克忽然变得大为快活，笑得东倒西歪，同时兴奋地拍打他的膝头。于是，他再度展开另一番冗长而荒诞的谈话。

他说，布拉热依柯提供一个机会和济布诺这个地方，让他应用他自己的理论。尤里·安德烈耶维奇发现很难听懂他的理论。波果里夫西克的哲学是无政府主义的原则和猎人夸大的故事的混合物。

就像神谕一般的泰然自若，他预言不久将会有毁灭性的骚动。尤里·安德烈耶维奇内心也同意，这并非不可能，不过这个年轻人作预言时平静而带权威的腔调使他气恼。

"等一等，"他迟疑地说，"不错，所有的这一切都可能发生。但是，在我看来，所有的这一切如今都在进行——大混乱，分崩离析，敌人的压力——这并不是开始做危险的实验的时机。在还没有陷入另一次大动乱之前，国家必须得到一个喘息的机会。我们必须等待，等到和平与秩序粗告恢复以后。"

"那是天真的想法，"波果里夫西克说，"你所谓的无秩序正像你所渴望的秩序一样正常，同样是一种事情的状态。所有这些毁灭——这是一个大创造计划的自然的、准备的阶段。社会的分崩离析还不够。它必须完完全全地支离破碎，然后，一个真正的革命政府将会把这些碎片拼在一起，在全新的基础上建立一个新社会。"

尤里·安德烈耶维奇觉得不安。他走出去，走到通道上。

愈开愈快的列车正向莫斯科逼近。它穿过避暑别墅星罗棋布的桦木林，飞驰过一座座挤满度假人群的近郊无屋顶的小车站，车站被留在火车掀起的尘土中，看来像是转动着的旋转木马。机车引擎呼呼地响个不停，响声填满四周的树林，并从远处带来悠长而低沉的回音。

瞬间，在最近几天中第一次，尤里·安德烈耶维奇十分清楚地了解到他身在何处，他在做什么，同时，大约一个钟头以后什么在等待他。

三年的变化，奔波，不定，骚动；战争，革命；毁灭，死亡的景象，炮击，炸断的桥梁，火灾，废墟——所有的这一切突然构成一个庞大、空虚、毫无意义的空间。在这长久的中断之后，他首次感到的真实事件，是他乘着快速移动的火车旅行，是他正逼近他那完好的，依然存在的、一木一石对他都有意义的家的事实。这是真正的生活，有意义的经验，一切学问的实际目标，这是艺术标的之所在——回家，回到自己的家庭，回到自我，回到真正的存在。树林已落在后面，火车穿过枝叶构成的隧道进入开阔的原野。大地上慢慢隆起一片宽广的丘陵。丘陵上横列着一垄垄马铃薯深绿色的苗床，越过苗床，在丘陵的顶端，是玻璃温室。头顶上，在列车抛出的弧形尾巴后面，半边天空全是深紫色的彩云。阳光透过云彩，像车轮的辐条似的照射下来，照在温室的玻璃上，光亮炫目。

突然，一阵温暖的大雨，在阳光中闪耀着，从乌云里洒落下来。雨势很急，雨阵哗哗作响，速度不在列车的"哐啷哐啷"之下，好像唯恐落后，要和火车一争快慢。

当基督救世主的教堂出现在山边时，日瓦戈医生立刻就注意到了。一分钟以后，城市中的圆顶、烟囱、平台和房屋都历历在目了。

"莫斯科，"他说，一面走回包间，"该收拾行李了。"

波果里夫西克跳起来，在他的猎物袋中捡出一只肥鸭来。"拿着，"他说，"当作纪念品，我难得有这样好的同伴消磨一整天。"

日瓦戈提出的异议没有用。最后他说："好的，我收下，作为你给我内人的礼物。"

"了不起，了不起，尊夫人。"波果里夫西克快活地重复着，好像他生平第一次听到"内人"这个字眼一样，叽叽咕咕笑个不停，引得"王子"也跳出来和他同乐。

火车驶入车站。车厢沉浸在黑暗中。那个既聋又哑的人拿着野鸭，在外面包了一张烂招贴纸，然后将野鸭递给日瓦戈。

第六章
莫斯科扎营

在火车上，对日瓦戈来说，只有火车在移动，时间是静止的，还没有过中午。

可是，当他的马车终于穿过斯摩棱斯克广场稠密的人群时，太阳早就西斜了。

几年以后，当日瓦戈回忆这一天时，他总以为——他不知道这是他原始的印象，或是由后来的经验加以改变的——当时人群之所以逗留在市场上只是因着习惯，他们是没有理由留在那儿的，因为那些空无一物的摊子虽然没有加上挂锁，但总是关着的，这个不再有人打扫的凌乱不堪的市场已经没有东西可供买卖了。

他似乎记得，就在当时，他曾看见一些消瘦的、穿着端正的老人蜷缩在墙边，默默地出售没有人需要、没有人购买的东西——人造花、有玻璃盖和哨子的圆咖啡壶、黑色的抽纱晚礼服、已经撤销的政府机关的制服，像在对来往行人做无言的责备。

人们在买卖一些比较有用的东西——隔夜的配给黑面包、潮湿而肮脏的糖块以及连包切成半开的一盎司装的粗烟草。市场上，还有各式各样的零头碎尾出售，每转一次手就涨一次价。

马车转入连接广场的一条窄街。即将沉落的太阳照在车夫和日瓦戈的背上，暖洋洋的。在他们的前面，一匹马拉着一辆空的大车喀勒喀勒地挡住去路。大车过处，尘土飞升，仿佛一根根青铜柱耸立在落日的余晖当中。他们终于越过了大车，加快速度疾驶，街道中央和人行道上凌乱地散布着一堆堆从墙壁和木栅上撕下的旧报纸和招贴，风吹着它们，行人车马也践踏着它们。所有这些都令日瓦戈触目惊心。

他们穿过好几条交叉路，不久，日瓦戈的住宅出现在一个转角上。马车停了下来。

尤里·安德烈耶维奇踏下马车，走向家门，揿按门铃时呼吸急促，胸口怦怦乱跳。没有回应。他再按，依然没有回应。他又焦急地连续按了几下。当他已经看见安冬妮娜·亚历山德罗芙娜打开大门，站在门口，用手抓住门扉让它敞开时，他还按个不停。这个意外使他们两人都吓呆了，以致都听不见对方的叫喊。直到冬妮亚手扶着敞开的门，张开双臂欢迎丈夫的拥抱，他们才摆脱了傻呆呆的状态，冲过去投入彼此的怀抱。隔了有一会儿，两人又同时讲起话来，互相打断对方的话头。

"最要紧的，大家都好吗？"

"是的，是的，不要担心。一切都好。我给你写了许多蠢话。这以后再谈。你为什么不打个电报？马克尔会把你的行李拿上去。我猜你一定在担心，怎么没看到叶戈罗芙娜给你开门！她去乡下了。"

"你瘦了。可是看起来多年轻，多漂亮！等等，我得付车钱。"

"叶戈罗芙娜去乡下弄面粉了。其余的仆人都遣散了。目前只留下一个女孩子，纽莎，你不认识她，她是照顾萨申卡的，再没有别的佣人了。大家都知道你就要回来了，都非常想见你——戈尔东，杜多罗夫，每一个人。"

"萨申卡好吗？"

"感谢主，他很好。他刚刚睡醒。如果你不是刚刚下火车脏脏的，我们可以立刻去看他。"

"爸爸在家吗？"

"没有人写信告诉过你吗？他从早到晚都在区议会里，他是主席。一点不错，你能相信吗？你付了车钱没有？马克尔！马克尔！"

他们两人站在街道中央，身旁的藤条盖篮和手提箱挡住了行人的去路，当行人绕过他们时，都对他们从头到脚打量一番，同时凝视着从路旁驶开的马车，和敞开的大门，看看接下去要发生什么事。

马克尔正从门口跑过来欢迎他的年轻主人，他的棉衬衫上罩着一件背心，手中拿着便帽，一面跑一面叫嚷："老天啊！那不是尤罗奇卡吗？这是我们人中的小飞鹰！尤里·安德烈耶维奇，我们眼中的光，你到底没有忘记我们和我们的祷告，你终于回家了！你还等什么呢？"他好奇地问，"走吧。你瞪大眼睛瞧什么呀？"

"你好吗？马克尔，我们来拥抱一下。把帽子戴上，你这个古怪的家伙。噢，有些什么新鲜事？你的老婆好吗？你那些女儿好吗？"

"她们还要怎么样呢？感谢主，她们都在长大。新鲜事吗？你自己看得出来，当你在前线忙碌时，我们可也没有闲着。他们把事情弄得一团糟，简直是疯人院，连魔鬼都理不清了！街道没人打扫，房子没有人油漆，屋顶没有人修理，肚皮空空，就如同在吃斋茹素一样。这就是他们所谓的真正的和平——不割地、不赔款。"

"马克尔，我要把你的事都抖出来。他总是那个样子，尤罗奇卡。我真受不了这么装疯卖傻。他这样说只是因为他以为你会喜欢，但他最狡猾了。好啦，好啦，马克尔，不要同我辩，我知道你。你是聪明的，马克尔。放聪明些。总之，你知道我们是什么样的人。"

他们走进门里。马克尔把日瓦戈的东西搬进去，在他后面关上大门，同时悄悄地说：

"安冬妮娜·亚历山德罗芙娜脾气不好，你听她说什么来着。总是这个样子。她说，马克尔，你们都是黑心肝的，她说，像烟囱那样黑。她说，如今每个小孩，也许甚至每一只哈巴狗或任何其他裙边狗都知道什么是什么。当然那是真的，尤罗奇卡，信不信由你，都一样，那些明白的人，都看过那埋在石头底下一百四十年的共济会会员的预言书。现在，听听我深思熟虑过的意见，尤罗奇卡，我们已经被卖下河了，一首歌就把我们卖了。但我能说什么？你自己看吧，安冬妮娜·亚历山德罗芙娜又在对我做信号了，她要我走。"

"做信号你还不走？好啦，马克尔，把东西放下，没有别的事了，谢谢你。如果尤里·安德烈耶维奇需要什么东西，他会叫你。"

"我们终于摆脱他了！好的，好的，假如你喜欢，你可以听他的，不过，我可以告诉你，他那一套都是假的。你对他说话，你以为他是傻瓜乡巴佬，连牛油都吃不来，其实，他一直在磨刀子——只是还没有决定要杀谁而已，这个口蜜腹剑的家伙。"

"你不觉得那有点牵强吗？我认为他只是喝醉酒罢了，就是这样。"

"我真想知道，他什么时候清醒？无论如何，我是受够了。我担心的是你还没有见到沙夏以前，他又入睡了。不是说火车上流行斑疹伤寒吗？……你没带什么寄生虫回来吧？"

"我不以为火车上有什么传染病。我这趟旅行很舒服——和战前一模一样。不过，最好我还是先简单洗一洗，以后再彻底地大洗一番。你走哪条路？我们不再从客厅经过了吗？"

"啊，当然，你不知道，我和爸爸考虑再三，我们还是决定放弃楼下的一部分，让给农业学院。何况房子太大了，冬天不暖和。甚至连顶楼都太大了。所以我们也把它让给他们。他们还没有完全接收，不过已经将他们的图书馆、植物标本室以及种子标本搬了进来。我只希望不要招来老鼠——那些东西毕竟是谷类。不过，现在他们倒是把房子收拾得蛮干净利落的。顺便告诉你，我们已不再管房间叫'房间'了，现在叫'生存空间'。这边走，你好像跟不上我！我们从后楼梯上去。明白吗？跟着我，我会告诉你怎么走。"

"我非常高兴你已放弃了那些房间。我曾经工作的那所医院也是私人住宅。数不尽的套房，到处是柚木地板。四射的棕榈树枝叶在窗外摇晃，就像浮游在床顶上的幽灵——有些前线下来的伤兵常在梦中被吓醒，大声惊叫——当然他们的神经不十分正常，当然——是炮弹震的——我们就不得不移动那些树。我的意思是，以前有钱人过的生活实在有些不健康。一大堆多余的东西。太多的家具，太多的房间，太多的感情上的牵绊，太多的繁文缛节。我非常高兴我们只用几个房间。我们似乎还应该再多让出一点。"

"你那包东西是什么？好像有什么东西突出来，看来是鸟的嘴巴。是一只鸭！多可爱啊！一只野鸭！你是从哪里弄来的？我简直不敢相信我的眼睛。这年头它可值大把钱呢！"

"有人在火车上把它送给我当礼物。说来话长，等一下我会告诉你。我怎么处理它？把它放在厨房里吗？"

"是的，当然。我要叫纽莎立刻下去把它烫了，弄干净。他们说今年冬天会发生各式各样可怕的事情，饥馑、寒冷。"

"不错，他们到处都这样说。刚刚，我在火车上望着窗外——我想，世界上还有什么比安静的家庭生活和工作更有价值的呢？其他的事情我们并没有办法控制。看来好像有许多人要挨一段苦日子。有些人想逃避，他们打算去南部，去高加索，或更远的地方。我本身不想这样做。一个成年男子应该与他的祖国共命运。对我而言这是很明显的。但是对你却又不同，我不希望你也跟着挨到底。我宁愿把你送去某一个安全的地方——或许是芬兰。不过，如果我们每走一步就聊上半小时，我们会永远上不了楼。"

"等等。我忘了告诉你。我有个消息告诉你——多好的消息！尼古拉·尼古拉耶维奇回来了！"

"哪个尼古拉·尼古拉耶维奇？"

"科里亚舅舅。"

"冬妮亚！不可能的！是真的吗？"

"是真的。他本来住在瑞士。他是绕道从伦敦、芬兰回来的。"

"冬妮亚！你不是开玩笑吧？你见过他吗？他在哪里？我们不能现在就立刻见到他吗？"

"不要这么没耐性。他和一些人住在乡下。他答应后天回来。他变了很多。你会失望的。回来时他在彼得堡停了一阵，他已经布尔什维克化了。父亲几乎是嘶哑着嗓子和他争论。我们为什么走一步停一阵呢？让我们走吧。噢，你也听说过苦日子就要来了——艰难、危险，任何事都可能发生。"

"我是这样想。唉，是又怎么样？我们总能处理，这总不会是世界末日。像别人一样，我们等等再看再说吧。"

"他们说柴火、水、电都会缺乏。货币会被取消，不会再有供应品了。现在我们又停下来了，走啊！听着，据说阿尔伯路有非常奇妙的铁炉子出售。小的那种，用一张报纸去烧，就能煮一顿饭。我已经弄到了地址。我们必须在别人还没有去之前买一个。"

"对的，我们要买一个。好主意。但是请想想科里亚舅舅！我简直没办法了解。"

"让我告诉你我要怎么做，我们将在顶楼上划一个角落出来，只留两间或三间相通的房间，给我们自己、父亲、萨申卡和纽莎住，其余的都放弃。我们把它间隔开，同时有我们自己的门户，这就像一个单独的公寓了。我们将把一只铁炉子安置在房中央，煤气由窗户通出去，洗熨、做饭、娱乐都在这一间房中。就是这样，我们也还得用去不少燃料，谁知道呢？或许托上帝的福，我们能挨过这个冬天。"

"我们当然能度过这个冬天，绝无问题。那是个好主意，你知道是什么好主意吗？我们会有一所温暖的房子，我们会煮鸭，我们将邀请科里亚舅舅来。"

"好得很，我要请求戈尔东弄些酒来。他能从一些实验室或别的地方弄来酒。现在，你看，这就是我想留下来的房间，行吗？放下手提箱，去把你的篮子拿来。我们再请杜多罗夫和舒拉·施莱辛格来我们温暖的房子里，你介意吗？你没忘记浴室在哪里吧？在身上喷些杀菌药水。趁你洗澡的时候，我去看看萨申卡，叫纽莎去弄鸭子，等我们准备妥当，我会叫你。"

对他而言，在莫斯科最重要的东西是他的小儿子。他几乎是萨申卡一出生就被征召入伍了，他对儿子可说是一无所知。

有一天，当时冬妮亚还没有出院，他去看她。他已穿上军服，就快离开莫斯科了。到那里正逢孩子吃奶的时间，他不能马上进去。

他坐在休息室等候，在走道的尽头，产妇室那边的婴儿室中传来十多个婴儿的尖锐哭喊。好几个护士匆匆走过走廊，抱着婴儿送给他们的母亲，以免那些刚出生的婴儿着了凉。孩子在她们的臂弯中，一个个包得就像购物的包裹。

"哇，哇。"婴儿们不时发出单音符的叫喊，几乎没有意识，没有感觉，如同这是他们日常的工作。只有一个声音与众不同，也是"哇，哇"声，并且也不表示比别人更痛苦，但是它比较低沉，同时听起来似乎表示深藏的敌意的成分多过例行的责任。

尤里·安德烈耶维奇早已决定，他的孩子将命名为亚历山大以纪念他的岳父。不知为了什么理由，他想象那个与众不同的声音就是他的孩子的。也许，因为这一特殊的哭喊自有其特性，似乎在预示一位特殊人物未来的人格与命运；它自有其音色，其中包含孩子的名字亚历山大（Александр，保卫者）的特色。尤里·安德烈耶维奇是这样想象的。

他没猜错，后来证实这正是萨申卡的声音，这是他所知道的第一件有关他儿子的事。

第二件事是他在前线时，冬妮亚寄给他的一些照片。照片上是个快活、漂亮、胖嘟嘟的小家伙，有着爱神弓形的嘴巴，两手握拳微张，两腿前屈站在毯子上，如同在跳一支愉快的舞。当时萨申卡一周岁，正在学步。现在他两岁了，正开始学说话。

尤里·安德烈耶维奇拿起他的手提箱，放在窗口的牌桌上，开始取出里面的东西。他很想知道这个房间过去是做什么用的，但他辨认不出了。冬妮亚一定换过家具或壁纸，或多多少少重新装饰过。

他拿出刮胡子的用具，皎洁的满月正从窗户对面的教堂钟塔的圆柱间升起。当它照着手提箱顶层的衣服和书籍时，房间里的光线变了，他觉悟到他身在何处了。

这儿原是安娜·伊万诺芙娜的储藏室，她一向用来放破桌椅和废字纸的。她家的家谱、文件也收藏在这里，夏天还用来放装冬衣的大木箱子。当她在世的时候，角落堆满破旧物品，从地上一直堆到天花板，孩子是不许进来的。只有在圣诞节或复活节，一大群的孩子来参加聚会，整个顶楼都开放时，这个房间才不上锁，于是，他们在里头扮演强盗，躲在桌子底下化装，用烧焦的软木涂黑他们的脸。

医生站着想了一阵，然后走下楼梯到厅中拿他的柳条篮。

在厨房里，纽莎蹲在炉子前面，在一张报纸上面拔鸭毛。当他提着篮子走过时，她着怯地跳起身，动作优美，两颊绯红，然后抖抖裙子上的羽毛，恭敬地向他问好，并提议要帮他忙。他谢谢她，说他自己来就可以，继续前进。他的妻子隔着两三个房间叫他："尤拉，现在你可以进来了。"

他走进房间里，那儿原来是冬妮亚和他以前的课室。有栏杆的婴儿床上的孩子并不如照片中那么漂亮，不过，他特别像尤里·安德烈耶维奇的母亲玛丽亚·尼古拉耶芙娜·日瓦戈，比她的任何照片都更像她。

"这是爸爸，这是你爸爸，摆摆手像个听话的孩子。"安冬妮娜·亚历山德罗芙娜说。她把婴儿床的一面栏杆放下，好让父亲便于吻他、抱他。

萨申卡无疑是吃惊而不高兴的，等这个满脸胡子的陌生人弯腰贴近他时，他突然挺直身子，一只手抓紧妈妈的衣衫，愤怒地挥动另一只手，啪的一声打了他父亲一个耳光。他自己也被这大胆的举动吓呆了，随后急忙投入母亲的怀抱，猛然大哭起来。

"不，不，"冬妮亚呵斥道，"你怎么可以这样做呢？萨申卡，爸爸会怎样想呢？他会以为沙夏是个坏孩子。吻爸爸，让他知道你会亲吻。别哭，小傻瓜，没事没事。"

"由他去吧，冬妮亚，"日瓦戈说，"别打扰他，同时你自己也不要烦心。我知道你在想些什么无聊的鬼名堂——这不是偶然的，这是个坏兆头——那全是胡说。这只是自然现象，这个小孩从来就没有见过我，明天他看熟了我，我们就会好得分不开了。"

但是，当他走出房门时，还是忡忡不乐，觉得是个凶兆。

在往后的几天中，他领悟到自己是多么孤独。他不归咎于任何人，他只是得到了他所要的一切。

他的朋友们变得罕有的黯淡而没有光彩。已经没有一个人保留他自己的展望、自己的世界了。在他的记忆中，他们生动得多。过去他一定是高估他们了，在旧秩序下，当绝大多数的人过着贫困的生活时，他们养尊处优，有足够的条件让他们附庸风雅、标新立异，以致这群特权、少数的愚蠢和闲散，很容易被误认为是他们真正的性格和有创造才能的表现。不过，当底层站起来，这些上层阶级的特权被废弃时，他们褪色得多么快啊，他们多么毫无遗憾地放弃了独立思想啊——显然，他们并没有一个人有过真正的独立思想！

尤里·安德烈耶维奇现在所感到亲近的人只有他的妻子、岳父、他的两三个同事，以及几个并不整天满口挂着新名词的普通工人。

几天后，有伏特加和野鸭的盛会照计划举行了。他在宴会前已经会见了所有的来宾，所以这个晚餐事实上已算不得是他们重聚的宴会。

　　在那些早就开始闹饥荒的日子里，那只大鸭是骇人听闻的奢侈，不过，有鸭子而没有面包，它的奢华未免有些不得要领——这甚至令人怄气。

　　酒精饮料（最受欢迎的黑市钱币）是由戈尔东用一只带玻璃塞的药瓶装来的。安冬妮娜·亚历山德罗芙娜从不轻易放开那酒瓶，不时倒出一部分酒精饮料，用水冲淡，用水多少全凭她的灵感。大家发现，喝浓淡不同的酒反而比一贯喝同等强烈的酒更容易醉，这也是恼人的事。

　　不过，最悲哀的事还是这个宴会像是一种背叛。你不能想象当时左邻右舍也如此大吃大喝。窗外躺着沉默、黑暗而饥饿的莫斯科。商店空空如也，至于野味和伏特加，他们早就忘记去想它们了。

　　这就证明，只有一种我们周围的人的别无二致的生活，才是真正的生活，同时，一种不能和大家共享的快乐不是真正的快乐。所以，当鸭子和伏特加看来是全城仅有的鸭子和伏特加时，它们甚至不是鸭子和伏特加了，这是最气人的事。

　　来宾也制造不愉快的反响。在他抑郁沉思、木讷寡言的时代，戈尔东这个人相当好。他是日瓦戈最要好的朋友，中学时代许多人喜欢他。不过，现在他已决定要做一个新人，但他努力的结果很不幸。他扮演乐天的角色，快活，有说有笑，常常大叫："多有趣！""多开心！"——这些本来都不是他的词汇，因为戈尔东从来不甘把人生当作享乐。

　　当他们在等杜多罗夫时，他讲了杜多罗夫结婚的故事，他以为那个故事很滑稽，当时正在他的朋友圈中流传。不过，尤里·安德烈耶维奇还没有听说过。

　　故事的结局是，杜多罗夫结婚大约一年，然后就离婚了。令人难以置信的重点是这样的：

　　杜多罗夫被征召参军原本就出于一种错误。参军以后，他的案子便在调查，在军中他老是因为心不在焉忘记在街上对长官敬礼被处罚。所以，在他脱离军队很久以后，每一次看见有军官走过，都不自觉地举手敬礼，他常常幻想肩章的存在。

最近这些日子，他的行为有另外一种方式的古怪。当他某次——大家都这么传说——在伏尔加河上某一港口等汽船时，他认识了两姐妹，她们也是等那条船的。一大群士兵的出现以及他在军中运气不佳遭遇的记忆把他弄糊涂了，他竟爱上了那个妹妹，立即向她求婚。"有趣不？"戈尔东说。但是，当他听说故事里的英雄已到门口时，便不得不截断他的故事。

杜多罗夫走了进来。

像戈尔东一样，他也变成了一个和他往昔相反的人。往日他总爱轻率多嘴、漫不经心，而现在他竟是个严肃的学者了。在中学时，他曾因帮助政治犯逃亡而被开除。他曾试过好几所艺术学校，不过，他终于做了文科学生。他是在战时毕业的，比他旧时同班晚了几年。现在他有两个讲座——一是俄国史，一是世界史。他甚至还是两本书的作者，一本是讲"恐怖的伊凡雷帝"的土地政策，一本是关于圣茹斯特的研究。

他和气地谈及每一个人每一件事，声音沙哑，像是感冒一样，两眼如做梦般紧紧盯住远处的某一个固定的点，好像是在演讲。

黄昏将尽时，舒拉·施莱辛格进来，增加了不少喧闹和兴奋。曾经是日瓦戈儿时好友的杜多罗夫，好几次问日瓦戈有没有读过《战争与和平》，以及马雅可夫斯基的《脊柱横笛》。说话时称"您"而不称"你"。

在人声喧闹中他没有听见尤里·安德烈耶维奇的回答，一会儿以后他又再次问他："您读过《脊柱横笛》和《人》吗？"

"我告诉过你了，伊诺肯季。这不是我的错，而是你没有听。好，我再说一遍。我一直喜欢马雅可夫斯基。他是陀思妥耶夫斯基的延续，或者说，他是有陀思妥耶夫斯基性格的抒情诗人——是他的青年叛徒之一，《粗犷的青年》，或伊波利特·拉斯科利尼科夫。多有气魄的作品！他说话的方式是一言为定，不妥协，直率！最重要的是他敢于讽刺现实社会，突破人间罗网！"但是，那晚最引人注意的自然是科里亚舅舅。安冬妮娜·亚历山德罗芙娜以为他不在城中是弄错了，在他外甥到家那天他就回来了。宴会前他们两人已经见过好几次，不再有初见时的惊叹，他们曾在一起开怀尽情谈笑。

他们第一次见面是在一个细雨蒙蒙如同潮湿的灰尘的夜晚，又阴沉，又灰暗。尤里·安德烈耶维奇去他住的旅馆看他。除非经本城当局介绍，旅馆早就不接受住客了，不过，尼古拉·尼古拉耶维奇是位名人，在莫斯科还保持着某些旧关系。

旅馆像是被管理人弃置了的疯人院——楼梯、走廊是空的，一切都呈混乱状态。

从他那没有人打扫的房间的大窗户看出去，可以看到那些疯狂岁月中的大广场，荒凉、可怕，像噩梦中所见到的景象，如今真实地展现在旅馆的窗外。

对尤里·安德烈耶维奇而言，这次碰面是惊人的、令人难忘的大事。他所见的是他童年的偶像，是支配他儿童时代思想的导师。

舅舅的头发已经花白，一身旧西服倒很合身。就他的年龄来说，他显得非常年轻、英俊。

诚然，他是被这次革命的宏伟镇住了，和这些宏伟的事件相比，他显得渺小了。不过，尤里·安德烈耶维奇从来不曾想就这个尺度去衡量他。

他惊异于尼古拉·尼古拉耶维奇的平静，谈论政治时轻淡、冷静的语调。他比那个时候绝大多数的俄罗斯人都能自我把持。这表明他是新来的人，并且看上去有点落伍、尴尬。

不过，充实他们这次重逢几小时的，使他们彼此拥抱大笑大叫，并不时打断热烈谈话使他们暂时沉默的，却是另一些不同于政治的东西，相当不同的东西，出现在会面最后的几个小时之内。

这是两个艺术家的会晤，虽然他们两人是近亲。而往事一起一伏，过去又重新活在两人之间，彼此互道别后的遭遇，可是，当他们两人谈及真正关系创作心灵的问题时，两人间所有其他的联系都消失了，他们的亲戚关系，他们的年龄差别，统统忘记了，所剩下的只有自然力的面对面，活动力与原则的面对面。

在过去十年中，尼古拉·尼古拉耶维奇一直没有机会像现在这样自由与直接地和人促膝畅谈创作问题。尤里·安德烈耶维奇也从来不曾听到这次会晤中所听到的见解——深入精辟、恰到好处，并富有灵感。

他们的谈话充满赞叹，他们兴奋地在房间里走来走去，叹服对方的敏锐，或者默默地站在窗口敲打玻璃，因为发现彼此是如何彻底地了解而深深感动。

这是他们最近的第一次会晤，后来，日瓦戈曾在公众集会中见过他的面好几次，那个时候尼古拉·尼古拉耶维奇竟完全不同，不可辨认。

他觉得他是在莫斯科作客，并且举止行动一直像作客。他是否以彼得堡或其他的地方作他的故乡呢，依然不能确定。他乐于做他的社交明星和政治先知，他可能想象，莫斯科会有如同巴黎国民会议前夕的罗兰夫人式的政治沙龙出现。

他访问住在安静的莫斯科后街公寓中待客殷勤的女友，利用她们的落后和地方情感好言好语地哄她们和她们的丈夫。他向她们炫耀自己对于报章的熟悉，亦如同他从前向人家卖弄他熟读教会的禁书和俄耳甫斯派教徒的伪经文。

据说，他来时抛下一个新的年轻爱人、一部写了一半的著作，以及许多未完成的事在瑞士，而他此行只是为了在他故土掀起的惊涛骇浪中浸一浸，如果安然脱险的话，还是会尽快回到他阿尔卑斯的山居去。他是亲布尔什维克的，常常提及与他所见略同的两名左翼社会革命党人，一个是用米洛什卡·波莫尔做笔名写东西的报人，一个是编写宣传小册子的作家西尔维亚·科捷尔。

"真是骇人听闻，尼古拉·尼古拉耶维奇，那就是你所投奔的。"亚历山大·亚历山德罗维奇责备他，"你的那个米洛什卡，简直是坑人！还有那西尔维亚·波克利。"

"科捷尔，"尼古拉·尼古拉耶维奇纠正他，"科捷尔，西尔维亚。"

"波克利或波普里，谁管它那么多。名字改变不了任何事情。"

"不错，随便叫什么都一样，不过，人家原叫科捷尔。"尼古拉·尼古拉耶维奇耐心地强调。下面是两人后来的对话：

"我们还在争论什么呢？这太明显了，还要去证明，你不害臊？这是最基本的。若干世纪以来人民都过着非人的生活。随便拿本历史教科书看看，怎么说来着——封建主义与农奴，资本主义与产业工人，都是不自然不合理的。这些都是长久以来就知道的，因而世界就在酝酿一个为人民带来光明、让一切合理的大变动。

"你的理解非常正确，只是修补旧社会的结构是完全没有用的，你必须从根本上再来过，我不是说，整个建筑最终可以不垮。垮又怎样？那件事可怕，并不等于说那件事不会发生。这只是时间问题而已，你怎能为它争辩呢？"

"问题不在这里，那不是我所讨论的事，"亚历山大·亚历山德罗维奇气愤地说，争辩得更激烈，"你的科捷尔和米洛什卡都是没有良心的家伙。他们讲的是一回事，做的又是另一回事。无论怎样，你的逻辑在哪里？你的结论和前提全不相干。不，等等，我要让你看点东西。"于是，他开始翻他书桌的抽屉，找寻一张刊载有关争论文字的报纸，抽屉开开关关，啪啦啪啦作响，刺激着他的谈锋。

当他说话时，亚历山大·亚历山德罗维奇喜欢就有些事情打岔，一打岔他就可以趁机叽叽咕咕，哼哼哈哈。当他找寻失去的东西时——比方说在阴暗的衣帽间里找寻雪靴——或是臂上挂着毛巾站在浴室门口，或传递沉重的分菜碟子，或斟酒进朋友的杯中，他的谈兴就来了。

尤里·安德烈耶维奇乐于听他岳父谈话。他非常喜欢他那熟悉的格罗梅科家细声的"p"，柔和悦耳，像古莫斯科的唱歌调子。

亚历山大·亚历山德罗维奇上唇的短髭微翘，罩住下唇，翘在他颈子上的蝴蝶领结也是这样稍稍向前凸起。嘴唇和领结之间的这些共同之处，让他看上去十分动人，天真得值得信赖。

在宴会的那天晚上，舒拉·施莱辛格到得很迟，她是在一个聚会散后马上就赶来的，身上穿着工人装，头上戴一顶工人帽。她大步跨入室内，与众人一一握手，过后立刻大为抱怨和非难。"你好吗？冬妮亚。你好，亚历山大，你必须承认，这真讨厌。整个莫斯科都知道他回来了，人人都在谈论，我是最晚知道的人。唉，我猜我不够好。那么，究竟他在哪里？让我看看他，你们像一道墙似的把他围住。嗨，你好？我已读过你那篇东西，我一个字都不懂，但你立刻可以说那是篇出色的东西。你好，尼古拉·尼古拉耶维奇。我一会儿就转来，尤罗奇卡，我必须和你谈谈。你好，年轻人。你也在这里，戈戈奇卡，鹅——鹅——嘎嘎。（这是对格罗梅科的一个远亲说的，他是一个所有走红艺人的狂热倾慕者，他以"鹅——鹅"著名，一方面因为他白痴似的笑声，一方面因为他瘦得像条绦虫。）"原来你们在大吃大喝？我马上就赶上你们。嗨，朋友们，你们全没想到你们缺少了什么。你们什么都不知道，你们从未见过世面。但愿你们知道外面正发生什么！你们出去看看真正的群众大会，真正的工人，真正的士兵，不要只看书。就试试给他们一线机会打到胜利为止吧！他们必定会为你们打出胜利的结局！我刚刚听一个水手讲话——尤罗奇卡，简直令人兴奋得发狂！多么热情啊！多么简单啊！"

舒拉的话不时被打断，人人叫喊。她坐在尤里·安德烈耶维奇身旁，抓住他的手，贴近他的脸，大声嚷着，就像一台扩音器。

"尤罗奇卡，过两天我来带你出去。我要让你看看真正的人民，你必须，你一定得脚踏实地接触他们。你为什么那样瞪着我？我是一头老战马，你还不知道吗？一个老革命。我曾见过监牢内部是什么样子，我曾在兵营作过战——嗨，当然，你怎么想？呵，我们根本不了解人民。我刚从那儿来，我曾身在人民之中，我现在正替他们弄个图书馆。"

她喝了酒，显然已微醺了。可是尤里·安德烈耶维奇的头也在发晕。他根本不曾注意，他怎么会站在房间的这一头，而舒拉站在那一头。他站在餐桌的一端，显然是完全出乎他自己意料地，在发表演说，他费了好大工夫才让大家安静下来。

"各位先生各位女士……我愿……米沙！戈戈奇卡！冬妮亚，我怎么办？他们不听！各位先生各位女士，让我说一两句话。史无前例的非常重大的大事正在逼近，在它们还没有降临以前，让我来谈谈我所寄望于各位的：但愿上帝保佑，既不丧失我们的友谊，也不丧失我们的灵魂。戈戈奇卡，你等一会儿再乐，我还没说完。墙角上的，请静静，仔细听我说。

"在这三年战争期间，人们渐渐相信，前线与后方的区别早晚会泯灭的。血海的波涛将要升起，直到浸及我们每一个人，并且淹没所有未曾卷入战争的人，这一股洪流就是革命。

"在革命期间，你们将会看到，就像我们在前线所看到的一样，生活是停止的，全无人味，除去杀戮和死亡，世界上没有其他的活动。如果我们命长，能活到有机会读这个时期的编年史和回忆录，我们会领悟到，在这五年或十年中，我们所经历的比其他民族在一百年中所历验的还多。我不知道，人民是否会自己站起来，自动自发地前进，如同潮涌；或者，一切只是假人民之名行事。这种惊人的大事的存在，是不需要戏剧性证明的。不必任何证据，我就会信服。穷究巨大事件的起因是没有用的。它们没有起因。只有在家庭争吵中你能找到起因——在两人互抓头发、摔碟子之后，他们拼命回想是谁先动手的。真正伟大的事是没有开始的，就像宇宙的存在一样，它来得很突然，就像它早就存在，或从天而降。

"我还认为，俄罗斯命定要成为世界史上第一个社会主义的国家。当它来到时，我们会被吓昏好一阵子，醒来以后，将有一半的记忆永远失去。我们将忘记什么先来，什么后到，并且我们不必寻求原因。我们将生活在新秩序中，我们对新秩序的熟悉也如同对地面上的森林，或头顶上的云彩。再不会有其他的事情了。"

他还说了些别的，那个时候他已经完全清醒了。像以前一样，他听不清楚别人说什么，并且不得要领地回答他们的话，他看得出，他们喜欢他，可是他没有办法摆脱压迫着他的忧愁。他说：

"谢谢各位，谢谢各位。我珍视各位的盛情，不过我担当不起。很快就施爱于人，好像怕后来就得赐予更多一样，这是不对的。"

来宾一起大笑，鼓掌，把他的话当作深思熟虑的风趣，而他正不知道要去什么地方逃避他所预见的灾难，以及前途落空的感觉，尽管他努力要做好，但是他对未来实在无能为力。来宾开始告辞了，他们的脸是拉长的、疲倦的，张开或没张开上下腭的哈欠使他们看起来像马。

在离去前，他们拉起帘子，打开窗户。潮湿的天空散布着斑杂的蓝青色云彩，黄淡的曙光已经在望。"看来在我们闲聊中，好像曾下过一场暴雨，"有个人说。"我在来这儿的途中就淋了雨。"舒拉证实了他的推想。

杳无人迹的街道依然很黑暗，枝头滴水淅沥可闻，偶尔传来淋湿了的麻雀断续的吱吱喳喳声。

一阵雷声，仿佛一只犁头慢慢地拖过天空。然后一阵岑寂。接着，砰然四声响雷，就像过大的马铃薯在秋天被人从稀松的土中挖起抛出一般。

雷声让满是烟尘的房间变得清新，生活的元素忽然变得可了解、可区别了，就如同电流一样，也如同空气和水、幸福的欲望、土地和天空一样。

街上满是离去的客人的声音，他们在街上继续辩论，热烈程度正如他们在房子里开始之时一般。他们的声音逐渐远去，终于寂然。

"太晚了，"尤里·安德烈耶维奇说，"我们去睡吧，世界上我所爱的人只剩下你和爸爸了。"

八月过去了，现在九月也快过完了。不可避免的事正在逼近。冬天近了，并且在人类世界上，有一种鼓舞生气的悬在半空中的东西在天空中盘旋，同时，每一个人都在谈论它。

这是储存食物和木柴准备度过严寒的冬天的季节。但是，在唯物论胜利的那些日子里，物质已变成脱离实体的观念，并且，营养与燃料供应问题代替了食物和木柴的地位。

城市中的居民孤独无助，正如面对陌生人的儿童——尽管那个陌生人是城市的子孙，是城市居民的创造者，可是，他扫除了一切既经建立的习惯，留下的只是清醒以后的悲凉。

人们继续欺骗自己，周围的人继续不断空谈。由于习惯的力量，人们挣扎着生活，四肢无力，脚步蹒跚。不过，日瓦戈看见了生活的真相。他很清楚，这不是生活而是在受判决，他眼见自己以及周围的所有人的命运是注定了的。考验就来了，也许是死亡。他们的来日不多，正在眼前飞逝。

如果他不让自己整天忙于日常生活的琐屑事务，他可能已经发狂。妻子，孩子，赚钱的必要，每日卑微地例行工作——这些都是他的救星。

他领悟到，在庞大的未来机器前，他只是一名侏儒。他渴望这个未来，爱它并暗地里引以为傲。他贪婪地注视树木、云彩，以及街上的行人，在灾难中挣扎的俄罗斯最大的城市，仿佛这是最后一次，好像是在告别——他准备为了生活下去的好处而自我牺牲，此外别无良策。

每当他在老车厂街转角上，靠近俄罗斯医学会药房的地方跨过阿尔伯路时，他几乎照例要看看天空，以及从街道中央走出来的行人。

他恢复了医院中的旧职务，虽然圣十字会已经解散，医院依然叫圣十字医院。直到目前为止，还没有人想出医院的新名字。

医院中的人员早已壁垒分明。在温和派看来，他是危险的，他们的鲁钝使日瓦戈气恼；对积极分子来说，他还红得不够。所以他不属于任何一个集团，他走在前者的前面，却又落在后者的后面。

除了他正常的职务以外，院长还让他掌理一般的统计。无终无止的问答调查程式和表格从他的手中通过。死亡率、疾病率、人员所得、人员的政治意识及其参与选举的程度，燃料、食物及医药的连续缺乏状况，一切都得查对并提出报告。

日瓦戈仍旧在职员室靠近窗口他那张旧桌子上工作，桌子上堆满各式各样的图表。他把那些图表都堆在一边。在写医务日记之外，偶尔还信笔写上几句他的随想录，题目是："玩弄人民，一本悲惨的杂记或日志——包括诗、散文及随笔——有感于半数人民已经失去了自己，任人摆布而作。"

从圣母升天节起，就是早晨见霜、山雀喜鹊飞投亮叶疏林的季节了。在阳光照射下，墙壁漆得雪白的房间充满金色秋天的乳白色亮光。在这个季节里，天空显得难以相信的高，来自北方的深蓝色寒光，穿过天地间透明的空气柱，悠然移动。世界上所有的事物都变得更容易看见更容易听清。远处传来如同结冰的声音，清晰而分明。地平线豁然大开，好像有意显示未来整个的生活。如果它不是如此短命，仅仅在秋末的黄昏时候出现一会儿，这明净的光亮是令人难以忍受的。医院的职员室现在就充满这样的光亮，初秋落日的光辉，厚实，光滑，饱含汁液，就像俄罗斯的某一种苹果一样。

日瓦戈坐在他的桌子旁写东西，偶尔停笔沉思或用笔蘸水，几只沉静得不寻常的小鸟默默地掠过高大的窗户，将影子投在他移动着的手上，投在桌上、地板上以及墙壁上，然后又默默地消失在视线之外。

解剖师走进来，他本来是个结实的壮汉，因为体重减轻得太多，因此皮肤松下来挂着，像许多皮囊。"枫叶差不多要掉光了，"他说，"它们不怕风吹雨打，没想到就怕霜，现在一早晨的霜就把它们弄成这副模样。"

日瓦戈抬头看看。掠过窗户的神秘小鸟事实上只是酒一般红的枫叶。它们飞离树身，在空中滑过，落下，盖满医院的草坪，看起来像是蜷曲的橘色星星。

"窗缝腻好了吗？"解剖师问道。

"还没有。"尤里·安德烈耶维奇答道，同时继续写着。

"怎么回事？已经到时候了。"

尤里·安德烈耶维奇专心于他的工作，没有回答。

"可惜塔拉斯卡走了，"解剖师继续说，"他真有价值，重要得像黄金。补皮鞋，修钟表——他什么都干。只要是世界上有的东西，他都能够帮你弄来。现在我们不得不自己来腻窗缝了。"

"没有腻子。"

"你能做一点。我可以教你怎么做。"于是他便解释如何用亚麻仁油和白粉做腻子。"噢，我走了。我猜想你还要继续工作。"

他走去另一扇窗户旁，忙着弄他的瓶子和标本。"你那样会伤害你的眼睛，"他过了一会儿又说，"天马上黑了，他们还不给电。我们回家吧。"

"我大概还要再写个二十分钟。"

"他的妻子是这里的一名护士。"

"谁的妻子？"

"塔拉斯卡的。"

"我晓得。"

"没有人知道他本人在哪里。他在全国各地到处徘徊。去年秋天他来看过他妻子两次，如今他在某一个村落里。他在建立新生活。他是那些'士兵布尔什维克'的一员，你到处都能看到他们，在街道上走着，在火车上旅行着。你知道是什么东西使他们转变？就拿塔拉斯卡来说吧，他那只手可以干任何事情。不管他干什么，他必定干得很好。在军中也是这个样子——他学会了战争，就像其他任何的行业。他变成了一个优秀的来复枪手。他的眼睛和手——第一流！他之所以得到奖章，不是因为他勇敢，而是因为他百发百中。唉，他干任何事情都有热情，所以，他决心要大干一场。他能看出一把来复枪对一个男人的意义——这给他权力，使他与众不同。他希望自己变成一个有权势的人。一个武装的人绝不像一个普通的人。在旧时代里，这些人往往从士兵变为流寇。现在你试着从塔拉斯卡身上取下来复枪看看！哈，那时'掉转枪口反抗你们的主人'的口号就来了，塔拉斯卡就是如此转变的。这就是整个的故事。这就是马克思主义的妙用。"

"那是最真实的一种——直接从生命来的。难道你不知道吗？"

解剖师走回去弄他的试管。"你怎么和火炉专家处得那么好？"他过了一会儿问道。

"我十分感谢你介绍他和我认识。他是一个最最有趣的人。我们花了几个小时讨论黑格尔和克罗齐。"

"自然啦！他是海德堡大学的哲学博士。炉子怎么样啦？"

"并不很好。"

"还冒烟？"

"从来没有停过。"

"他没能把输烟管固定在正确的地方，这必须连上一个烟洞才行。他没有让烟从窗户穿出去吗？"

"有的，是从烟洞出去的。但是依然冒烟。"

"那么，是他没能找到正确的通气孔。如果我们有塔拉斯卡在就好了！不过，你早晚会弄好的。莫斯科不是一天建成的。弄好一只炉子并不像弹钢琴，这需要技术。你放柴火进去过吗？"

"我哪来柴火了？"

"我去找那个教堂的门房帮你忙。他是个偷木头的专家。把栅栏拆成一片一片就变成柴火。但是你必须和他交易。不，最好还是去找那个杀臭虫的。"

他们走向衣帽间，穿上外衣，走出去。

"为什么要去找杀臭虫的？我们家并没有臭虫。"

"和臭虫没有关系。我是在讲木头的事。这个杀臭虫的是个老婆子，她正在大做木头生意。她完全把它当作正经的生意去做——把整座房子买下来当燃料。天黑了，留心你的脚步。在旧时代，我可以蒙上眼睛带你去这个区域的任何地方。我认识这里的每一块石头。我是在这附近出生的。不过，自从他们开始拉倒栅栏，我就很难找出道路了，甚至白天都不行。这就像住在一个陌生的城镇中。另一方面，一些不寻常的地方也出现了。什么你从来不曾听过的'小帝国'，里头有花园式的圆桌，和半烂的长椅。有一天我就经过一个那样的地方，在三条街的交叉口上，一个小小的荒废的庭院，一个老太婆拿根手杖在戳刺敲拨——她必然在百岁左右。——喂，老婆婆，我说，你是在找蚯蚓要去钓鱼吗？当然，我是在说笑话，但她却非常严肃。——不，不是找蚯蚓，她说，是找香菇。你知道，这是真的，这个城市就快变成森林了。这儿有一种腐烂的树叶的气味。"

"我想我知道你说的是什么地方——在谢列布良内胡同和莫尔昌诺夫胡同的交叉口上，是不是？我总是在那里碰上最奇怪的事——不是见到二十年未曾谋面的人，就是发现些什么东西。他们说那里很危险，也难怪，那里有许多巷子通向斯摩棱斯克街的老贼窟。没等你搞清楚身在何处之前，那些老贼们已把你剥光，溜得无影无踪了。"

"看看那些路灯——根本就不亮。难怪他们把这些路灯称作被'打伤的黑眼圈'。小心，不要绊倒了。"

日瓦戈确实在那个地方碰到过不少这一类的事情。十月革命之前不久，一个寒冷漆黑的夜晚，他走过那里，一个男人无知无觉地躺在人行道上，两臂张开，头顶住街边石，腿挂在水沟里。偶尔发出一两声微弱的呻吟。当日瓦戈试着要拉他起身时，他喃喃地吐出几个字眼，说起关于一只钱袋的事。他曾遭遇攻击和洗劫。他的头部受了重伤，满是血迹，不过，检查下来头颅骨并没有受损。

日瓦戈跑去阿尔伯路的药房，打电话叫医院的紧急救护车，把伤者送入急诊室。

后来证明伤者是一位重要的政治领袖。日瓦戈治疗他，直到他复原，在此后好几年中，这个人一直做他的保护人，在蒙受重大嫌疑时，好几次救他脱离麻烦。

安冬妮娜·亚历山德罗芙娜的计划被采用了，整个家庭被安置在顶楼的三个房间里过冬。

这是一个寒风刺骨、天空满布厚厚的雪云的星期天，日瓦戈正在休假。

火一大早就生了，同时炉子开始漏烟。纽莎和潮湿的木头搏斗着。对于炉子一无所知的安冬妮娜·亚历山德罗芙娜却不断给她荒谬而不妥的建议。日瓦戈知道有问题，试着去干预，但是他的太太却温和地抓住他的肩膀将他推出房间外面，说："你不要管这件事。你只是火上加油。"

"有油就不会这么狼狈了，冬妮奇卡，炉子马上会烈火熊熊！麻烦的是既没有油又没有火。"

"现在不是说笑话的时候。你要知道，人有时候根本没心思听笑话。"

炉子的麻烦推翻了每一个人的计划。他们原来都希望在天黑之前把零碎的事情做完，好有个自由的夜晚。可是，现在晚饭必须延迟了，没有热水，其他各种计划也许不得不放弃了。

烟冒得愈来愈多。强风把烟吹回房间里面，黑色煤烟凝聚的云朵盘踞室内，仿佛童话故事里黑森林中的妖怪。

最后，尤里·安德烈耶维奇把每一个人赶进另外的两个房间里，同时打开窗户顶上的气窗。

他从火炉中抽出一半的木头，又在剩下的木头中掺进一些碎木和桦木的刨屑。

清新的空气从窗户涌进来。窗帘飘动飞扬。纸张飞出桌面。楼下客厅里的一扇门被风吹得砰砰作响，清风开始和残余的煤烟做着猫追老鼠的游戏。

木柴燃起来了，毕毕剥剥，炉火闪闪发光。火炉的铁身充满火红的斑点，就像肺病患者两颊的红潮。房间里的烟渐渐变淡，终于完全消失。

房间里亮了一点。窗户发散着腻子温暖的油脂味。腻子是尤里·安德烈耶维奇按照解剖师教的方法最近做好黏上去的。炉子烤干的木材送出烧焦了的枞树皮的辣味和白杨清新的、化妆水似的清香。

尼古拉·尼古拉耶维奇猛然冲进房里，如同一阵猛烈的风涌进打开的窗子。

"他们在街上打起来了！"他向大家报告，"这是支持临时政府的士官和支持布尔什维克党人的卫戍部队之间的正规战斗。全城都有小冲突，我来的时候遭遇到两次危险——一次在德米特罗夫卡大教堂转角，一次是尼基塔门。现在不能直接通过那儿了，必须绕道过去，尤拉！快点。穿上大衣，我们一起去。你必须去看看，这是历史，一生只能见到一次。"

但是，他留下来谈了两三个小时，然后跟大家一起吃了晚餐。就在他准备回家并且要拖日瓦戈出去的当口，戈尔东冲了进来，也好像尼古拉·尼古拉耶维奇刚才的样子，带来非常相似的消息。

无论如何，事情总有点进展。有一些细节是新的。戈尔东说及火力的增强以及行人被流弹误杀。据他说，所有的交通都断绝了。他能够通过真是个奇迹，但是现在街道被切断了。

尼古拉·尼古拉耶维奇不相信，忙着冲出去，不过立刻又回来。他说，子弹"咻咻"飞过，击碎墙壁上的砖头，削去墙角的泥灰。外面一个人也没有。一切交通都停止了。

那个星期萨申卡着了凉。

"我已经跟你讲过几百次了，不要让他在炉子附近玩，"尤里·安德烈耶维奇责备道，"让他过热比让他受凉坏得多。"

萨申卡开始喉咙痛，发热。他特别容易恶心呕吐。所以，当尤里·安德烈耶维奇想去检查他的喉咙时，他推开他的手，咬紧牙关，尖叫着，憋得几乎窒息，不论是劝说或威吓都不肯让检查。可是，他有疏忽的时候，日瓦戈赶快趁机将一枚汤匙塞进他的嘴里面，按住他的舌头，以便有足够的时间查看他覆盆子色的喉头，和满是骇人白点的肿了的扁桃腺。

过了一会儿，他以同样的方法从喉中弄出些白点来做标本，正好他家中有显微镜，可以检验。很幸运，不是白喉。

不过在第三天晚上，萨申卡竟遭到严重的假性格鲁布喉炎的突袭，体温猛升，几乎不能呼吸。

尤里·安德烈耶维奇没有办法减轻他的痛苦，又不忍心看他受苦。安冬妮娜·亚历山德罗芙娜以为他就快完了。夫妇两人轮流抱着他在室内走，看起来似乎使他好受些。

他们需要为他弄牛奶、矿泉水或苏打水。不过巷战正达高潮。大炮和来复枪片刻不停地发射。就算尤里·安德烈耶维奇冒死冲过战斗地区，也买不到那些东西。在时局还没有决定性的澄清前，城中的一切生活是暂时停顿了。

然而结果已经毫无疑问，各方都谣传说，工人已占上风。小队士官虽然继续战斗，但是他们之间的联络已被对方切断，而且失去了同指挥部的联络。

希弗采夫区是由向城中心推进的士兵据守的。曾经和德军作战的士兵和年轻的工人坐在他们在街边挖的战壕中。士兵们早就认识附近的居民了，所以当他们走过或站在大门外时，士兵们就和他们开开玩笑。这个区域的交通恢复了。

被困在日瓦戈家三天的戈尔东和尼古拉·尼古拉耶维奇从他们的监禁中被解放了。日瓦戈很高兴在萨申卡生病期间有他们做伴，他太太也不责怪他们增添混乱。但是，他们觉得有义务感谢主人的仁慈，一直陪他们不停地谈话。尤里·安德烈耶维奇已经被三天的闲聊弄得精疲力竭，所以很乐于看见他们离去。

他们很快就得知他们的客人已经安全地回到家。不过军事行动仍在继续，有好几条街仍然无法通过，日瓦戈还不能去医院。他急着回去工作，同时他的手稿还留在他办公室写字台的抽屉中。居民只在早晨出门，去不远的地方购买面包。当他们看到一个抱着牛奶瓶的人走过时，总要围上去问他是从哪里买到的。

偶尔全城重又燃起战火，不久又平静下去。据说，两方面在谈判，谈判的经过是有利或不利于和平，可以从火力密集的程度推测出来。

十月（旧历）下旬一个夜晚的十点左右，尤里·安德烈耶维奇兴之所至去访问一个同事，街道一片凄凉，他匆匆地走着。这是当年的第一次降雪，薄薄的雪花随风飘散。

他转过许许多多的街角，多得连数目都几乎数不清了，雪愈来愈厚，风也变成大风雪，风雪漫天，如果在旷野一定呼呼作响，立即把大地盖上一层厚毯，不过在城里只见雪花上下乱舞，好像迷失了路途一般。

在精神世界的骚动与现实人间的骚动之间，以及地上的骚动和天空的骚动之间，有些共同的地方。抵抗的孤岛传来此起彼落的最后一次开火声，余烬的火球喷出来，然后炸落在地平面上。

雪花在空中盘旋打转，如烟如雾地笼罩着潮湿的街道。

在一个十字路口，一名腋下挟着一厚叠刚刚印出来的报纸，一面飞奔，一面大嚷"最新消息"的报童追上了他。

"不用找了。"日瓦戈说。报童从那一厚叠报纸中抽出一份还没干透的报纸塞在他手中，旋即被吸进大风雪中。

日瓦戈站在一盏路灯下读大标题。这是一页只印半张的号外，上面列出来自彼得堡的官方声明，宣告人民委员苏维埃已经组成，苏维埃政权和无产阶级专政已在俄罗斯建立。接着是最近从电报和电话得来的新政府所发布的第一批命令，以及各种简短消息。

风雪横扫日瓦戈的两眼，报纸上布满了沙沙作响的灰色雪珠。但是阻止他往下读的并不是风雪。划时代的伟大变革使他深深激动，他一时无法平静。

他想找个光线较好的隐蔽地方，好读完其余的新闻。他发现，他再一次站在谢列布良内胡同和莫尔昌诺夫胡同的路口，那个迷人的地点，面对一座装有玻璃门的五层大楼，里面走廊宽敞，灯光明亮。

他走进去，站在灯光下，倚着楼梯读报纸。

在他的头顶上传来脚步声。有人走下楼来，时时停步，好像犹豫不决。走到某一阶时，那人改变了主意，又往上走。门打开了，两个声音同时涌出，回音嘈杂，所以听不清是男人或女人在讲话。

然后，门砰一声关上，那个人又走下来了，这次很坚决。

尤里·安德烈耶维奇全神贯注在报纸上，不想抬头看来人。但是，那个陌生人突然在楼梯脚下站住了，以致他不能不抬头。

站在他面前的是个大约十八岁的男孩，像在西伯利亚似的头戴鹿皮帽，反穿鹿皮大衣。他肤色黝黑，有一对狭长的吉尔吉斯人的眼睛。他的面孔有贵族的气质，闪避的目光和沉默的敏感给人一种疏远的印象，带有那种往往见于混血儿身上的神情。

这个男孩显然误认尤里·安德烈耶维奇是另外一个人，他看着尤里·安德烈耶维奇，迷惑而又羞怯，似乎认识他，但是无法决定是否该和他讲话。为了打消他的误会，日瓦戈用冷淡而令人沮丧的眼光打量他一番。

男孩迷惘地掉转身，走向大楼的入口。在他还没有出门以前，他又回头看了看日瓦戈，然后走出去，砰然带上厚重的玻璃门。

几分钟后，尤里·安德烈耶维奇也离开了那儿。他满脑子的新闻，他忘记了那个男孩，以及他要拜访的同事，直接回家了。但是，在途中他又被另外一个意外所吸引，那本是日常生活的琐事，可是在那段日子里就含有不平常的重要性。

他在离开他家不远的地方，在黑暗中被靠近路边的一大堆木材绊了一跤。那条街上有个机关，政府可能在把从附近城区内一座被拆掉的房屋得来的木板供给它做燃料。木板没完全运进院子，剩下的就留在街边了。一个荷枪的哨兵在值勤，在木材堆旁边走来走去，偶尔也走到街上去看看。来不及再考虑第二次，尤里·安德烈耶维奇趁哨兵转身、大风卷起雪云的时刻，爬到暗处，小心地从木材堆底部拉出一块厚木板。起先扛在背上很困难，一会儿就不觉得它重了（自己的负荷并不是一个累赘），他紧贴墙壁的阴影，安然将木板扛回家中。

木板到得正是时候，家里已经把柴火烧光了。他把木板劈成小块，然后堆起。尤里·安德烈耶维奇燃起炉子，默默地蹲在炉子前面。亚历山大·亚历山德罗维奇将他的靠背椅挪近，坐着取暖。

尤里·安德烈耶维奇从他大衣的边袋中掏出报纸交给他："看过没有？看一下吧。"

他一面依然蹲着拨火，一面自言自语："多么了不起的手术！你抓起一把刀子，巧妙地一挥，所有的腐臭的溃疡都被你割掉了。十分简单，不必说什么，你把若干世纪以来所从属的、所保护的、所导致的不公正的老妖怪捉到手，并且宣判了它的死刑。

"这种无所畏惧的心情，这种讲究彻底的态度，是有我们所熟悉的民族色彩，这是普希金的不妥协的清爽，有托尔斯泰的对事实不渝的信念。"

"你是说普希金？等等。让我先读完报。我没有办法一面读一面听。"亚历山大·亚历山德罗维奇误认为他的女婿在对他说话。

"这是真正的天才表现。假如你要某人去创造一个新世界，去开创一个新纪元，他会请求你先清理地基。在还没有动手建立新世界前，他必须等待旧世纪结束，他才开始写新的一节、新的一页。

"但是，现在他们并不用为等待操心。这个新东西，这个历史的奇迹，这个启示，一下子就在日常生活的里层爆发出来了，完全不考虑生活的原有路向。这不是从头开始，而是从中间开始，没有任何程序，就在星期一那天，当街上交通最繁忙的时候，它突然降临了，那真是天启。只有真正的伟大才能够这样不顾时机。"

　　冬天来了，正是大家所预言的那种冬天。这虽然比不上接着到来的那两个冬天可怕，不过，这已经够可怕的了：黑暗、饥饿、寒冷，完全要人和往日所熟悉的一切生存基础决裂，重建更谈不上，只得做非人的努力去抓紧生活，好像它就要从你的掌中溜出去一般。

　　这样可怕的冬天，一个接着一个，共有三个，现在看来，并不是所有可怕的事情都真的发生在一九一七年和一九一八年的冬天——有些也许是后来两年的事。在记忆中，这三个连绵不断的冬天已经混成一个，很难分清了。

　　旧生活与新秩序尚未接触。它们还没有互相公开敌对，像下年内战爆发以后的情况。它们之间还没有联系，两者各站一边，势不两立地面向对方。

　　到处在进行新的选举——房屋行政，各种组织，政府公职，公众事务等。各个机构都设赋有独裁权力的人民委员，这些穿黑色皮夹克的铁人，身佩手枪，人见人怕，很少刮脸，而且睡眠更少。

　　他们深知怕事的小资产阶级、政府廉价公债的持有者的性格，对他们说话毫无怜恤，满面狡猾的冷笑，好像对待行窃时当场被逮到的小偷一样。

　　按照计划重建一切的就是这些人，一个公司接着一个公司、一个企业跟着一个企业都布尔什维克化了。圣十字医院现在称为第二改良医院，里头有许多变动。一部分职员被解雇了，一部分自动辞职，因为他们的薪酬不够多。这些都是病人多、诊金高而且善于辞令的医生。他们辞职本出于自私，但是却一口咬定是运用公民权对低薪作抗议，并且鄙视那些留职的医生，甚至抵制他们。日瓦戈留下了。

　　在夜里，日瓦戈夫妇俩经常有如下的对话：

　　"别忘记星期三去医生工会，他们为我们留了两袋冻马铃薯在地下室。我会告诉你我什么时候能脱身。我们必须一块去，并且要带雪橇去。"

"好的，尤罗奇卡，还早呢。为什么你现在还不睡觉，很晚了。我希望你早点休息，你不能每一样事情都来。"

"现在正在闹传染病，过度的疲劳会减少抵抗力。你和爸爸看起来都不很好。我们必须想想办法。但愿我知道有什么办法。我们对自己照顾不够，听着，你没睡着吧？"

"没。"

"我不担心自己，我生来有九条命。但是，如果我真的病倒，要放聪明些，你可千万别留我待在家里，立刻送我去医院。"

"别那么说。求上帝保佑你好好的。为什么要说这些不吉利的话？"

"记住，再没有什么诚实的人了，也没有朋友了。专家更少，如果发生什么事，除去皮丘日金，不要信赖任何人。当然，这必须假定他还在这儿。你没睡吧？"

"还没。"

"薪水待遇不够好，所以不少人辞职了，现在变成他们有原则，有公民情操了。你在街上碰到他们，他们很少和你握手，只是扬起眉头说——你还在为'他们'工作吗？——是的，我说，如果你不介意，我要说，我以我们的苦难为荣，并且尊敬那些使我们有机会受苦的人。"

有一段很长的时期，绝大多数人的日常食物只有薄粟米粥、鲱鱼头汤，而鲱鱼本身算是第二道菜。粥也是用没磨过的小麦或裸麦做的。

安冬妮娜·亚历山德罗芙娜的一个朋友，一位女教授教她用一只临时做成的荷兰式的炉子烘面包。她打算卖出一部分面包，赚点钱好烧瓷砖火炉，像旧时代一样，而不再用那个铁炉子，因为它依然冒烟，而且几乎没有热气。

安冬妮娜·亚历山德罗芙娜面包做得不坏，可是无补于她的商业计划。他们仍然必须使用差劲的铁炉子。夫妇俩因为缺钱而困窘得紧。

一天早晨，在尤里·安德烈耶维奇上班后，安冬妮娜·亚历山德罗芙娜穿上褴褛的冬大衣——匆匆跑下楼梯,因为她浑身冷得打抖,甚至在较暖和的天气也是这个样子——出门去"行猎"。家里头只剩下两块柴火了。她在附近的巷子里晃了半小时。在那些小巷子里有时你能够碰到一两个来自莫斯科近郊卖蔬菜和马铃薯的农人。满载货物的农人在大街上很容易被逮捕。不久,她发现她所要找的东西了。一个健壮的穿着农民外衣的青年,拉着一只看上去轻得像玩具的雪橇跟着她,小心地跟她走进院子里去。

盖在麻布袋底下的是一堆薄薄的桦木柴火,薄得就像十九世纪照片中所看到的古式乡村屋宇的栏杆柱。安冬妮娜·亚历山德罗芙娜知道它们的价值——桦木只是个名分,木头是最差的一种,而且刚砍下不久,当燃料并不适宜。但是,她不得不买,挑剔是没有用的。年轻的农人抱了五六抱上楼到她的起居室中,换去了冬妮亚带镜子的小衣橱。他将衣橱取下,装在雪橇上载回去当礼物送给他的新娘子。谈到未来的马铃薯交易,他提出要用钢琴做交换。当尤里·安德烈耶维奇回家时,他对他妻子的交易提都没提。其实把衣橱劈掉当柴烧还划算些,但是,他们不忍亲自动手。

"桌子上有一张给你的通知,你看到了没?"她说。

"医院来的?是的,我早接到口信了,要我出诊。我当然去,我先休息一会儿就去。不过,路很远。我已有了地址,靠近凯旋门。"

"你见到他们提出的诊金吗?你最好看看,一瓶德国白兰地或一双丝袜!他们是什么样的人物,你想想看?俗不可耐,他们似乎不可能不知道如今我们是怎样活的。我猜,都是些暴发户。"

"不错,那是个采办。"

采办、官商、特许代理是指那些代政府买卖物资的小商人,已经废止私营贸易的政府在经济困难时,偶尔会做点让步,允许他们买卖某些货物。

他们并不是旧时代老店子的老板或殷实商人——那些人并没有在受到打击后复原——他们是新类的商人,无根无底,是在战争与革命期间靠投机窜起来的。

日瓦戈喝了杯掺牛奶和糖精的热水,然后出门去看病。

街上盖着厚厚的积雪,积雪顶住两边的墙,有些地方一直积到底层的窗户那么高。只有沉默的、半死的影子一样的人拿着一些食物，或拉着雪橇在街上移动。此外，几乎看不到乘车的人。老店子的招牌依然挂着，到处都可以看到。它们与小规模的新消费合作社及日用必需品的店子没有联系，它们都是空的或上了锁，窗户都上了闩，或钉上了木板。

它们所以上锁或空着的原因，不只是货物缺乏，政府一时还顾不到店子不开门这些小事，整个生活的重建，包括恢复贸易在内，目前大体上还在纸上谈兵的阶段。

日瓦戈所要前往的房子在布列斯特街尽头，靠近特维尔门。

这是一座营房式的石头建筑，围墙内有一个大院子，房子的前面有三层木造楼梯走廊。

那天住客在开大会，并有一名区苏维埃委派的女代表参加，在开会时，军管会的人突然来检查武器执照，并没收没有执照的武器。于是住客们不得不返回各自的公寓，不过军管会的负责人要女代表别离开，向她保证搜索时间不会太长，不久，会议即可重开。

当日瓦戈到达时，搜索已差不多完了，但是，他要去的那一层还没有搜。日瓦戈站在楼梯口一名荷着来复枪士兵的身旁，不过，负责人听见他们在争论，便下令暂停搜查，等医生看过病后再继续。

房子的主人打开门，他是一个有礼貌的年轻人，气色不好，眼睛黑而忧郁，因为事情头绪纷繁而狼狈不堪——其中包括他太太的病、暂时停止的搜查、他对医学及医生的尊敬，等等。

为了节省日瓦戈的时间和麻烦，他说话力求简短快速，但是这样的性急反而使他的话头拉长了，并且前言不接后语。

房子里的家具贵贱混杂，大概是赶着买进作为投资，以免货币贬值。在成套的家具之外，还有一些零碎配不成套的东西。

年轻主人以为他妻子的病是源于精神受刺激。他旁敲侧击地解释说，他们最近买了一只古钟。这是一只破烂的音乐钟。他之所以买回来，仅仅只是因为它代表钟表技术的一个了不起的成就（他同时引日瓦戈去另一个房间里看了一下）。他们夫妇甚至怀疑它能否修好。但是，有一天，这个多年没有上发条的古钟突然走动了，并放出音乐来，然后又自动停摆了。这个年轻人说，他太太吓坏了，她相信，那是她的丧钟，现在她精神错乱，不肯进食，并且连他都认不出了。

"因此你以为这是精神受了刺激。"尤里·安德烈耶维奇怀疑地说，"我现在可以看看她吗？"

两人走进另一个房间，房里有一个瓷制的树枝形装饰灯架，一张宽大的双人床，两只桃花心木床头几。一个有两只黑色大眼睛的小妇人躺在床边，被子一直盖到她的下巴。当她见到他们时，她从被单下伸出一只手来，挥手要把他们赶出去，宽大的睡袍袖子褪落到她的腋窝。她认不得她的丈夫，并且好像也不觉得屋里还有旁人，随之以低沉的声音哼起哀伤的调子来，她越唱越难受，以致呜呜咽咽像个儿童似的哭泣起来，喊着要"回家"。当日瓦戈走近她旁边时，她调转身背对着他，不让日瓦戈碰她。

"我必须给她做下检查，"他说，"不过，病并不要紧。显然她患的是斑疹伤寒——很重的一种，可怜的妇人。她一定自觉非常不幸。我给你的忠告是送她去医院。我知道，你一定以为医院不像家里，她在家里需要什么有什么，不过，最要紧的是，在最初几个星期中，她必须有医生经常给她做检查。你能找到任何交通工具吗？——马车甚或大车？当然，她必须好好地包裹起来。我会给你一张入院许可证。"

"我要试试，不过，请等等，真是斑疹伤寒吗？多可怕？"

"我怕是。"

"医生，你看，——我知道，如果我让她去医院我就要失去她——你不能来这里看她吗？尽你的可能多来——你要什么我都愿意付给你。"

"我很抱歉——我已告诉过你，她所需要的是医生的经常看顾，照我的话做——我劝你全是为了她好。现在你尽快地不惜任何代价弄一辆马车，我马上就写入院许可证，我最好去你们的房屋委员会写。许可证需要委员会盖章，还有一点别的手续。"

裹上披肩穿着皮大衣的住客，已经一个一个地回到没生火的地下室。那儿曾经是个批发蛋行，现在用作房屋委员会的办公处。

房子的一端放着一张办公桌和几把椅子，因为椅子不够，旧的空蛋箱翻过来放成一排，当作一条长椅用。在房子的另一端，空蛋箱高叠到天花板。一个角落上，有一堆与破蛋中漏出的冻结蛋黄黏成一团的刨屑。老鼠在刨花堆中吱吱乱窜，偶尔也冲到房子中央，然后又窜回刨花堆中。老鼠每窜扰一次，就有一个胖女人惊叫着，爬上一只空蛋箱，斯文地提起她的裙子，踩着时髦的高跟鞋，故意用粗暴的喝醉酒似的嗓子大嚷。

"奥莉卡，奥莉卡，你把老鼠都弄到这里来了。滚开，你这讨厌的畜生。唉！唉！唉！看，它还明白，它可把我气坏了。唉！唉！唉！它想爬上来，它要钻进我的裙子里，多吓人啊！看看那边，先生们。对不起，我忘记了，你们现在已是公民同志，不是先生了。"

她的阿斯特拉罕羊毛披肩罩着她颤动成三层的双下巴，以及被丝绸紧紧裹住的丰满胸部和肚子。她一度是她那个小生意人和店员圈中的名花，但是，现在她那盖着肿眼皮的小小的猪眼，已经很难张开了。她的一个情敌曾经想用硫酸烧她的面孔，不过，没有泼中，只有一两滴溅在她的颊上和口角上，留下一些痕迹，现在轻淡到差不多完全看不见了。

"赫拉普金娜，不要大声嚷嚷，这样我们怎能工作？"已被选为会议主席的区苏维埃代表坐在办公桌的后面说。

这座房子和许多住客是苏维埃委员会代表从小就熟悉的。在会前，她曾经和房子的女管理人法吉玛姑姑有过一次长谈。法吉玛有一度和她的丈夫及孩子就住在肮脏的地下室的一个角落上，不过，现在她只和她女儿住在一起，已经搬进底层两个光亮的房间了。

"法吉玛，这里的情形怎么样？"代表问。

法吉玛埋怨地说，她一个人实在照管不了这么大一座房子和这么多住客，她简直没有人帮忙，虽然设想由各家轮流打扫院子和人行道，可是，一家也没有打扫过。

"法吉玛，别担心，我们会告诉他们怎么做。话说回来，这是个什么委员会？这班人简直毫无希望地保护犯罪分子，留住道德上值得怀疑的人不登记。我们将摆脱这班人，另外选个委员会。我将让你做房屋管理人，只是别大惊小怪。"

女管理人求她开恩，放她一马，但是代表不理。

环顾四周，看看出席人数够了，她叫大家肃静，宣布开会，并作简短的介绍性的演说。她责备委员会懒散，她要出席人推选新委员的候选人，同时又提出另一些建议。

结论时她说：

"同志们，情况就是这样。坦白地说，这是一座大房子，这适合做一家招待所。看看那些各地来莫斯科开会的代表吧，我们真不知道去哪边安置他们。我们已接收定了这座房子，改为招待外宾的区苏维埃招待所，并命名为季韦尔辛招待所，以纪念季韦尔辛同志，就如各位所知道的，他被放逐以前是住这儿的。有没有人反对？至于日期，各位不必惊慌，你们还可以在这儿住一年。对于工人，政府自有安置，其他的人必须自己设法找房子，同时在一年内搬出。"

"我们都是工人！我们每个人都是！我们全是工人。"会众一起高呼。同时有一个人呜咽着说，"这是盲目的大俄罗斯沙文主义！所有的民族现在都平等了！我知道你们在暗示什么。"

"请不要一起嚷，我先答复谁呢？瓦尔德尔金公民，民族跟这个有什么关系？你看看赫拉普金娜，你不能想到她有国籍问题牵涉在她的案例内吧，并且，我们一定驱逐她。"

"是你，是你！只是你要驱逐我，我们走着瞧吧！你是一张烂沙发，你是一条皱床单！"赫拉普金娜尖声叫喊，用各种她一时在气头上能想到的脏字眼骂着代表。

"真是个坏心眼的女人！"女管理人愤慨了，"你一点都不害羞吗？"

"法吉玛，与你无关，我自己能对付她，"代表说，"赫拉普金娜，住口。我知道你的底细。我告诉你，快闭嘴，不然我立刻把你送交当局，不用等他们查到你私酿伏特加酒，经营非法的酒吧间。"

当日瓦戈走进来时，室内的喧嚷正达顶点。他请求在门口碰到的第一个人，指明一个房屋委员会的委员。那个人把两手做成喇叭形放在唇间，高声叫道：

"加——利——乌——林——娜！来这里，有事找你。"

日瓦戈简直不能相信他的耳朵。一个微微佝偻的瘦老婆子，那女管理人走到他面前。他惊讶于她非常像她的儿子。可是，他并没有立刻加以认定，只是说："你的一个住客患了斑疹伤寒。"（他把名字告诉了她。）"必须采取各种方法预防传染。再者，病人必须住院，我可以签发许可证，但必须房屋委员会证明。我们要怎么样，同时在什么地方弄好？"她以为他是问"病人如何才能进医院"，因此，她回答道："这儿有一辆马车，是区苏维埃给区代表杰明娜同志用的。她人很好，我去跟杰明娜同志说说，她一定会让你的病人用她的车的。不要担心，医生同志，我们能好好地把她送到那儿。"

"那太好了。实际上，我只是问你，我能在什么地方给许可证盖个章。不过，如果这儿还有车……我能不能请问你，你是加利乌林中尉家的老太太吗？前线我们在同一个单位。"

加利乌林娜猛然惊跳了一下，同时脸色变得苍白。她一把抓住日瓦戈的手。"出来，"她说，"我们到院子里去谈。"

两人一踏出门边，她就急促地说："看在上帝的面上，小声点说。别害了我。尤苏普卡这孩子走错路了！请你做个评判——他是什么人？他以前是个学徒，一个工人，他该明白——现在单纯的人比以前好多啦，瞎子都看得出，没有人能否认。我不知你自己怎么想，你或许也觉得他没有错，但是，对他而言，那是个罪，上帝都不会宽恕他。尤苏普卡的爸爸是个大兵，他打仗被打死了，他们说，他的脸孔给炸飞了，他的手臂和腿也不见了。"

她讲不下去了，她停了一下，直等到自己比较镇静了才继续说："来，我给你弄车。我知道你是谁，他已经回家好几天了，他跟我说起过你。他说你认识拉拉·吉沙尔。我记得她，她是个好女孩，她常来看我们。她现在像什么样子了，我不知道——谁会把你们那类人的事告诉我？到头来，主人们黏在一块本是非常自然的，不过，对尤苏普卡来说，这是一种罪。来，让我们弄车吧。我有把握，杰明娜同志一定会把车借给你的病人。你知道杰明娜同志是谁？她是奥莉亚·杰明娜，过去是女裁缝，帮拉拉妈妈的，那就是她。而且，她也是从这房子出去的。"

夜降临了，他们的四周一片漆黑。只有杰明娜从口袋中掏出的小手电筒的小光圈在他们面前四五步的地方移动，从一个雪堆跳到另一个雪堆，这不是在照亮道路，反而把人弄迷糊了。黑暗包围了他们，他们已离开了那座大房子，那儿有许多人认识拉拉，那是她还是个小姑娘时常来的地方，并且，据他们说，那里也是她丈夫安季波夫成长的地方。

"医生同志，你真能不用手电筒找到路吗？"杰明娜俨然以恩人的态度打趣地问，"如果不行，我把手电筒借给你。你知道这是事实，当我们做小姑娘时，我真的很迷恋她。她家有一间服装店，我在那里做学徒。今年我见过她。她在莫斯科停留了一阵。我说：'傻瓜，你去哪里？留在这儿吧！来和我住在一起。我们会给你找份工作。'但是，全没用，她不肯留下来。唉，这本来就是她自己的事。她嫁给帕沙是靠她的脑袋，不是靠她的心决定的，婚后，她一直都不安宁。她走了。"

"你以为她怎样？"

"当心——这里很滑。我不知已经告诉过他们多少次，不要把脏水倒在门外——也许正如同对墙壁说话。我以为她怎样？你说的'以为'是什么意思？我该以为什么吗？我没有时间去以为。这就是我住的地方。有一件事我曾告诉过她——她的弟弟，他在军队中，我想，他们已经枪杀了他。至于她母亲，我以前的女主人——我要救她，我正注意这件事。好，我必须进去了，再见。"

他们分手了。杰明娜的手电筒的光圈照着狭隘的进口，继续前进，照亮斑驳的墙和肮脏的楼梯，而日瓦戈则在一片漆黑中离去。在他的右首是凯旋花园路，左首是篷车花园路。积雪覆盖的道路，在黑暗中走起来，简直已不是路，而是一节节被切断的石头建筑，就像穿行一段段不可通过的西伯利亚或乌拉尔的森林。

家中是明亮而温暖的。

"你怎么这么晚才回来？"安冬妮娜·亚历山德罗芙娜问，"在你出门时发生了一件不寻常的事。"

他还没能回答，她继续说："真是十分料想不到的事。昨天爸爸弄坏了闹钟——我忘了告诉你——他非常不安，这是我们唯一的钟。他设法修理它，笨手笨脚地修来修去，全都没用。街角的钟表匠要了一个荒谬的价钱——三磅面包。我不知怎么办，爸爸也垂头丧气的。好，一个钟头以前——你能相信吗——突然铃声大作——刺耳欲聋，我们都吓呆了。原来是闹钟！你能想象到这样的事吗？它又走了，全是它自动自发的。"

"我患斑疹伤寒的时候到了。"尤里·安德烈耶维奇说，一面大笑不已。于是，他给她讲了他的病人和音乐钟的故事。

不过，他并没有立即得斑疹伤寒，那是很久以后的事。那时日瓦戈一家的忍耐已到了极限。他们一无所有，全家挨饿。日瓦戈跑去拜访他所救过的党要人，那个一桩抢劫的受害者。这个人尽可能去帮助他，可是，内战刚刚开始，他很少留在莫斯科。再者，他认为在那个时期人们必须忍饥挨饿，把这视为自然，并且他自己也在挨饿，虽然他隐瞒着不说。

尤里·安德烈耶维奇设法和布列斯特街的采办商保持接触。但是，在前几个月中，那个年轻人失踪了，已经痊愈的太太也下落不明。尤里·安德烈耶维奇去找加利乌林娜，但她外出了，房子里的住客多是新人，杰明娜已搬过来住在前楼。

有一天他以官价分配到一批柴火。不过，必须自己从温达夫斯基车站运回家，沿着漫长的梅山斯卡亚大街往前走着——两眼紧盯着车上载着的意外财富——他注意到这条街已面目全非。走着走着他忽然发现自己的身子左右摇晃，腿已不听使唤。他知道，他的噩运来了，他染上了斑疹伤寒。当他倒下时，车夫把他抱起，抛在柴堆的顶上。日瓦戈不知道他是怎么回到家里的。

他精神错乱时紧时松有两个星期，在幻觉中梦见冬妮亚将两条大街放在他的写字桌上，左边是凯旋花园路，右边是篷车花园路，并且点上台灯。温暖的橘色光辉照亮街道，而且，幻觉中的他变得能写东西了。于是他开始写作。

他在写他早就应该写，他一直想写，可是没有能够如愿写的东西。此时写来非常容易，他奋笔疾书，同时十分准确地写出了他要写的话。只是偶尔有一个小伙子来打岔，一个生了两只狭长的吉尔吉斯人的眼睛的青年，像乌拉尔或西伯利亚人一样反穿鹿皮大衣。

他觉得这个小伙子是他死亡的鬼魂，或者，说得明白一点，他就是自己的死神。但是，既然他还能帮自己写诗，他怎么可能是自己的死神呢？死神怎么还会给人好处呢？死神怎么可能是个帮手呢？诗的主题既不是埋葬也不是复活，而是这两者之间的时光，是"骚动"。

他一直想描写，在过去三天中，黑色的、狂暴的、满是蛆虫的沙尘暴如何进攻爱的不死化身，岩石与砖瓦齐飞如狂风暴雨——就像巨浪卷拍海岸，遮盖并淹没海岸——在过去三天中，狂怒的黑色沙尘暴来去如何猖狂。

有两行文字一直在他脑中盘旋：

拥抱是欢悦的，
醒来也是必须。

他靠近、拥抱过地狱、瓦解、腐败、死亡，他也靠近、拥抱过春天、悔恨失足的女人和生命，现在是觉醒过来的时候了，是起身的时候、再生的时候、复活的时候了。

他开始好转了。起初他把一切视为当然，就像一个笨瓜。他什么都不记得，他看不出事情与事情之间的关联，他对什么事都不觉得惊异。他的妻子用白面包、牛油和加糖的茶喂他，她给他喝咖啡，他已经忘记这些东西在他们的生活中已经不存在很久了，他享受着它们的味道，就像他享受诗或童话一样，他把这些当作是一个病人复原期中正当而适宜的享受。但是，不久，他开始思考并提出疑问了。

"你是如何弄到这些东西的？"他问他的妻子。

"你的格兰尼亚弄来的。"

"什么格兰尼亚？"

"格兰尼亚·日瓦戈。"

"格兰尼亚·日瓦戈？"

"不错，你的弟弟叶夫格拉夫，从鄂木斯克来的。你的同父异母兄弟。你生病时他每天来看你。"

"他穿一件鹿皮大衣？"

"正是。如此说来你见到了他。你几乎一直不省人事。他说，他曾在某个房子或其他建筑的楼梯口碰见你。他认识你——他想和你说话，但是，显然你吓得他要死！他崇拜你，他谈你写的每一个字。这些东西都是他给我们弄来的！米、葡萄干、糖！他现在已回去了。他要我们也去他那儿。他是个奇怪的小伙子，有点神秘。我想，他必然和外面那个政府有些联系。他说我们必须去别的地方住一两年，离开大城市，他说，'回乡下去'住一阵子。我想到克吕格尔住的地方，他说，去那儿是个很好的主意。我们可以自己种蔬菜，并且那儿四周都是森林。在那里不会像一只羔羊，束手待毙。"

四月间，日瓦戈和他全家人动身前往远在乌拉尔省、靠近尤里亚金城的瓦雷金诺庄园。

第七章

到乌拉尔去

三月底迎来一年的初暖，几天后照例有一段料峭的春寒。

日瓦戈一家匆匆做着离去的准备。为了隐藏忙乱，他们对住客——现在比街上的麻雀都多了——说，家中正忙于春季大扫除，好过复活节。

尤里·安德烈耶维奇曾反对迁徙。直到目前为止，他还认为搬不出什么结果来，也还没有干预太太的准备工作，不过，准备工作一直在进行，并且，现在就快完成。认真讨论问题的时候到了。

他在由他本人、妻子及岳父组成的家庭会议中重申他的疑虑。"你们认为我错了吗？"他在表明反对后问他们，"你们仍然坚持要走吗？"

"你说，在土地问题没有解决前，我们应该尽力为未来的三两年打算，"他的妻子说，"随后我们或许能在莫斯科近郊弄一块菜园，不过我们如何才能忍受到那个时候呢？那是问题的关键，你还没告诉我们呢。"

"指望这类事显然是糊涂。"她爸爸支持她。

"那么，好了，你们赢了，"尤里·安德烈耶维奇说，"我担心的是我们蒙住眼走路，对我们所要去的地方一无所知。住在瓦雷金诺的共有三位老人，母亲和祖母去世了，祖父克吕格尔多半已经被劫持当作人质——如果他还活着的话。

"你们知道，在战争的最后一年他曾做了一次假卖，把森林和工厂或其他的东西卖了，所有产业都转换到了别人名下，是一家银行还是一个私人，我不知道。事实上，我们对瓦雷金诺一无所知。现在这个庄园属于谁呢？我不是说现在它是谁的财产，我并不在乎我们家丧失它的产权，我关心的是，谁管理它？谁经营它？木材在砍伐吗？工厂开工吗？而最要紧的是谁在那块地方上当权？或者不如说，我们到那里的时候，将是谁在当权？

"你们依赖从前的经理米库利钦照顾我们，不过，谁能告诉我们，他依然还在那儿吗？或者，他还活着吗？说来说去，除了他的名字我们什么都不知道——并且我们之所以记得他的名字，只是因为祖父要发它的音是如此困难。

"然则，还有什么好争论的呢？你们已打定了主意，并且我已同意了。现在我们必须准确地找出来，在这个时候旅行有些什么事必须办。这并不表示我们搁置原有的计划。"

尤里·安德烈耶维奇走到雅罗斯拉夫车站去打听情况。

无止无终的长龙沿着木扶手向隆起的入口处移动，在石头地板上，躺着许多穿灰色军装大衣的人，他们咳嗽、吐痰、挪动、大声说话，弧形的天棚下响起震耳的不和谐的回音。

这些人中绝大多数在最近患过斑疹伤寒，并且在危险期一过即被逐出过度拥挤的医院。作为一名医生，尤里·安德烈耶维奇知道这是必需的，不过，他从未想到，不幸的人竟有如此之多，以及他们被迫以火车站作藏身之所。

"你必须弄个出差证明，"一个着白围裙的红帽子对医生说，"然后你得天天跑来问有没有车。如今列车稀少，看看谁够幸运。当然，"他用拇指一搓中指食指，"一些面粉或别的……你知道，没有机油车轮滚不动，另外，"他轻轻拍他的喉结"没有一点伏特加你就走不远。"

就在这个当口，亚历山大·亚历山德罗维奇有好几次被请作高级经济委员会顾问，而尤里·安德烈耶维奇则去医治一个患重病的政府要员。两者都得到当时最好的硬通货——从新开张的第一个配给中心弄到物品的配给单。

这配给中心本是西蒙诺夫修道院旁的一家陆军仓库。医生和他的岳父走过修道院以及军营的院子，笔直穿过一道矮石门，进入拱顶的地下室。由入口处往里走，地下室越来越低，也越来越开阔，尽头有一条横贯两面墙壁的长柜台，后面站着一名管理员，称称，量量，慢条斯理地递出物品，并用粗铅笔杠在配给单上划去已配项目，时而从库房拿些货品出来补充架上存货。

顾客并不多。"装东西的。"那个管理员扫了一下配给单说。教授和日瓦戈拿出了几只大大小小的枕头套，然后，用眼睛看着它们一个个地装满，其中有面粉、五谷、通心面、糖、干脂、肥皂、火柴和一些用纸包好的东西，后来发现是高加索干酪。

管理员的慷慨使两人受宠若惊，为了急于不多耽搁他的时间，两人匆匆忙忙地把大大小小的枕套塞进大麻袋中，然后甩上肩头。

在他俩走出拱门时大为陶醉，这不只因为想到食物，而且为他们自觉是世界上有用的人，不是白活着，并且值得接受冬妮亚在家中给他们的感谢和赞美。

当两个男人整天出入政府机构弄旅行文件，登记住处以便回莫斯科时仍可搬入时，安冬妮娜·亚历山德罗芙娜则在家中整理家庭财物。

她在如今已正式分配给日瓦戈家的三间屋中跑来跑去，甚至连最小的物件也拿在手中考虑上个二十次，以决定是否带走，只有一小部分行李是他们自己要用的，其余的都准备在途中以及到目的地的最初几个星期中作为货币。

春日的和风从部分打开的窗户吹进来，微微能闻到其中有新切的白面包味。雄鸡在啼鸣，孩子们在院子里玩耍、叫嚷。房子里的空气愈流通，来自冬衣木箱中樟脑丸的气味愈强烈。

说到如何取舍物件，是有个原则的，这是由那些早先搬走并和留下的朋友通信报告切身经历的人发展出来的整套理论。这一原则中简明而无可争辩的条文清清楚楚地浮现在安冬妮娜·亚历山德罗芙娜的脑中。她在室外麻雀的吱吱喳喳声中，以及嬉戏的孩子叫喊声中，有一些声音在重复着那些规则。

"一段段的女人衣料，"她沉思着，"不要带，行李在路上是要检查的，所以除非把它们缝起来看上去像衣服，不然那是危险的。如果不太破烂的，料子、纺织品、衣服，比大衣好。不用大木箱或大篮子（不会有任何红帽子来检查勒索），除非包扎得小到可以由女人或小孩携带，千万别带任何东西。他们发现盐和烟草很有用处，不过有点冒险。带克伦斯基票。文件是最不容易平安带走的东西。"另外，还有诸如此类的其他的注意事项。

在他们动身的前一天，莫斯科有一场大风雪。飞转的雪花搅成灰色的云，像白色旋风似的卷上天又卷落下来，扫入大街的深处，给它盖上一层白色的寿衣。

所有行李都打点好了。房子和留下的物件交由一对年老的夫妇看管，他们是叶戈罗芙娜的亲戚，丈夫以前是商店管事，去年冬天曾帮安冬妮娜·亚历山德罗芙娜用旧衣服和家具换过马铃薯和木头。

马克尔不可信任。在他被选来作为他的政治俱乐部的民兵队上，他虽然没有明白说，他以前的主人吸他的血，不过，他指责他们使他无知许多年，并且有意不让他知道人是从猴子演进而来的。安冬妮娜·亚历山德罗芙娜带着这对年老夫妇在屋中做最后一番检查，试试锁匙，看看五斗柜和茶柜，并对他们做最后的叮嘱。

椅子和桌子已经推向墙边，窗帘取下了，墙角上还堆了不少大小包裹。从取下冬季防寒设施的光秃的窗户看出去，大风雪勾起了他们每个人对过去的哀思。尤里·安德烈耶维奇想起他的童年时代以及他母亲的死，安冬妮娜·亚历山德罗芙娜和她的爸爸想起安娜·伊万诺芙娜的死和葬礼。他们感觉到这是他们留在这个房子里的最后一晚，他们将永不会再见到它了。关于这点，他们是错了。他们虽各怀心事，可是谁也不愿吐露以免影响他人的情绪，所以，只得忍住夺眶欲出的泪水，回想当年发生于这个房子中的往事。

尽管如此，安冬妮娜·亚历山德罗芙娜还是没有在陌生人眼前失态。她不停地和受托照顾一切的老妇人说话，称赞二老对她的恩情。急于让自己看起来不会忘恩负义，她一直在表示谢意，并去另一个房间取来给女人的礼物——好些衣衫、印花棉布料。印上白方块或白圆点图案的黑色料子，就像临去前夕，从没有窗帘的窗子望见的街道一般。此时的大街黑漆漆的，中间也嵌了不少白色的方块和圆点。

他们在黎明动身去车站，别的住客通常这时都还在梦中，不料当中有一位姓泽沃罗特金娜的妇女，特别喜爱热闹，好社交，叫醒了众人："注意！注意！同志们！快点！格罗梅科家人走啦，快来跟他们说再见！"

送行的人一齐涌到后门口（前门封上了），像要拍集体照似的，站成一个半圆形。他们冻得哇哇直叫，浑身打颤，拼命拉紧随手披上的破旧大衣，一面踩着在匆忙中套在光脚上的毡靴。甚至在这不容易见到酒的日子，马克尔也早已被他弄到的烈酒灌得醺醺大醉。他像死尸一样伏在后门口的旧栏杆上，大有摇摇欲倒之势。他坚持要拿行李去车站，当他的好意被婉拒时，他显得很不愉快。日瓦戈一家终于摆脱了他。

天色依然很黑。风小了，不过雪落得比前晚更厚。大而轻柔的雪球懒懒地坠下来，在地面上徘徊，好似无心就此落脚。

当他们走出家门口的街到达阿尔伯路时，天色亮了些。街上雪花轻坠，就像一幅和街道一样宽窄的白色舞台幕布正缓缓下降，底缘包住行人的腿，以致他们觉得他们是在原地踏步似的。

除去他们一家，路上别无行人，不过，他们一会儿就被一辆马车赶上，马儿全身雪白，车夫看上去好似在面粉堆中滚过。车夫为了一笔低得出奇的几戈比的钱，答应送他们和行李去车站，尤里·安德烈耶维奇自动要求走路。

安冬妮娜·亚历山德罗芙娜和她的爸爸伫立着，挤在两排木栏杆间一条不见尾巴的长龙中。纽莎和萨申卡则在外面溜达，不时掉头去看，是否到了和大人会合的时候。孩子们身上发出强烈的煤油气味，那是他们厚厚地涂在颈项、手腕和足踝上预防老鼠的。

长龙挤向月台门，不过，乘客事实上必须跑到离站大半俄里的地方去上车。清扫的人手不够，车站龌龊不堪，由于污秽和结冰，月台前面的轨道已不能用了，列车只能停在老远的地方。安冬妮娜·亚历山德罗芙娜向她丈夫挥手，当他走得近到能够听见她的声音时，她高声通知他去什么地方呈验旅行证件。

"让我看看他们在上面盖了个什么图章。"当他回来时，她说。他隔着栏杆递过一叠文件。

"那是乘特别车厢用的。"她身后的一名男子伸长脖子看着文件说。

在她前面的男子更爱说话。他是那种拘泥细节一丝不苟的人，看上去像是熟悉并毫无疑问地接受世界上任何规则的人。

"这个章印子，"他解释道，"表示你们有权利可以在分级的车厢——那是说客车车厢——中弄到座位，如果这列车挂有客车的话。"

整个长龙都参与议论了。

"见鬼，乘客车厢！在这个年头，如果你能在缓冲器上弄个位子坐坐，就该谢天谢地了。"

"别听他们乱说，"另一个人说，"我可以解释，十分简单。如今只有一种混合列车，同时挂着军军、囚犯车、牛车和客车。既拉牲口又拉人。"他掉头对众人说，"说话不花费什么，你爱说什么就说什么，不过，你得说清楚，让人好理解。"

"你解释得够多了。"众人的嗓子压倒了他，"当你告诉他，他的文件已盖过允许他坐特别车厢的印章时，你已说了不少话。在你未解释前你应先看看他的长相。这样面孔的人如何有资格坐特别车厢？特别车厢尽是水兵。水兵有两只训练有素的眼睛并配有一支枪，看看他吧，你看见什么？一个资产阶级，而更坏的是：一名医生，旧成分。水兵抄起家伙，就能像拍苍蝇一样给他一下子。"

如果不是群众把注意转向别个地方，真难说因日瓦戈的案例而引起的同情的议论会延续多久。

有时，人们隔着巨大的厚玻璃窗好奇地看着月台内顶棚下一条条好几百米长的铁轨。只有在顶棚的尽头才能见到落雪；由于它远在几百米外，以致看起来几乎是静止的，雪片下坠奇慢，慢得就像喂鱼的面包屑在水中下沉。

偶尔有孤独或成群的人沿着轨道荡向远处。起先他们被认为是值勤的铁路员工，可是现在是一大堆的人，匆匆奔过去，并且在他们跑去的方向出现了一朵小小的烟云。

“打开闸门，你们这些无赖。”长龙中有些人叫骂着。群众骚动了并且合力撞门，在后面的人推着在前面的人。

“看这是怎么回事！他们把我们锁在这里，有些人并不排队，绕道进了站。打开，你们这批混账东西，不然我们可要把门打烂了。来呀，大家用力挤！”

“这批蠢蛋实在不必羡慕别人好运，”通天晓说，“那些人是征调来的，从彼得格勒征来作强迫劳工的。他们本应被送去沃罗格达，不过，现在却把他们解往东部前线。他们不是自愿的，有人押解，要去挖战壕。”

列车虽走了三天，但离莫斯科还没多远。仍然有一番冬天景象。铁路、田野、森林和村舍屋顶——一切都盖着一层雪。

日瓦戈一家总算够幸运，他们在一个角落上占到几个上层的卧铺，高到与紧贴车顶的模糊的长窗户平齐。

安冬妮娜·亚历山德罗芙娜以前从来没搭过货车旅行。初次上车时，是尤里·安德烈耶维奇把她和纽莎举起，并推开沉重的拉门把她们推上车去的，不过，后来她就学会自行爬进爬出了。

在安冬妮娜·亚历山德罗芙娜看来，这列车无异是装上轮子的猪舍，并且她以为这车只要一震动就会脱节翻倒。尽管三天来，每当列车改换速度或方向时，它总是前俯后仰东倒西歪一阵儿，而车轮则在下面哐啷哐啷作响，宛如机械玩具的鼓槌打鼓，可是，并没有发生意外。她的恐惧是无稽的。

这一列车共有二十三节车厢（日瓦戈家在第十四节车厢中）。当它停在乡村车站时，只有前头或中间或尾巴上的几节车厢靠近短短的月台。

水兵在最前面，平民旅客在中间，强征来的劳工在最后八节车中。强迫劳工约有五百人，包括各种年龄、情况和职业。

这真是值得注意的景象——来自彼得格勒的富有而神气的律师、股票经纪和马车夫、清洁工人、浴室跑堂、捡破烂的鞑靼、逃亡的怪人、店员和修士挤在一起，一股脑儿被列入了剥削阶级。

律师和股票经纪围着烧红的火炉，坐在用衬衫袖子包上的短而厚的木块上讲无终无止的故事，开玩笑，大笑。他们并不忧愁，他们那有好关系、有影响力的亲戚正在家乡为他们奔走，大不了花几个钱早晚把自己赎出去。

其他的人，有的穿着皮靴和敞开的土耳其长袍；有的光脚，穿着束腰的长衬衫；有些有胡子，有些没有。他们站在空气不流通的车厢中半掩的门前，抓住车皮或钉在车门上的木板，忧郁地凝视着路边的乡村和农民，默默无语。这些人没有有影响力的朋友。他们没有任何东西好指望。

专为装强迫劳工的车厢容不了他们，多余的都放在平民旅客车厢中，第十四节车厢上也有。

每当车停下时，安冬妮娜·亚历山德罗芙娜都会小心地坐起来，以免她的头碰到车厢顶棚，由稍稍打开的窗子俯视出去，看看这个地方是否值得去走走。这得看站的大小，停车时刻的长短，以及有无可望获利的以物易物买卖好做。

这样的机会来了，车速的减缓把她从瞌睡中惊醒。左一道右一道的一串扳岔道声暗示这是个大站，他们将有长时间的停留。

她揉揉眼睛，理理头发，然后在一只包裹中东翻西翻一阵儿，找出一条上面印有小公鸡、弓形牛轭和车轮的花边浴巾来。

日瓦戈也在差不多的时候醒了，赶快先从卧铺上跳下来，帮他妻子落下地来。警卫室、路灯杆在门前滑过去了，接着是被大雪压低了头的树木，树枝倾向列车像是表示欢迎。车还没停妥，水兵们就跳落在无人踏过的雪地上，争先恐后地奔向车站的一个角落，那儿通常可以找到做黑市食物买卖的农妇。

他们的钟底形裤子和黑色制服，以及无檐帽上飘动的丝带，使他们的奔跑看上去有横冲直撞的气势，以致别人纷纷让路，就像闪避比赛滑雪溜冰者的冲刺。

在那个角落上，来自附近村庄的农家妇女，兴奋得就像站在算命人的面前，一个挨一个地沿墙边站成一列，出售胡瓜、用酸牛奶做的软干酪、大盘炖牛肉，以及用厚布包着的热乎乎香喷喷的燕麦烤饼。被下端塞在羊皮袄中的头巾裹得紧紧的村妇，一面会因水兵的笑话臊得两颊火红，不过，一面也很怕他们，因为组成突击队禁止投机和自由买卖的通常是水兵。

农妇的疑惧不久即烟消云散了。当列车停妥普通乘客也参加进来时，生意立即忙碌起来。

安冬妮娜·亚历山德罗芙娜沿着行列边走边看，她的毛巾在肩头晃动，好像她要走去车站背后用雪洗个脸一样。好几个妇人一齐高喊："嗨，你的毛巾要换什么？"不过，她在丈夫的伴同下继续前进。

在行列的末端站着一个包黑底印深红图案头巾的农妇。当她看见这条毛巾时，她的两只大眼一亮。她小心地向四周扫了一眼，悄悄地跟上安冬妮娜·亚历山德罗芙娜，揭开她的盒子，急忙细声说："看这个。保证你很久没见过了。诱人吧！是不是？不要犹豫不定，不然就是别人的了。用一半换你的毛巾怎样？"

安冬妮娜·亚历山德罗芙娜没听见最后一句。

"你说什么？好大娘。"

那个农妇是指半只烤野兔，一只兔子一切两半。她把野兔提起来，"我是说，我拿半只兔子换你的毛巾，你瞪什么呀？这并不是狗肉。我丈夫是个猎人。这是野兔，准没错。"

她们交换了物品。彼此都相信得到了最好的代价。当那个农妇在交易成功后，欢天喜地地招呼一个已卖完东西的朋友一同迈步走向雪地，走向村中她们的家时，安冬妮娜·亚历山德罗芙娜大感惭愧，好像自己骗了她似的。

这时群众中起了一阵骚动。一个老婆子尖声喊道："嗨，你！你往哪里走？我的钱呢？你几时付钱给我，你骗人？看他，贪吃的猪猡，你叫他，他连头也不回。站住！站住，我告诉你，同志先生！我被抢劫了！站住，贼！他跑哪去了，就是他，抓住他！"

"哪一个？"

"那个胡髭刮得干干净净，露齿狞笑的。"

"是那个袖口上有洞的吗？"

"不错，不错，抓住他，畜生！"

"是那个肘上有补丁的？"

"正是，正是。哦，我被抢劫了。"

"这是怎么回事？"

"那边有个人买牛奶和馅饼吃下肚，不给钱就走开了，所以那个老婆子在嚷。"

"那可不行。为什么他们不追他？"

"追他！他全身是皮带和子弹袋。他还要追你嘿！"

在第十四节车厢中有几个被强征的劳工。二等兵沃罗纽克负责看守他们。其中有三个另外站在一起。这三个人是：普罗霍尔·哈里托诺维奇·普里图利耶夫，前彼得格勒一家公营酒店的出纳——在车上他们仍称他为出纳；十六岁的男孩瓦夏·布雷金，一个铁器商的学徒；科斯托耶德·阿穆尔斯基，一个灰发的革命合作主义者，他曾进过旧政权所有的强迫劳工营，如今又出现于新政权的强迫劳工行列中。

这批征召的人本来是互不相识的陌生人，后来彼此慢慢认识了，原来出纳和学徒瓦夏是同乡，都是维亚特省人，并且列车将经过他们的故乡。

普里图利耶夫来自马尔梅日。他剪个平头，一脸麻子，矮矮胖胖。一件腋下发黑、汗迹斑斑的灰色运动衫，紧紧绷在身上，就像肉感女人的上装。他可以一坐好几个小时，像一座雕塑似的不言不语，默默沉思，一面紧搔他生着斑点的手上的肉瘤，直到起泡化脓。

去年秋季的某一天，他在涅瓦大街路上走动、进入铸工街转角处的民兵搜捕圈时，被喝令呈验身份文件，被发现他持有的配给证是第四级，那是发给非工人身份居民的，拿那张证从来买不到东西。于是他就被捕了，并且和许多以同样原因被捕的人一起被押进军营。像早先一批人一样，他们这批也被送去阿尔汉格尔斯克前线挖战壕，可是在半途改变了行程，经莫斯科送往东方。普里图利耶夫的妻子在路加，那是他战前工作的地方。她辗转听到他的不幸，急忙赶去沃罗格达（去阿齐安哥的换车站）找他，想救他出来。不过他们这批人并没有去那儿，她白跑了，并且失去他的行踪。

在彼得格勒，普里图利耶夫和一个名叫佩拉吉娅·尼洛芙娜·佳古诺娃的女人同居。他被捕时，是刚刚和她说过再见，准备朝另一方向走去赴约。当他回头眺望李太尼街时，依然能见到她的背影消失在人丛中。

她是个丰满的女人，气派堂堂，有一双美丽的手，一条浓密的辫子搭在肩上，她不时深深地叹气，把辫子甩来甩去。她现在在车上，是自愿陪伴普里图利耶夫的。

这个丑男子有什么东西可以吸引女人呢？这很难明白，不过她们可真黏着他。在更前面的一节车厢上，他还有个女朋友奥格雷兹科娃，一个白睫毛的瘦姑娘，她也是为他来的，佳古诺娃叫她"傲慢的暴发户"、"喷嘴"以及其他许多侮辱性的名字。这两个情敌已是剑拔弩张，并且尽力避免碰头。奥格雷兹科娃从不来这一节车里。她如何能会见她的情郎呢，这是个谜。也许，她只要趁全体乘客帮忙给机车加燃料的那一刻，在远处看看他就满足了。

瓦夏的故事又不同。他爸爸在战争中被杀，他母亲就送他去彼得格勒跟他叔叔做学徒。

叔叔在阿普拉克欣广场有一个小铺子。去年冬天某日，地方苏维埃传他去问些问题。他摸错了门，走进了劳工征调局的办公室。房子里全是抓来的劳工，一会儿士兵来了，把他们包围住，送去谢苗诺夫军营过夜，第二天一早便把他们押上开往沃罗格达的火车。

许多人被抓的消息传开了，家属都跑来车站送行。这其中有瓦夏和他的婶婶。他的叔叔求卫兵（现在在第十四节车厢上的沃罗纽克）让他出去一会儿，看看他妻子。卫兵拒绝了，理由是没有人保证他会回来。他婶婶和叔叔提出让瓦夏做人质。沃罗纽克同意了。瓦夏上了车，他叔叔被放出去。这是他最后一次见到他叔叔和婶婶。

当这个诡计被发现时，毫不觉察别人阴谋的瓦夏失声大哭。他跪在沃罗纽克脚下，求他释放他，不过没有用。卫兵之所以无动于衷，并不是因为他无情，而是战乱时期的军纪非常严厉。卫兵以他的生命负起他的囚徒数目的责任，这个数目点名时会查对。这就是瓦夏进入劳工队的经过。至于革命合作主义者科斯托耶德·阿穆尔斯基，他很感激沙皇政府以及现政府监守对他的尊敬，并且他和他们总是处得很好，再三为瓦夏的事向押运队长说情。队长承认这是个严重的错误，不过，在他们未到目的地前，检查这个案件有许多手续上的困难，他答应到时他尽力设法。瓦夏是个身材适中的美少年，看上去像皇室的少年侍从和图画中的上帝使者。他异常纯洁无瑕。他最喜欢的事是坐于长者脚下的地板上，仰头看着他们，两手抱住膝头，听他们发议论说故事。你只要看他时而强忍着不哭时而因大笑喘不过气来的表情，你就差不多能猜出谈话的内容了。

晚上日瓦戈一家请合作主义者科斯托耶德吃晚餐，他坐在他们那个角落上吃一只兔子腿，啧啧有声。他非常怕从窗户隙缝钻进来的寒风和冷气，多次更动位置，想找个隐蔽的地方。他终于找到一个他不再感觉有冷风的地方。"这样好些。"他说。最后他啃完骨头，吮干净手指，又用手帕擦擦，谢过主人们，然后说道："你们这窗缝漏风，得找水泥堵上。不过，话说回来，医生你错了。烤野兔固然是了不得的好东西，但是就此断言农民富有，也未免鲁莽些。我说话不太客气，希望你能原谅。"

"啊，请，"尤里·安德烈耶维奇说，"看看这些车站吧。树木未见砍伐，栅栏一点没动。还有这些市场！这些妇女！想想多美妙！有些地方生活依旧如常，有些人依然快乐，不是每个人都倒霉。这说明了一切。"

"如果真是如此那就好了。不过，事实并非如此。你从何处得来这些观念？去铁路两旁一百俄里外任何一个地方走走吧，你会发现，到处是农民起义。你要问，反对谁？那么，我告诉你，他们既反对红军，也反对白军，谁当权反对谁。你也许会说，啊哈，那是因为农民是一切权威的敌人，他们不知道他们要什么。请原谅我不能同意。农民十分清楚他们要什么，比你或我都知道得清楚，不过，他们所要的东西和我们大不相同。

"当革命唤醒他们时，他们以为多年的梦想将变为现实了——他们梦想住在自己的土地上，靠自己的手工作，完全独立，不对任何人有义务。事实上，他们发现只是换了压迫者，新的代替了旧的，革命政府的枷锁远比旧政府厉害。你想知道为什么乡村扰攘不安吗？你还能说他们富有！不，我亲爱的朋友，你不知道的事还多着呢！并且就我所知，你并不想了解他们。"

"对的，一点不假，我不想了解。为什么我该了解世上的一切可恶的事并为它们忧心成病呢？历史并未和我商量过。我不得不容忍目前发生的事，既然如此，我为什么不该糊涂些呢？你告诉我，我的观念不符现实。不过，今日的俄罗斯还有现实吗！就我所看到的，太恐怖了，不能入目。我需要相信农民生活好些，并且正欣欣向荣。如果这是幻觉，我怎么办呢？我靠什么活下去？我相信谁？我得活下去，我有个家。"

他做了个绝望的姿势，移开身子，将辩论的事让给他岳父，然后把头倚在高铺的边沿上，俯视下面所发生的事。

普里图利耶夫、佳古诺娃、瓦夏和沃罗纽克聚在一起聊天。由于列车正逐渐接近他的故乡，普里图利耶夫便回忆起通往他村庄的交通，火车站，骑马或步行的道路。当他提及瓦夏熟悉的村名时，瓦夏就跟着重复地念着，两眼闪闪发光，如同那是有趣的童话故事。

"你在苏霍伊渡口下车？"他兴奋得喘不过气来，"我们的车站！当然！然后你去布斯基村，对不对？""一点不错，你走布斯基这条路。"

"我就是说——布斯基——布斯基村。当然我知道它，在那儿你离开大路向右拐，再向右拐。然后就到我们的村子韦列坚尼基了。你的路必须向左，离开那条河，是不是，你知道佩尔加河吗？哈，当然！那是我们的河。你沿着河边向上走，走啊走啊，走上飞悬在同一条佩尔加河右边的绝壁，就是我们的村子，韦列坚尼基！那是个平地拔起的悬崖，可险峻啦！站在崖边往下看令人发晕，天理良心，绝不吹牛。岩底下有个采石场。我妈和两个小妹妹就住在韦列坚尼基村上，阿廖卡和阿里什卡……佩拉吉娅姑姑，我妈有点像你，她年轻，漂亮。沃罗纽克叔叔！求你，沃罗纽克叔叔，为了基督的爱，看在上帝的面上……沃罗纽克叔叔！"

"干什么？叔叔、叔叔，我知道我不是你的姑姑。你要我怎么样？我疯啦？如果我让你走我的末日就到啦，阿门，他们不摔死我才怪呢。"

佩拉吉娅·佳古诺娃坐着，若有所思地望着窗外，抚摩着瓦夏的红头发。她不时俯身看他，对他微笑，仿佛是在告诉他："别犯傻，这个话不能在众人面前对沃罗纽克说。不要烦恼，忍耐点，没事。"

当他们离开中俄罗斯继续东行时，古怪的事开始发生了。列车正穿过武装匪徒横行的不安全地区，行经叛变最近刚被平息的村庄。

火车常常在半途停下来，让保安巡逻队上来检查乘客的文件和行李。

有一次车在半夜停下来，不过没有人登车也没有人被打扰。尤里·安德烈耶维奇很想知道，是否出了什么事，便走出去看看。

夜色漆黑。火车没有明显的理由要停在两个车站之间的田野中，两旁是一排排的枞树。早已走出来站在雪地上的乘客对尤里·安德烈耶维奇说，没有出什么事，但是司机不肯前进，说这一段路危险，必须先用手车勘查一番。乘客代表走去和他交涉，必要时给他点钱。据说水兵也参与其事，因而无疑会行得通。火车头上的雪间歇地给烟囱或机炉中冒出的火光照亮，闪闪如磷火。借着这点微光，能看见有几条黑影正向机车跑去。

第一个影子，大概是司机，跑到机车尽头，跳过缓冲器，然后消失了，好像被大地吞咽了一样。追赶他的水兵完全照样行动：他们也只在空中一现，马上倏然消失了。

有几个乘客，包括尤里·安德烈耶维奇奇怪着究竟发生了什么，便跑过去看。

在缓冲器过去，看得到路轨的地方，他们看到一个令人惊异的景象。司机站在雪中，雪深及腰。追他的人呈半圆形包围着他，就像猎人围捕他们的猎物，像司机一样，他们都埋在雪中，没及腰部。

"同志们，谢谢你们，你们这些神气的暴风雨中的海燕，"司机大声叫道，"多有趣的景象，水兵持枪追赶一名工人同志，只因为我说必须停车。乘客同志们，你们是我的证人，你们能看出这是个什么鬼地方。任何人都可能晃过来卸去路轨上的螺丝钉。你们以为我担忧自己的生命，你们这批上帝放不过的流氓！见你们的鬼，我这样做是为你们，不让你们出事，而这就是我辛辛苦苦所得到的报应！来吧，来吧，你们为什么不开枪？我在这里。乘客同志们，你们是我的证人。我并不是逃跑。"

乘客中响起一片混乱的声音。"老家伙，别咋呼……他们并不是这个意思……没有人会让他们……他们可真没这个意思……"另一群人给他打气："加夫利卡，对的，你挺住！别让他们吓倒你！"

从雪中爬出的第一个水兵是个红发巨人，头颅特大，以致他的脸看上去像是扁的。他转身面向乘客，然后用低沉、平静、不慌不忙的语调，夹杂着像沃罗纽克似的乌克兰口音讲起了话，他的镇静完全与当时的景象不相称。

"对不起，大家这么吵吵嚷嚷的干吗？公民们，当心你们在这冷天着凉。风很大。为什么不回车厢坐下暖暖？"

群众逐渐散去了，巨人走向仍然激动的司机说："司机同志，气也闹够了。走出雪中吧，我们继续前行。"

第二天，满布大风卷起的雪粉的列车，因为怕出轨而以蜗牛的速度开到一个杳无人迹的被烧光了的废墟旁停下来。这是下开尔密斯站所剩下的唯一遗迹，正面建筑上烧焦的站名，依然隐约可见。

车站过去不远处有一个大雪覆盖的无人村庄，那也是经火烧过的。末尾的房屋烧焦了，邻近的那间塌了一个角。残破的雪橇、栅栏、红褐色的铜铁碎片以及打烂的家具散落满街。炭层染污了白雪，结冰的污水坑面上突出半焦的木柴，底下是一块块黑土——种种遗迹都证明这里受过战火并曾经人努力扑灭。

不过，这个地方事实上并不像外表那样死寂，依然还有少数几个居民。站长从废墟中钻出来，列车长跳下车，对他安慰一番。"整个的地方都烧光啦？"

"日安，欢迎光临。一点不错，我们遭了一场大火，不过，还有比大火更糟的事。"

"我不懂你的意思。"

"还是不懂好。"

"难道你是说招惹了斯特列利尼科夫？！"

"我正是说他。"

"为什么？你们干了什么吗？"

"我们什么都没干，是我们的邻人惹的事，我们跟着被搞得好惨。你看见那边的村子吗？下开尔密斯村在乌斯特涅姆金斯克县境内——这都是因为他们干的好事。"

"他们犯了什么罪？"

"包括好几桩死罪：第一项，解散他们的贫雇农委员会；第二项，拒绝供应红军马匹（别忘了，他们都是鞑靼，马上英雄）；第三项，抗拒动员令。嗯，这下你明白了吧？"

"是的，我明白，我十分明白。于是他们被炮轰了。"

"自然啊。"

"从装甲车上发炮？"

"当然。"

"真要不得。我们完全同情，可是我们仍然管不着。"

"再则，这是个老故事。并且我所得到的消息也不很好。你们得在这里停几天。"

"你在开玩笑！我送人去前线接防。这个是紧急任务。"

"我绝不是开玩笑。这里已落了足足一星期的大雪——沿线都是雪堆，没有人清扫。村子里有一半的人都逃走了。我可以将其余的人动员起来，但是，这是不够的。"

"糟糕。那怎么办？"

"好歹我们总能把轨道清出来。"

"雪有多深？"

"并不太坏。有深有浅。最坏的是在中段——大约三俄里长，车到那里一定出事。再往前去，森林把雪给挡住了。同时这一边是开阔地，风把雪吹走了不少。"

"见鬼，真头痛！我来动员全体乘客帮忙。"

"我也这么想。"

"我们不能用水兵和红军。不过，车上有一大队强迫劳工——再加上其他乘客，合计约七百人。"

"这就太多了。我们一弄齐铲子就动手。我们已有的不够，必须去附近村子上多借一点。我们安排得了。"

"天啊！好大的工程，你以为我们能办到？"

"当然能办到。他们说，只要兵多你就能攻下城池，而这里只是一小段路轨，不用发愁。"

清道工作费了三天时间，日瓦戈一家，甚至连纽莎在内，都参加了工作。这是旅途中最美好的三天。

这个地方有种内在的、难以言传的气氛。这使人想到普希金所写的起义的故事，以及阿沙可夫所描写的一些地方。废墟增强了神秘的气氛。余下的村民小心翼翼，怕见问长问短的人，远避乘客，甚至在他们彼此间也保持着沉默。

工作的人群分好几组，强迫劳工和平民分开。每组都有武装士兵监视。

清道工作同时分段分组进行。雪垣将各组的人隔开，自始至终互不接触。

大家整日在露天下工作，只有在睡觉时才回车上。天色清明而苦寒，隔不久就换一班，因为铲子不够。这倒是真正的快乐。

日瓦戈的这一段路轨景色很好。田野向东倾斜，沉入山谷，然后是一片缓缓升起的丘陵地。

在一个小山顶上，有一座孤零零的房屋，四面受风。夏季时，它的花园中一定是绚烂的，不过此时在冰雪鞭笞下，它的四周什么都没剩下。

积雪使一切轮廓看上去光滑圆溜。一条弯曲的河床尚未完全隐没，如果是在春季，必是流水湍急，直奔路基下的桥梁，可是现在却被儿童床上婴儿的鸭绒被似的雪堆塞塞了。

日瓦戈很想知道，山顶的屋子有人住吗？还是空在那里，正在倒塌成废墟，已由土地委员会接管？曾经住在里面的人现在怎样了？他们逃到外国去了吗？还是被农民杀死了？或者他们的人缘好，被许可以技术专家的身份在这区域住下来？如果他们留下来了，是斯特列利尼科夫放逐了他们，还是遭到和富农同样的命运呢？

那屋子惹起他的好奇心，不过，他照旧保持惆怅的缄默。这些日子遭遇的问题毫无秩序，并且没有人去回答。雪上的太阳反光异常，刺得两眼几乎张不开。他的铲子插入积雪光滑的表面，多干净利落、多干爽、多光泽的雪啊，就像钻石一样！这使他想起童年的往事，那时在家中的院子里，他头戴镶边风帽，身穿用钩子扣紧的黑羊皮衣，蓄着蜷曲的遮住双眼的头发，他把耀眼的白雪切成方块、金字塔、乳酪酥饼、城堡以及穴居者的城市。在那些远去的日子中，生活多有趣啊！每一件事都顺眼，都开心！

不过，这露天下的三日也有让他顺眼开心的事。这自然有其原因！晚间，参与工作的人都能得到一块新鲜的热面包，不知是哪里来的，也不知是谁下令派发的。这种面包有香喷喷的脆皮，顶上发光，四边开裂，底上有些烤焦的炭层。

他们开始喜爱遭过战火的车站了，就像一个人在攀登被雪封了的高山途中，恋恋于临时的藏身处所一样。车站的形象、大小和损失上的细节，都深深地印在他们的记忆中。

他们就像太阳一样，每晚必定回到车站，夕阳此时正在电报员窗口外一株老桦树后面逐渐沉落不去，仍然对过去无比忠贞。

那块地方的墙已塌进房间去了，不过面对窗户的那个贴有咖啡色墙纸的角落，还是完好如初，带通风孔的瓦炉子上面盖着有链铜盖，办公室的家具登记簿挂在墙上，四围焦黑。每当日落以前，夕阳总扫过瓦炉子，晒得墙纸发热，桦树的影子落在墙上，就像女人的披肩。

在建筑的后部，在通向候车室废墟、已钉死的门上，二月革命初期或以前不久贴上的通告依然健在，通告上写着：

伤病乘客请暂勿要求救治或包扎。基于明显的理由，今将此门封闭，特此通告。

尼丁斯克区医务助理员

当最后几堆路轨之间的雪堆铲平时，整条路线出现在眼前，像一支箭似的飞向远方。路线两旁铲除的雪堆成的白山迤逶，两翼黑森森的树林宛似两道黑色的墙。

极目远望，沿线分段站着一组组持铲的人。这是大家首次见到他们自己的全部阵容，不免讶异于人数的众多。

据说火车即将开行，尽管时间已晚，黑夜逼近。尤里·安德烈耶维奇和安冬妮娜·亚历山德罗芙娜再度走出去欣赏清扫过的路线。路轨上别无他人。日瓦戈和他的太太伫立片刻，凝望远方，交换了几句话，然后走回他们的车厢。

在途中他们听到两个妇女在愤怒争吵的声音。他们立刻辨别出那是奥格雷兹科娃和佳古诺娃，她们也像医生和他太太一样，由车头往车尾走，不过，她们靠近车站这一边，日瓦戈夫妇靠近树林那边。不见端头的列车把这两对人遮隔开了。那两个女人似乎很难和日瓦戈夫妇并行，不是领先就是落后。

她们两人似乎都很激动，并且好像精力已经不济。从她们忽而尖声高叫，忽而低声细语的情况判断，不是她们的腿拒绝带动她们，就是她们不住被东西绊倒而跌在雪堆中。似乎是佳古诺娃在追赶奥格雷兹科娃，或许当她抓住她时，还用拳痛击。她挑脏字眼痛骂她的情敌，而她那文雅、富于旋律的嗓子，使这些侮辱听来远比男子的粗声咒骂更猥亵。

"你这个贱货，你这个邋遢的小娼妇，"佳古诺娃尖声叫骂，"我不论走到哪里，都看到你扭来扭去，乱抛媚眼。我那个老蠢货还不够吗？你还向抱在怀里的婴儿挤眉弄眼，去引诱未成年的童子鸡？"

"原来瓦夏也是你合法的丈夫？"

"我要给你找个合法丈夫，你这个下流的祸水！你再顶嘴，我就宰了你，不要引诱我。"

"喂，喂，别动武。你要我怎么样？"

"我要看你死，你这个淫荡的跳蚤，你这个骚猫，你这个无耻的母狗！"

"我就是这等货色，是吗？和你这样的淑女一比，我自然是一只猫，是一头母狗啊。在阴沟里出生，在阳沟中结婚，你肚子里的老鼠，小畜生眼中的刺猬！……救命啊！救命啊！她要杀我！救救一个可怜的孤儿吧，救救一个可怜的弱女子吧！"

"快走，"安冬妮娜·亚历山德罗芙娜催促她的丈夫，"我实在听不下去了，太令人厌恶了。她们不会有好结果的。"

突然，一切都变了——气候和景色。平原已尽，轨道绕小山盘旋而上，穿过山区。多少天来一直在刮的北风停了，一股好像来自锅炉的暖气自南方袭来。

这里的树林长在由山坡伸出的悬崖上，当轨道穿过树林时，列车就得爬上一个陡坡，直到树林中央，然后冲下去。

火车一路哐唧哐唧，气喘喘地坚持挺进树林，寸步维艰，如同一个上了年纪的森林守卫领着一队旅人穿过森林，乘客们不时两边张望，看看能见到什么。

但是，还是什么都见不到。树林冬眠正酣，平静如日。只是偶尔有一些树枝瑟瑟作声，抖落身上的残雪，像是要奋力摆脱某种令人窒息的东西。

尤里·安德烈耶维奇一味贪睡。这些天他一直躺在他的高铺上，睡睡，醒醒，想想，听听。

不过，还是什么都听不到。

当尤里·安德烈耶维奇大睡时，春天正带来温暖并融化着整个俄罗斯的积雪，从他们在莫斯科动身那天起，沿铁路线向东——他们在尼丁斯克路轨上费三天工夫去清除的雪，以及所有遍布于开阔地区的深厚积雪，都在消融了。

起初是静悄悄而神秘地从内部融起。不过，当这巨大的工程做完一半时，便再也隐藏不住，于是奇迹就出现在眼前了。水从雪底涌出，轰轰有声。不可进入的森林深处骚动了，林中的一切都苏醒了。

有好多空间供水游玩。它蜿蜒流下岩石，注满每一个沉沼，然后向四边溢出。它在森林中低吼，喷烟，吐气。它从树林穿出，浸沉在企图阻挡它前进的雪中。它在平地上淙淙流过，或奔泻而下，溅起美丽的水花。大地湿润了。生在万仞高处的千年古松，几乎从云中餐雨饮露，它们的根部有许多泡沫，并且已干成淡褐色小点，就像胡须上沾了许多啤酒泡。因春意而醉、为春天的芬芳而眼花缭乱的天空布满云霞，挂在山边像毛毯似的低云，掠过树林，雨点从云中跃出，泥土气中的温暖杂着芬芳，从大地上洗去残余的黑色冰块。

尤里·安德烈耶维奇醒来了，伸个懒腰，用肘撑起半边身子，看一下，然后开始静听。

当列车接近矿区时，村落愈来愈多，车站也多了，走不多远就要停，小车站上上下下的乘客也多了。那些短程的乘客并不找地方睡觉，只是随便找个空位——在门旁或车厢中央，然后，便坐下低声议论只有他们才明白的当地事情。

根据过去三天这些短途乘客所留下的只言片语，尤里·安德烈耶维奇推断，在北方，白军正渐占上风，并且已经夺取或就快占领尤里亚金了。再则，除非他听错姓名，或者有一个人和他的老朋友同名，白军是由和他在梅留泽耶沃分手的加利乌林指挥的。

为了不想使家人忧愁，他没对他们提及这些还没证实的谣言。

子夜过后不久，尤里·安德烈耶维奇带着模糊的快乐的感觉醒来，那种感觉是如此强烈，以致他终于被唤醒。列车正停在站上。车站沐浴在明亮夜色的微暗中。在这种发光的黑暗中，有些不可思议而强有力的东西使人联想起田野的广阔。车站显然坐落在一个高处。

沿月台走过车厢的行人轻声细语，默然踩过犹如幽灵。日瓦戈感动了，以为这是像战前一样在照顾睡眠中的旅客。

日瓦戈弄错了。这里也有高声叫嚷和皮靴踩月台的喧扰，如同别的车站一样。但是，附近有个瀑布。它以清新和自由的气息扩大了明亮夜色的范围和强度；在他睡眠中给他注满快乐的就是那股气息。瀑布不间断的喧闹压倒了其他的一切声音，使人有一种宁静的错觉。

尽管他在它怀抱中并因它宁静，但他并不察觉它的存在，日瓦戈很快又睡着了。

两个男人在他的高铺下聊天。

"喂，他们那些家伙被扭住尾巴了没有？他们现在不出声了吧？"

"你是说那开店子的？"

"不错，是说那些谷物商人。"

"把吃的东西拿出来！几个带头的一整，其余的全闭嘴了。本区被强制罚款。"

"罚多少？"

"四万。"

"你扯谎！"

"我为什么要扯谎？"

"四万——连买小鸡吃的都不够！"

"当然不是四万卢布，是四万蒲式耳。"

"罚得好！"

"四万蒲式耳最好的面粉。"

"说来说去，这也不是什么了不得的事。这儿全是沃土。正在玉米地带的腹地。从这里起，沿着雷尼瓦河一直到尤里亚金，村落连村落，批发粮商到处都是。"

"别嚷，你会吵醒别人的。"

"好，好。"他哼了哼。

"去睡觉好吧？好像列车在移动。"

不过这列车仍停在站上。但是，另一列车的哐啷声从后面传来，轰然如雷，当它逼近时连瀑布声都被盖下去了，一列旧式的快车以全速在另一条平行的轨道上疾驶而过，怒吼，汽笛长鸣，车尾的灯闪闪烁烁，终于消失在前面的远方。

谈话恢复了。

"唉，我们倒霉。又得在这多待一会儿了。"

"是的，不过车马上就会开。"

"刚才过的是一列装甲快车，一定是斯特列利尼科夫的专车。"

"一定是他。"

"他对付反革命分子就像是一头野兽。"

"他在追加列耶夫。"

"谁是加列耶夫？"

"海特曼·加列耶夫。他们说，他与一支捷克人部队在尤里亚金外围。他已夺得港湾，这个祸害，一直不肯放手。海特曼·加列耶夫。"

"从没听说过他。"

"或者这可能是加列耶夫亲王，我记不大清名字。"

"哪有这样一个亲王。必是阿里·库尔班。你把他们弄混了。"

"也许是库尔班。"

"这还比较像一点。"

天亮前尤里·安德烈耶维奇第二次醒来，他做了个愉快的梦。无上的喜悦和自由的感觉依然在他心头。列车停着不动，或许还在原站，也可能是在另一个车站上。他再次听到瀑布声，或许是同一个瀑布，或许是另一个瀑布，不过是原来那个的可能性大些。

他几乎立刻又睡着了，当他打了一阵盹醒来时，他蒙胧听到奔跑和一些骚乱的声音。科斯托耶德在和押运队长吵嘴，彼此大喊大叫。空气甚至比以前更令人愉快。这里有些新的气息，早先没有——它是神秘的、春意盎然的、稀薄而不可捉摸的，就像五月的阵雪所散发出来的气息。当融化中的潮湿雪片落在地面时，它看上去是黑多于白的。此外，空气中还像是有一种黑中透白的、气息香甜的东西的味道。"是稠李！"尤里·安德烈耶维奇在梦中作了判断。

第二天早晨安冬妮娜·亚历山德罗芙娜说："尤拉，你真是不平常，你是一堆矛盾的集合。有时，一只苍蝇就吵醒你，非到天亮你不能够再入睡，而这次你竟然能在这一切的吵嚷中沉睡，我简直唤不醒你。普里图利耶夫和瓦夏逃掉了，想想看！佳古诺娃和奥格雷兹科娃也跟着溜了！你能想象到这样的事！等等，这还没完。沃罗纽克也跑了。这是真的，我告诉你，他开小差了。听着，他们是如何安排的，是一齐还是分开的，是怎么个次序跑的——这全是谜。沃罗纽克，当然，我明白——他一旦发现那些人跑了，他就得设法保住他的生命。可是其余的人呢？他们真是全部自愿溜走，或者有人弄掉他们呢？比如说，假若我们以为两个女人可疑，是佳古诺娃杀了奥格雷兹科娃呢，还是发生了什么类似的事？没有人知道。押运队长在车上跑来跑去，像个疯子。'你不许开车，我依法命令你，在我没抓回囚犯以前你不得开车。'而带兵的司令官嚷着顶回来：'我带接防的士兵去前线，我才不等你那些下贱的奴工。什么鬼主意！'然后两人都跑去科斯托耶德那里。'你这个工会组织主义者，一个受过教育的人，你怎么能坐视一个头脑简单的大兵，一个无知儿童似的老粗，如此放肆！噢，你这个平民党员！阿穆尔斯基不客气地回敬过去。'那倒有趣，'他说。'囚犯还得照顾他的守卫，是吗？哈，真有这么一天，岂不是要牝鸡司晨。'我拼命摇你。'尤拉，'我叫你，'快起来，有人溜走啦！'不过你都没动一下。即使枪弹穿进你的耳朵，你大概也听不见……不过，详情以后再说……看！爸爸，尤拉，看，景色多壮丽！"

透过窗户上的空隙，极目所视，他们能见到春水泛滥的乡村。有些地方，河流溢出了堤岸，河水上涨高过路轨。从高铺上有限的视野望出去，列车看似在水面滑过。

四野是一片平滑，只偶尔有些地方给一条条冷酷的蓝光所破坏，灼热的朝阳正在为大地抹上一道道透明的金光，光滑油润，好像厨子用一根羽毛在热馅饼皮上抹溶化的牛油。

一朵朵白色的云影，沉在这无边无岸的大水中，田野、山谷以及灌木一齐被淹没在水中。

在这一片汪洋中还有一条狭长的陆地，长着一列双行树木，孤悬于天地之间。

"看，一群野鸭！"亚历山大·亚历山德罗维奇叫道。

"哪里？"

"靠近那个岛，再往右一点。糟糕，它们飞走了。我们惊吓了它们。"

"不错，我现在看见了，"尤里·安德烈耶维奇说，"亚历山大·亚历山德罗维奇，我必须同你谈谈。改天吧……至于我们的强迫劳工和那两个女人，祝他们好运。我十分确信，没有任何谋杀的事。他们只是像水一样地挣脱了束缚而已。"

明亮的北方夜晚正在消失。一切都看得清清楚楚——山峰，灌木峡谷——不过看起来似乎有些不真实，好像是人造的。

树林正抽出新叶，其中有几棵盛开的稠李。这座林子长在一堵突出的悬崖之下，但在另一堵绝壁的狭长的岩架之上。

瀑布虽然不远，但只能从灌木林的边缘看到。由于走近去看它，去体验壮观的欢愉和恐怖，瓦夏疲倦了。

这个瀑布在附近无与伦比，其他的瀑布没有一个能和它相提并论。它的独特赋予它一种令人敬畏的品质，它像是一只活生生的有知觉的动物，一条在乡间征集供奉并猎取小动物为食的龙或有翼的蛇。

瀑布在半腰被一块尖石截断，并分成两股。顶端几乎是静止的，可是，比较低的两股却微微分向左右摆动，宛若流水不停地滑倒又自行扶正，动摇着，不过总能恢复镇定。

瓦夏躺在铺于灌木林边缘的羊皮上。天色稍亮时，一只巨大羽翼的鸟从山上飞下来，在树林上空盘旋一匝，然后落在靠近他身边的一株松树上。他仰起头来快活地看着它深蓝的喉颈和灰蓝的胸脯，并低声用乌拉尔的名字呼唤它——"野鸽子"。然后，他站起身，捡起他的羊皮，披在肩上，走过一块空地去找他的伙伴说话。

"佩拉吉娅姑姑，起来。天哪，你怎么那么冷！我能听见你在磨牙。噢，你在瞪什么眼，你干吗这么害怕？我告诉你，我们非走不可，我们必须赶到一个村子里。他们会藏起我们，他们不会害自己人。如果我们这样走下去，我们会饿死。我们已两天没东西吃了。沃罗纽克叔叔在我们走后必定大叫大嚷，他们必定全体动员来找我们。我们必须跑。我真不知如何对你才好，姑姑，你已整整两天不说一句话了。你忧愁过度了，说真的，你忧虑太多。你干吗这么不快乐？你并不是有意把奥格雷兹科娃推落车厢的，你只在旁边推了她一下，我亲眼看见的。她立刻从草地上坐起来——我亲眼看见的——然后她站起身，跑开了。她和普罗霍尔叔叔，普罗霍尔·哈里托诺维奇，很快会赶上我们的，不久我们就又在一起了。最要紧的是别发愁，然后你会再找到你的舌头。"

佳古诺娃站起身，抓住瓦夏的手，然后柔声地说："好啦，我们走吧，小羊。"

列车在爬陡坡，车身咯咯作响。在河岸下边有一丛灌木，树顶还不能与轨道平齐。再往下去仍是田野。大水刚刚退去，草上散满泥沙和碎木片。那些木板一定是从高山上冲下来的，它们所以堆在那儿，本来是预备让它们沿河流下的。

在路基下的幼林依然几乎是光秃秃的，如同冬季一般。只有在那些遍布全身，宛若烛泪似的新芽上，才见到些与众不同的东西，那是些使它们多余的、不安的或肮脏或燃烧的东西，而这种不安、多余和肮脏正是生命的符号，它们早已使绝大多数的树木燃起绿色的火焰。

偶尔有几株桦木挺立在中间，枝叶四射，正如身被箭刺的殉道者，你只要一看见它就能嗅到它分泌的那种用来做漆的闪光的树脂的气味。

不久轨道就爬上了原来可能是存放木材的地方。在一个轨道拐弯的地方，可以见到有一片树林被砍掉了，满地是碎片和屑层，空地中央还有一堆木材。引擎刹住了，列车一阵抖动，然后停在一个上下坡度不大的小山顶上。

跟着有几声短短的汽笛声从机车那传来，不过，乘客并不需要听到这些信号后，才知道司机已把车停下来取燃料了。

货车的门拉开了，一群有一个寻常小镇人口那么多的人涌了出来。只有水兵仍留在前几节车厢中，他们是免除一切杂役的。

空地上没有足够的小柴火填满燃料车，有些大木块必须劈成适当的尺寸。机车间有的是锯子，随即分发给志愿效劳的人，两人一把，日瓦戈和他的岳父也参与工作。

咧嘴而笑的水兵将头伸出门外。他们是一个古怪的混合群，其中有只接受过短期紧急训练的中年工人，也有刚跨出海军学校的青年，这些新兵看上去好像是摸错了门，跑到一群稳重的家长当中，他们和年长的水兵开玩笑，并愚弄乘客和劳工，使他们不能思考问题。下车劳作的人们意识到，接受考验的时候到了。

跟在工作队伍后面的是水兵们的嘲弄和纵声大笑。

"嗨！爷爷！我不是偷懒，我太年轻，还没到工作的年龄，我的妈妈不许我工作。""嗨，玛芙拉，别把你的裙子锯掉，那样你会伤风的！""嗨，年轻的姑娘，不要走去树林中，来做我的老婆吧！"

空地中有几个支架。尤里·安德烈耶维奇和亚历山大·亚历山德罗维奇走向其中的一个，开始锯起来。这是春天的季节，从雪中浮现出来的地面，看上去非常像六个月前白雪没有盖上的样子。树林中有一股潮湿味，地下积满一堆堆陈年的树叶，就像多年没有打扫过的，遍地是碎信件、传单和收据的房间。

"别拉得这么快，这会把你弄得很累，"日瓦戈说，一面放慢动作，力量用得更均匀些，"歇会儿怎么样？"

树林送出其他锯子拉动的咕吱咕吱的回声。远处，一只夜莺小试啼声，另有一只山鸟隔一阵儿叫一声，好像在吹去笛子中的灰尘。甚至机车锅炉的蒸汽冒上天时也嗤嗤作声，宛如婴儿室中酒精炉上煮沸的牛奶在响。

"你想对我说什么？"亚历山大·亚历山德罗维奇问，"你还记得吗？列车驶近那个孤岛，野鸭飞走时，你说过你要和我谈谈。"

"嗯，是的……嗯，我不知道如何长话短说。我在想我们愈走愈远了。这整个区域在动乱。我们不知道，我们到达那儿时会找到些什么。或许我们应该把话说开，以备万一……我不是说我们的信念——要在春天的树林中用五分钟来说明它们是荒谬的。另外，我们彼此相知甚深。你，我和冬妮亚以及许多像我们这样的人，在这段日子中一直给自己制造个世界；我们之间的不同，只是我们在这一点上的觉醒程度。但是，那不是我要谈的。我的意思是，或许我们必须事先达成协议，在某些环境中各人将如何自处，如此我们到时不会因为别人而脸红，或使彼此感觉着愧。"

"我知道你的意思。我喜欢你的表达方式。现在这是我要告诉你的话。你还记得，在一个大风雪的晚上，你曾带给我一份刊有第一道政府命令的报纸吗？你还记得，它们是不妥协到如何不可相信的地步吗？使我们远走高飞的是那个单纯的想法。不过，这类东西只在孕育它们的思想家脑中保持原始的纯洁，然后，只有在初次公布的那一天。到第二天，政治的诡辩就把它翻过来了。我能对你说什么呢？我对他们的哲学是门外汉，他们的政权对我们敌视，并没有人问我是否同意这一切变动。不过，我是受信任的，而我自己的行动，纵然也许不是出于自由选择，却使我有一定的义务。

"冬妮亚一直问我,我们到那儿是否还赶得上种蔬菜。我不知道,我不熟悉乌拉尔的土壤或气候。夏天是这么短,我不能想象有什么东西会及时成熟。

"不过,话说回来,我们千里迢迢而来并不是为的种菜。不,我们最好诚实地面对事实,我们的目标是十分不同的。我们是去设法以现在的方式,参与老克吕格尔的财产、工厂及机械的浪费。我们不是去重建他的产业,而是像别人一样,以同样不可置信的混乱方式耗去他的产业,并为了苟全毫不值钱的性命而插手于千千万万的集体浪费中。纵然你拿黄金向我倾注,我也不会以旧方式取回我的庄园。那将是愚蠢的事,蠢得像赤身裸奔,或想要逼自己忘记字母。不,私有财产的年代在俄罗斯已成过去了,而且无论如何,我们姓格罗梅科的早在前一代已失去贪得无厌的兴趣了。"

在车厢里睡觉是既太热又太闷。日瓦戈的枕头都汗湿了。他十分小心地从他的高铺上滑下来,推开车厢的门,唯恐惊醒别人。

他的脸被汗湿得黏糊糊的,如同走进地下室时扑了一脸的蜘蛛网。"浓雾,"他猜,"明天会酷热得厉害。难怪现在如此不透气,感觉如此沉闷。"

这是个大站,可能是个换车站。在雾和闷之外,还有一种空虚的、被忽视的感觉,好像这列车已经迷失,已被遗忘。列车必然停在车站远远的尽头,在列车和车站建筑间,轨道斜直交错,规模宏阔,如果那边的地裂开将车站咽下,列车中的人没有一个会注意到。

能听到远处有两种微弱的声音。

在他的后方,从他们的来处那儿传来一种有节拍的水花飞溅声,像洗刷衣服,又像潮湿的旗子被风吹动,在不断拍打旗杆。

前方传来均匀的隆隆声,这使得曾到过前线的日瓦戈竖起了耳朵。在仔细听过低长而又稳定的回声后,他确定那是"长射程炮"。

"没有错,我们正在前线。"他摇摇头,然后从车上跳下来。他向前走了几步。前面只剩下两节车厢,其余的车厢已经截断,与机车一起开走了。

"原来如此,难怪昨天水兵们那么紧张,"日瓦戈想,"他们已经决定，一旦抵达他们就得投入作战。"

他绕过第一节车厢，想跨过铁道去找车站的主要部分，可是，一名手持来复枪的卫兵挡住了他的去路。

"你去哪里？有没有通行证？"

"这是什么站？"

"不用管。你是谁？"

"我是从莫斯科来的一名医生，我和我一家人是这列火车上的乘客。这是我的证件。"

"什么鬼证件。我还不至于傻到在黑暗中看你的文件。现在雾这么浓——你没看见吗？我不需要看证件、知道你是什么鸟医生。不知有多少你们这类医生正在对我们开十二寸的大炮。我随时可以干掉你，不过，现在还嫌太快。赶快滚回去，趁你还成块的时候。"

"大概是把我当成另外的什么人了。"日瓦戈想。辩白显然是无用的，还是听他的话好，免得后悔不及。他转过身，从另一条路往回走。

炮火如今在他身后了。他背后是东方。太阳已在雾流中升起，模糊地从流动的雾影中钻出来，正如一个裸体的人从浴室的蒸汽中走出来。

日瓦戈沿列车往回走，走过了最后一节车厢。他的脚踩在细沙上愈陷愈深。

均匀的飞溅声比以前更近了。地面的坡度大了。他停下来，想弄明白他前面看不清楚的景象，浓雾使它们看上去大得出奇。他往前走了一步，岸边的船体从黑暗中出现了。他面前是一条宽阔的河，微波缓缓地泼溅，没精打采地拍打着单桅船和岸边的码头。

一个人影从河边站起来。

"谁允许你四处窥探的？"另一个持来复枪的哨兵问。

"这是什么河？"尤里·安德烈耶维奇高声叫道，虽然他已下定决心不再提出任何问题。

根据他的回应，哨兵立刻把警笛放入口中，不过，他不必再麻烦了，他所要召唤的第一个哨兵，显然是一声不响地紧紧跟在日瓦戈身后，现在已和他的同志会合了。他们在商议。"毫无疑问，你只要看一眼就知道他是什么鸟了。'这什么站？''这是什么河？'你的眼给灰尘蒙住了！你的意思怎样？我们直接送他去防波堤还是先去火车上？"

"我说去火车上。看看头儿怎么说——你的证件，"他吼道。一面打开他手中的文件，一面回头对另一个人说："看住他。"说罢他便和第一个哨兵朝车站走去。

直到现在日瓦戈才看清楚，第三个人是个渔夫。他本来一直躺在河滩上，不过，现在他哼了哼，动弹一下，然后向日瓦戈说明他的处境。

"他们带你去见头子是你幸运。那也许能救了你的命。不过，你不必埋怨他们。他们只是尽责任，如今是人民爬到顶上去了。虽然目前还没有什么成绩可言，或许，往长远处看，这是最好的办法。你明白，他们是弄错了。他们一直在搜索，在搜索某一个人。他们以为你就是那个人。他们以为你就是他，他是工人政府的敌人，我们必须捉住他。一个误会，如此而已。如果发生什么事，你坚持去见头子。你可别让这两个家伙借口把你弄到别处。他们的政治意识很强，这是个不幸，愿上帝帮助我们。他们只是想不到以什么理由干掉你。所以，如果他们说'跟我们来'，你可别去。你说，你必须见头子。"

从渔夫那里，尤里·安德烈耶维奇得知，这条河是闻名的水道雷尼瓦河，而河边的车站是拉兹维利耶，尤里亚金城近郊的一个工业区。他又得知，在上游约三俄里的尤里亚金似乎现在已被红军收复了。拉兹维利耶也曾有过暴动，看来也被敉平了，周围所以这么寂静，因为车站地区警卫森严，早已没有一个平民了。最后他得知，停在站上那些被用来做军事办公室的特别列车中，有一个列车是军事委员斯特列利尼科夫的专车。两个哨兵就是去向他报告。第三个哨兵现在从前两人去的方向走过来，他和前两人最大的不同，是他有时把来复枪放在身后拖着，枪托在地上拖过，有时把枪放在他前面用手扶着，就像一个需要他扶持的喝醉酒的朋友。这个卫兵押日瓦戈去见委员。

笑声和走动声从几节特别车厢中的一节传来，交换过口令，卫兵押着日瓦戈向特别列车走过去，当他们两人走进车厢时，走动声停住了。

卫兵领日瓦戈穿过一条狭窄的走道，去中央一个宽敞的车厢。这是一个干净、舒适的房间，是打扮整齐、穿着考究的人悄然工作的地方。对于斯特列利尼科夫的背景，日瓦戈有个非常不同的想法，他是著名的党外军事专家，他是这个区域的天之骄子和恐怖之源。

无疑他的真正活动中心是在别的地方，与总办公室和作战地区更接近。这里可能只是他个人的套房，他的私人办公室兼卧室。

这里的沉静，使人觉得更像是待在装上橡木地板的、沐浴者都穿软拖鞋的蒸汽浴室中。

办公室在从前的餐厅中，铺着地毯，里面有几张写字台。

"等一下。"写字台靠近门口的一位青年军官说，打发走了卫兵。他走开了，枪托沿钉在走道上的铜条拖去，嗒嗒有声。然后，人们好像很自然地忘掉了日瓦戈，并且不再去注意他。从他在入口处所站的地方，他能看见，他的证件放在远处房间尽头的一张写字台上。台上坐着一位年纪最大的军官，看起来像个老派上校。他是红军的某种统计官。他一面叽叽咕咕地自言自语，一面查参考书，看野战地图，核核，对对，比较，剪下来，然后贴些东西上去。在环顾室中所有的窗户后，他大声宣布："天要热了。"好像他的结论是检查过窗户后逼出来的。一个军事电气技师正在地上爬来爬去地修理出了故障的电话线。当他爬到靠近门边的写字台时，那个青年军官站起来给他让路。在旁边的写字台上，一个身着军用皮夹克的女打字员正在和她的打字机奋斗，承字筒脱落，卡住不动了。青年军官站在她身后，从上头帮她检查出毛病的原因，同时电气技师爬到她台子底下，从底下检查。老派上校也走过来，参加工作，于是，这四个人和打字机忙作一团。

眼前的一切使尤里·安德烈耶维奇觉得放心了一些。这些人对他的命运必然比他自己知道得更清楚，看来不像有什么大问题，他们不会在一个他们认为死神临头的人面前如此专心致志地忙着这种琐事。

"然则，谁知道呢？"他沉思着，"为什么他们对我如此漠不关心？炮弹正在乱飞，人民正在死亡，而他们却平静地预测热度——不是战场的热而是气候的热。话说回来，或许，他们已看得太多，所以他们麻木不仁了。"由于无事可做，他的眼光穿出办公室，透过对面的窗户向外界凝视。

他能看见轨道的边缘，再往高处去，是山头、车站以及拉兹维利耶的郊区。

三段没有油漆的木梯子由月台通向车站的建筑物。

在轨道的尽头有一个巨大的废弃机车的堆放场。没有煤水车、烟囱像长筒靴口或大口玻璃杯的火车头，一个挨着一个地站在破铜烂铁堆中。

堆放场在下面，而人的坟场就在上面，轨道上变皱的铁，郊区生锈的屋顶和商店招牌，在清晨燥热所蒸灼的白色天空下，构成了一幅被忽视的颓败的图画。

尤里·安德烈耶维奇在莫斯科早已忘记的许多商店招牌依旧可以在别的城市中看到，在好多门面上都有这些招牌。他现在所看到的招牌有些非常大，他能从站立的地方认得一清二楚，它们挂得很低，低到盖过低矮的一楼建筑物的歪斜窗户，以致那些矮矮的小窗被它们遮住了，就像村童的面孔藏在他们爸爸的帽子中。

雾已经从西边消散了，如今，留在东边的雾正缓缓松动、摇荡、分开，就像舞台上的帷幕。

在拉兹维利耶三俄里外更高的小山上，有一座如同省会大小的城镇盘踞在那儿。太阳使它的色调温暖，距离使它的线条简单，在小山的峰巅之上，房子接着房子，街道接着街道，紧贴着排成一层一层。在城中央的山顶有一座大教堂，就像复印的廉价彩色图画中的被弃置的修道院，或阿丰山。"尤里亚金，"日瓦戈兴奋地想，"我常常从安娜·伊万诺芙娜及护士安季波娃口中听到的城市。我竟然在这样的环境中看到它，多奇怪啊！"

这时，办公室里其他人的注意力已从打字机移到他们从另一个窗户中见到的景象上，日瓦戈也同时转身回顾着。

一群俘虏被押上车站的石阶。当中有一名穿学生装的少年，他头部受了伤。他的创伤已经过初步救治，不过，鲜血的细流仍透过绷带涔涔下滴，他不停地用手去抹，弄得他汗水淋漓的黧黑面孔上全是血迹。他走在行列末端两名红军士兵中间，他所以吸引日瓦戈的注意，不只是由于他果断的神情，英俊的面貌，如此年轻就参与叛军，令人怜悯，而是由于他以及他两个陪伴十分古怪的举止。他们的举止恰和他们应有的举止相反。

他依然戴着学生帽，它不断沿绑在头上的绷带滑下来，但他并不摘下拿在手中，相反地，他一次又一次地把它戴正，不惜触及绷带和伤口，同时每次两个士兵都及时帮忙。

从这个十分违反常理的荒谬行为，日瓦戈发现一个很难了解的象征。他觉得有些话已涌到他的喉头，他渴望冲出去对那个青年倾吐。他渴望对他以及车厢中的人高喊，得救不在忠于形式，而在摆脱形式。

他掉转身。斯特列利尼科夫以强劲有力的大步走进来，站在房子的中央。

这怎么可能呢，作为一名医生，识人多得算不清，怎么以往从来没有遇见过一个像这个人这样性格鲜明的人物呢？他们从来没有碰在一起，他们从来不曾在路上遇见过，这是怎么回事？因着一些无法说明的理由，日瓦戈立即清楚地觉得，这是一个有着完全自主意识的人。完全到他要自己是怎么样就是怎么样，他的一切——他匀称的、英俊的头部，他的快速有力的大步，他的长腿，他的可能踩过泥水、但是看起来还发亮的长筒靴，以及他的可能已经有皱纹的、但是看来好像是用最好料子做的、并且是刚刚熨过的灰哔叽紧身短上衣，看上去全像是不可替代的、正确的、完美的。

这些印象都是他的才气、他的沉着洒脱，以及四海为家的意识所造成的不可抗拒的影响的结果。尤里·安德烈耶维奇想，他必然禀赋独特，不过，他并不必然是创造性的天才。从他一举一动中看来，他很可能只具模仿才能。在那些日子中每个人都在模仿别人——他们模仿历史上的英雄，或那些因为在前线或街头作战成名而打动他的想象力的人，或者模仿在人民中有威信的人，或出色的这个或那个同志，再不然就彼此模仿。

斯特列利尼科夫有礼貌地隐藏了因生人出现而可能感到的惊讶或烦恼。他对他属下说话的口气，如同手足。

他说："可喜可贺。我们已把他们赶回去了。这一切不像是办正经事，而是拿战争当儿戏，因为他们也和我们一样是俄罗斯人，只是满脑子的落后思想——既然他们执迷不悟，我们就得把他们的这些思想打出来。他们的司令是我的朋友。他的出身比我还贫苦。我们在一座房子里长大。他对我的生平影响很大，我深深感谢他。现在我真快活，我们已把他们赶过河甚至还更远些。古里扬，快把线接上，我们需要电话，我们不能只靠邮差和电报联络。你们注意到天气多热吗？我设法睡了一小时，结果还是一样。呵，是了！"他转向日瓦戈，想起了他是被叫醒来处理和这个人有关的一些无聊的事情。

"这个人？"斯特列利尼科夫想，仔细地打量他一番。"胡闹！他根本不像他。笨蛋！"他笑了，然后对日瓦戈说：

"同志，对不起。他们把你当成另外一个人了。我的哨兵弄错了。你现在可以走了。这位同志的证件在哪儿？啊！这是你的证件。我可以看一眼吗？……日瓦戈……日瓦戈……日瓦戈医生……莫斯科……请到我的房间坐一会儿好吗？这是秘书处，我的办事处在第二节车厢。这边走，我不多耽搁你。"

事实上斯特列利尼科夫是谁呢？

他能爬到并保持这个位置真是非同小可，因为他并不是党员。他几乎完全默默无闻，虽然他出生于莫斯科，可是他一离开大学，就去外省做教师，后来在战争中被俘虏了，军方报告他失踪，相信他已被杀，只是最近才从德国俘虏营中放回来。

他是季韦尔辛推荐并担保的。季韦尔辛是一名在政治见解上进步的铁路工人，他小时候住在季韦尔辛的家中。那些操任免大权的要员对他的印象甚佳：在那些过度讲究词藻和政治极端主义的日子里，他的革命热情完全出于挚诚，这是值得注意的。他也相当放荡不羁。他的狂热不是一种模仿，而是他自己的，是他以前一切生活的自然结果。

斯特列利尼科夫没有辜负权要对他的信任。

在过去几个月中他战功显赫，在下开尔密斯和乌斯特涅姆金斯克的突击中，他镇压了古巴索夫农民武装反抗征粮的暴动，平息了十四步兵师士兵抢劫运粮车的叛乱。他还清剿过拉辛派的士兵，他们先在土尔卡图拉起事，然后投向白军。他还处理了奇尔金河口码头的叛变，在那次叛变中，一名忠于党的司令官遇害。

每一个事件中，他都以出其不意的行动击败敌人，以迅速、严厉、果决的手法从事调查、审问、判决，并执行他的判决。

他遏止这整个区域中逃亡的风气，并且成功地重新组织了征补士兵的机构。结果，征兵成绩超前，以致红军的新兵接收中心必须延长工作时间。

最后，当来自北方的白军压力增加时，莫斯科承认情势严重，当局便将军事的、战略的以及作战的新责任加在斯特列利尼科夫肩上。他的行动也立即产生了效果。

斯特列利尼科夫风闻，谣传已给他加上"拉兹斯特列利尼科夫"的绰号——"刽子手"（"枪决专家"）。但他淡然处之，丝毫不受干扰。

他是莫斯科人，父亲是工人，因为参加一九〇五年的革命曾被送进监狱。他未曾参加那些年代的革命运动，第一因为他太年轻，并且在大学里，出身贫苦的学生往往比富有的学生更重视读书。革命运动虽在学生中酝酿，但他并没被卷入。他吸收了大量的知识，在获得人文科学的学位以后，他继续钻研自然科学和数学。

因为免服兵役，他便志愿参军，旋即奉命开赴前线，然后被俘，听说俄罗斯发生了革命，他便在一九一七年逃出俘虏营，回到俄国。他有两大特色，两种热情：不寻常的清楚而有逻辑的推理能力，伟大的道德和纯洁的正义感；他热诚而又正直。

不过，他并无意使自己成为开辟新天地的科学家，他的才智缺乏大胆探索不可知境地的能力，以及超越枯燥之逻辑推理的直观闪现。

同时如果他真正有心去做好他所需要的，很容易在他的原则中增加一种能力，去违抗诸如此类的东西——只对于个别事物的认识能力，而不是对于一般的事件，并且能在微观的层次上达到对事物把握的完美程度。

从儿童时代起，他心中就充满崇高的志向，在他看来，世界是个广大的赛场，各人在严守规则的前提下竞求完美。当他发现事实并非如此时，他并没有想到，他对世界秩序的概念可能太过于简单。他反而培育他怨愤的根源以及野心，去评判什么是生活，什么是歪曲生活的黑暗力量，并且去做生活的维护者、复仇者。

失望激怒了他，他便以革命来武装自己。

"日瓦戈，"当他们在他的房间中坐定时，斯特列利尼科夫重复地念着，"日瓦戈……商行，我想。或是上流阶级……噢，当然，一名莫斯科的医生……去瓦雷金诺。奇怪，你为什么要离开莫斯科，去外省这样的一个小地方？"

"那只是为了一个观念。想求安静、闲居、隐遁。"

"好，好，多罗曼蒂克。瓦雷金诺？这附近绝大多数的地方我都知道。那儿以往是克吕格尔的庄园，你和他没有什么关系吧，有可能吗？你不会是他的继承人吧？"

"干吗这样冷嘲热讽？是他的'继承人'又怎样，这有什么关系。虽然，一点儿不假，我妻子……"

"啊哈，如此说就明白了！但是，如果你怀念白军，我就要令你失望了。你来迟了一步。我们已把这个区域的白军肃清了。"

"你依然在和我开玩笑？"

"不是的，医生。我是一名军人，而且我们还在战争中。了解你的情况，那绝对是我分内的事。你是一名逃兵。绿色分子也去森林中避难。你有为自己申辩的理由吗？"

"我两次受伤，被当作伤兵遣散。"

"下次你就得向我出示人民教育或卫生委员会的证明，证明你是苏维埃公民，一名'同情者'，'完全忠贞'。这是启示录的时代，我亲爱的先生，这是'最后审判'。这是带着冒火宝剑的上帝使者和创世纪前大混乱中飞翼野兽的时代，不是同情者和忠贞医生的时代。无论如何，我说过，你自由了，我不食言。不过，记住，只此一次，下不为例。我有个感觉，我们会再见，那时我们的谈话可就完全不同了。当心。"

无论是威胁或挑衅都不曾使尤里·安德烈耶维奇不安。他说，"我知道你以为我是什么样的人。从你的观点看，你是对的。不过，你希望我同你讨论的问题，正是我生平一直和假想的责难者所争论的问题，如果到现在我还没得到结论，那就奇怪了。我只是不能用三言两语把它说完。所以，如果我真的自由了，就请让我离开，不必要我回答你的责难。如果不能还我自由，那么，你就得决定如何处置我。我不给你制造任何的借口。"

电话打断了他们的谈论。电话线修复了。斯特列利尼科夫拿起听筒。

"谢谢，古里扬。现在做个好人，派一个人来送日瓦戈同志回他的火车，我不要再出什么事故。同时给我接通拉兹维利耶肃反委员会运输部。"

日瓦戈走后，斯特列利尼科夫打电话给火车站。

"你们那边有人送来一名学生，他不断将帽子拉到耳朵上，他头上是裹着绷带的，这真丢脸——是的——好好治疗他，如果他需要—— 一定——好，就像你的掌珠一样，你必须对我个人负责——还有，如果需要，必须给他食物。就这么办。现在，让我们谈公事。……我还在说话，别截断，该死，还有别人通话。古里扬！古里扬！他们把我的电话截断了。"

他暂时放弃了继续完成通话的打算。"他可能是我以前的学生，"他想，"和我们作战，现在他大了。"他计算他停止教学的年代，看看这个少年是不是他以前的学生。然后，他向窗外看去，面对地平线上的景色，搜寻他们在那里住过的、尤里亚金的某一部分。设若他的太太和孩子还住在那儿呢，他能不去找她们吗？为什么不现在去，就这一分钟？但是他怎么能够呢？她们属于另外一种生活。首先他得等这段新生活过去，然后，才能回到那个被打断的生活。他总有一天要回去的。总有一天，可是那是何年何月呢？

第八章

平安到达老家

　　载着日瓦戈一家人的列车，仍然停在一边，前面有好几列车把它和车站隔开，然则他们有个感觉，他们和莫斯科的联系———直到那个时候还没有中断的——在那天早晨"啪"一下切断了，并且从此完了。这里是另一个领域，一个不同的边远世界的开始，它自有其重心。

　　这里的人比大城市的居民彼此更亲密。虽然车站区的平民已经清光，四周全是红军所属的单位，可是，搭区间车的乘客不知怎么，依然能溜进轨道，我们现在的说法是"渗透"。他们早已蜂拥着挤入敞开的拉门，塞满车厢，并且还有些沿列车走来走去，有些则三五成群地站在路基上。

　　没有例外，他们彼此都是熟识的，一见到就老远地挥手、打招呼，在面前经过时必定互相祝福。他们的言谈和衣着、他们的食物和态度总与大都市的人有些不同。

　　"他们如何谋生？"日瓦戈很想知道。他们的兴趣和物质来源是什么，他们如何应付时代的艰难，他们如何逃避法律？

所有这些问题不久都以最最生动的方式得到了解答。

在那个老是把来复枪拖着或当作手杖用的哨兵护送下，日瓦戈走回他的货车厢。这是个闷热的日子。炎日烤着铁轨和车顶。地上的黑污水坑被晒得放出黄色的闪烁摇动的光，好像金叶子。

哨兵的枪托在沙上犁出一道沟。皮带拖得它咯勒咯勒响。

"天气彻底暖和了，"他说，"现在是春耕季节了——种燕麦、小麦、粟米——这是最好的季节。虽然种荞麦还嫌早点。我的家乡在阿库林娜节左右种荞麦。我不是本地人，我来自莫尔善斯克，属唐波夫省管辖。唉，医生同志，如果不是为了这个内战，和这个反革命带来的天罚，你想，我会在这个季节中在他乡浪费时间？阶级斗争在我们中间搅乱，就像捣蛋的黑猫，只要看看现在搞的这些勾当就够了。"

货车厢伸出好些手来帮他上车。

"谢谢，我上得去。"

尤里·安德烈耶维奇自己攀上了车，恢复平衡后，拥抱了他的妻子。

"谢谢上帝，终于平安归来了！"她说，"实际上，我们知道你会没事。"

"你们知道，这是什么意思？"

"我们全都知道。"

"怎么知道的？"

"哨兵告诉我们的。不然，我们如何受得了？尽管如此，爸爸和我差不多都急疯了。他在那边，他倒下就睡着了，你叫不醒他，在过度兴奋后睡得就像木头。车上来了几个新乘客，等一下我给你介绍，可是，你听听他们在谈论什么——他们都祝贺你幸运，居然逃过了一劫。这就是我丈夫。"她突然说，一面转头把她的丈夫介绍给一个被群众簇拥在车厢后部的新乘客。

"桑杰维耶托夫。"那个陌生人自我介绍着，一面把他的软帽子举过众人的头顶，由拥挤的人丛中挤出来。

"桑杰维耶托夫，"日瓦戈想，"这个姓听起来倒好像他是从俄罗斯民谣中直接走出来的人物，满脸络腮胡子，身穿工作服，围着用钉子装饰的腰带。不过，他本人的灰色鬈发，八字髭，山羊胡，倒使人想起乡村艺术俱乐部……"

"喂，斯特列利尼科夫吓着你没有？"桑杰维耶托夫说，"说真话。"

"没有，为什么？我们做了一次有趣的谈话。无疑他是个有魄力的人物。"

"我也这么想。我略略知道他是怎样的一个人。他不是我们这附近的人。他是你们莫斯科人，像我们所有最新流行的东西一样，它们都是从首都输入的。我们自己从来不曾想到过这些。"

"尤罗奇卡，这是安菲姆·叶菲莫维奇，他什么都知道，"安冬妮娜·亚历山德罗芙娜说，"他知道你和你的父亲，并且认识我的祖父——他什么人都认识，所有的人，绝对地！我想你必定见过那个教员，安季波娃？"她偶然说溜了嘴，桑杰维耶托夫接着说："安季波娃怎么样？"正像她提及时一样地偶然。这一问一答，尤里·安德烈耶维奇都听到了，但是，他没说什么，他妻子又继续说："安菲姆·叶菲莫维奇是个布尔什维克。尤罗奇卡，当心，当他在你周围时，你可别随便说话。"

"真的？我从没想到。我还以为他是什么艺术家。"

"我父亲开一家旅店，"桑杰维耶托夫说，"他有七辆三驾大车在路上跑。不过，我进了大学，而且，说真的，我是个社会民主党人。"

"尤罗奇卡，听听安菲姆·叶菲莫维奇告诉我的话再说，如果你不介意的话，安菲姆·叶菲莫维奇，你这个大名可真拗口！真的，尤罗奇卡，听着，我们的运气太好了。我们不能在尤里亚金换车——城里一部分地区仍在燃烧，桥也炸断了，你过不去。我们的列车将倒上另一条岔道，而这条线恰巧是我们必须去托尔法纳亚的那条线。妙不妙！我们不必换车，也不用把东西从一个站拖去另一个站。另一方面，在我们的车还没有真正开动前，车倒来倒去要费好几个小时。这都是安菲姆·叶菲莫维奇告诉我的。"

安冬妮娜·亚历山德罗芙娜说对了。车厢接的接、卸的卸，列车从这一条拥塞的线倒向另一条有其他火车挡住去路的线，不住地倒来倒去。

远处的尤里亚金部分地带被起伏的村野遮没了，只能偶尔见到屋顶、工厂的烟囱和钟楼上的十字架出现在地平线上。有一处郊区还在燃烧。浓烟飘过天空，看起来就像一匹天马的鬃毛迎风飞舞。

日瓦戈和桑杰维耶托夫坐在货车内的地板上，他们的腿吊在边上晃来晃去。桑杰维耶托夫一直用手指着远方，对尤里·安德烈耶维奇解释他们看见的一切。每当列车偶尔在走动中发出嘈杂声，把他的话盖下去时，他总是把身子倾过来，用嘴贴近日瓦戈的耳朵，粗声大嚷，重复他的话。

"那是一家电影院，'巨人电影院'，打仗时被点着的。军校学生曾据守在里面，虽然他们早已投降了。不过，战斗现在还没有结束。你看见钟楼上那些黑点吗？那些是我们的同胞，在砍捷克人。"

"我一点东西都看不见。你怎么在这么远都能看得见？"

"那边烧着的是艺术家的住宅区，霍赫里基。再过去是商店中心，柯罗杰耶夫。我注意它是因为我家的旅店在那儿。幸好，这只是一场小火，并没有蔓延开。直到目前为止，市中心还完好如初。"

"你说什么？我听不见。"

"我说中心，城镇的中心——大教堂、图书馆……我家姓氏桑杰维耶托夫，是圣·多纳托的俄文误传。我们据说是杰米多夫家族的后裔。"

"我还是听不见。"

"我说，桑杰维耶托夫是圣·多纳托的俄译。有人说我们是杰米多夫·圣·多纳托亲王家的一支。不过，这也许只是一种家族的传说。这里叫做斯皮尔金峡，里面到处是避暑别墅和游乐公园。古怪的名字，是不是？"

他们的面前是铁路支道纵横交错的旷野。电线杆一根根跨向地平线，好像脚穿七里靴的巨人在迈步，广阔蜿蜒的公路带在和铁道媲美。它一会消失在地平线尽头，一转弯又以一个大弧形呈现在眼前，然后再度消失。

"那是我们著名的公路。它纵贯整个西伯利亚。罪犯常唱些有关它的歌曲。现在，这是游击队的行动基地……你会喜欢这里的，你知道，这里一点不坏。你会习惯这里的一切。你会喜欢尤里亚金的许多古怪的事情。比如说，我们的公用供水处，妇女在交叉路口排长龙舀水，这是她们冬季的露天俱乐部。"

"我们并不住在城里。我们去瓦雷金诺。"

"我知道。你太太告诉过我。尽管如此，你还是必须去城里办事。我一见到你太太就猜出她是谁。她就是克吕格尔的活影像——眼睛、鼻子、前额——完全像她的祖父。这里的每一个人都记得他。"

田野中有一座圆形的红色油库，以及许多用木板做的巨幅广告。其中有一幅两次抓住医生的视线。广告上的文字是："莫罗与韦钦金公司 出售播种机、打谷机"

"那是一家好公司，他们的农业机械一等一。"

"我听不见，你说什么？"

"我说，一家好公司。你听见吗？一家好公司，他们制造农业机械。这是一家股份公司，我父亲是股东。"

"我记得你说他开旅店。"

"是啊。但那并不是说他不能持有股票。他在投资上也很精明。'巨人'也有他的股份。"

"听起来你好像以此为荣？"

"以我爸的精明为荣？当然。"

"那么，你的社会主义又怎么说？"

"天啊！这与社会主义有什么关系？为什么一个人生在地球上，只因为他是一个马克思主义者，就必须是一个淌口水流鼻涕的白痴？马克思主义是一种实证科学，一种现实的学说，一种历史哲学。"

列车仍然在倒来倒去。每当列车到达"去"的信号牌时，腰间系着牛奶罐子在扳道处值班的上了年纪的女人，照例放开她织毛线的工作，弯下腰，挪开横档，让列车后退。当车轮慢慢往后辗过去时，她便挺腰坐直，并且向列车挥拳头。

桑杰维耶托夫以为是对他挥拳的。"她为什么这样？"他很想知道原因，"她的面孔很熟。可能是通采娃？不，我不以为她是格拉莎·通采娃，她看上去太老了。说来说去，她为什么反对我？我猜，那与祖国俄罗斯革命的大动乱及铁路交通混乱有关，可怜的老婆子挨了一段苦日子，所以拿我发泄。啊，见她的鬼去吧！混她妈的蛋！——为什么要为她去伤脑筋？"

那个老女人终于挥动了旗子，对司机嚷了几句，让列车通过信号牌的位置，驶向旷野。不过，当第十四节车厢驶过她身旁时，她对着惹恼了她的坐在地板上喋喋不休的两个人伸出了舌头。桑杰维耶托夫又一次奇怪了起来。

当焚烧中的城市的郊区、圆形的红色油库、电线杆，以及广告牌都消失于远方，而眼前展开一片树林以及上面间或有蜿蜒道路出现的丘陵时，桑杰维耶托夫说：

"站起来活动活动腿脚吧。我就快下车了，而你们也不过是再下一站。当心别坐过头。"

"我想你对这个区域非常熟悉？"

"就像我自己的后院。在这一百俄里方圆以内。你知道我是个律师，已执业二十年了。我总是因业务到处旅行。"

"甚至现在？"

"当然。"

"但是这些日子还能有什么业务？"

"只要你愿意，什么都有。以前没办完的手续、生意来往、没履行的合约。我整天埋在这些业务里头。"

"不是说所有这类活动都废除了吗？"

"当然，名义上是废除了。不过，实际上还是有好多互相矛盾的东西存在。所有的企业都国有化了，不过，市苏维埃需要燃料，省经济委员会需要交通工具。并且每一个人都要生活，这是个过渡时代，在理论与实际之间还有一道鸿沟。在这样的日子中，就需要像我这样机灵而足智多谋的人。知道得不多的人是值得祝福的。正如我父亲所常说的，偶尔在下巴上打一拳并不能算大错。半个省份的人依靠我生活。这几天我将为木材的事去瓦雷金诺。不过，不在这一两天。除非骑马你去不了那里，而我的马瘸了。不然你也不会看到我在这堆碎木头上发颤。你看它爬坡的这副可怜相。这叫火车！在瓦雷金诺你可能用到我。我对你们的米库利钦一家人清清楚楚。"

"你知道我们为什么去瓦雷金诺？我们想在那儿干什么？"

"或多或少，我有点概念。人永远是渴望归返土地的。活在自己眉毛渗出的汗水里面。"

"有什么不对吗？听来你好像不赞成？"

"这是一个天真而富诗意的想法，可是，又为什么不呢？祝你好运。只是我不相信。这是乌托邦、艺术和空想！"

"你为什么以为米库利钦会收容我们？"

"他不会让你们进门，他会用扫把赶你们出门，然后，他没事了！他的困难本来就够多了。工厂停了，工人散了，没有生计手段，没有食物，而你们又来了。如果他杀害了你们，我绝不责备他！"

"这就是了。你是一名布尔什维克，然而你也不否认，这一切不是生活——这是疯狂，一个荒唐的噩梦。"

"当然，这不是生活。不过，这是历史上无法避免的。这是必须通过的一个阶段。"

"为什么这不可避免？"

"你是婴儿，或只是装蒜？你是从月球上掉下来的吗？饕餮者和寄生虫骑在饥饿工人的背上，驱赶他们走向死亡，你可以想象一切能这样长久下去吗？且不提及其他形式的残暴和专制。难道你不明白，人民的愤怒以及要求公平和真理的正义吗？你能认为，我们可以通过议会，以温和方式取得彻底改革吗？不独裁怎么办？"

"我们在讨论相反的目的，纵然辩论一百年也不会得到共同的结论。我一向都很有革命性，不过，现在我以为暴力绝不能取得什么。人们只能以善为善。不过，我们还是不谈的好。再回到米库利钦头上来——如果情况是这么糟，那么，我们又何必去呢？我们该回头才是。"

"无聊。首先我们得知道，米库利钦并非沙滩上唯一的鹅卵石。再者米库利钦好得过分，好到简直像犯罪。他会先大惊小怪地闹一阵，拒绝你们，然后，他慈悲了。他会把他身上的衣服剥下来给你，会让你分他最后一块面包。"然后，桑杰维耶托夫开始对尤里·安德烈耶维奇讲米库利钦的故事。

"米库利钦在二十五年前从彼得堡来到这里。他本是工学院的学生。他被押解出境并受警方监视。他来到这里，做了克吕格尔的经理，结了婚。那时这里有四姐妹——比契诃夫剧本中还多一名——那是通采娃家的阿格里平娜、叶夫多基娅、格拉菲娅和西拉菲玛。所有年轻人都在追求她们。他娶了大姊。

"不久，他们生了一子。他这个崇拜自由的傻爸爸，给他取了个不寻常的名字，利韦里。利韦里——简称利夫卡——长得稍稍野一点，不过多才多艺。当战争来临时，他才十五岁。他涂改了出生证明上的日期，以志愿兵身份跑上前线。他母亲是个多病的女人，受不了这个打击，因此一病不起。终于在前年，就在革命前夕死去了。

"战争结束后，利韦里带着三枚勋章归来，官拜中尉。当然，他是从前线派回来的彻头彻尾的布尔什维克。你听说过'林中兄弟'吗？"

"不，我恐怕没听过。"

"在这个状况下，告诉你这个故事就没意思了，有一半意义会失去。你从窗口瞪着公路有什么意思？那有什么值得你看的啊？我给你讲讲真正有意思的游击队。游击队又是什么？他们是革命军在内战中的骨干。两件事足以说明这支军队的力量何在：一是取得革命领导权的政治组织，一是在战后拒绝服从旧权威的普通士兵。游击队是这两者结合的产品。他们当中绝大多数是中农，但是，此外各式各样的人物都有——贫农，剥去法衣的教士，武装起来反对父亲的富农之子。还有思想上的无政府主义者，在政治上无所归属的贫民，以及因过早追逐在女性裙边而被开除的高中学生。此外还有在自由与遣还诱惑下参战的德、奥战俘。在这些伟大的人民队伍中，有一支叫'林中兄弟'，'林中兄弟'由森林同志指挥，森林同志就是利夫卡，利韦里·阿韦尔基耶维奇，阿韦尔基·斯捷潘诺维奇·米库利钦之子。"

"你不是说笑话！"

"我说的是真话。不过，言归正传。他妻子死后，阿韦尔基·斯捷潘诺维奇再次结婚。他的继室，叶连娜·普罗科洛芙娜是直接从学校到圣坛。她本性就天真，可是她还假装天真；而且，虽然她依然十分年轻，可是她打扮得更年轻。说话像女童，成天吱吱喳喳，扮演天真无邪的少女，是个小傻丫头，纯洁的野百合花。她一见到人，就拷问人家：'苏沃洛夫生于何时？试述三角形相等的条件？'如果你答不出，她就乐不可支。不过几小时内你自己就见到了。

"老头子也有他古怪的地方。他曾经要去做海员，喜欢研究航海机械。他胡子刮得干干净净，烟斗整天不离口，话从牙缝里吐出来，声音缓慢而友善。像一般吸烟斗的人一样，下巴往前翘，冷冷的灰眼睛。啊，还有一点我忘了——他是立宪民主党，曾被选为本区立宪会议代表。"

"这点无疑非常重要！如此一来父子岂非针锋相对？成了政治敌人？"

"就理论上说，他们当然是。不过，事实上，'林中兄弟'并不攻击瓦雷金诺。无论如何，还是言归正传，通采娃家的三姐妹——米库利钦第一次婚姻的小姨子——住在尤里亚金，直到如今，仍是大家公认的好姑娘——不过，时光易逝，对女孩也是一样。

"最大的叶夫多基娅是公共图书馆的管理员。黝黑、美丽、非常怕羞，一点点刺激性的话就羞得满面通红。她在图书馆的日子真不好过。文静得就像坟墓，这个可怜的女子患了慢性气管炎——发作起来直打喷嚏，然后她就害羞得像要钻进地板。还有各种神经过敏。

"第二个是格拉菲娅·谢韦里诺芙娜，是全家最幸福的。精力充沛，什么都行什么都爱干，她不管什么都做。利夫卡，森林同志，据说在照顾她。今天她还是裁缝，明天她就可能在织袜厂工作，然后，在你还没来得及弄清楚她在什么地方时，她已变成理发师了。你见到那个对我们挥拳的女人吗？我曾猜想，是不是格拉菲娅已转到铁路上来工作。不过，我觉得那不是格拉菲娅，看上去太老了。

"最小的是西拉菲玛。她是一家的魔星，她给她们无穷的麻烦。她非常聪明，书读得很好，还常常弄弄诗和哲学。不过，自从革命以来，因大众的振奋、演说和示威，她竟变得有点神经错乱，发了宗教狂。当姐妹们去工作时，她们就把她锁在屋里，可是，她从窗子爬出来，走到街上去集合群众，宣讲'来世'和世界末日。噢，是该我住嘴的时候了，我们差不多就到啦。我在这站下车。你们是下一站。你们还是收拾一下。"

桑杰维耶托夫走后，安冬妮娜·亚历山德罗芙娜说："我们不知道你怎么想，我就觉得他是上帝派来的。我想，他将在我们的生活中，扮演某种角色。"

"非常可能，冬妮奇卡。不过使我担心的是人人都能认出你是克吕格尔的孙女，而克吕格尔在这里几乎人人都记得他。甚至斯特列利尼科夫。当我提到瓦雷金诺时，他就用讥讽的口吻问我，我们是否是克吕格尔的后嗣。

"我们离开莫斯科本是避免受注意，我恐怕我们正走向一个更引人注目的地方。这本来也是无可奈何的，不过连挤牛奶也嚷着要人知道实在是没意思。我们还是待在背后，保持沉默的好。一般而言，我并不为这一切太高兴……不过我们毕竟快到站了。我去唤醒他们，好收拾一切。"

安冬妮娜·亚历山德罗芙娜站在托尔法纳亚车站的月台上查点她的家人和行李，一遍又一遍，以便确定没有东西遗漏在火车上，她两脚虽已踩在历经践踏的坚固的月台上，可是，唯恐过站的紧张心情还没有完全消逝。尽管列车已一动不动地停在她眼前，她耳中还有哐啷哐啷的车声。这使得她的视觉、听觉都不正常，也不能好好地思考。

仍然留在车上继续他们旅程的乘客在向她道别、挥手，可是，她全然没有注意到。甚至连列车开动她都未曾注意，直到她发觉自己看着空空的轨道外的绿野和蓝天时，她才意识到列车已经离去。车站是用石头建成的，任何一面的进口处都设有长凳。在托尔法纳亚下车的旅客只有日瓦戈一家。他们放下行李，坐在一张长凳子上。

他们因车站的寂静、空虚和凌乱而大感惊异。这似乎很奇怪，这里竟未被团团乱转、高声咒骂的群众包围。历史好像还没有波及这个边远省区的生活。这里还没像首都一样地沦于野蛮残暴。

车站窝在一座桦木林中。当列车驶入时，车厢便投入黑暗中。如今，几乎不摇曳的树影，轻轻地在他们的手上、脸上、地面上、车站的墙壁和屋顶上，以及铺上清洁湿润的黄石子的月台上移动。林中冷清清的，林中鸟雀的歌声也同样凄凉。那纯洁无邪的声音传遍了整座树林。有两条路——铁路和一条乡村公路——贯穿树林，两者都被挥摆如长袖的枝叶所遮盖。

安冬妮娜·亚历山德罗芙娜的眼睛和耳朵突然灵了。她立刻意识到周围的一切——鸟的鸣啭、森林的孤寂以及泛滥的寂静。她本已在心中准备好一番话："我根本不信我们真能平安到达此地，你知道，你的斯特列利尼科夫本可以在轻易地夸示他的高贵后，再发电报给他的部下，等我们一家下车时加以拘捕。亲爱的，我不相信他们高贵的情操，这全是骗人的勾当！"不过，当她见到眼前迷人的景象时，冲口而出的却是另一句话。"多美呀！"她叫道，她再说不下去了。眼泪夺眶而出，她开始啜泣了。

听到她的哭声，一个身着站长制服的小老头子走出来，慢吞吞地走到他们身边，用手触着他红顶帽子的帽檐，礼貌地问道：

"这位年轻夫人要镇静剂吗？我们车站药箱中还有一点。"

"没事，谢谢你。她一会儿就好了。"亚历山大·亚历山德罗维奇说。

"这是路途的焦虑和忧愁弄成的，这是常有的事。还有，像非洲那么热的气温，在我们这个地带也是十分罕见的。且不说尤里亚金的事情。"

"我们经过时在车上见到了那边的大火。"

"你们是从中俄罗斯来的吧，我有没有猜错？"

"中俄罗斯的中心。"

"从莫斯科来！那么，这位夫人的心神不安就不足为奇了。据说，那边连一块石头都不剩了。"

"还没糟到那个程度，那是夸大之词。不过，我们的确见过不少糟糕的事。这是小女，那是小女的丈夫，那是他们的小男孩。还有，这是他的保姆纽莎。"

"你好，你好，幸会幸会。其实我正在等待你们。安菲姆·安菲莫维奇·桑杰维耶托夫有电话来。他说，日瓦戈医生带着家眷从莫斯科来，希望我尽可能地多加协助。那么，你就是日瓦戈医生了，是吗？"

"不，日瓦戈医生是小婿，那才是他。我是农业经济学教授，敝姓是格罗梅科。"

"请原谅，我弄错了。能认识你非常高兴。"

"你原来就认识桑杰维耶托夫？"

"谁不认识他，这位能者多劳的人物！我真不知道，如果没有他，我们怎么办！——我们恐怕早就活不成了。他说，给他们一切可能的帮助。我说，好，我答应，我照办。你们是否需要一匹马或什么……你们准备去哪里？"

"我们要去瓦雷金诺。离这里远吗？"

"瓦雷金诺！怪不得我一直怀疑令爱像谁呢！原来你们要去瓦雷金诺！我全明白了！这条路是老克吕格尔和我造起来的。我立刻给你们弄马，还找一个车夫，弄一辆大车。——多纳特！多纳特！先把这些东西拿去候车室。马怎么样？跑去茶店看看有什么办法。今天早晨见到瓦克赫在那里转。看看他是否还在那边。告诉他们有四位乘客去瓦雷金诺。新到的客人。告诉他们，没有什么行李。快点。夫人，我现在能给你一点父执的劝告吗？我是故意不查问你和伊万·埃内斯多维奇的关系有多亲的。提到这件事的时候要特别小心。在这种时光你可不能和人多说话。"

在听到他提起瓦克赫时，日瓦戈一家互相投以惊异的眼光。他们想起了安娜·伊万诺芙娜所讲的故事，那个有名的铁匠曾给自己打了一副铁肚肠，以及一些别的本地的传说。

拉车的是一匹最近刚生产过的白色牝马，他们的车夫是个白发蓬松两耳下垂的老人。不知为了什么理由，他一身是白，穿着一双还没来得及变黑的白色树皮鞋，还有因年久而褪色的亚麻布衬衫和裤子。

小马漆黑如夜，就像油漆玩具，披着卷曲的短鬃，踢着骨头还没长硬的腿跟在它妈的身后。

当大车颠簸摇晃时，乘客紧紧抓住车边的木栏。他们的心平静了下来。他们的梦就快成为事实，他们差不多就要到目的地了。晴朗日子的最后几个小时大方地徘徊不去，好像急于延长它的光彩。

他们时而穿过森林，时而驶入旷野。在穿过森林时，车轮一撞上树根，大车便有一阵剧烈的晃动，于是人人愁眉不展，弓着脊背，相互挨紧。直到大车驶入开阔无际的旷野，他们才敢伸直腰杆，松口气，坐得舒坦些。

这是个丘陵地带，像别处一样，大小山丘自有姿态。它们巨大而漆黑地矗立于远方，就像无数骄傲的身影，默然注视途中的旅人。玫瑰色的令人舒畅的余晖跟着他们越过旷野，抚慰他们，并且给予他们希望。

他们喜欢眼前的一切，并感到惊奇，而最令他们喜欢并惊奇的是老车夫滔滔不绝的闲话，他的语言复杂古怪，其中有俄罗斯的古话、鞑靼的成语、当地难懂的方言，还夹杂些他自己发明的古怪话。

当小马落后时，牝马就停下来等它。小马便以优美的波浪式奔跑赶过来，笨拙地走到大车旁边，伸长颈子，低头去辕下吃奶。

"可是我不明白。"安冬妮娜·亚历山德罗芙娜慢慢地对她丈夫叫道。她说得很慢，唯恐因车身摆动而碰撞的牙齿，在大车突然的颠簸中咬伤她的舌头。"这个瓦克赫可能是母亲常常告诉我们的那个瓦克赫吗？你总还记得那个故事的内容吧？他在一次斗殴中打坏了内脏，于是就自己做了一套新的。铁肚子瓦克赫。当然，我知道这只是个故事，不过，这能是他的故事吗？他就是那个瓦克赫吗？"

"不，当然不是。第一，正如你所说，那只是一个故事、一个传说。再者，母亲说过，当她听说时，那已经过去一百多年了。可是，别大声说，你并不想伤害这个老人的感情。"

"他什么也听不见，他是个聋子。纵或他听见，他也不会了解——他的脑袋不很正常。"

"嗨，费多尔·涅费德奇！"老人大声吆喝他的马，不知为了什么，他给他的马起了个雄性的，而且是取自父名的名字，尽管他像他的乘客一样，知道那是一匹牝马。

"该死的大热天！热得人就像波斯火炉里的亚伯拉罕的子孙！跑啊，该死的畜生！我是对你说话呀，你这个笨蛋。"有时，他突然高唱一两段从前克吕格尔工厂中编出来的老歌。

再见吧，总办公室，

再见吧，隧道与矿场。
主人家的面包已经发霉，
我已经不想再喝清水汤。
一只天鹅游过岸边，
它在水中划出涟漪。
使我摇晃的不是老酒，
因为万尼亚马上要去参军。
可是我，玛莎，不要犯大错，
可是我，玛莎，并不是一个傻瓜，
我要去谢利亚巴城，
为辛杰丘利哈夫做工。

"唉，你这个上帝不要的畜生，看你那堆烂肉。我给你鞭子，你给我废话！噢，费多尔·涅费德奇，你到底走还是不走？——那边的森林叫做大莽林，无边无际。里面有无数的农民，'林中弟兄'就藏身其中——唉，费多尔·涅费德奇，你又停步了，你这个死鬼。"

他猛然回过头，直瞪着安冬妮娜·亚历山德罗芙娜。

"年轻的夫人，你真以为我不知道你是谁吗？我看得出，年轻的太太，你的头脑真简单。如果我不认得你，可真该死！当然我认得你！真不敢相信我的眼睛——你简直是格里果夫（他对克吕格尔的叫法）的活像。你不是他的孙女吗？是不？如果我不知道格里果夫，还有谁知道！我一生为他做工。我为他做过各式各样的工——在矿场做木工，在地面上起货，在马厩中养马——啊喝，走啊！又停下了，好像你没长腿！中国的天使！你听不出我是在对你说话吗？

"你刚才在问我是不是那个铁匠瓦克赫，你真是个傻子，太太，这么大的眼睛，高贵的淑女，却是个傻子。你的瓦克赫——他姓波斯坦诺果夫，铁肚子波斯坦诺果夫——早在五十多年前就进坟墓了。而我姓梅霍宁。我们的教名相同，姓可差得远啦。"

一点一点地，老人用他专有的语言，对他们讲述他们早就听桑杰维耶托夫说过的米库利钦家的事。他叫米库利钦夫妇作米库利奇和米库利奇娜。后者是指米库利钦的后妻，他称他的前妻作"安琪儿"、

"白色的二天使"。当他说到游击队的领袖利韦里，并听说他的大名还没传到莫斯科，而且那里人也不知道有"林中兄弟"时，他简直不能相信。

"他们没听说过？没听说过森林同志？中国的天使，那么，莫斯科人的耳朵长了干吗的？"

黄昏已近。他们愈来愈长的影子，跑在他们的前面。他们正驰过一片平坦无树的地带，偶或出现一簇簇寂寞的灌木，里面有细长的柳叶菜花和鹅掌藜以及正开着头状花的蓟草。它们有着魔鬼一般的外表，广阔地分布在山岭顶端，朦胧中似乎是卫兵在守卫着平原。

前面老远的地方，在平原的尽头毗连着一排高山。它们像一堵墙似的挡住去路，岭外或许有一道深涧或一条溪流。这好像那边的天空被包上了围墙，同时这条路正通向那道围墙的大门。

一座长长的两层白色楼房浮现在山脊上。

"看见山顶上的楼房吗？"瓦克赫说，"那就是你们的米库利奇和米库利奇娜住的地方。下面有一道深涧，叫舒契玛。"

山上响起两声来复枪响，接着四周响起一阵儿回音。

"那是怎么回事？老人家，可别是游击队在射击我们？"

"上帝保佑你没事！哪来的游击队！那是斯捷潘诺维奇在吓唬舒契玛山涧里头的野狼。"

他们在经理家的庭院上首次会见了米库利钦夫妇。这是一幅痛苦的景象，开始是默无一语，接着是一阵儿荒乱狼狈的吵嚷。

叶连娜·普罗科洛芙娜从树林中散步归来，正穿过庭院回家。和她金黄的头发一般金黄的落日余晖，紧跟在她的身后，送她一树一树地穿过树林。她身穿一袭薄薄的夏装。因为走得发热，正用手绢擦自己的脸。她的草帽挂在背后，有一条松紧带套在她光光的脖子上。

她的丈夫从峡谷那边走过来迎接她，他刚带着枪从峡谷底爬上来，是去峡谷中看看有些什么情况的，因为他发现峡谷中有些不对劲。

突然间，瓦克赫神气地赶着车子闯进这平静的山居，车轮辗过沙石咯咯有声，使他大为惊讶。乘客们跳下车来，亚历山大·亚历山德罗维奇一边不停地干咳，结结巴巴，一会儿脱下帽子，一会儿又戴上，一边开始向主人解释来意。

主人们惊得目瞪口呆。有好几分钟，他们真正一句话也说不出来，羞得全身发烧的不幸来客也感到由衷而可怕的混乱。情势不能再明白了，根本不用说什么，不只是对那几个直接有关的人而言，而且对萨申卡、纽莎和瓦克赫也一样。似乎连牝马、小马、落日的余晖，以及丛集在叶连娜·普罗科洛芙娜四围、落在她脸上和颈上的蚊蚋，都知道他们何等痛苦，何等为难了。

米库利钦终于打破了沉寂。"我不明白。我一点都不明白，并且我也永远不想明白。你们是怎么想的？来南方，白军所在地，因为这里有大量面包？为什么你们看上了我们？是什么东西把你们带来这里——这里的？"

"我奇怪，你们有没有想到，这对阿韦尔基·斯捷潘诺维奇是多大的责任？"

"列诺奇卡，别插嘴。是的，她的话十分正确。你们不曾想到，你们加在我们身上的是多大的一个负担？"

"不过老天在上！你误解了我们。我们不会侵害你们，打扰你们平静的生活。我们所需要的只是极少极少的东西，任何破旧倒塌的空屋的一个角落，一片没有人想要而行将荒废的土地，我们好种蔬菜。没人看见时从树林中捡一车柴火。这真是要求得太多吗？这是个负担吗？"

"你说的是事实，不过，世界大得很。这与我们有什么关系？为什么偏偏我们有这个荣幸被选中，而不去找别人？"

"因为我们听说过你，并且希望你也听说过我们，所以我们不必去投奔一个完全陌生的人。"

"啊！原来这是为了克吕格尔！因为你们是他的亲眷！哇，在像这样的日子中，你们连这种事都敢承认，好大的胆量？"

"我很奇怪，你们是否明白？正因为你们是克吕格尔的亲眷，你们就不该来找我们。"

"列诺奇卡，别多嘴。我内人绝对正确。正因为你们是他的亲眷。"

尤里·安德烈耶维奇没有时间拿桑杰维耶托夫的描述和真人做比较。在开头那个尴尬的时刻，日瓦戈把桑杰维耶托夫的话全忘记了。过一会儿，等事情稍稍平静下来后，他才猛然想到他的描述逼真生动。可是，安菲姆·叶菲莫维奇对这位经理的描述并不完全。尤里·安德烈耶维奇后来自己有了补充。

阿韦尔基·斯捷潘诺维奇把"Л"读成波兰音，像"W"。他真的烟斗从不离口，那是他脸部不可分的一个要素，并且是对于他说话神态有贡献的一个因素，因为，他总是一边燃烟丝吸烟斗，一边组织他的话语和观念。

他五官端正，梳着大背头，走路时，大步前进，步步均匀着实。在夏季，他身着俄罗斯斜领衬衫，扎一条带流苏的腰带，是在旧时代可以变成伏尔加河上海盗的那种人。在近代，这类人则老是做出一副幻想当教师的大学生的样子。

米库利钦在青年时期献身于解放农奴运动，献身于革命，并且他唯一所担心的事，是他将不能亲眼见证革命的到来，或者，来得太温和，血流得不够多。如今，革命已来了，激烈的程度远超过他的梦想，可是，这位天生的无产阶级的忠实战士，现在却孤零零的。他虽然是第一批建立工厂委员会把工厂移交给工人的人，但如今，他不只没有积极参与政治活动，反而躲在工人——有些是孟什维克——早已逃散的边远乡村！哈，世事是何等的荒唐可笑？这些不请自来的克吕格尔的亲眷似乎是对他生命最大的讽刺，一个有计划的嘲弄，这比什么都让他受不了。

"这是完全不合理的。你们曾否意识到你们将置我于何等危险的境地？我以为我一定疯了。我不明白。我一点都不明白，我也永远不要明白。"

"我奇怪你们是否意识到，纵然没有你们，我们早已坐在一座多大的火山口上了？"

"列诺奇卡，慢着。我内人的话十分正确。没有你们事情已经够受了。这是狗的生活，疯人院的生活。我两边挨打。一边是毁了我一生幸福的同志，因为我儿子是红军，布尔什维克，人民爱戴的领袖，一边是那些想知道我为什么会当选为立宪会议代表的人。没有人中意我，我无处投诉。现在又是你们！多妙，为你们冒着生命的危险！"

"噢，行啦！冷静些，你怎么回事！"

稍后，他变得平静了一些。

"啊，在这庭院上争论是没有用的。我们还是到里面去。当然，不是我看出什么好的远景，'玻璃杯中装墨汁，一团黑'。我们到底不是土耳其蛮兵，不是不信基督的人，我们不能将你们赶入森林让野兽吃掉。列诺奇卡，我想，我们暂时把他们安置在书房隔壁的那个巴掌大的房间中，以后我们再看看他们能在哪儿安顿下，我们可以在园子里给他们找个地方。请到里面去。瓦克赫，帮下忙，把客人的东西拿进去。"

瓦克赫按照他的吩咐做了，一边喃喃低语："圣母啊！他们的行李居然没有朝圣的人多！只是些小包裹，连一只大箱子也没有。"

夜晚清冷。大家洗了个澡，妇女把床铺打点好。长久以来，每当萨申卡牙牙学语时，总是引起欢笑，于是他学得更殷勤，可是现在他恼了，因为他的儿语并没有产生他所期待的反应，没有一个人注意他。他又因那匹黑色小马没被带进屋里而失望，当大人严厉地要他住嘴时，他泪如泉涌，担心会被送回婴儿商店，他相信父母是从那里把他买来的。他的恐惧是真诚的，他希望周围的人都分担他的恐惧，不过，他这迷人的荒谬想法这次并没有产生往常的效果。在陌生的屋子里有点不舒服，在他看来，当大人们默默地专心各人的工作时，他们好像都比往日忙碌。萨申卡被触怒了，他闷闷不乐。费了很大的劲儿才让他吃完，并且上床。在他终于入睡后，米库利钦家的女仆乌斯季妮娅领纽莎去她房中吃晚饭，并告诉她这座房子里的许多秘密。安冬妮娜·亚历山德罗芙娜和先生们被邀请去和米库利钦夫妇饮茶。

亚历山大·亚历山德罗维奇和尤里·安德烈耶维奇先去走廊上吸口新鲜空气。

"天上好多星星啊！"亚历山大·亚历山德罗维奇说。

夜色很黑。两人相隔只有几步，彼此就看不见了。他们的背后有灯光从窗户射入峡谷。在这道光线中，灌木、树丛以及其他模糊的形象朦胧地在冷雾中升起。可是，两个男人站在光线之外，那儿只有一片漆黑包围了他们。

"明天第一件事，我们必须去看下他打算给我们的住处，如果可用，我们必须立刻开始修理。然后，当房子安顿好时，地也差不多解冻了，我们好及时开始翻地做苗床。他不是说要给我们一些马铃薯种吗？"

"他的确说过。他还答应给我们别的种子。我亲耳听他说的。至于他提供给我们的住处，当我们穿过园子时我们曾见过。你知道在哪儿？那是正屋背后的附加建筑，给荨麻遮住了，你很难看清楚它。虽然正屋是石头的，那儿却是木造的。你记得吗？我曾指给你看。我想那会是做种苗床的好地方。在我看来，那地方可能一度是个花园，至少从远处看像是如此，不过，我也可能弄错。旧花床的土壤一定施过不少肥，我猜想，现在可能还是很好的地。"

"我不知道，我们明天看了再说。我想那地方现在已是杂树丛生，并且硬得像石头了。这房子附近一定还有个厨房园子。我们可能利用它。明天我们就知道了。或许早晨依然在结冰。今晚一定结冰。不论怎样，我们终于抵达这里，这还不是个大福气吗——这得感谢主。这是个好地方。我喜欢这里。"

"他们是好人。特别是他，她受了点影响。她有一点不喜欢她自己。那就是她为什么说那么多话、为什么使她看上去更笨些的理由。这好像是她急于要把你的注意引开，不让你有时间多看她，以免得到坏印象。她忘记摘下帽子，让它挂在颈子上也不是一时无心——这实在和她很相称。"

"好，我们还是回屋子去吧，不然他们会以为我们失礼。"

餐厅中，他们的房东和安冬妮娜·亚历山德罗芙娜正坐在吊灯下的圆桌上吃茶。前往餐厅的途中，他们穿过米库利钦黑暗的书房。

书房有个巨大窗户，和墙一样宽，俯瞰峡谷。早些时候，在天还没黑前，当他们和瓦克赫一起走过书房时，日瓦戈就曾注意到这个窗口，由此向外看，山涧和涧外的平原一目了然。窗口有一张制图桌，也有墙那么宽。一支枪横放在桌子上，房子另一端留有很大的空地，使这张桌子显得更宽大。

如今，在他们穿过书房时，尤里·安德烈耶维奇又带着羡慕的心情想到视界广阔的窗户、制图桌的大小和位置，以及房间的布置得当和宽敞。因而当他跨进餐厅时，他首先和房东提及这件事。

"你这个地方真了不得！多好的书房，那必是个十全十美的工作场所，真是巧思妙想。"

"大杯还是小杯？你喜欢浓些还是淡些？"

"尤罗奇卡，看这个。这是一架立体照相镜，阿韦尔基·斯捷潘诺维奇的少爷童年时做的。"

"他现在依然没有长大，也没有安定下来，尽管他为苏维埃政府从'科木奇'手中抢回一个地区又一个地区。"

"科木奇是什么？"

"西伯利亚政府的军队，正为恢复立宪会议而战。"

"我们一整天都在听别人赞美令郎。对令郎，你必定相当引以为傲吧。"

"那些是乌拉尔区的实体照片——也是他的杰作。他是用自制的照相机拍摄的。"

"多好的小甜饼！是用糖精做的？"

"哎呀，不是！在这乡野里到哪儿去找糖精？这是真正的糖做的，你没看到我把糖加进你的茶里？"

"当然这是真正的糖！我刚刚在看照片。并且这是真茶，不是吗？"

"一点不假！这是香片。"

"你是怎么弄来的？"

"我们有一位魔术家。我们的一个朋友。他是新式的政治人物。很左，他是省经济委员会的官方代表。他运我们的木材进城，从他朋友那里换来面粉、牛油。西韦尔卡（她这样叫阿韦尔基），把糖罐子给我。噢，我很想知道，你能否告诉我格里鲍耶陀夫死亡的年代？"

"我想，他生于一七九五年。至于何时被杀害的，我可不记得了。"

"再来点茶？"

"不用了，谢谢你。"

"嗯，这里有个问题是问你的。告诉我奈梅亨和约签订的日期，并由哪些国家签订。"

"亲爱的，别折磨人家。他们旅途劳累，还没恢复呢。"

"现在我想知道这个。镜头有多少种，影像什么时候是真的、反的、正的或倒的？"

　　"你怎么对物理学知道得这么多？"

　　"尤里亚金曾有个优秀的科学教师，他在男女两校教课。我说不出他怎么样好法。他真是不可思议。一经他讲解，就全都清清楚楚！他姓安季波夫。他的太太也是个教师。女孩子人人为他疯狂，人人都爱上了他。他以志愿兵的身份去从军，被杀了。有人说，我们的魔头，军事委员斯特列利尼科夫是安季波夫的复活。当然，那只是无稽的谣言。这根本不可能。然则，谁又敢说呢，什么事都是可能的。再来一杯好吗？"

第九章
瓦雷金诺的好日子

在冬季，尤里·安德烈耶维奇有多余的时间，他开始写随笔。他写道：

上一个夏天，我常常渴望引用丘特切夫的话：

多美的夏季，多美的夏季！
这真是像魔术般神奇。
我问你，它那个样子，
是怎么从蓝天中变出的？

真快乐啊，从黎明到黄昏一直为你的家庭以及你自己工作，在他们的头上盖个屋顶，耕地去养活他们，像鲁滨逊一样，在模仿宇宙的创造者，并且，就像你自己母亲生你一样，一次又一次地创造你自己的世界。

当你的双手忙于艰辛的体力劳作时，当你的思想集中于能由体力劳动完成的工作，并带来欢乐和成功的报酬时，当你在燥热的给予生活所需空气的天空下连续地用锹或锤工作六个钟头时，许许多多的新念头便钻进了你的脑子。而且，不把这些易变的念头、直觉、类比写在纸上而任它们被遗忘，并不是一种损失，反而是一种收获。隐居在城市中的人们，用浓烈的黑咖啡和烟草鞭策神经和想象，永远不会知道，健康和真正的需要才是最强烈的兴奋剂。

我不再多讲这个了。我不是在宣传托尔斯泰的刻苦和返璞归真的思想，我并不企图修改社会主义，及其对农地问题的解决方案。我只是在陈明一项事实，我不是根据我自己的偶然经验去建立一个系统。我们的例子是可争辩的，并且不适宜于作演绎推理。我们的经济太过混乱。我们自己所生产的——马铃薯和蔬菜——只是我们所需的一小部分；其余的必须来自其他来源。

我们使用土地是不合法的。我们把法律抓在自己手中，并且不让政府知道我们在做什么。我们的木材是偷来的，不论是偷自政府或偷自一度属于克吕格尔的财产，我们都没有借口。我们能做到这些，全得感谢米库利钦宽容的态度（他也以与我们差不多的方式生活），而我们所以安然无事地如此行动，是因为我们僻处乡野，幸运得很，城里对我们的非法活动暂时还–-无所知。

我本已放弃行医，我不告诉任何人我是个医师，因为我不想限制我的自由。但是，总是有些善良的人风闻瓦雷金诺有一名医生，所以他们蹒跚地走三十多俄里路来让我看病，带来一只鸡或鸡蛋、牛油或其他东西。并且，我无法说服他们相信我不要报酬，因为他们不相信免费诊断会有效。因此，行医也还有些小收入。不过，米库利钦家和我们家的主要依靠是桑杰维耶托夫。

他是个非常古怪复杂的人。我不太能了解他，他是革命的真正支持者，他完全值得尤里亚金苏维埃政府的信任。他们授予他全权，使他能够自由取用瓦雷金诺的木材，不必告诉米库利钦或我们，并且他知道我们不会抗议。而另一方面，如果他想要中饱，他可以随便装满口袋，也不会有人说一句话。他不用去贿赂或和别人分肥。那么，是什么因素使他照顾我们、帮助米库利钦夫妇，以及这个区域的每一个人呢？例如，托尔法纳亚的站长。他每来一次，总给我们弄些东西来，他对陀思妥耶夫斯基《群魔》的熟悉亦如他对《共产党宣言》的熟悉，两者他都同样说得头头是道。我有个印象，如果他不使他的生活复杂到如此不必要的程度，他会无聊而死。

稍后，日瓦戈又写道：

我们住在老屋背后附加建造的木屋里的两间房中。当安娜·伊万诺芙娜孩提时，克吕格尔用它当作高等仆人——裁缝、管家和退修保姆——的宿舍。

当我们来时它已相当残破了，不过，我们修理得十分快。在专家的帮助下，我们重建了供两个房间用的炉子，我们重新整顿过烟道，因此它能给予我们更多的热气。

在这部分地面上，旧园子被新生的草木所遮隐，看不见了。可是，现在，在冬天，当万物都失去生气时，活的自然再也盖不住死去的了。从雪的轮廓上，过往的面貌能看得很清楚。

我们够幸运。秋季干燥而温暖。这让我们有时间在雨季和严寒还没到来前挖出马铃薯。除开我们还给米库利钦的不算，我们收获了二十袋。我们把马铃薯放在地窖中最大的贮藏箱里，用旧毯子和干草盖上。冬妮亚做的两桶盐渍黄瓜和两桶酸白菜也放在地窖里。新鲜的卷心菜一对对地拴在一起挂在阴凉处。胡萝卜埋在干沙中，萝卜、甜菜和芜菁，以及大量的豌豆、青豆则存放在阁楼上。柴屋中所存的柴火足够用到春天。

我爱地窖里温暖、干燥的冬天气息，我爱泥土和根的芳香，以及当你在冬天黎明前手提微弱、闪烁、昏暗的灯火，揭开门走下去时当头袭来的雪花的清新。

你走出来时，天色还黑，地窖门"吱呀"一声关上了，或许你会打个喷嚏。有时，你的脚踩在雪上"嘎吱嘎吱"作声，野兔猛地从远远的卷心菜畦中蹿出、蹦跳开去，在雪上留下纵横交错的足迹。远方的狗开始吠叫，它们要吵上好一阵儿才静下来。雄鸡"喔喔"尽完责任，就再没有什么好说的了。于是，破晓到来。

在野兔的足迹之外，无边的雪原上还印着山猫的爪痕，干净利落地穿过雪地，就像许多串珍珠。山猫走路的方式像猫一样，脚印成一条直线，他们说，山猫一晚能走许多俄里路。

陷阱本是为它们所设，不过捉到的都是死野兔，一半埋在雪中，捡起来时已冻得僵硬。

在我们刚来不久的春夏间，有一段日子很艰难。我们拼着老命工作。可是，现在，冬天晚上我们可以轻松一下了。谢谢桑杰维耶托夫，他供给我们煤油，我们围绕一盏煤油灯坐着。女人们缝纫或编织，亚历大山·亚历山德罗维奇或我高声读书。炉子是热的，身任管炉人的我，留神炉子的情况，好在适当时刻关上，以免浪费热量。如果有烧焦的柴火压住火头，我就把它抽出来，带着烟拎开，尽量往远处雪地上甩。它像一把火炬似的飞过天空，放出火花，照亮园中沉睡的白色长方形草地，然后，"嗞"的一声把自己埋在雪堆中。

我们一遍又一遍地读《战争与和平》、《叶甫盖尼·奥涅金》和普希金其他的诗篇，俄文本的司汤达的《红与黑》、狄更斯的《双城记》和克莱斯特的短篇小说。

当春天临近时，日瓦戈写道：

我相信冬妮亚是怀孕了。我告诉她，她不相信，不过我觉得十分确定。对于早期的症候我是不会认错的，我不必等待更确定的证据。

在这个时候女人的面孔会变样的。这并不是她变得比较没有吸引力，而是她不再能完全控制她的神情。她现在被她身中所怀的未来支配了，她不再是单独一个人了。她已失去对于自己神情的控制，使她看上去行动不便。她的面孔变黯，皮肤显得粗糙，眼神以不同的方式闪烁，全不如她的希望，好像她不能十分对付好这一切似的，她被自己忽视了。

冬妮亚和我从未疏远过，而这一年的工作把我们拉得更近。我曾注意到她是如何地有效率、强健和耐劳，计划工作时又非常灵活，以尽可能地减少在新旧工作交递期中浪费的时间。

我总是觉得，任何怀孕都是纯洁的，而圣母无原罪的教条表明了一切母道的观念。

在婴儿出生时，每一个女人都尝到同样的孤立气氛，好像她被遗弃了似的孤单。在这个要命的当口，男人方面的都不上忙，好像他与此事完全无关一样，好像整个事情都是从天而降的。

把子嗣生下来的是女人她自己，把婴儿抱去一个僻远的角落、在安静安全的地方给它设个床铺的也是她。她孤寂地喂奶和教养孩子，沉静而谦逊。

她请求圣母，"对她的儿子和她的神热烈祈祷"，《诗篇》中记有她的祷告词："我的灵魂荣耀了主，而我的精神已因神——我的救主而欢乐。因为它已照顾了它的女婢的卑微，因为，看，此后，世世代代将称我为圣。"她说这些是因为她的孩子，它将荣耀她（因为有权力的它已经对我做了伟大的事）。它是她的光荣。任何妇人都能说这话。因为不论是谁，上帝都在她的孩子身上。伟大的母亲一定熟悉这种感觉，不过，话说回来，所有妇人都是伟人的母亲——如果以后生活使她们失望，那并不是她们的过错。

我们翻来覆去无止无终地重读《叶甫盖尼·奥涅金》和其他的诗。桑杰维耶托夫昨天来过，又带来了礼物——好吃的东西和灯用煤油。我们讨论艺术，简直谈不完。

我总以为，艺术不是一个范畴，不是一个涵盖无数概念和引申得来之现象的领域，恰恰相反，而是一种集中的、非常有限的东西。艺术是一种呈现于一切艺术作品的原则，一种适用于作品的力量，一种在创作中发现的真理。并且我从来不曾把艺术当形式看，而是当作一种隐蔽的秘密的内容看。所有这些我看得就像日光那么清楚。我觉得它在我身上的每一节骨骼中，不过，去表达或定义这个观念却非常困难。

一种文学创作能够以各种各样的方式引起我们的共鸣——用它的题目、题材、情节、人物。不过，最重要的是以出现在其中的艺术引起我们的共鸣。深深感动我们的是出现在《罪与罚》中的艺术，而不是拉斯科利尼科夫犯罪的故事。

不论是原始艺术、埃及艺术、希腊和我们自己的艺术——都是一样，我以为，几千年来贯穿其中的只是同一种艺术。你可以叫它是一种观念，一种关于生活的陈述，它无所不包，以致不能割裂成许多分开的语句。这些观念和陈述一旦成为任何文学创作的内容，它就压倒了所有其他有意义的因素，而成为基本要素，作品的心脏和灵魂。

微微感冒、咳嗽，或许还有点发烧。整天气喘，觉得喉咙里有块疙瘩。我的情况不佳。这是我的心脏出了毛病。这是我遗传自可怜的母亲的心脏病的初步征兆——她一生为心脏病所苦。这真能是心脏病吗？这么快？果真如此，我将来日无多了。

房间中有微微的木炭味。熨衣服的气味。冬妮亚在熨衣服，每当她偶尔从炉子中抽出一块炭放入熨斗中时，碰上的熨斗盖就嘡地响一声，好像有人咬牙。这使我回忆起一些事，不过，我想不出是什么。必定是我的健康情况有了问题。

为了纪念桑杰维耶托夫赠送的肥皂，我们大洗了两个整天，萨申卡都玩野了。当我写东西时，他跨坐在桌下的横木上，模仿桑杰维耶托夫，假装他在让我搭他的车，因为每次桑杰维耶托夫来时，都带他出去坐雪橇玩。

我一感觉好些，就得去城内图书馆中查本区的民族学志和历史。据说尤里亚金图书馆有好几批重要的赠书，是个特别好的图书馆。我渴望写作。不过，我必须赶快。春天就快来了——到时就没时间读书或写作了。

我的头痛愈来愈厉害。我睡不好。夜里做了一个乱糟糟的梦，醒来全忘了。我所能记得的只是惊醒我的那部分。那是个女人的声音，我在梦中听见空中有女人的说话声。我记得清清楚楚，一直在听，并且一个个地数我们的女朋友——我试着想出谁说话时是那种深沉、柔和、沙哑的声音。她们当中没有一个人是那种嗓音。我想那可能是冬妮亚的嗓音，因为我已经听得太熟了，以致我不再注意她语音的腔调。我设法忘记她是我的妻子，以便有足够的距离去发现真相。不过，也不是她的嗓音。这依然是个谜。

说到梦，通常都理所当然地以为你所梦的，都是在白天给你特别强烈印象的事物，不过，在我看来，似乎恰恰相反。

242
梦到的常常是你当时不注意的东西——一种你不曾费心认真追根

究底的模糊思想，随便说过的、不曾留神的话——夜间入梦的就是这些穿上新血肉的事物，它们变成了梦的主题，好像要补救白天清醒时被忽视的缺陷。

一个明朗的结冰之夜。天色明亮异常，一切都看得真真切切。大地、天空、月亮、星星，一切好像都被冰凝住了。树影横躺在小径上，似乎是雕刻上去的一样。让人觉得，正有无数的黑影不停地穿过各处的道路。大星星高挂在林中的枝头树梢，宛如蓝色的灯笼。小星星撒满天空就像夏日田野中的花朵。

每晚我们都讨论普希金，我们谈他中学生时代所写的早期诗作，他对节拍选择的关系太大了！

在长诗中，他的野心因参加阿尔扎玛斯文学社达到顶点。他想赶上成人，用神秘主义、夸大的捏造的享乐主义和诡辩去打动他的叔叔辈作家们，并且假装有早熟的世界智慧。

不过，他一经开始模仿奥西扬或帕尔尼，或者从写作《皇村回忆》起，年轻人忽然找到像《小城》或《致姐妹》或晚期在基什尼奥夫写的《献给我的墨水瓶》中的短诗句，以及《致尤金》中的韵律，未来的普希金就已经出现了。

空气、日光、生活的喧闹、现实，像是由敞开的窗口那样从大街上涌入他的诗作。外在世界、日常事物、名词，挤入并占据了他的诗行，赶走了较模糊的词语。事物、更多的事物被写成有韵律的诗篇。

日后变得非常有名的普希金的四音步句，犹如俄罗斯生活的度量单位，一把尺，这犹如是根据俄罗斯的存在总体设计的模型，好像你画下脚的轮廓、手的大小，以便确定手套或鞋子是否合适。

稍后，俄语的节拍和口语的腔调则被表现于涅克拉索夫的三音步和抑扬格的诗句中。

我很乐意一方面是一个有用的医生或农人，同时又孕育些永久的、基本的工作，写些科学论文或文学作品。

每一个人生来都是个浮士德，渴望抓住经验并表达世界上的一切。浮士德之所以能变成一名科学家，这必须感谢他的前辈和同辈的错误。科学的进步是由排斥律统治的，每一步进展都由流行的错误和假学说的辩证所造成。浮士德变成艺术家，必须感谢他的老师，成为启发他灵感的榜样。艺术的进步是由吸引律统治的，这是对钟爱的前辈模仿与敬仰的结果。

是什么东西阻止我做一名医生兼作家呢？我想，这不是因为贫困、流浪和不安定的生活，而是到处盛行的夸大的讲究词藻的流行病——好用"未来的黎明"、"三个新世界的建立"、"人类的火炬手"等一类成语。你第一次听到这些话时，你会觉得，"想象力多广阔，多丰富！"不过，事实上，作者之所以如此夸张，正因为他们是太没有想象力，只能是二流货色。

只有天才笔下的熟悉转换才是真正的伟大。在这一方面最好的客观模范是普希金，他的作品是对诚实的劳动、责任和日常生活的伟大赞美诗！如今，"布尔乔亚"和小"布尔乔亚"已变成了滥用的术语，但是，在他的《家族树》中，普希金已预伏了他含蓄的批评，他骄傲地说，他属于中产阶级，在《奥涅金的旅行》中，我们读到：

> 如今，家庭主妇是我的理想，
> 安静的生活，
> 和一大碗甘蓝菜，
> 是我最大的希望。

在俄罗斯的全部文学作品中，我最喜欢的是普希金和契诃夫的天真烂漫的俄罗斯品质，不侈谈人类最终的目的或人类的解救这类高调。这并不是他们不曾想到这些事，事实上他们想得很多，不过，在他们看来，高谈这些事似乎是自夸、放肆。果戈理、托尔斯泰、陀思妥耶夫斯基毫无止息地追求生活的意义，为死亡准备，并做了各样结论。普希金和契诃夫的一生则专心于作家职业强加在他们身上的、手边的特定工作，在完成这些工作中，他们安静地过着自己的生活，把他们的生活和工作全当作一己的、个人的事，与别人全不相干。而这些个人的工作从此就变得与所有的人相干，并且他们那些像还没成熟之前摘下的青涩苹果似的著作，已自行熟成，愈来愈香甜多汁，愈来愈意义丰富。

春天的第一个信号是解冻。空气闻起来像忏悔节时的牛油薄饼和伏特加。带着睡意的、油光光的太阳在森林中闪烁，睡意十足的松树像睫毛一般眨眨闪动它的松针，有油渍的污水在正午的阳光下闪耀。村野打着哈欠，伸直肢体，翻个身，重又睡去。

《叶甫盖尼·奥涅金》的第七章描写春天，描写奥涅金不在家时他的屋子的荒凉，以及山脚下河边连斯基的坟墓。

　　　　夜莺，春的爱人，
　　　　彻夜鸣啭。野玫瑰盛开。

为什么用"爱人"？事实上，这个形容词是自然的、适当的，夜莺本来就是春的爱人。再则，在韵律上也需要它。很想知道，在闻名的俄罗斯民谣中，给奥狄赫曼的土匪儿子安上"夜莺"的绰号，是不是基于发音类似的比喻。那首歌谣把他刻画得多真切啊——

　　　　他一吹夜莺口哨，
　　　　他一响林中呼啸，
　　　　野草颤栗，
　　　　群花落英，
　　　　黑森林匍匐在地，
　　　　好百姓拜倒不起。

我们是在初春到瓦雷金诺的。不久树就转绿了——赤杨、胡桃树和野樱桃——特别是米库利钦屋前舒契玛涧中的树木。不久，夜莺开始鸣啭了。

好像我初次听到它们的鸣声一样，我再度神往于它们的歌声和其他鸟类鸣叫的不同，神往于那种突然的跳动，全无转调，那跳动使得它们的鸣啭那么含蕴丰富、与众不同。如此的多样，如此的有力和余韵不绝！屠格涅夫不知在什么地方描写过这些笛音似的鸣啭。有两种叫声好像特别悦耳：一种是奢侈而无厌地重复着剃克剃克剃克，唱得草木声抖落露珠、频频颤动，像是被轻轻地搔着痒处。另一种是两个音节，庄重、恳切，像是哀求或警告："醒来！醒来！"

春天，我们准备春季播种。没有时间写随笔了。写随笔真愉快。我得停下来等到冬天再写。

有一天——现在是真正的忏悔节——恰恰是春季大水的中间，一名生病的农民在雪水泥泞中驾着雪橇来到我们的庭院。我不肯为他检查。"我已不行医了，"我说，"我既没有医药也没有器械。"可是他一再恳求。"帮帮我。我的皮肤不好。可怜可怜我。我病了。"我怎么办呢？我并非铁石心肠。我要他脱下衣服。他患了狼疮。当我检查他时，我的目光投向窗台上的一瓶石碳酸（别问我是从哪里弄来的——还有一些别的我非有不可的东西——一切都来自桑杰维耶托夫）。随即我看见庭院里还有另外一辆雪橇。起初我以为是另一个病人来了。可是，那竟是从天而降的我的弟弟叶夫格拉夫。冬妮亚、萨申卡、亚历山大·亚历山德罗维奇，全家都在招呼他。稍后我走出去加入他们。我们七嘴八舌地向他问长问短。他从什么地方来？他如何来的？像往常一样，他推三阻四，他微笑着、耸耸肩，说一些谜一般的话。

他待了两个星期，常常去尤里亚金，然后，突然消失了，就像大地吞噬了他。当他和我们住在一起时，我意识到他比桑杰维耶托夫还有影响力，他的工作和关系甚至还更神秘。他是何许人？他做什么？为什么他如此有势力？他答应让我们过得轻松点，好让冬妮亚多点时间照顾萨申卡，我可以行医、写作。我们问他打算如何实行。他只是微笑。不过他言行一致。那是我们生活情况真正改变的信号。

这真是奇怪。他是我的异母兄弟。我们姓同一个姓。然则，实际上我对他一无所知。

这是他以解决我一切困难的守护神和拯救者的身份第二次闯入我的生活。或许，在另一些敌对的人物之外，每一种生命都必须有一个秘密的、无以名状的力量，通过一个不请自到的象征人物去救他，而在我身上，担当这个幕后恩人角色的，或许就是我的弟弟叶夫格拉夫？

写到这里，尤里·安德烈耶维奇的随笔就中断了。他再也没有继续写下去。

尤里·安德烈耶维奇在翻阅他从尤里亚金公共图书馆阅览室借出的书籍。阅览室有好几扇窗户，长桌子沿窗口横摆成排，能坐下大约一百人。图书馆在日落时关门：春季城中不点灯火。不管怎样，日瓦戈总在天黑前离城，并且在城中从未耽搁到晚饭时刻以后。他照例把米库利钦借给他的马寄在桑杰维耶托夫的旅店中，阅读一个上午，午后骑马回瓦雷金诺。

在他还没有开始去图书馆之前，尤里·安德烈耶维奇很少到尤里亚金，他没有什么事要在那里办，他对尤里亚金几乎完全陌生。现在，当阅览室逐渐挤满本城居民，慢慢坐满他的周围时，他觉得，自己仿佛站在一个车马行人忙碌的十字路口，他对这个城市慢慢知道得多些了，不只是居民，还有他们所居住的房屋和道路都进入了阅览室。

无论如何，你还能从窗口看到实在的尤里亚金，真的，不是想象中的。在中央最大的窗户前有一桶滚水。想休息一会儿的读者走出门口去抽烟，或是围集在水桶四周喝水。喝完水将剩水倒入洗手盆后，可站在窗前，欣赏城镇的景色。

读者分两种，绝大多数是较年长的本地知识分子，其余的是出身比较卑微的人。

前一类人中绝大多数穿着破旧，不修边幅，十分邋遢，长脸孔带有病容，不知是主是由于饥饿、黄疸病还是水肿，人人都面皮浮肿。他们是图书馆的常客，彼此相识，觉得如在家中一般。

一般的民众都气色不错，穿着整齐、漂亮。他们小心地走进来，像走进教堂一样。他们比另一类人吵闹些，不是由于他们不懂规矩，而是因为他们急于想不弄出声响，但却不能控制自己有活力的脚步和嗓子。

管理员和两名助手坐在对着窗户的凹壁前的高位子上，前面有一道高柜台将他们和其余的人隔开。一名助手是个看上去脾气不好的女人，披一领羊毛披肩，不停地将夹鼻眼镜戴上又取下，那显然是基于情绪而非需要。另一名身着黑丝上衣，似乎肺很弱，呼吸和说话时都通过手帕，手帕始终不离开她的鼻子和嘴巴。

职员的面孔像绝大多数读者一样浮肿，没有活力，脸也是拉得长长的，皮肤也是松弛的，土色中带绿色，就像泡黄瓜或灰粪土的颜色。他们三人轮流低声对新读者解释借书规则，整理类别纸，将书递出，收回，偶尔还做报告或其他的事。

日瓦戈由窗口看到的实在城市、在室内想象出的尤里亚金，再加上坐在他周围人的浮肿面孔——看上去似乎每一个人都扁桃腺发炎，令他想起抵达那天早晨在尤里亚金城外扳道机旁看到的抑郁寡欢的老妇人。数不清的念头萦绕在心头，尤里·安德烈耶维奇回忆起那天从远处看见的尤里亚金全景，坐在他身旁车厢地板上的桑杰维耶托夫，以及他的评论和解释。他试图把那些远在城外得到的解释，和他现在所见到的周围景象联系起来。但是，他不记得桑杰维耶托夫对他说过什么，因此，他想不出什么道理来。

尤里·安德烈耶维奇远远地坐在阅览室的一头。他前面放着几份本城的土地统计报告，以及有关民族的参考书。他还要了两本有关普加乔夫起义的历史书，不过，穿黑丝上衣的管理员透过她的手帕用低语对他说，没有一个读者可以同时借那么多书，他必须先归还一些杂志和参考书才能借其他感兴趣的书。

于是他匆匆把这一大堆书过目一番，匆忙和勤勉有过于往昔，以便拣出哪些是他真正需要的，好用其余的去换历史书。他一页页地翻看便览文章的标题，全神贯注在他的工作上，完全忘了自己。读者群也不曾分散他的注意力。他的邻伴他早看够了，谁坐在他左右他全记得清清楚楚，他不必举目就知道他们坐在哪儿，他晓得，他们不会在他之前离开，就像窗外的房屋和教堂不会移开原位一样。

可是太阳在移动。它已从东边的墙角移开，现在正透过南边墙上的窗子照耀着最邻近的读者的眼睛。

患伤风的管理员从高椅子上走下来，走向南边的窗户。窗上本装有调和光线的白色窗帘。她拉上所有的窗帘，除开没有阳光的一面。又拉动绳子打开窗户上的气窗，因此喷嚏连打不已。

在她打了十次或十二次喷嚏后，尤里·安德烈耶维奇意识到她就是米库利钦的小姨子，桑杰维耶托夫所提起的通采娃家的四姐妹之一。像别的读者一样，他抬起头来往她那个方向看去。

现在他发现室内有点变动。在更远的尽头有了一个新读者。尤里·安德烈耶维奇立即认出那是安季波娃。她背朝着他坐在那儿，正细声和站在她身旁向她俯着身、直打喷嚏的女管理员说话。谈话似乎对女管理员产生了良好的效果。这不只立即医好了她恼人的伤风，连神经紧张都治好了。带着对安季波娃温暖和感激的眼光，她从脸上拿开了一直压在她嘴上的手帕，放入袋中，走回柜台后的座位上，露出愉快、自信的微笑。

这个动人的意外情节被阅览室中好几个坐在不同位置上的读者注意到了。他们也同时微笑起来，以称赞的眼光看着安季波娃。从这些细微的迹象看，尤里·安德烈耶维奇猜想，安季波娃在这里的人缘相当好。

他的第一个冲动是站起身去找她说话。不过，一种完全和他本性相反的单纯的羞怯和感伤，以及过去曾渗入他们之间的关系阻止了他。他决定不去打扰她，不中断他自己的工作。为了避免注视她的诱惑，他转动座椅的方向，因此他几乎以背向着书桌，他企图专心在书本上，手上拿一本，膝头上又搁一本书。

不过他的思想却早从他研究的东西上跑开了。忽然他恍然大悟，在瓦雷金诺一个冬夜的梦中一度听到的声音，原来是安季波娃的。这个发现把他怔住了，不惜惊动邻近的读者又把座椅放正，好看到安季波娃。他开始凝视她。

他从后面四十五度的斜角看过去。她穿一件淡方格子花纹的宽松罩衫，腰间束了一条带子，头微微偏向她的右肩，就像个小孩。偶尔她停下来想一阵儿，仰望天花板或凝视前方，然后，又用左手支颐，右手握铅笔在笔记簿上奋笔疾书，抄写摘要。

尤里·安德烈耶维奇再度注意到他好久以前在梅留泽耶沃所观察到的印象。"她不要受人喜欢，不要看上去美丽，"他想，"她轻视妇女面貌方面的本性。这好像是她对她自己美丽的惩罚。不过，这种对她自己的骄傲敌意使她十倍地更不可抗拒。

"她把一切做得多好啊！她读书，并不以为这是最高级的人类活动，却反而当它是最简单的事，一种甚至连动物也能做的事。好像她从井中取水，或削马铃薯皮。"

　　这些反省使他平静下来。他的灵魂变得罕有的平静。他的心灵不再从一个主题突进到另一个主题。他不禁怡然微笑。安季波娃对他的影响，好像她对神经质的女管理员一样。

　　不再为椅子的角度担忧，也不再怕分心，他工作了一小时左右，比她还没有来之前精神还要集中。他翻完了他面前的整堆书籍，把他最需要的放在一边，甚至还读完了他在其中发现的两篇重要文章。在确定一天的工作已经足够后，他收拾起书籍送回管理员的柜台。他带着平静的心情全无隐秘的动机地想着，在一个上午辛勤的工作后，他有资格抽空去看一个老朋友了，他可以光明正大地容许他自己轻松一下了。不过，当他站起身环顾阅览室时，安季波娃已经不见了。

　　她刚归还的书依然放在他去还书的柜台上。它们是些马克思主义的教科书。在她重执教鞭前，她必须接受政治上的再教育。

　　在她所还的书中，夹着她的借阅单，上面有她的住址。尤里·安德烈耶维奇把地址抄了下来，地址的古怪使他惊异："商会街，有雕刻装饰的房子对面。"他问另一位读者这是什么意思，那个人说，"有雕刻装饰的房子"的表达方式在尤里亚金的通行，就像莫斯科居民以某区教堂指示街名，或"五角场"之在彼得堡一般。

　　这个名字是指一座黑暗的、青灰色的房子，装饰着女神像柱，以及手持铙钹、古七弦琴和面具的缪斯雕像。这是十九世纪末一个商人建来作为私人戏院用的。他的后嗣把它卖给了商会，这条街因此被称为商会街，而左右邻舍都因这座房子而闻名。它现在由党部的市委会使用，迎街这面墙的下半部分在旧时代照例是贴满招贴海报和节目单的，现在却贴上了政府的告示和命令。

　　这是五月初的一个寒冷而有风的下午。在做完他在城中应做的工作并读完在图书馆应读的书后，尤里·安德烈耶维奇突然改变他的计划，决定去看安季波娃。

　　一阵风起，街上飞沙走石，常常挡住他的去路。他只得掉转头，闭上眼，等沙尘不再飞扬，再继续前进。

安季波娃住在商会街的转角上，正面对着以雕刻装饰的黑暗的青灰色房子，现在他初次亲眼见到它。诚然不是虚有其名，这屋子有些古怪并令人感到不安。

整个顶楼围着四倍于真人大小的女神像。在沙尘间隙的刹那，他产生了一种感觉，屋中的女人们都跑到了阳台上，正伏在栏杆上俯瞰他。

安季波娃的房子有两道门可以进去，一在商会街，一在拐弯过去的一条巷子中。没有注意到前面的进口，尤里·安德烈耶维奇由巷子的那道门走了进去。

当他转身跨进门槛时，大风卷起废纸、木屑和沙尘，直上天空，遮住了院子。借着这道黑色的烟幕，被一只公鸡追逐的许多母鸡，乘机从他脚下咯咯地溜走。

尘埃落定后，日瓦戈在井边见到了安季波娃。她已汲满两桶水，并把它们挂在她左肩的扁担上。她的头发用头巾扎住，结打在前部，显然是为保护头发不致落上沙尘而匆忙扎上的。她用手抓住她两膝盖间翻飞的裙子，拔脚往屋里走，可是又被另一阵突然而起的风阻住了，这阵风吹开她包头发的头巾，把它吹到母鸡躲着咯咯叫的栅栏的另一头。

尤里·安德烈耶维奇追过去，把它捡起来，拿回井边交给她。她神色自若一如平常，一点也没有显出惊讶或困窘的神色，甚至连一声惊叫都没有。她只唤了一声："日瓦戈。"

"拉里莎·费奥多罗芙娜！"

"你来这里干吗？"

"把你的水桶放下，我帮你挑回去。"

"我从不在半路停下，从不丢下没做完的工作。如果你来看的是我，我们走吧。"

"我还能看谁？"

"我怎么知道？"

"不论怎样，还是让我挑这两桶水吧！当你工作时我总不能光是站着。"

"你把这叫做工作？算了吧。你只能泼得一楼梯的水。还是告诉我是什么风把你吹来的吧。你来这里已一年多了，而你却一直找不出时间来。"

"你怎么知道的？"

"事情总会有人传开的。还有，我在阅览室中看见过你。"

"为什么不跟我说话？"

"不要告诉我说你没看见我。"

在水桶有规律的轻轻晃荡的重压下，她微微摆动着身体走在他前面，进入矮矮的拱门。她轻巧地蹲下来，将水桶在地板上放稳，从肩上取下扁担，伸直腰，然后用一方小手帕擦干她的手。"来，我带你从里面的通道去前厅。那边亮一点。你必须在这里等一会儿。我要把两桶水提上后楼梯，并且稍稍收拾一下。我马上就回来。看看我们别致的楼梯——镂花款式的铸铁梯级。你能从楼上透过它看到下面的一切。这是一座老屋。微微受过炮弹的震动，你能见到有些砖头已经松了。看见砖墙上的裂缝了吗？当我们外出时，卡坚卡和我就把门匙放在里面平坦的地方。记住，也许有一天你来时我不在家——你可以打开门，自由自在地等我回来。你看，那就是门匙，不过，现在我无须用它。我要从后面进去，从里面把门打开。我们唯一的麻烦是老鼠。它们成群结队，你简直无法摆脱它们。这全是墙壁太老的缘故。到处是裂缝和空隙。我堵塞了我所能堵的洞口，可是不大见效。或许你有一天能来帮帮我的忙？地板和墙角板之间的裂缝必须补上。是吗？好，你在厅里待着，随便想些什么。我不会耽搁多久，一会儿就来招呼你。"

在等待时，他环顾了一番四面斑驳的墙，又看看铸铁楼梯。他对自己说："在阅览室中，我以为她专心读书所用的热忱，就像她做真正的、困难的体力劳动一样。如今，我看反过来说也一样：她担水的轻松自如也和她的阅读一般。在她的一举一动中，无不见到同样的优美，好像她从婴儿时开始起飞，童年时又往回飞，现在，她一举一动都是顺着这个动力，平易，自然。这种品质无处不在，表现在她转身时背部的曲线，微笑时微启的嘴唇、圆润的下巴上，也表现在她的语言和思想上。"

"日瓦戈！"安季波娃在顶上的楼梯口往下叫他。

他走了上去。

"伸过手来,照我的吩咐做。我们必须穿过两间堆满家具的黑房间。你可能碰到什么,撞伤自己。"

"真的,这里像个迷宫,我永远找不到途径。为什么会像这个样子?这层楼重新装修过吗?"

"呵,没那么复杂。这是别人的家具,我甚至连主人是谁也不知道。我自己的公寓在学校里。当学校被本城的房屋部接收时,卡坚卡和我就被分配到这里来。主人留下所有的家具走了。多得吓人。我不要别人的东西,所以我把它们都堆在这两间屋中,遮上窗户不让阳光射入。别放手,不然你可真要迷失了。我们到了,我们向右转,现在我们走出迷宫了,这是我的房门。一会儿就亮点了。当心脚下。"

当他随她走进房间时,他首先注意到的是面对房门的那面窗户的视野。这里可以俯视整个院落以及院外许多房子的屋顶,还能看到河边的空地。一群山羊和绵羊在空地上吃草,长长的羊毛拖在地上好像长裙。空地上也有那块熟悉的广告牌,写着"莫罗·韦钦金公司 出售播种机、打谷机"。

这使他想起从莫斯科抵达这儿那天的情景,日瓦戈便对拉里莎·费奥多罗芙娜描述了一番。一时忘记了斯特列利尼科夫是她丈夫的谣传,他告诉她在列车上会见军事委员的经过。这段故事给她留下很深的印象。

"你见到了斯特列利尼科夫?"她急切地问,"我不想现在告诉你,不过,这真是奇怪。好像命定你们要碰面似的。日后我会告诉你有关他的一切,你一定会大为惊异。如果我猜得不错,他给你的印象是好多于坏?"

"不错,整个说来是如此。他应该厌恶我。我们亲身走过他带来死亡与毁灭的乡村。我本来预期他是一名粗暴的大兵或残酷的革命党,然而,他两者都不是。当一个人实际上不同于你的想象时,是一件好事。这说明他不平常。如果他是个类型化的人,作为一个男子汉而言,他就完了。但是,如果你不能把他归入某一个类,这就表示,至少他身上还有一部分是一个人所必须有的东西。他已超越了他自己，他有不朽的气质。"

"据说，他并不是党员。"

"是的，我想那是真的。使人喜欢他的是什么呢？他是一个命运注定了不幸的人。我相信他不会有好结果。他要受到报应。抓到政权的革命党之所以可怕，并不因为他们是罪人，而是因为他们像失去控制的机器，像出轨的列车。斯特列利尼科夫也像别人一样疯狂，他的疯狂不是根源于理论，而是根源于他通过的考验。我不知道他的秘密，不过，我确信他有隐衷。他和布尔什维克站在一边全是偶然。他们需要他一天，他们就任他放手干，他也会偶然走他们的路。他们一旦不需要他，就会无情地甩开他、粉碎他，正如他们对待别的军事专家一样。"

"你这样想？"

"我确信如此。"

"他无法避免那种命运吗？他不能逃走吗？"

"他能逃去哪儿，拉里莎·费奥多罗芙娜？在过去的沙皇时代你能逃。可是，如今，他试试看！"

"太糟了。你这么一说真使我为他难过。你知道，你已经变了。你往常说到革命是比较冷静的，对革命不像现在这么冷酷。"

"那正是问题的重点，拉里莎·费奥多罗芙娜。一切总得有个限度。这些日子来多少总应该得到一些明确的成就才是。但是，结果是那些鼓动革命的人除开改变与骚乱，不安于任何事，不论搞什么非世界规模不痛快。对他们来说，过渡时期、改造世界，本身就是个目的。他们没有受过别的训练，除了那些他们什么都不懂。你知道吗，为什么这些永无休止的努力如此徒劳无功？这全因为这些人并没有真正的能力，他们是无能的。人是为生活而生的，不是为准备生活而生的。生活本身、生活现象和生活的天赋，才是真正要紧的事！所以，为什么要让这些逃学的学生、幼稚的丑角在胡闹、演奏不成熟的狂想曲呢？够了。该轮到我发问了。我们是本城发生混战那天早上到的。你那时在城里吗？"

"我可以说是在！我们四周到处是火，这房子没被烧掉真是奇迹。我已告诉过你，这房子当时震得相当厉害。直到今天，院子里还有一颗没有爆炸的炮弹，就在大门旁边。掠夺、炮击，各式各样可怕的事应有尽有——像每次政府更替一样。不过，我们已习惯了，那不是头一次了。说起白军占领下的事！清算旧账的谋杀、勒索、敲诈——真是胡天胡地！不过，有件最不寻常的事，我还没告诉你。我们的加利乌林，他竟成了捷克军一个最重要的大人物——好像是总督之类的官。"

"我知道。我听人谈起过这件事。你见过他吗？"

"常常见到。你不能想象我救过多少人，谢谢他，我也不知藏匿过多少人。说句公道话，他的行为是十全十美，有骑士作风，不像那些牲口——哥萨克上尉、警察，他全不像他们。不幸，决定大势的是那些牲口，而不是高尚的人。加利乌林帮了我很多忙。愿上帝保佑他。你知道，我们是老朋友。当我还是小女孩时，我常去他在里面长大的那座房子。那里的绝大多数住客是铁路工人。在儿童时我就见够贫穷了。这就是我对革命的态度之所以和你不同的原因。贫穷距我更近。我从这里面了解了许多东西。可是，那个加利乌林，一个看房人的儿子，竟变成了白军的上校——或许甚至是将军！我家没有人当兵，我不大清楚军队的官阶。职业上我是一名历史教员！……不论如何，我们还合得来。我们设法救了许多人。我常去看他。我们谈过你。我在每一个政府里都有朋友和关系——也从他们那里惹来不少忧愁和失望。只有在二流的著作中，人才被分为两大类，水火不相容。在真实生活中，一切是纠缠不清的！你不会认为，你必须做一个一无希望的小人物，一生只扮演一个角色，在社会只有一个位置，始终代表同样的东西吧？——啊！是你回来啦！"

一个约八岁的小女孩走进来，头发绑成两条光油油的辫子。她细细的小眼闪着顽皮而淘气的光芒，走到墙角时还在笑着。她明知妈妈有客人，早在门外就听到他的声音了，不过，她想，她必须装出惊讶的神气。她向日瓦戈鞠躬，无所羞惧地瞪着他，那是一个早就会思想的寂寞儿童的眼光。

"我的女儿，卡坚卡，希望你们成为朋友！"

"你在梅留泽耶沃让我看过她的照片。她长大多了，也变得多了！"

"我以为你出去了。我没听见你进来。"

"我从那个墙缝里取钥匙，里面有只巨大的老鼠——有这么大！我吓了一跳，但愿你见到，我几乎吓死了。"

她做个鬼脸，睁大眼睛，嘴巴鼓得就像一条被钓出水面的鱼。

"现在去玩一会儿。我要留叔叔在这里吃晚饭。粥弄好叫你。"

"谢谢你，我很愿意留下来。不过，自从我每天进城以来，我们都在六点吃晚饭，我得设法尽早赶回去。我回家要用三个多小时——几乎四个小时。所以我这么早来看你。我怕我就得动身了。"

"你还可以再待半小时。"

"我很乐意。"

"由于你对我非常坦白，现在我也对你坦白说吧。你所见到的斯特列利尼科夫就是我的丈夫，帕沙，帕维尔·帕夫洛维奇·安季波夫，他就是我去前线找的人，我一直不相信他的死讯。"

"你说的事并不令我惊奇。我心理上早有准备。我听到过有谣言那么说，不过我没有相信。所以我很随便地和你谈起他，不过那显然是胡说的谣言，我见过这个人。别人怎能把他和你联系起来呢？你和他有什么共同之处？"

"这倒是真的。斯特列利尼科夫就是安季波夫，我的丈夫。我像别人一样相信这个说法。卡坚卡都知道，并且引以为荣。斯特列利尼科夫是他的化名——像所有积极的革命党一样，他有个假名。为了某些理由，他必须用假名活着和行动。

"拿下尤里亚金，用炮轰我们的就是他。他知道我们住在这里，为了不泄漏他的身份，他从来不曾打听过我们的生死存亡。当然，这是他的责任。如果他问我，我也会告诉他那么做。你或许会说，我所以安全，是苏维埃给我这样一个适宜的地方住，是他在秘密照顾我们。不过，如果说他实际上到过这里而且耐住了看一下我们的诱惑——这是不可想象的！我想不通，这违反人情，这像是古罗马的美德，这是最时髦的观念。不过，我一定不能让我自己受你的看法影响。你和我的想法并不真正一样。当涉及不具体的边缘的选择时，我们彼此了解。不过，当我们碰到大问题，涉及一个人的生活展望时，我们就不完全意见相同了。不过，再说到斯特列利尼科夫……

"如今他在西伯利亚，并且你说对了——我曾听到许多有关他的不幸的事，那使我很寒心，他去了西伯利亚前线，指挥我们最先锋的部队，同时他正在追击可怜的老加利乌林，他童年的朋友，对德战争中的战友。加利乌林知道他是谁，并且他知道我是他的妻子，不过，他始终不提及，保持这个微妙的关系——对这点我很不以为然——虽然他一听到斯特列利尼科夫的名字就气得发疯。

"不错，他现在是在西伯利亚。不过，他在这里有相当长的时间，住在你见到他的列车上。我一直希望我能意外地落在他手中。有时他去总办公厅，就在过去科木奇制宪会议的部队——当作总部的建筑中。竟有这样的巧合，进口正经过加利乌林常送我的地方。我曾去那儿求加利乌林帮助某人或停止某些可怖的暴行，或诸如此类的事情。例如，连军事学校也有很多可怕的事，常常闹得天翻地覆。如果有哪个教官不讨人喜欢，学生就伏击他，枪杀他，说他同情布尔什维克。当他们开始攻击犹太人时，也是一样。如果你恰好是脑力劳动者，又住在城中，像我们这样，你有一半朋友必是犹太人。然则，当他们有组织地攻击犹太人时，当这些可怕的卑鄙的事发生时，我们不只觉得难过、气愤、惭愧，并且觉得自己无所适从。好像我们的同情不是来自内心而是来自大脑，而且有一种不诚恳的感觉在余波荡漾。

"这真奇怪，这些一度把人类从偶像崇拜中解放出来的人，以及现在许许多多献身于解除人间不公正运动的人，竟然不能使自己免于对一个过时的、古老的、意义完全丧失了的信仰效忠，他们不该自命清高，迫害歧视那些犹太人，他们所信奉的宗教本是那些人建立的，如果他们多了解一些，他们会觉得那些人与他们其实很接近。

"当然这是真的，迫害使犹太人变得逆来顺受，这种害羞的自弃的孤立只能给他们带来噩运。不过，我以为还有一部分原因来自内在的老迈，一种历史性的长期的厌倦，我不喜欢他们在黑暗中所吹的讽刺口哨、他们缺乏活力的有限的向往，以及他们想象的贫乏。这真令人气恼，就像老人谈老年，病人话病痛。你不以为如此吗？"

"我对这方面没多想过。我有个朋友米沙·戈尔东，他的想法和你一样。"

"所以我常去这个地方，希望能在帕沙进出时碰上他。在沙皇时代，总督通常在大厦的那个部分有一间办公室。现在门上有三个大字：'控诉处'。你看过那座大厦吗？是全城最美的地方。大厦前的广场是用方木块铺的。跨过广场是长满枫树、山楂、忍冬的公园。门外的街上还有一道条石铺的人行道。我常站在那儿等他。当然我不想去砰砰砰地敲门，我不会说我是他的妻子。毕竟，我们的姓氏就不同。别以为诉诸情感能打动他！他们那些革命者的想法跟常人大不相同。你知道，他自己的父亲，帕维尔·费拉蓬特维奇·安季波夫，一个老工人，是被沙皇政府放逐的，就住在这附近沿公路的一个居留区中，过着放逐者的生活。他的朋友季韦尔辛也在那儿。他们两个都是本地革命法庭的一员。噢，你能相信吗，帕沙从来不曾去看过他爸爸，并且没告诉他爸爸他是谁。而他爸爸竟视为理所当然，一点也不难过。如果他儿子要隐藏真正身份，那么，一定是不得不如此，只得由他去，他不能看他就是不能看他，没有什么。他们都是石头做的，里里外外都是原则和纪律，这些人不是人。

"就算我设法去证明我是他的妻子，这对我也不会有什么好处！对他们来说，像这样的日子中，妻子算什么？世界的工人，宇宙的重建——那才重要！可是，一名妻子，不过是个两条腿的动物，绝不比一只跳蚤或虱子重要！

"他的随营副官常走出来问等候接见的人为什么要见他，并让一些人进去。可是，我从来不曾告诉他我的姓名，当他问我是什么事时，我总是说私事。当然，我知道这是浪费时间。副官照例耸耸肩，怀疑地看我一眼。我一次都没见过他。

"我猜你以为他一点不为我们烦心，他不爱我们，他已忘记了我们？哦，你可错了。我太了解他了。我知道他正想什么，这正是因为他爱我们。他受不了两手空空地回来。他要以满载荣誉和光辉的征服者身份回来，把他的桂冠放在我们脚下。使我们永远不忘，使我们头晕目眩！他就像一个小孩。"

卡坚卡又进来了。拉里莎·费奥多罗芙娜猛然抓住她，并且出乎卡坚卡意料地，举起她转圈圈，呵她痒，紧紧地把她抱在怀里。

尤里·安德烈耶维奇骑着马赶回瓦雷金诺，这条乡村的道路他已不知走过多少次了。他对这条路已熟悉到察觉不到它的存在，几乎看不见它了。

不久他就快到森林中的一个岔路口，大路直奔瓦雷金诺，另一条小路通向萨克玛河上的一个渔村瓦西里耶夫沃。路口竖着沿途所见的第三个农业机械广告牌。像往常一样，他在薄暮时分到达岔路口。

自从他那天晚上没回瓦雷金诺，而留在拉里莎·费奥多罗芙娜家中过夜起，两个月已过去了。他对家里人扯谎，说他赶工，并住在桑杰维耶托夫旅店中。他叫她拉拉，并在说话时称"你"已经很久了，虽然她仍叫他日瓦戈。尤里·安德烈耶维奇背叛了冬妮亚，而且他愈陷愈深。这是令人毛骨悚然的，从来没有过的事情。

他爱冬妮亚，他崇拜她。她心灵的平静对他比世上任何东西都重要。他会比她的爸爸或她自己更献身于维护她的荣誉。他会亲手肢解伤害她自尊的人。然则，他自己现在就是冒犯她的人。在家里他觉得像个罪犯。他的家人对事实的真相一无所知，他们的一往情深对他是一种致命的折磨。在谈话的中途，他会因突然想起他的罪行而发怔，因此对身边他人说的话一个字也听不进去。

如果这种事发生在吃饭时，他的食物会哽在喉中，然后他放下汤匙，推开盘子。他硬忍着，压抑着涌出眼眶的泪珠。"你什么事不对劲？"冬妮亚问，莫名所以，"你一定是在城中听到什么坏消息。有人被捕吗？还是有人被枪杀？告诉我。不用怕我心烦。告诉我以后你会觉得好受些。"

他的不忠实是因为他更喜欢别的女人吗？不，他不曾做过比较，不曾做过选择。"自由恋爱"无异是"非法苟合"，他从没有过这种想法。想到或提到这类词语在他看来是堕落。他从不"到处留情"，他也不把自己看作应该享有特权的超人。现在，他被犯罪意识的重担压垮了。

"下一步呢？"他有时很想知道，并且非常希望一个不可能的意外情况为他解决这个问题。

不过，现在他不再疑惑了。他已决定割断这个结——他是带着决心回家的。他要对冬妮亚忏悔，求她饶恕，绝不再见拉拉。

然而不是每一件事都已确定到应有的程度。他此刻才发觉，他未曾对拉拉说清楚，他和她断绝往来是为双方好，是为长远打算。早晨他已告诉过她，他希望对冬妮亚坦白，并且他们必须从此一刀两断，可是，现在他觉得他又软弱下来了，事情还不够确定。

拉里莎·费奥多罗芙娜已意识到他如何难过，不想再以痛苦的光景烦扰他。她尽可能装作平静无事地听他说完。他们是在前面一间空屋里谈的。泪珠滚滚流下她的面颊，不过，她并没有知觉，比对街大屋上的石雕像对雨水流在面上更没有知觉。她不住柔声地说："照你以为最好的做，不用替我担忧。我慢慢会没事的。"她说得很诚挚，绝无任何虚伪的宽宏大量，就像真不知道她在哭泣，不知道揩拭眼泪一样。

想到拉拉可能误解他，并且给她留下一个坏印象和假希望时，他几乎要掉转马头奔跑回去，告诉她一些他还没说的话，最要紧的是分别得更温暖些，更柔情些，用一种更适宜于永别的态度和她话别。他好不容易控制住自己，才能继续赶路。

由于太阳即将落山，林中充满寒气和黑暗。腐烂树叶的味道扑鼻而来。蚊子丛集在空中，静止不动犹若水上的浮标，以一种固定的、尖锐的声调悲伤地嗡嗡叫。它们落在他流汗的面孔和颈子上，他不停地拍打它们，啪啪有声，配和着马鞍起伏声、沉重的马蹄溅起泥泞的声音，以及坐骑迎风奔驰时听到的清脆的排枪声。落日余晖看上去永不消失的远处，传来夜莺的鸣啭。

"醒醒！醒醒！"夜莺以劝说的口气在叫，这听来像复活节礼拜前夕的召唤："醒来吧，啊，我的灵魂，为何你熟睡不醒？"

突然，尤里·安德烈耶维奇被一个很简单的想法打动了。这么慌干吗？他不是由于自己对自己的诺言要回去的吗？忏悔是要表示的，不过谁说一定要在哪天呢？他还没对冬妮亚提到一个字，等下次进城回家后再谈也并不太迟。他要对拉拉说完未尽的话，以极温暖极深情的态度和她谈，好让双方别太难过。多美妙，多不可思议！多奇怪呀，以前竟没想到！

想到再见拉拉时，他的心快活得直跳。他在期待着去和她会面的情形。

城外的木屋和石板地……他正在前往会她的途中。不久他就要离开木板人行道和空地，走向石铺的街道。郊区的小房舍很快地闪过，就像一页页的书，不是像你用食指一页一页地慢慢翻，而是像你用拇指捺住书的边缘，让它们急速依次滑过，速度只是一喘息之间。在街道远远的尽头，就是她的房子了，四围阴霾，只有她的房子顶上的天空有一道空白，天色向晚。他多爱街边那些通向她住处的小房子啊！他爱得想捡起它们，吻它们！那些一面有窗户的阁楼，屋顶压得低低的，就像帽子。油灯和圣像灯反映在水潭中，光亮如浆果！她的房子就在那道白隙的下面！在那儿，他将再从造物主手中接受上帝创造的迷人的美的礼物。一个身罩黑衫的影子将走来开门，将她亲近的允诺赐予他，就像你在黑暗中奔下沙滩时第一个海浪在迎接你一样。她一向守身如玉，冷若北方白色的夜晚，世界上没有一个人得到过她的亲近。

尤里·安德烈耶维奇放松了缰绳，上身伏在马鞍上，张开两手抱住马颈，把脸埋在马鬃里。误以为这种亲热是要它振奋，马立即拔腿飞驰。

由于它跑得飞快，四蹄只微微点地，尤里·安德烈耶维奇似乎觉得，除开他心脏欢乐的跳动声外，他还听见呼喊声，不过，他以为那是他的幻觉。

突然，离他极近的地方响起震耳欲聋的枪声。他挺直身子，猛然拉紧缰绳，马晃了几晃，又倒退几步，然后，拱起腰准备要用后腿站立。

他前面就是岔路口。写着"莫罗·韦钦金公司 出售播种机、打谷机"的广告牌在落日余晖中闪闪发光。三名武装骑士拦住了他的去路：一个是头戴学生帽、身着军便服、挂有两条子弹带的少年，一个是穿军官大衣、戴皮帽子的骑兵，还有一个胖子，穿条棉裤，一顶宽边教士帽盖住前额，装束古怪，就像是去参加化装舞会。

"医生同志，别动。"三个人中年纪最大、戴皮帽子的骑士说，"如果你服从命令，我们保证你平安无事。否则——请别见怪——我们就开枪。我们部队的外科医生阵亡了，我们征调你做医务工作。下马，缰绳交给这个年轻人。我再提醒你一句：如果你想逃走，我们会迅速地解决你。"

"你是森林同志，米库利钦的少爷利韦里吗？"

"不是，我是他的首席联络官卡缅诺德沃尔斯基。"

第十章

沿着西伯利亚最老的公路

沿着公路有许多城镇、村庄和哥萨克居留区。这条公路是古代的驿道,西伯利亚最早的公路。它纵贯城镇就像一把刀,通过市镇的大街像切面包似的把它们切开。遇到村庄,它一往直前地穿过它们,让一排排的农舍分布在公路的左右,不然,就是呈大弧形或急转弯绕过它们。

在铁路还没筑到圣十字镇之前,三套马快车载着邮件在这条公路上往来奔跑。贩卖茶叶、面包和生铁的商队往西走,步行的罪犯在卫兵押解下向东去。他们一步步地向前挪,脚镣锒锒铛铛——亡命的、凶暴的囚犯令人不寒而栗。周围的树林瑟瑟作响,阴森而不可深入。

沿公路的居民像是生活在一个大家庭中。友谊和婚姻把村与村、镇与镇连在一起。圣十字镇在铁路和公路的交叉口上,镇上有机车修理厂以及许多与维持交通有关的修理厂。那儿的劳动营中挤满不幸之中最不幸的人,在消耗生命,终于拖死。不少已经服刑期满有专门技术的政治放逐犯,成了熟练的技师,就此住在当地。

沿公路所有原来的革命被推翻很久了。有一个时期，这个区域归西伯利亚的临时政府统治，可是，现在它已落入自称为"最高统治者"的高尔察克手中。

有一段地方，公路要爬一个很长的坡，逐渐显露出越来越宽的田野全景。看上去好像这个缓坡没有尽头，而地平线愈来愈阔，好像也没有止境，不过，当疲乏的马匹和乘客停下来休息时，他们发现自己已身在山峰的绝顶。公路往前跨过一道桥，桥下克日木河回旋湍急。

在河那边突然升起的陡坡上，他们可以见到圣十字修道院的砖墙。公路环绕院墙前进，弯弯曲曲地穿过圣十字镇的郊区。

当公路到达城镇的中心时，它再度经过修道院的旁边，因为漆成绿色的修道院铁门是开向大广场的。拱门顶上的圣像围着以金字书写的说明："欢乐，成仁的十字架，不可征服的虔敬的胜利。"

这个时候正好是"圣周"，斋戒期的最后一周，冬天差不多过去了。公路上的雪在变黑，透露了开始解冻的消息，可是，屋顶上的雪依然是白的，像高帽子盖着屋顶似的。

在那些爬上钟楼看敲钟人的男孩子眼中，下面的房子就像许多小小的白水壶和箱子紧密地掺杂在一起。一个一个几乎不比黑点大的小黑人走向屋子。根据他们移动的不同方式，可以认出来他们中间的有些人。他们停下来读贴在墙上的"最高统治者"的通令，宣布在某三段年龄内的男子必须服兵役。

那天晚上发生了许多意想不到的事。天气突然不寻常地转暖。天空飘着毛毛雨，雨丝细而轻，看上去在半空中就会吹得无影无踪，落不到地上。不过这是幻觉。实际上地面有许多雨水在流，温暖而迅速。地面已完全变黑了，并且闪闪发光，宛若在出汗——雨水同时洗清了残雪。

矮小的苹果树已盖满新芽，奇迹般伸过园子的篱笆。雨水从枝上滴下来，有韵律地敲打着木板人行道，声音整个城镇都清晰可闻。

拴在摄影师庭院中守夜的小狗托米克尖声悲鸣高吠，也许是由于吠声的激恼，加卢津家花园中的乌鸦呱呱大叫，足以使整个城镇的人不得安眠。

在城镇的较低部分，有人将三大车货物送给商人柳别兹诺夫，可是，他拒绝收下，他说来人弄错了，他根本没订那些货。车夫辩说天太晚了，请求他让货物先在他家存一晚，可是他咒骂着，将他们赶走，同时拒绝开门。他们的喧嚷在城镇的另一头也能听到。

清晨一点钟，也就是修道院的七点钟，一阵安详、忧郁、悦耳的钟声从修道院钟林的最深处传来，钟声几近凝固。它在空中和黑暗的毛毛雨混合。它从钟上飘出来，下沉并溶化在空中，就像从河岸冲下的泥块，下沉并溶化在春天的大水中。

这是复活节前的星期四之夜。在几乎不可分辨的远处，在雨网的背后，或此或彼地照亮人的脸孔、前额或鼻子的烛光在摇曳、移动，并穿过修道院的院落。斋戒的信徒正去做弥撒。

一刻钟后，木板人行道上响起来自修道院方向的脚步声。这是食品杂货商的妻子加卢津娜赶着回家，虽然礼拜仪式刚刚开始。她的步幅很不均匀，时而跑一阵，时而慢下来，走走又停停，她的头上扎着头巾，皮上衣的扣子没扣。她在沉闷的教堂中觉得有点晕眩，因而跑出来透透新鲜空气，可是，现在她感觉着愧难过，她没能守完弥撒，并且因为她已经有两年没有在四旬斋斋戒了。不过这不是她难过的主因。那天贴出的动员布告影响到她可怜的蠢儿子捷廖沙。她试图把这个念头赶出她的脑外，可是，贴满黑暗处的白纸片，在每一个街角提醒她。

转过墙角就是她的住处，不过，她觉得在门外好过些，她并不急于走进不够透气的屋子里。她为许多忧郁的念头所困扰。如果她要把所想的事都一一大声说出来，她会觉得字眼不够，并且，说到天亮都说不完。可是站在户外，站在大街上，这些忧郁的念头、不快的思想成团地滚来，她能够成批打发它们，只需很短的时间，在修道院门口和广场拐角上来回走上几趟，她就统统想通了。

就快复活节了，房子里一个人也没有，他们都走了，只留下她一人。唉，她不是一个人吗？当然她是一个人，她收养的卡秋莎是不算数的。再说，卡秋莎又是什么人呢？知人知面谁又能知心？也许她是一个敌人或是一个秘密仇人。人们都相信她是她丈夫前妻的女儿。她丈夫符拉斯说，她是他的养女。可是，设若她是他亲生的呢？或者根本不是他的女儿，你怎能看透男人的心？虽然说句公道话，卡秋莎并没有什么不好。她有头脑、漂亮、守规矩——无论是可怜的蠢货捷廖沙或她的养父，都比不上她聪明！

所以她站在街头，逃避着圣周。一家人都分开了，各走各的。

她丈夫沿着公路来回旅行，对新兵演说，给他们打气，要他们在军中立大功。他不照顾他的儿子，那个傻瓜，不管他的死活！

捷廖沙也在复活节前夕跑开了。他去库捷内村亲戚家寻乐去了，以此忘却自己的烦恼。这个可怜的孩子被学校开除了。他过去几乎每年都留级，好不容易拖到第八年级，还是被开除了！啊，这一切多凄凉啊！呵，主啊！为什么一切都弄得这么糟呢？这太让人伤心了，她真想一了百了，她不想活下去了。是什么原因造成这些不幸呢？是革命？不，呵，不是！是战争。战争杀害了俄罗斯男子的精华，如今剩下的都是些腐朽的一无是处的废物。

她爸爸活着的时代是多么不同啊！她爸爸是个承包人，温文儒雅。他们家享受过世上最富裕的生活。她和她的两姐妹波莉娅、奥莉娅，曾是名副其实的人人希望有缘一见的女孩。那些拜访她爸爸的木匠师傅，人人都是高尚、正直的男子汉，好的配偶。有一次，她们三姐妹曾想到用羊毛线织六色的头巾。信不信由你，她们确是了不得的编织能手，她们织的头巾闻名全省！那个时代的一切都精美、丰富——弥撒、跳舞、居民的风度举止——一切似乎都使她衷心欢乐，尽管交往的人都是普通的小市民，都是工农出身。在那个时代，俄罗斯也像是个可娶的好女子，被真正的男子汉所追求，那些男子愿意为她牺牲一切，远非今日这些无赖可比。如今，一切都失去了魔力，剩下的只是些舞文弄墨的人，律师和犹太人成日成夜地哓哓不休。可怜的老符拉斯和他的朋友以为，他们能以干杯、演说和善意重返那个黄金时代！然而，这是夺回失去的爱的方式吗？你必须移山倒海！

她穿过广场，走到市场的尽头，然后又走开，她这样做已不止一次了。她的房子就在离广场不远的街道左边，可是，每次走到门口时，她总是临时改变主意，不走进去，掉转身走进邻近修道院迷宫一般的小巷中。

市场上空旷无人。在过去，每当赶场的日子，市场上总挤满农民的大车。市场的一端是伊列宁斯卡雅街，另一端是一排一层或两层建筑物，其中有货仓、办事处和工场。

她记得，在比较和平的时代，那个粗野的、厌恶女人的、戴眼镜的、穿长大礼服的布留汗诺，一个卖皮制品、燕麦和干草、车轮和车套的商人，会装模作样地坐在他家嵌花的大门外的椅子上看小报。

在一面模糊的小橱窗里，有几对系着缎带的结婚蜡烛和花束放在一只硬纸盒中，已尘封了好几年。而在这后边，现在除去一堆大的圆蜡饼外一无所有的橱窗后面，过去却有不知名的代理人进行上千卢布的交易，没人知道那个身家百万的蜡烛制造商现在住在什么地方。

那边，在一排店铺的中央，是加卢津的食品杂货店，当街是三面大窗子。没有装饰的、容易裂开的地板上，太平的日子，不论早上、中午、晚上到处都是茶叶渣，因为加卢津和他的伙计成天喝茶。加卢津娜常以老板娘的身份自愿地坐在钱柜旁边。她最喜欢的颜色是紫罗兰的淡紫色，这是举行某些大典时教堂礼服的颜色，是嫩紫丁香花色，是她最好的天鹅绒衣衫颜色，也是她一套水晶酒杯的颜色。这是快乐和她的回忆的颜色，在她看来，革命前的圣女时代俄罗斯就是紫丁香色。她很乐于坐在钱柜旁边，因为播散淀粉和糖香的店中的紫罗兰色黄昏，和玻璃瓶中紫色黑醋栗焦糖，都是她喜欢的颜色。

在木料场旁边的拐角上有一座灰色木板盖的旧木楼，四边都陷入土中好像坍塌的车厢。这座木楼是两层，有两个入口，一边一个。每层又分隔为二：地下右首是扎尔金德的药房，左首是公证人办事处。药房的上面住着女用成衣匠老什穆列维奇和他的家人。他隔壁的那半层楼住了各式各样的人，门上尽是名片和招牌。有修钟表的、补鞋子的，刻字匠卡明斯基在这里有个工作室，还有朱克和西特罗达克两人合开的照相馆。

由于二楼太挤，摄影师的年轻助手，一个是学生布拉仁，一个是修相片的马吉德松，就只好把暗房安在院子里的大木棚里。根据暗房窗口灯泡愤怒的红眼朦胧的闪烁，可以判断他们此刻正在里面工作。那只狂叫乱吠的小狗托米克就是拴在这扇窗户下，所以整条伊列宁斯卡雅街都听得见它的吠声。

"他们那么一大堆人挤在一起，"当她走过灰屋子时在想，"简直是个下流的乞丐窝。"不过，她立即又反省道，她丈夫对犹太人恨得太过分了。无论怎样，这些人并没重要到足以影响俄罗斯的命运。虽然如此，如果你问老什穆列维奇，为什么俄罗斯如此骚动和混乱，他就会扭曲他丑陋的脸，露齿狞笑，同时诅咒说："那还不是犹太佬在搞鬼。"

唉，她花时间去想这些真是无聊！他们要紧吗？他们是俄罗斯的不幸吗？不。俄罗斯的不幸是大城市人。并不是说城市人决定国家的兴衰。不过，大城市人受过教育，乡下人羡慕城市人的教育，试图模仿城市人的生活方式，可是比不上他们，所以现在他们就不三不四的。

或许是别的原因，或许无知是个麻烦？受过教育的人能够隔墙见事，事先能预知一切，而我们其余的人就像黑森林里迷路的人。我们只有在脑袋被砍去时才知道丢了帽子。并不是说，受过教育的人现在还有好日子过。看看他们被饥饿赶出城市的那副德性吧！这一切多混乱啊！甚至魔鬼也弄不清楚！

然则，知道如何生活的还是乡下人。看看她的亲戚，谢利特温家、舍拉布林家、帕姆菲尔·帕雷赫家和莫德赫家两兄弟涅斯托尔和潘克拉特弟兄吧。他们靠自己的双手和头脑，他们是自己的主人。公路两旁新建的农舍看上去很美。四十亩可耕地，牛、马、猪、羊，谷仓里的五谷足够再吃三年！还有他们的农业机械！他们连收割机都有！高尔察克一味拉拢他们，想拉他们站在他这边，党委也拍他们的马屁，希望他们支持森林中的游击队。他们戴着圣乔治十字勋章从前线回来，两边都追逐他们，想聘他们做教官。有肩章没肩章都是一样，如果你在行，总有人需要你。你永远能站得住脚。

不过现在是她回家的时候了。如此深夜一个女人在街上闲荡是很容易让人说闲话的。如果是在她自己的园子里就没什么大关系。可是园子里泥泞不堪，就像泥淖。她想，不管怎样，她现在觉得舒坦些了。

加卢津娜就这么一阵胡思乱想着，想到后来连自己都不知道在想些什么了，她往家门口走去。不过在她没进门前，她又在檐前站了一会儿，再想了些事。

她想起现在暗中统治圣十字镇的一班人，她多多少少知道他们一点，他们从前是首都放逐出来的政治犯，季韦尔辛，安季波夫，无政府主义者"黑旗"伏多维钦科，以及本地的锁匠"疯狗"格罗仁科。他们个个机智，会用头脑，在他们的黄金时代曾挑动不少麻烦，他们现在一定又计划要搞些什么了。他们不搞点事情就活不下去。他们一生消磨于机器中，而他们的冷酷无情也像机器。他们在汗衫上加一件夹克，他们用骨制烟斗吸烟，他们只喝开水，为了怕喝进什么寄生虫。可怜的符拉斯白费时间，这些人会把一切弄翻，他们总会得手的。

然后她想到她自己。她知道她是个好女人，有自己的主张、聪明，同时保养良好。总之，她不是个坏人。不过，这个鬼地方并不欣赏她的任何优点——别的地方也不，她所认识的人都不欣赏。突然，她想起整个乌拉尔家喻户晓的，有关一个傻女人先杰秋利哈的下流小调，不过，能引用的只有头两行：

先杰秋利哈卖了大车，
买了一把三弦琴……

以下全是猥亵淫荡的字眼。在圣十字镇总有人唱这个小调，她怀疑，这是针对她而发的。

她苦涩地长叹一声，然后走进房子里。

她一直走向卧室，没有在厅中停下脱去外衣。卧室伸入花园中。此刻正是夜间，窗户内外的许许多多影子几乎都是彼此重叠的。软塌塌的下垂窗帘的影子，就像花园中光秃秃的黑树垂下的影子，轮廓时时变动。冬季差不多已经过去了，花园中从地下蒸发出来的即将到来的春的紫气，温暖了园中轻柔的夜。在挂着潮润窗帘的卧室内，这两个元素也在起类似的交互作用，就要来到的复活节温暖的深紫罗兰色的调子，竟使闷气的黑暗也柔和起来。

相框中的圣母分开黑色披纱，高举着黑色细长的手臂，看上去像是托着她希腊文圣名的最前与最后一个字母。幽暗如金色木架中墨水池的暗红色像前灯，透过菱形玻璃把它星样的光亮洒在卧室的地毯上。

脱下外衣和头巾，加卢津娜伸个懒腰，觉得肩胛骨一阵刺痛，老毛病又发作了。她惊叫一声然后喃喃自语道，"法力无边救苦救难，大慈大悲贞洁圣母……"祈祷到一半她就泪如泉涌了。当疼痛消失时，她开始脱去衣衫，不过束胸后背位置的扣钩却由她手指间滑下，掉落在柔软有皱褶的衣料里，她费了好些事才找到它们。

养女卡秋莎醒了，走进她的卧室来。

"妈，你为什么摸黑？要我拿盏灯来吗？"

"不，不必了。已经够亮了。"

"妈，让我来帮你脱衣服。你不要太累了。"

"我笨手笨脚的，我真想哭。那个裁缝不把钩子钉在容易够到的地方。我真想把它们全扯下来甩到他那丑陋的面孔上。"

"他们在修道院中唱得多好啊！夜真静，在家里就能听到。"

"唱是唱得好，可是，我觉得不舒坦，好孩子。肩膀痛又发作了——到处都痛……每个地方……这多讨厌，我不知道如何是好。"

"上一次是顺势疗法医师斯特多勃斯基治好的。"

"他总是要你做些不可能的事。你的顺势疗法医师是个兽医，什么也不懂。再者他已走了。我告诉你，他已经离开这里了。并且，走的不只是他一个，他们都在节前走了——好像他们预先知道这里要有地震或什么大祸事似的。"

"那么，那个匈牙利医生怎么样？他是个战俘？他治好过你的。"

"也没有用。我告诉你，镇上的人都走光了。克列尼·劳什和另外的匈牙利人跑到对面阵营去了。他们被征到红军里去了。"

"可是，妈，你知道，你想得太多了。你神经太紧张。像你这样的情况催眠术医师可以治好的，农民还不都是这样做的。你还记得那个把你疼痛赶走的士兵的妻子吗？她叫什么名字？"

"噢，真是！你竟当我是个无知的傻子！如果你背着我唱'先杰秋利哈'，我也不会惊讶。"

"妈！你怎能这样讲！真是罪过。你应该觉得难为情。你最好还是帮我想想那个女人的名字。这就在我的舌尖上，我不想起它是不会安宁的。"

"她的名字比衬裙褶子还多。我不知道你想的是哪一个。他们叫她库巴利西娜、梅德维吉哈，又叫她兹雷达里哈，此外还有多少，我可就不知道了。她也不在这附近了。不再见到客人出现了。她去了。消失了。她因为帮人打胎并私造某种药丸药粉被关进克日木监狱。不过没多久她就逃狱溜走，逃到远东什么地方去了。我告诉你，每一个人都跑开了——符拉斯、捷廖沙以及你的阿姨波莉娅——好心的阿姨波莉娅。就丢下我们两个，我们两个傻瓜，镇上再没剩下一个规矩的女人了，我不是在开玩笑。再也没有任何医疗了。如果发生什么事，你找不到一个医生。他们说，尤里亚金有一位医生，来自莫斯科的名教授，一个自杀了的西伯利亚商人的儿子。可是当我想到找人请他时，公路上设了好多关卡，都被红军切断了……现在，你上床去吧，我也试着睡一会儿。顺便提一下，你的那个学生布拉仁，他把你弄昏头了。不承认又有什么用？——你脸红得像甜菜根。他又要为我交给他放大的相片忙一整夜了，可怜的孩子。他们不在那座房子里睡觉，他们也不让别人好好睡。他们的托米克在狂叫，你随便在镇上哪个地方都听得到，而我们园子里该死的乌鸦也在苹果树上伸长脖子呱呱乱叫。看样子我又要通宵失眠了……你那么哭丧着脸干吗？别这么过敏。如果不是为了让女孩子痴恋，要那些学生干吗？！"

　　"那只狗狂吠些什么？去看看它是怎么回事，不会无缘无故地乱叫不停。等等，利多奇卡！静静，住嘴！我们必须看看是怎么回事，不然警察来了我们还不知道。留在这里，尤斯金，还有你，西沃布留伊。用不着你们两个。"

　　利多奇卡，中央委员会的代表，没听见游击队首领请他停止说话，照样啰啰唆唆说个不停：

　　"西伯利亚的资产阶级军事暴力、枪杀、拷问、掠夺强征的政策，必然会使那些容易受骗的人看清真相。这不只是与劳工阶级，而且事实上是与全体勤劳的农民为敌。西伯利亚与乌拉尔的勤劳农民必须了解，只有与城市的劳工阶级和士兵联盟，只有与吉尔吉斯和布里亚特的农民联盟……"

　　他终于察觉了领袖的干涉，停下来，用手帕擦了擦他流汗的面孔，疲倦地合上他眼皮浮肿的眼睛。

"休息一会儿，喝杯水。"站在他旁边的人低声说。

忧心忡忡的游击队领袖恢复了镇定。

有人对游击队首领说：

"干吗这么大惊小怪？一切顺利。窗口有信号灯，套句文雅的话，哨兵能眼观六路，耳听八方。我不明白，我们为什么不继续讨论那个报告。利多奇卡同志，请继续。"

原来放在摄影师庭院中谷仓里的木柴给移开了，秘密会议就在那块空地上举行，进口处有一堆高及天花板的原木把它和小暗房隔开。万一告急，他们可以经过一个地板门钻入地下通道逃走，出口是在修道院后一条寂静的巷子里。

发言人面色苍白，一脸的络腮须，秃头上戴着一顶黑棉帽，有个一紧张就出汗的毛病，这时正大汗淋漓。他不停地在煤油灯口的热气上点他的纸烟头，贪婪地猛吸。上身弯得很低，用他的两只近视眼神经质地看着摊开的文件，好像他在嗅它们，一面以平板而疲倦的嗓子说：

"只有通过苏维埃，城乡的穷人联盟才能结成。西伯利亚的农民如今正无可无不可地追求西伯利亚工人早在很久以前就开始奋斗的目标。他们的共同目标是以武装暴动推翻可恨的海军和哥萨克骑兵军官的独裁专制，并建立起农民、士兵苏维埃的权力。在与装备良好的军官和布尔乔亚所雇佣的哥萨克兵作战时，起义的农民必须展开一个全面战争。战争将是长期的、持久的。"

他再度停下来擦汗，然后合上眼皮。这时，不顾开会规则的限制，听众中有一个人站起来举手，表示他想发言。

游击队领袖，或者说得更正确点，外乌拉尔游击队克日木支队司令，以挑衅而漠然的态度听着发言人讲话，不时以粗鲁而不敬的态度打断他的话头。真难相信如此年轻的军人——只比一般男孩大一点——竟能统率全军，并且他的部下都服从他、敬仰他。他坐在那里，手和脚都裹在骑兵大衣里，大衣的上半截反搭在他的椅背上，露出了他的上装，两肩有两个黑斑，显示官阶的肩章给夺掉了。

他两旁各站一名和他年龄相仿的沉默的贴身卫兵，身披已微微发灰的卷毛边的白羊皮大衣。他们英俊的石头似的面孔显示出他们对领袖的无条件效忠，随时准备赴汤蹈火在所不辞。他们不参与讨论、不理会其中任何争议，既不说话，也不笑。

除了卫兵室内约有十到十五个人。有些站着，有些坐在地板上，他们把身子靠在墙边的原木堆上，两脚平伸或两腿屈起顶着下巴。

有三四个人是荣誉来宾，坐在椅子上。他们是老工人，一九〇五年大革命的老战士。这当中有自离开莫斯科后改变甚大的、愁眉不展的季韦尔辛和他的朋友老安季波夫，安季波夫对前者所说的一切，无不同意。由于革命以来党人把他们当神一般尊敬和借重，他们阴森森地坐着宛如神像。他们已自满自大得不能有正常人的感觉。

储藏室内还有其他值得注意的人物，比如俄罗斯无政府主义的支柱，"黑旗"伏多维钦科，他没有一刻安宁，一会儿坐下一会儿又站起，在地板上踱来踱去，或忽然停在储藏室当中。他是一个肥肥的巨人，大头大嘴，有一头长得像狮鬃的长发，他在对土耳其不然就是对日战争中当过军官，是个梦想家，成天全神贯注在他的狂想中。

由于禀赋特异，过分高大，他从不注意比他小的东西，他对现状并没充分注意，误解了一切，误以对方的意见为自己的见解，他们说什么他都同意。

坐在他身旁地板上的是他的朋友斯维利德，一位专以陷阱捕捉野兽的专家。虽然他不是个农人，但他敞开的黑衬衣领子却透出浓厚的泥土气，他用手把衬衣领和颈上的十字架攥在一起、拉开，擦他的胸口。他是半个布里亚特人，热心、不识字，他的头发编成细辫子，上髭稀疏，腮须更疏。脸上永远因为挂着同情的笑容而露出皱纹，蒙古风味使他看上去显得有些苍老。

发言人代表中央委员会来到西伯利亚军中做政治报告与视察，他还有许多地区必须去。他对听讲的绝大多数人都不感兴趣。但是作为一名老革命党并且从小就是人民先锋的志士，他敬爱地瞪着坐在他面前的年轻司令官。不只是因为他原谅他的失礼，而是他认为那是真正革命气质的表现，并且他很喜欢他的鲁莽，就像痴恋的女人也许会喜欢一个傲慢的情人自大的举止言谈一样。

这个游击队的司令官就是米库利钦的儿子利韦里。发言人是从前的合作主义者，一度是社会革命党员的科斯托耶德·阿穆尔斯基。他已在最近修改了他的见解，承认他过去的错误，正式撤销了一些枝节主张，于是，他不只被批准加入共产党，而且不久就被授予现在这个重任。

他所以被委以重任——虽然他样样都行但绝不是一个军人——部分是因为他对革命的长期贡献，以及他历经沙皇牢狱生活而坚忍不屈，部分是基于一个假定，由于他从前是个合作主义者，他知道动乱中的西伯利亚广大农民群众的情绪。就他任务的目的来说，党方认为他的知识比军事训练重要。

政治信仰的改变使他的外貌和态度也跟着变得和从前的他大不相同。没人记得他在旧时代是秃头或有络腮胡子。但或许这只是一种伪装。党严令他不得泄露他以前的身份。他的地下姓名是贝伦杰和利多奇卡同志。

当伏多维钦科过早地表示支持刚才读过的指示时，会上有一阵骚动。平静恢复以后，科斯托耶德继续发言：

"为了及时配合蓬勃的农民群众运动，必须立即与活动于省委会境内所有的游击队建立联系。"

然后，他谈到如何安排秘密会议的地点、暗号、密码和联络方法，以及一切有关的细节。

"党的秘密小组应把白军的装备、食物、军火和大量金钱的所在地，以及防卫的手段和实力通知游击队。

"有关游击队组织的一切细节必须全盘统筹，尽可能地详尽规划，其中要包括他们的组织领导、协同作战的纪律、秘密工作、与外界的接触、对当地居民的态度、革命军事法庭、在敌人境内的破坏——例如桥梁、铁道、汽船、驳船、车站、工厂连同装备、电话局、矿场、食品供应等的破坏。"

利韦里再也忍不住了。在他看来科斯托耶德所讲的这一切全不相干，而且外行。

"非常好的讲话，"他说，"我将牢记在心中。我想我们必须全部接受，不能说一个不字，否则，我们会失去红军的支持吗？"

"当然，你们必须全部接受。"

"我奇妙的利多奇卡，当我的部队，该死——连炮兵在内一共三个团——已经和敌人苦战数月并且正将他们击溃时，我怎样去利用你刚才儿戏式背诵的内容呢？"

"多了不得！多强大！"科斯托耶德想。

季韦尔辛打断他们的争论，他不喜欢利韦里无礼的语调。

"请原谅我，发言人同志，我有些事不明白。我可能将某一项指示记错了。我可以读出来吗——我想确定一下。'将那些在革命时期中身在前线并属于士兵组织的老战士，网罗进委员会，这是最必要的。委员会中包括一个或两个士官和一位军事专业技术人才也是必要的。'我记得对吗，发言人同志？"

"一字不差。"

"那么，请允许我这样说。我发现关于军事专业技术人才这点不妥当。我们这些参加一九〇五年革命的工人不习惯于信任军人。他们当中总有反革命分子。"

"够了！表决！让我们做决定吧！该回家了，夜深了。"会场中有些人高叫。

"我服从多数。"伏多维钦科以闷雷似的嗓子说，"民众组织应该基于民主，它们应该从基层长起来，就像先下种，让它们在土中生根一样。你不能像钉栅栏桩那样从高头打下去。这正是雅各宾党独裁的错误，也就是国民会议被'热月政变'弄垮的原因。"

"这像在日光底下一样地清楚，"他的朋友兼他的无赖随从斯维利德支持他说，"任何小孩都看得出。我们早就该想到这点，现在太晚了。当前我们的工作是为值得我们做的事作战，一往直前。现在我们既已开始，怎能向后转？我们已做好了汤，就得喝下去。我们已跳下了水，就不得抱怨。"

"表决！表决！"四周的人一再地叫。他们又继续讨论了一阵，不过，他们说的话是愈来愈各持己见，会议终于在黎明时散了。人们像往常一样小心翼翼地一个一个走回家。

沿公路有个景色如画的地方，一条水流迅速的小河帕仁卡分开了库捷内村和小叶莫莱村，一个坐落在陡坡上，一个在下面的山谷中。

库捷内正举行欢送新兵入伍大会，在小叶尔莫莱，施特列泽上校所指挥的医务队又恢复了因复活节暂停的、本区征兵体格检查的工作。村上驻有骑兵自卫队和哥萨克骑兵，以保证征兵顺利进行。

这是特别迟来的复活节和特别早到的春季的第三天，温暖，一点风丝也没有。距公路不远的地方，库捷内村街上摆着一长列放满酒食招待新兵的桌子。一张接一张，不过，并不是一条直线，白桌布拖到地上，远远看上去就像一条长水管。

村民倾其所有来举行这次欢送会。主要的菜是复活节的剩余食物，两块烟熏火腿，几条圆柱形大面包，两三块奶渣甜糕。桌子上还有一碗碗的咸蘑菇、黄瓜和泡菜，以及一盘盘切开的家焙面包，一碟碟复活蛋，其中绝大多数是粉红或浅蓝色。

黏着蛋白剥下的粉红或浅蓝色蛋壳，撒在桌子周围新绿的草地上。粉红或浅蓝是青年衬衫或少女衣着的颜色。粉红色的彩云在蓝天中缓缓地优美地飘行，好像蓝天也与它们一同移动着。身穿粉红衬衫、围着生丝腰带的符拉斯·帕霍莫维奇·加卢津，踮着脚尖左一脚右一脚地跑着，嗒嗒地从斜坡上潘夫努金家的台阶上冲下来，跑到桌子边，开始他的演说：

"孩子们，因为没有香槟酒，我现在以我们家酿的伏特加敬你们一杯。敬祝今天出发的好男儿幸福、万岁。入伍的绅士们，我还要和你们痛痛快快地多干几杯！现在请注意！列阵在诸位眼前的骑兵是我们保卫祖国、抗御那些使俄罗斯兄弟自相残杀、血流遍野的掠夺者的唯一希望！人人希望革命和平的胜利，今天入伍的男儿们，俄罗斯荣誉已被玷污，这全靠你们来洗雪了！我们已全身蒙羞，我们对不起我们英勇的盟友。不只红军，连德意志和奥地利也抬起他们厚脸皮的头了。孩子们，上帝与我们同在……"他的声音已被欢呼喝彩的吼声淹没了，但他还是继续不断地说着。他把酿得很糟、淡而无味的伏特加酒举到唇边，啜了几口。一点味道都没有。他是喝惯葡萄酒的。可是，为公共利益牺牲的想法使他大为满意。

"你老爸真是个演说家！副代表米留可夫比他差远了。"在喧嚷的人声醉语中，格什卡·里亚贝赫细声地对坐在他身边的朋友捷连季·加卢津说，"他必定是个出色的人物！不过我以为他这么卖力不是全无私心，我猜他是想用演说换取你的免役。"

"格什卡！你真不要脸。你怎能这样想！让我免役。我倒想让他试试！我将在你接到应征通知书的同一天接到通知书，就是这样。我们将在同一单位作战。他们把我们踢出了学校，那些混账。我想现在我当不上军官了……至于我老爸，他当然知道如何演说。他每次演说都博得喝彩。而最奇怪的，是他有演说的天赋。他没有受过正式的学校教育。"

"你听说过桑卡·潘夫努金的事吗？"

"听说过。那个脏病真的如此可怕？"

"他害的是梅毒，无法救治，一直要烂到他的脊椎骨。这是他自作自受。我们警告过他，要他别去。你必须十分留心你是在同谁鬼混。"

"现在他怎么样啦？"

"真悲惨。他想自杀。他已被征召了，他此刻正在小叶莫莱村接受检查。我想他们会要他。他说他要加入游击队来对社会的病态进行报复。"

"格什卡，你知道，你是在说传染病，不过，如果你不去她们那儿，你还是可能得到其他的传染病。"

"我知道你的意思。看来你挺有经验的。不过这不是一种疾病，而是一种不可告人的隐疾。"

"格什卡，你竟说这样的话，我真想在你鼻子上打一拳。你这是对朋友说话的好态度吗？你这肮脏的骗子！"

"别生气，这只是开开玩笑。我想要告诉你的是——我去帕仁斯克过复活节，在那里碰到一个旅行演说家，一个无政府主义者，他很有趣味。他大讲'人格解放'。我喜欢他的讲演，真有内容。我希望做一个无政府主义者，不参加是个损失。他说，我们身上有一种内在的力量。他说，性和性格是动物能量的表现。你喜欢吧？他真是个天才……不过我觉得头很沉重。周围的这些人个个伸长脖子狂呼欢叫，足够把人的耳朵震聋。我再也受不了了，闭嘴吧，捷廖什卡，住嘴，我告诉你。"

"格什卡，我只问一件事。有些社会主义的字眼我不太懂。什么叫'怠工者'？那是什么意思？什么时候能用上？"

"这方面我可算得上教授，不过我跟你说过别再跟我说话，我喝醉了。'怠工者'是指那些拉帮结伙的人。如果说你是'同伙'，那你和那些人就是一伙。明白吗，笨蛋？"

"我还以为是骂人的话呢。你说的那个什么能量——我也听说过。我曾想到去彼得堡订购一具电磁能量腰带——款到交货——我在广告中看到的。'增加你的活力'，广告上说。不过，恰好另一次革命发生了，因此必须想些别的事。"

捷连季的一句话还没有说完，醉汉的喧哗突然被来自不远处的一阵轰然爆炸声压倒了。席上的喧闹立刻停止。然后吵得更凶，混乱得更厉害。有些人从座位上跳起来，最沉着的仍然坐在那儿不动。有些醉汉想挣扎着走开，不过，刚站起身就猛然跌倒在桌子底下，并且立即开始打鼾。妇女们尖叫着。全场大哗。

符拉斯·帕霍莫维奇四面环顾，搜寻捣乱的人。起初，他以为隆隆声是来自本村，或许甚至就离桌子不远。他颈上的青筋暴涨，脸色发紫，高声嚷道："谁是我们当中的犹大？谁犯了这个罪？谁丢的手榴弹？这个畜生，我要亲手掐死他，即使是我的亲生儿子也不管。公民们，我们不容许任何人同我们开这种玩笑。我们必须把村子给围上。我们要找出这畜生，我们不能让他溜掉。"

起初他们听他说话，不久，他们的注意力都被小叶尔莫莱村村公所上空袅袅上升的黑烟柱吸引去了，并且一齐冲到峡谷边上去看看谷中究竟发生了什么事。

村公所在燃烧。好几个征募的新兵——有一个赤着脚，除去短裤之外一丝不挂——和施特列泽上校以及征兵局的其他官员从村公所跑出来。哥萨克骑兵和民兵，弓着腰骑在马鞍上，挥舞手中的鞭子，马在鞭子下来回扭动就像是蛇，他们在村中来往奔驰，不知在搜捕什么人。在教堂急迫的报警钟声催赶下，许多人跑上了通往库捷内的路。

事故以一种可怕的速度接二连三地发生。到黄昏时分，施特列泽上校显然相信他所要苦心搜捕的人已溜出了小叶尔莫莱，便率领哥萨克骑兵来库捷内，将村子包围起来，开始逐屋逐户地搜索。

有一半新兵此刻已沉醉如死。他们都留在席上没有动，有些睡在地上，有些伏在桌上打鼾。

当大家知道骑兵已到村中时，天早已黑了。

有些年轻人蹑足经后院溜往最近的仓库，你挤我碰地穿过墙脚下一个狭窄的洞口在地板下爬行。在黑暗和混乱中，他们弄不清楚这是谁家的仓库，但现在明白了，根据咸鱼和煤油的气味去判断，这似乎是村上杂货店的货仓。

这几个青年并没有做亏心事，躲起来是傻事。绝大多数只是一时情急，因为他们喝醉了，已神志不清。但是，其中有几个人是有顾虑的，他们担心，一旦被发现可能坏事。不错，他们的朋友最坏不过是些不良少年，可是你永远不知底细。他们知道，在那些日子中，一切都可以扯到政治上去。在苏维埃区中，不良少年的行径被认为是消极反抗，而在白区中则被认为是布尔什维克主义。

他们发现仓库中不只他们这批人，已经有人比他们先到。地板与地面之间的空间里塞满了来自两村的人。来自库捷内的人烂醉如泥。有些在梦中打鼾、咬牙并呻吟，有些不住地呕吐。地板下漆黑而不透气，弥漫着可怕的恶臭。为了隐蔽他们的藏身之所，那些最后进来的人，已经将洞口用石块和泥沙封上了。过了一阵，鼾声和呼声却停止了。寂然无声。醉鬼都静静地安睡了。只有一个角落上有急促不断的耳语，是捷连季、格什卡惊悸地和小叶尔莫莱村的科斯卡·涅赫瓦林内紧挤在一起，后者是个喜欢争吵、下手很重的莽汉。

"别这么大声，"科斯卡说，"你这个魔鬼，你这样会害我们全体。你没听见吗——施特列泽的人正在搜来搜去。他们已搜到了街尾，现在他们正往回走。他们来了。不准出声，不然我勒死你……你够幸运，他们走过去了……你这个鬼东西跑来这里干吗？傻瓜，你躲什么？这里谁会动你一根寒毛？"

"我听格什卡叫着'藏起来'，于是我就爬进来了。"

"格什卡有理由要躲。他一家都有问题，他们全受到怀疑。他们有亲戚在圣十字镇铁路工厂做事，那是他为什么……不要慌张，不要动，你这个傻瓜。这周围都布满了人，你动一动就会给我们惹来大祸。你嗅不着这个气味吗？你知道施特列泽为什么在这村子周围乱窜？他在搜捕外面来的人，从帕仁斯克来的人，他忙的是这个。"

"这一切是怎样发生的，科斯卡？这一切是怎样开始的？"

"桑卡开的头——桑卡·潘夫努金。我们一同在征兵局，光着身子排好队等医生。轮到桑卡时，他不肯脱衣服。当他进来时，他已有点微醉。书记很客气地要他脱去衣服，甚至称他'您'。桑卡把头一摆。'我不脱衣服，'他说，'我不能将私处给任何人看。'好像他怕羞似的。然后他挨近书记，一拳打在他的下巴上。然后，信不信由你，一转眼间，只见他一弯腰，两手抓住桌腿，办公桌子给掀翻了。砰的一声，桌面上的东西，墨水瓶、兵役名册，统统掉在地板上。施特列泽走进来喝道：'我绝不容许不良少年胡闹。我绝不让这里有不流血的革命。我要好好教训你们，让你们知道藐视公庭的后果。谁是领头的？'

　　"桑卡叫道：'同志们，抓起你们的东西。我们已是劫数难逃。'然后他走向窗户，一拳打碎玻璃。我捡起我的衣物，跟着他跑，一边跑一边穿。他一奔上街，跑得就像一阵风。我跟着他跑，还有一两个人也跟着。我们拼命狂奔，他们在后面追，大声呼喝。不过，如果你问我，这是怎么回事——没有人能弄清楚。"

　　"不过，那个炸弹又是怎么回事？"

　　"什么怎么回事？"

　　"嗯，谁掷的？那个炸弹，或手榴弹，或是别的什么东西。"

　　"天哪！你总不会以为是我们干的吧？"

　　"那么，谁干的？"

　　"我怎么知道？这一定是别人干的。也许有人见到这些喧闹就对自己说：'当大家正在大吵大闹时，我为什么不敢大闹一番——他们会疑心别人的。'这必定是个政治阴谋，肯定是帕仁斯克的政治犯干的，那里充满政治犯。……安静！别出声！你没听见——施特列泽的人又回来了。我们完了。别出声，我告诉你。"

　　人声正从街上逼近过来，皮靴声吱吱，马刺声叮叮。

　　"不要跟我争辩，你骗不了我。"是上校果断的命令语气，带着清晰的彼得堡口音，"我的确听见这附近有人说话。"

　　小叶尔莫莱村的村长老渔人奥特维亚日斯金说：

　　"大人，这可能是你的想象。百姓在村上说话有什么不是？这又不是在教堂的院子里。可能他们在说话。百姓又不是哑巴动物。或许

|　279

是魔鬼趁着某人睡觉时在摇晃他。"

"闭嘴！别再扮演乡村白痴！果然是魔鬼！你们大概都慢慢觉得现状容不下你们了。再聪明下去你们就要大谈布尔什维克主义了。"

"天啊！你怎么说这种话，大人，上校老爷！我们的乡民无知无识，他们连祈祷文都认不得，他们怎会想到布尔什维克主义！"

"没逮到前，你们都是这么说的。把杂货店从上到下都搜遍。一切都给我翻开，再搜搜柜台下面。"

"是的，大人。"

"我要潘夫努金、里亚贝赫和涅赫瓦林内家那几个小子，不管死活。哪怕你得把他们从海底捞出来我也不管。还有那个小糊涂加卢津。我不管他爸爸做过多少次爱国演说。他也许能把驴子的后腿说动，可不能让我们疏于防范。一个店铺老板到处讲演，其中必定有些蹊跷。这是可疑的。这是不自然的。我们有情报说加卢津夫妇收藏政治犯，他在圣十字镇的家中常举行非法的会议。我要那个小杂种。我还没决定怎样处置他，不过，如果有任何事实对他不利，我会立刻把他吊死，作为对别人的教训。"

搜索的人马走开了。当他们去得很远时，科斯卡对吓得几乎死去的捷廖沙耳语道："听见没？"

"听见了。"他用变了调的嗓音细声回答。

"好，现在只有一个地方可以让我、你、桑卡和格什卡去了，那就是森林的队伍。我不是说那里有什么好处——只是等他们平平气。然后我们再看看怎么办，我们或许还会回来。"

第十一章
林中兄弟

　　尤里·安德烈耶维奇被游击队剥夺自由已一年多了。他自由的限度真是很难定义。监禁他的地方四周并没有高墙挡住他，没有人看守他，也没有人监视他的行动。游击队经常在移动，尤里·安德烈耶维奇也跟着移动。在他们所经过的地方，他们并不远离居民自成单位，他们和老百姓混在一起，并且真的融合在百姓当中。

　　就外表看，这种不自由、这种不独立似乎并不存在，好像日瓦戈很自由，只是没能利用他的自由。他的不自由、不独立与生活中其他束缚的形式并无不同，别的束缚也常常一样地看不见、不可触摸，并且似乎并不存在，只是一种想象出来的东西，一种希腊神话中的狮首蛇尾的吐火怪兽。但是尽管他没有上手铐脚镣，没有被监视，可是日瓦戈必须承认他的不自由，想到它的存在。

　　他三次企图从监禁中逃走都被抓回来了。他并没有受什么刑罚，可是，他简直是在玩火，所以，他不再尝试了。

　　游击队首领利韦里·米库利钦对他很好，他喜欢有他做伴，因此让他睡在他的帐篷里。尤里·安德烈耶维奇发现这种被迫做伴的事是令人厌倦的。

在这一段时期，游击队一直向东移动。有时，这种移动是驱逐高尔察克退出西伯利亚大攻势的一部分，有时，当白军从后方迂回过来，要包抄游击队时，他们同样的东移就是撤退。日瓦戈好久都不明白这其中巧妙的分别。

游击队和公路保持着平行的方向东移，有时也利用公路。沿途的村庄和城镇时时由红军或白军易手，随战局而定。就外表看，很难说他们在任何特定时间内是属于哪一方。

当这支农民队伍经过村庄或小城镇时，其他的一切全被他们踩沉下去，显得微不足道了。大路两旁的房屋似乎都缩到地下去了，骑士、马匹、枪炮，以及高大的挤挤碰碰的步枪兵践踏着泥泞的道路，黑压压的，好像比房子都高。

有一天，在这样的一个小镇上，日瓦戈奉命去接收卡比尔将军领导的军官队弃下，同时已被游击队查获的一批英国药品。

这是个凄风苦雨的，只有两种颜色的下午：有光的地方是白色，其余的都是黑色。而日瓦戈的心情也是同样的凄凉单调，连半个音阶的升降都没有。

道路完全被往来调动频繁的军队破坏了，如今只是一条黑色泥浆的河。只有很少的几个地方可以涉水而过，但必须先用手攀紧沿途的屋子走上好几百米才能到那种地方。日瓦戈就是在这种情况下，在帕仁斯克碰见从莫斯科同车来的佩拉吉娅·佳古诺娃。

是她先认出的日瓦戈。他费了好些时间去想对方是谁。实际上他们站在对街，但就像站在一条河的两岸，日瓦戈不停地想注视他的女人是谁，看她的神情好像是说，如果他还认识她，她准备和他招呼，不然，就各走各的路。

他终于想起来她是谁了，她是和别的景象一起出现的，拥挤不堪的货车厢、强迫劳工和押解他们的卫兵，以及一条辫子搭在肩上的女人，跟着是他的家人。途中的一切鲜明的细节都涌过来了，他所渴念的妻儿的面孔生动地浮现在他的记忆中。

他向她点点头，请她再往前去，走到可以由垫在泥浆中的石块走过的渡口去，等到他也走到那个地方时，他就跨过去和她打招呼。

她告诉他过去两年中所发生的许多事。她使他想起瓦夏，那个被非法拉做强迫劳工而和他同一车厢的、面孔英俊无邪的男孩。她描述了她住在瓦夏他们村里——韦列坚尼基——的经过。她在他家中很快乐，不过村里人都把她当外人看待。并且她被诬陷与瓦夏有私情，最终不得不离开，不然真会给村里人用唾沫淹死。她去投奔她在圣十字镇的已婚姐姐，奥莉加·加卢津娜，普里图利耶夫在附近出现的谣传又使她到了帕仁斯克。谣言日后虽已证明不确，可是她决定滞留在这个她已经找到工作的小镇上。

同时，她的朋友却遭了大难。因为抵制粮食供应，韦列坚尼基村遭到报复性的袭击。据说瓦夏家房子被烧掉了，家中有一人丧命。住在圣十字镇上的佩拉吉娅的姐夫，符拉斯·加卢津，不是被关在牢中就是被枪决了，她的姨侄失踪了，不知去向。她姐姐一度挨饿，此刻在兹沃纳尔斯克村一个亲戚家做女佣糊口。

佳古诺娃在帕仁斯克当助手的那家药房，正是日瓦戈要去接收药品的地方。全药房的雇员，包括她在内，都会因这个安排而面临绝境。可是，日瓦戈无能为力去取消这个决定。佳古诺娃亲眼看着药房里的这批药被拿走。

日瓦戈带来的大车被拉到药房的背后。一袋袋、一箱箱，以及一瓶瓶装在柳条篓中的药物被搬上车子运走。

雇员们颓丧地看着，他们的情绪似乎传染给药房的瘦巴巴、生疥癣的母马，它也在马厩中悲愁地注视着这一切。阴雨快过去了。天空已清爽了些。挤在乌云背后的落日向外窥视，向院落里洒下古铜色的光芒，在粪便的水坑上投下不吉利的红辉。风丝毫吹不动它们，因为泥浆太厚了。不过，路上的雨水却闪耀着朱砂的反光，泛起涟漪。

军队绕过较深的水坑沿大路移动，有的骑马有的步行。征来的药物中发现有一整瓶可卡因麻醉剂，游击队的首领最近已对它上瘾了。

日瓦戈整天忙得要死。冬天有斑疹伤寒，夏天有赤痢，而最多的还是伤兵，由于战争又起，伤兵的数目现在正日渐增加。

尽管再三挫败，频频撤退，可是游击队的行列却因所过之处新起义农民和逃兵的参加而继续壮大。日瓦戈在游击队中被弄得精疲力竭的这十八个月期间，游击队的人数增多了十倍，真的达到利韦里在圣十字镇秘密会议中所夸口的数目。

尤里·安德烈耶维奇有了几个新来的卫生兵和两个主要助手，两个助手都是从前的战俘——克列尼·劳什，是一名匈牙利共产党员，曾在奥军中担任医官，另一名是克罗地亚人安格利亚尔，他受过些医学教育。尤里·安德烈耶维奇和前者说德语，后者多少懂些俄语。

根据国际红十字会协定，在战斗时，军中医务人员不得参与军事行动。不过，日瓦戈有一次被迫犯了规。当一场战事开始时他正在战场，因而他不得不分享战斗人员的命运，并开枪自卫。火线是在一个森林的边缘。他既然在那里陷入敌人的火网，便立即卧倒，伏在部队的电话员旁边。他们的背后是森林，前面是旷野，白军正越过毫无掩护的旷地向前进攻。

白军现在已近到足以让日瓦戈看清楚他们的面孔了。他们之中有老有少，一部分是最近来自大城市的志愿参战的男孩，一部分是从预备役中动员的老人。主干是大学一年级或中学毕业班的学生。

虽然有一半人的面孔看上去似曾相识，不过，日瓦戈一个也不认识。有些人的面孔使他想起旧时的同学，他很想知道那些青年是否是他们的弟弟；有些他觉得好像以前在戏院中或大街上见过。他们英俊而富有表情的面孔似乎是属于他这一类的人。

为了回应他们所了解的责任，他们在完全不适当的地方显露了热忱和不顾生死的勇敢。以一字排开的队形前进，威武气派胜过大英御林军的阅兵式，他们挺直胸膛向前迈进，既不快跑也不伏卧，完全无视于可以利用来作为掩护的起伏的地形。游击队的子弹无情地把他们扫倒。

在这块广阔的荒野中央有一棵死树，它可能是被雷电击死或天火烧死的，也可能是由以前战役的炮火烧焦或打烂的。每一个向前迈进的志愿兵都会瞥它一眼，犹豫一阵，最终放弃以它做掩护的打算，又继续前进。

游击队弹药的供给有限，奉有严令，除非目标明确并在有效射程以内，否则不得开枪。

尤里·安德烈耶维奇没有来复枪，他伏在草地上看战斗的进行，他的同情完全放在那些英雄式的、敢死的孩子身上。他全心全意希望他们胜利。他们属于那些在精神上、教育上、道德修养上以及价值上或许与他同类的家庭。

他突然想奔到旷野中央去投降，他就能因此而解放。不过那是危险的，太危险了。当他高举两手过头，向前奔跑时，他可能腹背中弹，被双方打死——游击队是惩罚他的不忠，而白军却会误会他的动机。他知道这种情势的危险，他以前有这种经验，他曾仔细考虑过每一个想到的逃脱计划，都因不可行而放弃。他就在这样矛盾的心情下，伏在地上，上身微翘，面对空地，空手在观战。

不过，当四周在作生死激战时，一个人长此冷眼旁观下去是不可能的，是出乎人情之常的。这不是他对俘虏他的一方尽忠，或是保护自己生命的问题，而是不得不服从事件的秩序，服从左右周围所发生的事情的法则，置身局外是规则所不容许的。你必须做大家正在做的事。战斗在进行。他和他的同伴正遭到射击。他必须还击。

所以当他身旁的电话员痉挛地抽搐一阵后躺下不动时，他便爬过去，拿过他的来复枪和子弹袋，又爬回他的原位，一枪跟着一枪，射个不停。

但是由于怜悯阻碍他瞄准他所钦佩并同情的青年，只往天空开枪又未免太笨，因而，他就选择他的视线和目标间没有人时，猛向裂开的死树射击。他一直按这个方法行事。

他一面稳定视线慢慢瞄准，一面慢慢扳动扳机而不一下扳到底，子弹的射出好似出于意外走火，照例很准确地射中死树的较低一个枝干，只击得木片飞舞，纷纷散落在死树的四周。

可是天啊！——不论他是如何仔细地避免射中任何人，不过，在紧要关头总不免有一个青年闯进他的弹道。有两个受了伤，有一个倒在树的附近，似乎已没命了。

最后，相信进攻已属徒劳，白军司令下令撤退。

游击队人数不多。部分的主力在移动中，另一部分在别的地方和更强的敌军相持。为了不暴露弱点，他们没去追击撤退的白军。

安格利亚尔带着两个卫生兵抬了担架来到空地上和日瓦戈会合。日瓦戈一面指挥他救护伤者，一面抱着隐微的希望弯腰去检视电话员的情况，希望他还有口气，能救得活。不过，当他解开他的衬衫摸他的胸膛时，他发现，他的心脏已停止跳动了。

已经亡故的男人颈上套着丝带，挂着一个香囊，日瓦戈顺手摘了下来。里面是一张折叠得快烂掉的纸，缝在一方布中。

当日瓦戈将这张纸摊开时，它几乎从指缝中滑掉，纸上写的是《诗篇》第九十一篇的摘要，由于辗转口传，与原文已相去甚远。原来的古斯拉夫文已被译成俄文。

原诗中的"住在至高者隐秘处的"已变成标题"住在高处"。"你不必怕黑夜的惊骇，或是白日的飞箭"一句已改成训诫："别怕混战中的箭。"《诗篇》说"因为他知道我的名"，纸上却说"知我名已晚"。而"他在急难中，我要与他同在，我要搭救他"一句，却误缩为"我将从黑暗中把他救出"。

许多人相信这段话不可思议的力量，能护身防弹。在上次帝国主义战争中大兵把它当作护身符来随身携带。在后来的年代里，囚徒也把它缝在衣服里，当他们夜间受审时，就在狱中念念有词。

丢下电话员，尤里·安德烈耶维奇往旷野走去，看看那个被他射死的白军士兵。这个孩子英俊的面孔显示出他的心地纯洁与视死如归。"我为什么杀死他？"日瓦戈想着。

他解开这个孩子的上衣。某只很细心的手——或许是他母亲的——曾仔细地以草书体把他的姓名，谢廖沙·兰采维奇，绣在上面。从谢廖沙解开的衬衫中，滑出一个小金匣子来，它和另一个像烛花匣的扁扁的小金匣子在一起，挂在十字链上，嵌在上面好像是一根钉子钉上去的。一张纸片从半打开的匣子里掉出来。日瓦戈将它打开，他简直不能相信他的眼睛。那同样是第九十一篇《诗篇》，不过，这上面印的是斯拉夫语的全文。

这时谢廖沙忽然呻吟起来，动了一动。他还活着。日瓦戈发现他只因一点轻微的内伤而昏倒，子弹被他妈妈的香火匣挡住了，香火匣救了他的命。可是，现在怎样处理这个不省人事的人呢？这是个残忍发展到巅峰的时代。俘虏不会活着送到总部，受伤的敌人就地用刀子戳死。

在目前的游击队中，士兵两边来去流动率很大的情况下，如果能严守秘密，把兰采维奇冒充最近入伍的新兵是可能的。

尤里·安德烈耶维奇脱下了已死电话员身上的外衣，在他信得过的安格利亚尔的帮助下，换在这个受伤的孩子身上。

他和安格利亚尔两人把谢廖沙照顾到康复。当他完全无事时，他们放走了他，虽然，他并不讳言，他要重返高尔察克的队伍中继续与红军作战。

秋天，游击队军营设在"狐狸丛林"，这是一个小树林，坐落在一座陡峭的山顶上，三面急流环绕，河岸曲折。

白军去年曾在此过冬，在附近村民的协助下，他们挖下了许多掩护工事，今春离开时并没将工事毁去。如今，他们的地窖和交通战壕都给游击队利用上了。

日瓦戈和利韦里·米库利钦同住一个地窖，夜间他总是喋喋不休地说话，害得日瓦戈两天没睡好了。

"我真想知道，我尊重的父亲，我尊敬的爸爸这时在做什么？"

"天啊，我多恨这个小丑，"日瓦戈想着，叹了一口气，"不过他就是他爸爸的活相片。"

"根据我们以往的谈话判断，你很清楚他的为人。你似乎已对他形成了一个不坏的看法。在这个问题上你有什么意见，我亲爱的先生？"

"利韦里·阿韦尔基耶维奇，明天我们有个预备会议。有几个私酿伏特加酒的卫生兵必须受审——劳什和我还必须去作证。明天我必须为这件事去看他。我已经两个晚上没睡觉了。我们不能留到以后再谈吗？我累死了。"

"好，不管怎样，先告诉我一下你对那只老鸟的看法。"

"首先我必须说，你爸爸还十分年轻。我不知道你为什么要称他作老鸟。好，好，我告诉你。就像我往常说的一样，我不太懂如何去把各种社会主义分类，我看不出布尔什维克和其他的社会主义者有什么区别。你父亲是那些给俄罗斯带来近年混乱和骚动的人物之一。他是个革命党的典型，一个革命的人物。像你一样，他是造成俄罗斯社会动乱的因素的代表。"

"这是褒还是贬？"

"我再请求一次，请留到有空时再谈。同时我必须认真地请你注意，你可卡因服得太多了。你正在不顾一切地用完我所掌管的可卡因。你知道得十分清楚，这是为别的目的用的，再者，这是一种毒品，我对你的健康负有责任。"

"你昨晚又把研究小组给破坏了。你患了社会意识萎缩症，就像一个无知农妇或布尔乔亚死硬派。然而你是位医生，你能读，我相信你甚至还能写。你怎样解释？"

"我并没破坏。显然这是没办法的，你应该为我惋惜。"

"你为什么总是做出这种嘲讽的谦虚？如果你不一味用讥讽的语调说话，而去看看我们在学习班上做什么，你就不会如此高傲。"

"天哪，利利里·阿韦尔基耶维奇，我不是高傲。我非常尊敬你的教育工作。我读了你发的讨论大纲。我知道你对士兵道德进步的想法，它们十分了不起。你所说的士兵对于人民军队、同志、弱者、无助者、妇女的态度，以及荣誉和纯洁等都很对——这几乎是圣贤之言。这类托尔斯泰主义我背得出。我在自己的少年时代就对那些充满了向往。我怎能笑这些东西？

"不过，我要告诉你，第一，从十月革命以后，如我们所了解的社会改进观念并没使我充满热情。第二，这距付诸实践还远，而且仅仅是空谈已血流成海，我并不敢十分肯定，为了正当目的可以不择手段。最后——这是最主要的——当我听到别人高谈改造生活时，我总是无法控制自己，堕入绝望的深渊。

"改造生活！敢说这种话的人就从未了解过生活——他们从来不曾感觉到它的呼吸、它的心跳——不管他们年龄多大、见识多广。他们把生活看作需要他们去加工的，并因他们一摸而高贵的原料。可是，生活从来就不是等待塑造的材料或物体。如果你想知道，生活乃是自我日新又新的原则，它经常地刷新、再造，更改自己，使自己蜕变，这远非你或我的愚钝学说所能解释。"

"但是，你知道，如果你来参加我们的讨论会，如果你经常和我们优越的庄严的人民保持接触，你就不会如此自卑。你就不会有这种忧郁症。我知道这种病是怎样来的，你看见我们被打败，你看不见一线希望。不过，我的朋友，一个人不应无故恐慌。我还可以告诉你许许多多更糟的事——只有我个人知道，暂时不公开宣布——然而我可并未意志消沉。我们的挫败只是暂时，高尔察克最后必然失败。你记住我的话。你瞧着吧，终究我们会胜利。打起精神来！"

　　"这真是没的说，"日瓦戈想，"一个人怎能如此愚蠢、如此幼稚！我不知费了多少时间告诉他，我们的观念是背道而驰的，他是用武力把我掳来的，我是被他强扣在这里的，然而，他以为他的挫败使我惊慌，他的希望能使我振奋！还有任何人能盲目到这种程度？在他看来，整个宇宙的命运都比不上革命胜利重要。"

　　尤里·安德烈耶维奇没说什么，只是耸耸肩，并不隐瞒他几乎不能控制的对利韦里这种幼稚所引起的恼怒。这也没逃出利韦里的注意。

　　"你生气了，朱庇特，这样看来你是错了。"他说。

　　"看在上帝的面上，希望你就此了解，这些对我全无意义。'朱庇特''永不惊慌''嘴上说甲心中必然是指乙'，以及'摩尔人已做完他的事，他可以去了'——所有这些俗语，这些陈词滥调，全不能打动我。我要说甲我就绝不说乙——不管你做什么。

　　"你所崇拜的人很在谚语上下工夫，可是他们却忘记了一句谚语——'你能把马牵去水边，可是你不能强迫它喝水'——而他们又有一种习惯：喜欢解放并施恩于那些并不曾向他们请求这样做的人。我猜，你一定以为，我想象不出世界上还有比你的军营以及和你做伴更愉快的事。我想，我该因你把我当囚犯监禁而为你祝福，并且感激你使我从我妻、我子、我的家庭、我的工作以及一切我所珍惜并使我生活有价值的东西中解放出来！

　　"传闻有一支来历不明的队伍——不是俄国人的——曾突袭并掠夺了瓦雷金诺。卡缅诺德沃尔斯基并不否认。他们说你我两家的人顺利地逃脱了。显然有一群穿棉大衣戴皮帽和面具的神秘战士在天寒地冻中越过雷尼瓦河，镇静地射杀所见到的人，然后飘然逸去，和出现时一样神秘。你有没有听到任何风声？那是真的吗？"

"胡说，全是鬼话。"

"如果你真像你在士兵道德进步班上演讲时所宣称的那样仁慈慷慨，那么，就请你让我走吧。我要离开，同时去找我的家人——我不知道他们现在在哪里，我甚至不知道他们的死活。如果你不让我走，那么，请住嘴，看在上帝份上，不要管我，因为我对其他任何事都没有兴趣，你尽管说，我可不要回答你。不管怎样，就是魔鬼也得承认，我总有权利睡觉吧？"

尤里·安德烈耶维奇平躺在睡铺上，脸埋在枕中，尽力不听利韦里的辩护。不过，目前他必须忍耐。毕竟，他们已经挨过这么久了，他们已做了这么多牺牲，并且他们等了这么长久的时光了，再等几个月有什么关系，再说，现在他能去什么地方呢？为了他自己好，也不应该让他一人去任何地方。

"就像一张唱片放来放去，这个魔头！"尤里·安德烈耶维奇暗自愤怒。"他就是停不下来。他为什么不害臊自己这几年嚼来嚼去，老是这几句话？他如何能受得了一直自说自话呢？这个该死的蠢魔头。不分昼夜说个不休。天啊，我多恨他啊！天主作证，早晚我要杀了他！

"冬妮亚，我亲爱的，我可怜的孩子！你们在哪里？你们还活着吗？亲爱的主，她早该生第二胎了。她是怎样挨过分娩期的？我们得到一个儿子，还是一个女儿？我亲爱的家人，你们现在怎样了？冬妮亚，你是我永无休止的责备。拉拉，我不敢说你的名字，我怕就此一口气透不过来。啊，主啊，主啊！——那个可恶的、无情的畜生还在说话！一旦他做得太过分，我就宰了他，我就宰了他。"

炎夏过去了。这是个晴朗的金黄色的秋日。在"狐狸丛林"的西端，有一座白军建的碉堡式的木造塔耸立在地上。尤里·安德烈耶维奇约好劳什医生在这里碰头，商量许多业务。他准时到达了，在等他的朋友，他沿着倒塌的土木工事闲逛，然后爬进瞭望塔，从空着的机关枪槽前面的枪眼眺望远处隔河的森林。

秋天早已在针叶林和落叶林之间划出一道道的界线。在黑绿色的松树形成的阴森而多刺的林墙间，多叶的树丛闪耀着一片火红和葡萄的色彩，就像是一座座丛林中以新伐木材建筑的中古城市，油漆考究的金顶宫殿点缀其间。

日瓦戈脚下，壕沟及森林中道路上车辙里的土冻得僵硬，地面上堆积着一小撮一小撮干得蜷曲成小卷轴形的柳树叶。从这些苦涩的褐色树叶和其他许多东西上可以嗅到秋的气息。他贪婪地吸进由受霜害的苹果、苦涩的干树枝、甜甜的湿泥土，以及如同刚刚扑灭的火发散出来的烟雾一般的九月蓝色山岚混合成的浓郁气味。

他没听见劳什走上来站在他背后。

"你好，同事。"劳什用德语说。他们开始讨论业务。

"我们要谈的有三件事：一、军事法庭审问私造伏特加酒的人；二、改组野战救伤队和医药室；三、我对精神病治疗提出的建议。我亲爱的劳什，我不知道你是否同意我的看法，不过，根据我的观察，我们正走向疯狂，现代形式的疯狂正像传染病一样传开。

"这是个非常有趣的问题。我等一下再谈这个。现在我先谈些别的。军营中有一种不安的迹象。有些人同情私造伏特加的人。再者，士兵担忧正从白军地盘逃出的家属。就像你所知道的，有个护送车队要载来一批老弱妇孺，许多士兵坚持非等他们抵达后再开拔。"

"我知道。我们必须等候他们。"

"而这些都发生在选举我们这个单位的司令，以及其他直到目前还不隶属于我们队伍的联合司令的前夕。我想唯一的候选人是利韦里同志。不过有些青年人却提名伏多维钦科。有一个在精神上和我们疏远，并和私造伏特加有关系的团体支持他——那些人都是店员和富农的儿子，高尔察克那边的逃兵。他们特别不安。"

"你以为私造伏特加的人将受什么处分？"

"我想他们将被判处死刑，然后缓刑。"

"嗯，我们还是谈业务吧。第一，野战救伤队。"

"好的。不过，我必须告诉你，我并不惊异于你所建议的精神病预防措施。我自己也有这种想法。我们正面对我们这个时代特有的并与目前的大动乱有直接关联的精神病的勃兴与流传。我们营中就有一个案例——帕姆菲尔·帕雷赫，前沙皇陆军的二等兵，有高度的阶级意识，全心全力献身革命。他的病根完全是因为他焦虑一旦他阵亡后，他的家属怎么生活，担心他们落入白军手中，他急于想知道答案。这是个非常复杂的案例。我相信他的家眷是在即将来到的护送车队中。我的俄语不好，没办法好好地调查他。你可以跟安格利亚尔或卡缅诺德沃尔斯基打听。他应该调查一下。"

"我和帕雷赫很熟。有个时期我们常在军中苏维埃碰面。黑黝黝的，前额低矮，残酷无情。我不认为检查对他能有什么好处。他总是主张采取极端措施，动不动就说要严惩、处死别人。事后却总是后悔。好的，我要看看我能有什么办法帮他。"

这是个晴朗的大好天，天气干燥而无变化已整整一个星期了。

大营中照例是一团喧嚣，就像远海的潮吼。其中有脚步声、说话声、劈柴声、铁砧锤击声、马嘶声、狗吠声，以及鸡啼声，一群皮肤晒得焦红的微笑的人，露着雪白的牙齿在森林中来来去去。认识日瓦戈的人向他点点头，其余的视若无睹。

士兵本来拒绝在他们的家属还没到达前离开"狐狸丛林"，可是现在这群亡命者的期望近了，大家正做开拔的准备。东西打点干净了，该修理的也修理了，木箱也钉上了，大车也已检点清楚了。

林中有一大块空地，会议常在那儿举行。那是一个土堆或小丘，上面的草全践踏光了。今天要在那里开全体大会，有重要的事情宣布。

林中还有许多树木尚未变得萧索，树林深处依然是清新翠绿。午后的太阳从背后射来，光辉洒入林中，穿过树叶，把它们照得透亮，就像透明的绿玻璃瓶。

首席联络官卡缅诺德沃尔斯基正在他帐篷外的空地上销毁报废文件，其中一部分是落入他手中的卡比尔将军的报告，也有从他们自己档案中捡出的。在斜阳的照射下，火焰的透明也和树叶一样，火焰根本看不见，只见微闪的热波跳动，有些东西正在燃烧。

间或有一丛丛已熟的浆果点缀在树林中——如同女孩罩衫上流苏的碎米荠果、砖红色的赤杨梅果、微微闪着紫白色光的绣球花果。蜻蜓拍动透明如同火焰与叶片状琉璃似的薄翼，在空中缓缓飞翔。

自童年以来，尤里·安德烈耶维奇就喜欢观看夕阳斜照下的林景。在那些时刻中，他觉得自己好像也被夕阳的光辉射透了。仿佛生命精神的源泉流入他的胸膛，穿过他的身体，从两肩渗出来，化作一对羽翼。每一个人儿时为生活所形成的原型，似乎以后一直是他的内在脸谱，他的人格，必倾其全力唤醒他，迫使他把自然、森林、余晖以及一切可见的东西，转化为童年所憧憬的理想女郎。合上眼皮，他见到了安季波娃，面对他的整个生命、整个大地以及展开在他面前的披着夕阳的整个空间，想念着并轻轻地叫了一声"拉拉"。

不过，现实依然是现实，俄罗斯正在经历十月革命，而他是游击队的俘虏。他茫然地走向卡缅诺德沃尔斯基的火堆。

"烧你的文件？还没完？"

"这类东西足够烧上好几天。"

日瓦戈踢开一堆文件。那是白军总办公室的往来函件。他突然想到，也许能见到有关兰采维奇的记载。不过他所见到的总是讨厌的、过时的密码信件。他又踢开另外一堆。那是同样无味的游击队会议记录。最上面的一件写着："特急。暂休。重选起草委员会。当前的要务。鉴于对乡村女教师伊格纳托德沃尔察控诉的证据不充分，军队苏维埃建议……"

卡缅诺德沃尔斯基从口袋中掏出一纸文件递给医生。

"这是医务单位发出的命令。游击队眷属的护送大队就快到了，营内的一切纷争今晚将全部澄清，现在我们可望随时开拔。"

日瓦戈向那文件扫了一眼，咕噜道：

"你拨给我的运输工具没上次多，还有许多额外的伤兵。能走动的只好让他们步行了，可是，这只有几个人。要躺着的怎么办呢？医药、床褥以及其他设备又怎么办？"

"你无论如何也得设法应付好。我们必须适应环境。另外还有一件事。这是出于我们全体的请求。你必须看看我们一个同志——一名疲惫的、历经考验、献身革命的优秀军人。他有点不对劲。"

"帕雷赫？劳什告诉过我。"

"不错。去看看他。给他检查一下。"

"精神上有毛病？"

"我想是的。他说他看见了鬼怪，显然这是幻觉，而且他失眠，头痛。"

"好的，我想最好现在就去，因为我现在有空。会议什么时候开始？"

"我想，就要开始了。不过，不要担心，就像你所知道的，我根本就不出席。他们不一定要我们去。"

"那么我就去看帕姆菲尔，尽管我的眼皮差不多张不开，我非常想睡。利韦里喜欢在夜晚高谈阔论，他的谈话使我精神越来越差。我去哪里找帕姆菲尔？"

"你知道垃圾堆外面的桦木丛吗？"

"是的，我想我知道。"

"在那里的空地上有几个长官帐篷，我们拨了一个给帕姆菲尔。他的家眷就要跟大队一块到了。你可以在那里找到他——在其中的一个帐篷里——为了犒劳他对革命的功勋，他已获得营级首长的待遇。"

在他去看帕姆菲尔的途中，日瓦戈疲倦得要死。这是连续好几个晚上不眠累积的结果。他本来可以回地窖里躺一下，不过他不敢留在那里，因为任何时刻利韦里都可能回来打扰他。他停在铺满周围树上落下的金黄色树叶的林间空地上。树叶布成西洋棋盘式图案，夕阳斜照在上面，使这块空地看上去像一张金黄色地毯。这种重叠交叉的光亮使你眩晕，像小花点布料和喃喃自语一样有催眠作用。

日瓦戈躺在窸窣作声如丝绸的树叶上，头枕在手臂上，手臂垫在树根旁的青苔形成的枕头上。他立刻入睡了。炫目的斑杂日影现在正像一袭百结鹑衣盖住他，以致分不清哪是他的身体，哪是驳杂炫目的光线和树叶，他仿佛戴上魔术帽似的不见了。

不久，他却被睡眠的欲望和需要弄醒了。倦意只能在一定限度内有效，超过那个限度就发生反作用。缺乏任何休息的过度的疲倦反而使他不能安眠。许多思潮在他脑中回旋，他的心灵怦怦作声像是出了毛病的引擎。这种内心的混乱使他忧愤不已。"利韦里，那该死的猪，"他愤怒地想，"好像世上令人发疯的事还不够多，他非要使一个正常的人变成精神病不可，他把我掳来，并且还要用友谊和喋喋不休来烦我。早晚我要宰了他。"

两翅一张一合就像一小片彩色的纸头，一只褐色斑点的蝴蝶从空地的西侧飞过。日瓦戈两眼惺忪地注视着它。选好一幅与它色彩相同的背景，它落在一棵松树的斑褐色的树皮上，一会儿就分辨不出了，它完全消失了，就像尤里·安德烈耶维奇消失在斑杂的日影中一样。

他的思想又转到了他惯常思索的问题上——在许多医疗业务上常使他间接接触到它们——意志问题、作为不断适应的结果的适宜性问题、拟态或保护色问题、适者生存问题，以及自然淘汰之途径也就是意识的形成和浮现之途径问题。还有什么是主观？什么是客观？两者的正身是如何确定的？在日瓦戈的观念中，达尔文不及谢林，刚才飞过的蝴蝶不及现代画和印象派艺术。他想到创造活动和成果，动物，创造性，以及创造与模拟的本能。

他再度入睡，可是不久又醒过来。附近低声细语的谈话吵醒了他。仅仅偶然听到的几句话已足够使他明白，有人正在密商一个秘密的不轨计划。他没有被发现，阴谋者没怀疑到他的存在。最轻微的动作马上就会被发觉，并且可能因此送命。尤里·安德烈耶维奇屏息静听。

有些声音他辨认得出。他们是游击队的渣滓，是在队中鬼混的格什卡、桑卡、科斯卡以及通常跟着他们的捷廖沙·加卢津，一群一无是处的不良少年，是一切奸邪与混乱的根源。扎哈尔·戈拉兹德赫也在里面，一个更邪恶的坏蛋，私酿伏特加的事他也有份，他现在没受处罚，只因为他供出了首犯。使尤里·安德烈耶维奇惊异的是西沃布留伊竟也在内，他列属于优秀的"银连"，是司令的贴身卫兵之一。继承拉辛和普加乔夫的传统，利韦里非常信任自己的卫兵，尽人皆知他是司令的亲信，因而被加上"司令官耳朵"的绰号。然而，他似乎也参与了这次阴谋。

阴谋者正与敌人前哨部队的代表在商淡。对方代表向叛逆者说话的声音细不可闻，尤里·安德烈耶维奇只能推想当耳语偶然中断时，就是他们在说话。

酒鬼扎哈尔·戈拉兹德赫说话最多，不说话时就用他气喘吁吁的粗嗓子不住地咒骂。他似乎是带头的。

"现在，你们听着，最要紧的是，我们不能走漏风声。如果谁敢走漏一言半语——你们看见这把刀子吗？——我就让他白刀子进红刀子出。够明白了吧？你们都和我一样清楚——我们这回可黏上了。

再没有别的路好走。我们必须将功赎罪。我们必须神不知鬼不觉地干。他们要活捉他。他们说他们的头子古列沃就要来了。（有人纠正他——'加利乌林'——不过，他没听清楚，仍读成'加列耶夫将军'。）这是我们的机会。千载难逢。这是他们的代表。他们将告诉你们详情。他们说我们必须活捉他。现在你们各人发言。"

别的人和对方的代表开始说话了。尤里·安德烈耶维奇一个字也听不到，不过就停顿的时间判断，知道他们在解释有关的细节。然后，戈拉兹德赫又说话了。

"孩子们，听见没有？你们知道他是多好的好人。我们为什么要替他卖命？他甚至不是一个人——他是一种半圣贤，一个傻子，一个苦行的修道士。捷廖沙，别傻笑。我会让你笑个够的，你这个蠢驴。我不是在讲你。我在告诉你——他是个修道士，他就是那样的人。听他的话做下去，你们就会变成修道士——太监。他告诉你们什么？别骂人，别酗酒，别乱搞女人。像那个样子你怎能活下去？今晚，我们设法把他弄到河边渡口。我设法引诱他。然后大家一齐扑上去。这不会有什么困难。容易得很。困难的是他们要活的。他们说，把他绑上。好，如果绑不住他，我自己就和他拼个死活，我要亲手干掉他。他们将派人来协助我们。"

他继续解释他的计划，可是他们渐渐走开了，日瓦戈再听不见他们的话了。

"他们阴谋把利韦里捉住交给白军，或干掉他，这些猪猡。"他带着恐怖与愤怒的情绪想，一时忘记他自己如何常常希望他的魔头死去。如何阻止呢？他决定赶回去见卡缅诺德沃尔斯基，揭发这个阴谋而不提及任何人的名字，同时也警告利韦里。

不过，当他回去时，卡缅诺德沃尔斯基已经不在了，只有他的助手守在旁边，防止余烬播延。

阴谋没能实现。事先就被发觉了。全部细节当天就被揭发，阴谋者被抓起来了。西沃布留伊扮演了"间谍"的角色。尤里·安德烈耶维奇觉得他甚至比那些人还令人厌恶。

听说军眷还有两天就到营地了。游击队正忙着准备欢迎他们，然后立即拔营。尤里·安德烈耶维奇去看帕姆菲尔·帕雷赫。

他在帕姆菲尔的帐篷进口处见到了手上拿把斧子的帕姆菲尔。他面前有一大堆小桦树，是他砍倒的，不过还没剥皮。有些倒在原处，在整个树身重量的挤压下，许多锐利的断枝已插入潮湿的地面。有些已被他拖去不远的地方，堆积起来。因为它们既非稳放在地面上，又不紧贴在一起，有弹性的树枝一直在簌簌抖动，看上去好像是些伸开的手臂在圈着砍下它们的帕姆菲尔，而它们纠结在一起的叶子正挡着他去帐篷的路。

"这是为我亲爱的客人准备的，"帕姆菲尔解释道，"我的妻子和儿女。帐篷太低，而且漏雨。我把这些树砍下来好做个屋顶。"

"我不敢说他们会允许你的妻子儿女住在你的帐篷内，帕姆菲尔。谁听说过，平民、妇女和儿童，可以住在军营里？他们将待在营外不远处的大车上，你有空时可以尽量去看他们，可是，我不以为他们会获得允许住在你的帐篷里。不过我不是为这个来的。他们告诉我你愈来愈瘦，你吃不下，睡不好。真的吗？我必须说你看上去很好。虽然你需要剪个发。"

帕姆菲尔身材高大，一头蓬松的黑发，满嘴络腮须，额头长满疙瘩，乍一看好像有两副额头。他的前额骨十分厚实，就像是有一只大手镯或一条扁钢带箍在脑门上，这使得他的眼神总给人一种瞠目怒视的感觉。

当革命爆发时，热心分子唯恐这次剧变又像一九○五年一样，只是受过教育的上层阶级历史中一个短短的插曲，中下层社会仍然原封未动，所以，他们便竭尽一切可能在群众中展开革命的宣传，鼓动他们，刺激他们，煽起他们愤怒的火。

在革命初期，像帕姆菲尔·帕雷赫这样不需要打气就敢于痛恨知识分子、官吏和上流阶级的人，就被热心的左翼知识分子当作罕有的瑰宝，大为重视。他们的不仁被视为了不起的阶级意识，他们的野蛮粗暴成了无产阶级坚忍和革命本能的模范，帕姆菲尔就是以这些性质，建立了他的盛名，并且因此大受游击队首长和共产党领袖的敬重。

在尤里·安德烈耶维奇看来，这个阴沉的不与人亲近的、没有灵魂的、心胸褊狭的大个子，是不正常的，几乎是邪恶的。

"帐篷里坐。"帕姆菲尔说。

"不，为什么？在外边舒服些。不管怎样，我不想进去。"

"也好，随你的便。说来说去，这不过是个臭洞。我们可以坐在树上。"

他们在有弹性的小桦木上坐下，然后帕姆菲尔对日瓦戈讲他的生平。"有人说一个故事很快就完。不过，我的生平说来话长。说三年也说不完。我不知从哪儿开头。

"让我试试。我女人和我年轻的时候，她管家，我下田干活。生活不算坏。我们有了孩子。他们把我征调去当兵。他们把我送进战争。噢，战争。我给你讲这次战争干吗？你看多了，医生同志。然后是革命。我见到了光明。士兵的眼被打开了。德国兵不是敌人，而是我们自己的某些人。'世界革命的军人，放下来复枪，回家去，干掉布尔乔亚！'等等。你自己都知道，军医同志。好，再往下说。然后内战来了。我参加了游击队。现在我要长话短说，不然，我永远说不完。经过这一切，此刻我所看见的是什么？那些寄生虫，白军从俄国前线撤走了斯塔夫罗波尔一军团与二军团，还有奥伦堡的哥萨克骑兵第一团。我并不是三岁小孩，是不？我不明白？我不曾在军队干过？我们现在有麻烦，医生，这全是朝着我们来的。那些猪猡想把所有贼种都调来攻打我们。白军想包围我们。

"可是我已有妻子有儿女。如果白军攻击得手，他们如何能逃掉？当然，他们是无辜的，他们与内战完全无干，不过，这并不能阻止白军下手。白军会用绳子把我老婆给绑上，她会因我的缘故而被折磨至死，他们会把我的老婆和孩子五马分尸，把他们碎尸万段。你问得好，为什么不能睡觉。尽管人可能是铁做的，不过像这种事就会让你六神无主。"

"帕姆菲尔，你真是个古怪的家伙。我真搞不懂你。你曾离开他们多年，你甚至不知他们在何处，但是你并不担心。可是，现在你在一两天内就要看到他们了，你不只不快活，反而搞得像他们是来送死的一样。"

"那是已往，现在可不同了。白军在攻打我们，那些白猪。无论如何，我们所谈的并不是我。我反正快死了。不过，我可不能把我的孩子也带到另外一个世界去，我能吗？他们将留下来，将会落在他们肮脏的魔爪中。白军会吸他们的血，一滴一滴地吸。"

"那是你看见鬼怪的缘故吧？有人告诉我你整天看见怪东西。"

"嗯，医生，我并没把事情全告诉你。我隐瞒了最要紧的事。现在我要告诉你全部真相，如果你要听，我愿亲口对你说，不过你不要拿它陷害我。

"我曾干掉许多像你这类人，我的手染过许多官吏的血。官吏，布尔乔亚。这些我从来不曾在乎过。让它像水一样流过。姓名和数目我早忘了。但是，有一个小伙子我永远不能忘记。我杀死了那个小伙子，我忘不掉。我干吗要杀他？他使我发笑，因而我杀了他，只是为了好笑，别无其他，就像个傻瓜。

"那是在二月革命期间，克伦斯基政府时代。我所在的部队有一次叛变。我们那会儿驻扎在一个车站附近。我们已离开前线。他们派个年轻小伙子，一个煽动家，去说服我们，要我们重返前线。打到胜利为止。哈，那个小伙子来劝我们听话。他就像一只小鸡。'打到胜利为止'——那是他的口号。他站在一个水桶上喊他的口号，水桶在车站的月台上。他站到水桶上，你知道，这样，他就可以居高临下，发出重回战争的号召，突然水桶盖子翻了，他跌进桶内。恰恰泡在水中。你想象不出他看上去如何可笑。我笑得嘴巴几乎要裂开！我手中端着来复枪。我笑得前俯后仰，无法停止，好像他在搔我的痒。然后，我就瞄准、开火，他当场丧命。我想不起这是怎么发生的，就好像有人在推我。

"噢，我现在老是想起那个年轻小伙子。夜里我老梦见那个车站。当时那是个可笑的场面，不过现在我真难过。"

"那是梅留泽耶沃附近的比留奇车站吗？"

"我不记得了。"

"你参加过济布申诺的谋反？"

"我不记得了。"

"你在前线的哪一段？是西线吗？你到过西线没有？"

"像是西线。可能是在西线。我不记得了。"

第十二章
甜蜜的花楸树

载运士兵眷属和财物的篷车队一直跟随游击队主力转移已有很久。在大队篷车之后，是一个大牛群，主要是奶牛——有好几千头。

随着女眷的来到，营中出现了一个新人物。这个人是兹雷达里哈或库巴丽哈，一名士兵的妻子，她能给牲口看病，是一名兽医，私底下还兼任女巫。她歪戴着一顶扁平的小帽，身穿一件浅绿色苏格兰皇家步兵大衣，那本来是英国上流阶层穿着的一种服装。她逢人便说，自己身上的这件是她用一个俘虏的帽子和制服改成的。她说，红军把她从克日木监狱中释放出来，她不知道为什么高尔察克要关她。

游击队现在已移驻到一个新营地。本来只打算做暂时停留，一旦邻近地形查看清楚，找到特别适合的冬季营地就转移。不过，由于一些意外的新情况，他们便留在那儿过完冬季。

这个新营地与往日的十分不同。环障营地的森林是稠密而不可深入的针叶树。那些树林在营地和公路的一侧，简直是无边无际。刚刚来到时，大家都忙着，安置帐篷，尤里·安德烈耶维奇比较空闲，他从好几个方向深入森林探险，他发现一个人很容易在其中迷失。在这几次的游探中，有两个地方引起了他的注意，并留在记忆中。

一处就在营外的针叶林边上。秋林萧索扶疏，以致你一眼可以看进去很深，好像从打开的门往里看一样。这里有一棵华美的、孤独的、红褐色花楸树，依然枝叶繁茂。它长在一个低洼、泥水咯嚓有声、圆丘般的沼泽中隆起的土堆上，高举一树圆盾形的深红色硬壳果实，直入深秋的云天。羽毛明亮如结了冰的黎明的小鸟——夜莺和山雀——栖息在花楸树上，啄食最大的果实，不停伸脖子缩脑袋地吞咽着。

在小鸟和花楸树之间似乎有一种生动的秘密关系，好像它一直在注视它们，并拒绝它们的要求已经很久，但是终于动了怜悯之情去喂它们，就像一个奶妈解开胸衣将乳房塞给婴儿一样，"好，好，好，"它似乎是带着微笑说道，"吃我吧，尽量吃个饱。"

另一个地方甚至更引人注目。那是在一个一面悬空的高处。俯瞰下去，你觉得在悬岩底下一定有些不同于顶上的东西——一条小溪、一个山谷，或杂草丛生的野地。然而，事实上却是同样景物的再现，只是深得令人头晕目眩，就像是一块森林整个陆沉下去一样，所以现在脚下就是树梢。这必定是某个时期地层崩陷的结果。

这就好像是一片阴森森的大森林艰苦地行走在云端，脚下一沉，立足不稳，整个身子就坠落下去，如果不是奇迹在最后关头救了它，以免不穿过地球跌得粉骨碎身——所以此刻它安然留在下面瑟瑟作声。

不过，真正使这块高岗引人入胜的还是另外一些东西。高岗的边缘都给大块扁平的花岗岩石围上了，看起来就像一块块史前都尔门人的大墓碑。当尤里·安德烈耶维奇第一次走过这石头平台时，他马上断定这不是自然的原始面貌，是经人工琢磨过的。这可能是古代异教徒神龛的遗址，曾经有无数不知名的信徒来此祈祷献祭。

十一名阴谋绑劫领袖的游击队员和两名私造伏特加的卫生兵，就是在一个寒冷阴沉的清晨在这里处决的。

二十名最忠贞的游击队员，其中有司令的贴身核心侍卫，把这批死囚押到这里。然后押解者散开呈半圆形，紧紧围住囚犯，来复枪端在手中，挤挤碰碰地快步前进，赶他们去平台边上，在那儿除去跳下悬崖无处可逃。

在经过严厉拷问、长期的囚禁与虐待后，囚犯看上去已不成人形了。蓬首垢面，肤色黧黑，憔悴枯槁，像幽灵一样可怕。

他们早在逮捕时就被解除了武装，甚至没有人想到在行刑前再来一次搜身。这似乎是多余而不道德的，是对临死之人的一种残忍的嘲笑。

可是，这时，伏多维钦科的一个朋友，同样是个无政府主义者的勒扎尼茨基，一直走在他的身旁，突然拔出手枪，瞄准西沃布留伊，对他开了三枪。他本是一名卓越的射手，不过他的手因兴奋而颤抖，没有打中。出于对先前同志的怜悯，押解者没向勒扎尼茨基扑过去，也没向他射击。勒扎尼茨基的六轮枪中还有三粒子弹，不过，失手把他气疯了，或许是由于激动，他竟忘了还有子弹，愤然将手枪向岩石摔去。第四颗子弹射出，射伤了一个犯人帕契科利亚的脚。

帕契科利亚惊叫一声，抱住他的脚，倒在地上，痛得直叫。他身旁的两个人，潘夫努金和戈拉兹德赫用手扶起他，把他拉开，免得早已丧失神志的同志把他踏死。抬起那只受伤的脚，帕契科利亚用另一只脚跳着跛行到他们正被赶去的岩石边上，一直不停地叫着。他的不像人声的惊叫竟有传染性。像是一个信号，引发所有的死囚都失去了镇定。跟着是一幅不可形容的景象。死囚们高声发誓、求饶、祈祷同时咒骂。

另外一些人在咒骂西沃布留伊：

"犹大！出卖主的人！如果我们是叛徒，你就是三倍的叛徒，你这只狗，总有一天你会被绞死。你杀死了你宣誓效忠的沙皇，你宣誓忠于我们，而你竟出卖了我们。滚吧，去吻你的森林中的禽兽，那个魔头，趁你还没出卖他的时候！你早晚要出卖他的！"

即使是站在悬崖边上，伏多维钦科仍然保持本色。他昂头挺立，灰白的长发迎风飘动，他提高自己的声音，用在场的全部的人都能听到的音量，以无政府主义同志的身份对勒扎尼茨基说：

"别贬低你自己！你的抗议不能打动他们。这些新恐怖暴君的特务、新刑房的杰出刽子手永远不会了解你！不过，别灰心。历史会指出真理。后世的人会蔑视暴君的统治及其血腥卑下的行为。我们是世界革命黎明前为理想而死的殉道者。精神革命万岁！无政府世界万岁！"

稍稍向东转移过冬的主意并非轻易打消的。游击队经常派出巡逻队去公路那边，沿维斯克——克日木河流域查看地势。利韦里常常不在，留下日瓦戈一人。

但是，游击队移动太晚了，他们无处可去。这是他们挫败得最惨的一次。白军决定在他们彻底覆灭前，彻底消灭这支游击队。白军已经包围并且正从四面八方紧压下来。如果游击队占领区的范围再小一点，处境就会不堪设想。幸好森林的面积还够大，日益逼近的严冬使针叶林不可深入，阻止敌人进一步缩紧包围圈。

无论如何转移已不可能了。诚然，如有任何在战略上有价值的计划提出，他们可能突围穿入新的区域。不过这种具体计划始终未见拟出。这支游击队已濒临存亡的最后关头了。下级军官多已灰心，并已失去对部下的影响力。高级司令员夜夜开会，得不到一致的结论。移动大营的计划终于放弃了，决定巩固森林中心的防御。天时对他们有利，深厚的积雪使森林无法进入，特别是因为白军的雪橇不够。当前的工作是挖工事，储藏供应品。

军需主任比休林报告，面粉和马铃薯奇缺。好在牛只还很多，他预测冬季的主食将是牛奶和牛肉。

冬季服装也短缺，许多游击队员没有足够的御寒衣物。营地的狗全绞死了，有制革经验的人被派去做翻毛的狗皮夹克。

日瓦戈被命令不准使用交通工具。大车留作更重要的用途。上次转移全程中，伤兵只有四十俄里躺在担架上。

他现在剩下的药品只有奎宁、芒硝和碘。碘是结晶体，使用于包扎或手术前必须在酒精中溶解。他现在开始后悔不该毁掉伏特加酿造器了，那些经法庭裁判罪行较轻而释放的私酿者，现在又奉命去修理或再造一个新的。医药用的酒精又恢复制造了。当这消息在营中传开时，大家互相传递会心的眼色并且摇头。酗酒的事又发生了，因而造成了整体士气低落。

新制造的酒精几乎是百分之百的纯货。这个成分既适于溶解结晶体，也便于化开奎宁去治疗初冬再度出现的斑疹伤寒。

这些日子，日瓦戈常看到帕姆菲尔和他的家眷。一整个夏天他的妻儿都在尘沙滚滚的旅途中跋涉。

他们被亲身经历的恐怖吓破了胆，他们又担忧着新的恐怖。长期的流浪在他们身上留下不可泯灭的痕迹。帕姆菲尔的妻子、两个女儿和一个儿子头发稀薄，已被太阳晒成了淡黄色，贴在经过风吹日晒雨打而变暗的脸上的浓眉却变成了白色。虽然这些经历在儿童身上还不显著，可是母亲的面孔已毫无生趣了。紧张和惊恐已使她的两唇紧闭，干燥而端正的五官绷得紧紧的，一脸受苦与防范的表情。

帕姆菲尔把一切都交给了他们，对孩子宠爱得几乎发狂。他用磨利的斧口角给孩子们刻兔子、公鸡和狗熊的技术，使日瓦戈大为惊讶。

他本来已因家眷的到达而快活起来，精神已开始康复。不过现在已有消息传出，认为军眷的存在有碍军纪，他们将被护送到营地不远处另一个地方过冬，并就此减轻营地对这批平民的负担。然而雷大雨小，只见说得很多，却很少实际准备，在日瓦戈看来，这个计划永无实现的可能，可是帕姆菲尔却因此丧魂失魄，幻觉又回来了。

在冬季终于来临前，营地经历了一段扰攘不安的时期——充满焦急、不安、混乱，逼人的情势，以及许许多多神奇古怪的事件。

白军已按照计划完成了包围。大军由维岑、克瓦德里和巴萨雷格三个将军率领，他们的残酷和果决远近闻名，仅仅是他们的名字就足以吓坏营内的难民，以及在包围圈内世居的平民。

我们已经说过，白军并没有方法缩紧包围圈，所以游击队没有理由为这事担忧。而另一方面，他们也不可能按兵不动。他们意识到，被动地接受他们的窘境将助长敌人的气焰。不论在壕垒中如何安全，他们总得做出击尝试，甚或只是为了耀武扬威。

一支强大的出击部队组成了，集中全力攻击包围圈的西边。经过好几天的苦战，游击队打败了白军，突破了他们的阵地，进入敌后。

这个裂口给针叶林中的营地打开了一条通路，新难民经此源源涌入。这些难民并非人人都是游击队的亲眷。因为害怕白军的报复手段，周围乡村的农民都逃离家乡，设法参加他们认为是当然保护者的游击队。

可是正焦急地要摆脱本身寄生者的营地，已无法再收容新来的陌生客了。司令部派出代表迎接他们，并引导他们去契里姆卡河上的一个村子暂住。这个村子叫德伏利（意为"农家"），因农舍环绕磨坊建造而得名。司令部打算将新难民安置在村上过冬，尽可能设法供应他们食物。

无论如何，虽然这些计划即将一一实行，事件却照着它本身的路线进行，营地的司令也不能老是巧妙地应付过去。

白军不久即封上裂口，深入敌后的突击队无法再退回森林了。

女人们也愈来愈不受约束。林中很容易迷路。派去林中阻挡难民的士兵常常遇不到她们，女人们大量涌入，砍伐树木，建筑道路和桥梁，并且表现出不可思议的机智与奇迹。

这一切都与游击队司令的意向冲突，严重地破坏了利韦里所订的计划。

那就是他站在靠近森林边缘的公路旁和陷阱专家斯维利德说话时，正大发脾气的原因。好几个军官站在公路上辩论，是否应砍倒沿着公路的电话线。他们在等利韦里决定性的交代，不过，他和陷阱专家谈得分不开身，不住挥手示意要他们等等。

枪毙伏多维钦科使斯维利德深深震骇，他唯一的罪过是他的影响和利韦里的影响对立，造成军心的涣散。斯维利德希望他能离开游击队，恢复他个人以前的独立生活。不过，这谈也不用谈。他已做了加入游击队的选择，如果他现在就离开林中兄弟，他会被当作逃兵处死。

天气恶劣到不可想象的程度。刺骨的劲风疾扫而过，低沉的彤云墨黑如同飞舞于风前的煤烟。

大雪随时可能以震动性的、狂暴的速度突然下降。不一会儿大地就盖上一层白色地毯。再过一会儿，白毯子完全溶解了，黑如木炭的大地在大雨如注的黑色天空下重新浮现出来。地面再也吸收不了更多的水。然后，乌云像窗子似的打开了，好像要给闪耀着寒冷、透明的白色光彩的天空透些新鲜空气。滞留在地面的还没吸进土中的雨水，也在地面开了一个个像窗户似的水潭水坑，闪耀着同样的白色光彩。蒸汽像轻烟似的在松林顶上滑过。含松脂的针叶像油布一样，滴水不沾。雨滴挂在电话线上就像一排永不坠落的珠子。

斯维利德是被派去接待妇女难民的负责人之一。他想报告给司令他的见闻是关于无一可行而且相互矛盾的命令所引起的混乱，以及女性最容易失望的弱点所造成的暴行。身上背着大大小小的包袱、婴儿，徒步跋涉，失去奶水，惊悸发狂的年轻母亲，便抛儿弃女，倒掉五谷向后转。她们认定，快死总比慢慢饿死好。落入敌人的魔掌中总比在森林中被野兽吃掉好。

那些最坚强的妇女是勇气和自制的模范，不亚于男子。斯维利德还有别的事要告诉司令。他想警告他提防正在迫近的另一次兵变，这比已压服的那次危险得多，不过，在利韦里催促下，他竟失去说话的力量。利韦里一直打断斯维利德的话，不只是因为他的朋友从公路上招手要他过去，而且因为在过去两周中，斯维利德已再三地提过类似的警告，现在已完全背诵得出了。

"领袖同志，容我慢慢讲。我不善辞令。话就哽在我的喉头，塞住我的气管。我要说的是，你去难民营看看，告诉那些妇女不要胡闹。不然，我问你，我们要干什么——'全力对抗高尔察克'！或是在妇女中展开内战？"

"斯维利德，快说下去，你知道有人等我，不要拖。"

"现在还有那个女妖，兹雷达里哈，只有上帝知道她是谁。她说：'让我登记做女通风机去照顾牛……'"

"你的意思是女兽医。"

"那就是我要说的——一个女通风机用风去治疗牛群。不过，她现在并不在照顾牛，她已变成了什么鬼神母，那个异教徒，她在给牛做弥撒，使逃难的年轻妻子不安心工作。她对她们说：'你们吃苦受难只能抱怨自己。谁教你们撩起裙子跟红军旗子跑。下次可别再傻啦。'"

"你是在讲哪一批难民——我们自己的，来自营地的，还是另外的？"

"当然是另外一批。新来的，陌生的一批。"

"不过，她们是奉命去德伏利的。她们怎么来到这里？"

"德伏利！那个好地方。你的德伏利已烧毁了，磨坊和农场都完啦，剩下的只是一堆焦炭。那是她们经过时亲眼见到的——鸡犬不留。她们有一半疯了，大哭大嚷，然后直接转回白区，其余的一半来了这里。"

"可是，她们怎样穿过针叶林，穿过沼泽的？"

"锯子和斧头是干吗的？我们派去守卫她们的士兵，有些人也动手帮帮忙。她们说，她们砍开一条三十俄里长的路，还架了桥，好家伙！还能说她们是娘们吗！她们竟做了我们三十个星期天才做得完的工！"

"三十俄里长的路是件了不起的事吗？你为什么看起来那么高兴，你这个蠢货！那正是白军所要的，一条进入针叶林的大道！现在他们所要做的就只是将大炮推进来了！"

"派兵去守住路口。"

"谢谢你，我自有主意。"

白日愈来愈短，五点钟天就黑了。傍晚时，尤里·安德烈耶维奇从几天前利韦里和斯维利德两人站着说话的地方跨过公路。他正在走回营地。在标志营地边界的圆丘和大花楸树的空地附近，他听到库巴丽哈——他戏称自己为兽医的"对手"——大胆挑衅的嗓子。她在唱一支轻浮的同音反复、声调铿锵的歌曲，她的歌声中有刺耳、狂暴的尖叫。就不时打断歌声的一阵阵赞叹的欢笑推测，有一大群男女在听。随后就寂然无声了。听众一定是散了。

尤里·安德烈耶维奇正一人独自寻思，库巴丽哈又唱起另一支风格完全不同的曲子，韵调柔和，好像只是唱给自己听的。尤里·安德烈耶维奇本来正小心翼翼地沿着围绕花楸树前沼泽的小径步行，这时停下了。库巴丽哈唱的是一曲古老的俄罗斯民歌，不过，他叫不出名字。不然就是她即兴而唱的？

古老的俄罗斯民歌就像被水闸拦住的流水。看上去像是静止的，不再流动了，不过，底下却永无休止地涌过闸门，表面的静止是欺人的。歌曲用种种可能的方法，包括再三的重复和隐喻，让节奏缓慢下来，渐渐展开了它的主题。然后，主题突然在某一点上露面了，使我们大吃一惊。这就是俄罗斯民歌表达忧伤情绪的方式。这是用话语阻止时间前进的大胆的尝试。

库巴丽哈一半歌唱一半吟诵：

犹如一双野兔奔波于广大的世界，
奔波于广大的世界，奔跑于白色的雪地。
垂耳的野兔跑过一株花楸树，
跑过一株花楸树，对它诉苦。
它说，我是不是有一颗羞怯的心，
一颗羞怯的心，如此软弱，如此怯懦？
它说，我害怕野兽的足迹，
野兽的足迹，还有饿狼的空肚。
可怜我吧，哦，花楸树：哦，美丽的花楸树！
别拿你的美给邪恶的敌人，
邪恶的敌人，邪恶的大乌鸦。
拿你红红的果子迎风撒布，
迎风撒布，撒遍广大的世界，撒遍白色的雪地。
抛掷它们，让它们滚回我的故土，
滚回一条街的尽头，最后的一家屋子，
最后的一家屋子，最后的窗户，最后的房间，
她在里面紧紧把自个儿关住，
我钟爱的、朝思暮想的人儿，
请把暖言温语，
向我的新妇，我的怨妇低诉，
我，一名大兵，因被监禁而衰弱，
可怜我，羁留异地，思乡情切，不由自主。
我要挣脱长期的痛楚，
我要奔向我的红梨果，我的新妇。

　　帕姆菲尔的妻子阿加菲娅·福季耶芙娜牵了她生病的母牛去找库巴丽哈。她的牛已经和牛群隔离，用绳结套着角单独拴在一棵树上。它的女主人坐在靠母牛前腿的树桩上，库巴丽哈坐在它后腿旁边挤牛奶的矮凳上。
　　其余的无数牛群拥塞在林中一块空地中，周围是黑压压的宝塔形
枞树林，枞树一棵棵矗立如山，呈圆锥形，仿佛巨人盘膝而坐。

母牛绝大多数是黑色带白斑，属于西伯利亚常见的瑞士种。它们都因饥饿、长途奔波和过度拥挤而筋疲力尽，它们的疲惫绝不下于它们的主人。它们身躯的两侧挨来擦去，已因空间的缺乏而发狂，忘记了它们的性别，有些母牛竟然举起前腿爬到别的牛身上，用力拉对方沉重的乳房，好像公牛一样吼叫着。被压在下面的母牛使劲挣脱，猛力冲入林中，牛尾左右挥扫，践踏着灌木和树枝。牧人——老人和儿童——惊叫着在后面追赶。

好像急于突破空地上面树梢所形成的小圈子的紧紧包围，冬季天空的黑白云彩也在挤压翻腾，混乱不安如同母牛。

一小堆站在远处看热闹的人群惹恼了库巴丽哈，她以敌意的眼光把他们从头到脚打量一番。不过，正如艺术家都有自己的自豪，她觉得，如果承认他们的旁观使她困窘，未免有失尊严。她装作不去注意他们。日瓦戈站在人群的后面观察她，她不能看见他。

这是他第一次认真地看她。她像往常一样头戴英国帽，身穿领子已皱在一堆的浅绿大衣。不过，从她那双因傲慢和热切表情而显现青春之火与无知的眼睛看，这个正在壮年的女人，一点也不在乎她穿与不穿或穿些什么。

让尤里·安德烈耶维奇感到惊讶的是帕姆菲尔妻子的改变。他几乎认不出她了。在过去几天中，她老得惊人。她那两只翻滚的眼珠好像随时可以从眼眶中掉出来，她的颈子瘦长得就像车辕。这正是她暗中恐惧的结果。

"它不下奶，亲爱的。"她在说，"我以为它可能怀崽了，就算是怀崽，现在也应该有奶了，可是，依然没有。"

"如何断言它怀崽了？你能看见乳房上的脓疱。我会给你一些药草药膏去抹消它。当然，我还要为它念咒。"

"我的另一项烦恼是我的丈夫。"

"我会念咒召他回来，让他不再误入歧途。这很容易。他会黏住你，以致你无法摆脱他。你第三个烦恼是什么？"

"麻烦不在他误入歧途。那没关系。不幸的，是他尽他一切所能不放开我和我们的儿女，这使他心碎。我知道他想什么。他知道眷属和大营早晚将分开，他去一处，我们又去另一处。如此我们将落入巴萨雷格部下的手中，他不会在那儿，我们将没有人保护。他们将折磨我们，以拷问我们为乐。我知道他的想法。我怕他一定会先解决自己。"

"等我想想。我要想个方法了结你的忧愁。你的第三个烦恼是什么？"

"没有了。我只有两个烦恼——我的母牛和我的丈夫。"

"啊，亲爱的，你太担不住忧愁。看看上帝对你多慈悲！慈悲到你几乎见不到。你心中只有两件忧愁，一个是你亲爱的丈夫！好，让我们言归正传。你拿什么犒劳我替你医牛？"

"你要什么？"

"我要一块面包和你的丈夫。"

看热闹的哄然大笑。

"你在开玩笑？"

"太多了，是不是？好，不要面包替你治。我们再商量你丈夫的事。"

看热闹的笑得更凶。

"叫什么名字？不是你丈夫的，你这只母牛的。"

"美人儿。"

"一半牛群都叫美人儿。好，我们先从祷告开始。"

她给母牛念咒。最初她真的是给母牛念，可是，不久以后，她念起别的来了，并传授了阿加菲娅一整套巫术。尤里·安德烈耶维奇听入了迷，就像他从莫斯科刚刚到西伯利亚时听车夫瓦克赫多姿多彩的闲聊一样。

库巴丽哈念道：

"圣姑莫尔格西娅，请降临做我们的贵宾。星期三来，拿走病根，拿走咒语，拿走疮疤。金钱癣，快离开小母牛的乳房。美人儿，站稳定，尽你的本分，别踢翻板凳。站定像一座小山，下奶如流水。恐怖大仙，恐怖大仙，快显你的神通，拿走那个疤，把它们扔入荨麻。巫师之言灵如圣旨。

"你看，阿加菲娅，你必须学会一切——要求令和禁止令，逃避的咒语和保全的咒语。嗯，举例来说，你看那边，你对你自己说：'那是一座森林。'但是，那边实在是魔鬼反抗天使的武装——双方在作战就像你们的人对抗巴萨雷格的部下一样。

"或者举另外一个例子，看我指的地方。你弄错了方向，我亲爱的，用你的眼，不要用你的后脑，看我手指头所指的地方。这就对啦！嗯，你以为那是什么？你想那是风把它们绞在一起的两根枯树枝，还是鸟在筑巢？噢，什么也不是。那是真正的魔鬼工作，那是水鬼刚开始为她女儿编的花圈。她听见有人经过，把她惊吓了，所以她没做完就跑了，不过，她会在这几天的一个晚上把它编好，你等着瞧吧。

"再说，拿你们的红色军旗做例子。你以为这是一面旗子，你是不是这么想的？噢，它才不是一面旗子呢，这是亡女的紫色手帕，她用来诱惑人的。为什么要诱惑？她挥动手帕，点头、眨眼，诱惑青年人去送死，然后，她放出饥馑和灾难。红旗实际上是这样的东西。而你却以为这只是一面旗子，在发出号召：到我这里来，全世界的穷人和无产阶级。

"在这个时代，你必须什么都知道。阿加菲娅，我的妞儿，必须知道每一件事。甚至每一只鸟、每一块石头以及每一株药草。例如，那只鸟是一只白头翁。那只野兽是一只獾。

"嗯，还有一件事，假若你中意哪个男子，只要告诉我一声。我会让他盯住你，不管是谁——你们的森林中的禽兽，你们的头子，如果你欢喜，或是高尔察克，或是伊凡皇太子——不管任何人。你以为我在吹牛？我一点也不。噢，瞧着吧，我要证明给你看。当冬天带着大风雪、旋风和雪柱在野地互相追逐时，我将拿一把刀插入这样的一个雪柱中，深及刀柄，当我把它拔出来时，刀上会染满鲜红的血。你曾听说过这样的事吗？哼，你不信！你以为我在吹牛。啊，那怎么可能，你一定会说，仅仅由风和雪构成的雪柱哪会流血？你问的一点不错，亲爱的。旋风实际上不只是风和雪，那是一只狼人，一个被调换过的低能儿，它失去了爱子，它在寻找，它在野地中奔跑哭叫，寻找它的爱子。我的刀子插中的是狼人，这就是刀子有血的缘故。我能用那把刀把任何男人的脚印割下来，用一根丝线绑在你的裙子上，于是那个男子——不管他是谁，高尔察克或斯特列利尼科夫或他们所立的任何新沙皇——就永远亦步亦趋地跟着你，不管你去哪里。你以为我在说谎！你以为我也在发出号召：到我这里来，全世界的穷人和无产

311

阶级！

"我还能做许多别的事，比如让石块从天上掉下来，在一个男子走出家门时被石块打中。或者，比如某些人所看过的，有人骑马凌空而过，马蹄踹着屋顶。或者，像老巫师做预言时说的：'在这个女人身上有五谷，那个身上有蜜，另一个有貂皮。'于是武士打开那个女人的肩，就像那是一只箱子，然后用剑在她的肩胛骨下挑出许多五谷，或一只松鼠，或一个蜂巢。"

偶尔我们有一种深刻而强烈的感觉。这种感觉总是包含有怜悯的因素在内。我们爱之愈深，我们所爱的对象在我们看来就愈是牺牲品。就某些男人而言：对于一个女人的怜惜无微不至，常常会使他们把她搬到一个不真实的绝对的想象世界中。这类男人连她所呼吸的空气、自然规律，以及她出生前世界上所发生的一切事情都要嫉妒。

尤里·安德烈耶维奇有足够的阅读基础去怀疑库巴丽哈的最后几句话是一本古编年史的卷头语，不是诺夫格罗德的编年史，就是伊帕契耶夫的，不过，已被抄录者和几世纪以来用口传说它们的巫师、歌手歪曲得失去原有的意义了。那么，他为什么对于这种暴虐的传说听得如此入神呢？

为什么这番胡言乱语、这番荒谬的话使他得到一种印象，好像那是描述真实的事件呢？

拉拉的左肩已被削开了。就像一把钥匙打开一只保险柜的锁一样，利剑解开了她的肩胛骨，她留在灵魂深处的秘密露出来了。不熟悉的城市、街道、房间、乡村，像胶卷展开一样，整卷的胶卷一卷卷地展开，显露它们的内容。

他多爱她啊！她是多美啊！她的美恰恰是他一生所想的、所梦的、所要的那样！然则，是什么东西使她如此可爱呢？那是能叫得出名字并加以分析的东西吗？不，一万个不！她的可爱是由于无与伦比的简单而流利的线条，那些造物主在她周身一笔勾成的线条，她就是以这样一个神圣的形象存在于他灵魂之中，就像浴后的婴儿在褓褓中一样。

他现在怎么样了，他身在何处？他正在西伯利亚森林的游击队中，游击队被包围了，他分享游击队的命运。多么不可相信的荒谬的窘境啊！一切又重现在他脑海中了，他眼前的一切变得混乱、模糊了。就在这时，天落起蒙蒙细雨来，并不像原先推测的大风雪。就像一面横在街市中的大旗，在他面前的空中挂着一幅面貌模糊、令人惊奇的、伟大壮观的、令人醉心的巨形头像，占据了整个林中空地。这个幻影在哭泣，雨现在落得更密，吻着它，刷洗着它。

"咱们走吧，"库巴丽哈对阿加菲娅说，"我已给你的母牛念过咒，她就会好的。向圣母祈祷吧，她是光明的泉源，什么牲口的病都能治。"

针叶林的西边有战斗。可是，针叶林太广阔，以致那些战斗就像是一个大王国的边境战争，同时，隐藏在森林中心营地的人太多，尽管有好多人调出去作战，留下的人似乎总是比以前更多。

远处战场上隆隆的炮声很难传到营地。突然，林中传来几声枪响，在很近的距离中一枪紧接一枪，忽然又是一阵密集的射击。人们急忙散开，迅速跑向帐篷和篷车，林中一片骚动混乱。人人准备作战。

混乱不久就平定下来，原来是一场虚惊。于是愈来愈多的人涌向开枪的地点。

他们围着一名浑身是血躺在地上的男子。他的右臂和左腿已经被砍掉了。他竟能以剩下的独腿独臂爬入营地，真是不可想象。被砍掉的一腿一臂血肉模糊地绑在他的背上，另外附着一块小木板，上面写有长长的一段文字，大意是说，这一残暴措施，是对红军某一个单位所犯残暴罪行的报复——那是一个与"林中兄弟"并无联系的单位。又说，除非游击队员对维岑将军的代表投降并放下武器，否则他们全体将遭到同样残暴的待遇。

在一再因失血而来的昏迷中，这个垂死的血人结结巴巴地对他们诉说维岑将军侦查队和刑罚班的严刑拷打和残暴。他是正式被判死刑的，不过，没吊死他，只砍断他的一腿一臂，以便送他进营地，在游击队中制造恐怖情绪。他们把他带到营外的前哨处，然后把他放下，命令他往林中爬，对天空放枪迫他前进。

他勉强能翕动嘴唇，断断续续地说出几乎无从明白的话，围着他的人群只好弯下腰来。他在说："同志们，小心防守。他快打进来了。"

"增援的队伍已经派出去了。正在进行一场恶战，我们挡得住他。"

"阵地有个缺口。他要使你们大吃一惊。我知道……我说不下去了，同志们。我在喷血。我立刻就完了。"

"歇一会儿。别说话了。——难道你们看不出这对他不好，你们这群没有心肝的野兽！"

那个人又说话了："他来审问我，那个魔头。他说，你不快告诉我你是谁，你就要泡在你自己的血中了。我怎么告诉他我是一名逃兵，我正从咱们这边逃向他们那边。"

"你一直说'他'，审问你的是谁？"

"等我喘口气。……我要告诉你们。别克申首领，施特列泽上校，都是维岑的部下。你们在这里不知道外面是什么样子。全城的人怨声载道……啊，上帝！"

血人已奄奄一息了。他大叫一声，话都没说完，就此断气了。人群总算立即发现了，人人摘去帽子，当胸画十字。

那天晚上，营地传开一件远比这件事可怕的消息。

帕姆菲尔也曾是围观死者的群众之一，亲眼看见了死去的血人，听见了他说的话，读到木板上威胁的文字。

他继续不断地陷入恐惧——一旦他死后他家属的遭遇——突然升到新的高潮。在他极度痛苦中——预见他们未来的悲惨以及自己的不免一死——他亲手杀死了他们。

令人惊骇的，是他后来并没有立刻将自己杀死。他可能有个怎么样的想法呢？他可能有什么期待呢？他可能有些什么意向、什么计划？这显然是疯子干的事，再没有办法可以自救了。

当利韦里、日瓦戈和军中苏维埃的其他委员辩论如何处置他时，他在营中自由地荡来荡去，他的头垂在胸前，两只肮脏的黄眼失神地瞪着。非人的不可压服的内心痛苦迟钝而强烈地扭曲了他的面孔，使他不成人形。

没有一个人同情他。人人都避开他。有些人说，他应该被处以死刑，不过，他们的话没有受到注意。

世界上再没有他做的事了。黎明时，他从营中消失了，他逃避自己就像一只得了狂犬病的狗一样。

隆冬与严寒俱来。断续的、似乎不相关联的声音和影像从冰雾中升起，木然飘荡，移动，然后消失。太阳已不是往常的太阳，它已偷偷地被调换了。一只深红的球挂在林中，其浓如蜜的琥珀色光线，以童话或梦境中的呆板与缓慢徐徐洒下，冻结在空中的枝叶上。

冰雪不时愤怒地吱吱作响，仿佛四面八方有无数看不见的巨足，穿着毡靴在冰雪上轻轻走动，而它们头戴风帽、身穿皮夹克的躯体，却在高空分别驶过，如同天神。

朋友们站在一起聊天，面孔紧紧凑在一起，红得像在蒸汽浴中，可是络腮胡却冻得僵硬，就像冻刷子。因为严寒人们说话很短促，各人口中冒出浓郁的水蒸汽，似乎倒把谈话压下去了。

日瓦戈沿着雪中踏出的足迹去和利韦里碰面。

"你好，稀客稀客！今晚来我的地窖中过夜。我们可以畅谈一番。有消息了。"

"快信信差回来了？有瓦雷金诺的消息吗？"

"一字也没提到你家或我家的人。可是，消息使我证实一个结论：他们必定及时逃走了，不然，总得有些消息。我们今晚上再谈。我恭候大驾。"

那天夜里日瓦戈一走进地窖，劈头又提出白天的问题："我们的家属有什么消息？只告诉我这些就好。"

"你这个人从来不想知道你的鼻子以外的事。就我所知，他们安全而健康。不过，值得注意的，这是第一手消息。来点冻小牛肉。"

"不要，谢谢。继续说下去，不要改变话题。"

"你真不想要？那么，我得来点。虽然我们真正需要的是面包和蔬菜。很多人得了坏血病。早知如此，秋天妇女采果子时，我们应该采多些干果和浆果。嗯，正如我刚才所说的，我们的情况正在好转。我一向的预言正在变为事实。最坏的时机是过去了。高尔察克的队伍正沿公路线后撤。这是一次全面溃败。现在你明白了吗？我一向是怎么对你说的？你还记得你往常是如何地悲叹吗？"

"我几时悲叹过？"

"时时刻刻。特别是当我们受维岑紧压时。"

日瓦戈回忆起秋天，叛徒的枪决，帕姆菲尔亲手杀死自己的妻儿，以及看来永无休止的杀戮。

地窖是由火把照亮的，火把以枯枝制成，插在神气活现的银色的把手中。火炬放出焦炭的芬芳。当一支木柴燃光，余烬落入下面的水碗中时，利韦里立刻点上一支新的。

"看我在燃什么？没有油了。柴枝太干，烧得太快。你真的不想吃些牛肉？说起坏血病。你为什么不立即召集同仁开会，给我们讲讲坏血病的特征及其治疗和预防？"

"看在上帝的份上，不要折磨我。我们的家人究竟怎样？"

"我已告诉过你，报告中没有确定的消息。不过，我还没说完我从最近通报中得来的消息。内战结束了。高尔察克的力量被完全粉碎了。红军的部分主力正在追击，沿铁路向东赶，赶他们下海。另一部分红军正赶来这边，我们要会同他们清扫分散在这个区域中数目可观的白军。整个南俄罗斯已无敌踪。喂，你为什么不高兴？这些还不够？"

"我高兴。不过，我们的家人在哪里？"

"不在瓦雷金诺，那是一件很幸运的事。也没有任何消息证实卡缅诺德沃尔斯基对你讲的那些疯狂的事件——你还记得秋天所流传的神秘武装人员入侵瓦雷金诺的谣言吗？我一直以为这是胡说。不过，庄园是荒芜了。如此看来，毕竟发生过什么事，而他们及时离开的确是一件幸事，显然他们是离开了。根据我所得到的消息，那儿留下的少数居民都是这么说的。"

"尤里亚金呢？那儿有没有发生什么事？谁占据它？"

"那是另一件荒谬的事。不可能是真的。"

"那里到底怎么样？"

"人们传说它依然在白军手中，不过，明明是不可能的。我证明给你看，你自己能看得出。"他点上另一根柴枝，插在把手中，然后取出一张破烂地图，把它展开，折到地图上他们所谈的地区，利韦里手拿铅笔对日瓦戈解释形势。

"看！这些都是白军撤退的地区——这里、这里，还有这里，这整个区域，你明白吗？"

"明白。"

"所以尤里亚金附近不可能再有白军，如果他们留在那儿，交通线既已切断，他们就不免被俘。不管他们的指挥多么无能，他们的司令总能意识到这个危险。你干吗穿外衣？你去哪里？"

"我马上就回来。这里烟太多。我有点头痛。我出去透口新鲜空气。"

当他身在地窖外面时，日瓦戈把地窖口当作凳子用的木墩上的雪扫开，坐下来，两肘支在膝上，两手托住头。

针叶林、营地，以及他陷在游击队中十八个月的生活，立刻全都从他脑中跑开了。他把它们忘光了。他满脑子装的是他对家人的回忆，把其他的一切都挤跑了。他试着猜测他们的命运，可是，他的想象一个比一个可怕。

冬妮亚抱着沙夏在大风雪中走过旷野。她用毯子紧紧地包住他，她的两脚深深地陷入雪中。她用尽全力，好不容易才挪动一步，可是，大风雪又将她刮倒，她一路跌跌爬爬，她已衰弱得站不稳了，她终于被大风击倒，被埋在雪中。呵，但他竟忘。她已有了两个孩子，小的还在吃奶。她一手抱着一个，就像从契里姆卡河那边来的难民一样，在筋疲力尽中倒下，在悲痛与紧张中变成疯子。

她两只手都没空着，跟前没有一个人去帮助她。沙夏的爸爸失踪了，没有人知道他在什么地方。他走开了，他总是不在他们身边。他的一生都不在他们身边。他算是哪一种父亲？一个真正的父亲可能总是不在子女身边吗？她自己的父亲呢？亚历山大·亚历山德罗维奇呢？纽莎呢？还有别的人呢？还是不问的好、不想的好。

日瓦戈站起来，走回地窖。可突然他产生了一个新的念头，改变主意，不再回到利韦里那里。

很久以前他就藏好了一对滑雪板、一袋饼干，以及其他必需的东西，以备万一有机会逃走。他把它们埋在营外的雪中，一棵高大的松树底下。为了便于寻找，他在大松树上刻了一个V字形的刻痕。现在他转身沿着在雪中踏出的小径向他埋下的宝藏走去。这是个晴朗的月圆之夜。他知道什么地方有哨兵，起初他都顺利地避过了他们。可是，当他走到长着花楸树的圆丘附近的空地时，一名哨兵远远地喝住了他，踩着滑雪板，挺身向他滑过来。

"站住，不然我就开枪！谁？口令。"

"兄弟，你怎么回事？不认识我吗？我是营地医生，日瓦戈。"

"对不起，日瓦戈同志。我说不认识你，并不是故意冒犯你。不管你是不是日瓦戈，我反正不让你通过。命令就是命令。"

"随你的便。口令是'红色西伯利亚'，回答是'打倒干涉主义者'。"

"这样好些，你过去吧。这么晚你还在干什么？有人病了？"

"我口渴，睡不着觉。我想我必须走出来吸一口新鲜空气，吃一点雪。然后我看见花楸树上有冻果子，我想去摘几枚。"

"这不是个有钱大爷们的想法才怪哩！谁听说过冬天摘山梨的事！三年来我们一直在清除你们这些混乱的想头，可你们还是老样子。好，去摘你的山梨吧，你这个疯子。我可不管你。"就像来时一样地迅捷，哨兵挺立在滑雪板上，在没有人踏过的雪地上疾滑而去，消失在疏落如稀发的冬季灌木的背后。

足迹将日瓦戈带到他刚才提到的花楸树下。它一半埋在雪中，其余的一半是结冻的树叶和果子，伸出两根雪白的树枝迎着他。他记起拉拉两只浑圆丰满的白手臂，他抓住这两根树枝，把它们拉过来。树上的雪纷纷抖落下来，仿佛是对他回应。他不知所云地喃喃自语，完全忘记了自己："我要找到你，我的美人，我的爱人，我的花楸树，我自己的血肉。"

这是晴朗的月圆之夜。他借着月色走入针叶林，走向刻有记号的大松树，挖出他的东西，离开了营地。

第十三章
有雕像的房子对面

在尤里亚金上半城的房舍和教堂的俯瞰下，商会街迂回曲折地沿山坡往下延伸。

在拐角上有一幢带雕刻的青灰色房子。房屋正面下半部的大方块石上，贴着最近的政府报纸和公告。一小群人站在人行道上，静静地阅读着。

最近的一阵融雪的温暖过后，天气又干冷起来。此时在这里是白天，可是仅仅在几个星期前现在这会儿都已天黑了。冬季刚刚过去，它留下的空虚已被黄昏前恋恋不忍远去的光亮给填上了。这种光亮使人不安，像是来自远处的令人骚动的召唤，使得人提心吊胆。

白军最近才离开，是向红军投降后撤出的。轰炸、流血和战时的焦虑已经终止。这也是一种骚乱，使人提心吊胆，就像冬天的逝去、春日的渐长一样令人不安。

借着依恋不去的余光还可看清楚墙上的公告，其中有一张宣布：

凡合格者可向十月街（前政府街）五号一三七室尤里亚金苏维埃食物局领取工作证，每份工本费五十卢布。

凡无工作证者、工作证填写失实或伪造者（此举更坏），将依战时条例予以严惩。工作证之使用细则见张贴于尤里亚金食物局一三七室之本年度尤里亚金执委会第八六号（1013）И.Ю.И.К公告。

另一张通告说，城中食物本来很充裕。可是，都为布尔乔亚所囤积，目的在破坏配给制，制造混乱。通告的结尾说：

囤积食物被发现者就地枪决。

第三张通告说：

凡不属于剥削阶级者得准参加消费者协会。详情可向十月街（前政府街）五号一三七室尤里亚金苏维埃食物局查询。

另有一张警告退职军人：

凡私藏武器或未经合法许可而私配枪械者将处以极刑。持枪证可向十月街六号六三室尤里亚金革命军事委员会申请。

一名面色仓皇、憔悴衰弱、满脸尘垢的男子，肩上挂着袋子，手中拄着拐杖，挤进了看告示的人群。他蓬乱的长发还没有一根白丝，可是他硬如毛刷的、深棕色络腮胡子却已灰白了。他正是尤里·安德烈耶维奇。他的皮外套不是在路上被人抢走，就是被他换了食物。他现在穿着的是一件袖子太短、不足以御寒的破烂的薄大衣。

现在他袋子里所剩下的是，一块附近村子中好心人施舍给他的还没吃完的面包和一片硬牛油。他到达尤里亚金已有好一阵了，可是，从郊外的铁路线挨到这商会街却耗他整整一小时，他太虚弱了，过去几天的旅程弄得他太累了。他走走停停，一再想跪下来匍匐在地上，去吻他以为今生无缘再见的尤里亚金的石头。当他见到尤里亚金时，心中充满快乐，就像看见阔别多年的老友。

几乎他的一半旅程是沿铁路走的。所有的铁路都废置不用了，上面盖满了雪。他走过一列列白军弃置的车厢，高尔察克的失败、燃料的缺乏和大雪使它们无用地停在轨道上。它们被埋在雪中不能移动，前后几乎全无间断地绵延数俄里。有些被当作武装匪徒的据点，或逃犯及政治难民——那个时期被迫流浪的人——的藏匿处，不过，绝大多数车厢，都成了因寒冷和斑疹伤寒而死亡的人的停尸间和集体坟墓。斑疹伤寒一度横行于铁路沿线及其附近村庄。

那个时代证实了一句古谚："人比豺狼更凶狠。"旅人见到旅人就躲，陌生人杀死陌生人只因害怕自己被杀。还有同类相食的个别事件。人类的文明与法则暂时失效了。有效的法则是弱肉强食。人们在做史前穴居野人的梦。

尤里·安德烈耶奇不时见到前面有孤寂的身影沿壕沟踽踽独行，或是匆匆跨过公路。他尽可能小心地避过他们，不过其中有许多人似曾相识。他以为，他曾在游击队营地见过他们。绝大多数是猜错了，可是，有一次他的眼睛却没有欺骗他。一个从遮没一列卧铺列车的雪堆中蹿出又蹿回的男孩，的确是"林中兄弟"的一员。这是捷廖沙·加卢津，大家相信他已经被枪毙了。实际上他只是受了伤，失去了知觉。当他醒过来时，他就爬离执行死刑的地方，藏身在林中，一直到他的伤势康复，现在正用一个假名赶路回他圣十字镇的家，一见人影就躲在埋在雪里的列车中，然后瞅机会拔腿飞跑。

这些景象和事件真有说不出的玄妙，他们好像是从其他行星之生命身上撕下的东西，不知如何竟坠到地球上来。只有自然依旧忠于历史，此际的样子就跟近代画家笔下的自然别无二致。

黄昏常常是安静的，带着浅灰而深红的色调。在晚霞的映照下，桦树显得更黑更美，就像刻在余晖上的铭文。薄薄地罩上一层灰色冻冰的黑色溪流在白色的陡岸间流过，流水过处，两岸都因侵蚀而变得暗黑。尤里亚金的黄昏，有一两小时就是这样的：结冰、灰色、透明，柔和如垂柳。

日瓦戈假装阅读张贴在墙上的公告，其实他的眼光一直在扫视对街三楼窗户。那些是储藏旧时住客家具的房间窗户。此刻，尽管它们的边上都结了一层薄冰，可是那些玻璃显然是透明的，白色涂料无疑是弄掉了。这是什么意思呢？原先的住客回来了吗？还是拉拉已经搬出，另有新人迁入，重新整理了房子？

这种不确定令人难以忍受。日瓦戈跨过街道，走进大门，爬上他所熟悉并且非常珍爱的前楼梯。他在营地是多么经常地想念这铸铁楼梯的镂空花纹啊！从某一个地方你可以看到地下一间存放杂物的房间，里面堆着破椅子、旧木桶和洗澡盆。它们依然在那儿，一点没有改变。日瓦戈几乎要对楼梯的忠于过去心怀感恩。

门口本来是有个门铃的，不过，早在日瓦戈还没被游击队掳去以前就坏了。他正要敲门时，看到有把大锁挂在随便钻入雕花橡木中的锁鼻上。那些嵌在门上的雕花橡木板，有些地方已不见了。这种糟踏在旧时代是想象不到的。在旧时代那里必然装上一把适当的锁，坏了会有锁匠来修理。这种琐事细节，正是在他不在时总的情况远比过去糟糕的最动人心弦的说明。

日瓦戈确定了拉拉和卡坚卡不在家。也许她们甚至不在尤里亚金，她们甚生死未卜。他做了最坏的打算。只是为了不让自己空跑一趟，他决定去墙缝中找找钥匙，里面的老鼠曾把卡坚卡吓坏了的。他先踢踢墙壁，免得手伸进去碰上老鼠。尽管他已没有发现任何东西的最轻微的希望了。原来的裂缝已给一块砖堵上。他挪开那块砖，伸手去探探。噢，奇迹！一把钥匙和一张便条！这是一张长形便条纸包着写满一张纸的长信。他拿去楼梯口的窗下。一个甚至更不敢相信的奇迹！这便条纸是留给他的！他快速地读下去：

主啊，多快乐！他们说你还活着，并且出现了。有人在本城附近见到你，赶忙跑来告诉我。我猜你将直奔瓦雷金诺，所以我和卡坚卡赶去那儿。不过，又恐怕你来我这里扑空，我把钥匙留在老地方。等着我，不要离开。我现在住在我过去住的地方前面的房间。这层楼更空了，我不得不卖去一些家具。我留下了一点食物，几乎全是煮马铃薯。吃饱把盖子放回，上面压点重东西，免得老鼠偷吃，我快活得要疯了。

他一口气读到底，没注意到背后还有字。他把信送到唇边紧压着，然后折起来，和钥匙一同放进口袋中。在无比的快活中，他感觉一阵尖锐的、被刺穿的痛苦。既然拉拉赶赴瓦雷金诺，并且不做任何解释，这必然是他的家属不在那儿了。他不只因为这个感到焦虑，而且感到不可承受的痛苦和悲伤。为什么她一字未提他们的下落？——好像他们根本不存在似的！

可是，天越来越黑了，有许多事还得趁亮去做。最要紧的是去看街上贴的告示。在那些日子中对法规无知可不是小事，那可能付出生命做代价。他决定不开门进去。甚至连肩上的袋子都不放下，他赶忙走下楼梯，跨过街道，走向厚厚地贴着各色告示的墙壁。

墙上贴的有报纸、会议的演说词以及政府命令。尤里·安德烈耶维奇瞥了下大标题。"资产阶级分子的征调、估税和征收"、"工人领导的建立"、"工厂与工厂委员会"。这些是新政权武力进城取代旧政权时所颁布的规章。尤里·安德烈耶维奇想，无疑这些公告是用来提醒居民新政权强硬的性质，怕他们在白军占领期间已经遗忘。不过，这些单调的永无终止的一再重复可把他的头弄得团团转。它们属于哪一个时期？是属于首次的动乱，或是白军得手后第二次红色政权期？还是去年贴上的？或是前年？他生平只有一次对这种强硬的语言和诚心的想法怀抱热情。难道他必须因这一时不慎的热忱受到惩罚，要年复一年，终身在听这些因岁月推移而变得愈来愈没有意义、愈不切实、愈无法实践的疯狂的咆哮和呐喊？难道只因为一时过度慷慨的反应而永远做奴隶吗？

他的眼光投射在一页不知从何处撒下来的总结报告上：

有关饥饿的报告揭露了地方组织不可想象的怠惰。各地有显见的浪费，还有大规模的投机，可是，我们的地区工厂委员会和市工厂委员会在干什么？只有群众在尤里亚金和拉兹维利耶等商业地区的大举搜查，只有包括就地枪决投机商人极尽严酷的恐怖政策的运用，才能把我们从饥馑中救出来。

"多么令人羡慕的瞎话！"日瓦戈想，"竟能高谈阔论地球上早已绝迹多时的面包！谈他们早经三令五申废除了的资产阶级！谈已不再存在的农民和村庄！他们难道真不记得他们那些早就把生活弄翻的计划和措施？他们是什么样的人，竟年复一年地以从不冷却的发热似的狂热高谈不存在的、久已绝迹的东西，而且对周围的现实一无所见一无所知？"

日瓦戈的头在眩晕，晕倒在行人道上不省人事。当他醒过来时，行人扶他站起来，提议送他去他所要去的地方，他婉拒了他们，告诉他们，他只要走过对街。

他再度上楼，这次他打开了拉拉的那层楼的门。楼梯口依然有亮光，不比他出去前更黑。他很高兴，太阳并不催他。

开门的轧轧声引起里面一阵骚动。这层没有人居住的楼，以锡锅掉落的哐哐当当声欢迎他。棚架上的老鼠匆匆地跳落在地板上，发出噗噗声，四下逃窜。它们必然成千上万地活在这里。医生觉得不舒服，不知道怎么样对付这些可恶的东西，决定晚上躲在一间门户最严紧的屋子里，老鼠洞可用碎玻璃给堵上。

他左转走向他以前没到过的那部分，穿过一条黑暗的走道，来到有两面窗户朝向大街的一间房。窗户的正对面就是那座有塑像的灰色建筑。建筑物下，好几堆人背向他站着，在读公告。

室内的光亮与外面的是同一性质，同样是早春清新的暮光。这使得这个房间像是大街的一部分，唯一的不同，是他身在其中的拉拉的卧室比外面还冷。

今天午后，他趋近尤里亚金及以后走来这里的一两小时之间，身体突然出现前所未有的虚弱，那使尤里·安德烈耶维奇一度怀疑自己是否染病，对此他曾大为恐惧。现在，室内街道光亮的相同使他精神大振。街边行人同样沐浴在令人打颤的寒冷空气中，他觉得他和他们有亲情，他与本城有同样的心情，在过着与这个世界同样的生活。这种感觉驱散了他的恐惧。他不再担心生病。早春黄昏的透明，照彻一切的光亮是一个好兆头，是长远的梦想能够如愿以偿的一个保证。一切都会顺利，他将得到他生活中所需要的一切，他将会找到他们，和他们复合，并且调和他们，他将想得周周到到，而且会用体贴的话表达。他期待着会见拉拉所带来的快活，是今后一切如意的当下证明。

一种狂野的兴奋和无法控制的不安替代了他前时的疲惫。实际上，这种生气比较他原先的虚弱更是他即将病倒的征兆。尤里·安德烈耶维奇简直坐不住。他再次觉得非走出去不可。

他想在还没安顿好之前理个发、把胡须剃光。在他进城的途中，曾注意路上有没有理发店。但是他以前所知道的理发店有些空在那儿，有些已经易手改作别的用途了，那些仍在营业的店子却没有开门。他自己又没有刮胡刀。剪刀也能将就使用，不过，尽管他翻遍拉拉的梳妆台，在匆忙中却连剪刀的影子都没看见。

这时他忽然想到，斯帕斯卡亚街过去有家裁缝铺，如果现在仍然存在，并且在打烊之前赶到的话，他可能在那借到一把剪刀。他走了出去。

他的记忆没有辜负他的期望。那家裁缝店还在那儿，铺门开向正街，一面大窗户占有整个门面。女裁缝师在室内工作，街上行人一目了然。你可以一眼看到铺子的后面。

里面挤满了缝衣的女人。除开女裁缝师外，或许还有不少懂得如何缝衣的本地成年妇女，是为了依照灰色建筑墙上公告的规定取得工作证，而跑来做工的。

内行人很容易分辨出来。这家铺子做的全是军服、棉裤和棉夹克，以及尤里·安德烈耶维奇在军中见过的由各种狗皮做成的杂色皮大衣。这类工作比较适宜皮衣匠，业余者做来就特别困难，当她们将填得满满的衣边推过缝纫机时，她们的手指个个都像拇指那样不灵活。

尤里·安德烈耶维奇敲敲窗户，做个想进去的手势。里面的女人用手势回答他，不接受私人订货。他坚持要进去。女人们挥手要他走开，不再理他，她们忙着赶工。有个女人做出迷惑的表情，举起手，手掌外翻，像小船一样，表示厌烦的手势，一面以眼光问他究竟想要什么。他用两个手指比画着，做一开一合状，模仿剪刀的刀刃。女人们还是不明白。她们以为这是故意捣蛋，在模仿她们的动作，并取笑她们。他站在窗外，衣衫褴褛举止古怪，看起来就像个疯子。女工们吃吃笑起来，挥手叫他走开。他终于想到绕去屋后，穿过院子，去敲后门。

开门的是个肤色黝黑的、身穿黑衣的女人，年纪较大，神色严厉，她可能是大师傅。

"你真是个讨厌的家伙。你难道不搅扰我们就不行吗？好，说吧，你究竟想要什么？"

"我想要一把剪刀。不要这么惊奇。我想借把剪刀剪头发和胡须。我可以在这里剪，剪完立刻还你，一会儿就好。我将非常感谢你！"

这个女人惊讶而疑惑地看着他。她显然怀疑他是否正常。

"我是刚刚从远处来的。我想理个发，可是没一家理发店开门。所以，我想到不如自己动手，可是我又没剪刀。能劳驾你借我一把剪刀吗？"

"好的。我来给你剪个发。不过我警告你。如果你打什么别的主意——例如为了政治原因而改头换面——可别怪我们去打报告。我们可不为你冒生命危险。"

"天哪！这是什么念头！"

她让他进来，带他去一间比厕所稍大的厢房。第二步是让他坐在一把椅子上，用一块床单罩住身体，上面塞在衣领里，就像在理发店一样。女裁缝师走出去，拿了剪刀、梳子、推子、磨刀皮带和刮胡刀进来。

"我一生做过各式各样的职业。"看到他这位顾客的惊讶神色，她解释道，"有一度是理发师。在另一次战争期间我学会了理发和刮胡子，那时我是个护士。现在我们先剪短络腮胡，然后再刮脸。"

"劳驾，你能把我的头发剪得尽量短点吗？"

"我尽力而为。一个像你这样有教养的人，为什么装得这样无知？你好像全不知道我们现在是按旬计日，而不再按周计算，今天是十七号，理发店逢七公休。"

"说实话我真不知道。我不是刚告诉过你，我刚从老远的地方来。我为什么要假装？"

"不要坐立不安，不然你会碰上剪刀。嗯，你刚刚来到这里。你怎么来的？"

"走路来的。"

"沿公路？"

"一部分是沿公路，一部分是沿铁道。我不知道有多少列车埋在雪中。豪华快车，特别快车，各式各样你所能想到的车。"

"这一点点剪掉就完了。是为了处理私事？"

"天啊！不是。我以前在一家信用合作社做巡察员。他们派我去东西伯利亚视察，我就被阻在那边了。就像你所知道的，根本没有火车。除了步行别无他法。我花了六个星期。一路上的经历真不知从何说起。"

"如果我是你，我就干脆不说，我看我必须教你一两样事。先看看你自己。这儿有一面镜子。把你的手从床单下伸出来，拿住它可以吗？"

"我想这还不够短，还能再剪短些吗？"

"再短就不够整齐了。听我的话，根本什么都别讲。还是闭上嘴巴的好，什么信用合作社、豪华快车、视察旅行——把这些事情统统忘光。这不是谈它们的时候。你可能惹来无穷无尽的麻烦。最好还是装作一名医生或教师。现在先剪胡须——再把它剃光。只需一点点肥皂，你就会年轻十岁。我去烧水。"

"她可能是谁？"尤里·安德烈耶维奇想着。他觉得他和她有些关联——他曾见到或听说过，她使他想起什么人——可是他想不起是谁了。

她很快拿了热水回来。

"现在我们剃胡子。听我的话，不开腔好得多。雄辩是银，但沉默是金。这句话永远正确。丢开你的特别快车和信用合作社——还是想些别的好，说你是个医生或教师。不管看过什么，只留给自己知道。这个年头你还去向谁炫耀？剃刀刮伤了你吗？"

"一点点。"

"我知道，刮下一块油皮，这没有办法。稍微忍耐一下，我亲爱的先生。你的皮肤已经很久没碰过剃刀，同时你的胡须又很粗。一会儿就好。真的。老百姓没有什么事没见过。他们什么都经过了。我们也有我们的麻烦。白军时代所发生的事！谋杀、掠夺、诱拐、绑人。有个小官僚不喜欢一个中尉。他派士兵藏在城外近克拉普利斯基大屋的树林中拦截他。他们抓到他，解除了武装，押去拉兹维利耶。那时拉兹维利耶就像现在的赤塔一样——是个执行死刑的地方。你的头为什么抽搐？刮伤了，不是？我知道，亲爱的，我知道。这没有办法。你的毛发硬得像刷子。那就是这么个无法无天的地方。这么一来，旗手的老婆可急疯了。'科利亚！科利亚！我的科利亚将如何得了！'她赶忙跑去见最高长官，求加利乌林将军。这不过是这么一说，她当然不能见到他，你必须有人搭线。那边街上有个人知道如何找到他，一个特殊人物，非常重感情，不像别人，那个人总是替老百姓说话。你想不到这里搞成个什么样子。私刑、残暴、嫉妒的戏剧性事件，就像西班牙的小说。"

"她说的是拉拉。"尤里·安德烈耶维奇想。不过，他谨慎地保持着缄默，并不追问细节。像西班牙小说这个荒谬比喻，使他觉得她有些像一个人——正由于它的荒谬和不相干——但是，他想不起到底是什么人。

"当然，现在是完全不同了。不错，调查、密告、枪毙等等的事还是照样有。不过，观念完全不同了。首先，这是个新政府，刚刚取得政权，还不能跨大步。还有，不管你怎么说，他们是站在平民这一边的，平民是他们的力量基础。我们一家，连我在内共四姐妹，个个是劳动妇女。我们靠近他们是理所当然的。一个姐姐死掉了。她的丈夫是一个政治流亡者，本来在本地一家工厂做经理。他们的儿子——我的姨侄——是农民军的领袖——他可是个鼎鼎大名的人物。"

"原来是她，"尤里·安德烈耶维奇忽然明白了，"利韦里的姨母，米库利钦的小姨子，本地的一名传奇人物，理发匠——裁缝——信号手——各行各业的通天晓！"不过，他打定主意一言不发，以免暴露自己的身份。

"我的侄儿总是靠近人民，从他儿童时代就一直如此。他在厂里的工人群中长大。也许你听说过瓦雷金诺的工厂？现在看看我干的好事，我这个傻瓜。你的面颊有半边是干净的，另外半边却毛发林立。这都是说话碍事。你为什么不提醒我？现在肥皂干了水也冷了。我得去弄热。"

当格拉菲娅·通采娃回来时，尤里·安德烈耶维奇问道："瓦雷金诺，是在离这里好几十俄里的乡下，是不是？在动乱中那个地方该很安全。"

"嗯，也不见得就十分安全。有时比我们的遭遇还坏。那附近有个武装组织，没有人确知他们是什么人。他们不说我们的语言。他们所过之处逐屋搜查，看到人就开枪，然后离去，鸡犬不留。让死尸躺在雪地。当然那是在冬天。头别摆动，我几乎割伤了你。"

"你刚刚说你的姐夫住在瓦雷金诺，这些事发生时他还在那里吗？"

"不在。天可怜见。他和妻子及时躲开了——那是他的第二个妻子。没人知道他们在什么地方，不过，无疑是逃走了。还有几个从莫斯科来的陌生人住在那里。他们离开得更早。两个男人中，年轻的家长，一个医生，他失踪了。当然，那不过是这么说，说'失踪'是免得家人伤心。实际上，他必然是死了——无疑是被杀害了。他们一直在找他，但他始终没有出现。就在这个时候，那个年长的被召回莫斯科了。他是个教授，一位农业经济学家。我听说是政府召他回去的，他们去莫斯科时曾在尤里亚金停留，就在白军回来的前夕。现在你的老毛病又来了，怎么扭头摆颈。你真要我割破你的脖子？我亲爱的先生，你可把理发的钱省下来了。"

那么他们是在莫斯科！

当他第三次爬上拉拉家的铸铁楼梯时，每走一步他心中就有一次"在莫斯科！在莫斯科"的回音。空空的楼房依然用该死的老鼠奔窜的叮叮咚咚声欢迎他。尤里·安德烈耶维奇很明白，无论他如何疲倦，除非他能摆脱对老鼠的憎恨，否则他无法入睡。安稳的休息之前的第一件事是堵塞老鼠洞。幸好，卧房里的洞比其他的地方少些，地板和墙脚的情况较坏。不过，他必须赶快。天就黑了。不错，厨房的桌子上有一盏煤油灯——或许是为他来才从架上取下的，里面已装上半盏煤油，旁边还有一盒所剩无几的火柴。不过，最好还是把煤油和火柴省下。卧室中有一盏小油灯，老鼠曾偷过油，不过，多少有些剩余。

好些个地方的墙角板已经不见了。他花了一个多钟点才用碎玻璃把裂缝塞好。门倒很紧，一旦关上老鼠一定进不来。

房间的角落上有一只荷兰式火炉，花砖砌的飞檐差不多挨近天花板。厨房里有一堆柴火，尤里·安德烈耶维奇决定烧拉拉两把劈柴，他单腿跪下，捡了一把，拿回卧室。把柴火堆在火炉左近，他检查一下炉子的情况并看看如何使用。他想扣上门，可是门闩坏了，他只好用纸把它塞紧。然后，他从容地把柴火架好，点燃。

当他添柴火时，他注意一根柴火上有"К.Д."的记号。他惊奇地认出它们。在往日的克吕格尔时代，工厂里不用的木材都当作燃料出售，在未剖成柴火前，树身照例得打上标记，表明它们的出处。"К.Д."代表瓦雷金诺的库拉贝舍夫林区。

这个发现使他不安。这些柴火出现在拉拉的屋子里无疑是说明，她和桑杰维耶托夫有接触，他供应她一切，就像他当初供应日瓦戈和他家庭所需一样。他总因接受他的帮助而感觉不安。如今在欠下人情的尴尬中还夹杂着别的感觉。

桑杰维耶托夫帮助拉拉很难说是纯粹由于一番善意。他想到桑杰维耶托夫的自由和随意，以及拉拉作为一个女人的轻率。他们之间必然有所牵连。

库拉贝舍夫的干柴快乐地啪啪发炸，燃起熊熊大火。就像着了火一样，尤里·安德烈维奇的盲目的炉火竟使他把一个纯粹的假想变成确定的事实。

不过，他这时百感交集，焦虑此去彼来，互相更代。他无法摆脱他的疑虑，可是，他的思想并没定下来，一下想这个，一下又想那个。他思家的念头又涌下来，暂时淹没了嫉妒的胡思乱想。

"原来你们在莫斯科？我亲爱的妻儿。"现在，在他看来，女裁缝的话好像就是他们安全到达的保证。"原来你们又做了一次那样长的旅行，并且，这次没有我照料。你们一路上是怎样应付的？为什么亚历大·亚历山德罗维奇被召回？是回学院重执教鞭吗？我们的屋子现在怎么样？我多笨啊！我甚至不知道那幢房子是否还存在。主啊，这一切是多么的艰难和痛苦啊！但愿我能不想。我想不通。冬妮亚，我是怎么回事？我想我是病了。我们将变成什么样？你将变成什么样，冬妮亚？

亲爱的冬妮亚？冬妮亚？萨申卡怎么样？亚历山大·亚历山德罗维奇怎么样？我自己又怎么样？你们为什么抛弃了我，啊，上帝！我亲爱的妻儿，为什么我们总是分开？为什么总把你们从我身边赶走？不过，我们还会聚在一起的，我们会团聚的，亲爱的，不是吗？我会找到你们的，纵使我必须一路步行也要找到你们。我们将重逢，我们将聚在一起，我们将平安无事，一切如昔，不是吗？

"大地为什么不吞噬我，为什么我成了这样一个怪物，一直不记得冬妮亚有了第二个孩子，她一定有了的！这已不是我第一次忘记这事。她是怎样挨过分娩期的？想想在返回莫斯科的途中，他们都曾在尤里亚金停留！真的，拉拉并不认识他们，不过，有一个陌生的女裁缝兼女理发师听说过他们，而拉拉的便条上却只字未提。她怎能如此不留意、如此不关心呢？这有点古怪，就像她没提过她认识桑杰维耶托夫一样。"

尤里·安德烈耶维奇现在又以新的眼光把屋子环顾一遍。所有家具都是那个逃亡已久尚在藏匿中的不知名住客的。其中没有一件是拉拉自己的，没有一件家具可以表现她的风味。墙上的照片也是些陌生人的。不管他们是些什么人，他突然觉得，在这些男男女女目光的注视下，十分不舒服。笨重的家具无声地怀着敌意。他觉得他不属于这间卧室，他不受欢迎。

他一直在回忆并怀念这间屋子是多傻啊！他在走进这间屋时，感觉并不是走进一间普通卧室，而当作自己在走入渴望已久的拉拉的心房，又是多傻啊！在局外人看来他的情感是多愚蠢啊！像桑杰维耶托夫这样强壮、现实、能干和英俊的男子，他的生活、言谈、举止是如何地不同啊！凭什么指望拉拉应该选择他的爱？选择他这样说话晦涩，而又不现实的文弱的人？她需要这种混乱吗？她自己希望吗？她自己希望使她成为他眼中的她吗？

正如他刚才所说的，在他眼光中她又是什么呢？哦，那个问题他随时可以解答。

春天的黄昏，空气中夹杂着细碎的声音。远远近近的街边传来儿童的嬉戏声，好像是要表明整个大地是活的。而这块大地就是俄罗斯，他的无可比拟的母亲，这是具有不朽光辉、历经灾难、作不可预卜之冒险的俄罗斯，是名扬四海、顽固、奢侈、疯狂、不负责、殉难的、可敬爱的俄罗斯。哦，活着是多甜蜜啊！活着并乐于活着是多美好啊！哦，时时渴望感谢生命，感谢存在本身，感谢它们，就像一个存有感谢另一个存有。

拉拉正是这样的人。你不能与生命及存在沟通，而她却是它们的代表、它们的化身，本来是不能言传的生存原则，一到她身上就善解人意而且能说话。

他怀疑所有对她的责备完全是不正确的，一千个不正确！她的一切是完美的、没有瑕疵的。

欣喜和悔恨的泪水充满了他的眼眶。他打开炉门，通通炉火，把完全烧红的柴火往里推，把那些没烧透的柴火向外抽。打开房门，他安坐在熊熊火光之前，因火光的跳动以及手上和脸上的温暖而喜悦。温暖和火光使得他的神志完全恢复。他不能忍耐地想念拉拉，同时渴望有什么法术能够使他立刻就触碰到她。

他从衣袋中掏出她变皱的留简。它是折叠着的，因此他先读到了写在外背后的字，那是一些他上次阅读时没看到的东西。他把纸摊平，在跳跃的火光下开始阅读：

你一定已经知道你家人的下落了。他们在莫斯科。冬妮亚生了个小女孩！

在画掉了的几行后面，写的是：

我所以把这几行画掉，是因为写这些有点傻。等我们见面时我们会谈个够。我正忙着要出门，我必须赶着弄到一匹马。如果我弄不到我真不知道怎么办。没有马，卡坚卡可就太辛苦了……

其余的话涂掉了，不可辨认。

"她从桑杰维耶托夫那里弄到的马，"尤里·安德烈耶维奇平静地想，"如果她有什么事要隐瞒，她就不会提这件事了。"

当炉子烧热时，尤里·安德烈耶维奇关上烟洞，弄些东西吃了。然后他感到非常想睡，因此他和衣倒在沙发上，并且立即就熟睡了。不管墙后门后的老鼠如何大胆吵闹他全听不见。他连续做了两个噩梦。

他身在莫斯科一间有玻璃门的房间里。门锁上了。为了更安全些，他用手抓住锁柄并用他自己的身子抵住门。在另一面，他的小儿子萨申卡，身穿水手衣帽，正在敲门，哭着请求放他进来。在小孩的背后，有一道瀑布，水花不断在溅打着他和房门。瀑布轰轰作声。这水好像从爆裂的水管（在那时是常有的事）倾盆而降，又像是倾自峡谷的顶端，这道门正是挡住充满急流声响、万年寒冷以及洞府幽暗的山谷的屏障。

飞瀑的轰轰声吓坏了小孩。飞瀑声淹没他的哭叫，不过，尤里·安德烈耶维奇可以从他的嘴唇看出来，他一而再再而三地想叫"爸爸"。

心碎的尤里·安德烈耶维奇，一生都在渴望把他的儿子抱在臂弯中，紧压在胸前，带他远走高飞，能跑多快就跑多快。

然则，此刻他却泪流满面地拼命抓住门锁的把柄，将孩子关在门外，为了一个虚伪的荣誉观念，在以忠于另一个女人的名义下牺牲了他，她不是孩子的母亲，并且随时可能从另一个门走进房里来。他在汗泪淋漓中醒过来。"我发高烧，我病了。"他想，"不是斑疹伤寒。这是某一种以危险病症姿态出现的筋疲力尽——一种有致命可能的病，就像任何严重的传染病一样可怕，这是生死关头，唯一的问题是看谁得胜。不过，我太困了，我没法去想。"于是他再度沉入睡乡。

他梦见莫斯科一条忙乱大街上一个幽暗的冬天早晨。根据清晨交通状况、电车的铃声，以及街上灰色积雪上的黄色光圈来看，这是革命前的一个冬天的早晨。

他梦见一间大公寓，有许多窗户，都开向一边，不过在四楼以上，窗帘一直垂到地板。

室内的人一个个像旅客似的和衣躺着，每间房乱七八糟就像火车车厢，吃剩一半的烧鸡腿和翅膀，以及其他残余食物散放在滴满油脂的报纸上。暂时栖身在公寓中的朋友、亲戚、访客以及无家可归的人脱下来过夜的鞋子，一对对地排列在地板上。身着睡衣仓促系上腰带的女主人拉拉，默默地、匆匆地从一个房间走向另一房间，忙她的零碎事，他亦步亦趋地紧跟在她身后，叽叽咕咕地做累赘的不相干的解释，差不多连他自己都讨厌了。不过，她不再有时间听他的了，除去不时掉过头来对他投以平静、不解的眼光，或突然迸出独特的、甜蜜的、银铃一般的笑声外，她全不注意他的啰唆。这是还存在于他们之间的唯一亲密的形式。这个女人是何等地疏远、冷淡并且是多么令人感叹地吸引人啊，他为她牺牲了所有的一切，他宁愿为她而舍弃一切，在他看来，同她一比一切东西都不值分文！

在哭泣呜咽的，并以光亮的、发出磷光的语言闪耀于黑暗中的，不是他自己，而是比他更伟大的另一样东西。随着哭泣的灵魂，他也哭泣了。他怜悯起自己来。

"我病了，"在睡眠、昏迷、无意识的间歇清醒中，他体会到自己的健康情况，"我必然得了一种教科书上不曾描述的、学校没研究过的伤寒。我必须弄点东西吃，不然我会饿死。"可是，当他试图用手肘撑着爬起时，他发现自己已不能动弹了，他晕倒了，不然就是入睡了。

"我躺在这里有多久了？"他在一次间歇的清醒中想着，"几小时？几天？当我躺下来时是早春季节。可是，现在的窗户却盖上了厚霜，以致室内都黑暗了。"

厨房内，群鼠咔嗒咔嗒地抓着盘子，爬上墙，又重重地跳下来，用令人讨厌的嗓子吱吱乱叫。

然后他又睡去，醒来时发现，盖着冰雪的窗户映上了粉红色的光，闪烁如水晶杯中红色的酒。他很想知道这是黎明还是黄昏。

有一次他听到身边有声音，因而大吃一惊，觉得自己肯定是快发疯了。他自怜地哭着，以无声的耳语抱怨上苍抛弃了他。"你为什么舍弃了我，哦，上帝，你为什么将我打入黑暗的地狱？"

他突然领悟到他并非神志昏迷，他的衣服已不在身上了，他已洗过澡，换上了一件干净的衬衫，已经不是躺在沙发上，而是睡在新铺好的床上，俯身坐在他身旁、头发上沾满两人泪水的竟是拉拉。他快活得晕了过去。

他曾抱怨上天抛弃了他，可是，现在整个的宽阔的天都在眷顾着他，还有两条雪白健美的女人臂膀向他伸过来。他快活得晕头转向，坠入一个无底的深渊，就像一个人突然失去知觉一样。

他的整个生命都活动了，操作家事、照顾病人、思想、研究、写作都出现了。暂时停止工作、奋斗、思想，暂时把这一切都交给自然，是多么美好啊！暂时变作她的东西，她关注的对象，以及她仁慈的奇妙的美丽的玉手的作品，是多么美妙啊！

他康复得很快。拉拉喂他，看护他，以关切包围了他，她那迷人的爱、她的问题与答案，温暖而轻柔的耳语永远在他身边。

他们柔和地谈话，尽管是偶然的，总是像柏拉图对话集那样充满意义。

在他们共同的喜好以外，使他们结合在一起的是那些使他们与世界上其余的人隔离的因素。他们同是被当代人当成典型悲剧所排斥的人，当代人对教科书的崇拜，执拗的热情，以及科学界艺术界无数工作者蓄意宣扬和在行为上所表现的鲁钝，已经使得科学界和艺术界的天才少之又少。

他们的爱是伟大的。绝大多数人在恋爱中不曾察觉到这种情感的不寻常性质，不过，对他们来说——这使得他们与众不同——当热情像永恒的呼吸一样光临于他们短暂人生的时刻，是启示的时刻，是继续对他们自己以及人生有新发现的时刻。

"当然，你必须回到你的家。在必要之外我不会多耽搁你一天。不过，你看看情势。我们一旦变成苏俄的一部分，我们就被卷入它的毁灭。他们不断地从我们身上夺去一切。你想象不出，当你生病时，尤里亚金变得多快。我们的食物被运去莫斯科——对莫斯科而言那是沧海一粟，所有这些供应简直是投入无底的深坑——同时一点都不留下来给我们。没有邮车，没有旅客服务，所有的列车都用来装运面包。城中现在又像盖伊达暴动前那样怨声载道，不过肃反委员会立即用残忍的手段把人们最轻微的不满敉平了。

"如今你瘦弱得只剩下皮包骨了，你怎能旅行？你真以为你能步行去莫斯科？你永远到不了。等你身子强壮些，自然又不同了。

"我并不想给你什么建议，不过，如果站在你的立场，我会暂时先找一份工作。干你的本行——你的专业很吃香。你可以在本区的卫生机构做些事。

"你必须找点事干。你父亲是一位自杀了的西伯利亚大富豪，你岳母是本地工业家兼大地主的女儿，你又曾在游击队待过，然后又弃职潜逃。你不能让这事传开——你潜离革命队伍，你是一名逃兵。不论怎样你总不该让自己闲散。我自己也好不了多少。我也必须找些事做。我就像是活在火山口上一样。"

"你这话是什么意思？是因为斯特列利尼科夫吗？"

"这正是因为他。我以前曾告诉过你，他有许多敌人。现在红军是战胜了，那些爬得太高知道太多的非党员军人就得被收拾了。如果不被秘密杀害，只是撤职，那就真够幸运了。帕沙特别容易有问题，他的处境非常危险。你知道他是在东方，但我听说他已经溜走了。他藏匿起来了。他们正在搜捕他。不过我们还是不要谈这个，我讨厌哭泣，可是，如果我再谈下去，我就要嚎啕大哭了。"

"你当年非常爱他吗？你现在依然很爱他吗？"

"尤罗奇卡，我嫁给了他，他是我的丈夫。他是个正直，才华横溢，而了不得的人物。我很对不起他。这不是说，我曾伤害过他，那么说是不正确的。不过，他是太突出、太伟大、太完美了——而我一无是处，我简直不能同他比。那正是我的过失所在。但是，现在请别再谈这个。以后有机会我们再详谈，我保证我一定告诉你。

"你的冬妮亚多可爱啊。简直就像一个洋娃娃。她生产时我在瓦雷金诺。我们处得非常好。不过，这个时候我们也不谈这个！

"照我刚才说的办，我们各找一份工作。我们每天早上出门工作，到月底我们会收到好几十亿卢布的薪水。你知道，直到最近旧西伯利亚银行的纸币依然通用。然后，突然宣布作废了，于是，有好长一段时间，就在你生病期间，我们根本没有货币！想想看！好在我们也应付过去了。现在，他们说有一列车新钞票已经运来了，至少是满满的四十个车厢！它们印在一张很大的纸上，有红蓝两色，然后切成一个个邮票大小的方块。每一蓝方块值五百万卢布，红的值一千万。印刷坏透了，颜色脏兮兮的，还褪色。"

"不错，我见过那种钞票。我们动身离开莫斯科前刚刚发行。"

"你为什么留在瓦雷金诺那么久？还有人在那儿吗？我想那儿连一个鬼影子都没有，它荒废了。是什么事情让你待那么久？"

"我和卡坚卡打扫你的房子。我以为你会先去那儿，我不要你看见它原来的面目。"

"为什么？原来的面目是个什么样子？很糟吗？"

"零乱、肮脏，可我们把它清理好了。"

"多简洁的托词！我觉得总有些事你没告诉我。不过随你的便，我不想多问。给我讲讲冬妮亚的事。他们把小女孩叫做什么？"

"玛莎，纪念你的母亲。"

"把他们的事全讲给我听。"

"我求你改天。我已告诉过你，我依然不能讲到他们而不哭泣。"

"那个借马给你的桑杰维耶托夫，是个有趣的角色，是不是？"

"非常有趣。"

"你知道，我和他很熟。当我们住在瓦雷金诺时他时常进进出出。那时我们人地生疏，他帮我们安顿下来。"

"我知道，他告诉过我。"

"你们必定是十分要好的朋友。他也设法帮你吗？"

"他积极地把他的仁慈像雨水一般向我倾注！我真不知道，没有他我怎么活。"

"我能想象得到！我想你们是非正式的同志关系。他很下工夫追求你吧？"

"自然！时时刻刻！"

"你喜欢他吗？对不起。我不该问你这个。我没理由问你。这太过分了！我道歉。"

"哦，没关系！我猜得出你的想法，你是问我们是什么关系？在友谊以外还有些什么？当然，没有什么！他为我做很多事，我欠他一大堆人情，不过，纵使他给我和我体重相等的黄金，甚至为我牺牲性命，也不会使我多接近他一步。我总是不喜欢那种类型的男子，我和他们一点没有共同的地方。这些足智多谋、自信而能干的人物——在实际事情上他们是无价之宝，可是，在情感上，我想不出还有什么比这种鲁莽男性的自鸣得意更可怕！这绝不合我的生活观和恋爱观！还有，安菲姆使我想起另外一个人，另外一个无限可恨的人。我变成现在这个样子完全是他的错。"

"我不明白。你自以为的你是什么样的人。你在想什么？给我讲个明白。你是世界上最出色的人。"

"尤罗奇卡！你怎能这么说。我不是在说着玩，你瞎恭维我好像我们是坐在会客室中一样。我像什么样？我身上有些东西破碎了，在我的整个生活中有些东西破碎了。我懂得人生太早，我是被迫懂事的，我是通过一个自以为了不起的、年纪较大的寄生虫的眼睛从最坏的一面——廉价的、歪曲的一面——去看人生，那个家伙任何便宜都要占，并且不管什么坏事想到就干。"

"我想我明白。尽管我不清楚里面的曲折。不过，你听我说，我能想象一个未成年的少女蒙受凌辱时的心情，以及你当时内心的痛苦和恐惧。不过，所有的一切都过去了。我是说，你现在已不必再为这事伤心，为这事难过的应该是像我这样爱你的人。应该痛心的是我，因为我不曾帮你阻止它的发生，如果它真使你不快乐的话。这是一件奇怪的事。我想我只能嫉妒——极端而疯狂地嫉妒——不如我的人、我与他们没有一点相同的人。我心目中的情敌使我兴起完全不同的感觉。我想，如果我所了解的、喜欢的男人爱上我所爱的女子，我不会感觉丝毫抱怨，也不会想和他反目，我会对他有一种悲剧性的兄弟之情。自然，我不会梦想到和他共有我所爱的女人。但是，我会放弃她，而我的痛苦将和嫉妒大不相同——少了些委屈和愤恨。如同我遇见一个同行的艺术家，他和我同做一样工作，但做得比我好。我多半会放弃我的努力，我不想做与他雷同的工作，如果他做的比我好，继续下去就全无意义。

"不过那不是我们需要谈论的。如果你没有什么抱怨，也没有什么遗憾，我想我不能爱你到如此深切。我不喜欢从未失足或跌倒的人。他们的德行是没有生命的，没有多大价值的。生命未曾向他们显示过它的美。"

"我想说的正是这种美。我以为，刚看人生时你所想象的必定是完整无缺的，你所憧憬的必定是天真的。可是那正是我被剥夺了的。如果从一开始我不曾透过另一个人庸俗的眼光去看穿人生，我可能发展出一套我自己的人生观。问题还不止于此。就因为这个不道德、自私的不足取的人物在我少年时闯入我的生活，当我日后嫁了一个他爱我我也爱他的真正的了不得的人时，我的婚姻才被摧毁。"

"请等一下再向我讲你的丈夫。我并不是嫉妒他。我告诉过你，我只能嫉妒不如我的人，不嫉妒与我同等的人。先给我讲那个男人。"

"哪个男人？"

"那个毁掉你人生的垃圾。他是谁？"

"莫斯科一个很有名的律师。我父亲的一个朋友。当我父亲死去时，我们的情况很不好，他在财政上给我母亲帮助。他未婚，富有，我把他说得这么黑可能反而听来有趣些。他不能再庸俗了。如果你想知道，我就把他的名字告诉你。"

"不用了。我知道。我见过他一次。"

"真的？"

"在一家旅店的房间里，当你母亲服毒时。那是一个深夜。当时你我都还在念中学。"

"哦，我记得。你和别人一道来的。你当时站在暗处，在走廊中。我不知道是否我原本就记得的，不过，我想你对我提起过一次，这一定是在梅留泽耶沃。"

"科马罗夫斯基在那儿。"

"他在？十分可能。我们在一个地方并非不寻常的事。我们常常见面。"

"你为什么脸红？"

"从你口中听见科马罗夫斯基的名字。我已不再习惯于听这个名字了，我听了很吃惊。"

"那晚有一个同学和我一道去，这是他在旅店中告诉我的。他认出科马罗夫斯基是他曾经见过一次的人。还是在小时候，在一次旅行中，我的同学，米沙·戈尔东曾亲眼目睹我那个百万富翁的工业家父亲自杀。他们在同一列火车上。我父亲是从疾驰的列车上跳下去自杀的。当时有他的律师科马罗夫斯基作陪。他让我父亲酗酒，他把他的生意搞得一塌糊涂，弄得他几乎破产，又最终诱使他自杀。我父亲自杀并让我成为孤儿，全是他的过错。"

"这是不可能的！这太不寻常！真能是这样？原来他也是害你的魔鬼！这使我们更接近了！这一定是前生注定的！"

"他将是我永远嫉妒的人，不可矫正的疯狂的嫉妒对象。"

"你怎么能说这样的话？我不只不爱他——我还鄙视他。"

"你能了解你自己像了解那件事那么清楚？人性，特别是女人的性情，总是不可理喻而充满矛盾的。或许就在你的厌恶中有些东西使你愿意屈从他，还超过你爱任何以你的自由意志所爱的男人。"

"说来多可怕！像往常一样，你的说法使我觉得，这件事似乎是真的，尽管它很不自然。不过，如果真是这样该多可怕！"

"别心烦。不要听我的。我只是说我嫉妒一种黑暗的、无意识的元素，一些无理性的、不可了解的东西。我嫉妒你的化妆品，你皮肤上的汗珠，以及你从空气中吸进去的、能进入你血液并毒害你的细菌。我嫉妒科罗马夫斯基，就像他是一种传染病。有一天他会把你带走，就像死亡必然有一天会把我们分开一样。我知道，这必然听来晦涩而混乱，不过，我可不能把它说得更明白。我爱你，疯狂地、无理性地、无尽期地爱你。"

"再给我讲讲你的丈夫——就像莎士比亚所说，'我伤心史中的一段'。"

"他在什么地方说的？"

"在《罗密欧与朱丽叶》中。"

"我已告诉过你不少了，先是在梅留泽耶沃，当时我正在寻找他，后来在这里，当我听说他的部下如何逮捕你同时送到他车上时。我也许已告诉过你——或许只是我以为我告诉过你——有一次我如何远远地见到他上他的火车。不过，你能想象得到围绕他的卫兵有好多！我发现他几乎完全没有改变。有着像从前一样的英俊、诚实、坚决的面孔，我一生所见到的最诚实的面孔。还是旧时大丈夫的率直性格，不是冒充的、装模作样的影子。然则，我还是注意到一点不同，这使我大为吃惊。

"这好像是有些抽象的东西爬入他的面孔，因而使它黯然失色。好像一个活人的面孔已经变成一个原则的体现、一个观念的影像。当我注意到这点时，我的心一沉。我领悟到，他之所以有这个表情，因为他已经把自己交给一个优越的力量，而这个力量是使人愚钝、无情，并且终于不会放过他。在我看来，他已是个做上记号的人，那就是注定他命运的标志。不过，或许我没弄清楚。或许你对你们会面的那番描绘影响了我。毕竟，除我们彼此影响而外，我在许多方面受了你的影响！"

"讲讲革命以前你和他在一起的生活。"

"很早很早以前，当我还是一个孩子的时候，纯洁和我的理想相称。而他就是纯洁的体现。你知道，我们几乎可以说是在同一所屋子里长大的。他，加利乌林和我。早在儿童时代，他就迷恋我。每当他见到我时他总不免发晕。或许我不该这么说。不过，如果我装作不知那更糟。这是一种完全隐藏的童稚热情，他隐藏它，因为他的自傲不允许它显露，不过一看他的面孔就全知道了。我们常见面。他和我不同的程度，正类似你和我的不同。我那时就在心里选中了他。我决定，我们一旦长大，我就嫁给这个了不得的男孩，在我的心中，我已许配给他了。

"你知道他的天赋如何不寻常！他父亲不是个信号手，就是个铁道过轨口的看守，我不敢确定。而他全靠聪明和勤奋，就在古典文学和数学这两个学术领域中达到相当高的水准，说极峰更像些！总之，他很有些东西！"

"你们既然彼此十分相爱，那么，又是什么东西毁了你们的婚姻？"

"啊，那真难回答。让我试试。不过，这倒是稀奇的事，我这样一个普通的女人，必须对如此聪明的你解释，一般的人类生活及俄罗斯生活有了什么变化，为什么许多家庭，包括你的和我的家庭在内，会破碎。啊，这不是单个人的问题，不是气质相近或不同的问题、爱或不爱的问题！所有的习俗和传统，我们的生活方式，以及家庭和秩序有关的一切，都在大动乱和重建中化为尘土了。整个人类的生活方式已被毁坏，已被弄糟了。所剩下的只是剥到无可再剥的赤裸裸的人类灵魂，只有灵魂还没改变，因为它总是寒冷的、战栗着挨向离它最近的、像它一样寒冷寂寞的邻居。你和我就像亚当和夏娃，地球上最早的一男一女，全身一丝不挂——现在是世界的末日，我们也像他们一样赤裸且无家可归。而你和我是人类有史以来这几千年中世上所创造的无可衡量之伟大的最后遗念，只是在纪念那些已经消失的不可思议的事物。因而我们生活、相爱、啜泣，并彼此依恋。"

她沉默了一会儿，然后更平静地说下去：

"我要告诉你。如果斯特列利尼科夫再变为帕申卡，如果他不再愤怒，反叛，如果时间倒转回来，如果有什么奇迹，在某一个地方，我能见到我们房子窗口的光，见到帕沙书桌上的灯光和他的书，就算是在海角天涯——我用膝盖爬也要爬去。我全身都会感到振奋。我永远不能反抗过去的呼唤、忠贞的呼唤。不论如何珍贵，我都会不惜牺牲。甚至你，甚至我们的爱，如此快乐、如此自然而然的爱。哦，原谅我！这不是真心话。这不是真的！"

她投入他的怀抱，啜泣不已。不过，她很快就控制住自己，擦去泪珠，说："不是同样责任召唤驱使你重回冬妮亚身边吗？哦，上帝，我们是如何地不幸啊！我们将变成什么样？我们怎么办？"

当她恢复镇静时，她继续说："不过，我还没有回答你的问题，是什么东西毁掉了我们的幸福。这是后来我才了解得很清楚的。我告诉你，不只是我们的故事这个样子。这已变成了许许多多多人的共同命运。"

"告诉我，我的爱人，你是十分聪明的。"

"我们是在战争前两年结婚的。我们正开始建立我们自己的生活，我们刚安置好我们的家，战争爆发了。我现在相信，一切都归咎于那场战争，随之而来的并迫害我们这一代直到今天的一切灾难都归咎于战争。我很清楚地记得童年时代。我依然能想起有一个时候，当时我们都接受上一个世纪的和平展望。大家都理所当然地以为你是听从理性的，依照你自己的良知去做是对的，是自然的。因为一个人死在别人手上是罕有的、例外的事件，是十分不寻常的。谋杀只发生在戏剧中、报纸上和侦探小说里，并不发生在日常生活中。

"然后，是从这种和平、天真的温和，一下子就跳到充满血和泪的集体疯狂的世界，跳到无时无日不在做合法而有报酬的屠杀的野蛮世界。

　　"我以为一个人总不免要为这些事付出代价。你必然比我记得更清楚，分崩是如何开始的，一切如何突然崩解于一旦——城市的列车和食物、家庭基础以及道德标准。"

　　"说下去，我知道你下面将说什么。你把这些事看得多透彻。听你说话多快活！"

　　"有些事不对劲了。不再像我们往常所看到的那样自然、未经琢磨，我们开始白痴般彼此卖弄。某种虚有其表的、人为的、强迫的东西潜入了我们的谈话——你觉得你必须多少懂得一点关乎世界存亡的话题。像帕沙这样敏于鉴别、严于自律、精于区分表象和现实万无一失的人，怎么竟然没注意到潜入我们生活中的虚假呢？

　　"而就在这个时候他铸下了致命的、可怕的错误。他把这种时代的、社会的、普遍的风气，看成了私有的、家庭的。他倾听我们的套语、我们不自然的官腔，而他以为那是因为他是第二流的小人物，我们才那样谈话。我猜，你一定不能相信，那种微不足道的事竟能对我们的婚后生活有如此重大的影响。你想象不到那是多重要，那种幼稚的、胡说八道的话竟使他做了多大的蠢事。

　　"没有人要他去参战，他去了，只因为他想象他是我们的负担，所以，我们应该摆脱他。那是他一切疯狂的开端。上帝啊，但愿我能救他！"

　　"你对他的爱是何等纯洁强烈啊！继续下去，继续爱他吧。我不嫉妒他。我不会阻碍你。"

　　夏天的来去几乎没引起人们的注意。日瓦戈复原了。一面计划去莫斯科，一面他担任了不只一份而是三份临时工作。纸币疯狂的贬值使他的目的难以达到。

　　他每天天刚破晓就起身，离开屋子，走上商会街，经过"巨人"电影院，走到从前的乌拉尔哥萨克军团印刷所，现在的红色排字工印刷所。在那里，可以看到中心大街拐角处市议会门口挂着的"控诉处”牌子。接着，他越过广场，转入小布扬诺夫街，来到他任职的陆军医院，由后门进去走进平民诊疗部。这是他目前的主要工作地点。

从拉拉住处去医院的路，树荫覆盖，沿街都是些奇形怪状的木屋，屋顶陡峭，门窗都有雕画装饰。医院隔邻，屹立在花园中的房子是属于一个商人的妻子戈列格利亚多娃的。屋顶是用光滑的菱形琉璃瓦盖的，就像莫斯科古代的房屋。

尤里·安德烈耶维奇每周去旧米阿斯克街的尤里亚金卫生处出席会议三四次。

在城市的另一端有一间妇科医学院，那是桑杰维耶托夫父亲办来纪念他死于难产的妻子的，现在已改名为罗莎·卢森堡学院，尤里·安德烈耶维奇在那里教授普通病理学，和作为新开短期内外科医学课程一部分的一两个选修科目。

晚间回到家中，既疲倦又饥饿，他总见到拉拉忙于家务琐事，烹饪和洗涤。头发蓬松、双袖上卷、裙裾吊起、一派朴素的家常打扮。她那种堂堂的魅力几乎吓坏了他，比她脚穿高跟鞋，身穿窸窣作声长得像扫帚的裙子去赴舞会时，还要动人。

她做饭、洗衣，用肥皂水擦地板，或者，多数是静静地、很少激动地、烫熨并缝补他们三人的衣服。当这些琐事做完时，她就给卡坚卡讲书，或埋头从事自己的政治再教育，以便取得在改组过的学校中担任教师的资格。

这个女人和她的女儿愈接近他，他就愈不敢以她们做家人，家庭责任感对他思想的控制就愈严，他破碎的信心的痛苦也就愈烈。对于这样的界限，拉拉或卡坚卡并不介意。恰恰相反，他这种态度正包含一种敬重，排斥了一切粗俗的痕迹。

他个人内心的分裂无疑是一种哀伤和苦痛，不过，他已习惯于这种痛苦，就像一个人习惯于没医好的常常重又裂开的创口一样。

两三个月过去了。十月的一天，尤里·安德烈耶维奇对拉里莎·费奥多罗芙娜说：

“你知道，看来我要被迫辞去现在的职务。总是这个老样子——再三再四地发生。最初，一切是灿烂的。‘来呀，我们欢迎诚恳的出

色的工作，我们欢迎观念，特别是新观念。还有比这个更令我们高兴的？好好做你的工作，奋斗，努力下去。'

"我想，从他们的观点看，他们是对的。当然，我并不站在他们一边。我只发现我无法接受这个观念，他们是光芒四射的英雄，而我是一个站在专制和顽固主义一边的小布尔乔亚。你听说过尼古拉·韦杰尼亚平吗？"

"当然！早在我遇见你以及你亲口告诉我以前。西拉菲玛·通采娃常说起他，她是他的信徒。说来惭愧，我不曾读过他的书。我不欢喜纯哲学著作。我以为，生活和艺术应由推理加上少许哲学，不过，专攻哲学就像一个人只吃辣姜一样古怪。不过，对不起，我用胡说八道分散了你的心情。"

"不，实际上，我自己的想法也和这差不多。好，说起我舅舅，我想我是受他的影响腐化的。我的罪孽之一是相信直觉。然而你看多荒谬：他们总嚷着，说我是一个了不得的诊断家，事实上这是不假，在诊断病症时我很少弄错。好，如果他们发现直觉是如此可恨，那么这种立即掌握整个情势的活动又怎么解释？

"另一件事是，我常常想起保护色的问题，一个有机体使自己的外表颜色适应环境的颜色。我想，这个生物现象能对内在世界与外在世界的关系有所启发。

"我在讲学时大胆地提到这个问题。立即有许多人异口同声地说：'唯心论，神秘论，歌德的自然哲学，新谢林主义。'

"这是我走开的时候了。医院的事我要干下去，直到他们踢我走，不过，我要辞去学院和卫生处的职务。我并不想令你担心，不过，有时我觉得他们可能随时逮捕我。"

"尤罗奇卡，但愿不会那样。幸好，还没到那个地步。不过，你是对的。多小心点不是坏事。我已经注意到，每当一个政权得势，照例经过某几个一定的阶段。在第一个阶段中，是理性的胜利，批评精神的、反偏见等等的胜利。

"然后进入第二阶段，重点全放在冒充的同情者、逢迎者的可疑活动上。猜忌愈来愈多——到处是告密者，阴谋和憎恨。你是对的——我们正在第二阶段的开端。

"我们不必费太多的事去找证据。本地革命法院从圣十字镇调来了两位新法官——两名来自工人阶级的老政治犯，季韦尔辛和安季波夫。

"他们两人都对我十分清楚——事实上，其中一个是我的公公。

"然而仅仅是从他们的到达开始，是最近的事，我才真的开始为卡坚卡和我的性命担忧。安季波夫不喜欢我。看来他们十分可能在最近以更高的革命正义为名毁掉我，甚至帕沙。"

这次谈话担心的结果很快就发生了。陆军医院隔邻的小布扬诺夫街四十八号的寡妇戈列格利亚多娃家在不久后的一个夜晚被搜查了。搜查发现一批武器，揭发出一个反革命组织。许多人被拘捕了，同时搜查和逮捕的浪潮还在继续。风闻某些嫌疑犯已逃过了河。"但是那又有什么用？"人们在议论。"河流多的是，一条又一条。可是黑龙江就不同——你跳下去，游过岸，你就身在中国了！那才真是一条河。那是完全不同的一回事。"

"空气中充满威胁，"拉拉说，"我们的安全时代过去了。他们无疑要逮捕我们，你和我。那么，卡坚卡将变成什么？我是母亲，我不能让这个灾难发生，我必须想想办法。我必须有一个计划。这可把我急疯了。"

"让我们想想。但是我们有什么办法好想？我们有力量扭转风向吗？这是不是命中注定的？"

"我们一定逃不了，无处可逃。不过，我们可以躲到隐蔽的地方，躲到背后去。例如去瓦雷金诺。我一直在想那里的房屋，那里非常偏僻而不受注意，至少会比这里好些，我们不会引起这么多注意。冬天就来了。我不怕在那里过冬。当他们找到我们时，我们已活过一年了，那总值得。我们可以通过桑杰维耶托夫和城镇保持联系。或许他还会设法帮我们躲藏。你以为怎样？不错，那里一个人也没有，那儿空虚荒凉，至少我三月在那里时情况是那样的。他们说那边还有狼。这倒真令人惊恐。不过，像季韦尔辛和安季波夫这样的人，无论如何都比狼还令人惊恐。"

"我不知道说什么好。早些时候你不是一直催我去莫斯科，要我别放弃这个念头吗？现在这件事容易些了。我去车站打听过。显然他们不再担心黑市黄牛。不是每个身份有问题的人都是乘火车逃跑的。

最近枪毙人少一些了，他们也毙腻了。

"我写去莫斯科的信还没有回音，这使我忧虑。我必须去莫斯科看看他们究竟怎么样了——你一直也这么告诉我。但是，这样一来我如何考虑你去瓦雷金诺的想法呢？你无疑不会一个人去这样偏僻的地方。"

"不，没有你这当然不可能。"

"可是你又要我去莫斯科？"

"是的，你应该去。"

"听着，让我告诉你，我想到了一个好主意——让我们去莫斯科，我们三个人都去。"

"去莫斯科？你疯了！我在莫斯科怎么办？不，我必须留在这里，我必须留在这附近。决定帕沙命运的这个地方。我必须等在这里，万一他需要我时我必须在附近。"

"那么，让我们来想想卡坚卡该怎么办吧。"

"我曾和西拉菲玛·通采娃谈过，她有时来看我。"

"我知道，我常常看到她。"

"我对你真惊讶。如果我是你，我会立刻爱上她。我不知道你们男人的眼睛长在什么地方！她是这样的了不得！漂亮、优雅、聪明、书读得好、仁慈、头脑清楚。"

"我抵达的那天她姐姐给我剪了发——格拉菲娅，那个女裁缝。"

"我知道。她们俩都和最年长的姐姐叶夫多基娅住在一起，后者是图书馆员。她们是一个老老实实的劳动家庭。我想到问她们——到万不得已时，如果你和我都被捕时——她们是否愿意照顾卡坚卡，我还没决定。"

"这只是最坏的打算。求求上帝，但愿不会糟到那样。"

"她们说，西拉菲玛有一些古怪——脑筋不十分正常。是的，她不大正常，不过，那只是因为她太渊博，太富创造性。她不是个知识分子，不过，她受了很优秀的教育。在许多见解上你和她相似得出奇。我想如果她乐意把卡坚卡带大，我应该十分快乐。"

他跑了一趟车站，再度什么事情都没办就回来了。一切都还没做决定。他和拉拉面对不可知的命运。天气寒冷，阴暗，如同初次落雪的前夕。天空，特别是彤云密布的地方，就像十字街头一样，看上去是一番冬天的景观。

当尤里·安德烈耶维奇回到家里时，他发现拉拉有位客人，西拉菲玛。她们在谈话，不过更像是西拉菲玛在为她的女主人上课。尤里·安德烈耶维奇不想碍她们的事。他也还想独自待一会儿。两个女人在隔壁房间中谈话。两个房间之间的门是敞开的，他可以隔着垂到地面的门帘听到一切。

"我要继续缝下去，不过，你别管，亲爱的西拉菲玛。我在听。学生时我听过哲学课。我对你的思想方式很感兴趣。还有，听你谈话就感觉轻松得多。我们为卡坚卡担心，好几晚没睡好了。我知道，作为她的母亲，我有责任要照顾她的安全，如果我们出了什么事的话。我必须平静而理智地想个办法出来，不过，我不长于冷静的思考。一想到这点我就悲伤。失眠和筋疲力尽使我忧郁。听你说话可以使我安稳。再说，天随时会落雪。在落雪天听智慧的长谈多可爱啊。在落雪时，如果你用眼角瞥一下窗户，你总觉得好象有人穿过院子向门前走来，你注意到这个情形吗？西拉菲玛，说下去。我在听着。"

"上次我们说到什么地方？"

尤里·安德烈耶维奇没听清楚拉拉的回答，接着他听到西拉菲玛在说：

"用'文化'、'时代'这些字眼是可以的。不过，人们对这些字眼的了解十分不同。因为它们的意义模棱两可，我不想用它们。我要用别的字眼替代它们。

"我愿意说，人由两个部分构成，那是上帝和工作。在人类精神发展的过程中，各个阶段是由多少代长期而缓慢的工作成绩划分的。埃及是这样的一个成绩。希腊是另一个。《圣经》中先知的神学是第三个。最后一个，还没有被别的成绩所代替，并仍然由受它激励的人在进行的一个，是基督教。

"让你听点全新的东西，它里里外外都是新鲜的——不是如你所知道你常听说的，而是更简单更直接——我要提几段祈祷书——很少的几段，并且是节要。

"绝大多数的祈祷文都把《新约》和《旧约》的概念并列在一

起。例如燃烧的荆棘，出埃及，熔炉里的青年，约拿入鲸鱼腹等，都与圣母受胎以及基督的复活同时提起。

"我以为，这种对照非常显著地使人看出，《旧约》是旧的，《新约》是新的。在许多祈祷文中，马利亚的母性是与犹太人渡红海对比的。例如，有一段祈祷文的开端是：'红海就像处女新娘'，接下去是说，'就像红海在以色列人走过以后无法穿过一样，无原罪圣母在基督出生后是不腐化的。'那就是说：在犹太人走过后，红海就变得像从前一样不可通过了，而圣母在生下我们的主后就像以前一样无罪。两件事之间有类似地方。它们是哪种性质的事呢？两者都是超自然的，被认为是奇迹。那么，在各个时代中被认为奇迹的是什么——以远古的原始时代和上古的罗马前期时代相比，哪种奇迹进步些？

"在第一个奇迹中，你有一个民众领袖，先知摩西，用神杖把海水分开，让整个族人——数不尽的人，千千万万的人——穿过，当最后一个人走过时，海水又合拢来，淹溺追赶的埃及人马。这整幅图画是远古的精神——服从魔术师，像罗马大军似的拥挤的人群浩浩荡荡地前进，一个种族一个领袖。一切是可见可闻的，压倒一切的。

"在第二个奇迹中，你有一个女子——一个天天见到的在远古时代不会受注意的人物——静悄悄地、秘密地生下一个孩子，带来生命，带来生命的奇迹，带来如日后所称的'无所不在的生命'。她生孩子不只像原文所解说的违反人文规约，因为她并没有结婚……而且违反自然法则。她生孩子不是由于自然育化，而是基于一个奇迹、一个灵感。并且，从此以后，生活的基础就是那个灵感，《福音书》努力制造的生活基础，以独一对普遍，以假日对非假日，并且排斥了一切强迫。

"一个多么重大意义的改变啊！这是怎样来的？依远古标准看来全无意义的一项个人事件，竟被认为与一整个民族的迁移有同等的意义？为什么它在上天的眼中，应有如此重大的价值？——因为它必须由上天的眼来评判，它是在上天的眼前，在上天独有的圣光启发下发生的。

"世界有些事情变了。罗马在结束。以众压寡的统治在结束。用武力强加在人身上的，作为一个民族、一个国家活在一起的责任被废弃了。领袖与国家交给过去了。

"代之而兴的是个性和自由的教义。个别的人的生活变成上帝的生活史，而其内容充塞在整个的宇宙。正如天使报喜节一段祈祷文所说的，亚当企图像上帝，未能如愿，可是，现在上帝都已像人，以致亚当不免像上帝了。

"我等一下再讲这个，"西拉菲玛说，"不过，现在我必须把话暂时岔开。在工人的照顾、母亲的保护，以及反抗金钱魔力的斗争上，我们的革命时代是了不得的、不可忘怀的新时代，这是个新的、不朽的成就。但是，说到它对于生活的说明，以及在宣扬中的幸福哲学，我简直不能相信：他们真有心要人把这种可笑的历史残余当回事。如果所有这些有关领袖与人民的华美的宣传辞令有倒转历史的力量，这将把我们送回几千年前《旧约》上的牧羊部落和族长时代。不过，幸好这是不可能的。

"现在稍微讲讲基督和抹大拉的马利亚的事——这不是从《福音书》上来的，而是得自圣周中某一天的祈祷，我想那是星期二或星期三。这些你都知道，拉里莎·费奥多罗芙娜，不必我说，我只是要提醒你一下，并非有意教你什么。

"如你所知，在斯拉夫语中'情'这个字眼的第一个意思是受苦，例如说基督的情——'基督动了情'，在日后的俄罗斯语祈祷文中还用'欲'和'孽'来表示相同的意思。'我的灵魂做了情的奴隶，我已变得像山林的野兽'，'既然已被逐出天堂，让我们来克制情欲以求重进天堂'，等等。这可能是我的想法错误，不过，我不喜欢斋戒期中那段束缚感官和压抑肉欲的祈祷文。它们平淡、拙劣得出奇，完全没有其他经文的诗意。我总以为它们是出自一些大腹便便的修士的手笔。我所关心的，不是他们自己是否违反那些戒规而欺骗别人，或者他们是否依良知生活——我所关注的不是他们，而是这些文字的实在内容。所有这些忏悔的行动使肉体的各种弱点显得太重要了，并且不论肥瘦——这是惹人厌恶的。在我看来，是在抬高一种龌龊的、不重要的、微不足道的东西的身份，使它有了不属于它的尊严。原谅我这些题外话。

"我一直在寻思，《圣经》为什么在基督的死而复生之前，提起抹大拉的马利亚。我不知道有什么理由，不过这提醒我们想到，在他逝世之际以及复活前不久，生命这样东西看来是如何适时。现在请听这段祈祷文——这里面有多真的情欲，多么不可妥协的坦率。

"虽然，这是否指抹大拉的马利亚或还有些疑问，不过，无论如何是她祈求我们的主：

"'解脱我的罪，就像我解开我的头发一样'，这就是说：'像我松开头发一样，请你把我从我的罪孽中解放出来。'还能有任何忏悔的措辞，任何渴望饶恕的祈求比这更实在更具体吗？"在同一天稍后的祈祷文中，还有一段更详细的话，这次几乎必然是指抹大拉的马利亚。

"她再度以最具体的方式忏悔她的过去，她说，她夜夜都欲火中烧，因为习性难改。'因为对我来说，黑夜就是欲焰的上扬，就是黑暗，就是不见月光的罪。'她祈求基督收下她忏悔的泪，为她叹息的诚挚而感动，以致她可以用她的头发擦干他最纯洁的脚——提醒他，当夏娃在天堂忍受不了内心的恐惧和羞惭时，曾躲避在她滚滚的发浪中。'容我吻你最纯洁的脚，并用我的泪洗它们，用我的头发擦干它们，长发曾经遮盖过夏娃，当夏娃在天堂中害怕寒冷时，也曾藏身在滚滚的发波中。'在念完这些有关头发的话以后，她大声呼喊：'谁能算得出我有多少罪孽，你是何等悲悯？'上帝和生活之间，上帝和个人之间，上帝和一个女人之间是多么类似，多么相像啊！"

尤里·安德烈耶维奇从车站回到家里已经很疲倦了。这天是他的休假日，往常他总是在这天好好睡个够，以补一周十天其余九天的不足。他随意地躺卧在沙发上，偶尔斜靠在上面，或者伸直全身躺着。虽然他是在昏倦欲睡的朦胧中听着西拉菲玛的话，不过，她的思想却令他高兴。"当然，她完全是从尼古拉舅舅那里学来的，"他想，"但是，她多聪明，多有才华啊！"

他站起身来走向窗口。窗户俯视院落，就像靠近门的窗户一样，现在他只能从门中听到不易理解的耳语声。

天气正在恶化，院子里愈来愈暗。两只喜鹊从街外飞入，羽毛在风中吹得蓬松起来，正鼓翼飞翔着找地方栖息。它们时而落在垃圾箱上，时而飞上篱笆，又飞落地面，在院子里走动。

"喜鹊一来就要落雪。"日瓦戈想。就在这时，西拉菲玛在邻室高声说：

"喜鹊意味信息。你不是有客人，就是有书信。"

过了一会儿，果然有人拉门铃，门铃是尤里·安德烈耶维奇在前几天刚修好的。拉拉从帘子后面走出来，快速地穿过客厅去开门。尤里·安德烈耶维奇听见她和西拉菲玛的姐姐格拉菲娅说话。

"你是来找你妹妹的？不错，她在这里。"

"不，我不是来找她的，虽然我们可能一路回家，如果她准备走的话。我给你的朋友带来一封信。算他幸运，我曾经在邮局工作过一阵子。我不知道这封信已经过多少人的手，这是从莫斯科来的，在路上走了五个月。他们找不到收信人。最后他们想到问我，当然，我知道他——他有一次找我理发。"

这是一封写了好几张纸的长信，装在破烂的信封中，满是褶皱和污渍，信封已被邮局打开，是冬妮亚写的。日瓦戈只发现手中忽然有了封信，都不知道是如何到他手上的，他都没注意到拉拉是怎么把信递给他的。当他开始读信时，他还知道自己身在尤里亚金，在拉拉的屋中，不过，逐渐地，他读着读着竟失去这些意识了。西拉菲玛走出来，祝福他，和他告辞。他自动地对答如常，完全没注意她，也根本没注意到她什么时候离去。渐渐地他愈忘愈多，终于完全不知身在何处，以及他周围的一切了。

安冬妮娜·亚历山德罗芙娜写道：

尤拉，你知道我们得了一个女儿吗？我们给她起了个教名叫玛莎，纪念你的母亲，玛丽亚·尼古拉耶芙娜。

现在有些事完全不同了。好几个属于立宪民主党和右翼社会党的名人、教授，如梅利古诺夫、基泽维杰尔、库斯科娃，以及其他几位，包括你的尼古拉舅舅，我的父亲和我们这些余下的人，正被驱逐出国。

这真是一大不幸，尤其是你不在身边，不过，我们必须面对现实，感谢上帝，我们的放逐只是一种温和的处罚，在这个恐怖时代，我们原可能遭到更不幸的事。如果你在这里，你会跟我们一道走。可是，你在哪里呢？我把这封信寄去安季波娃的地址，如果她见到你，她会转交给你。我日夜焦思，不知道我们办的全家出国许可证日后对你是否也有效，万一上帝慈悲，你被找到了的话。我还没放弃我的信念，我相信你还活着，并且终究会找到你。我的爱心告诉我是如此，而我信任它。或许在那时，在你再度出现时，俄国的情况已变得温和，你能另外弄到一个出境签证，因而我们可能在同一个地方，重新团聚。不过当我写这几句话时，我并不相信有这种幸福的可能。

所有的问题在于我爱你而你不爱我。我一直在设法找出这个判断的意义，为它解说，为它辩护。我反省自己，我检讨我们整个的共同生活以及我所了解的一切，而我始终找不出这个开端，也记不起我做了什么，或是我如何为自己惹来这种不幸。我有一个感觉，你看错了我，你从一个不厚道的观点看我，你像是在一面歪曲的镜子中看我。

至于我，我爱你。但愿你知道我是多么爱你！我爱你身上一切的不寻常，不分好坏，以及你性格中一切平常的特色，这种特别的结合对我非常珍贵亲切，你的思想使你的面孔高尚，不然它看起来可能并不英俊，你伟大的天赋和智慧，填补了你所缺乏的意志。这一切对我都非常珍贵，我知道，再没有人比得上你。

不过听着，你知道吗？就算你对我并不十分珍贵，就算我不十分喜爱你，但那时这一冷漠的令人心痛的事实，还没对我显露出来，那时我还愿意相信我爱你。面对不懂得爱这个令人难堪的破坏性惩罚，由于纯粹的恐怖，我会不知不觉地避开我并不爱你的领悟。我和你会永远不知道这一点。我的心会瞒住我，因为不能爱几乎就像谋杀，而我不能够把这个打击加在任何人的头上。

一切都还没完全确定，不过，我们或许要去巴黎。我将停留在你童年游历的、我父亲和叔叔成长的远方土地上。父亲问你好。沙夏已长大不少，他并不特别英俊，不过他高大强壮，当我们提到你时，他就痛哭，怎样也安慰不了他。我写不下去了。我没办法不哭泣。好，再见。让我为你画个十字，为你的未来，为无尽的分离、考验、不明，为你漫长的黑暗行程祝福。一切我都不怪你、不责备你，照你自己的意思去活，只要对你好，我就快乐。

在我们离开乌拉尔前——对我们来说它已变成一个多么可怕的决定命运的地方——我对拉里莎·费奥多罗芙娜有了相当认识。我很感激她，在艰难期中她经常留在我身边，帮助我度过分娩期。我必须诚实地承认，她是一个好人，不过，我并不要做伪善者——她恰恰和我完全相反。我生来就要使生活简单，寻求理智的解决，而她，总是把生活弄复杂，制造混乱。

再见吧，我必须搁笔。他们已来催我的信，这是我收拾行装的时候了。噢，尤拉，尤拉，我亲爱的，我心爱的，我的丈夫，我孩子的爸爸，我们正遭到些什么？你意识到我们将永远、永远不能团聚了吗？现在我已写下了，你领悟到这是什么意思吗？你明白吗，你明白吗？他们在催促我，这就好像他们在拉我去刑场。尤拉！尤拉！

尤里·安德烈耶维奇茫然地抬起头，欲哭无泪，他已痛苦得麻木了。周围的一切他全看不见，他什么都不再知觉了。

窗外雪花纷飞。风把雪扫过一边，愈来愈快，愈来愈厚，好像它正设法追赶什么，尤里·安德烈耶维奇瞪着窗前的落雪，但似乎仍然在读冬妮亚的来信，在他眼前闪过的好像不是一枚枚小小的干雪花，而是小小的黑字母间的空白。白色，白色，无穷无尽，无穷无尽。

他不由自主地呻吟起来，抓住胸膛。他觉得他快昏过去了，他蹒跚地向沙发挪了几步，然后倒在上面不省人事。

第十四章

重回瓦雷金诺

冬季来临了，当尤里·安德烈耶维奇从医院步行回来时，雪落得正紧。拉拉在厅中迎住他。"科马罗夫斯基来了。"她以低沉而沙哑的声音说。她站着，看起来不知所措，好像挨了一记闷棍。

"哪里？家里吗？"

"不，当然不是在家里。他今早来过，说今晚再来。他就快来了，他想和你说句话。"

"他来干吗？"

"我不太明白他所讲的话。他说，他正要去远东，他特别绕道来看我们，特别是看你和帕沙。他说了许多有关你们的话。他一再地说我们有生命危险，我们三个，你、帕沙和我。并且只有他能救我们，如果我们能够照他的话做。"

"我要出去，我不想见他。"

拉拉泪如泉涌，跌跪在他脚下，抱住他的腿。不过他叫她起身。

"请不要出去，看在我的份上，"她哀求他，"不是我害怕单独和他相对，而是，这太痛苦。不要让我单独见到他。此外，他是讲实效而有经验的人——他可能真的有什么好主意给我们。你嫌恶他是自然的，不过请暂时把你的情感搁在一边，不要走。"

"你是怎么回事，亲爱的？不要这么不安。你打算怎么办？不要跪下。站起来，快活些。你真的必须摆脱这个固执的观念——他使你惊骇了一辈子。你知道我和你同在。如果有必要，如果你要我这么做，我会干掉他。"

一个半小时后夜降临了，一片漆黑。自从所有的老鼠洞堵死后已有半年。尤里·安德烈耶维奇一直注意找新洞，随时把它们堵上。他们还养了一只皮毛蓬松的大雄猫，它成日成夜地静观默察，看上去像谜一样。屋子里依然有老鼠，不过它们现在谨慎得多了。

拉里莎·费奥多罗芙娜切好几片配给黑面包，和一小碟煮马铃薯放在桌子上，等候科马罗夫斯基。他们决定在仍旧使用的餐厅里接待他。大而沉重的黑橡木桌和酒柜都是原有家具的一部分。桌上放着一个可以携带用的灯，那是用一个装着蓖麻油的瓶子改制的。

科马罗夫斯基由十二月的黑夜中走进来，满身是雪。雪块从他的帽子上、大衣上、橡皮套鞋上落下，立刻在地板上融成一摊摊的污水，他的络腮须和八字胡上沾满雪，使他看起来像一个小丑（在旧时代他是没留胡须的）。他身穿一套合身的、还很新的西装，条纹裤子熨得笔挺。在同主人招呼前，他花了不少时间用随身带着的梳子去梳他变乱的发光的头发，并用手帕把胡子和眉毛擦干。然后，他带着庄严的表情默默地伸出两只手来——左手给拉里莎·费奥多罗芙娜，右手给尤里·安德烈耶维奇。

"我们可以说，我们是老相识，"他对尤里·安德烈耶维奇说，"你或许知道，我是令尊一个很要好的朋友。他是死在我怀中的。我一直在注意你，看你有没有像他的地方。可是，我不以为你像他。他是一个胸襟开阔、不拘小节的人，自发而冲动。你必定比较像你的母亲。她十分斯文，是一个梦想家。"

"拉里莎·费奥多罗芙娜要我见你，她说你有些事和我谈。我同意了，不过我们的碰面，并不是我情愿的，并且我不以为我们是熟识的。我们就言归正题如何？你的来意是什么？"

"我见到你们两位非常快乐，我亲爱的。我了解一切，绝对完全了解。请原谅我的冒昧，你们真是天生的一对。十全十美的配偶。"

"我不得不打断你。请别管和你不相干的事。我们不曾求你同情。你太放肆了。"

"别这么容易冒火，年轻人。或许你完全像你父亲。他就常常这样发脾气。好，孩子们，蒙你们允许，我向你们祝福。然则，不幸，你们真是小孩——不只是说起来如此——完全无知无虑的小孩。在这两天内，我所知道的关于你们的事比你们自己知道的或考虑的还多。你们全不知道，自己正在峭壁的边缘上行走。除非你们有所行动，否则你们自由的日子甚至活着的日子是屈指可数了。

"世上现在出现了某一种共产主义的形态，尤里·安德烈耶维奇。很少人适应得来。不过没有人像你那样公开地嘲弄那种生活方式和思想。你为什么去玩弄危险，我想象不出什么道理来。你对共产主义世界是一个活的嘲弄，一个活的侮辱。但愿你的过去是你自己的秘密——可是有从莫斯科来的人对你知道得一清二楚。你们两人也不是本地圣坛祭师喜欢的。安季波夫和季韦尔辛同志正忙于磨利爪牙，俟机扑向拉里莎·费奥多罗芙娜和你。

"无论如何，你是一个男人，尤里·安德烈耶维奇，你是你自己的主人，如果你喜欢，你有充分自由去拿你的生命赌博。不过，拉里莎·费奥多罗芙娜并不是个自由身。她是一个母亲，她手中握有一个孩子的生命，因而她不能云头雾脑地胡来。

"我费了一早的时间说服她正视情势的严重。她完全不听，你愿意运用你的影响力吗？她没有权利以她女儿的生活做儿戏。她不应该不顾我的论证。"

"我一生从来不曾把自己的观点强加于别人，尤其不强加于亲近我的人。拉里莎·费奥多罗芙娜听不听你的话，她有自己的自由。这是她的事。此外，你在说什么我一点概念也没有。我并没听到你所谓的论证。"

"真的，你愈来愈使我想起你的父亲——就像他一样倔强。好，我告诉你。不过，这是个相当复杂的事，所以，你必须耐心听下去，别打断我。

"上面正计划做一些大的改变。是的，真是如此，我得自最可靠的来源，你可以相信这个。他们想采取比较民主的路线，对法治让步，并且这就快成为事实。

　　"可是，正因为如此，即将废除的惩治机构将趁它们还没结束前赶快清理各地的案件，它们将格外残忍。你已被注上毁去的记号，尤里·安德烈耶维奇，你的名字在黑名单上——我是一本正经地告诉你，我亲眼看见的，你必须及时设法救你自己。

　　"不过，这一切只是个引子。我就要说到正题。

　　"那些依然忠于临时政府和解散了的制宪大会的政治力量正集中于太平洋沿岸的东方海滨省。国会的议员，比较突出的地方议员，和其他各种公共人物、商人、工业家正集结在一起。与红军作战的剩余白军也集中在那边。

　　"他们打算组织一个远东共和国，苏维埃政府也不反对，因为此刻在红色西伯利亚和外国之间倒适宜有这样一个缓冲地区。共和国将有一个联合政府。莫斯科方面坚持，有一半席位必须是共产党人。一到适当时机，他们将来个政变，把共和国连根拔掉。这个计划是十分明显的，不过这给我们一个喘息的机会，我们必须尽量利用它。

　　"在革命前有一个时期我曾料理海参崴梅尔库洛夫家、阿尔哈罗夫兄弟公司，以及其他几家银行和商号的法律事务。那里的人知道我，特派一名代表正在组建的政府的专使来看我，邀请我在未来政府中任司法部长。这是秘密进行的，不过得到苏维埃政府非正式的许可。我接受了，我现在正在前往远东的途中。刚才我所说的一切都是在苏维埃政府默许下进行的，但不是十分公开的，还是不多谈为妙。

　　"我能带你和拉里莎·费奥多罗芙娜一块走。在那儿，你很容易搭船去和海外的家人团聚。当然，你知道他们已经被放逐了。这件事闹得风声不小，整个莫斯科现在还在谈论。

　　"我已答应过拉里莎·费奥多罗芙娜救斯特列利尼科夫。以莫斯科政府所承认的独立政府身份，我能在东西伯利亚境内找寻他，并设法帮他进入我们共和国的自治领域。如果他不能逃走，我会建议拿他去交换此刻被联军拘禁的莫斯科政府所重视的某一俘虏。"

　　拉里莎·费奥多罗芙娜不大明白科马罗夫斯基的说明，不过，当他说到营救日瓦戈和斯特列利尼科夫的安全时，她的耳朵竖起来了。她微红着脸说：

"你看，尤罗奇卡，这一切对你和帕沙多重要！"

"你太相信别人了，亲爱的。你不能拿不完整的计划当作已完成的事实。我不是说维克多·伊波利托维奇存心迷惑我们，不过，直到目前为止，他所告诉我们的只是空中楼阁。关于我的部分，"他转向科马罗夫斯基说，"谢谢你的关心，不过，无疑地你并没设想我会让你管她母女的事？至于斯特列利尼科夫，拉拉自然会考虑一下。"

"说到最后，"拉拉说，"我们是否跟他一道走。你完全知道，没有你我是不会走的。"

科马罗夫斯基猛啜尤里·安德烈耶维奇从医院中带回来冲淡了的酒精，吃着煮马铃薯，醉意愈来愈浓。

夜深了，每剪一次灯花，灯芯的火头就冒大一次，照亮房间，然后又慢慢缩下来，阴影又跟着回来。两个主人已经很困了，他们想自行把问题谈完，然后去睡觉。可是，科马罗夫斯基留着不走。他的存在是一种压迫，就像沉重的橡木酒柜和窗外十二月的黑夜一样。

他并不看他们，越过他们的头顶，他呆滞无神的两眼直盯住远处的某一点，同时他那昏昏欲睡的、没有段落的、含糊不清的声音继续不休，冗长单调令人生厌。他现在的话题是"远东"。他在解释蒙古的政治重要性。尤里·安德烈耶维奇和拉里莎·费奥多罗芙娜对这个题目全无兴趣，没有抓到他所指出的要点，这使得他的解释听来更厌烦。他说：

"西伯利亚——真是像人们所常说的一个新美洲——有很大的发展可能。这是俄罗斯未来伟大的摇篮，是我们迈向民主、政治与经济健康的广大基地。不过，孕育着更大发展可能的是我们伟大的'远东'邻国——蒙古。你知道蒙古吗？你不用难为情地打哈欠眨眼，蒙古有近一百五十万平方俄里的土地和数不尽的地下矿藏。那是一块诱惑日本和美国的处女地。他们都在俟机攫取，损害我们俄罗斯的利益——那是每次划分远东势力范围时，我们所有的对头都承认的利益。

"红色俄罗斯已和蒙古牧民的革命势力结成联盟。而我自己却愿意见到有一个自由选择政府的真正繁荣的蒙古。你个人应该有兴趣的是，一旦你跨过蒙古边界，世界就在你的脚下——你自由得像一只飞鸟。"

他唠唠叨叨的长篇大论使拉里莎·费奥多罗芙娜不耐烦起来。她感到这个赖着不走的客人实在无聊透顶，最后她向他伸出手，带着毫不隐瞒的敌意断然地说："夜深了，你该走了，我很困。"

"我希望你不要不客气到在深更半夜把我赶出去！我不相信我能认得路——我不熟悉这个城市，外面一片漆黑。"

"你早该想到这点，而不是坐在这里迟迟不走。没有人请你坐到这么晚。"

"你为什么对我这么刻薄？你甚至没问我一声我是否有地方好去。"

"这全不用我分神。你完全能照顾自己。如果你想我招呼你留下过夜，我绝不会把你安顿在我们和卡坚卡住的房间里，其他的房间挤满老鼠。"

"我不在乎。"

"好，那就请吧。"

"有什么不对，亲爱的？近来你好几个晚上没有睡了。你不碰食物，你整日在外边转，看起来像个疯子。你总是在愁些什么。什么东西在使你心烦？你可不能让你的心事压倒。"

"伊佐特，你医院的看门人，又来这附近走动了——他和楼下的洗衣妇要好。所以他顺便上楼来告诉我一个讨厌的消息！这是高度秘密，他说，你的朋友就要入狱了，就在早晚。然后就轮到你，可怜的家伙。你怎么知道？我问他。哦，十分确定，我听一个在'滑稽杂志'中工作的朋友讲的。当然，'滑稽杂志'是指政务委员会。那就是他所说的'滑稽杂志'。"他俩哈哈大笑。

"他说得一点不错，"尤里·安德烈耶维奇说，"危险已追上我们了，这是我们消失的时候了。问题是什么地方。去莫斯科不行——我们在旅行准备时不可能不引起注意，我们必须偷偷溜走，不让一个人看见。你知道，我的爱人，我们还是去你想到的第一个地方，我们先去瓦雷金诺，逃出他们的视线。让我们去那边住上一两个星期，或一两个月。"

"谢谢你，谢谢你，亲爱的。噢，我多高兴啊！我了解你多不喜欢这个想法。不过，我们不要住你原来的屋子。你面对那些可能受不了——看见杳无人迹的房间，你会自责，你会与过去做比较。我相当了解，把自己的幸福建筑在别人的痛苦上，去作践别人珍贵而神圣的东西，是什么滋味。我永远不接受你这种牺牲。不过，这其实不是个问题。不管怎样，你原来的屋子已糟到不适宜居住了。我想到米库利钦夫妇住的屋子。"

"这一切都一点不假，我感激你如此为我设想。不过请等等。我一直想问而竟然忘记。科马罗夫斯基怎样了？他还在这儿吗？还是已经走了？自从我和他争吵并赶走他后，再没听说过他。"

"我也一无所知。可是谁管他！你有什么事找他？"

"我曾想到，或许我们不应该完全拒绝他的建议——我的意思是我们两人。我俩的地位不同。你必须考虑到你的女儿。就算要和我同生死共患难，你并没有权利这样做。

"不过，关于瓦雷金诺我们得先谈谈。在隆冬去这样一个僻野之地，没有食物，没有力量或希望——当然是完全的疯狂。可是，为什么不呢？亲爱的！如果除去疯狂别无可能，就让我们疯狂一下吧！我们将再度忘却我们的骄傲，求桑杰维耶托夫借给我们一匹马。同时再请求他，或甚至不只找他，还得找那些依靠他的投机商人，贷给我们面粉和马铃薯，拿我们尚有的值钱东西做抵押。我们还要说服他，请他不要因为对我们施过恩惠就立刻跑去看我们，必须再等等——直到他需要那匹马时再去。让我们单独在一起多待几天。走吧，亲爱的。我们可以有很多柴火，一周内所用的要比一个好主妇在和平年代一年用的还多。

"再次请你原谅我这种混乱的说话方式。我多希望我同你说话时不会有这种愚蠢的严肃！不过，毕竟，我们并无选择余地，这是真的。你喜欢怎么叫都行，死亡是真的在敲我们的门了。我们的日子是真的不多了。因此这剩下的日子，至少可让我们随自己的意思好好安排。让我们利用它们向生命告别，在我们分手前做一次最后的团聚。我们将对我们所珍爱的一切告别，告别我们观看事物的方式，告别我们所梦想的生活，告别良知所教给我们的东西，告别我们的希望，并且彼此告别。我们将再度彼此诉说我们在夜晚所说的秘密话语，伟大、平和正如亚洲海洋名称的秘密话语。你，我隐藏的、习俗禁止的天使，在战乱开端时、在和平的学童世界中出现，陪我在战乱的天地中走到生命尽头，这不是全无因缘的。

"那天晚上，站在旅店半阴影中，身穿深棕色校服的少女，正如你现在一模一样，正像你现在这样令人看了透不过气地美丽。

"自从那晚起，我就常常想起你并为你那晚传达给我的迷惑命名，那种淡淡的热力，那种远远的回声，它日后渗透我整个生命，并给了我一把了解世上一切事物的钥匙。

"当你身穿校服的少女身影出现在那间房子的暗处时，我这个那时还对你一无所知的少年，立刻就认出了你，怀着无比强烈的痛苦，我意识到，这个单薄的瘦削的少女，像充满电流似的，全身充满了世上的女性美。只要我仅仅用手指头一碰，火花就照亮全室，我如果不当场毙命，此后一生就会充满悲伤和渴望的电磁波。我满眶热泪，我内心在哭泣，在发出炽热。我为自己，一个少年，难过得要死，而我更为你，一个少女，难过。我整个的存在都感到惊讶，我问自己：爱并充满爱的电流已是如此痛苦，那么，电流，激发爱的女人，不知道更有多大的痛苦。

"啊——我终于把这番话说出来了。这种事能使人发疯。这表白了我最深的存在。"

拉里莎·费奥多罗芙娜和衣躺在床边上。她因为觉着不舒服，蜷曲着，身上盖着一条披肩。尤里·安德烈耶维奇坐在她身旁的一张椅子上，静静地和她说话，经常有不短的停顿。有时她用两肘撑着坐起来，两手支着面颊，目不转睛地凝视着他，两唇微启。有时她把头埋在他的肩头，默默而快活地哭着，泪流满面。最后她终于欠身靠向床外，用她的两臂搂住他，快乐地耳语：

"尤罗奇卡！尤罗奇卡！你多聪明啊！你知道一切，你看穿一切，尤罗奇卡，你是我的力量，我的避难所，求上帝原谅我的不敬。哦，我多快乐啊。走吧，亲爱的，走吧。到那儿我会告诉你我的一件心事。"

他明白她说的可能是指怀孕，但或许也有可能不是的，他说："我知道。"

他们在一个灰暗的冬天早晨离开了尤里亚金。这是一个周日。大街上的行人正去忙各人的事，沿途有许多熟悉的面孔。在广场上许多家中没有水井的妇女排在陈旧的配水所前等水，她们的水桶和扁担放在身旁。勒紧桑杰维耶托夫暴躁的烟黄马，日瓦戈小心地驾着雪橇绕过她们。雪橇轻快地滑下表面结冰的街道斜坡、街上人行道，撞着路灯杆和石砌街边。

烟黄马四蹄飞奔，他们赶上正走在街上的桑杰维耶托夫，疾驶而过，并不回头看看他是否认出是他们和他的马，或者看看他有什么要说。没多远他们又见到科马罗夫斯基，也是连招呼都不打地疾驰而去。

格拉菲娅·通采娃在对街向他们大叫："人们撒多大的谎！他们说你们昨天已走了。去弄马铃薯？"然后一面摇头示意她听不见他们的回答，一面向他们挥手送别。

他们慢下来等西拉菲玛，这是个陡坡，不可能停车，烟黄马在缰绳的控制下一直向前拖着。西拉菲玛从头到脚裹了好几条披肩，看上去僵硬得像块木头，蹒跚地走向街心和他们道别，祝他们一路平安。

"当你们回来时我们必须谈谈。"她对尤里·安德烈耶维奇说。

他们终于走出了尤里亚金。尽管日瓦戈在冬季走过这条路，不过他所记得的大半是它夏日的面貌，现在他很难认清它了。

他们早把食物袋和其他包裹塞进雪橇前面的干草堆里，并用绳子牢牢绑住。尤里·安德烈耶维奇担任驾驶，他不是像本地农民似的挺身跪在橇板上，而是靠旁坐着，把穿上桑杰维耶托夫毡靴的腿挂在边上。

午后，当天色似乎快要向晚时——像冬季中的其他日子一样，距日落还早，一天就像快结束了——尤里·安德烈耶维奇开始无情地鞭策烟黄马。马像一支箭似的往前蹿，雪橇在起伏不平的路上颠簸，就像暴风雨中的一叶扁舟。拉拉和卡坚卡紧紧地裹在皮大衣中，以致几乎不能转动。雪橇在急弯处摇摆，在不平的车辙上冲撞，她们像两只口袋似的滚来滚去，甚至滚进干草堆，笑得两人要死。有时，日瓦戈为了开玩笑，故意把雪橇驶上雪岸，毫无恶意地把她们一起摔入雪堆中。在抛出好几米以外后，他才勒住了马，整顿雪橇，拉拉和卡坚卡笑骂着从雪中爬回来，用拳头乱打他。

"我将指给你们看我被游击队劫持的地方。"当他们走了相当的路程时，日瓦戈对她们说。不过，他并没有能够实践他的诺言，因为冬季树木的凋零、四周的死寂和空虚改变了乡村面貌，以致无法辨认。"就是这里。"他很快叫道。他把竖在田中的第一块莫罗·韦钦金公司的广告板，误认作他被俘的森林中的那一块。当他们真正驰过仍然竖在莎卡玛路口林中的第二块广告板时，他反而没有辨认出来。耀眼的白霜花边，已使森林看上去好像是一条条银黑色的细线，所以他们无法看得出它了。

当他们赶到瓦雷金诺时，天还没黑，由于日瓦戈住过的屋子先到，他们便在它前面停下来。他们像一群强盗似的急忙冲入屋中，因为天就快黑了。可是，室内早就黑了，以致尤里·安德烈耶维奇所见到的毁坏和憎恶，连一半都不到。他记得的一部分家具依然存在，瓦雷金诺是荒废了，因而没有人完成这个破坏。他看不见个人所有的物件。不过，由于他的家人离开时他并不在场，他说不出他们究竟带走多少东西。这时，拉拉说道：

"我们必须赶快。天马上就黑了。我们没有时间想东想西。如果我们住在这里，马必须送进谷仓，食物放入过道，并且收拾好这间屋子。不过，我反对留在这里。我们早就谈过了。这对你是个痛苦，因此我也痛苦。这间以前是什么房间，你们的卧室？不，是婴儿室。那是你儿子的小床。卡坚卡睡太小了。另一方面，窗户是完整的，墙壁和天花板都没有裂缝，火炉好得不得了——上次我来时就惊羡不已。所以，如果你坚持我们住在这里——尽管我反对——我就脱下大衣立刻开始收拾。第一件事是把火炉生起，然后，不断地通火加柴，我们至少必须让它二十四小时全在燃烧。不过，这是怎么回事，我亲爱的？你怎么不答腔？"

"等等。我没事，我很抱歉……不，也许我们还是看看米库利钦的屋子比较好。"

他们又驾着雪橇继续前进。

米库利钦的屋子上了挂锁。尤里·安德烈耶维奇将锁连锁鼻子一起扭下来，把木头都扯裂了，他们又是匆忙地涌进去，直入内屋，大衣、帽子和毡靴都没有脱去。

他们立即注意到屋子里的某些部分特别凌乱，特别是米库利钦的书房。不久以前必定还有人住在里面，是谁呢？是米库利钦家的人吗？他们去了什么地方？为什么他们要用一个挂锁，而不用门锁？再说，如果米库利钦夫妇在这里待了很久，凌乱的会是整座房子，而不只是几间房。一切都在说明必定是侵入者，可是，会是谁呢？日瓦戈或拉拉都不为这个谜担心。他们并不试图去解决。现在有许多被半打劫了的屋子，还有许多逃亡者。"某个白军军官在逃亡，"他们不约而同地说，"如果他来，我们再做安排。"

像很久以前一样，尤里·安德烈耶维奇又着迷似的站在如此宽敞、舒适、窗前放着一张方便的大桌子的书房门口。他又想到，这种简朴的环境将利于做时长而多产的工作。

在院子上的建筑中，有附在谷仓旁边的马厩，可是锁上了，尤里·安德烈耶维奇懒得去破门，因为，无论如何它都可能不适宜使用了。马匹可以在很容易打开的仓谷里过夜。他卸下雪橇、缰索，当马冷下来时，他给它一些从井中汲来的水。他本打算用他带来的干草喂它，可是，干草却早已被他们的脚踏烂成垃圾了，幸好谷仓的大阁楼上多的是干草。

他们和衣躺下，用皮大衣做被子，立即酣然而充满喜悦地大睡，就像追逐嬉戏了一整天以后的儿童。

从他们起身的那一刻开始，尤里·安德烈耶维奇就不断把目光投向窗前诱人的长桌子。他的手指因见到纸笔而发痒。不过，除非等到夜晚，拉拉和卡坚卡已经上床后，他不能提笔。在这个时间以前，他两只手总是满满的，虽然他们要收拾好居住的房子不过两间。

当他在期待夜晚来临时，他的心中并没有重要的作品，只是一种要写的热情在压迫着他。

他必须涂些什么。一开始，他要把旧有的、没写下的思想写下，整理个头绪出来。然后，如果他和拉拉设法住下去的话，他希望，有时间写些新的重要东西。

"你忙吗？你在做什么？"

"通火加柴，通火加柴。什么事？"

"我想要一只木盆洗衣裳床单。"

"如果我们继续以这个速度用下去，三天就会把柴火烧光，我必须去我们的旧柴房看看，也许还剩下一些——谁知道？如果有，我就全搬过来。我明天去。你说，一只木盆。我确信，我在什么地方见过一只，我现在想不起是在哪儿了。"

"我也见过，也想不起在哪儿了。这一定是在我们用不到的地方，所以我忘了。不要紧。记着，我正在烧许多水好清洁一番。剩下的水用来洗卡坚卡和我的衣物。你也把你要洗的东西交给我，我们在一切弄妥当后，上床前洗澡。"

"谢谢你。我马上就拿来。我已经照你的吩咐，把所有笨重的家具从墙边移开了。"

"好。既然一时找不到木盆，我就用洗碟子的水盆洗吧，可是，这很油腻，我必须刷干净。"

"炉子一打点好，我要搜索所有的抽屉。我在书桌和橱柜中找到的东西愈来愈多——肥皂、火柴、纸张、铅笔、钢笔、墨水等等。桌子上的煤油灯装着满满的煤油。我确信，米库利钦夫妇没有一点煤油，这一定是别人弄来的。"

"多幸运！一定是那个神秘住客的，就像是从天上掉下来的东西。可是，我们又在说闲话了，我的水开了。"

他们起劲地忙着，两间房来回跑，两双手没有一刻空着闲着，两人不时撞个满怀，碰着卡坚卡，她好像老是在他们脚下似的。她到处乱转，经常阻碍他们的工作，当他们叱骂她时，她就快快不乐。她冻得发抖，抱怨天气寒冷。

"这些可怜的当代儿童，"日瓦戈想，"我们吉普赛生活的牺牲者，不幸的小流浪者。"他大声说："妞妞，放开心些。你怎么会冷，简直胡说，炉子热得红红的。"

"炉子也许觉得温暖，不过，我觉得冷。"

"这么说，你必须忍耐到晚上。我要去把火头弄大，并且，你已听见妈妈说，她要让你洗个热水澡。现在你玩这些东西——拿去。"他从阴冷的储藏室中取出了所有利韦里以前的玩具，丢在地板上，有些是完整的，有些已坏了，其中有积木、车厢、火车头，以及玩掷骰子和做计数游戏的木盘，上面有方块、图画或数目字。

"亏你想得出，尤里·安德烈耶维奇？"卡坚卡像成人似的抗议，"这些又不是我的。同时，它们是给婴孩玩的，我太大了。"

可是，过不了一会儿她已坐在地毯中央玩得很舒服了，所有的玩具都被她用来砌成她从城中带来的洋娃娃宁卡的房子。比起她一生绝大多数时间所住的别处临时寓所，这里更像一个安定的家。

拉拉在厨房中注视着她。"看那种爱家的本能。这正表示，没有什么东西能毁掉人类对家和秩序的渴望。儿童比较诚实，他们不怕真实，可是，我们就比较害怕见到时代背后的东西，因此我们准备出卖我们所珍爱的东西，称赞惹我们厌恶的东西，肯定我们不了解的东西。"

"木盆在这里，"尤里·安德烈耶维奇从黑暗的走廊中走出来说，"无疑地，它没有摆对地方。它放在漏雨的天花板下面。我猜从秋天起就放在那儿了。"

拉拉已开始动用了他们从城中带来的贮存食粮，足足做了够三天吃的食物。晚餐是前所未有的盛宴，一道马铃薯汤，一道烤羊肉和马铃薯。卡坚卡吃到不能再吃才住嘴，一边吃一边咯咯傻笑，愈来愈淘气。饭后，又温又饱了，便蜷曲在沙发上，盖上妈妈的披肩睡去。

在厨房弄得疲倦、燠热，几乎也像她女儿一样困的拉里莎·费奥多罗芙娜，因她的烹饪成功而高兴，并不急于收清盘碟，便先坐下来休息一番。在确知卡坚卡已入睡后，她用两手支着脸颊，身子微向前倾地说：

"假如我知道，我们正在打开一条生路，不是无所为而为，就是做牛做马也快活。你必须时时提醒我，我们来这里只是为了我们单独聚在一起。时时让我开心，别让我思想。因为认真说来，如果你诚实地看这一切，我们是在做什么？这一切算什么？我们侵入别人的屋子，我们破门而入，一点也不客气。而现在我们忙得不亦乐乎，就像疯了似的，以致看不见这不是生活，这是在演戏，这不是真的，就像小孩子所说，这就是'假装出来的'。这是儿戏——简直是荒唐。"

"可是，亲爱的，坚持来这里的不是你吗？你不记得我反对了好久吗？"

"是的，是我要来的。我不否认。所以现在我有错！你左思右想迟迟疑疑就没错，而我就必须永远合理而一贯！你一进来，见到你儿子的婴儿床，你差不多晕倒。那是你的权利，而我就不许担心，不许为卡坚卡害怕，不许想到未来，在我对你的爱之前，一切都得让开。"

"拉里莎！你定定神，想想。你要回去现在还不会太迟。我是要你多认真考虑科马罗夫斯基计划的第一个人。我们有一匹马。如果你喜欢，明天我们直接回尤里亚金。科马罗夫斯基还在城中，我们看见过他的。——顺便告诉你，我不认为他不想见到我们，我确信我们依然找得到他。"

"我几乎只说了一句话，而你就马上懊恼。可是请告诉我，我真错了吗？如果我们不找到一个更好的藏身之所，待在尤里亚金还不是一样。如果我们真想解救我们的性命，我们就该有个深思熟虑过的合理计划，毕竟还有科马罗夫斯基的计划。尽管他令人憎恶，不过，他消息灵通，办事实际。我们待在这里比别的任何地方都危险。想想看！——孤单单地住在风雪无边的荒原中！如果我们在夜晚被风雪埋掉，第二天清早我们并不能把自己挖出来，或是曾光顾这座屋子的我们神秘的施主，是一个匪徒，溜进来割断我们的喉管又怎样？你至少得弄把枪！我想你没有！你看！使我恐惧的是你太不经心，你把我也传染上了。我简直想不通。"

"可是你想怎样？你要我现在怎么办？"

"我自己也不知说什么好。随时支配我、一直提醒我的是，我是你的爱情奴隶，思考和辩论没有我的份。啊，我要告诉你什么。你的冬妮亚和我的帕沙比我们好千万倍，不过，那不是要点。要点是爱情的礼物像别的礼物一样。不管它有多伟大，没有祝福不会滋生幸福。你和我，似乎我们两人在天堂只学会了接吻，然后就一块被送到地上，看看我们是否知道我们所学的东西。这是一种至高无上的和谐——没有边际，没有等级，一切事物的价值相等，一切都是欢乐，一切都变成了精神。不过，在这种时时刻刻等着我们的狂野的温情中，有些东西是幼稚的，不受羁束的，不负责任的。这是一种任性的毁灭元素，是不利于家庭幸福的，对于这种爱情，我不得不恐惧它，不信任它。"

她用胳膊抱住他的颈子，泪如雨下地挣扎着。

"你难道不明白，我们并不处于相同的地位。你们男人赋有翅膀可以在云端高飞，但我是一个女人，我的翅膀只能让我贴近地面，保护我的子女。"

他为她所说的话深深感动。不过，他没有表示出来，唯恐控制不了自己的情绪。

"一点不假，在我们所过的这种露营式的生活中，有些东西是虚假的、做作的。你完全对。不过，这可不是我们发明的。人人都在做这种到处碰壁的狂暴乱撞，这是这个时代精神的特征之一。

"我自己也整天在想这个。我愿意竭尽一切可能以便在这里待一段时间。我说不出来我是如何渴望恢复工作。我不是指农事。那些是我们以前在这里做的，我们把这里当作家庭农场，同时我们成功了。不过现在我不再有气力做这种事了。我想到一些别的事。

"事情逐渐在上轨道。或许有一天我们又要出版书籍。

"我在想的是这个。我们不妨和桑杰维耶托夫订个合同——当然，我们必须给他优厚的条件——让他供给我们在这里六个月的开销，条件是我利用这段时间写一本书，比如说，一本医学教科书，或是一本文学作品，也许是一本诗集。或者我翻译些著名的古典作品。我精通好些语言。以前我看过一个广告，彼得堡有个出版家，什么都不做，只出翻译书。我确信这必然能赚大钱。做点事我会非常快乐。"

"我高兴你提醒我，今天我也想到类似的事。不过，我对于我们留在这里的将来没有信心。恰恰相反，我有个预感，我们不久将被驱逐到更遥远的地方。但是，当我们还有这块呼吸的空间时，我要求你为我做一件事。你能不能从明天起，在晚上抽出几小时的工夫，把我屡次听你念的诗都写下来？有一半你遗失了，其余的你从来不曾写下，我怕你忘记它们，使它们也一起湮灭无闻，听你说，这种事以前是常常发生的。"

当晚他们痛痛快快地用热水沐浴一番，拉拉也给卡坚卡洗了。尤里·安德烈耶维奇坐在窗下的长桌前，感觉充满喜悦的清爽。他背向拉拉，她身上裹着浴巾，散发着肥皂香气，头发用另一块毛巾包缠着，正在把卡坚卡放上床，给她盖上被子。想着全神贯注于工作的滋味，他以快活、四散的亲切看着周围发生的一切。

拉拉起先是假装，但当她终于真的睡着时，已是凌晨一点了。像新洗烫的床单一样，她和卡坚卡的晚服光洁犹如花边。即使是在那段日子中，拉拉也设法给衣衫上浆。

包围着尤里·安德烈耶维奇的寂静，发出快乐和生命的气息。油灯在白纸上投下柔和的浅黄，在墨水砚中的墨水面上抹上一层薄金。室外，冰雪的冬夜是淡蓝的。为了看得真切些，他走进既冷又黑的邻室，由窗口向外看去。照在雪原上的圆月清晖又浓又黏，就像蛋白或厚厚的白漆。冰雪之夜的清丽是不可言传的。他心地平和。他走回灯光柔和而温暖的房间，开始写作。

他坐下来，聚精会神地振笔疾书，希望即使是在字迹上也不丧失个性，变得麻木而无灵魂，页数愈写愈多，字迹也愈来愈美，他写下他记得最清楚的，在脑海里最定形的《圣诞星》、《冬夜》等诗，以及其他的若干日后忘记了的同类作品。

写完这些已完成的旧作，他继续去写他已起头但尚未完成的新作，体会它们的精神，安排词句的顺序。尽管开始没有一点马上完成的希望，最后他终于能大跨一步，把它写完。然后，又开始另一首新作。

在写下他突然想到的两三节诗和几个意象后，他完全浸沉在工作中了，他感觉到所谓灵感的逼近。和已往的情况相比，在这种时刻中，决定艺术家创作的许多因素的关系倒转过来了。主宰因素不再是艺术家所要表达的情意，而是他用来表达情意的语言。语言——美与意义的家庭和贮藏所——自己开始代人思想、说话，并且依据本身奔流的热能和冲力，而不是音响，完全化为音乐。然后，就像急流以它的运动冲刷石头、运转轮盘一样，语言之流以它自身的法则，在诗篇中创造出节拍和韵律，以及其他无数的关系，对诗来说，它们甚或更加重要，不过现在尚未发掘出来，没能得到充分的承认，同时未曾定名。

在这种时刻，尤里·安德烈耶维奇觉得，工作的主要部分不是由他自己做的，而是一种高高在上、指挥着他的卓越力量，也就是现在这个或即将到来之历史阶段的思想及其诗意的激情。他觉得自己不过是这些思想和诗情能够成文所需要的凭借和支点。

这种感觉使他暂时从自责、自我不满，以及自觉无意义的意识中解脱出来。他抬头仰视一阵，然后又环顾一下四围。

只见雪白的枕上是拉里莎和卡坚卡熟睡的面容。她们神情纯洁，干净的床单，清爽的卧室，以及冬夜、白雪、星星、月亮的纯洁，汇成无比的意义浪花在他心底翻腾起伏，使他产生一种因存在的纯洁而得意洋洋的喜悦意识。

"主啊！主啊！"他轻声喃喃着，"这一切都是给我的吗？为什么你赏赐我这么多？你为什么允许我亲近你，容我闯进你的世界，在你的宝藏中游荡，在你的星星下徘徊？并允许我伏在使我两眼满含永恒欣悦的、不幸、多情但从不抱怨的爱人的脚下？"

在清晨三点钟，尤里·安德烈耶维奇从稿纸上抬起头来，他从遥远、无私的凝神之中回到了现实和他自己的家里，快乐、强健、宁静。突然，一阵悲痛哀愁的声音划破了窗外延伸向远方旷野的寂静。

他走入没有点灯的邻室，透过窗子往外望，可是，当他工作时，窗上的玻璃已结冰蒙住了。他拉开顶住前门堵塞隙风的地毯卷，披上大衣，走出门外。

跳跃在一片晶莹的月夜雪地上的白色闪光使他的两眼昏花，起先什么也看不见。不久，因距离太远听来不很响亮的、发自丹田的、悠长而抽噎呜咽的噪声又响了，然后他注意到峡谷外空地上有四条不比铅笔粗的长影子。

四只狼并排站着，仰起头，口鼻朝向屋子，对着月亮或窗户上的银色反光长噪。不过，当它们做出几乎像是能猜透他心思的样子，并转身像狗一样摇尾快跑离去时，尤里·安德烈耶维奇还很难想象到它们是狼。在他还没认出它们所消失的方向时，它们已经消失了。

"那就是导致全面失败的最后一个因素！"他想着，"它们的巢穴就在附近吗？也许就在峡谷里？多可怕！桑杰维耶托夫的马在谷仓里！它们必然嗅到了它的气味。"

他决定暂时不告诉拉拉，唯恐她惊慌。回到屋中，他关上了所有通往没有生火的冷房间的门，拿地毯和衣衫堵塞了裂缝，不让寒气钻进来，然后走回他的写字桌。桌灯像以前一样地光亮，对他表示欢迎。可是，他不再有写作的心情了。他坐不住。除去狼群，隐约可见的危险，以及各种纠缠，什么也想不出。还有，他累了。

"你依然点着我珍贵的灯？"拉拉醒了，她以带着浓浓睡意的沙哑嗓子细声问，"来坐在我身边。我告诉你我的梦。"

他熄了灯。

另一个日子像梦一般地过去了。他们在屋中发现了一副儿童雪橇。卡坚卡满面红光，紧紧裹在大衣中，又是笑又是叫地，从尤里·安德烈耶维奇用铲子把雪压硬并在雪上洒水而为她特造的雪槽慢慢地滑下没扫过的雪径。她一次又一次地用绳索拉着雪橇爬上高处再滑下去，面孔从未失去笑容。

是结冰的天气，空气显著地愈来愈冷，但是有太阳。中午时雪呈白色，蜜黄中透着橙黄就像落日的余晖。

头一天拉拉的洗涤清洁工作使屋子湿润润的。水蒸汽在窗户上凝成了厚厚的冰霜，在壁纸上留下一道道潮湿的黑迹。房间里阴暗、沉郁。尤里·安德烈耶维奇忙着搬柴火、提水、检视房间，发现的东西愈来愈多，同时帮拉拉做着做不完的杂事。

在忙着某些事时，他们两人必须联手合作，当他们弄妥当坐下来时，全身软弱头晕眼花，受到身体柔弱不可抵抗的猛击，一切的思想都跑开了。时间一分一秒地过去，直到天色已晚，他们才猛然记起，并惊恐起来，卡坚卡不在他们眼前已经很久，或者马还没上水和饲料，带着内疚的心情，赶忙跑出去补救这些疏忽。

尤里·安德烈耶维奇睡得不够，他的脑子有点愉快的朦胧的感觉，像是微醺，浑身酸痛，但酸痛中有舒畅的虚弱。他不耐烦地等待夜的降临，好恢复他中断的写作。

困倦充满了他全身，笼罩了他的四周，蒙住了他的思想，但初步工作会在无意识中做完。涵盖一切的弥漫的朦胧标志出这个阶段的特色，这是最后体现前必经的阶段。就像初稿的芜乱，白日的困倦怠惰，是晚间写作必需的准备。

尽管他感到筋疲力尽，但没有一样东西保持不动不变。一切都在改换，在变化。

尤里·安德烈耶维奇觉得，他想留在瓦雷金诺的梦怕不能实现，他和拉拉分离的时刻就在眼前，他不免要失去她，以及与她活在一起的意志，甚或生命。他病在心底，然则他最大的痛楚还是对黑夜不耐烦的等待，他渴望把他的悲痛表现出来，让每一个人都会感动得涕泗纵横。

一整天都挂念着的狼群已不再是月下雪原上的狼群，它们已经成了一个主题，它们象征了一种敌对的力量，一心想毁掉他和拉拉并将他们赶出瓦雷金诺的敌对力量。

这种思想在他脑中发展开来。入夜以后，它竟隐约变成了一头史前的野兽，或传说中的一只怪物，一条龙，它的足迹已见于山谷，它渴望饮他的血，并觊觎着拉拉。

夜来了，日瓦戈再度点起桌子上的煤油灯。拉拉和卡坚卡比前一晚早点上床。

那天晚上他写的东西分为两部分——已修改过的早期诗作——用他最佳的笔迹誊录妥当。新作品的原稿潦草得几乎认不出，充满缩写字和空隙。

在辨认一行行速写文字的中间，他又体验到平素常有的失望。头一天晚上这些草稿曾使他感动得落泪，自觉有几段非常巧妙，连他自己也惊讶。此刻，在他看来，那几段字写得十分凄惨，显而易见地牵强。

他生平一直在梦想写下真正的创作，深思熟虑的、含蓄深邃的作品，完全不落时下装腔作势的俗套。他一生都在追求一种非常谨严、朴实的风格，以致读者或听者并不觉得自己曾费力消化，就完全了解它的意义。他经常在为一种不求浮华的朴实风格努力，他现在惶恐不安，因为发觉自己距这个理想还太远。

头一天晚上，他尝试用简单到近乎幼稚并使人联想到催眠曲的那种平易语言，去表达他混杂着热爱、惧怕、渴望和勇敢的感情，原则上力求让这种感情做自我表白，几乎不必借重语言。

现在再看这些草稿，他才发现需要用一个连贯的主题把这些因缺乏主题而各自独立的短诗统一起来。他划掉他所写的草稿，开始以

373

原先的抒情诗风格写下圣乔治和龙的传说。起初他用宽阔广大的五步格，可是，人为韵律的拙劣做作使他烦恼，它们是与音节俱来，但与意义无关的。他于是放弃这种大气派的音节，把每行删成四拍，就像是删去散文中无用的字眼一样。工作现在是更困难了，但也做得更入神。结果生动活泼得多，不过用字依然太多。他勉力把诗行缩短。现在每行只有三音节了。同时尤里·安德烈耶维奇觉得清醒多了，他站起身，心情兴奋。在短音节的启示下，填入短诗行的适当字眼出现了。诗中不常提到的事物撩起具体的意象，他听见诗中马匹的蹄声嘚嘚，就像是听到肖邦的一首民歌中有一匹马在慢步前进。圣乔治正在无边无际的草原上奔驰。他能看见他愈跑愈远，身影也愈来愈小。他运笔如狂，但仍然赶上总是自行落在适当位置上的倾泻的语句。

他并没注意到拉拉已经爬下床，朝他的写字桌走来。身着长睡袍的她，似乎显得很瘦，而且比她实际上高。当她出现在他身旁时，他大吃一惊，只见她脸色苍白，惊慌地张开手对他低声说：

"你听见吗？一只狗在长嗥，甚或是两只，我想。啊，多可怕！这是个非常坏的噩兆。我们好歹忍耐到清晨，明早我们就走，我们必须走！我不愿再留在这儿了。"

经过一番劝慰，一小时后，她平静下来，又睡着了。尤里·安德烈耶维奇走出去。狼群比头一天晚上更近了。它们又在他还没认清它们的方位之前，更快地消失得无影无踪了。它们挤在一堆，他没来得及数它们，不过，似乎比头一天晚上还要多些。

这是他们住在瓦雷金诺的第十三天。没有新奇的事发生，生活也没有什么与往日不同。在好几天没出现以后，狼群又在夜间嗥叫了。拉里莎·费奥多罗芙娜又把它们误认为狗，以为是噩兆而惊慌，正像前几次一样，嚷着第二天就要离去。焦虑使她失去往常的平衡，女人生性不惯于整日倾吐情感或享受泛滥的爱情。

同样的情景一而再再而三地重现，以致当那天早晨拉拉又像以往多次一样地收拾行李准备回去时，令人觉得这十三天的日子仿佛不曾存在一样。

房间里又阴暗潮湿了，这次是因为天气阴沉。比较不冷，同时根据低沉的黑云推测，随时有落雪的可能。尤里·安德烈耶维奇已被许多个失眠夜晚的身心紧张弄得筋疲力尽了。他两腿软弱，思想纠缠不清，冷得发颤，不停地搓着两手，在房间与房间之间走来走去，等着看拉拉做什么决定，然后再看他必须做些什么。

她并不了解她自己。就在那个时候，她宁愿放弃一切，用没有秩序的自由，去换取终日的忙碌，不管如何忙碌，但求一劳永逸，有工作有责任，以致他们能过一种正经、诚实、理智的生活。

她铺床、打扫、掸灰、做早餐，像往常一样地开始了她一天的生活。然后，她开始收拾行李，并要日瓦戈准备雪橇，她坚决要走。

尤里·安德烈耶维奇并没争论。回城是疯狂的，因为那边逮捕的浪潮一定正达巅峰，不过，孤独而缺乏武装地留在这冬季的荒村冒险，也同样疯狂。

此外，谷仓或草房中剩下的干草已不多。当然，如果有长期住下的可能的话，日瓦戈会在周围看看能有什么新办法弄到食物和草料，不过，既然不知道能住几天就不值得了。他放弃这个念头，跑去套马。

他并不长于此道。桑杰维耶托夫曾教他如何做，可是他老忘记。他总算笨手笨脚地把马套上了。他把马轭系上车辕，把松弛的地方整紧，把钉上金属按扣的皮带扣好，然后，用一条腿抵住马的侧腹，将硬轭的两端拉近，扣上。然后，他把雪橇赶到檐前，拴好马，进门去唤拉拉。

她和卡坚卡已穿上大衣，一切都收拾好了，可是，拉拉还大为烦恼。咬着手，泪水夺眶欲出，她求他坐一下，她自己坐下又站起，用悲哀的女高音说些颠三倒四的话，迟迟疑疑，不时插进一句："你认为怎样？"

"这没有办法，我不知道这是怎么弄的，不过，你自己能看得出，我们现在不可能走了，太晚，天快黑了，我们会在那可怕的树林的黑暗中迷失。你以为怎样？我照你告诉我的做，不过，我简直不能下决心动身，有些东西告诉我不要走，不过，请照你以为最好的做。你以为怎样？你为什么不说话？我们已浪费了半天，天晓得是怎么弄的。明天我们会理智些，小心些。你以为怎样？我们再多住一夜如何？明天我们早起，黎明时分，在六七点钟出发。你以为怎样？你生起炉子，再多写一晚，我们在这里多住一夜，那不是很可爱吗？很难得？亲爱的。呵，上帝，我又做错了什么事吗？你为什么不开腔？"

"你在夸大其词。黄昏还远得很，天还相当早。不过，随你的便。我们留下好了。但愿你平静下来，不要烦躁不安。现在就让我们把大衣脱下，解开行李吧。再者卡坚卡说，她饿了。我们要弄些东西吃。你说得十分对，实在没有理由要这样毫无准备地仓皇离去。但是不要这么难过，不要哭。我一会儿就燃起炉子。不过，我或许得先去卸下雪橇，它还停在门口。然后我去我们的旧柴房中把剩余的柴火都搬进来，我们一根柴火也没有了。先别哭。我马上回来。"

去日瓦戈旧屋柴房的雪橇车辙有好几条，那是尤里·安德烈耶维奇早先去那里时走出来的，入口处的雪已因他两天前的光顾而踏乱了。

从早晨起一直有云的天，现在晴朗了。天气又冷起来了。旧的园子就在柴房的旁边，激起了医生的回忆。那个冬天积雪很深，高高地堆在柴房之前，使它看起来萎缩、佝偻。悬挂在屋顶边缘的积雪，就像一株巨大草菇的轮圈，低得几乎垂到日瓦戈的头上。就在它的顶上，挂着一勾新月，边沿发出昏昏金辉，它的一端像是陷入雪中一样。

尽管这还是大白天，日瓦戈觉得他好像是于深夜独行在黑暗的生命森林中。这是他灵魂的黑暗，这是他的颓丧。新月几乎低到齐眉，是分离的噩兆，是一幅孤寂的意象。

他太疲倦了，以致他几乎站不稳。他从柴房中把柴火一把把地丢上雪橇，抱得比平常少得多，虽然他戴着手套，搬弄黏着雪的冻柴火还是辛苦的。搬运工作并没使他觉得温暖些。他内部某样东西坏了，静止了。他诅咒他的厄运，并祈祷上帝留下他所爱的女人，一个美丽、悲愁、谦卑而天真纯洁的女人的生命。新月高挂在谷仓上，闪烁照耀，却不发热也不发光。

黄马把头转向米库利钦的屋子，连声嘶鸣，起先是低柔、羞怯，然后就高声、自信多了。

"为什么？"尤里·安德烈耶维奇奇怪着，"不可能是受了惊下。一匹受惊的马不会嘶鸣，如果闻到狼的气味，它不会傻到给它们报信，并且，还如此高兴，这一定是想回家。先别忙，我们很快就动身。"

在木柴之外，他又搬了些卷翘得像鞋皮的树皮和引火的碎木屑，用袋子装好，再用绳子绑牢在雪橇上，然后转过身，走在马前。

马又鸣了，这次是回应远处另一匹马的长嘶。"这是怎么回事？瓦雷金诺可能不如我们所想象的荒废？"他根本没想到他们来了客人，或者嘶声来自米库利钦家那个方向。他牵着雪橇绕过几座农舍，由于正屋凹陷在四围的积雪中，他不能看见正门的进口。

他不紧不慢地——忙什么——把柴火堆好，解开马，把雪橇留在谷仓中。然后，他把马牵去马厩，拴在较为背风的一根桩上，并拿仅有的几把干草塞进马槽中。

他走回去时，开始忐忑不安起来。在正门入口处有一辆农家雪橇，上面套着一匹光溜溜的黑色小马，在它旁边，一个同样光溜、肥胖的陌生人在走来走去，他不时给这匹马一掌并看一眼它的距毛。

屋内传来人声。既不想窃听也不想走近些好听清楚，只是偶尔听到几个字眼，尤里·安德烈耶维奇勉强慢了下来，随后突然停住了。他认出了是科马罗夫斯基在对拉拉与卡坚卡说话。他们显然是在靠近门口的第一个房间中。他们在争论，并且根据说话的声音判断，拉拉十分不安，并且在哭，时而强烈地反对他，时而又同意他的话。

有种东西使尤里·安德烈耶维奇觉得，就在那时，科马罗夫斯基正说到他，意思是说他不可信任（他以为他听见他说"脚踏双船"），没有人敢说，他是更爱拉拉或更爱他的家庭，拉拉绝不可依赖他，因为，如果她这样做，她就是"骑墙"，她就会"两头落空"。尤里·安德烈耶维奇走进门去。

正如他的推测，他们是在右首第一间房中。科马罗夫斯基穿一件长及脚跟的皮大衣，拉拉抓住卡坚卡的大衣领，想给她扣上，可是找不到钩子，嚷着教她别乱动，卡坚卡抗议着："轻点，妈妈，你会把我扼死。"三人都穿着出外的衣服，准备离开。当尤里·安德烈耶维奇走进来时，拉拉和科马罗夫斯基跑过来迎他，同时说道："你这半天去哪里？我们可急坏了！"

"你好，尤里·安德烈耶维奇。你看，尽管我们上次彼此言语冲撞，我们现在又在一起了，虽然你并没邀请我。"

"你好，维克多·伊波利托维奇。"

"你到底去了哪里？"拉拉又问，"现在听他说，并且快点为我们两个做决定。时间不多了我们必须快点。"

"可是为什么我们都站着呢？坐下，维克多·伊波利托维奇。我去了哪里？这话怎么讲，亲爱的。你知道我去搬柴火，后来，我又去照料马。维克多·伊波利托维奇，请坐下。"

"好，你见到他一点也不惊讶？你看来全不惊异，这是怎么回事？我们曾在这里懊悔他走了，我们没有欣然接受他的提议，现在他来了，就在你的眼前，而你看来居然全不惊异！可是，他现在要告诉我们的还要更惊人。维克多·伊波利托维奇，告诉他。"

"我不知道拉里莎·费奥多罗芙娜在想什么。我必须解释的，是我故意放出谣言，说我已经走了，而事实上我却留了下来，给你和拉里莎·费奥多罗芙娜较多的时间去考虑我们讨论过的事情，或许能得到一个不太匆促的决定。"

"可是我们不能再推辞了，"拉拉插嘴道，"现在是动身的最理想时间。同时明天早晨……还是让维克多·伊波利托维奇自己告诉你。"

"等等，亲爱的拉拉。原谅我，维克多·伊波利托维奇。为什么我们都穿了大衣站在这里。让我们脱去大衣，同时坐下。无论如何，这是我们必须从长计议的大事，我们并不能在一分钟内就决定。维克多·伊波利托维奇，我恐怕我们的讨论已涉及个人的私事，多说未免荒唐而尴尬。不过，事实上我从来不曾考虑过跟你一块走，而拉拉的情形则不同。偶尔当我们所关注的不一样时，我们会想起我们不是一个人而是两个人，我总是告诉她，她应该对你的建议多加考虑。事实上她从来不曾忘记这件事，她一次又一次地想到它。"

"但是，只有在你和我们一起去的前提下我才考虑。"拉拉插进来。

"想到我们的分离时，我和你，一样地难受，然则，我们或许必须把我们的感情放在一边，做个牺牲，因为，我是一定不去的。"

"可是你还没听到他的计划呢，你不知道！……听维克多·伊波利托维奇说什么……明天早晨……维克多·伊波利托维奇。"

"拉里莎·费奥多罗芙娜显然是想到我早已告诉了她的消息。在尤里亚金车站的侧轨上，一列远东政府的专车在生火待发。这列火车是昨天从莫斯科来的，明天启程东行。这列车属于我们的交通部。一半车厢是卧车。

"我必须搭这列火车走。我已为我的助手留了几个座位，我们会有一趟相当舒服的旅行。像这样的机会，再不会有第二次。我知道你并不惯于信口雌黄，你不是轻易改变决定的人；同时你已经决定不与我们同行。但是即使如此，难道你不应为拉里莎·费奥多罗芙娜设想吗？你听见她说了，没有你她不走。和我们一道走吧，如果不去海参崴，至少也要到尤里亚金——到那里我们再看。只是我们必须赶快—— 一分钟也不容错过。我有一个车夫——我自己不驾车的——我的雪橇容不下五个人。不过，我知道你有一匹桑杰维耶托夫的马，——你不是说你用它去搬柴火吗？还套着吗？"

"不，我已经把马卸下了。"

"唉，那么，就尽快把它再套上。我的车夫会帮你……不过，想想看，为什么那么麻烦——让我们忘了你的雪橇，我们还是在我的雪橇上打主意，好歹挤挤就成。只是要快，看在上天份上。你只需要收拾些旅行时最重要的东西——近在手边的东西。这是一个孩子性命攸关的时刻，不能再从容收拾了。"

"我不明白你的意思，维克多·伊波利托维奇。你说话的口气，好像我已同意跟你们去一样。去吧，祝你好运，带拉拉一道去，如果她想去。你不用担心这座房子。你走后我会把它打扫干净，把门锁好。"

"你在说什么，尤拉？那全是连你自己都不信的鬼话？'拉拉希望'，真是的！好像你一点都不知道没有你我就不走，并且我所有一切都听你的。你说锁房子这些话算什么？"

"这样说你十分坚决？"科马罗夫斯基说，"那么，如果拉里莎·费奥多罗芙娜允许，我愿意和你单独谈两句。"

"自然。我们可以去厨房谈，亲爱的，你不介意吧？"

"斯特列利尼科夫已被捉到，判处死刑，枪决了。"

"多可怕！你确信吗？"

"反正别人这样告诉我，我相信这是真的。"

"别告诉拉拉。她听了会发疯的。"

"当然我不会告诉她。这正是我要和你密谈的原因。现在这件事情既然已经发生，她和她的女儿就危在旦夕了。你必须帮助我救她们。你非常肯定，你一定不跟我们同去？"

"非常肯定。我早已说过了。"

"可是没有你她不走。我简直不知道怎么办。你必须用别的方式帮我忙。你必须假装一番，让她以为你可能愿意改变主意，你可能容许自己被说服。我不能够看到她向你告别或离开你，不论是在这里或在尤里亚金车站。我们必须设法使她相信，你毕竟是要来的，只是早晚问题，当我给你安排好另一次机会时你就会来。你必得假装你愿意那样。即使说谎你也要使她相信这点。我不是空口说白话——我向你发誓，以我的人格保证，你只要一向我表示，我马上把你弄去东部，设法让你去你要去的任何地方。不过，必须让拉里莎·费奥多罗芙娜相信，你至少会来给我们送行。你最少要使她相信这点。譬如，你可以假装去套雪橇，同时催促我们先立刻动身，不必浪费时间等你——说你一预备好就赶上我们。"

"我被斯特列利尼科夫的消息震昏了，我无法集中精神。我几乎不能考虑你所说的话。不过，你说得不错。他们已经干掉了他，他们既是那么狠毒的东西，那么，拉里莎·费奥多罗芙娜和卡坚卡的生命自然有危险，这是必然的结论。不管是她或我有一人被捕，我们就不免分开。倒不如让你把我们分开，把她们带走，愈远愈好。我尽管这么说，可是并不相干——事情早就在你的愿望中发展了。或许我终于会完全垮下来，吞下我的骄傲和自尊，爬去找你，求你把她还我，求你救我的命，求你弄船让我去投奔我的妻儿，求你帮我的灵魂得救，接受你给我的一切恩惠。不过，必须给我时间考虑。这个消息使我目瞪口呆。我已难过到不能思想或做正当推理。或许，把我自己交给你，是我犯了一个不幸的大错，这将使我的余生充满惊恐。可是，我是太震惊，太慑服了，以致现在我所能做的只是盲目地同意你，无可奈何地服从你……也罢，为了她，我现在就出去告诉她，我就去套雪橇，来追赶你们，不过，事实上，我将留在后头……然则，那是另一回事，你们现在怎么能走，天不就快黑了？沿途必须穿过树林，里面有狼群。当心。"

"我知道，别担忧。我有一支长枪还有一支手枪，我还顺便带了点酒驱寒。你要不要来点。我自己还有。"

"我干了什么事？我干了什么好事？我放弃了她，舍弃了她，让她走了。我应该去追她们。拉拉！拉拉！

"他们听不见。我在下风，他们或许正在彼此大吵大嚷。她有充分的理由感觉快乐，恢复信心。她不会想到我要的把戏。

"她在想：多奇妙啊，事情进行得如此顺利，好得不能再好了。她的荒谬、顽固的尤罗奇卡终于动了怜悯的心情了，谢谢苍天，我们正在去一个安全的地方，那儿的人比我们理智，那儿有法律和秩序。就算因为一时气恼，他不来搭明天的车，科马罗夫斯基也会另外派车接他，他会及时和我们团聚。此刻，他当然是在马厩中，匆忙、兴奋、笨手笨脚地套雪橇，他将以全速追赶，同时能在我们进入森林之前追上我们。

"她必然是这么想的。我们甚至没有好好的告别，我只是向她挥挥手就转身了，尽力吞下我的苦痛，它像是哽在我喉头的一块苹果，让我窒息。"

他站在走廊上，大衣披在一边肩上。另一只空着的手抓紧屋顶下的一根细长的木柱子，好像他要捏扁它。他的整个注意力集中在远方的某一点上。他可以看见那儿有一段短短的爬上山坡的路，路边有几株疏落的桦树。斜阳的余晖照在这片开阔地上，此刻隐藏在一个浅浅凹地的雪橇随时可能出现在那儿。

"再会吧，再会吧。"他说了一遍又一遍，在期待雪橇出现的时刻的来到，他的话悄悄地送入午后的空气中。"再会吧，我唯一的爱人，我的爱人永远失去了。"

"他们出现了，他们出现了。"当雪橇从斜坡上像一支箭似的射出，掠过一株株的桦树，渐渐慢下来，并且——啊，可喜！——在最后一株树前停下时，他由干瘪苍白的嘴唇中轻声吐出了几个字。

一阵狂热的兴奋在他心头猛撞，以致他两膝颤抖，他感觉软弱发晕，整个身子软如衣衫，就像正从他肩上滑落的大衣。"哦，上帝，是你要让她重回我的身边吗？这是怎么回事？落日时分正发生些什么呢？这可能是什么意义？为什么会停下不走呢？不，完了，他们又走了，他们走了。她一定是停下来对这屋子看最后一眼。或许想弄清楚我是否已动身？我是否在追赶他们？他们走了。"

如果幸好太阳不先落下去（在黑暗中他就看不到他们了），碰巧他们还会闪电似的再出现一次，最后的一次，他们将越过峡谷那边，两天前出现野狼的旷地。

现在，这一刻早就来到并且过去了。落在地平线苍白雪堆上的暗红色落日依然圆得像一只皮球，雪原泛滥着饱含湿气的凤梨色光辉，当雪橇掠过视线随即消失时，白雪贪婪地将它吸吮进去。"再会，拉拉，来世再见，再会，我的爱人，我无穷尽的永恒的欢欣。我永远再见不到你了，我永远，永远见不到你了。"

天快黑了。洒在雪地上的褐色的夕照倏然暗下来，随即消逝。柔和的灰色远方弥漫着淡紫的暮色，渐渐化为深紫，笼罩在路旁桦木林上的薄雾轻轻地抹过粉红色的天空，只见苍白一片，好似突然变薄了。

悲伤使尤里·安德烈耶维奇的官感敏锐，知觉迅捷，百倍于平时。四围的气氛是罕见的，独特的。冬季的暮色洋溢着同情，仿佛一个友好的见证。好像已往从未有过这样的黄昏，夜首次为安慰他的寂寞和孤单而降临，好像这由许多一览无余的、树木繁茂的山岗所环抱的山谷，以及那些树木是刚刚出现的，为了安慰他才特地从地面升起。

他几乎要挥走这种像一群执拗的朋友的可触及的美景，他几乎要对这依恋不去的余晖说："谢谢你，谢谢你，我一会儿就没事了。"

他依然站在走廊上，转过身，对着关上的门，背向世界。"我光辉的太阳已经落下了。"他不停地在心底重复，好像要把这句话刻在他的记忆中。他连大声吐出这几个字的力气都没有了。

他走进屋子。他的心中响起两串独白，两种完全不同的独白，一串是枯燥而有条理的，另一串是对拉拉说的，像一条泛滥的河流。

"现在我要去莫斯科，"他在想，"第一件事是活下去。我可不能让我自己睡觉。我必须通宵工作，直到我筋疲力尽为止。不错，另一件事，是立即燃起卧室中的火炉，我没有理由在今夜里冻死。"

可是，他还有其他来自内心的低语："我的臂、我的手和我的唇，一天不忘记你，我就与你同在，我不可忘怀的愉快！我将把失去你的痛苦，写在我配得上你的作品中，它将持久流传。我要记录下记忆中的你那痛苦、温柔和忧伤的样子。我要留在这里写完这些，然后我也要离去。我将把你写成恐怖的风暴平息后的大海，写成威力远及沙滩的最伟大的巨浪，这就是我要为你描绘的形象。它能够把海草、贝壳、软木、鹅卵石，和轻不可量的东西从海底卷起，送到沙滩上，形成断断续续蜿蜒曲折的长线，它无尽地伸向远方，伸向最高潮汐的边界。生命的风暴就是那样把你卷到我的岸边来的，啊，我最亲爱的人，我就是要这样描绘你。"

他走进室内，把门锁好，然后脱下大衣。当他走进拉拉在早晨非常细心整理过，后来因匆忙收拾行装又弄乱的卧室时，当他看到凌乱的床铺，以及地板上椅子上的一片狼藉时，他像小孩一般跪下，前胸紧贴着床架坚硬的边缘，头埋在床单中，尽情痛哭起来。不过没有多久，他就站起身，匆促地擦去泪痕，用疲倦、失神而惊异的目光，环顾四周，取出科马罗夫斯基留下的一瓶伏特加，拔去瓶塞，倒下半杯，加了水和雪，就像刚才痛哭一样，痛快淋漓地贪婪地大口大口牛饮起来。

有些无法说明的东西在尤里·安德烈耶维奇身上作怪。他的理智渐渐地丧失了。他以往从未有过这种古怪的生活。他忽略了屋子，不再当心照顾自己，他以昼作夜，自拉拉去后，他就不再记得时日了。

他痛饮伏特加，大写拉拉。可是，他划去的愈多，重写的愈多，他笔下的拉拉与活生生的拉拉相去就愈来愈远，愈不像身为卡坚卡之母、带着女儿远行的拉拉。

追求劲道和表达的精确，是他修改或重写的原因，可是，跟着来的还有内在沉默的刺激，不许他泄露他的个人经验，他揭露已往过分自由的真相，唯恐他冒犯或伤害直接介入的人。结果，他依然在震动，温暖的情感便逐渐从他的诗中消失，浪漫病症向开阔而沉静的幻影低头，把他从特定的个人层次提升到普遍而熟悉的层次。他并没蓄意追求这一目标，可是，这一开阔的幻影是自动到来的安慰，像拉拉在途中寄来的信息，像来自她的遥远祝福，像梦中的她，或摸抚他前额的手，而他爱这种高贵的烙印。

他一面写失去拉拉的哀恸，一面还把他多年来有关天、地、人的无所不谈的随笔重新复写了出来。像他往日写作时一样，许许多多有关个人和社会的观念从四面八方不住地向他攻击。

他一再反省，他对历史或称为历史过程的看法与众不同，他把它比作植物世界。冬季，在大雪之下，林中无叶的树枝稀疏瑟缩，就像老年男子的疣上的毛发。不过，春天一到，不消几天，树林就变样了，树顶高耸入云，你能够躲藏或迷失于树叶的迷阵中。变化的速度比动物快得多，因为动物不像植物长得那么快，甚至我们并不能直接观察植物生长的活动。树林虽然不移动它的位置，但我们并不能感觉到它的变化。当我们看着它时，它似乎总是静止的。类似地，在我们的肉眼中，永远在变化在成长的历史也是静止的，社会的生命在不知不觉中进行着永不终止的蜕变。

托尔斯泰就是这么想的，不过，他并没如此清楚地表白出来。他否认历史是由拿破仑，或其他的统治者或将军推动的，不过，他并没把这个观念发展出有逻辑的结论来。历史不是由哪一个人创造的。历史的成长看不见，就像我们看不见草的生长一样。战争和革命、国王和革命党领袖，只是历史有机体的媒介，它的酵母。但是革命的制造者是一群头脑单纯的狂热行动者，一群毕生专心致志于某一有限领域活动的天才。他们在数小时或数日内推翻旧秩序。整个的动乱只费时数周，或最多不过一年，可是，激励动乱的狂热精神却在事后被崇拜几十年或几个世纪。

他为拉拉哀伤，也为远去的梅留泽耶沃之夏哀伤。当革命最初发生时，一个神从天上降下来，那是夏日之神，当时人人按照自己的方式疯狂，人人各按自己的生存权利生活，而不是成为某种最高权威的正确理论的牺牲品。

当他写杂感时，他又写了一段笔记重申他的信念：艺术总是为美服务的，而美的形式总是使人欢娱的，而形式乃是有机生命的钥匙，因为凡是有生命的东西一定具有形式，所以，每一项艺术品，包括悲剧在内，都表达生存的欣悦。而他自己的观念和笔记还给他带来欣喜，一种悲剧的欣喜，一种使他筋疲力尽并且头痛的饱含泪水的欣喜。

桑杰维耶托夫来看过他。他给他带来更多的伏特加，并且告诉他，安季波娃和她的小女儿跟科马罗夫斯基离去的经过。他是乘铁路手摇车来的。他责怪日瓦戈不好好照料马匹同时将它收回，不肯照尤里·安德烈耶维奇的意愿让他多留用三四天，不过，他答应一个礼拜内再来亲自接他离开瓦雷金诺。

当他浸沉在工作中时，尤里·安德烈耶维奇有时突然记起拉拉，栩栩如生地浮现在眼前，破坏他浸沉中的思维的敏感和明锐。就像童年时代一样，当他母亲死后，他以为他在鸟鸣中、在科洛格里沃夫家夏日华丽的林园中，听见了他母亲的声音。所以，习惯于拉拉的声音并期待她的声音作为他生活一部分的听觉，现在作弄他了，他听见她在隔壁房中叫"尤罗奇卡"。

在这一周中，他还有别的幻觉。将近周末时，他从一个噩梦中惊醒，他梦见一头龙就藏身在他的房子底下。他张开两眼。山谷中火光一闪，他听见一发来复枪声。奇怪得很，不到几分钟，他竟然又睡着了，平常很少有这样的经验，第二天清早，他告诉自己说：这是一场梦。

这件事发生在一两天以后。当时日瓦戈终于说服了他自己，他必须理智点，如果他要自杀，他应该找一个速度较快、痛苦较少的方法。他答应自己，桑杰维耶托夫一来接就走。

黄昏前不久，天色还有点光亮，他听见雪上有沙沙的脚步声。有人正以坚定、轻松的步子平静地向房子走来。

奇怪！会是谁！桑杰维耶托夫有马，他不会徒步来的，而瓦雷金诺已荒无人迹了。"他们来找我了。"尤里·安德烈耶维奇暗自确定。"是召唤或命令我回城的吧，或者就是来拘捕我的。他们必定是两个人，并且有交通工具带我进城。要么是米库利钦。"他欣喜地想，想象他已认出是他的脚步。依然身份不明的来人，摸索着门闩已经弄坏了的门，好像他期待挂锁还在上边一样。然后他充满信心地跨进来，好像对路径很有把握，打开连接的门，然后又小心地把门关上。

尤里·安德烈耶维奇一直坐在书桌上，背向着门。当他站起来，面对着门时，他发现来人已来到书房门口，木然地站着。

"你想找谁？"日瓦戈不假思索、机械地吐出老套，当对方没回答时，他也不惊异。

陌生人身材匀称结实，面貌英俊。他身穿皮夹克、长裤，脚穿温暖的山羊皮靴，肩上挂着一支来复枪。

只有他出现的一刻使日瓦戈吃惊，他的来到反没有什么。屋里曾经有人居住的遗迹使他有了心理准备。显然他就是他所发现的供应品的主人，如他所知，那不可能是米库利钦夫妇留下的。他身上的某种东西使尤里·安德烈耶维奇觉得熟悉，他觉得以前曾经见过他。既然他看到尤里·安德烈耶维奇时没有预期中的惊讶，或许他已听说，这房子有人住了，甚至谁住在里面他都知道。或许他还认得日瓦戈。

"他是谁，他是谁？"日瓦戈绞尽脑汁，"我在哪里见过他，天啊？一定不……一个炎热的五月清晨，上帝知道是在哪年。拉兹维利耶的火车站。军事委员的专车，前途坎坷。枯燥无味的观念，单纯的头脑，冷酷的原则，还有诚实，绝对诚实……斯特列利尼科夫！"

他们已谈了好几个小时。他们的谈法似乎只有俄罗斯境内的俄罗斯人才谈得出，特别是好像他们都处身在焦虑惊恐的时代中，两人都奋不顾身。夜幕正慢慢落下，天色暗下来。

除开那个时代流行的神经质的多话病外，斯特列利尼科夫之所以喋喋不休，还有些个人的理由。

他一直说个不停，尽一切可能不让谈话中断，以免陷于孤寂。他是怕他的良心吗？是悲伤的记忆纠缠他吗？是那种自我不满折磨着他，使他变得如此充满憎恨而且不能宽恕自己，因此使他羞愧欲死吗？还是他已做了某种可怕的不可变更的决定，因而他不愿独处，并焦虑地要借着和日瓦戈交谈和做伴而拖延它的执行吗？

不管是什么，当他在别的题目上滔滔不绝倾心畅谈时，他显然对自己藏有重大秘密，一个沉重的心理负担。

这是一种疾病，时代的革命狂，内心想的是一回事，言谈举止又是一回事。没有一个人的良心是干净的。人人都有理由觉得自己有罪，自己是一个秘密罪犯，一个逍遥法外的骗子。一点点借口就足以幻想出一套东西做不可收拾的自我煎熬。在狂想的推动下，人们对自己做不真实的自责，不只是由于恐惧，而且由于病态的破坏冲动，由于自己的意志，人人中了自己形而上学的迷魂药而陷入恍惚的境界，人人有自我非难的热情，一经开头便无法遏止。

作为一名高级将领，他常出任军事法庭的主席，斯特列利尼科夫必然听过并读过犯人各式各样的坦白书和供状。现在他在这种冲动的支配下，揭开了他自己的面具，重行评定他自己的一生，写下功过得失是非的对照表，虽然他狂热的兴奋大大地歪曲了一切。

他语无伦次，不停地从一个表白跳到另一个表白。

"这一切全发生在赤塔附近……你在抽屉和茶柜中发现这些外国东西时感到惊奇吗？那一切都是红军占领东西伯利亚时，我们征收来的。自然，这不完全是我自己带来这里的。我总是有可信赖而对我忠心的人在我周围。就这点而言我的一生可以说很好，这些蜡烛、火柴、咖啡、茶、书写文具等等都来自征用的军中商店，部分是捷克的，部分是英国和日本的。奇怪吧，是不是？……'你以为怎样？'是我妻子的口头禅，我猜你早注意到。我不能决定是否告诉你，我是什么时候到这里的，不过我现在不妨承认——我是来看她和我女儿的。我得到她们在这里的消息太晚了。所以我没能见到她们。当涉及你和她私情的谣言和报告传到我耳中，以及日瓦戈医生的名字被提到时，基于一种不可解释的理由，从这几年来我见过的千万面孔中，我记起了一名曾经审问过的医生。"

"因而，你后悔当初没有枪毙我？"

斯特列利尼科夫对这个问题不闻不问，也许他甚至并没有听到这个打岔。失去了他的头绪以后，他又继续他的独白。

"自然，我曾嫉妒——我现在还嫉妒，为了那种事，你还能期待什么？……我来这个区域，只是几个月前的事，是在更东区域的巢穴被发现之后。我被诬告，必须上军事法庭受审。结果如何不难揣测。我并没有罪。我想，在未来，在一个适当的环境下，我或许还有辩解并洗刷我名誉的希望。所以我决定趁他们还没拘捕我以前，在我还有自由的时候，暂时先躲一躲，过一阵隐士生活，不停地更换住处。如果不是我相信一个年轻的无赖的甜言蜜语，或许我会成功。

"这发生在我穿越西伯利亚西行的途中，当时我徒步而行，忍饥挨饿，尽量不走大道。我大多睡在雪堆里，或是列车中——沿途有无数的列车埋在雪里。

"唉，我碰上了一个小伙子，一个流浪者。他说游击队枪毙他，他逃脱了——他们把他和其他好些死囚排在一起执行枪决，可是他只受轻伤，于是从一堆死尸中爬出来，藏在树林中养好伤，而他现在正像我一样，不停移动，到处躲藏。无论如何，这就是他的历史。他是个一无是处的下流坯子，邪恶而畏缩。他曾被学校开除，因为他太愚劣。"

斯特列利尼科夫说得愈详细，医生愈觉得他认识这个少年。

"他的名字叫捷连季·加卢津？"

"不错。"

"那么，他说的关于游击队和枪毙的事全是真话，一个字不假。"

"他唯一的优点是爱母亲。他父亲被当作人质枪毙了，他母亲被关在牢中，好像早晚也免不了一死。当他听说这个消息时，他决定尽一切可能救母亲出狱。他去当地的赤塔自首，并自愿为他们工作。他们答应给他一个机会，条件是他必须出卖些人。他就报告了他们我藏在什么地方。幸好我及时离开。

"历经罕有的努力和无尽的冒险，我总算穿过了西伯利亚，到达这个区域。我在这里太出名了，我想，他们会以为这是最后可以找到我的地方，他们不会设想我有这份勇气。当我躲藏在这房子里或附近我所知道的一两个安全地方时，他们已在赤塔四围找了我很久。可是现在一切都过去了，他们已追踪上我。听着，天色已渐渐黑了，我不喜欢黑夜，因为我已经有好几年不能安睡了。你知道这种罪多难受。如果我的蜡烛还有剩余——噢，还有没有？真正的牛脂烛！——那么，让我们多谈一会儿，让我们奢侈地秉烛畅谈，谈上个通宵，直到你支持不了为止。"

"蜡烛还全在，我只打开一包，我用了煤油，那或许也是你留下的。"

"你有面包吗？"

"没有。"

"那么你是怎么活的？可是，多傻的问题！当然是马铃薯。"

"不错，要多少有多少，过去住在这里的人是长于管家的，他们知道如何储藏马铃薯。那些马铃薯在地窖中完好如初，既没烂掉也没冻坏。"

斯特列利尼科夫突然把话题扯到革命上。

"这对你全无意义。你不能明白。你的出身完全不同。俄罗斯不知有多少人住在贫民窟、大杂院、铁道沿线和郊区。那个世界肮脏、饥饿、拥挤，男男女女堕落到不成人形。而另一个世界，是母亲的宠儿、神气的学生、富商的子女的世界，一个不受惩罚、厚颜无耻、傲慢无礼的世界，一个富人嘲笑穷人，或不顾被剥削、被侮辱、被糟踏的穷人眼泪的世界，一个寄生虫的领域。生活在其中的寄生虫唯一的特性是他们从来不用麻烦自己做任何事，从不对世界做任何贡献，而且拼命搜刮。

"但是对我们来说，生活是一场战役。我们为自己所爱的人移山倒海，如果我们带给他们的只有忧愁，他们也不反对我们，因为到头来我们比他们还要忍受更多的痛苦。

"不过，在我说下去之前，我必须告诉你一件事。这点很重要。你必须离开瓦雷金诺，如果你还重视你的生命，别不理我的劝告。他们正越来越近，因而不管我出什么事，都会牵连你。此刻你和我长谈已经把你卷进漩涡了。丢开其他的一切不说，这附近有许多狼。有一天晚上，我必须开枪才走得出山涧。"

"原来是你开的枪。"

"是的，当然你听到枪声时我是去另一个藏身之地，不过，在我还没到那里以前，根据种种迹象，我推测那里已被发现了。躲在那里的人或许已被枪杀。我不会和你一起久待。我只在这里过一夜，明早就离去……唉，能躲一天我就躲一天。

"当然，不仅是在莫斯科或俄罗斯有这些华丽的特维尔和亚玛大道，街上美服华冠的花花公子手挽女友，乘车招摇而过。那种大街，大街上的夜生活，过去一个世纪的夜生活，在竞驰的马匹和花花公子，存在于世界上的每一个城市中。然而十九世纪，自成一格的是什么？使它成为一个历史性时代的是什么？是社会主义思想的诞生。不断的革命，热血男儿死于军营，作家绞尽脑汁诅咒金钱的罪恶，挽救穷人的人性尊严。马克思主义兴起，它揭露罪恶的根源，提出拯救之道，它变成了那个世纪伟大的力量。而华丽的大街还是华丽的大街，肮脏与英雄主义，堕落与贫民窟，宣言与兵营，依然照旧。

"你不能想象在童年时，在女学生时，她是如何可爱。你一点概念也没有。她有一个女同学住在我们隔壁。大杂院里绝大多数房客是布列斯特线上的铁路工人家庭。那时叫布列斯特线，后来换过好几次名字。我的父亲——他现在是尤里亚金革命法庭的委员之一——是铁路工头。我常去那间房子，同时在那里见到她。她那时还是个孩子，不过即使是在当年，你就已经能从她的脸上和眼神中见到那个时代的所有惶恐和不安。所有这个世纪的主题——所有的眼泪、侮辱和希望、累积的怨愤和骄傲都刻在她的面孔和行为上，与一种小女孩羞怯自持的优美相生相伴。她是这个时代的活控诉状。这是有意义的，是不？这是命定的。她有某些天赋，是她与生俱来的。"

"你对她的说法真恰当。在那个时候我也见过她，正如你所描述的她。一个女学生，然则同时也是一出非孩童戏剧的秘密女主角。她墙上的影子是无助的，那是警觉的自卫的影子。我见到的她就是这样，因此，我依然记得她。你形容得非常完美。"

"你见过并且记得她？后来呢？"

"那完全是另一回事了。"

"是的。唉，你也看到了，整个十九世纪所发生的一切——巴黎的革命，从赫尔岑开始一代代的俄罗斯流放者，见诸行动或只有计划的针对沙皇的刺杀，全世界的工人运动，在欧洲社会和大学生中的马克思主义的流行，新的思想体系以其新奇性、嘲弄性、结论的急促性，以及借怜悯之名拟定的无情解救方法不断地兴起——这一切都融会并表现在列宁身上，他降临到世上来，像是要给旧世界应得的惩罚。

"于是一个庞大的俄罗斯，在世界眼前与他并肩兴起，她全身冒着烈火，像是为整个人类的悲愁和不幸赎罪的火。不过为什么给你讲这些呢？在你听来，这必然是一阵铙钹的叮叮当当——只是些空话。

"为了这个女孩的缘故，我进了大学，同时成为一个教师，来到当时完全陌生的尤里亚金。为了她我读了一堆堆的书，吸收了大量的知识，如果她要我帮忙，那么我可以有效利用。在赢得她并结婚三年后，我参战去了，当战争结束时，我从囚禁中归来，借着已报阵亡的便利，取了个假名投身于革命之中，为她所受的折磨做报复，好洗清她的记忆，如此她就不可能再回到过去，莫斯科就再也没有特维尔大街和亚玛大街。而在这一段时期中，她们，她和我的女儿，就在我附近，她们就在尤里亚金！我不知费了多大力气，才抵抗住奔向她们、去看她们的渴望！不过，我要先完成我一生的大事。呵！现在我必须付出什么才能看她们一眼！当她走进来时，仿佛窗户自动飞开，室内充满空气和阳光。"

"我知道你多爱她。不过，请原谅，你可知道她如何爱你？"

"对不起。你在说什么？"

"我问你，你可知道她多爱你——超过世上任何一个人？"

"你怎么会说起这个？"

"因为她亲口告诉过我。"

"她说的？对你？"

"不错。"

"请原谅我，我也知道这是不可能问的事，不过，如果这不是无望的轻率，如果你能，请你原原本本地告诉我，她是如何对你说的？"

"非常乐意。她说，你是人类应有德行的体现，她从未见过第二个男人可以比得上你，你的天赋是独特的，如果她能回到过去和你团聚，纵使你在海角天涯让她用两膝爬去她也愿意。"

"请原谅我，假若这不涉及某些太亲密的事，你还记得她是在什么环境下对你说的？"

"她就在这房间里说的，然后她走出去抖地毯。"

"对不起，哪张毛毯？这里有两张。"

"那一张，那张大的。"

"对她来说，这嫌太重。你帮她忙没有？"

"帮了。"

"你们两人各抓一端，然后她人向后仰，仰得深深的，高举两手像荡秋千一样，同时把脸转过去，避开空中的灰尘，眯着眼，咯咯大笑？是不是这样？我多了解她的举动啊！然后你们面对面走近，先把沉重的地毯一折为二，再折为四，同时她开玩笑，做鬼脸，她是不是这样？她是不是这样？"

他们站起身，走向不同的窗户，望着不同的方向。过了一阵，斯特列利尼科夫走向尤里·安德烈耶维奇，抓住他的两手，把它们压在他的胸口，然后又像以前一样匆忙地说下去：

"请原谅我。我领悟到，我正碰到一些你所珍贵并视为神圣的事。如果你容许，我还想问你更多的问题。只是求你别走开。不要让我孤单。马上我自己会走开。请想想看——六年的分离，六年不可想象的自制。但我一直在想，自由还没有完全赢得。我想，当我赢得自由时，我的手就解开了，我就能属于我的家庭。而如今，我的一切打算都落了空。明天他们就要拘捕我了。你是她亲近的珍爱的。或许有一天你能再见到她，因而……不过我在说些什么！我疯了。他们将拘捕我，不容我说一句为自己辩护的话。他们抓住我时会大嚷大骂，并拿我取乐开心。我还不知道他们的作风！"

尤里·安德烈耶维奇终于有了一次好睡。一倒下就睡着，这是他多少夜以来的第一次。斯特列利尼科夫留下过夜，日瓦戈将他安置在邻室中。他夜间醒了好几次，翻个身，或把被子拉到下巴，自觉酣眠后的舒畅，便又快乐地睡去。快天亮时，他做了好几个有关他童年的万花筒似的短梦，十分详细合理，他竟误以为真。

例如，他梦见他母亲的水彩画在意大利里维埃拉这个地方展览时，突然从墙上掉下来，因而他被打碎玻璃的声音惊醒。他张开两眼。"不，这不能是那回事，"他想，"这是安季波夫，拉拉的丈夫斯特列利尼科夫，在吓唬舒契玛的狼群，如同瓦克赫所说的。"可是不对，那简直是瞎说！

那是画。就在那儿，支离破碎地躺在地板上，他确定这一切后，又回到梦中。

他醒得很晚，因为睡得太久头有点痛。有好一阵，他简直想不起他是谁，身在何处。

然后他想起："斯特列利尼科夫在这里。天已不早。我必须穿好衣服。他必定已起身了。如果还睡着，我要叫醒他，煮点咖啡，我们一起喝。"

"帕维尔·帕夫洛维奇！"他叫道。

没有回答。"他还在睡。他真是个能睡的家伙。"他匆匆忙忙地穿上衣服，跑去邻室。斯特列利尼科夫的皮帽子还放在桌子上，可是，屋中不见人影。"一定是去散步了。不戴帽子。锻炼自己。今天我必须离开瓦雷金诺，不过现在已经太迟了。我又睡过头了，天天这个样子。"

他燃起厨房的炉灶，捡起一只水桶，往井边走去。出门没有几米，只见斯特列利尼科夫横躺在路上，头埋在雪堆里。他开枪自杀了。血从让他致命的左太阳穴的伤口流出，下面的雪一片殷红。喷出的血滴混合着雪，形成一颗颗血球，看上去就像花楸的果实。

第十五章
落幕

现在剩下来要说的是日瓦戈晚期八到十年的简短故事。在这段时间中他变得愈来愈衰老无用，作为一名医生和作家，他正逐渐丧失他的知识和技能。有一个短时期，他从颓丧中挣扎出来，重操旧业，但经过一阵极短的行动上的突然燃烧，他又退回旧有的状态，对他自己及世界上的任何事情都不关心。在这些年中，他的心脏病已发展到严重的地步，他早就诊断出自己有病，不过没有意识到它的危险。

他在新经济政策开始实行时去了莫斯科。他比从游击队中逃去尤里亚金时更瘦削，更不注意外表，更不讲究修饰。在旅程中，他再度用还值些钱的衣物沿途换取面包，只留下些破烂的衣衫蔽体。所以，他的二手货皮外套和皮袄皮裤全没了，当他到达莫斯科大街上时，只剩下一顶灰羊皮帽、一副皮绑腿和一件纽扣全掉了的像囚犯制服的旧军装大衣。从这副打扮上，简直看不出他和拥挤在首都车站上、大街上和广场上的无数红军有什么区别。

他不是单独抵达的。不管他到哪里总有一个好看的年轻农民跟着，他也穿一身旧军装。他们双双出现在几家劫后幸存的客厅中，它们像尤里·安德烈耶维奇曾在其中消磨童年的客厅一样，那些客厅的主人还认得他，并对他和他的同伴表示欢迎（在圆滑地问及他们曾否洗过澡后——斑疹伤寒依然猖獗），然后，对他讲起他家人离开俄罗斯的情况和经过。

他们两人都怕见人，这种寡合的行为使他们极力避免分别走入人群，为了怕成为注意的焦点，并与人接谈。当这两个瘦长的人出现在任何朋友的聚会中时，通常都躲在一个角落上，沉默地消磨一个晚上，不参加大家的聚谈。

身穿破烂衣衫，到处跟着一个青年，这位高大的、骨瘦如柴的医生看起来就像一个追求真理的苦修士，而他的伴侣就像盲目崇拜的、有耐性的、服从的信徒。这个青年伴侣是谁？

尤里·安德烈耶维奇的最后一段旅程是乘火车的，不过，早先的大部分旅行都是徒步。

沿途所看到的村庄，不比他逃出森林的囚禁时在西伯利亚和乌拉尔所看到的村庄好。只是那时是冬季，而现在是夏末秋初，气候温暖、干燥，使一切东西看上去好受一些。

他所经过的村庄有一半已经荒废，田地被放弃了，庄稼没有人收割，就像敌人袭击后的景象。这些都是战争的结果——内战。

在九月末，有两三天的时间，他一直沿陡峻的河堤往上走。迎面流来的河水在他的右首。他的左首，是一片辽阔的未曾收割的田野，从河岸一直伸展到地平线上的云层。在田野中间，不时有树林把它隔断，树林绝大多数是橡树、枫树和榆树。树林伸入陡然下落的、切断道路的河谷中。

在还没收割的田地中，成熟的麦穗炸开泻落在地上，尤里·安德烈耶维奇捡了好些把，在最坏的状况下，如果他没办法煮它，用它熬成稀粥，他就把它塞入口中，费了极大的困难仔细咀嚼。没有完全嚼烂的生麦粒几乎是不可消化的。

他生平从来没有见过这种深色的裸麦，害了锈病似的呈棕色，旧金子的颜色。通常在及时收割时，它的颜色要淡得多。

这些闪耀而无火的火焰色田地，这些默默宣布它们厄运的田地，被安静广阔的天空冷冷地围着。天空的表面早已露出冬的迹象，一片片中央白四周黑的长长的雪云不停地在移动着。

一切都在做着有规律的缓缓移动——流动的河，河旁的路，而日瓦戈沿着河岸随浮云流动的方向步行。连裸麦地也并不静止。它们的表面是活动的，它们像是因不停地爬行而骚动，令人想起肮脏和可憎的事。

过去从未有过这样猖狂的鼠害。它们已繁殖出空前未有的数量。晚间，当日瓦戈因陷于黑暗被迫露天过夜时，它们在他的面部、手上、袖子里面、裤子里头窜来窜去。白天，成群结队地跑过大路，到处都是，阻塞通路，当它们被踏到时，便口吐白沫，吱吱尖叫。

毛发蓬松的乡村杂种狗变成野狗，隔一个相当的距离跟着他，不时彼此交换眼色，好像决定要在一个最适当的时候扑倒他，把他撕成碎片。它们以腐尸当食物，不屑吃老鼠，远远地盯住尤里·安德烈耶维奇，极有信心地跟住他，好像在等候些什么。不知为了什么理由，它们从不冒险进入森林，当他接近森林时，它们便逐渐后退，摇摇尾巴，消失在远方。

在那些日子中，树林和田野恰恰构成一个强烈的对比。被人弃置的田地看起来像孤儿，好像是有意把它们置于天谴之下。可是，挤满了人的森林却骄傲而自由地繁茂起来，似乎刚从监禁中释放。

在平常年月，由于行人，特别是乡村的孩子们，早在坚果青涩时就将它们整枝摘下，通常坚果是不容易长熟的。可是现在山坡上和山谷中的树林无不枝叶繁密，满布因日晒而粗糙多尘的金色叶片。中间挂着一串串凸出的成熟果实，三个或四个连在一起，好像有绳子串上似的，随时会从枝上坠落。尤里·安德烈耶维奇捡了不少，咬碎它们的壳，装满他的口袋和行李袋，整整一个星期，他以榛果充饥。

在他眼中田野像是一种患危险病症而发高烧的东西，而树林，恰恰相反，则是一片复原后健康的光润。所以，在他看来，上帝居住在树林中，而田野却响彻魔鬼讥讽的笑声。

在这段旅程上，尤里·安德烈耶维奇走过一个焚毁的荒废的村庄。所有的屋子都在路的一边，面对河流。大路与河流陡岸边缘间的一长条地是空的，没有什么建筑。

只有几间被火烧黑了的屋子尚未倒塌，不过，它们也是空的，没有人居住。至于其余的房子，除去一堆堆烧焦的废墟垃圾和突出在焦土之上的黑烟囱外，别无一物。

面对河流的悬崖上布满蜂巢式的凹坑，那是村民把岩石凿成磨石的地方，那曾经是他们的生计之所。三块尚未完工的石头躺在最后一间房屋前的空地上，其中有一块还是竖立的。像别的屋子一样，这间屋子也没有人居住。

尤里·安德烈耶维奇走进屋内。这是个静止的午后，可是，在他跨进门的一刹那，好像有一阵风破门而入。稻草和干草丛在滑动，残余的壁纸拍拍飞动，整个屋子在骚动，簌簌有声。像村野一样，屋里都是老鼠，四处躲窜，吱吱乱叫。

他走出来。太阳斜挂在村后田野的尽头。对面河岸泛滥着一片温暖的金光，水坑反映出斜阳逐渐黯淡的光华，照在部分地伸入河中央的灌木丛上。尤里·安德烈耶维奇跨过大路，坐在倒卧草地的一块磨石上。

一个眉发蓬松的头从河岸边冒出来，然后是肩膀，然后是两臂。有人提了一桶水沿着悬崖的石径爬上来。见到日瓦戈，他停下来，这时日瓦戈依然只能看到他的上半身。

"你要喝水吗？如果你不伤害我，我也不伤害你。"

"谢谢你，是的，我想喝口水。走过来，不用害怕。我为什么要伤害你？"

提水的人是一个十多岁的少年，光脚，衣衫破烂，头发蓬乱。

不管日瓦戈的语言如何友善，他依然惊疑地凝视着日瓦戈。不知为了什么，这个少年忽然出奇地激动起来。最后，他竟放下水桶向日瓦戈跑过去，不过，在中途就停下了，喃喃地说：

"不是……这不能是……我一定是在做梦。同志，请原谅我，请问，我可是以前见过你？是的！是的！一点不错！你是那位医生，你不是吗？"

"你是谁？"

"你不认识我？"

"不认识。"

"我们从莫斯科同车出来，在一个车厢中。他们抓我去做苦工。我在劳工队里。"

原来是瓦夏·布雷金。他匍匐在日瓦戈的面前，吻他的手，啜泣着。

被焚化为废墟的村庄本来是他的故乡韦列坚尼基。他母亲已死去。当村子被毁时，瓦夏藏在石矿场的一个山洞里，但是他的母亲以为他被抓进城了，悲痛发疯，于是投河自杀——就是他坐在旁边说话的、流过悬崖脚下的这条佩尔加河。他的两个妹妹阿廖卡和阿里什卡据说流落在另一个区域的孤儿院中，不过，他并不确知她们的下落。此后他就随日瓦戈一道去莫斯科，一路上他讲了许多可怕的往事。

"田野里就要糟蹋了的是去年冬季的庄稼。我们刚刚播完种，祸事就来了。这是在佩拉吉娅姑姑走了以后，你记得佩拉吉娅姑姑吗？"

"不。我甚至根本不认识她。她是谁？"

"你根本不认识佩拉吉娅姑姑？她那时和我们在同一列车上！佳古诺娃。那个丰满漂亮，用眼睛直直瞪着你的人。"

"是那个老是打辫子从不梳头发的？"

"对啦！那个拖一条猪尾巴辫子的，就是她！"

"不错，我记得她。等等，现在我想起来了，我后来还在西伯利亚的一个小镇上遇到她，我们在街上碰到的。"

"你不是说真的吧！你见到过佩拉吉娅姑姑！"

"你怎么回事，瓦夏？你为什么像个疯子似的摇我的手？一不小心，你会把它们折断。你为什么脸红，像个女孩似的？"

"噢，快告诉我，她好吗？快告诉我。"

"当我见到她时，她还好。她说起你和你们村上的人。她好像还说过曾住在你们村上，或是我记错了？"

"当然，她说了，当然她说了。她和我们住在一起。我母亲爱她如亲姐妹。她沉静，一个工作的好手，两只手非常灵巧。当她和我们住在一起时，我们家里样样东西都很多。不过，村人的闲话使她在韦列坚尼基的生活很悲惨。

"村子里有个男子叫罗顿·哈尔拉姆。他追求佩拉吉娅。他是个瘦高个儿，没有鼻子。她甚至看都不看他一眼。因此他憎恨我。他说我和佩拉吉娅的坏话。她终于走了，她再也受不了了。那只是所有我们厄运的开端。

"后来附近又发生了可怕的谋杀案。一个寡妇独自一人住在农场上，往上去是布依斯科耶。平常喜欢穿有松紧带的男人鞋子走路。她养了一条很凶猛的大狗，拴在一条长链子上，在屋子四围巡逻。她叫那只狗作高尔兰。家务和农场上的工作都由她一个人做，不要帮手。嗯，去年冬天来得特别早，谁都没想到雪也落得早，这个寡妇的马铃薯还没有来得及挖。于是，她跑来韦列坚尼基说，'帮帮我的忙，'她说，'我愿意付钱或分你马铃薯。'

"我说我来干，不过，当我到达农场时，哈尔拉姆已经在那里了，他已先在那里做了这工作，而她并没有对我说。也好，我并不要和他争那工作，于是我们就一道做。天气非常坏——下雨，落雪，又是泥泞，又是雪水。我们挖个不停，我们烧去薯藤，用烟烘干马铃薯。当我们做完工时，她付了我的工钱，公公道道，然后她打发哈尔拉姆走开，可是对我挤挤眼，像是说，要我多留一会儿，或等一下再来。

"于是我再去她家。'我不想把剩余的马铃薯给政府。你是个好孩子，'她说，'我知道你不会出卖我，你看，我什么也不瞒你。我本想自己挖个地窖，可是，你看外面的天气像什么。我已耽搁得太久了，现在已是冬季，我自己搞不妥。如果你帮我挖，我不会亏待你。'

"于是我就帮她好好掘个藏东西的地窖，底下阔，上面窄，就像一个瓮子，我们又升起火，用烟把地窖烤暖烤干——一切都在风雪怒号下进行。然后，把马铃薯放进去，盖上土。做得干干净净。当然，我没对任何人说一个字，连我的母亲、妹妹都没说。真希望不会有那样的事。

"唉，大约不到一个月光景，农场被抢了，从布依斯科耶来的人说，大门敞开，整个农场被抢空了。连窗户都不见了，高尔兰挣断了它的链子，也跑了。

"过了没多久，新年前有一阵融雪时期。就在瓦西里节那天，天下大雨，所以，高地的雪给冲化了，能够看到光秃秃的地。于是，高尔兰跑回农场，找到埋藏马铃薯的地窖，开始扒土。它扒呀扒呀，于是见到了老寡妇的腿竖立在坑中，脚上还穿着她经常穿的那双有松紧带的鞋——多可怕！

"韦列坚尼基的人个个都为老寡妇难过。没有人怀疑哈尔拉姆，你怎能责备他们？这是万万想不到的。他不会有这个胆量。如果他干了，他早会跑开啦，跑得远远的。

"村里的富农对这件谋杀很开心。他们想，这是个挑拨的好机会。'看看那些城里人对你们干的好事，'他们说，'他们这样做是为了杀鸡儆猴，让你们不再藏谷子、埋马铃薯。你们以为杀她的是树林中的土匪，那你们可就傻啦！乖乖听城里人的话吧。他们袖子里的鬼把戏还多得很，他们将拿走一切，他们将饿死你们。如果你们想知道什么事对你们有好处，那么听我们的，我们将教给你们一些常识。当他们跑来要拿走你们用血汗挣来的东西时，告诉他们，我们连一粒裸麦都没有，别说剩余。一旦有问题，用你们的草耙。如果有人反对，还是眼睛张大些！'唔，老家伙纷纷议论，主张举行村民大会。而那恰是哈尔拉姆所希望的，他赶快去城里报告。'我们村上可热闹啦，'他说，'你们怎么办？一个贫农委员会，那正是我们所需要的。我敢保证，不久他们就会互相残杀。'然后，他跑开了，永远不再出现在我们这附近。

"后来的事是自然而然来的。没有人告密。没有人该受责备。他们从城里派来红军，设立了法庭。他们第一个先审问我。因为哈尔拉姆告了我，他们说我逃避劳役，说我杀死老寡妇并煽动村民。他们把我关起来，幸好，我想起撬开地板，溜出来。我躲在旧石矿场的山洞中。村子是在我头顶上烧去的——我根本没看见，而我母亲自沉在一个冰洞里，我也完全不知道。这一切都是自然发生的。他们把红军士兵安置在一间屋子里，拿好酒让他们喝，士兵们个个酩酊大醉。夜间，屋子突然着了火，火焰一家家地烧开来。大火一起，我们村子里的人都从房子里跳出来，逃走了。

可是，从城里来的人呢——提醒你，没有人放火烧他们——自然，都烧死啦。没有人告诉我们的村人逃走或远离被烧掉的家园，不过，他们害怕会发生别的事。富农散布谣言，十岁以上的男人都将被枪毙。当我从山洞中出来时，他们全跑光了，我找不到一个人，他们正不知在什么地方流浪。"

日瓦戈和瓦夏在一九二二年春天新经济政策开始时到了莫斯科。天气晴明而温暖。俯瞰救世主教堂大圆顶的阳光，抚弄着石块夹缝中长满青草的广场。

禁止私人企业的命令解除了，政府允许私人做有限度的贸易。买卖只是破烂废物的翻折，在一个跳蚤市场上买来卖去，这种琐碎只导致投机和咒骂。这种交易并不增多物资，根本无补于城市的匮乏，不过，一次又一次的转手买卖使投机者赚了不少钱。

有几个谨慎的私人藏书家把他们的书从书架上取下来，集中在一个地方，请求市苏维埃允许他们成立一家合作书店，并申请使用几间旧鞋店的仓库或花店，那些店子是从革命开始的第一天起就关上大门的，现在已空置多年了。他们偶尔也卖出去几本书。

日子比以前更苦，教授太太们只好不顾法律禁止偷偷做白酥卷出卖，现在可以把白酥卷放在旧自行车修理店或其他被征用但这些年并没使用的店子里公开出卖了。她们改变了立场，接受了革命，不再使用她们优雅的语言。

到莫斯科后，尤里·安德烈耶维奇说："瓦夏，你必须做点事。"

"我想读书。"

"那不用说。"

"我想做的另一件事是根据记忆把我母亲的像画下来。"

"那也是个好主意。可是，你必须知道怎么个画法。你试过吗？"

"当我跟叔叔做学徒时，我经常趁他不在意时用木炭画着玩。"

"好得很，为什么不这么办？让我们来看看能做些什么。"

瓦夏并没表现出有什么了不起的绘画才能，不过，他的天赋足够进入工业设计学校。经过朋友的帮忙，尤里·安德烈耶维奇把他送进以前的斯特罗甘诺夫斯基学院，在那儿他先读一般课程，然后再接受印刷、装订和图书设计的训练。

日瓦戈和瓦夏协力工作。日瓦戈就各种问题写了许多小册子，瓦夏帮他排好，印个小量数目，作为他的学校作业。然后通过他们朋友最近开的二手书店发行。

这些小册子包括尤里·安德烈耶维奇的哲学、他对医学的见解、他对健康和疾病的定义、他对进化论的意见、他关于作为生物有机体基础之个性的理论，以及他有关宗教和历史的想法（和他舅舅及西拉菲玛的想法很相近），还有他的诗、他的短篇小说，以及关于他访问过的普加乔夫活动过的乡村的小品文。

小册子是用简易的对话体写成的，不过可不是通俗化的读物。尽管它们是生动而富有创意的前进论调，但它们都是些未经验证、可争论的假设。这些小册子倒很好卖。

在那些日子中，一切都变成了专业，连修辞和翻译艺术也不例外。一切专题都有专人研究，著文发表，学术机构有左有右。思想宫、艺术观念学院相继兴起，式式俱备。这些冒充的文化机构有一半请尤里·安德烈耶维奇担任医生。

他和瓦夏的友谊延续了很长一段时期，两人住在一起。在这同住期间，他们一直在断垣残壁中搬来挪去，处处都无法安居，不同的只是方式。

刚到莫斯科时，尤里·安德烈耶维奇曾重访他在希弗采夫–洼地街的旧居。别人告诉他，他的家人在回到莫斯科后并没住在那里。当他们被驱逐出境后，他们名下的房间已分配给新住客，他们的东西一点也看不见了。旧日的邻人避免和尤里·安德烈耶维奇接触，他们认为认识他是危险的事。

马克尔不在那里了。他已飞黄腾达，现任面粉坊的房屋经理。他本来可住经理的房子，可是，他宁愿住旧日没有铺地板的门房，好在里面也有自来水和巨大的俄国式火炉。整幢建筑中所有的水管和热气炉都在严寒中爆裂了，只有门房总是温暖干燥，水也没冻结。

终于，尤里·安德烈耶维奇和瓦夏之间的友谊冷淡下来了。瓦夏发展神速。他的言谈思想不再像一个蓬头赤脚、衣衫褴褛的，来自韦列坚尼基的少年。革命所宣布的简单明了的主义对他的吸引力愈来愈大，而日瓦戈晦涩并大费想象的语言，如今在他听来已是错误的——注定失败的——意识到自己的弱点的声音，因而是模棱两可的。

日瓦戈奔走于各个政府部门。他试着设法请政府撤销对他家庭的放逐令，准许他们回俄罗斯。同时，他又自行申请出国护照，以便去巴黎接他们回来。

瓦夏惊异于他的努力是如何的不起劲和三心二意。尤里·安德烈耶维奇好像总是急于下结论，认为自己绝无前途，同时他说话时带着过分的信心，几乎对一切努力的徒劳都抱着赎罪的心情。

瓦夏发现他的毛病愈来愈多，尽管，日瓦戈对于公道的批评并不生气，可是，他和瓦夏的友谊却逐渐衰退了。最后，他们的友谊破裂，两人分开。

日瓦戈离开他和瓦夏合住的房间，搬去面粉坊，在那儿马克尔无所不能，帮他安置在以往斯文季茨基家背后的一个角落上。这里面有一间废置的浴室，隔壁有一间只有一面窗户的小房，还有一间残破不堪的有后门的厨房。搬入以后，尤里·安德烈耶维奇放弃了行医，也不好好照料自己，也不再去看朋友，生活非常贫困。

这是冬季一个灰色的星期日。烟柱从屋顶上升，薄薄的黑色气流从窗口溢出来，禁令尽管是禁令，大家照样以窗户作为金属火炉煤烟的出口。城市生活的舒适仍未恢复。面粉坊的住客蓬头垢面地走来走去，忍受冻疮和伤风的折磨。

像平常的星期日一样，马克尔·夏波夫和他的家人都在家中。

他们正坐在厨房里一张大桌上吃午饭。在面包配给的时代里，所有住客的配给票都集中在这张桌上，裁开剪下，数好，分类，然后按照品类分别包在纸里或扎在一起，黎明时送去面包店。第二天早上又在这张桌上把面包切开，按各人的配给量分出去。不过，如今这一切都成了记忆。食物配给被别的管制方式所取代，因而夏波夫一家在中午这餐吃得很饱，津津有味地细细咀嚼。

阔大的俄国式火炉占去房间的一半地方，它放在房间中央，旁边的高板床上放着铺盖，棉被从四面垂下来。

靠近入口处是水龙头，这里的水管并没结冻。沿着两边墙脚有一条长板凳，凳子底下放着储存家当的大木箱和包裹。吃饭的桌子在左边，桌面上有一个固定的小食具橱。

厨房很热，炉火熊熊。炉前站着马克尔的妻子阿加菲娅，她的袖子卷到肘上，正在用长铁钳调动炉灶里的锅罐，让它们时而聚在一起，时而分开。她汗水淋漓的面孔被炉火照得发亮，满头蒸汽。

然后，她把锅罐挪在一边，从它们后面的铁板上拉出一块面饼，翻来翻去，把两面都烤黄。这时，尤里·安德烈耶维奇带了两只水桶走进来。

"祝你们胃口大开。"

"别客气，随便坐。和我们在一起吃个饭吧。"

"谢谢你。我用过了。"

"我们知道你所谓的午餐是怎么回事。你为什么不坐下，吃点热的？你不要掀起你的鼻子——这都是好东西，烤马铃薯，麦糊馅饼。"

"谢谢，我真的……我很抱歉把门打开，让冷风吹进来。我想尽量多弄些水。我已把浴缸洗干净，我想把它和洗衣盆储满水。我要出出入入五六次，以后我就会有好一阵不再麻烦你们。请原谅我这么麻烦你们，可是，别的地方弄不到水。"

"请便。如果你要糖浆，我们可没有，但水可多的是。你尽量取吧，要多少取多少，免费奉送。"

全家人都大笑起来。

当尤里·安德烈耶维奇第三次进来取第五、六桶水时，马克尔语调改变了。

"我的女婿刚刚在问我你是谁。我告诉他们，可是他们不相信。你继续取你的水，别介意我。只是不要泼在地上，笨手笨脚的！难道你没看见，你已溅了些水在门口。如果它冻上了，我看你不会拿根铁棒子来给敲掉。还有，必须把门关紧，你这个白痴，门缝有风钻进来。唉，我刚才告诉他们你是谁，他们不相信。我真想知道，那些花在你身上的钱，还有那些知识，都跑到什么地方去了。"

当尤里·安德烈耶维奇第五、六次进来时，马克尔皱眉了。

"只此一次，下不为例。一切都有个限度，老家伙。如果不是我们小马林娜不让为难你，我早锁上了门，不管你出身如何高贵。你记得我们的马林娜吗，还记得不？这就是她，桌子尽头的黑黑的那个。看，她脸都红了。'爸爸，别让他难堪。'她一直在对我说，好像有人要让你难堪似的。她是邮电总局的电报生——她懂外国语。'他很不幸。'她说。她很为你难过，她愿为你赴汤蹈火！就好像我在抱怨你是一条可怜的鱼！你不该跑去西伯利亚，在艰难时期离开你的住处。那是你自己的错。看我们这一家——我们坐着忍受饥饿和白军的封锁，我们不溜——所以我们安然健在。怪你自己吧。如果你好好照顾冬妮亚，她现在不会在外国流浪。唉，这是你的事，我何必操心。对不起，我所要知道的只是，你要这许多水干吗？你用它做溜冰场还是什么？你和你的水！我甚至连气都气不来，你是这样的脓包！"

全家再度大笑。可是，马林娜气愤地向四角扫了一眼，光火了，同时开始责骂他们。她的嗓子使尤里·安德烈耶维奇惊奇，尽管他一时说不出所以然来。

"屋里有很多清洁工作要做，马克尔。我必须擦地板，还要洗些东西。"

夏波夫一家人大为吃惊。

"说这种话，自己不害臊，一个人干？下一步你可以开一间中国洗衣店了。"

"让我的女儿去帮你，"阿加菲娅说，"她会帮你洗衣，擦地板，如果有东西要补，帮忙缝缝补补。亲爱的，你不必怕他。你能看得出他的教养多好，他连苍蝇也不会伤害。"

"这是什么主意，阿加菲娅·吉洪诺芙娜！我做梦也不会想到让马林娜帮我擦地板。她为什么该为我弄脏她的手？我自己能处理。"

"你自己可以弄脏你的手，我就不能，是吗？"马林娜插嘴说，"你为什么这么自讨苦吃，尤里·安德烈耶维奇？如果我上去看你，你真会把我赶出来？"

马林娜本可以成为歌手，她的嗓音纯净洪亮，调门宽广，可高可低，伸缩自如。她并没大声说话，可是她嗓子听起来比平常说话所需要的声音响亮，似乎它自有生命，好像并不属于她。听来像是来自她背后或隔壁房间。这种嗓子是她的保障，她的守护神，没有人会愿意使有这样嗓子的女人伤心或苦恼。

从取水的这个星期天起，日瓦戈和马林娜间发生了友谊。此后她常常来，同时帮助他做些家务。有一天，她留在他那里，不再回门房去。她就这样成了尤里·安德烈耶维奇的第三任妻子，虽然他并没与第一个妻子离婚，同时他们的婚姻也没注册。他们生了孩子。马克尔和阿加菲娅以他们的女儿做了日瓦戈的妻子为荣。马克尔不满意的是他们没在教堂举行正式婚礼，也没登记。不过，他妻子说："你疯啦？如果冬妮亚还活着，他就犯重婚罪。""只有你才那么蠢，"马克尔说，"冬妮亚有什么办法？她和死了一样。并没有法律保护她。"

尤里·安德烈耶维奇有时打趣地说，他们的婚姻是二十桶水中的罗曼史，可以写成一本二十章的小说。

马林娜原谅日瓦戈的古怪，原谅他把房子弄得肮脏混乱，原谅他的情绪、他的幻想，原谅他明知故犯的任性，她忍受他的牢骚、他的脾气、他的神经紧张。

她对他的奉献还不止于此。有时他们会因他的错误而忍饥受冻，为了不在这种时刻留下他一人在家，她宁愿放弃她邮电总局的工作，她在局中一向受到重视，但因被迫旷职的缘故，声誉便受了影响。为了服从尤里·安德烈耶维奇的一时冲动，她跟他挨门去做零工。他们给各个楼房的许多住客劈柴。有些住客，特别是在新经济政策初期暴发的投机者、接近政府的艺术家和教授，都有舒适的家。有一天，尤里·安德烈耶维奇和马林娜小心翼翼地抱着柴火送进一位住客的书房，唯恐毡靴上的木屑弄脏地毯，对方正无礼地全神贯注于阅读，连看也不看他们一眼。要他们来做工并付钱的是他太太。

"这只猪猡在细心读些什么？"日瓦戈很想知道。那位学者正愤怒地在他的书页边上做批注。当他抱着一捆柴火走过他身旁时，尤里·安德烈耶维奇从他肩头瞟过去。原来书桌上放了一大堆他以前所写、瓦夏所印的小册子。

尤里·安德烈耶维奇和马林娜如今住在斯皮里东大街，而戈尔东在附近的小布隆街有一间房。马林娜和日瓦戈生了两个女儿，卡帕

（卡皮托琳娜），五岁，小的克什卡（克拉夫吉娅），仅仅六个月。

一九二九年的初夏很热。附近邻居彼此拜访时都不戴帽子，同时仅仅穿着衬衫。

戈尔东的房间是一座古怪建筑的一部分，一度是一间时装店的裁缝铺。这是一座两层的楼房，以螺旋形楼梯相连，上下两层当街的一面是一大块玻璃窗，上面漆着裁缝的姓名和业务的金字。

这座楼房现在已分为三个单位。在底层和楼上之间的空处，用木板隔成了一间房。为了作起居室用，这间房有一面古怪的窗户，约三尺高，是从地下的大玻璃窗延伸而上的，上面还有一部分金字。如果有人在室内，街上的行人可从金字的隙缝中见到他膝盖以下的部分。这就是戈尔东的房间。这时和他在一起的是日瓦戈、杜多罗夫、马林娜和她的孩子，小孩不像大人，窗外的人可以看到她们全身。马林娜不久便带两个孩子离开了，三个男人独自留在里面。

这三个旧日同学并有多年友谊的老朋友，在做从容懒散的夏日闲谈。他们是常常在一起聚谈的。要谈话自然而可理解，必须有足够的语汇。在这三个人中，只有日瓦戈具备这个条件。

另外两个人常常词不达意。他们没有雄辩的才能。在找不到适当字眼时，他们就踱来踱去，不住弹烟灰、做手势，一再重复老话——"那显然不诚实，老友！不诚实，是的，是的，这就是不诚实。"

他们不觉得这种台词式的多余重复，远非反映他们性格上的温暖和开阔，却正表明他们知识的贫乏。

杜多罗夫和戈尔东终年与有教养的学人交游，消耗毕生精力在好的书籍、好的思想家、好的作曲家和好的音乐家之间，只知道昨日好的今日一样好，永远是好的！可是，他们却不知道，有了庸俗趣味的不幸，比完全没有趣味的不幸还要糟得多。

不论是杜多罗夫或戈尔东都没体认到，他们给日瓦戈的忠告，是基于他们不能自由思想，不能以自己的意思谈话的因素居多，而由于影响他行为的友谊愿望比较少。就像一辆出轨的车子一样，谈话把他们带向他们不想去的地方。既然不能驾驭它，他们早晚必然会撞着什么。所以，在他们冗长的论调中，一次又一次地出轨。

在日瓦戈眼中，他们无意识的动机，他们做作的情绪，以及牵强的推理，是很容易被识破的。不过，他只是不好开口说："亲爱的老友，你们庸俗得多么可怕啊！——你们和你们的圈子，你们常常引用的大名和权威，以及你们如此赞叹的魅力和艺术！你们身上唯一有光彩有生命的东西是你们和我同时代，是我的朋友！"谁能坦白到说出这种话来呢？所以，为了不伤害他们的心，他只好耐心地静听。

杜多罗夫最近才从第一次放逐中归来。他的公民权已恢复了，并批准他在大学重执教鞭。

此刻他正在对他的朋友讲述被放逐的经验。他说得很真诚，没有一点虚伪。他不是因为恐惧而说，他真相信他所说的话。

他叙述他在检察当局的辩护，他在狱中的待遇，以及他出狱后的情况，他特别强调，他和检察官的私人谈话对他的影响，他说，检察官的谈话使他的头脑"通风"，在政治上接受了再教育，使他看到了前所未见的事物，使他成为一个更成熟的人。

这些反省所以能打动戈尔东，只是因为它们太平常。他不住地点头表示同情，并同意他所说的一切。这正是最能打动他的流行腔调，他误将杜多罗夫对指示的反应当作一个真正的人类的情感表现。

杜多罗夫的陈词滥调正是时代的精神。不过使尤里·安德烈耶维奇生气的是他们的随声附和与故作神圣。他想，不自由的人总是将他们的束缚理想化的。所以，在中古时代，以及稍晚的耶稣会教士都在利用人类的这个特性。尽管苏维埃社会的知识阶层把政治上的神秘主义当作他们的最高成就，或者称之为"时代的精神天花板"，而日瓦戈可受不了这一套。不过，他也把这点藏在心中，以免伤害他朋友的感情。

在杜多罗夫的故事中，日瓦戈感兴趣的是他谈到一个同监的博尼法季·奥尔列佐夫，莫斯科的一个神父，吉洪分子。奥尔列佐夫有个六岁大的女儿，叫赫里斯京娜。她敬爱的爸爸被捕以及往后不幸的遭遇，对她是一个可怕的打击。在她看来，被加上"反动教士"或"被褫夺公权者"的称呼是不光荣的标志。杜多罗夫觉得，在她幼稚的心灵上，她早已发愿早晚要为她的家庭除去那个标志。这个观念既然孕育得这么早，并有灼热的决心培养，使她甚至在目前就已成为一名共产主义的狂热小斗士了。

"我必须走了，"尤里·安德烈耶维奇说，"米沙，别怪我。这里又热又闷。我需要出去透透气。"

"可是窗户是开着的，看墙脚底下……我抱歉，我们烟抽得太多了。我们一直忘记，你在这里不该抽烟。这里这么闷不是我的错，这扇窗子是白痴开的。你必须帮我另找一间房。"

"我必须走了，米沙。我们已谈够了。谢谢你们两位的关怀……你们知道，我不是在装假。我有病，心脏硬化。脏壁肌肉愈来愈薄，早晚会爆开的。你们知道，我还不到四十岁，而我又不是酗酒的人，或是蜡烛两头烧、任意糟踏身体的人！"

"胡说八道！我们还没预备给你送葬，你会比我们活得更久。"

"我们这个时代常发生心脏微溢血。这并不一定致命。有些人克服它。这是一种典型的现代病。我想，它的成因源于道德秩序。我们绝大多数人被迫经常而有系统地过着双重生活。如果你总是言不由衷，勉强拜服你不喜欢的东西，喜欢只会为你带来不幸的东西，日子一久，你的健康必定大受影响。我们的神经系统并非杜撰之词，它是我们肉体的一部分，而我们的灵魂就像牙齿一样，存在于我们身上。这不可能永远不受伤害。因诺肯季，当你告诉我，你在狱中如何接受再教育并变得成熟时，我发现，听你的讲述很痛苦。这就像听一匹马描述它如何使自己驯服一样。"

"我必须为杜多罗夫说句话，"戈尔东说，"你已听不惯简单的人类语言，它们也不能打动你了。"

"米沙，这也许很对。可是，不论怎样，你们必须让我立即离开。我连气都喘不过来了，我发誓，我不是在夸张。"

"等等，你只是在找借口，在你没给我们一个真诚、坦率的答复之前，我们可不让你走。你同意不同意，这是你改变生活方式，改造你自己的时候？你怎么处理这个问题？首先，你得澄清你和冬妮亚及马林娜的关系。她们是活生生的人，有感觉而且在受苦的女人，并非只存在于你脑子里的脱离肉体的观念。其次，像你这样一个人竟然如此浪费，实在不可宽恕。你必须清醒清醒，摆脱你的惰性，振作起来，别再以这种"是、是、是"，令人无法容忍的傲慢看事，不再以这种不可原谅的高傲待人，你必须工作，执业行医。"

"好好，我回答你们。最近我自己也在想这类事，所以我可以实实在在地答应你们，我将有所改变。我想，一切会重上轨道，并且很快。你们等着瞧吧。我是说真心话。其实改变早已开始。我渴望活下去，急切得不可置信，而活下去总意味努力往上爬，力求完美，并取得成功。

"米沙，我很高兴你为马林娜说话，就像高兴你总是为冬妮亚说话一样。不过，毕竟我同她们当中的任何一人都没有争执，我并没与她们作战，或与任何人为那件事争吵。你常常责备我，首先因为马林娜称我'你'，并叫我做尤里·安德烈耶维奇，而我则称她'您'和'马林娜'——好像我也并不难过！不过，你知道，这种不自然的行为的较深的原因早在很久前就改变了，我们现在已经平等相待。

"现在我还可以告诉你另一个好消息。我又收到巴黎的来信了。孩子长大了，他们有很多同年的法国朋友。沙夏就快小学毕业了，而玛莎就快进小学了。你知道我从来没见过她。我有一个感觉，无论如何，尽管他们已经变为法国公民，他们就快回来，并且一切都能有某种方式的解决。

"似乎冬妮亚和我的岳父都知道马林娜和我们孩子的事。我没在信中告诉他们，但他们一定从别人那里听说了。自然，作为父亲，亚历山大·亚历山德罗维奇觉得受到侮辱和伤害。这正解释了，为什么我们的通讯几乎中断了五年之久。你知道自从我回到莫斯科后，我经常和他们通信，后来，他们突然不写信了。

"如今，就在最近，他们又开始写了，他们全体，连孩子也写了。他们的来信充满温暖和深情。不知为了什么理由他们心软了。或许冬妮亚已找到对象，我全心希望她找到。我不知道，我也时时寄信给他们……不过，我是真的不能再待在这儿了。我必须离开，不然，我的心脏病就要发作了。再见。"

第二天早晨，马林娜匆匆跑来戈尔东的寓所，非常烦恼。她找不到人照看孩子，所以，她一只手抱着襁褓中的婴儿，另一只手拉着跟在她身后跟跄步行的卡帕。

"米沙，尤拉在这里吗？"她以惊慌的声音问。

"他昨晚没回家？"

"没有。"

"那么，他一定是在因诺肯季那儿过夜。"

"我是从那里来的。因诺肯季在大学里，可是，邻居认识尤拉，他们说没看见他去。"

"那么，他会在哪里？"

马林娜把克什卡放在沙发上，然后，开始歇斯底里地呜咽起来。

足足有两天，戈尔东和杜多罗夫不敢让马林娜独处，两人轮流守着她并且寻找日瓦戈。他们找遍了他们认为他可能去的地方——面粉坊、希弗采夫-洼地街，所有他曾任职的思想宫和观念学院，他们找遍每一个他曾提及的、他们能找出地址的朋友——可是徒劳无功。

他们并没有向警察单位报告他失踪。尽管他已登记，而且没有治安记录，但在那时的标准下，一个人不过模范的生活而过任何其他类型生活，最好还是不要引起当局的注意。他们决定只在万不得已的情况下才报警寻人。

第三天，他们三人先后收到了尤拉·安德烈耶维奇的来信。他为他给他们惹来的麻烦和焦虑深表不安，他求他们不必为他担忧，他庄严地恳求他们放弃对他的搜寻，他说，无论如何搜寻都不会有结果。

他告诉他们，为了尽快完地重建他的生活，他想单独住一些时间，集中精力做事，一旦他找到工作，并且有理由确信不致重堕旧路，他就会离开隐藏的地方，重新回到马林娜和孩子那里。

他告诉戈尔东，他将寄张汇票给他，请他交给马林娜，同时求他替孩子找个保姆，以便马林娜可以回去工作。他解释，他所以不把钱直接寄到她的地址，为的是怕有人见到收条，以致她有被抢的危险。

钱很快就到了，数量之大远超过尤里和他友人的收入标准。保姆雇了。马林娜重回邮政总局工作。她依然十分烦乱，不过，由于她已习惯于尤里·安德烈耶维奇的古怪，她终于对他最近的冲动认命了。三人照样到处去找他，可是渐渐地他们得到了一个结论，正如他的警告，那是没有用的。他们找不到他的踪影。

其实，他一直住在一箭之遥内，就在他们眼前不远的地方，他们几乎不必走出他们的那条街就找得到他。

在他失踪的那天，他离开戈尔东后，黄昏前不久走到布隆街。他转弯直奔家门，可是，几乎是立刻地，还没走上一百米远，他遇到了他的异母兄弟叶夫格拉夫，正在街上向他走来。他已有三年多既没见过他，也没听过他的消息了。原来叶夫格拉夫刚来到莫斯科。像往常一样，他来得十分意外，并且对所有的问题都微笑着耸肩，要不就开个玩笑岔开。另一方面，他问了尤里·安德烈耶维奇三言两语，立即知道他的麻烦所在，于是就当他们在狭窄、弯曲、拥挤的街道上从一个角落走到另一个角落时，他想出了一个援救他的可行计划。尤里·安德烈耶维奇失踪，暂时隐居一阵，是他出的主意。

他在当时仍叫卡莫格街的马路上、艺术戏院附近，帮尤里·安德烈耶维奇找了一间房。他供给他钱。他将一步一步设法为他在医院中找一个可以有许多机会从事研究的好位置，并且用他的力量帮助他。最后，他告诉他，他和他在巴黎家人的暧昧关系应该结束。尤里·安德烈耶维奇既不必去他们那里，他们也不必来莫斯科。一切全由叶夫格拉夫斟酌办理。像往常一样，他弟弟的帮助使尤里·安德烈耶维奇有了一颗新的心。像以前一样，他究竟有多大的权力依然是个谜。尤里·安德烈耶维奇连问也懒得问。

他的房间向南。这个房间几乎连到戏院，对面的屋顶，挡不住他的视线，夏天远远地斜挂在奥霍特内街上方，下面的街道一片阴影。

对尤里·安德烈耶维奇而言，这不只是一间进行工作并从事研究的屋子。当他专心工作时，他书桌上的笔记簿就嫌太小，不足以承受他所有的计划和观念，多余得就像鬼魂一样在空气中飘荡——就像画室中面对墙壁未完成的画——对他来说，他的卧房乃是精神的宴饮所、噩梦的茶柜和灵感的仓库。

幸好，叶夫格拉夫和医院的商洽一拖再拖，尤里·安德烈耶维奇出任新职的日子便无限期地拖延下来。拖延给了他写作的时间。

他先开始试着整理他以前写的诗，有些是他还能片断记得的，有些是叶夫格拉夫不知如何弄来的原作（这些都是手稿，其中有他的亲笔，也有别人抄过的清稿）。不过，由于材料缺乏条理，所浪费的精神比重写还多。不久他就放弃了整理的念头，转向新的工作。

他照他第一次去瓦雷金诺时写杂记的办法，一想到什么就先记个草稿，不管它是一首诗的中段、头或尾。尽管用他由字首和缩写构成的速记来写，他的笔还是时常赶不上他的思潮。

他匆匆地写。每当他的想象迟缓时，他就随手在笔记簿上的空白作画，来催它们。他画的总是伐木景象或竖着写着"莫罗·韦钦金公司 出售播种机、打谷机"字样的广告牌的十字路口。

他的文章和诗都以城市做主题。

日后在他的文件中发现如下的笔记：

当我于一九二二年回到莫斯科时，我发现它荒凉而且半毁。它就是这样通过了革命后第一年的严格考验。它现在依然如此。人口已减少了，看不到有新房子在建筑，旧的也不修葺。但即使是在这样的状态下，它依然是一个现代的大城市，而城市是真正现代新艺术的唯一灵感源泉。

象征主义者（布洛克、维尔哈伦、惠特曼）作品中看来不和谐而武断之事物和观念的混杂，并非文体上的反复无常。这是直接来自对生活新秩序的新印象。

正像他们通过诗行匆匆写下一连串的意象，塞满拥挤的人群、十九世纪末的有盖汽车和马车或本世纪的电车与地铁的、忙碌的城市大街，也匆匆越过我们的身旁。

田园式的淳朴不存在于这些景象中。如果有人企图写这样的作品，便是虚假而无艺术可言的文学欺诈，这并不来自乡村灵感的激发，只是从陈腐的书架上去炒冷饭。随着我们时代的精神自然而然产生的语言，是城市气息的语言。

我住在一个繁忙的十字路口。太阳和柏油广场的白热使人目盲，高悬的窗户放射着刺目的太阳反光，射入云端和大街小巷，莫斯科在我周围旋转，改变我的头脑，并且要我写赞美它的诗去改变别人的头脑。为了这个缘故，莫斯科养育了我，使我成为一名艺术家。

墙外大街上日夜不休的喧扰与现代的灵魂不可分离，正如序曲开头的几组音符，与尽管尚在神秘黑暗中，却早已在脚灯的照射下开始变得深红的帷幕不可分离。我们户外窗外不停移动的、喧闹的城市，是我们每一个人生活的大序曲。我要在这种观念下写城市。

可是在保存下的日瓦戈著作中，并没有这类诗。或许《哈姆雷特》那首可以算是属于这一类？

八月末的一个早晨，尤里·安德烈耶维奇在加泽特内街的转角上，搭乘沿尼基塔街到库德林斯卡亚终点的电车。他是第一天去当时称为索尔达金科夫医院的博特金医院就职。为了洽商职务的关系，他以前曾到过医院一两次。

电车一路都不顺利，它的马达有毛病，一直发生各式各样的故障。不是前面有一辆火车把轮子陷在路轨中挡住去路，就是车顶上或车底下的绝缘设备出岔子，因而电流短路，进出火花和响声。

司机必须走出前面的驾驶台，拿着一把螺旋钳绕着电车察看，然后蹲下来，修理后驾驶台和车轮间的机件。

一辆倒楣的电车阻碍了全线的交通。街上本来早已塞满了失灵的电车，走不动的车子还源源而来，这条长龙现在已往后排到练马场甚至还更远的地方。希望赶时间的乘客从后面的车上跑到前面的车上来，挤入首先挡住去路的车子里。这个炎热的早晨，车上拥挤而闷热。在从这辆车下车跑进另一辆车的群众的头顶上，空中紫丁香色的雷云正愈爬愈高。暴风雨在酝酿中。

尤里·安德烈耶维奇坐在左首靠窗户的单人座上，他能见到公立音乐学校所在的尼基塔街的左半边。在一边另有所思，一边模糊的注意下，他看着左边街上过往的行人，一个也不遗漏。

一位头发灰白的妇人，头戴镶有亚麻布雏菊和矢车菊的淡色草帽，身穿紧窄的旧式淡紫色衣衫，拖着疲倦的步子沿人行道在行走，气喘吁吁地，一直用她手中所拿的一个扁平的包裹扇风。她腰间紧束，热得筋疲力尽，大汗直流，不停用一方小花边手帕擦她润湿的嘴唇和眉毛。

她的路线正和电车道平行。当他的电车停下来修理一阵，又开动并赶上她时，她已经好几次从尤里·安德烈耶维奇的视线中消失。当电车又停下来时，她赶上了车子，于是，她又进入他的线野。

尤里·安德烈耶维奇想到幼年学校中的算术问题——数辆火车以不同速度在不同时间出发，必须依何种秩序，并需多久的时间，各车可同时到达终点。他试图回忆通常所用的解决方法，可是他想不起来，于是，他从一间学校想到另一间学校的生活，想到的事愈来愈复杂。

他试着想象好几个人在人生的道路上，在一起沿平行的方向前进，不过，各人速度不同。他很想知道，在哪一种环境下，他们当中谁能领先并比他人长寿。他突然想到一种类似相对论的生命竞赛定律，不过，他变得混淆了，于是他放弃这种类比推想。

天空闪光一亮，跟着一阵雷声。起先就开得不顺利的电车又一次停下了，它停在从库德林卡亚到动物园下坡的半途。穿淡紫色衣衫的妇人出现在窗框中，在窗外走过，继续前进。第一阵大雨点落在大街上、人行道上和那个妇人的身上。暴风扫过树木，翻飞落叶，掀起那个妇人的帽子，吹蓬她的裙子，而后突然逝去。

日瓦戈觉得头晕欲呕。他克服虚弱，从他的座位上站起来，上下急拉窗户的吊环，想拉开窗户。不过，他拉不动。

别人嚷着告诉他，窗户给螺丝钉死了，可是，正忙于抵抗头晕作呕，而且恐慌狼狈的日瓦戈并未察觉到别人是对他说话，或者理解话的意义。他继续想打开窗户，猛力拉吊环——往上，往下，往自己身上拉。他突然感到一阵前所未有的尖锐疼痛。他意识到身上有东西破了，他已铸下了不可挽救的、致命的大错，这条命是完了。此刻，电车开动了，不过，只走下普列斯纳街没多远，它又停下了。

在超人意志的努力下，尤里·安德烈耶维奇摇摇摆摆、碰碰撞撞地推开座位中间过道上紧密的人群，挤向车后门。乘客挡住他的去路，陷住了他。新鲜的空气似乎使他复苏了，他想，也许他什么也没有失去，他好些了。

他开始由后门穿过乘客群往外挤，惹得不少人踢他，更多的人骂他。不顾一切气愤的叫喊，他挤出人群，从静止的电车上走下街道，一步，两步，三步，他便倒在石板铺的路上，再不起身了。

群众纷纷议论争执，出主意，嚷成一圈。有几个乘客从车上走下来，围绕着他。他们立即发现，他的呼吸停了，心脏已不再跳动。人行道上的人也走过来围住他，有些人安慰有些人失望，因为他不是被碾死的，他的死和电车无关。围观的人愈来愈多。穿淡紫色衣衫的妇人也走过来，站了一会儿，看看死尸，听人谈论，然后继续前进。她是个外国人，不过，她明白，有些人主张把尸体放在电车上送去医院，而有人说，应该先报警。她不等知道结果就走了。

穿淡紫色衣衫的妇人是瑞士籍，她是从梅留泽耶沃来的弗列里小姐，她现在非常非常苍老了。十二年来，她一直在写信给莫斯科的当局，申请她返回祖国的许可，直到最近她才申请到。她是来莫斯科办出国签证的，现在正去瑞士大使馆取护照，她一面走一面拿来当扇子的那个用丝带系好的扁平包裹，是她的旅行文件。她继续前进，第十次越过电车，完全不知道，她已追过日瓦戈，并且比他长寿。

从打开的走廊门望进去，可以看见房间尽头的一角放着一张桌子。桌上放着一具像粗工刻造的独木舟似的棺材，它比较低狭的尾端直对门户。这也就是尤里·安德烈耶维奇写作用的桌子，房间中别无第二张桌子。稿件已拿开放入一个抽屉中，棺材放置在桌面上。他的头摆在高高的枕头堆上，身子躺在棺材中，就像躺在山坡上。

他四周摆放着许许多多的鲜花，有在这个季节很难找到的一簇簇白丁香花，有放在瓶中或花篮中的樱草花和瓜叶菊。花朵遮住了从窗口进来的光亮。稀薄的光线穿过花屏，照在死尸如蜡的脸上、手上，照着棺椁的木料和线条。花影躺在桌子上，好像它们刚刚才停止摇曳。

这时火葬的习俗已经变得普遍了。为了孩子的津贴着想，为了保证她们的教育和马林娜在邮局的职位，他们决定不举行宗教丧礼，只作普通火葬。有关当局已经通知过了，正等待官方的代表到来。

在这段间隔中，房间就像空的，仿佛旧房客已迁出、新房客尚未搬入的房子。只有当吊丧者蹑手蹑脚走进来和死者告别时，不自觉的响动才划破室中的寂静。吊丧的人并不多，可是，远比预期的多。这个几乎默默无闻的人死去的消息，以惊人的速度传开。在这些吊客中，有许多是在他生前各个不同时期认识的，尽管他后来和他们失去联络并且忘记了他们。他的诗和科学著作吸引来的不知名的朋友甚至更多，那些人从未见过他——但似曾接近过他，现在来和他见最初也是最后的一面。

在这几个时辰中，当没有任何仪式陪伴的寂静，变得如同一种有形的剥夺，令人窒息时，只有鲜花给人一点安慰，像是在填补没有宗教仪式的空虚。

鲜花不只是盛开，并且清香四溢。或许是急于回返尘土，它们放出像合唱团合唱时的芬芳，将一切都浸在它们的气息中，像是在代行宗教死亡仪式的职能。

植物王国很容易被认为是死亡王国的紧邻。或许对我们而言如此困惑的进化的神秘和生命的谜，正包含在大地的绿色中，在坟场上的树木和花草中。抹大拉的马利亚不认识从坟墓中复活的耶稣，"以为他是园丁……"

当尤里·安德烈耶维奇的遗体运到英格街寓所（这是他最后的登记地址）时，他的朋友听到他的死讯大为震惊，他们伴着马林娜从楼梯口穿过敞开的门，直奔停尸处。因震骇与悲痛而丧失一半神志的马林娜，把身子扑在地板上，用她的头撞击通道中的长木柜。在棺材（早已订妥了）运到前，尸体一直是放在那长木柜上的，房间已收拾好了。她泪如洪水，时而低泣，时而号哭，有时喃喃自语，有时迸出悲鸣。像农人一样，用哭诉来表示她的悲痛，不因陌生人在旁而分神或难为情。她紧紧抓住尸体，当尸体要搬进房间去洗涤入殓时，好不容易才把她拉开。这都是昨天的事。今天，她悲痛的狂潮已经消失了，代之而起的是疲倦的麻木。她默默地坐着，虽然她现在还处于半昏迷的状态中。

自从事情发生后，她一直留在这里守灵，一步也没离开过房间。小孩子克什卡曾被抱来她这里喂奶，卡帕和她的年轻保姆来过，又离开了。

她的朋友戈尔东和杜多罗夫伴着她，他们也因悲痛而麻木。她的父亲马克尔坐在长椅上她的身旁啜泣，大声地把鼻涕擤入手帕中。她的母亲和姐妹在哭泣中来了又去。

可是，室中有两个人，一男一女，与其他的吊客完全不同。他 ｜ 417

们并没宣称他们与死者的关系比其他人更近。他们也不和马林娜、她的女儿或他的朋友争抢悲伤。可是，尽管他们没宣称，无疑地他们对死者有特殊的权利，并且没有人对他们不言而喻的权威有过疑问或争论。这两个人显然把办理丧事的责任放在自己肩上，他们以沉着的平静默察一切，好像这给他们一种满足。他们的镇静是值得注意的，这给人一种奇异的印象，好像他们不只与丧葬有关，而且与他的死亡有关。这并不是说他们直接或间接造成他的死亡，而是说他们对这种事抱着逆来顺受的态度，既然发生了，就接受它，并且不把它看作日瓦戈一生中最重要的事。有些吊客认识他们，另外少数人猜测他们是谁，不过大多数人都摸不清头绪。

但是，当这个生有一对既表示好奇又引起好奇的吉尔吉斯人细眼的男人，和这个穿着便服的美丽女人一同走进房间时，所有的人，甚至连马林娜也不抗议，好像有默契似的，立刻从沿墙排成一列的各人坐处站起来，走出去，不舒服地挤入走廊、过道，让他们单独留在半闭的门户之后。他们就像两名必需的专家，静静地、无阻碍地完成了直接关系丧葬的事，并且是非常重要的事。

现在他们正在商量大事。他们单独留在室内，坐在靠近墙壁的两张椅子上，立即开始谈话。

"你想出了些什么，叶夫格拉夫·安德烈耶维奇？"

"火葬在今晚举行，半小时内医务工作人员合作社有人来收尸并将尸体运去他们的会所。祭奠仪式在四点。他的证件没有一样是合用的，他的工作证过期了，他的合作社会员证也是旧的，没换过新的，并且他已经好几年没缴会费了。这一切都得弄妥，这就是我耽搁这么久的原因。在他们搬走他以前——就快了，我们必须准备好——我会照你所要求的让你单独留下——对不起，有电话。我马上就来。"

叶夫格拉夫走进挤满死者的同事、学校朋友、年轻的医院同事和出版界朋友的走廊中。马林娜两手搂着两个孩子，用她披在肩上的大衣裹住她们（这是个冷天），坐在凳边上等着回房内，好像是一个去看狱里囚犯的访客在等候守卫的许可。走廊和厅中挤满了人。前门是开着的，有许多人在楼梯口站着或走来走去，一面抽着烟。其他的人站在楼梯平台以及通往底楼的梯级上谈话，站的地位愈低，离街愈近，他们说话也就愈大声，愈自由。

在吊丧者礼仪所许可的细声绵绵低语中，叶夫格拉夫凝神从听筒中听取对方的电话，并回答对方提出的有关葬礼安排及日瓦戈死亡情况的问题。然后他又走回起居室内，继续未完的谈话。

"请不要在火葬后立刻离开，拉里莎·费奥多罗芙娜。我不知道你住在什么地方，不要不通知我就失踪。我求你帮我一个大忙。我想尽早——明天或后天——开始整理我哥哥的文件。我需要你的帮助。你了解他很深，或许超过其他任何人。说到你从伊尔库茨克来到这里不过几天，并且不打算久待，而你走上楼来是为了别的事，并不知道我哥哥在最近这几个月住在这里或者他的死。我完全不明白你所说的一切，我也不是在要求你解释，不过，请不要没留给我地址就走开。最好我们能一起在这间屋中花几天工夫细读他的稿件，至少也得在这附近，或许就在这座房子的另外两间屋中。这能办得到。我认识房屋管理人。"

"你说你不明白我说的话。有什么好明白的？我来到莫斯科后，在车站上查点好东西，并沿一些旧日的大街散步，其中有一半我已认不出了，我已离开太久，我已忘记了。我走啊走啊，走下库茨涅茨基桥，又走向库茨涅斯基胡同，突然我见到非常熟悉的可怕的东西——卡莫格街。我已被枪杀了的丈夫安季波夫当学生时就常住在这里——就住在你我正坐着的这层楼内这间屋中。我走进去，我想，谁知道呢，以前的房客或许还在那儿，我要去看看他们。你看，我完全不知道这里早就人事已非了——连记得他名字的人都没有了——直到第二天和今天，我才慢慢向人打听出来这件事。可是，你竟在这房子里，我不知道我为什么告诉你这些。我如雷轰顶——屋门大开，到处是人，房间里有一口棺木，一个死人。这是谁？我走进来，走向前，看个究竟。我想我已神志不清了。可是你在旁边，你见到了我，是不是？我为什么要告诉你这些？"

"请等等，拉里莎·费奥多罗芙娜，我必须插嘴，我早已告诉过你，不管是我哥哥或我都没疑惑这个房间有什么不寻常——例如，安季波夫曾住过这里。可是，更令我惊诧的是你刚刚说的事，我等一下告诉你。说到安季波夫，斯特列利尼科夫，在内战开始之初，有一个时期我常常听到他的名字，几乎天天听到，我也见过他两三次，当然，我从来没有意识到，为了家庭的关系，他的名字变得对我有如此的意义。可是，请原谅我，或许我听错了你的话，我好像听见你说——这可能是说溜了嘴——他被枪杀了。你一定确知他是自杀的。"

"是的，我也听到那个说法，不过，我不相信。帕维尔·帕夫洛维奇不是一个会自杀的人。"

"但这是千真万确的。我哥哥说，安季波夫是在你去海参崴之前所住的那座屋子里自杀的。这发生在你刚刚走后不久。我哥哥发现了他的遗体。他埋了他。怎么没人告诉你？"

"我听到的是不同说法……这样说这是真的了，他自杀？人们这么说，不过我不信。而且就在那座屋中？这看起来不可能。那个细节，对我非常重要。我想，你不知道，他和日瓦戈曾否碰头，他们是否互相认识？"

"根据尤里告诉我的话，他们有过一次长谈。"

"这可能吗！好，感谢上帝，感谢上帝，那样好些。"安季波娃慢慢地在胸前画个十字。"多不寻常的巧合——像是前生注定！你容许我回头再谈这个并问得详细一点吗？每一个细节对我都非常珍贵。不过，这不是时候，你不以为如此吗？我忍不住，我太烦乱了。我必须安静一下，休息一会儿，整理一下我的思绪。你认为怎样？"

"当然！当然！"

"不会给你添麻烦吧？"

"不会，我认为如此很自然。"

"啊，是的。我几乎忘了。你要我不要在火葬后走开。好的，我答应你，我不失踪。我将跟你回到这里来，留在你要我待的地方，需要待多久就待多久。我们将清理尤罗奇卡的手稿。我要帮你忙。这是真的，我可能对你有用。这使我大感安慰。我对他的书法太熟了，一弯一钩我都熟悉。它记在我的心中，印在我的血里。然后，你知道，我还有些事求你。我将需要你的帮助。我好像听说你曾做过律师？不管怎样，你知道所有现在这些习俗和规章。还有我想知道，政府哪一部门是管资料的。很少人知道这类事。你认为如何？我将需要你对一个可怕的、真正可怕的事表示意见。这是关于一个孩子的事，不过，这回头再谈，等我们从火葬处回来再谈。我的一生都不得不在找人，请告诉我，假若有这么一个完全是虚构的案情，需要追查一个儿童，一个交给陌生人抚养的儿童，是不是有这样一个总机构，保存有全国有儿童家庭的资料？无家可归的流浪儿是否有记录？政府曾做过或企图做这一类的事吗？不，现在别告诉我，请别说：我们回头再谈。我非常惊恐。生命是如此可怕——你认为如何？在我的女儿来到以后是怎样，我不知道，可是，在这个时候，我看不出我为什么不该留在这层楼中。卡坚卡在音乐和戏剧方面有可观的才能，她模仿起人来真是不得了，她学得惟妙惟肖、一丝不差，她学唱歌剧中的抒情调，全靠耳朵。她是个难得的孩子。你认为如何？我想让她进戏剧学校或音乐学校的初级班，看哪家收她，并且我要为她申请奖学金，那是此刻不带她来的真正原因。这里的事全弄妥后，我就要回去。事情太复杂了，你不认为如此吗？你不能解释一切。可是，这个我们回头再谈。现在我要等一会儿，我要让自己振作一下。我要保持安静，集中思绪，设法忘记我的焦虑。还有，我们已让尤里的朋友留在外面太久。我想我两次听到有人敲门。外面正有些事在进行，或许殡仪馆的人来了。我将在这里静静地待一会儿，不过，你还是开门让他们进来。你不认为这是时候了吗？等等，等等。棺木前面要有一个脚凳，不然，人们够不到尤罗奇卡。我试着踮起脚尖，不过，这太困难。何况马林娜和她的孩子都需要。还有，这是丧礼中规定的：'你将给我最后一吻。'啊，我受不了。这一切太可怕了，你认为如何？"

"我将让他们进来，不过，开门之前我还得做一件事。你已说了许多令人困惑的话，提出了许多问题，那显然对你是很痛苦的，我不知对你说什么好。不过，有一件事我想你知道。不论在任何事上，请把我的帮助计算在内。我对你这样提议完全出于自愿，全心全意。还有，记住，不管在任何环境中，你必须永不绝望。抱着希望并且行动，是我们在不幸中的责任。一事不做只管绝望是忽略我们的责任。现在我开门让吊客进来，你说脚凳是对的，我就去弄一个来。"

可是，安季波娃不再听了。她根本没听见他开门，她既未听见人群从走廊上涌进来，以及他对殡仪馆人员和主要吊客说的话，她也没听见人群的挪动、马林娜的呜咽，以及男宾的咳嗽、女宾的啜泣和哭喊。

室内不停的单调的噪音使她觉得不舒服和头晕。她尽力抵抗，不让自己晕倒。她的心几乎爆炸，头痛欲裂。垂下头，她退入回忆、反省和推测中。她躲进去，沉在里面，好像她有好一阵、好几小时，进入了她或许不能活着见到的未来，那是好几十年以后的事，那时她已是一个老妇人。在她的沉思中，她似乎已触及她不幸的底层。

　　"一个都不剩了。一个死了，另一个自杀。而唯一剩下的是那个该死的家伙，是我要枪杀而失手的坏蛋，是那个与我没有一处相同的第三者，是那个使我的生命在不知不觉中变为连串的罪行的坏蛋。而那个庸俗的怪物正奔窜于只有集邮者才知道的亚洲秘密小路上。这当中已没有一个人在我身边，而我所需要的人却去了。

　　"啊，是在圣诞节那晚，当我在这只点着一支蜡烛的房间内，和帕沙做过一番谈话后，我已决定去枪杀那个庸俗的小丑，当时帕沙还是个大孩子，尸体马上就要搬出去的尤拉，尚未进入我的生命。"

　　她集中记忆去重建那个圣诞节晚上和帕沙的谈话，可是，除去烛火在窗台上燃烧，并将玻璃上的冰溶去一块，留下一个圆圈外，她什么也记不得了。

　　她怎么能想到，这躺在桌子上的尤里，当年驱车经过时曾见到那烛火，从他在街上见到烛火的一刹那起——"桌上点着一根蜡烛……"——他的一生就已注定了无法避免的结局！

　　她的思想散乱了。她想："他没有用教会的丧仪下葬，多可怜啊。葬礼本是十分隆重庄严的事！绝大多数人死去时，是配不上的，不过，尤罗奇卡可十分合适！他配得上那些仪式，他可以为这句话作证，并使它得到意义：'在坟墓上的挽歌，是哈利路亚的颂歌。'"

　　就像她每次想到尤里以及她在他身旁度过的短短岁月一样，此刻，她有一阵骄傲和安慰的感觉。这时，她又被笼罩在他一直在散发着的自由自在无牵无挂的气氛中。她不耐烦地从椅上站起来。她有一种莫名其妙的冲动。她想，哪怕只是一刹那，但愿能借尤里之助冲出围困她的忧伤的樊笼，重享解脱的喜悦。在她看来，这种喜悦是对他告别的喜悦，是利用权利和机会伏在他身上无阻无碍地痛哭一场的喜悦。带着热情的急切，她环顾四围的人群，而视而不见，两眼充满晶莹的泪水，好像被眼科医生滴进了腐蚀性眼药水，于是，所有的人开始挪动，蹑足退出房间，让她单独最后一次留在半掩的门后。她走向停棺的桌子，迅速地先在自己胸前画个十字，站上叶夫格拉夫带来的脚凳，在尸体上画三个大十字，然后，用她的唇去吻死者冰冷的前额和两手。她不理冰冷的前额多少小了些，像手掌捏成了拳头的形象，她设法不注意它。她木然地站着，默默无声，既不思想，也不哭泣，然后，俯身伏在棺上、鲜花上、尸体上，用她整个的存在、她的头、她的胸、她的心以及她的两臂，去护住它们。

压抑着的呜咽使她全身颤动。她尽量抗拒满眶的热泪，不过，在她撑忍不住时，它们便夺眶迸出，涌下她的面颊，流在她的衣服上、手上，以及她所抱住的棺椁上。

她既不说话也不思想。一连串的观念、意念、直觉、真理从她的心中轻快地掠过，飘然而去，就像空中的浮云，就像往昔她和日瓦戈夜里谈天时常有的景象。在那些日子中，使他们快活、解脱的正是这些东西。一种自发的互相了解，温暖的、本能的、当下的了解。

现在她心中又充满这种了解，一种对昏暗、模糊的死亡的知识，一种面对死亡的勇气，一种扫清当前一切无功之感的心理准备。仿佛她曾活了二十次，她曾失去尤里无数次，并且，根据她在这方面所积累的经验，她在棺木边所感觉的、所做的一切，是完全正确而恰到好处的。

啊，多美妙的爱，完全自由、独特，不像世上任何其他的东西！他们像别人歌唱那样思想。

他们彼此相爱，并非必需的驱使，而是由于常常被误指为爱情的"热情的火焰"。他们彼此相爱，是因为他们周围的一切都愿意他们相爱，头上的青天、天空的浮云、脚下的大地、地上的树木都愿意他们相爱。或许环绕他们的世界、他们在街上遇到的陌生人、他们散步时所见到的旷野，以及他们相遇或居住其中的房间，见到他们相爱，比他们自己还要高兴。

啊，使他们结合并如此相像的，正是这个！即使是在他们最丰盈最任性的幸福时光，他们也从来不觉得那是整个大宇宙中的一种升华的欢欣，他们从来没感觉到，他们自己是那个整体的一部分，大宇宙美的一个元素。

对他们来说，这种与整个宇宙的结合是生命的呼吸。把人类捧得高过大自然中其他的一切，近代对于人的娇养和崇拜，从来不打动他们。建立在基于这样一个假前提之上的社会系统，及其政治制度与设施，在他们看来只是些悲哀的外行，全无意义。

现在她对他告别了，在用日常的直接语言对他说话。她的话尽管生动而不拘形式，不过，并非现实的。像古代悲剧中的合唱和独白，像诗或音乐的语言，或其他任何常用的表达方式一样，它的逻辑不是理性，而是情绪。不勉强的、自发的修辞源于她的悲痛。她那简单、平常的字词浸满泪水。

看来，把她的言词串缀在一起，成为像和风轻拂的暖雨中嫩树叶簌簌声的低柔细语的，就是这些泪水。

"终于我们又聚首了，尤罗奇卡。上帝把我们的重逢安排得多可怕啊，你能预卜到这种不幸吗？我不能，不能。啊，上帝！我无法不痛哭。想想这件事！这又全是我们的风格了，全为我们设的。生命的谜，死亡的谜，天才的魅力，朴素美的魅力——是的，是的，这些东西是我们的。可是实际生活中的琐屑忧烦——像行星的变形这类事情——这些事情不是为我们而设的，不是，谢谢你。

"永别了，我最伟大的爱人，我的亲人，永别了，我自豪的人，永别了，我水深流速的小河，我多爱你流动不息的水花，我多爱浸入你冰冷的浪头。

"还记得那天我们在雪中如何告别的吗？你是如何地骗了我！没有你我怎么会走呢？呵，我知道，我知道，你是逼你自己这样做的，你以为是为了我好。然而，从此一切都弄糟了。啊，上帝，我在那边忍受了多少痛苦啊，我是怎样挨过来的！当然，你一点都不知道。啊，我做了什么，尤拉，我做了什么？我是这样一个罪人，你一点也不知道。不过，这不是我的错。我在医院中住了三个月，有一个月人事不省。从那以后，除去内心煎熬，我的生活便一无所有了，尤拉。我的灵魂得不到平安，我因悔恨与痛苦而身心俱裂。可是，我还没告诉你最重要的事。我说不出，我没有这股力量。每一次想到我生平中的那段日子，我的头发便因恐怖而竖立。而且你知道，我甚至不能确定，我的神经是否正常。不过你是知道的，我并没像许多人那样酗酒，我远离酒，因为一个女人酗酒，那就真的完了，这是不可能的，你不这么认为吗？"

她说个不停，在死一般的痛苦中呜咽。突然，她惊异地抬头仰望，看看四周。人群已涌进屋中，忙着办理丧事。她从脚凳上退下来，摇摇晃晃地离开棺木，双手压着两眼，好像是要拭干最后的泪水。

人们走向棺木，用三条麻布把它抬起。送葬的行列开始行进。

拉里莎·费奥多罗芙娜在卡莫格街待了好几天。日瓦戈遗稿的整理开始时有她帮助，完成时她却不在了。她和叶夫格拉夫·安德烈耶维奇有过长谈，告诉了他一件重要的事。

有一天，拉里莎·费奥多罗芙娜出去后不再回来。她必定是在街上被逮捕了。她一去杳如黄鹤，或许在什么地方死了，死在北方数不清的混合集中营或女子集中营内，被当作后来放错地方的名单上一个无名的号码而遗忘了。

第十六章
续章

一九四三年夏季，突破德军在库尔斯克的大包围并解放奥廖尔后，最近擢升为中尉的戈尔东和杜多罗夫少校正返回他们的部队，一个是从莫斯科出差回来，另一个是度完三天假期。

他们在归途中相遇，并在切尔尼过夜。像绝大多侵略者撤退后"遗弃地带"中的小市镇一样，这个小市镇虽已荒废，可是尚未完全毁灭。

在一堆堆烧得焦黑的破砖残石中，他们找到了一个完好的谷仓，便在里面过夜。

他们睡不着，因而两人聊了好几个钟头。杜多罗夫终于在凌晨三点睡去。快破晓时，他又被戈尔东弄醒，戈尔东笨手笨脚地钻入柔和的干草堆中，在里面滚来滚去就像在水中一样，他捡了几件衣衫束成一捆，然后，又像刚才一样笨手笨脚地爬出干草堆，走向门口。

"你去哪里？天还早。"

"我去河边。我想洗洗我的东西。"

"这简直是发疯。我们今天晚上就回到部队里了。塔妮娅，那个洗衣女，会帮你换洗的。你忙什么？"

"我不想等到那个时候。衣服汗透了，很不干净。我很快地把它们洗一洗，然后把水拧掉，这么热的天，很快就会干。再洗个澡，换换衣服。"

"可是，这太不雅观。无论如何，你总是个军官。"

"天还早，河边没人，他们都还在睡觉。我至少会躲在矮树丛或什么东西后面，没有人会见到我。别说话了，继续睡吧，不然，你可睡不成了。"

"算了，我不再睡了。我和你一道去。"

于是他们穿过荒废的白色砾石路，走到河边，虽然太阳刚刚升起，天气已热起来了。许多人睡在一度是大街的地面上打鼾，面孔红红的，满是汗水。他们绝大多数是家庭被毁的本地人，其中有老人、妇女和小孩，还有少数与部队失去联络正在追赶部队的红军。戈尔东和杜多罗夫小心地在他们中间走过，不去惊醒他们的好梦。

"请放小声些不然你会吵醒全镇的人，那样我的澡就洗不成了。"

他们静静地继续他们昨晚未完的谈话。

"这是什么河？"

"我不知道。或许是祖沙河。"

"不，这不是祖沙河。"

"那么，我就不知它是什么河了。"

"你知道，那一切都发生在祖沙河上——我的意思是说，赫里斯京娜的事迹。"

"是的，不过，那是在更下游。据说教堂已奉她为圣女。"

"那里有一座古老的石建筑物，他们叫它马厩。过去确曾做过一个种马饲养的马厩——现在这个名字将在历史上传下去了——一个很古旧的建筑，围着厚厚的石墙。德军在这里建筑工事，使得它固若金汤。它坐落在一座小山上，火力笼罩整个地区，阻止我们的推进。我们必须攻下它。而赫里斯京娜凭着神勇和机智的奇迹，竟然潜入德军防线把它炸毁，因而被生擒绞死。"

"为什么他们称她作赫里斯京娜，而不叫她杜多罗娃？"

"我们只是订了婚，你知道的。我们在一九四一年夏季决定，我们将在战争结束时结婚。此后，我像许多别的军人一样到处移动。我的部队老是调来调去。由于这些无终无止的调动，我便和她失去了联络。我从此再也没有见过她。像别人一样，她卓越的功绩和英雄式的死，我也只是听说，像别人一样——由报纸和团部命令中得知。据说政府将为她在这附近立个纪念碑。我听说日瓦戈将军——尤里的弟弟——正在那个地区搜集她的资料。"

"抱歉——我不应该让你说起她。这对你而言一定是很痛苦的。"

"唉……我们已忘记了时间，我不想耽搁你。你就脱衣下水，洗个痛快吧。我躺在河岸上，嚼一叶青草，同时想想事情。甚或小睡一会儿。"

几分钟后，他们又开始谈话了。

"你从什么地方学来那样洗衣的方法？"

"逼出来的。我们运气不好。我们被送去可以说是最坏的惩戒营。幸存的没几个人。从我们到达起，就令人受不了。我们下了火车。只见一片雪原茫茫。远处都是森林。荷着来复枪的卫兵，枪口直对准我们，还有狼狗。就在这时，别的单位也来了。我们奉命散开，排成一个多角形，人人面孔朝外，因此彼此看不见。然后奉命跪下，两眼向前平视，膝盖痛得要死。然后点名，加以种种羞辱，一个小时又一个小时。在这一段时间中我们全都跪着。然后，我们奉命起立，别的单位被带走，我们留下，长官说：'这是你们的营地，建个最好的营房。'空旷的雪地中央，竖有一根木桩子，上面写着'古拉格92 Я H90'的木桩——我们所有的就是这些。"

"我们没有糟到这程度，我们比较幸运。当然，我第二次被监禁，那是跟着第一次监禁自动来的。再者，我判的罪不同，情况也十分不同。当我出来时，我又像第一次一样再度有了安置并准我继续执教。并且，当我被动员时，给了我过去的少校原阶，不像你那样，先送去训练营。"

428 |

"唉……一根木桩，一根标着'古拉格92 Я Н90'的木桩，我们所有的就是这些。首先我们在严寒中徒手弄断小树，取木材建我们的临时营房。信不信由你，我们终于建起了我们的营房。我们建起牢房、木栅、地窖、瞭望塔，完全是用我们的手。然后，我们开始做伐木奴隶。我们砍树。我们把自己套上雪橇，八人拉一具。我们拖木材，有时陷入雪中，深没颈部。有好长一段时间我们不知道战争已经爆发。他们不让我们知道。然后，机会突然来了。你如果以志愿兵的身份随着训练营赴第一线作战不死，你就恢复了自由。此后，是一次又一次的进攻，一米又一米的电网、地雷、迫击炮，一月又一月地布下大炮的弹幕。他们称我们这连作敢死队。实际上差不多全死光了。我如何以及为什么能生还，我也不知道。还有——你也许不信——所有这些冲锋陷阵出生入死的黑暗地狱并不算什么，比起集中营的恐怖，这倒是大福，并且这不是因为物质条件，而是由于完全不同的原因。"

"是的，可怜的家伙，你可受够了。"

"你在那里学到的不只是洗衣，你学到一切必须学的东西。"

"你知道，这是一件不寻常的事。同你的囚犯生活相比固然如此，即使和三十年代的一切相比，和我在大学中坐拥书城、金钱和舒适的安逸情况相比，这次战争的到来也像是一股新鲜空气，一阵扫除罪恶的暴风雨，如释重负后的一口呼吸。

"我想，集体化是一种错误且失败的措施，同时，不可能承认这个错误。为了隐瞒这个失败，必须用各种恐怖手段来补救，要人们扭曲思想与判断的习惯，人们被迫去看并不存在的东西，去肯定完全与目睹事实相反的事。这正说明为什么有伊若夫时代史无前例的残暴、从不打算实行的宪法宣传，以及完全违反自由选择这个原则的选举。

"而当战争爆发时，和不人道的谎言统治相比，战争的真正恐怖、真正危险，以及真正死亡的威胁乃是一种天福，它们给人带来得救的感觉，因为它们打碎了迷信的咒语。

"不只是处于你这样地位的人，以及集中营内的人有这个感觉，每一个人，不管是在家中或前线的人都有这个感觉，人们都透了一口气，以愉悦、狂欢的心情投入这场关乎生死存亡的、解放斗争的洪炉。

"这次战争有它的特性，像是革命后十年间历史锁链中的一个环节。由革命直接解放的力量不再发生作用了。革命的间接影响，果实的果实，后果的后果，开始表现自己了。不幸和考验锻炼出许多人物，准备创造伟大的、不顾生死的英雄式的功绩。这些神话式的惊人品质是这一代道德中坚的特色。

"当我见到这些东西时，我心中充满快乐，尽管赫里斯京娜殉国了。我们有死亡，而我也受过伤，尽管战争让我们付出巨大的流血代价。使奥尔列佐娃死得光辉、使我们活得光辉的伟大的自我牺牲精神帮我忍受了她的死亡。

"可怜的家伙，正当你在集中营忍受无尽的折磨时，我被释放了。不久，赫里斯京娜来大学念历史。我教她。我以前就注意过她，那是我第一次离开集中营后，当时她还是个小孩，不过已是一个出色的女子了。你该记得，尤里当时还存活着，我告诉了你们两人。啊，她现在是我的学生了。

"那正是学生对教师做政治再教育风气开始的时候。奥尔列佐娃以极高的热情投入改造工作。我想不出她为什么对我如此猛烈。她非常激进、不公道，以致有时别的学生提出异议，代我辩护。她很有幽默感，她在板报上存心开我的玩笑，用假名代我的原名，不过谁都看得出来。然后，突然地，完全是偶然地，我领悟到，这种持久的敌视乃是她爱我的伪装——一种她已感觉多时的强烈的持久的爱，那也是我一直回应的。

"我们在一九四一年度过一个美妙的夏季，就在战争爆发的前后。赫里斯京娜和许多男女大学生住在莫斯科近郊，而我的部队也驻扎在那里。我们开始有了友谊，并且在这个背景下发展到顶点。那时，民兵组成了，赫里斯京娜正接受跳伞的训练，德国轰炸机初次出现在莫斯科上空并被击退。就像我告诉你的，那时我们订了婚，不过，我们订婚后差不多立即分手了，因为我这个团调动了。我再也没见过她。

"后来，当战局好转，德军成千上万地投降时，在两次受伤后，我由防空部队调到司令部第七处，那里需要通外国语的人。然后，当我发现你在地狱中时，我就设法把你选派到我的部队来。

"洗衣女塔妮娅是赫里斯京娜的朋友。她们是在前线相识的。她说了许多有关她的事情。你注意到塔妮娅的笑法，满面笑容，像尤里吗？你忘记了翘鼻子和高颧骨，你只想到她十分美丽动人。这种相貌类型，在整个俄罗斯十分常见。"

"我知道你是什么意思。不过，我不曾注意。"

"塔妮娅·别佐切列多娃，意思是'不看场合的塔妮娅'。这个绰号似的名字太不雅，太不像话。她的姓根本是胡编出来的。我很想知道她是如何弄到这么个姓的。"

"这一点，她告诉过我们。她是个来路不明的私生子。塔妮娅·别佐切列多娃，或许在俄罗斯内地，语言依然纯朴的地方，她被称为塔妮娅·别佐切列多娃，是'无家可归'的意思。然后，她的姓氏被城里人扭曲了，他们给它一个和他们新近经历的相差不多的言外之意。"

不久，戈尔东和杜多罗夫已身在被夷为平地的卡恰列沃镇。他们在那儿赶上他们那个单位的后卫部队。

这是个炎热的秋天，天清气朗已经一个多月。奥廖尔和布良斯克间的肥沃地带，勃雷恩河两岸的黑土，在无云的蓝天下闪烁着金棕色的光辉。

大街作为公路的一部分，直贯市镇。街的一面本来有许多房屋，都已被炮轰炸毁，变成了一堆瓦砾，炸药把果树从爆炸的园子中连根拔起、撕裂、烧焦。街的那一边也没有房屋了，不过所受轰炸的损害比较少，或许是因为原先空地较多，以致没有什么可摧毁的目标。

在一度有房屋的那一边，无家可归的居民正在依然冒烟的灰烬中搜索，在各个废墟的角落上捡点杂物，堆集在一起。有些正忙于建泥草屋，把草泥切成一条一条拿去盖屋顶。

街那边的空地上是一排白色帐篷，挤满了预备队的卡车，各种马拉的战地救护车，都是被战役从师部切断下来的，还有各种补给、勤务单位，混杂在一起，正设法整队。空地上还有从补充连来的瘦弱的男孩，头戴灰帽，背着卷起的厚大衣，满面尘土、干瘪，因赤痢而虚弱不堪，他们放下行囊，有的睡觉，有的进餐，以便继续疲累的西进。

这个被炸空烧空的市镇有一半还在燃烧，远处延迟引爆的炮弹仍不断在爆炸。正在院子里忙于挖捡杂物的人，不时挺直身子，靠在他们捡出的东西上休息休息，一面转脸注视远方的爆炸。

由烟焰和沙尘构成的灰黑夹杂砖红色的云头升向天空，起先像喷泉，直往上冲，然后渐渐懒散下来，就像上升的重油垢，然后展开铺成羽毛的样子，终于散开，沉落大地。然后，挖东西的人又继续工作。

从废墟越过公路，有一块四周围绕灌木树篱的旷地，老树参天，遮蔽了阳光。高大的老树和灌木丛把它和其余的世界隔开，孤立起来，就像一个私家园地，阴凉而且昏暗。

洗衣女塔妮娅和她那个单位的几个同事，以及参加她们这一伙的人，包括杜多罗夫和戈尔东在内，从大清早起就在这里等候派来接她的卡车。团部洗衣处交给她照看的衣服有好几筐，一个个叠着放在地上。塔妮娅两眼密切注视着那些衣服，而别的人也不远离，唯恐失去跟车的机会。

他们已经等了很久——超过五个钟头了。大家无事可做，就倾听这个见多识广的饶舌姑娘讲啊讲。这时，她正告诉他们，她会见日瓦戈少将的经过。

"当然，昨天。他们带我去见将军本人。日瓦戈少将。他路过这里，到处向人打听赫里斯京娜。他在找认识她本人的见证人。有人指出我。他们说我们过去是朋友。他要他们把我带去。于是他们来领我。他一丝一毫都没吓到我。他没有什么特别，就像一般人一样。他两眼生得细长，黑头发。我告诉了他我所知道的事。他听到完为止，还说谢谢你。那么你是谁？他对我说。你是从哪边来的？噢，自然，我有点害羞。我有什么好吹的？我是个私生子。一个无家可归的孤儿。就是这样。我不必告诉你。感化院，总是在流浪。可是，他鼓励我。讲下去，他说。别难为情，没有什么可耻的。噢，起先我说不出什么，稍后我说得多些，而他就不停点头，以后一直点下去，我不再怕了。真的，我有很多事好说。如果我告诉你们，你们都不会相信，你们会认为，这都是她编的。噢，对他也是如此。当我说完时，他站起来开始在屋内走来走去。这不寻常，他说。真的不寻常。我要告诉你一些事，他说。我现在还没空儿。可是，我会再找到你，你放心。我会派人来找你。我从未想到，我会听到这样的事。我因为要料理别

432 |

的事，不然，我不让你就这样离开。到时候，谁敢说呢，我也许会自认是你的叔叔，你将一跃为一个将军的侄女。然后，我要送你进大学，他说。随便你喜欢去哪里。我对上帝发誓，那是他亲口说的。或许是个笑话，逗我开心。"

就在这时，一辆长长的围高边的空车驶过来，那是在波兰和西俄罗斯通常用来运干草的大车。套在辕内的两匹马是由一名马匹运输队的士兵驾驭的，在旧时代他会被称为大车夫。他勒住马头，从驾驶座上跳下来，开始卸下他的大车。除了塔妮娅和一两名士兵，其余的人都围拢来求他带他们去他们所要去的地方，当然，还表示，要给他相当的代价。可是，他都拒绝了，他说他没有权利将大车或马作命令指定以外的用途。他把马牵开，再也看不见他了。

塔妮娅和其他几个仍然坐在地上的人，一起爬上留在空地上的空车。因为大车的来到以及和驾驶兵的争论而中断的谈话又恢复了。

"你对将军说些什么？"戈尔东问，"如果可以的话，告诉我们。"

"为什么不？我告诉你。"

于是她对他们讲了她可怕的经历。

"不错，真的，我有许多东西好说。据说，我出身并不穷苦。不知是陌生人告诉我的，还是我自己因为什么记得的，我不知道，不过，我听说，我的母亲拉里莎·科马罗娃，是躲在白色蒙古的一个俄罗斯部长科马罗夫同志的妻子。不过，我猜科马罗夫不是我的真正父亲。唉，当然，我是一个没受过教育的女孩，我一直是个无父无母的孤儿。或许我说的话你们听来似乎可笑，可是，我只说我知道的事，你们必须设身处地去听。

"对了，我要告诉你们的那些事全发生在克鲁什茨那边，西伯利亚的最东边，哈萨克地区还过去，靠近中国边界上。当我们——我是说红军——进攻白军的首都时，那个科马罗夫部长，就把我母亲以及所有的家属都弄上一列专车，下令把我们运走。我的母亲吓坏了，你知道，离开他她不敢走动一步。

"这个科马罗夫不知道我。他甚至不知道我的存在。我母亲有我时，和他已分手很久，她惊慌得要死，唯恐有人会告诉他。他非常恨小孩，他会大嚷大叫，顿足捶胸。'他们只给家庭带来肮脏和忧虑，我受不了。'他常常这样嚷。

"那么现在，就像我刚才所说的，当红军开始接近城区时，我母亲派人去纳戈尔车站找一个车站警卫的女人玛尔法。城的附近有三个站，我告诉你们都是哪些。第一站是尼佐瓦亚，跟着是纳戈尔，然后是萨姆索诺夫山口。现在我想我明白了，为什么我的母亲认识这个女人。这个女人玛尔法，常去城里卖牛奶、蔬菜。就是这个原因。

"还有些事我不清楚。我想他们骗我母亲，他们不告诉她真话。只有上帝知道，他们对我母亲编了什么故事，我想，他们说把我放在玛尔法家里只是暂时的，一两天的事，事情一平定，就带我回来。她不会把我永远交给不相干的人，全由陌生人养大——母亲不可能那样把她的孩子送给人的。

"唉，你知道对儿童来说那是怎么回事。'去和姑姑说话，她会给你一块姜饼，好姑娘，别怕姑姑。'后来我都不知道怎么哭法，怎么伤心，怎样想我母亲——这还是不去想的好。我想上吊自杀，我还很小时就几乎发疯。我那时就是这样。我猜玛尔法姑姑，得了我妈的钱，为抚养我，得了一大笔钱。

"除了丈夫做警卫，她家还有个富饶的农庄，有一头牛、一匹马，当然，还有各种家禽，一大块菜园——在那里你要多少地有多少地——当然不必付租金，因为房子是政府的，就在轨道旁边。当火车从家乡出来时，好不容易才爬上山坡，太陡了，可是从你们这边，从俄罗斯这边去时，快得很，所以必须用煞车。在秋天，当树木凋零时，从山上望下去，你可以看见纳戈尔，就好像盛在碟子里。

"警卫，瓦西里叔叔，我平常就叫他爸爸。他是个仁慈的笑口常开的人，只是不可信任，特别是在他喝醉时。人人都知道，他的事四乡无人不知。他看到陌生人就把肚肠都翻出来。

"可是，我从来不叫他老婆作妈。不管这是由于我不能忘记我自己的母亲，或为了其他原因，事实是玛尔法姑姑可真可怕。真的。因而我只叫她玛尔法姑姑。

"唉，时光如流，一年年过去，我不记得是多少年了。我已开始去火车前摇旗子，并且我能把牛牵回，把马卸下。玛尔法姑姑教我纺织，至于家务，不用说，我是做的。扫除、收拾、做饭这类事，我都做，全不当一回事。啊，是的，我忘记告诉你们，我还照看彼坚卡。我们的彼坚卡是瘫子，他三岁了，却还不能走路，所以，我得带他。直到现在，已经事隔多年，每当我想起玛尔法姑姑往常如何斜视我强健的双腿，好像是说为什么我的腿不瘫时，我的背脊就要发冷。最好我代彼坚卡瘫腿，好像我是他的扫帚星似的。你不会相信，世上有多可怕的憎恨和迷信。

"可是现在请你们继续听我说。那一切与前面发生的都没有关系，那会使你们毛发直竖。

"那是在新经济政策时代。瓦西里叔叔在山下卖了一头奶牛，得了满满两袋的钱。那种钱叫克伦斯基票子——不，对不起，它们当时称为柠檬钱，人们就是那么叫的。他喝了点酒，因而他告诉纳戈尔的每一个人，他多富有。

"我记得那是秋季的一个刮风天。大风在屋顶上怒吼，几乎把你连根吹跑，机车上不了山，因为是逆风。突然我见到一个年老的女乞丐从山顶上走下来，大风鼓起她的裙子，刮跑她的头巾。

"她一面走，一面呻吟，同时捂着肚子。她求我们让她进屋，我们就把她安置在长椅上。啊，她尖叫道，我受不了，我受不了，我肚子像着了火，我完蛋了。以基督的名，她哀求道，请把我送去医院，你们要什么我给什么。好，爹爹把乌大劳，那匹马套上车，把那个婆子放上车，送她去十八俄里外的县医院。

"不久，当玛尔法姑姑和我上床后，我们听到乌大劳在外面长嘶，车已被拖进了院子。他们似乎回来得早一点。可是，好歹玛尔法姑姑点上了灯，披上夹克，没等爸爸敲门就拔开门闩。

"她打开了门，不过门口不是爸爸，而是一个陌生人，黝黑而怕人，同时他说，告诉我卖牛的钱在哪里。我已经在林中干掉了你家老头子，不过，你是一个女人，只要你告诉我钱在哪里，我就放过你。如果不说，你知道将出什么事，那只能怪你自己，还有，别让我久等，我没时间和你纠缠。

"啊，老天在上，不需我告诉你们，我们当时的情况，你们能想象得出。我们全身颤抖，吓得半死，恐怖得哑口无言！首先，瓦西里叔叔被杀死了，他亲口说的，他用斧子杀死了他，而他现在和我们面对面，一个杀人凶手就在屋子里，我们看得出他是个凶手。

"我想就在那一刻，玛尔法姑姑已失去理性了。在她听说她丈夫死了的一刹那，她内在有什么东西啪拉一声就断了。然而她知道，她一定不能表现出内心的感觉。

"首先她跪在他脚下。可怜可怜我吧，她说，别杀我，我什么也不知道，我从没听说任何钱的事，我不知道你说的是什么钱。可是，他并不因此放手，他不是这么一个傻子，该死的魔鬼。好，于是她告诉了他。钱在地窖中。我帮你打开地窖门，可是，那个魔鬼一眼就看穿了。不，他说，你下去，你认得路，把钱拿出来。我不管你是下地窖或上屋顶，我要的只是钱，不过记住——别想玩什么诡计，他说，同我玩不了花样。

"然后，她对他说，上帝与你同在？你为什么这么多疑？我很高兴走下去，替你亲自拿上来，不过，我的腿不方便，我爬不了梯子。我将站在顶上，帮你照亮。别担心，我让我女儿和你同去，她说。她是指我。

"啊，老天，还用我告诉你们，我听到这话时的感觉吗？唉，那是我的末路，我想……我眼前一片漆黑，两腿发软……我想，我要倒下去了。

"可是那个魔鬼并不是傻瓜，他看看我们两人，吊起两眼，对她狰狞地笑着，牙齿全露了出来，好像是说，我知道你的诡计，你骗不了我。他看得出，我对她全无意义，我不是她自己的骨肉，于是，他突然抓住彼坚卡，一只手提了他，一只手拉开地窖的地板门。拿个灯来，他对她说，于是他走下去——带着彼坚卡从梯子走进地窖。

"我想，她早已神经错乱了，因而什么都不明白了，她的理智丧失了。他和小彼坚卡一走下去，砰，她立即关上地窖的门，锁上它，并且开始拖一只重箱子去压在上头，一面点头要我去帮她，因为那太重了。她把箱子摆好，坐在上面，自得其乐，这个疯女人。她刚坐下，那个强盗就开始叫喊，用力打地板。你听不清楚他在说什么，地板的木块太厚，不过，你能从他的声音中知道他的意思：放他出来，不然他就杀死彼坚卡。他吼得比野兽还吓人。现在你的彼坚卡的生命在我手中，他叫道。可是，她什么都不明白，她只是坐在那儿对我眨眼嬉笑，好像是说，不管你怎样，我都不会从箱子上移开，我要抓住钥匙。我想尽一切办法对付她，我对她的耳朵大叫，说她必须打开地窖，救出彼坚卡，我试着推开她，不过我推不开，对我而言她是太壮了，她不听我的。

"坏蛋在下面不停地用力打地板，时间一分一分地过去，她只管坐在箱子上，什么都不听。

"过了一阵——啊，天！我一生经历过许多事故，不过，我永远忘不了那一次。我有生之日总要听见彼坚卡微弱的声音——小彼坚卡哭了，同时在底下呻吟，一个小天使，那个魔鬼扼死了他。

"现在我怎么办呢，我怎么对付这个疯女人和这个凶手呢？我想，我必须想想办法。当我想到这里时，我听见乌大劳在门外嘶鸣。它一直站在院子里，没从车上卸下来。是的，乌大劳的嘶鸣好像是说，我们快跑，塔妮娅，找个好人求他帮忙。我从窗口望出去，天快亮了。你说得对，乌大劳，这是个好主意，我想。我们走吧。可是，当我好不容易打定主意时，我又听见，好像来自树林的声音说，等等，别忙，塔妮娅，我们想想别的办法。并且我又知道，我不是单独一个人在树林中。好像我们家的雄鸡在啼。一辆机车在山坡底下鸣响。我听得出它的汽笛，那是来自纳戈尔的机车，他们总是在那儿把机车准备好——他们叫它作后推机车——那是用来帮货车上山的。有一列混合列车打这里经过，每夜总在这个时刻经过。好，我听到了我所知道的这辆机车，在山坡底下叫我。我凝神静听，我的心跳着。我神经错乱了，很想知道，像玛尔法姑姑一样，是不是每一个活的兽类和每一个哑的机车都在以平易的俄罗斯语对我说话？

"噢，光想下去不是好事，列车已越来越近了，没有时间再多考虑。我急忙抓起提灯——已不怎么亮了——拼命跑上轨道，站在两条铁轨当中，上下摆动灯光。

"好，还有什么好说的？我弄停了列车。因为大风，列车走得非常慢，几乎是在爬。我弄停了列车，司机认识我，从机车窗口把上身探出来，叫喊些什么，因为风大，我听不清楚。我对他大声喊，警卫室遭到袭击，谋杀抢劫，凶手在屋里，救人啊，叔叔同志，我们急需援救。当我在嚷时，红军一个个从车上跳下来，这是一列军车，他们跳下来站在路轨上，怎么回事？他们问。他们不明白为什么列车停在树林中，夜晚在陡坡上停下来，停住不动。

"我一五一十地告诉了他们。他们把凶手从地窖中拖出来。他呻吟得比彼坚卡的声音还微弱，饶了我吧，好心人，他说，别杀我，我再不干了。他们不管什么法律。他们把他拖出去，拖到路轨上，把他的手脚绑在铁轨上，开动列车碾过他。

"我甚至没有回去拿我的衣服，我太惊慌了。我要求他们带我上车，于是他们把我弄上车，我就这么走了。此后，我带着私生子的名义到处流浪，走遍我们半个国家，还有别的地方，我不知道，还有什么地方我没去过。我不是在夸张。经过我童年这番折磨，我才知道现在是多快乐，多自由！尽管我还必须说，我生平还有不少罪孽和不幸。不过，那全是以后的事，以后我再告诉你们。……就在我所说的那天晚上，一名铁路局职员走下火车，去屋中接管了政府的财产，同时决定如何处理玛尔法姑姑。有人说，她从此没再复原，终于死在疯人院中，可是，又有人说，她好转后出院了。"

在听完塔妮娅的故事后，戈尔东和杜多罗夫默默地在树下徘徊了好一阵。然后，来了一辆货车，它笨笨重重地从大路上转入空地，人们把衣服筐子都摆了上去。戈尔东说：

"你知道这个塔妮娅是谁吧？"

"是的，当然。"

"叶夫格拉夫会照顾她。"沉默了一会儿，戈尔东又说，"一个高尚的理想堕落为粗俗的唯物主义，在历史上经常发生。希腊就是这样让位给罗马的，而俄罗斯的启蒙运动时代也就是这样变为俄罗斯革命时代的。这两个时代有很大的不同。布洛克好像说过：'我们是俄罗斯可怕岁月的儿童。'布洛克的话不过是个比喻性、象征性的说法。儿童并不是儿童，而是儿子、后嗣、知识阶级，而恐怖并不可怕——不过是从上天来的、有启示录的性质的东西，与我们的时代十分不同。而现在比喻已变成字面义，儿童就是儿童，并且恐怖是可怕的，不同就在这里。"

五年或十年以后，在一个寂静的夏夜，杜多罗夫和戈尔东又聚在一起，坐在高高的敞开的窗口，目力所及的地方，莫斯科正消失在暮色中。他们正在阅读叶夫格拉夫收集的尤里的著作集，他们已读过多次，几乎都能记得上面的内容了，他们边读，边谈，边想。当他们读到一半时，天黑了，于是他们开亮了灯。

　　铺开在他们脚下的莫斯科，是作者的出生地，他曾在这里消磨了他半生的岁月——如今，在他们看来，莫斯科并不是与他生命史相关的一串历史事件中的一个背景，而是一个长篇故事中的主角，那晚，当书本还在手中时，他们已见到了这个故事的结局。

　　虽然胜利没带来战争结束时人们所期待的解脱和自由，无论如何，战后的空气中充满了自由的征兆，同时只有他们两人说得出它的历史意义。

　　当他们坐在窗口时，在这两位老友看来，这种灵魂的自由早就存在了，好像每天晚上，未来都具体地进入他们脚下的街道，而且他们自己已进入了未来，现在已是未来的一部分了。想想这个圣城和整个地球、这个故事中静静生活的主角以及他们的子女，他们心中充满温柔与和平，他们被从来没有听过的、飘扬在他们四周并飘向远方的幸福的音乐所包围。而他们手中拿着的书，似乎是在给与他们鼓励并坚定这样的感受。

第十七章
尤里·日瓦戈诗作廿五首

三 月

太阳比蒸汽浴更热，
狂涨的山溪在谷中奔流。
春天——这粗壮的村姑——
正干着活计，忙个不休。

冰雪变得衰弱，像害了贫血，
血管微微地发蓝。
但牛棚里，生命正沸腾，
稻草叉的耙齿露出生机。

这些日子，这些日子和晚上：
晌午，窗前的点滴咚咚地响，
檐边淌水的冰柱日渐消瘦，
像不眠之溪的絮语。

门都打开了——马厩和牛棚，
鸽子啄食雪上的燕麦；
这一切的主谋——那堆粪肥
散发出刺鼻的气味。

哈姆雷特

喧扰已过。我踏上台前，
倚着进口的支柱，
细听远处的回声，
寻找未来的际遇。

用千百副望远镜眺望——
夜之阴翳向我笼罩。
亚伯天父啊，假如你应允，
求免我的苦杯。

我珍重你刚强的一念，
我甘愿担当这角色；
但此刻，另一出戏正开场，
求免我这一回的角色吧。

然而，戏的情节早已安排，
最后的结局也无可逃避。
我孤独伫立，虚情假义淹没一切。
活着过一生究竟不是儿戏。

受 难

夜未央，
世界如在期待——
无数星辰照耀，
闪烁如日中天。
假如这世界能顺其自然，
它一定在圣歌声里、
在复活节中安眠。
夜未央，
创世的时刻仿佛尚未来临——
天向四方伸展，
一如延到永恒
等待黎明和温暖的到来。
仿佛仍需千年。
荒瘠的大地，
在黑夜中赤身裸体。
把钟声敲响，
或是应和它心中的赞美诗。
从受难前的布施节
直到复活的前夕，
流水侵蚀着河堤，
冲激、萦回，在漩涡中绕转。
荒林也赤裸了，
在这基督受难的日子，
密排成带的苍松
像去教堂祷告的行列。
不远的城中，疏落的树木，
有如赴礼拜的信徒，

光秃的枯枝
仿佛正在向教堂的栅栏里窥探。
它们在凝视中悚然惊怖，
它们应该震惧：
园榭仿佛要从园篱里遁逃，
大地摇撼——
神将下葬。
它们看见祭帐上的光亮，
看见黑幔，和一列祭烛，
那些泪脸……
突然送葬的行列出现了，
负着十字架，
穿着丧服走向他们的祭帐。
两株在门前守护的赤杨，
在仪仗之前让开。
行列绕行坟场上一圈，
再回到教堂门口的铺石旁边，
把春天和春天的讯息，
把带着圣饼气味的空气，
和春天醉人的气息，
从街上带到阶前。
三月把庭院的积雪
如同向残废人布施似的散掉，
如同抬出了方舟，打开，
向众人馨尽一切。
圣诗一直唱到天色破晓，
声音如泣如诉，却更柔和。
《诗篇》和《福音》的歌声，
在孤独的街灯下融入无人的街道。
然而当午夜来临，
一切生灵、人和万物，都肃静
谛听春天传播的流言。
等到天气一转，
复活再生的力量
就要战胜死亡。

白 夜

我见到遥远的往昔：
彼得堡涅瓦河边一间楼房，
你，大草原里一个小地主的女儿，
从库尔斯克来读书。
美人儿，你赢尽男子们的倾慕。
但在这白色的夜里，你和我
舒适地坐在你家的窗前，
从高楼向下俯视。
像下面那蝴蝶似的煤气街灯，
清晨的寒意轻袭着我们。
像那沉睡中的远景一般，
我柔声和你长谈。
我们，仿佛是沿着无际的涅瓦河
延展出去的彼得堡，
在怯着的虔诚之中，
被一个神秘的谜笼罩。
野外，远处，在密林中，

在这白色的春夜，
枝头夜莺千折百转地高唱，
咏叹的歌声震动着林野。
夜莺的高歌激越入云，
这渺小的平凡歌手的歌声
在那迷乱的树林深处，
挑逗着、唤醒了欢乐的心。
夜，像个赤脚的朝圣妇人，
偷偷地挨近围墙，
从窗棂跟踪到她背后的
是我们细语的声响。
在这些被她偷听了的细语的回声中，
在围墙里边的园榭里，
苹果和樱桃在枝上
开着美丽的白花。
这些树，像白色的幽魂，
从园里挤到外面的路上，
如同挥手告别
这白色的夜，和整夜里的见证。

春季的泥泞路

落日的火焰渐熄。
穿过浓密的松林，
向乌拉尔省农庄行进的疲累征人
在春潮泛滥的野径上奔驰。
马腹急遽起伏，马在喘息。
山洪在溪谷当中
激流奔湍。它们的回声
追逐着路上马蹄的铿锵。
但，当骑者把缰绳松掉，
把马蹄放慢，
在他身旁冲激的春潮
便雷鸣似的咆哮。
仿佛有人在笑闹，有人痛哭。
石块撞击碎成粉末。
连根拔起的树
奔流卷入漩涡。
在落日的余光

和交叉的枝丫与暗翳中，
一只夜莺激情地高唱，
歌声仿佛回鸣的警钟。
在那悲泣的柳树
垂下寡妇面纱的地方，
这鸟儿吹着"七橡树"的口哨，
像古老传说里的"夜莺强盗"。
这无端的激情
预告什么厄运和幽恨呢？
密林中歌手的连珠弹
在向谁发射呢？
夜莺，像林里的精魂，
随时会从逃犯的藏匿地点出现，
迎接那些骑马或步行的
游击队的步哨。
大地和天空，田野和森林，
谛听着这每一声独特的音响，
这纯然是激情的恸哭，
诉说着狂热、痛苦、欢乐和忧伤。

倾　诉

毫无理由地，生活回复原状了，
正如当时曾那么奇怪地被打断了一样。
就像那个夏日那个时间，
我又来到这条古老的大道上。
依旧是这些人，这些烦恼，
自从那个死亡的晚上，
匆忙地钉在曼涅日广场上，
落日的火焰至今不曾冷掉。
穿着破旧而单薄的棉衣的女人，
晚上仍然在街上游荡，
并且在铁皮屋顶的阁楼里
接受十字架的审问。
这就是一个，她疲惫地
从地下室的门出来，
慢慢地踏着石级
走到院子对面去。
我再次地准备好一套托词，
没有一件事对我有多少意义。
这个邻居的女人
又转出后巷，把我们留在完全的孤独里。

别哭，别撮起你发肿的嘴唇，
别再撇嘴，
在春天里发烧干燥的唇皮，
就要让你弄破裂了。
放开你的手——别摆在我胸前：
我们是通了电流的高压电线——
当心啊——我们随时可以碰合，
如果这次碰着，就不是偶然。
时日会过去，你会嫁人，
你将忘记这些难熬的日子。
做女人是件伟大的冒险事业，
把男人逼到发疯是件壮举。
而我，我的平生
像奴隶般忠诚，
膜拜着女人的奇迹——
她的手、背、肩和雕塑般的颈。
但，尽管夜把我锁进
它幽怨的环套，
那离弃的力量却更强烈，
我始终有强烈的逃遁欲望。

城镇上的夏天

喃喃地说话，
她用一个不耐烦的手势
把整束头发
从颈背掠起。
从笨重的大梳下望着，
她像个戴头盔的女人。
头，和编成辫子的头发，
都向后仰着。
屋外，那闷热的夜
快要起风暴了。
行人加快脚步，
匆忙赶回家。
轰雷一响，
接着是隆隆的回声。
阵阵的风
吹拂着窗帘。
仍然静默，
仍然闷热，
闪电的手指
仍然在天空搜索。
当早晨来临，
照射的阳光和暑气，
把街上的水洼晒干，
清除了一夜风雨的痕迹。
苍老而仍然盛开的
带香味的菩提树，
快快不乐地盯着他们，
因为一夜没有好好睡过。

风

我已死去，而你尚活着。
风，如泣如诉，
摇撼着乡屋和林中岩石，
不只摇撼一株松树，
而是所有的树
和无涯际的一切；
如同所有下了锚的帆船
在港湾里摆荡。
它不是逞一时之气，
也不是无端发怒，
它是在悲伤中
为你寻找催眠曲的字句。

初秋艳阳天

红醋栗叶粗糙而多毛，
人声笑语摇撼着房子和玻璃窗户。
他们切着菜，把腌料和辣椒
加进腌菜的坛子里。
像小丑似的逗人的树丛
把声响散到田野那边的斜坡上，
那儿，像野火似的太阳
把榛子晒得焦黄。
路在这里伸进荒沟。
在这里，在那些陈年沉树的堆积里，
我们甚至悲戚秋天——这收旧料的人
它把一切都扫进荒沟去。
我们悲戚，因为宇宙万物
比智慧的哲人设想的要简单。
我们悲戚那伸进水里去的矮树丛，
悲戚一切命运的终结。
当眼前的一切都被太阳晒焦，
我们悲戚再没有注视的意义；
还有秋天那白色的灰烬，
像游丝似的飘出窗口。
小路伸过花圃的围篱，
隐没在浓密的白杨丛里。
房子里有喧闹的人声笑语，
那些人声笑语也来自远处。

酒 花

我们躲到常春藤缠绕的柳树下，
寻求风雨中的庇荫，
我把斗篷披在两人肩上，
用双臂把你抱紧。
抱歉——我错了，柳树上的不是常春藤，
——原来是酒花。
我们不如把斗篷平铺在地上，
做个垫子吧。

婚　礼

客人在拂晓之前，
到新娘的房子来祝贺，
笔直地穿过庭院，
带来了他们自己的音乐。
过了午夜，直到早晨七点，
在主人的睡房
那道镶皮的门里，
听不到一点低沉的声响。
但，到天色发亮——
在那最困倦的时光，
客人们正离去，
手风琴再度扬起。
口琴也奏起了，像手风琴一般，
拍手掌的声音
和串珠碰击的窸窣，
一片闹哄哄。
一次、一次、又一次地，

那些鄙俚的轮唱
从欢腾的众宾当中
一直闹进闺房。
这时候，一位雪白的女郎
像孔雀似的旋转，
在叫闹和口哨的节奏里
腰肢摆荡。
她高高地扬起头，
挥动着右手，
在鹅卵石上急舞着，
简直是只孔雀！
突然，那些欢乐的喧闹
那轮舞的踢踏声
消失了，仿佛没入地狱，
也仿佛沉进水底。
院落醒来了，
纷乱熙攘的扰闹
混合着喧闹的人声，
还有哄堂的大笑。
一群鸽子
像一阵灰蓝色的旋风，
从鸽房冲霄而起——
飞上无际的天空。
仿佛是谁一觉醒来，
想起了放走那些鸽子，
让它们带同长寿的祝福，
追上昨夜的婚礼。
因为生命本来只有一瞬，
只是把我们自己
消散在众人之中，
如同把礼物分赠给他们——
生命本来只是从窗外的街前
喧闹地飞舞进来的一场婚礼；
只是一首歌，一场梦，
一只灰蓝色的鸽子。

秋 天

我的骨肉流离，
亲人星散，
无边的寂寞充满天地
充满我的心间。
而我和你此刻却厮守在守林人的茅舍里，
外面的树林是无人的荒漠，
杂草隐没了林中的道路和野径。
如同那古老的歌所唱的一般。
粗木钉成的墙在忧戚，
因为只有我们两人把它看顾。
但我们从不企图跨越什么藩篱，
我们甘愿诚实地沦亡。
我们在一点钟就座三点钟离席，
我带本书，你带着针黹，
天色破晓之前已经记不起
我们接吻到何时停止。
落叶，沙沙地响得更美
飞舞得更起劲吧！
把今朝的凄楚和幽怨，
注满昨日剩下的苦杯。
让深情眷恋和欢愉
在九月的风声中如烟般飘散。
而你，在这秋天里，我的亲亲，
把自己埋进静默或痴狂！
每当你穿着那有丝带坠子的睡袍
投身在我怀里，
你让衣裳褪下，
仿佛树丛落掉叶子。
当活着的痛苦比痛苦本身更深，
在踏向灭亡的途中你是个恩赐；
大胆，不怕羞是美的根源——
而且契合着我和你。

神话故事

从前，
在一个神话的国度里，
有个骑士
在长着牛蒡草的草原上疾驰，
他满腔热血，
要上阵赴敌。
望穿滚滚的尘土，
他遥见一座森林矗立。
一阵怔忡的预感
不断在他坚强的心间隐现：
可不能去泉边饮马
要紧一紧马肚带。
但骑士毫不顾忌。
他策马向前，
高举着枪矛，疾驰
冲上林荫的山边；
从高处的坟丘，
他奔下干涸的河床。
驰过草原，
绕过一座山冈；
他进入一个峡谷，
沿着林径前行，
寻到了野兽的脚迹
和一道水泉。
心里疑惑的声音
也完全听不见，
他驰下那幽壑，
渴马奔向流泉。
泉头有一个岩穴，
洞口对着浅滩，
硫磺的火焰
似乎照亮了洞口。
遮盖着视线的

449

是赤色的烟焰，
远处传来一声叫喊，
高松应着回响。
骑士惊起，
策马向前冲去，
迅速涉过溪流，
驰援这求救的呼号。
这时，骑士看见了
形相恐怖的龙头，
龙鳞和龙尾——
他握紧枪矛。
龙从嘴里喷出
光芒四射的火焰；
龙身绕了三匝
在一个少女身上。
这蟒龙的鳞头
像鞭子似的鞭挞
它柔弱俘虏的
雪白的双肩。
这国家有种风俗，
每年把一个年轻的美女
献给这林中的巨怪，
作祭礼的牺牲。
邻近的居民
向巨怪纳贡，
企图从它的暴怒之中
挽救他们的庐舍。
蟒龙的身体缠着她双臂，
并且卷着她喉咙。
它已经受下了这份祭礼
正肆意地逞凶。
双眼仰望上苍，
骑士祈祷求助，
然后把枪矛瞄准巨龙，
勇猛冲上前进行战斗。

眼睛紧闭着。
高山，白云，
流水，浅滩和河川，
年复一年，仿佛无穷无尽的时间。
在交锋中倒地
骑士的头盔也被击落了。
他忠心的坐骑
用铁蹄践踏那蟒龙……
马和龙的尸体
在地上并排躺着。
骑士仍旧昏迷，
那少女也没有知觉。
正午的苍穹
明亮而蔚蓝。
这少女是谁？是个公主么？
是个贵族抑或是个村姑？
狂喜的眼泪
在她脸颊上奔流。
但死亡似的昏睡
又在她身上盘踞。
然后他觉得自己复原了，
却丝毫不能动弹——
他失去了那么多的血，
精力又是那么耗损。
但两人的心房都在跳动。
一会儿他，一会儿她
挣扎着醒来，
终于又昏沉地睡去。
眼睛紧闭着。
高山，白云，
流水，浅滩和河川，
年复一年，仿佛无穷无尽的时间。

八　月

太阳，遵守着诺言，
清早就从窗帘缝晒进来，
一道弯斜的番红花似的光线，
照在沙发椅上面。
太阳闷热的橙黄光线
笼罩着邻近的树林村舍。
我的床，我潮湿的枕头
和书架旁边的墙角。
我记得为什么枕头有点湿了：
我梦到了你们
一个跟着一个，从树林里出来，
向我告别。
你们散乱地走着，
然后突然有人记起——
按老历法算今天是八月六日
基督变容节。
在这一天，通常，一朵没有焰的光
就会从太伯山上照下来。
亮晶晶的璀璨的秋天
吸引尽一切目光的注视。
你们走过那瑟缩、裸露、光秃的
颤抖的赤杨树丛，
走进灌木围着的墓园，
那堆矮树斑驳发红像个姜饼。

天空像个善心的邻人，
陪伴着那些光秃的树顶，
远近都喧传着
雄鸡悠长的啼声。
死亡，像个政府视察员，
在这树丛围绕的墓园
注视着我没有生命的脸，
仿佛打量着该给我掘多大的坟地。
你们都可以清晰地听见
有人在身旁平静地说话，
这是我从前留下来的预言。
死亡也不能消散我的声音，我说：
“别了，蔚蓝和金色的
基督变化形骸的日子，
妇人的最后抚摸，消除了
我在这无法避免的一刻的痛楚。
“别了，时间不复存在的年光，
让我向你告别吧！
你，曾向羞辱之谷挑战的妇人，
我是你试炼的场所。
“别了，双翼宽阔的伸张，
别了，一飞冲天的意向，
还有言语所照明的世界，
创作，和行神迹的力量。”

冬　夜

风雪在大地上吹刮，
吹刮着每个角落。
桌上的蜡烛燃着，
那蜡烛燃着。
像一群夏天的小虫
扑向烛光，
雪花
打在窗上。
风中飞舞的雪花
在窗玻璃上划着圆圈和箭头。
桌上的蜡烛燃着，
那蜡烛燃着。
光亮的天花板上，
投着歪曲的影子，
是交叠的手，交叠的脚——
交叠的命运。
两只鞋子掉到地板上
轰然作响。
通夜长明的蜡烛
把烛泪滴在衣服上。
一切都失落在
这斑白雪夜的黑暗里。
桌上的蜡烛燃着，
那蜡烛燃着。
屋角刮着冷风，
扑着蜡烛的火焰，
像天使一般，诱惑的热狂
拂动着双翼，投下十字架的影子。
整个二月里风吹刮着雪，
而不时地，
桌上的蜡烛燃着，
那蜡烛燃着。

离　别

这人从门槛瞪着房子里面，
却认不出自己的家。
她的离开像一次逃亡，
处处都显出破坏的痕迹。
所有的房间都是混乱的。
发痛的头和热泪
使他看不清楚
他的废墟。
从早晨起他就耳鸣，
他究竟是否在噩梦中呢？
为什么他不断想起
大海的幻象？
当外面广阔的世界、
给窗扇上的浓霜藏住了，
悲伤的绝望
更像大海的茫茫。
在一切之上，
她和他是那么亲近，
如同每一个波浪
连结着大海和海岸。
如同暴风雨过后
浪花冲洗着芦苇，
在他心中，

她的形象浮现。
在困苦的岁月里，
在不堪想象的生活中，
命运之潮从大海的深处
把她送来。
重重障碍。
但海潮涌送着她，
间不容发地避开险阻，
送到他的身边。
如今她去了，
也许她并不愿意，
离恨吞没着他们，
愁苦啃噬着他们的骨髓。
他回顾身旁。
当她离去之际，
把一切翻乱，
把所有的抽屉倒转。
他忙碌到黄昏，
把散乱的碎布料
和裁剪用的式样纸
收拾进抽屉里。
一枚仍然插在布料上的针
把他的指头扎破了，
突然她整个人出现在眼前，
他又轻轻地饮泣。

相 逢

当大雪埋没街道，
重重地压着屋顶，
我到外面去舒舒腿，
便见你站在门前。
独自一个人，穿着秋天的外衣，
没有帽子和雪靴，
你竭力显得若无其事，
轻轻咬着沾了雪花的嘴唇。
远树和围墙
在黑暗中隐没。
你站在一角
独自冒着风雪。
头巾淌着露水，
滴进你的衣领和袖口，
融了的雪花，像露珠似的

在你头发上闪耀。
一绺发光的秀发
照亮着你的脸，你的头巾，
你傲然直立的躯体
和你残旧的外衣。
你睫毛上的雪花融湿了，
你眼中蕴蓄着悲苦。
你的全身仿佛
用一整块材料所雕塑。
仿佛经过凿子和酸液
把你的颜容
永恒地镂进了
我的心中。
你神情中的温存
将永不磨灭，
今后纵使世界变硬了心肠，
也非我所顾惜。
因此在黑暗和风雪之中，
这一夜的意义有双重，
而我也不能画出一条界线
分别开我和你。
况且经过相当时日，
到我们也不再活着，
只有闲谈中的语句留存，
那时我们又是谁？我们来自何方？

圣诞星

冬天。
风从平原吹来。
在山边那洞穴里，
婴儿觉得寒冷。
公牛嘘气暖他。
牛群被拴着
在洞里过冬。
马槽上有热烘烘的汗气。
悬崖上，牧羊人从梦中醒来。
把羊皮衣上的稻草层
从身上拂掉，
睡眼惺忪地眺望着午夜的远处。
远处是积雪的田野，
是墓园的石碑和围墙，
雪堆中陷着马车的轮轴。
和坟地上闪烁的星空。
在伯利恒的路上，一颗星照着，
好像很近，以前却从未出现，
它颤抖的光线
比看更人茅舍窗前的牛烛更腼腆。
它像一捆稻草似的燃烧，
仿佛从天宇和上帝跟前站出来，
像放一场焰火似的发光，
像焚烧中的农舍或者谷场。
它高悬在天上，
像干草棚喷出火舌，
这新星的出现
震惊着宇宙的一切。
像个预兆，逐渐增加的红色
在它上面发光，
三个观星者马上趋赴
这祥光的召唤。
驮礼物的骆驼跟随他们，

还有戴装饰的驴子，一只比一只小些
装腔作势地爬下山。
这时，一切注定要随着出现的未来
像个奇异的预言，在远方里突然升起：
一切世纪里的思潮、希望和世界，
一切画廊和博物馆将来的陈列，
一切妖魔的鬼把戏，
一切行神迹者的事迹，
一切圣诞树和儿童们的梦想。
其中有跳动的烛火、发光的金链，
其中有五光十色的金丝银线……
其中有暴怒邪恶的草原狂风……
所有玫瑰红的苹果和金光菊。
赤杨丛遮住了半个池塘。
但在牧羊人站立的悬崖上，
他们仍然可以从白嘴鸦的巢和树顶
看到骆驼和驴子绕行磨坊旁的池边。
"让我们也跟从前去，"
把自己裹进羊皮里，这些牧羊人说：
"我们要向这神迹俯伏。"
在雪地中行进使他们温暖。
赤裸的脚印，像云母似的闪耀，
踏在雪白的平原上，直伸进客舍后面，
在星光下，狗群看到这些脚印，
如同对快烧完的蜡炬那样地咆哮。
这寒夜像个神话，
看不见的形体来自积雪的山间
加入这群人当中，
狗群跟随着，不时恐怖地回头，
同时恐惧地紧贴着最年轻的牧人。
在这同一块田野，同一条路上，
好些天使和人们一同走着——
无形体的东西，人们是看不见的，
但天使们的步伐留下脚印。
那群人聚集在洞口的石旁，

天色亮了，柏树的树身已经看得清楚。

"谁呀？"马利亚问道。

"我们是一群牧人和天使，

我们来赞美你们母子。"

"你们可不能全进来。请在门前稍候。"

黎明前，在灰烬般白蒙蒙的微光中，

牧羊人和赶牲口的人跺着脚取暖。

在那独木挖空的水槽旁，

徒步来的人和赶牲口的人在嚷闹，

骆驼在嘶鸣，驴子在踢后蹄。

天要亮了。曙色驱逐着晨星，

像扫掉天上的灰层。

这一大群人之中，马利亚只允许

三博士走进洞里。

他睡在橡木的马槽中，

像树湾中的月色那么晶莹。

代替了羊皮的铺盖，

驴子的嘴唇和公牛的鼻息使他温暖。

三博士站在阴影中，

私语着，几乎屏息。

突然，一个博士伸出手来

把另一个博士拉到马槽的左边。

他回身一看——从门外凝视进来的

像个客人，注视着圣贞女，

就是那颗圣诞星。

黎　明

你本是我命运中的一切。
但战祸来临，把一切破坏。
此后悠长的岁月中，
没有半点你的讯息。
事隔多年，
而你的声音仍然干扰着我，
整夜里我重读你的遗书——
逐渐觉得自己的知觉恢复。
我要到众人当中
融入人群，跟随大家日出而作。
我已准备把一切击到粉碎，
使它们像悔过的小学生似的下跪。
于是我冲下楼梯，
仿佛这是我第一次外出，
我走进雪中的街道，
踏上那沉寂已久的鹅卵石。
处处见到灯光，家的温暖，人在起床，
匆忙地喝茶，赶着搭电车。
在短短的几分钟内，
整个城市变了样。
风雪在前面的闸门
织成一道雪花的厚网，
为了赶着按时上班
大家忙得吃不完早餐。
我体会到所有这些人的感觉，
如同钻进了他们身体里一般。
我像那些雪花一样地融化。
我和这早晨一同发狠。
那些无名的人们是我的部分，
儿童们，留在家里的人，还有树木。
他们一同把我征服。
而这也就是我的胜利。

神　迹

他步行去耶路撒冷，
因为预感变得忧愁而憔悴。
山坡上的荆棘被太阳晒得焦黄，
邻近的茅舍没有炊烟升起，
空气炎热，芦苇也纹风不动，
这是死海的静寂。
他心中的悲苦有如死海的水，
只有几朵云伴着他步行，
他沿着尘埃的路进城，
要去一家客店和门徒会面。
他在深深地沉思，
沉郁的田野发出苦艾的气味。
一切陷入静寂，他在其中独自站立。
昏沉的大地仿佛在跟前俯伏。
一切都混乱了：酷热和荒漠，
蜥蜴、泉水和小溪。
前面不远有一株无花果树——
没有果子，只长着枝叶。
他对它说："汝有何用？
徒然木立，于我何益？
我方饥渴，而汝无实，
汝之于我，未若岩石。
似汝不材，使我不适，
无德如此，万劫不复。"
这诅谮使无花果树颤抖，
像被雷击的避雷针似的，
马上化为灰烬。
倘若在那片刻之中，
这株树的枝干根叶有选择的自由，
自然界的法则还可能设法转圜。
但神迹就是神迹，神迹就是上帝。
当我们完全混乱于七零八落之中时，
它就突然降临，使我们无地自容。

457

大　地

卤莽的春天闯进了
莫斯科庄严的宅第里。
蛾子从壁橱扑出来，
爬到夏天的帽子上，
皮草收进了衣箱。
在木楼的窗沿花架上，
摆满了紫罗兰和剪春萝花；
房里是春天开怀的气息，
阁楼上灰尘扬起。
街道和半开半闭的窗户
像老朋友般亲热。
在河边，黄昏和皎洁的夜
简直难舍难分。
在走廊里可以听见
户外的消息和动静，
和檐边淌着的融雪的私语，
四月看尽了人间的愁苦，
沿着围墙落日的余光渐冷，
重诉着那些故事。
在外面的空旷中，在温馨的室内，
到处是无数的灯光，
处处的空气都与从前不同。
同样丛丛的垂柳
同样簇簇的白花球
在窗沿，在路口，
在街上或店铺里。
那么，为什么远方要在雾中饮泣？
粪肥要发着这么刺鼻的气味呢？
那该是我的使命，
让远方不要心灰意冷，
让城外的大地
不要觉得孤单吧？
因此，在早春里

我的朋友们与我同处，
我们聚首的黄昏是告别，
我们的宴会是遗嘱。
而，这样，苦痛的秘密之流
就会将一些温暖带进生之冷酷里去。

罪恶的日子

上一星期，
他来到耶路撒冷。
人们高声祈祷着，
举着橄榄枝跟从他。
但噩兆一天天地多了，
爱感动不了他们的心：
他们鄙夷地皱着眉头。
现在是尾声了，一切都完了。
灰黯的天色低垂，
把铅似的重负压着屋脊。
法利赛人在搜集攻击他的证据，
却一面依然向他狐媚。
庙堂的黑势力
把他交给暴民裁判。
正如不久之前热烈地赞美，
现在他们热烈地诅咒他。
来自附近的暴民
从闸门望进来。

他们喧闹地等候着判决，
争先恐后地拥挤着。
四邻传来私下的耳语，
和雪片捎来的谣言。
这时，他恍如在梦里，
记起了逃亡埃及和他的童年。
他记起了那壮丽的高山！
那荒野和那悬崖。
在那里他曾受撒旦的试探，
要给他全世界的荣华富贵。
他记起了迦拿的婚礼上
众宾们见了神迹的惊异。
还有那雾中的海，
他在上面步行登船，如履平地。
还有那些聚集在茅舍里的穷人
当他走下地牢，
那死而复活的人站起来。
蜡烛在惊慌中熄灭。

抹大拉的马利亚

（一）

天一黑，我的魔鬼就来到身旁，
他是我偿还给往昔的代价。
那些淫邪的记忆出现了，
咬噬着我的心——
我是给男人遣兴的奴隶，
我是个疯疯的傻子，
街巷便是我的归宿。
来日无多，
然后就是坟墓的静默。
既到达了生命的尽头，
我就在你跟前把这生命掷碎，
如同掷碎石膏的器皿一般。
啊，主啊，我的救主，
倘若永恒不在床边守候我，
像一个新的顾客，
给引进了我夜间的生意那样，
那么我会在何处？
告诉我，罪戾、死亡、地狱和硫磺火，
实在是什么意思呢？
在众人眼前，在我无边的悲苦中，
我已经和你生长成为一体，
如同嫁接在树上的嫩枝。
啊，主耶稣，
当我把你的双脚抱在膝上，
也许我是在学着拥抱
十字架的方柱，
当我在殓葬你，失去了知觉。
也许是想把你的身体扯向自己。

（二）

人们在节日前洁净。

远离这些喧扰，
我在小碗中取出没药，
为你最纯净的双足涂油致敬。
我摸索，却找不到你的草鞋，
在热泪中我什么也看不见。
我散开的头发披下来，
像一道幕，遮着眼睛。
我把你的双脚放在膝上，
我用泪来洗它们，主耶稣啊——
我用自己的颈链来围绕它们，
就像头巾包着头一样。
我仔细看清楚了未来，
仿佛你已把它停住。
在这片刻我将能预言。
我的法力像一个女巫。
明天庙里的墓就要裂开，
我们就会一同躲在一边。
大地就会在脚下摇撼，
也许是怜悯我的缘故。
押运队要重新编列，
骑兵要惊慌四散。
如同风暴中的水柱旋转而上，
那十字架也上伸向天。
我到十字架底下俯伏在地。
我的心停止跳动，我咬着唇。
你张开两臂伸展在十字架的两边，
仿佛想要拥抱众人。
为了世上的谁，你拥抱得这么广阔？
受这么多苦楚，显示这么大的力量？
而这宇宙中有着那么些灵魂和生命，
有着那么些村落、林野和河川。
这三天就要过去，
但它们将把我抛进那样的空虚中，
以致在这短促的时间里，
甚至在复活之前，我已长成。

客西马尼园

冷漠的星光照着
路的转弯，
这条路绕过橄榄山。
下面山谷中是汲沦溪的流水。
田畴伸展开去，陡然落下，
再过去便是银河；
但灰白的橄榄树仍然向前伸展，
仿佛踏在半空。
最远处是一家人的花园。
在石围墙外，离开他的徒众，
他说："我灵忧伤已极，
你们在这里为我守望。"
仿佛那是借来的物件，
他毫不反抗地就交出了
全权全能和行神迹的力量，
如今，像我们一般，他已是个凡人。
那一夜的疆域
是杀灭和无物的国土。
整个宇宙都没有了生灵，
只有这园中还有生命。
他凝视着黑暗的深处，
那里空虚而无终无始。
眉心淌出汗血，他向天父祷告
求免他死的苦杯。
祷告解除了他的愁苦，
他走出园门。
墙外，他疲惫的门徒们
一个个在草地上入睡。
他把他们唤醒："天父赐你们生命，
我在世上之时你们得与我同处，
你们却这样地昏睡！看吧，
时限到了，人子要给罪人出卖了。"
他的话还没有说完，

一群奴隶和无赖突然出现，
他们举着火把和刀剑，
带着卖主的吻，犹大领先。
彼得挥剑和他们格斗，
一剑砍下了一个人的耳朵。
但他听到主说："铁怎能解决争端？
把你的剑收回剑鞘里吧。

"难道你以为我天上的父
不能派，一队有翼的天军来卫护我吗？
我的一毫一发也不会受损，
我的仇敌将溃散无存。

"但如今生命的书翻到了那一页，
这是在一切之中最神圣的，
凡写下了的就一定实现，
让它实现吧，阿门。

"你们看吧，时代的流逝像个寓言，
在流逝中也许会迸发，化成火焰，
那么，凭着我主令人敬畏的大名，
我受下那些苦楚而不辞，踏进坟墓。

"但第三天我就复活。
而，如同木筏顺流而下，像一列驮队，
所有的时代将从黑暗中流出来
流向我，接受我的审判。"

鲍里斯·列奥尼多维奇·帕斯捷尔纳克

苏联诗人、翻译家，生于莫斯科

1958年诺贝尔文学奖获得者

以杰出诗歌作品及长篇小说《日瓦戈医生》跻身世界级作家之列

代表作

《雾霭中的双子星座》（1914年，诗集）

《生活，我的姐妹》（1922年，诗集）

《1905年》（1926年，诗集）

《安全证》（1931年，随笔）

《在早班车上》（1943年，诗集）

《浮士德》（1953年，译作）

《莎士比亚作品集》（1953年，译作）

《日瓦戈医生》（1957年，长篇小说）

黄燕德

台湾著名作家、翻译家。后改笔名"林双不"

70年代起于台湾多所大学任教，译著颇丰

知名译作有大仲马的《基督山伯爵》、帕斯捷尔纳克的《日瓦戈医生》等

日瓦戈医生

产品经理 | 黄　钟　　　装帧设计 | 王　媚
特约编辑 | 宣慧敏　　　技术编辑 | 顾逸飞
　　　　　　范佳倩　　　出　品　人 | 路金波
策划机构 GT 上海高谈文化传播有限公司

图书在版编目（CIP）数据

日瓦戈医生 / (苏) 帕斯捷尔纳克著；黄燕德译
. -- 天津：天津人民出版社，2014.8（2021.5重印）
ISBN 978-7-201-08827-3

Ⅰ.①日… Ⅱ.①帕… ②黄… Ⅲ.①长篇小说－苏
联 Ⅳ.①I512.45

中国版本图书馆CIP数据核字(2014)第183760号

日瓦戈医生

RIWAGE YISHENG

出　　版	天津人民出版社	
出 版 人	刘　庆	
地　　址	天津市和平区西康路35号康岳大厦	
邮政编码	300051	
邮购电话	022-23332469	
电子信箱	reader@tjrmcbs.com	

责任编辑	张　璐
装帧设计	王　媚

制版印刷	北京盛通印刷股份有限公司
经　　销	新华书店
发　　行	果麦文化传媒股份有限公司
开　　本	880毫米×1230毫米　　1/32
印　　张	15
插　　页	2
印　　数	109,001-119,000
字　　数	430千
版次印次	2014年8月第1版　　2021年5月第20次印刷
定　　价	49.80元